प्राचीन भारत का इतिहास

प्राचीन भारत का इतिहास

डॉ. राजीव कुमार गोहित

रजत प्रकाशन

नई दिल्ली-110002

रजत प्रकाशन

4675/21, अंसारी रोड, दरियागंज
नई दिल्ली-110 002 (भारत)
फोन नं.-23267924, 22507277
ई. मेल—rajat_publication@yahoo.com

प्राचीन भारत का इतिहास

संस्करण : 2025

ISBN 978-93-80534-01-5

भारत में मुद्रित

रजत प्रकाशन, नई दिल्ली के लिए पुल्कित वासन द्वारा प्रकाशित तथा एच.एस. ऑफसेट, दिल्ली द्वारा मुद्रित।

प्रस्तावना

प्राचीन काल में भारत का पश्चिमी एशियाई देशों तथा मध्य एशिया के देशों में बड़े पैमाने पर व्यापार होता था। इन देशों के बीच भारत की सांस्कृतिक एकता भी कायम हुई थी। सिंधु नदी से हिंदूकुश तक का प्रदेश प्राचीन काल में सांस्कृतिक रूप से भारत का अभिन्न भाग था। ऋग्वेद में स्वात, कुर्रम का उल्लेख है। मौर्य राजा सारे अफ़ग़ानिस्तान और बिलोचिस्तान पर राज्य करते थे। पीछे जिन राजाओं ने इस प्रदेश पर राज्य किया, उन पर भी भारतीय संस्कृति की पूरी छाप थी। यह बात उनके सिक्कों, अभिलेखों और कलाकृतियों से स्पष्ट है। इन प्रदेशों पर मुसलमानों के अधिकार जमाने से पहले यहाँ पर पूर्ण रूप से बौद्ध धर्म और हिन्दू धर्म का प्रचार हो चुका था। बल्ख में अनेक ब्राह्मण और श्रमण रहते थे।

भारत और पश्चिमी एशिया के संबंध अधिकतर व्यापार पर आधारित थे किंतु मध्य एशिया के साथ वे विशेष रूप से सांस्कृतिक थे। प्राचीन काल में भारत का सांस्कृतिक रूप से भौगोलिक विस्तार सिंधु हिंदूकुश तक था। ऋग्वेद में स्वात, कुर्रम का उल्लेख है। मौर्य राजा सारे अफगानिस्तान और बिलोचिस्तान पर राज्य करते थे। पीछे जिन राजाओं ने इस प्रदेश पर राज्य किया, उन पर भी भारतीय संस्कृति की पूरी छाप थी। यह बात उनके सिक्कों, अभिलेखों और कलाकृतियों से स्पष्ट है। मुसलमानों के इन प्रदेशों पर अधिकार करने से पूर्व यहां बौद्ध धर्म और हिंदू धर्म का

पूर्ण रूप से प्रचार था। हिंदूकुश से परे भी जो यूनानी, शक, यूची और पह्लव राजा राज्य करते थे, वे भी भारतीय धर्मों के अनुयायी हो गए। उन्होंने भारतीय भाषाओं और लिपियों का प्रयोग किया।

प्रस्तुत पुस्तक प्राचीन भारत के इतिहास में प्रमुख विषयों पर प्रकाश डाला गया है। इस पुस्तक में पाषाणकालीन भारत, भारत में नदी घाटी सभ्यता, वैदिककालीन भारत, महाजनपद काल, मगध साम्राज्य का उत्कर्ष, मौर्य साम्राज्य, ई.पू. 185 से 320 ई. मध्य भारत, गुप्त साम्राज्य, गुप्तकाल के पश्चात उत्तर भारत, हर्षोत्तर भारत, बृहत्तर भारत आदि का उल्लेख किया गया है। पुस्तक की भाषा सरल व सुबोध रखी गयी है। प्रत्यक्ष व अप्रत्यक्ष रूप से सहयोग करने वाले उन सभी लोगों का आभारी हूं, जिनके सहयोग से पुस्तक की रचना की गयी है। आशा है कि पुस्तक अध्येताओं का मार्गदर्शन करेगी।

—लेखक

अनुक्रम

1

विषयबोध

प्राचीन काल में भारत का पश्चिमी एशियाई देशों तथा मध्य एशिया के देशों में बड़े पैमाने पर व्यापार होता था। इन देशों के बीच भारत की सांस्कृतिक एकता भी कायम हुई थी। सिंधु नदी से हिंदूकुश तक का प्रदेश प्राचीन काल में सांस्कृतिक रूप से भारत का अभिन्न भाग था। ऋग्वेद में स्वात, कुर्रम का उल्लेख है। मौर्य राजा सारे अफ़ग़ानिस्तान और बिलोचिस्तान पर राज्य करते थे। पीछे जिन राजाओं ने इस प्रदेश पर राज्य किया, उन पर भी भारतीय संस्कृति की पूरी छाप थी। यह बात उनके सिक्कों, अभिलेखों और कलाकृतियों से स्पष्ट है। इन प्रदेशों पर मुसलमानों के अधिकार जमाने से पहले यहाँ पर पूर्ण रूप से बौद्ध धर्म और हिन्दू धर्म का प्रचार हो चुका था। हिंदूकुश से परे भी जो यूनानी, शक, सूची और पह्लव राजा राज्य करते थे, वे भी भारतीय धर्मों के अनुयायी हो गए। उन्होंने भारतीय भाषाओं और लिपियों का प्रयोग किया। बल्ख में अनेक ब्राह्मण रहते थे।

भारत और पश्चिमी एशिया के संबंध अधिकतर व्यापार पर आधारित थे किंतु मध्य एशिया के साथ वे विशेष रूप से सांस्कृतिक थे। प्राचीन काल में भारत का सांस्कृतिक रूप से भौगोलिक विस्तार सिंधु हिंदूकुश तक था। ऋग्वेद में स्वात, कुर्रम का उल्लेख है। मौर्य राजा सारे अफगानिस्तान और बिलोचिस्तान पर राज्य करते थे। पीछे जिन राजाओं ने इस प्रदेश पर राज्य किया, उन पर भी भारतीय संस्कृति की

पूरी छाप थी। यह बात उनके सिक्कों, अभिलेखों और कलाकृतियों से स्पष्ट है। मुसलमानों के इन प्रदेशों पर अधिकार करने से पूर्व यहां बौद्ध धर्म और हिंदू धर्म का पूर्ण रूप से प्रचार था। हिंदूकुश से परे भी जो यूनानी, शक, यूची और पह्लव राजा राज्य करते थे, वे भी भारतीय धर्मों के अनुयायी हो गए। उन्होंने भारतीय भाषाओं और लिपियों का प्रयोग किया। बहुतायत संख्या में ब्राह्मण और श्रमण बल्ख में निवास करते थे।

प्राचीन काल में व्यापारिक, सांस्कृतिक और राजनीतिक महत्त्व की दृष्टि से चीनी तुर्किस्तान अत्यधिक लोकप्रिय था। एक ओर तो इस स्थान के द्वारा भारत का चीन के साथ व्यापारिक संबंध था और दूसरी ओर पश्चिमी एशिया से। बल्ख से चीन जाने वाले मार्ग पर सबसे प्रसिद्ध नगर काशगर था। कुछ नष्ट-भ्रष्ट नगर, सैंकड़ों मंदिर, मूर्तियां और भित्तिचित्र उन दोनों मार्गों पर मिले हैं, जो काशगर से चीन को जाते थे। इन अवशेषों से यह बात स्पष्ट हो गई है कि इस प्रदेश में अनेक भारतीय रहते थे और उन्होंने यहां अपनी कला, धर्म, भाषा, लिपि और शासन-व्यवस्था स्थापित की। भारतीय संस्कृति के प्रमुख केन्द्रों में से खोतन, कूची और कारा नगर प्रमुख थे। यहां के शासकों के नाम पूर्णतया भारतीय थे। खोतन के एक राजा का नाम महाराजा राजाधिराज देव विजितसिंह, कूची के राजाओं के राजाओं के राम सुवर्णपुष्प, हरिपुष्प, हरदेव आदि और काराशहर के राजाओं के नाम इन्द्रार्जुन और चन्द्रार्जुन आदि थे। सबसे प्रसिद्ध संस्था खोतन की गोमती विहार थी। फाह्यान ने बताया है कि इस विहार में लगभग तीन हजार से अधिक बौद्ध भिक्षु आश्रम लेते थे। गोमती विहार के अतिरिक्त खोतन में 14 अन्य बड़े विहार थे। प्रतिवर्ष वहां मूर्तियों का जुलूस निकाला जाता था। गोमती विहार के भिक्षु इस जुलूस का नेतृत्व करते थे। खोतन में बुद्ध की अनेक विशालकाय मूर्तियां मिली हैं, जो 18 से 21 मीटर ऊंची हैं। अनेक स्तूप, विहार और मंदिर तथा संस्कृत एवं प्राकृत में लिखे बौद्ध ग्रंथ यहां मिले हैं। इन ग्रंथों की लिपि भी ब्राह्मी या खरोष्ठी है। इन ग्रंथों से यह निर्विवाद सिद्ध है कि यहां बौद्ध धर्म का बहुत प्रचार था।

कूची में कातंत्र व्याकरण जो कि संस्कृति में लिखी गई है, की संस्कृत की शिक्षा देने के लिए सबसे ज्यादा उपयोग किया जाता है। धार्मिक ग्रंथों के अतिरिक्त यहां ज्योतिष और आयुर्वेद के भी ग्रंथ मिले हैं। चौथी सदी ईसवी में यहां भी अनेक स्तूप और मंदिर विद्यमान थे। राजकीय महलों में भी बुद्ध की मूर्तियों की पूजा होती थी। भिक्षु-भिक्षुणियों के कई संघ थे, जो अपना प्रबंध स्वयं करते थे। कूची में भारतीय संगीत अत्यधिक लोकप्रिय था। किस प्रकार भारतीय संस्कृति मध्य एशिया में फैली,

इस बात पर कुमारजीव की जीवनकथा से पर्याप्त प्रकाश पड़ता है। कुमारजीव का पिता कुमारायन भारत से कूची गया। उसके पांडित्य से प्रभावित होकर कूची के राजा ने उसे अपना राजगुरु नियुक्त किया। वहां कुछ दिन बाद कुमारायन का विवाह राजा की बहन जीवा से हुआ। उनका पुत्र कुमारजीव था। वह अपनी माता के साथ भारत आया और वहां उसने बन्धुदत्त से आगमों का अध्ययन किया। भारत से लौटने पर कुमारजीव काशगर में ठहरा और वहां उसने चारों वेदों, ब्राह्मण-ग्रंथों, दर्शनशास्त्र और ज्योतिष का अध्ययन किया। जब वह कूची पहुंचा तो उसने वहां के लोगों को 383 ई. तक बौद्ध ग्रंथ पढ़ाए। उसी वर्ष चीनियों ने कूची पर आक्रमण किया और वे कुमारजीव को बंदी बनाकर चीन ले गए। कुमारजीव कान्सु में कुत्संग के शासक के पास 15 वर्ष रहा। 401 ई. में वह चीन के सम्राट् से मिला। 401 से 412 ई. तक कुमारजीव चीन की राजधानी में रहा और वहां उसने पूरा समय बौद्ध धर्म और दर्शन संबंधी ग्रंथों का संस्कृत से चीनी भाषा में अनुवाद करने में लगाया। 412 ई. में वहीं उसका देहावसान हुआ।

बुद्ध की सहस्त्रों गुफाएं चीन के निकट तुनहुआंग प्रान्त में पाई गई हैं। इनमें अनेक भित्तिचित्र हैं जिनमें अनेक भारतीय कथाओं के दृश्य दिखलाए गए हैं। एक चित्र में राजा शिवि को एक चिड़िया को छुड़ाने के लिए अपने शरीर का मांस गिद्ध को देते हुए दिखाया गया है। एंडेयर और निया में कुछ मोहरें मिली हैं जिन पर कुबेर और त्रिमुख की आकृतियां बनी हैं। गणेश की एक चित्रित मूर्ति भी यहां मिली है। कुछ अन्य स्थानों पर विष्णु तथा शिव की मूर्तियां मिली हैं, जिनसे यहाँ पर पर्याप्त रूप से ब्राह्मण धर्म के प्रचार के बारे में पता चलता है।

भारत और चीन के बीच लगभग दूसरी सदी में ही व्यापारिक सम्बन्ध मजबूरी से स्थापित हो चुकी थी। 2 ई. पू. में यूची शासकों ने कुछ बौद्ध ग्रंथ चीन के सम्राट् को उपहार के रूप में दिए थे। 65 ई. में चीन के सम्राट् ने कुछ राजदूत भेजे, जो दो बौद्ध भिक्षुओं को भारत से अपने साथ चीन ले गए। धर्मरक्ष और काश्यप मातंग नाम के इन दोनों भिक्षुओं ने अनेक बौद्ध ग्रंथों का अनुवाद चीनी भाषा में किया। चीन का अधिकांश अभिजात वर्ग बौद्ध धर्म से पर्याप्त रूप से प्रभावित हो चुके थे। तीसरी व चौथी सदी ईसवी में चीन में अनेक बौद्ध विहारों का निर्माण हुआ और अनेक बौद्ध धर्म प्रचारक मध्य एशिया से चीन पहुंचे। इनमें सबसे लोकप्रिय कुमारजीव था। हम ऊपर बता चुके हैं कि उसके पिता कुमारायन भारतीय राजकुमार थे और माता 'जीवा' कूची की राजकुमारी थीं। बौद्ध धर्म की शिक्षा उन्होंने कश्मीर में प्राप्त की थी। जब 401 ई. में चीनियों ने कूची पर आक्रमण किया तो वे कुमारजीव को बन्दी

बनाकर चीन ले गए। कुमारजीव ने यहां सौ से अधिक संस्कृत भाषा में लिखे बौद्ध ग्रंथों का चीनी भाषा में अनुवाद किया। उसके पश्चात् कश्मीर के अन्य कई विद्वानों ने भी भारतीय साहित्य का चीन में प्रचार करने में योग दिया। चौथी शताब्दी के अंत संघभूति ने 'विनय-पिटक' का अनुवाद चीनी भाषा में किया। गौतमसंघ ने 'अभिधम्मपिटक' का अनुवाद किया।

पांचवीं शताब्दी में पुण्यज्ञात, धर्मयशसु, विमालाक्ष, बुद्धजीव ने भी भारतीय साहित्य का प्रचार चीन में किया। ये सभी विद्वान् कश्मीर के निवासी थे। धर्मक्षेम मध्य देश से चीन गया। गुणवर्मा 435 ई. के लगभग लंका से कैंटन गया और बोधिधर्म 526 ई. के लगभग दक्षिण भारत से चीन गया। बंगाल और कामरूप से ज्ञानभद्र, जिनयशस् और यशोगुप्त छठी शताब्दी में चीन गए। उज्जयिनी से उपशून्य और परमार्थ समुद्र के रास्ते 546 ई. में चीन पहुंचे। परमार्थ वहां 23 वर्ष रहा और उसने 70 ग्रंथों का अनुवाद किया। उत्तर-पश्चिमी भारत से बुद्धभद्र, विमोक्षसेन और जीवगुप्त चीन गए। लाट देश से धर्मगुप्त चीन गया। उसकी 619 ई. में चीन में ही मृत्यु हुई।

चीन में अनेकों विद्वान नालंदा विश्वविद्यालय से शिक्षा ग्रहण करके आते थे। 627 ई. में प्रभाकरमित्र जो अभिधम्म का विद्वान् था, चीन की राजधानी पहुंचा। दक्षिण भारत निवासी बोधिरुचि 693 ई. में चीन पहुंचा। उसने कुछ अन्य विद्वानों की सहायता से 53 भारतीय पुस्तकों का अनुवाद चीनी भाषा में किया। चीन में बौद्ध धर्म के प्रचार का श्रेय सुधाकर सिंह को है। 720 ई. में बज्रबोधि चीन पहुंचा। आठवीं शताब्दी में अमोघवज्र ने भी रहस्यमय बौद्ध का प्रचार किया। वह अपने साथ 500 पुस्तकें ले गया जिनमें से 77 का उसने अनुवाद किया। उन भारतीय विद्वानों में, जिन्होंने चीन जाकर भारतीय साहित्य का प्रचार किया, संभवतः अंतिम विद्वान् धर्मदेव था जिसने अनेक भारतीय पुस्तकों का चीनी भाषा में अनुवाद किया। उसकी 1001 ई. में चीन में ही मृत्यु हो गई।

भारत में अनेकों विद्वान चीन से भी आते थे। फाहियान चंद्रगुप्त द्वितीय के समय में 'विनय-पिटक' की प्रतियां लेने भारत आया था। हर्ष के राज्यकाल में युवान-च्वांग भारत आया था। उसने चीन में बौद्ध धर्म के प्रचार में सक्रिय भाग लिया। युवान-च्वांग के बाद सातवीं सदी ईसवी में ही इत्सिंग भारत आया।

चीन में बौद्ध धर्म का व्यापक प्रचार तो हुआ ही था, साथ ही साथ में भारतीय कला का भी ज्यादा प्रचार हुआ तुनहुआंग में बुद्ध की 18.3 मीटर से 21.3 मीटर तक ऊंची विशालकाय मूर्तियां मिली हैं। वहां के भित्तिचित्रों पर भी भारतीय कला

का प्रभाव स्पष्ट दिखाई देता है। तीन भारतीय कलाकार-शाक्यबुद्ध, बुद्धकीर्ति और कुमारबोधि—भी चीन गए। चीनी कला में गंधार, मथुरा और गुप्त शैली आदि सभी के उदाहरण मिलते हैं। तुनहुआंग में ही गुफ़ाओं में बुद्ध की कुछ सहस मूर्तियां भी मिली हैं।

चीनी संगीत पर भारतीय संगीत का अत्यधिक प्रभाव पड़ा। 518 ई. में एक संगीत मंडली भारत से चीन गई थी। भारतीय ज्योतिष, गणित और आयुर्वेद पद्धति भी चीन में बहुत लोकप्रिय थी।

तिब्बत का शासक स्रोन्सनगम्पो सातवीं सदी ईसवी में बौद्ध का अनुयायी हो गया। उसने अनेक बौद्ध विहारों और मंदिरों का निर्माण कराया और बौद्ध ग्रंथों का अनुवाद अपने देश की भाषा में कराया। जब पालवंश के राजा बंगाल में राज्य करते थे, उस समय भारत और तिब्बत के संबंध बहुत घनिष्ठ हो गए। तिब्बत की लिपि कश्मीरी लिपि से मिलती-जुलती है। भारत से अनेक विद्वान तिब्बत से सांस्कृतिक संबंध स्थापित होने के पश्चात् भारत से अनेक विद्वान वहाँ गए। उन्होंने उद्यान के विद्वान् पद्मसंभव को तिब्बत बुलाया। उनके बाद मगध के कमलशील और नालन्दा विश्वविद्यालय के प्राध्यापक ज्ञान अतीस दीपंकर तिब्बत गए। 1053 में उनकी मृत्यु हो गई। इन विद्वानों द्वारा तिब्बत की भाषा में संस्कृत के अनेक ग्रन्थों का अनुवाद किया गया। तिब्बत के विद्वानों ने भारतीय विद्वानों के काम को आगे बढ़ाया। उन्होंने पाणिनिकृत व्याकरण, अमरकोश, मेघदूत, काव्यादर्श, अष्टांगहृदय आदि भारतीय ग्रंथों को पढ़कर उनका अनुवाद तिब्बत की भाषा में किया। संस्कृत के बहुत-से भारतीय ग्रंथ, जो अब भारत में प्राप्त नहीं हैं, हमें तिब्बत से प्राप्त हुए हैं।

एशिया के अधिकांश देशों में बौद्ध धर्म का पर्याप्त प्रचार हुआ। इसका विस्तार *मध्य एशिया* से मंगोलिया, कोरिया और जापान आदि देशों तक था। सातवीं सदी में कोरिया से पांच भिक्षु भारत आए और 736 ई. में बोधिसेन नाम का भिक्षु भारत से जापान गया। वह 760 ई. तक वहीं रहा। इसी वर्ष जापान में ही उसकी मृत्यु हो गई।

दक्षिण-पूर्वी एशिया : प्राचीनकाल में भारतीय संस्कृति का प्रभाव हिंदचीन के प्रायद्वीप व पूर्वी द्वीप समूहों में ज्यादा बड़ा था। इसी कारण से इन क्षेत्रों को सवर्ग भूमि कहा जाता था। कौटिल्य के अर्थशास्त्र, मिलिन्दिपंह, जातक-कथाओं, बृहत्कथा और कथाकोश में सुवर्ण भूमि का उल्लेख है। 'ऐरिर्थियन सागर के पैरिप्लस' नामक पुस्तक में भी लिखा है कि पहली सदी ईसवी में अनेक भारतीय व्यापारी दूर देशों को जाते थे। पुराणों में पूर्वी द्वीपसमूह और उनके पास के द्वीपों को द्वीपांतर कहा गया

है। 'वामन-पुराण' में द्वीपांतर में इन्द्रद्वीप, कशेरु, ताम्रपर्ण, गभिस्तमानु, नागद्वीप, कटाह, सिंहल, गन्धर्व, वरुण, और कुमार नामक नौ द्वीपों की गिनती की गई है।

विद्वानों का मत हैं कि नागद्वीप से निकोबार द्वीप, वरुण से बोर्नियो और कटाह से मलय प्रायद्वीप के केद्दाह प्रांत के उत्तरी भारत का अभिभाग है। ये नौ प्रायद्वीप भारतवर्ष का ही एक भाग समझे जाते थे। वे यज्ञादि पुण्य कर्म करने से पवित्र किए हुए देश माने जाते थे। 'कौमुदी-महोत्सव' नामक नाटक में, जो सातवीं शताब्दी में लिखा गया, एक ऐसे राजकुमार का वर्णन है, जो सुख की खोज में कटाह नगर आया। 'कथासरित्सागर' में भी लिखा है कि बहुत-से व्यापारी मणियां आदि लेने के लिए ताम्रलिप्ति से कटाह जाते थे। इन व्यापारिक संबंधों के फलस्वरूप भारत के इन देशों के साथ सांस्कृतिक और राजनीतिक संबंध स्थापित हो गए। यहाँ अनेक क्षत्रिय राजकुमारों ने भारतीय उपनिवेशों की स्थापना की तथा धर्म प्रचारकों ने यहाँ पर भारत के अनेक धर्मों का प्रचार किया था।

ऐसा माना जाता है कि कम्बोडिया में, जिसे पहले कम्बुज कहते थे, पहली शती ई. में कौण्डिन्य नाम के एक भारतीय ने एक राज्य की स्थापना की। उसने ही यहां के निवासियों को वस्त्र पहनना सिखाया। उसके उत्तराधिकारी के नाम पूर्णतया भारतीय थे और वे चौदहवीं शती ईसवी तक यहां राज्य करते रहे। इसी तरह, दूसरी शती ईसवी में अन्नम् में 'चम्पा' नाम के राज्य का शासक श्रीमार था। उसके उत्तराधिकारी यहां छठी शती ईसवी तक राज्य करते रहे। इसी प्रकार बर्मा में 'श्रीक्षेत्र' नाम का, थाईलैंड में 'द्वारावती' और मलव प्रायद्वीप, अराकान,सुमात्रा, जावा, बोर्निया और बाली में अनेक भारतीय उपनिवेशों की स्थापना की गई। यहाँ पर बहुसंख्यक आबादी मॉन लोगों की थी, जो भारतीय परम्परा के अनुसार ब्रह्मा के निवासी माने जाते हैं। सातवीं शताब्दी में मॉन लोगों का सबसे प्रसिद्ध राज्य 'श्रीक्षेत्र' था। इसका प्रभाव उत्तर में स्याम और दक्षिण में मेनम नदी के तट तक फैला हुआ था। मॉन लोग हीनयान बौद्ध धर्म के अनुयायी थे।

मॉन लोगों के राज्य के उत्तर में इरावती की घाटी में बर्मा प्यू लोगों का राज्य था। इन्होंने इस प्रदेश में नवीं शताब्दी तक राज्य किया। चीनी इतिहास से पता चलता है कि सातवीं और आठवीं शताब्दियों में प्यू लोगों का राज्य एक शक्तिशाली राज्य था। इसकी सीमाएं पूर्वी यूनान, कम्बुज और द्वारावती तक फैली हुई थीं। नवीं शताब्दी में इस राज्य में उत्तरी और मध्य बर्मा का अधिकतर भाग सम्मिलित था। उत्तर में मॉन लोगों और दक्षिण से म्रम्म लोगों के आक्रमणों के कारण नवीं शताब्दी के उत्तरार्द्ध में इस राज्य का पतन हो गया।

ऐसी सम्भावना है कि मॉन लोग तिब्बत के निवासी थे जो नवीं और दसवीं शताब्दियों में बड़ी संख्या में बर्मा पहुंचे। वे भी भारतीय संस्कृति में रंग गए। उन्होंने पगन को राजधानी बनाकर 'ताम्ब्रदीप' नाम के स्वतंत्र राज्य की स्थापना की। 1044 ई. में अनिरुद्ध नामक व्यक्ति इस राज्य का राजा बना। उसने अपने राज्य में थेरवाद (बौद्ध धर्म का प्राचीन रूप) का प्रचार किया। उसने मॉन लोगों को हराकर उनसे बौद्ध ग्रंथ और पवित्र अवशेष प्राप्त किए। प्यू लोगों की राजधानी प्रोम नगर के निकट श्रीक्षेत्र को नष्ट-भ्रष्ट कर डाला। अनिरुद्ध ने अनेक पगोडा (बौद्ध मंदिर) और मठ बनवाए। उत्तर अराकान और शान रियासत के सरदारों को हराकर अपना राज्य-विस्तार किया। उसके राज्य में तनासरिम को छोड़कर प्रायः समस्त बर्मा शामिल था।

चोल राजाओं की ताकत अत्यधिक बढ़ने पर श्रीलंका के राजा ने इनके विरुद्ध अनिरुद्ध से सहायता मांगी थी। 1077 ई. में अनिरुद्ध की मृत्यु के बाद उसका बड़ा पुत्र और उसके बाद छोटा पुत्र क्यनजित्थ 1084 ई. में राजा बने। क्यनजित्थ के राज्यकाल में बर्मा का भारत से घनिष्ठ संपर्क रहा। उसने बहुत-से बौद्ध और वैष्णव विद्वानों को भारत से बुलाया ओर उनसे प्रेरणा पाकर उसने पगन का प्रसिद्ध 'आनंद मंदिर' बनवाया। भारतीय वास्तुकला का उत्कृष्ट छाप वर्मा के इस मंदिर पर देखने को मिलता है। क्यनजित्थ ने अनेक पगोडों और बोध-गया के प्रसिद्ध मंदिर की मरम्मत कराई। 1112 ई. में क्यनजित्थ की मृत्यु के बाद उसका नाती अलांगसिथु राजा बना। उसके 55 वर्ष के राज्यकाल में अनेक विद्रोह हुए जिन्हें उसने बड़ी कुशलता से दबाया। इस वंश के राजा 1287 ई. तक बर्मा में राज्य करते रहे और उनके राज्यकाल में भारतीय संस्कृति का वहां खूब प्रसार हुआ। तेरहवीं शताब्दी के अंत में मंगोलों के आक्रमण के कारण इस राज्य का अंत हो गया।

मौर्य वंश के शासन काल में थेरवाद बौद्ध-धर्म का बर्मा में बहुत प्रचार हुआ। भारतीय नगरों और प्रदेशों के नाम पर बर्मा में भी नाम रखे गए, जैसे श्रीक्षेत्र, हंसवती, असितांजन, अपरांत, अवंत, वाराणसी, गंधार, कम्बोज, मिथिला, पुष्कर, राजगृह, संकाश्य, उत्कल, वैशाली आदि।

पालि भाषा का एक नया रूप बर्मा में प्रचलित हुआ। बौद्ध धर्म के सिद्धांतों, विनय और दर्शन का भी, बर्मा में भारतीय बौद्ध धर्म के इन अंगों से एक भिन्न रूप हो गया। यह कार्य बारहवीं शताब्दी से अब तक बराबर चलता आ रहा है। 1442 ई. के एक अभिलेख में लिखा है कि वहां 295 पालि ग्रंथों और संस्कृत ग्रंथों का संग्रह किया गया। बर्मा का धर्मशास्त्र मनु, नारद और याज्ञवल्क्य के धर्मशास्त्रों पर आधारित है।

वर्मा का 'आनंद मंदिर' भारतीय कला का अद्भुत नमूना है। इस मंदिर को देखने से ही यह स्पष्ट मालूम होता है कि इसके बनाने वाले भारतीय कारीगर थे। शिखर से धरातल तक सारी तक्षण-कला पर भारतीय कला की अमिट छाप है। पगन के आसपास लगभग एक हजार मंदिरों के खंडहर हैं। वे सब 'आनंद मंदिर' की शैली में ही बने प्रतीत होते हैं।

थाईलैण्ड का सबसे प्रसिद्ध हिंदू राज्य द्वारावती का था। वह राज्य कम्बोडिया से बंगाल की खाड़ी तक फैला हुआ था। यहां बहुत-से बौद्ध अवशेष मिले हैं, जो भारतीय तक्षण-कला के सुंदर उदाहरण हैं। तेरहवीं शताब्दी में थाई लोगों ने इस प्रदेश पर अधिकार कर लिया। उससे पूर्व इस प्रदेश में भारतीय संस्कृति का खूब बोलबाला रहा।

यूनान प्रदेश मं हिंदचीन को गंधार प्रदेश के नाम से जाना जाता था। यहां थाई लोगों ने सातवीं शताब्दी में अपना राज्य स्थापित किया और वे लगभग 600 वर्ष तक वहां राज्य करते रहे। यहां के राज्यों और नगरों में से बहुत के नाम भारतीय थे जैसे विदेह, मिथिला, कौशांबी आदि। गंधार के हिंदू राज्य को 1253 ई. में मंगोलों ने जीत लिया।

तेरहवीं शताब्दी में थाई लोगों ने 'सुखोदय' नाम का एक छोटा राज्य स्याम में स्थापित किया। यहां के राजा रामकाग्हेंग ने अपनी राजधानी में अनेक मंदिर, मठ और बुद्ध की मूर्तियां बनवाईं। ये राजा चौदहवीं शताब्दी के मध्य तक स्याम में राज्य करते रहे। 1350 ई. के लगभग सुखोदय के स्थान पर अयोध्या का राज्य स्थापित हुआ। स्याम में सुखोदय और अयोध्या दोनों ही बौद्ध धर्म के केंद्र रहे। यहां पालि भाषा का प्रचार था और यहां की वास्तुकला और तक्षण-कला पर भारतीय कला का प्रभाव स्पष्ट दिखाई देता है।

कुछ समय के लिए कम्बोडिया में कम्बुज का राज्य शैलेंद्र राजाओं के अधीन हो गया किंतु 802 ई. में यहां का राजा जयवर्मा द्वितीय स्वतंत्र हो गया। उसने भारत से हिरण्यदाम नामक एक तांत्रिक ब्राह्मण को बुलाया। जयवर्मा ने अंगकोर थाम को अपनी राजधानी बनाया। 889 ई. में यशोवर्धन यहां का राजा बना। उसके संस्कृत अभिलेखों से ज्ञात होता है कि संस्कृत यहां की राजभाषा थी। उसने मंदिरों, आश्रमों और मठों के लिए हिंदू संस्थाओं के अनुरूप ही नियम बनाए। संस्कृत साहित्य के क्षेत्र में इस वंश के अनेक राजाओं महत्त्वपूर्ण कार्य किया। उन्होंने भारतीय दर्शन, धर्मशास्त्र, ज्योतिष, गणित और व्याकरण का अध्ययन किया। सूर्यवर्मा द्वितीय के समय में दक्षिणी बर्मा और मलय प्रायद्वीप का उत्तरी भाग की कम्बुज राज्य में

सम्मिलित थे। उसकी बड़ी सेना थी। उसने कोटिहोम, लक्षहोम आदि अनेक यज्ञ कराए। इन्होंने अंगकोखाट नामक प्रसिद्ध विष्णु मंदिर का निर्माण करवाया था। 1181 ई. में जयवर्मा सप्तम राजा बना। उसने अंगकोर थाम की नई राजधानी बनवाई। उसने बेयन के मंदिर का भी निर्माण कराया। इस मंदिर का दैनिक खर्च 3,400 गांवों की आय से चलता था। इसमें 439 अध्यापक थे और 970 विद्यार्थी शिक्षा पाते थे। जयवर्मा सप्तम के राज्य में 798 मंदिर और 102 अस्पताल थे। उसके राज्य के बाद कम्बुज राज्य का पतन हो गया।

कम्बुज में अनेक नगरों का निर्माण भारतीय वास्तुकला के आधार पर हुआ था। जैसे– ताम्रपुर, आढ्यपुर, ध्रुवपुर, ज्येष्ठपुर, विक्रमपुर आदि। उनमें विद्वानों के रहने के लिए विप्रशालाएं, भोजन के लिए सत्र और चिकित्सा के लिए 'आरोग्यशालाएं' थीं। यात्रियों के ठहरने के लिए वह्निगृह थे।

कम्बुज में हिंदू धर्म का जितना प्रचार था उतना बौद्ध धर्म का नहीं था। ब्राह्मणों को वेद-वेदांग, सामवेद और बौद्ध ग्रंथों का पूर्ण ज्ञान था। राजा भी धर्मशास्त्रों का अध्ययन करते। व्याकरण, वैशेषिक, न्याय और अर्थशास्त्र भी पाठ्य विषय थे। अभिलेखों से ज्ञात होता है कि यहां के निवासियों को संस्कृत की काव्य-शैली का पूर्ण ज्ञान था।

भारत के साथ कम्बुज का घनिष्ठ संपर्क रहा। भारतीयों के साथ वैवाहिक संबंध होते थे। बहुत-से भारतीय कम्बुज में जाकर बसे। कम्बुज के ब्राह्मण भी भारतीय विद्वानों से विद्या प्राप्त करने के लिए भारत आते थे। बहुत-से विद्वानों ने नगरों से दूर आश्रम बनाए। इनका व्यय राजाओं और धनी नागरिकों की सहायता से चलता था। यशोवर्मा ने ही 100 आश्रम स्थापित किए थे।

सूर्य वर्मा द्वितीय (1113-1145) के शासन काल में प्रसिद्ध अंगकोरवाट मंदिर का निर्माण करवाया गया जो कि कम्बुज की कला का सर्वश्रेष्ठ उदाहरण है। इस भवन के चारों ओर 3.2 किलोमीटर लंबी और 1981 मीटर चौड़ी एक नहर है। इसमें अनेक वीथियां, मीनारें और पिरामिड हैं। कम्बुज की कला की शैली गुप्त शैली के अनुरूप है। यहां की तक्षण-कला में बहुत-से दृश्य भारतीय महाकाव्यों से लिए गए हैं।

प्राचीन काल में अन्नम के नाम से जाना जाने वाले हिन्दूचीन के पूर्वी तट पर चम्पा का महान हिंदू राज्य स्थित था। यहां 757 ई. से 860 ई. तक पांडुरंग वंश ने और उसके बाद 985 ई. तक भृगु वंश ने राज्य किया। जब यहां के राजाओं ने उत्तर की ओर अपना साम्राज्य बढ़ाना चाहा तो उन्हें चीन के सम्राटों से लड़ना पड़ा।

जब इस राज्य के उत्तर में रहने वाले अन्नम् लोग चीन से स्वतंत्र हो गए तो चम्पा के लोगों का उनसे संघर्ष चलता रहा। पश्चिम से कम्बुज के निवासी भी चम्पा पर आक्रमण करते रहते। कम्बुज के राजा जयवर्मा सप्तम ने चम्पा के राजा को 1190 ई. में हराकर चम्पा पर अधिकार कर लिया। 30 वर्ष बाद चम्पा का राज्य स्वतंत्र हो गया। 1282-85 ई. में मंगोल सरदार कुबला ख़ां के आक्रमणों से चम्पा की बहुत हानि हुई। पंद्रहवीं शताब्दी के अंत में अन्नम् लोगों ने चम्पा पर अधिकार कर लिया।

भारतीय समाज की भांति ही चम्पा के समाज में चार प्रकार की थीं किंतु ब्राह्मणों और क्षत्रियों की संख्या अधिक थी। चम्पा की राजभाषा संस्कृत थी। यहां के राजा संस्कृत के विद्वान् थे। उनके अभिलेखों में संस्कृत का ही प्रयोग किया गया। भारतीय धर्म, दर्शन, साहित्य, व्याकरण के अध्ययन का ही प्रचलन था।

यहाँ पर शैव मतावलम्बियों की संख्या अत्यधिक थी भद्रवर्मा ने माइसन में भद्रवर्मास्वामी अर्थात् शिव का प्रसिद्ध मंदिर बनवाया, जो राष्ट्रीय महत्त्व का मंदिर बन गया। अनेक राजाओं ने इस मंदिर को दान दिया। शक्ति, गणेश और कार्तिकेय के भी अनेक मंदिर थे। शिव और पार्वती के वाहन नंदी, विष्णु, राम और कृष्ण की भी पूजा होती थी। अन्य हिंदू देवता, जिनकी पूजा प्रचलित थी, ब्रह्मा, इंद्र, यम, चंद्र, सूर्य, कुबेर और सरस्वती थी। बौद्ध धर्म का मुख्य केंद्र डॉनडुओंग था, जहां एक बड़े बौद्ध मंदिर के खंडहर मिले हैं।

यहां के मंदिरों का निर्माण बदामी के चालुक्य राजाओं के मंदिरों के अनुरूप हुआ है।

मलय प्रायद्वीप में पश्चिमी तट पर तक्कोल, जिसे अब तकुआ पा कहते हैं, भारतीय व्यापारियों का पहला पड़ाव था। वहां से ये व्यापारी स्याम, कम्बोडिया और अन्नम् जाते। पूर्वी तट पर नखोन श्री धम्मराट और चैया प्रसिद्ध उपनिवेश थे, जहां के भग्नावशेषों से स्पष्ट ज्ञात होता है कि ये भारतीय संस्कृति के मुख्य केंद्र थे। नखोन श्री धर्मराट में एक बड़ा स्तूप और पचास मंदिर मिले हैं। यह बौद्ध संस्कृति का केंद्र था। चैया पहले ब्राह्मण संस्कृति और पीछे बौद्ध संस्कृति का केंद्र बन गया।

पाँचवी शताब्दी में पश्चिमी जावा के एक राजा पूर्णवर्मा के संस्कृत के चार अभिलेख मिले हैं। इसके दो या तीन शताब्दी बाद संजय ने मध्य जावा में एक शक्तिशाली राज्य की नींव डाली।

श्रीविजय, जिसका वर्तमान नाम सुमात्रा है, भारत का सबसे प्रसिद्ध उपनिवेश था। यहां के एक राजा जयश्रीनाश ने 686 ई. लगभग जावा के विरुद्ध एक सेना भेजी। इत्सिंग ने लिखा है कि सातवीं शताब्दी में श्रीविजय बौद्ध संस्कृति का मुख्य

केंद्र था। 775 ई. के एक अभिलेख से ज्ञात होता है कि श्रीविजय ने मलय प्रायद्वीप और बंका के टापू पर अधिकार कर लिया। आठवीं शताब्दी में कांची का निवासी और नालंदा विश्वविद्यालय का प्राध्यापक धर्मपाल और दक्षिण भारत के विद्वान् वज्रबोधि श्रीविजय गए। इन विद्वानों ने वहां भारतीय संस्कृति का प्रचार किया।

शैलेंद्र राजाओं ने आठवीं शताब्दी में अपने साम्राज्य की स्थापना की। उन्होंने 775 ई. में श्रीविजय पर और 782 ई. में जावा पर अधिकार कर लिया। इन राजाओं ने इस प्रकार मलय प्रायद्वीप, सुमात्रा, जावा, बाली और बोर्नियो आदि सब द्वीपों पर अधिकार करके अपनी शक्ति बढ़ा ली। एक अरब व्यापारी इब्न खोर्दादबेह (844-48 ई.) ने लिखा है कि इस राज्य की दैनिक आय 200 मन सोना थी।

शैलेन्द्र राजाओं ने महायान बौद्ध धर्म को अपनाया था। इसलिए इन्होंने चंडी-कलसन और बोरोबुदूर के सुंदर मंदिर बनवाए। 779 ई. में तारा का सुंदर मंदिर बनाया गया। शैलेंद्र राजा बालपुत्र देव ने जावा के विद्यार्थियों के ठहरने के लिए नालंदा में एक मठ बनवाया।

नवीं शती में शैलेंद्र राजाओं को कम्बुज के राजा जयवर्मा द्वितीय (802-869 ई.) और जावा के राजा के विरुद्ध युद्ध करने पड़े। ये दोनों राज्य स्वतंत्र हो गए और शैलेंद्र राजाओं का राज्य श्रीविजय तक ही सीमित रह गया। पहले शैलेंद्र राजाओं और चोल राजाओं में मित्रता थी। शैलेंद्र राजाओं ने चोल राज्य में नेगापट्टम में एक बौद्ध विहार बनाया। परंतु 1025 ई. में राजेंद्र चोल ने शैलेंद्र राज्य के कई भागों, कटाह, श्रीविजय आदि, पर आक्रमण करके अधिकार कर लिया। इसका मुख्य कारण यह था कि चोल राजा पूर्वी देशों के व्यापार पर अपना एकाधिपत्य स्थापित करना चाहते थे। राजेंद्र चोल की मृत्यु के बाद शैलेंद्र राजाओं ने फिर अपनी शक्ति बढ़ा ली किंतु चोल राजा वीरराजेंद्र (1063 ई.) ने उन्हें अपना आधिपत्य स्वीकार करने के लिए विवश किया। 1090 ई. में चोल और शैलेंद्र राजाओं में फिर मित्रता हो गई। इसके बाद चोल राजाओं ने सुमात्रा और मलय प्रायद्वीप पर अपना आधिपत्य रखने का विचार छोड़ दिया। शैलेंद्र साम्राज्य भी प्रायः इसी समय समाप्त हो गया।

चीनियों की सहायता से विजय नाम के एक शासक ने अपने शत्रु कडिरि के राजा जयकत्वंग को हराकर अपने को जावा का प्रमुख शासक बना लिया। उसने मजपहित को अपनी राजधानी बनाया। 1320 ई. तक इस राज्य के राजा जयनगर ने जावा के अतिरिक्त मदुरा और बोर्नियो पर भी अधिकार कर लिया। 1389 ई. तक इस राज्य की बहुत उन्नति हुई। अनेक विदेशी व्यापारी और विद्वान् यहां आते। परंतु

1389 ई. में मजपहित के राजा राजसगर की मृत्यु के बाद घरेलू युद्ध के कारण इस राज्य का पतन हो गया और अंत में मुसलमानों ने इस पर अधिकार कर लिया।

भारतीय संस्कृति की जो झलक स्वर्णद्वीप में दिखाई पड़ती है उसे चार भागों में विभक्त किया जा सकता है कला, साहित्य, समाज और धर्म।

जावा, चम्पा और सुमात्रा के *साहित्य व अभिलेखों* से यह स्पष्ट है कि इन देशों में भारत की भांति ही चार वर्ण ब्राह्मण, क्षत्रिय, वैश्य और शूद्र थे। अनुलोम विवाह, जिसमें वर का वर्ण वधू के वर्ण से एक वर्ण ऊंचा होता है, बाली में कुछ दिन पूर्व तक प्रचलित था। इस प्रकार के विवाह होने पर संतान का वर्ण पिता का वर्ण होता था। बाली में शूद्रों को अस्पृश्य नहीं समझा जाता था। वे खेती व शिल्पकारी का व्यवसाय करते थे। अपराधियों को दण्ड भी उनके वर्ण के अनुसार ही कम या ज़्यादा दिया जाता था। ऐसी ही प्रथा प्राचीन भारत में थी। उसी अपराध के लिए ब्राह्मणों को सबसे कम, क्षत्रियों को उससे अधिक, वैश्यों और शूद्रों को क्रम से दंड दिया जाता था।

ब्राह्मणों का चम्पा में अत्यधिक आदर होने के बावजूद भी वहाँ के राज्य एवं सरकार पर कोई विशेष प्रभाव नहीं पड़ पाया था। बाली में क्षत्रियों को ब्राह्मणों से श्रेष्ठ गिना जाता है। कुछ दिन पहले तक कम्बोडिया और स्याम के निवासी शिक्षा और यज्ञोपवीत धारण करते थे। उपर्युक्त विवेचन से स्पष्ट है कि इन देशों में वर्ण-व्यवस्था भारतीय वर्ण-व्यवस्था के ही समान विद्यमान थी।

भारत की तुलना में इन देशों की स्त्रियों की दशा काफी बेहतर थी। जावा में गुणप्रिया ने स्त्री होते हुए भी राज्य किया। कुछ प्रदेशों में भाइयों के होते हुए भी बहिन सिंहासन पर बैठती थी। लड़कियों को स्वयंवर द्वारा अपना पति चुनने का अधिकार था। बाली में पर्दे की प्रथा न थी। स्त्रियां निःसंकोच पुरुषों से मिल सकती थीं। राजकीय घरानों में सती का भी रिवाज़ था।

चावल और गेहूँ यहाँ के निवासियों के मुख्य खाद्यान्न थे। फूलों, ताड़ के पेड़, शहद, आदि से शराब बनाई जाती थी। पान खाने का बहुत रिवाज़ था। वेश-भूषा भी इन लोगों की पूर्णतया भारतीय थी। यहां के निवासियों के मनोविनोद, जुआ खेलना, मुर्गे लड़ाना, संगीत और नाटकों का अभिनव थे। इन अभिनयों के कथानक प्रायः रामायण और महाभारत से लिए जाते थे।

भारत की तरह इन देशों में भी समाज दो वर्गों में बंटा हुआ था। अभिजात वर्ग में ब्राह्मणों और क्षत्रियों की गणना की जाती थी और उन्हें कुछ विशेषाधिकार प्राप्त

थे—जैसे कि वे बढ़िया प्रकार के कपड़े और आभूषण पहनते थे और पालकियों और हाथियों पर सवारी कर सकते थे। साधारण व्यक्तियों को ये विशेषाधिकार न थे।

यह एक महत्त्वपूर्ण तथ्य है कि इन देशों में हिंदू धर्म का अत्यधिक प्रभाव पड़ा था। ब्रह्मा, विष्णु और शिव सभी हिंदू देवताओं की पूजा होती थी। बाली में शिव, गणेश, नंदी, अगस्त्य, ब्रह्मा, स्कंद और महाकाल की मूर्तियां मिली हैं। शिव के अनुयायियों की संख्या सबसे अधिक थी, वैष्णवों की उससे कुछ कम। शिव, विष्णु और त्रिमूर्ति की जावा और कम्बुज में अनेक मूर्तियां मिली हैं। जावा में शिव को त्रिशूल और विष्णु को शंख, चक्र, गदा और पद्म धारण किए दिखाया गया है।

फाहियान जब चौथी शती ईसवी में जावा गया था तो उसने देखा था कि वहां ब्राह्मण धर्म का बहुत प्रचार था। बौद्ध धर्म अधिक लोकप्रिय न था; किंतु छठी शती ईसवी में वहां बौद्ध धर्म के अनुयायियों की संख्या बहुत अधिक हो गई। उपनिषदों के दार्शनिक तत्व और तांत्रिक क्रियाओं से भी इन देशों के निवासी पूर्णतया परिचित थे। कम्बोडिया के अभिलेखों में वेद, वेदांग, सामवेद, और बौद्ध धर्मग्रंथों में पारंगत ब्राह्मणों का उल्लेख है। यहां के राजाओं और उनके मंत्रियों को भी धर्मशास्त्रों का पूर्ण ज्ञान था। यहां रामायण, महाभारत और पुराणों के पाठ की प्रथा विद्यमान थी।

सातवीं शती ईसवी तक जावा और सुमात्रा में बौद्ध धर्म का हीनयान संप्रदाय बहुत लोकप्रिय था। किंतु आठवीं शती से शैलेंद्र राजाओं के राज्यकाल में महायान संप्रदाय का बहुत प्रचार हुआ।

बाली में इतनी अन्य देवताओं की पूजा नहीं होती थी, जितनी कि शिव और सूर्य देवता की होती थी। वहां गृह्य-सूत्रों के अनुसार बहुत-से संस्कार किए जाते थे। कृषि की देवी 'श्री' और विद्या की देवी 'सरस्वती' के उपलक्ष्य में उत्सव मनाये जाते थे। पितृ-पूजा भी प्रचलित थी। काली और दुर्गा को प्रसन्न करने के लिए पशु-बलि दी जाती थी। पूजा में घृत, कुशा, तिल और मधु का प्रयोग भारत की भांति ही बाली में किया जाता था। नदियों के नाम बाली में भी गंगा, सिंधु यमुना, कावेरी, सरयू और नर्मदा आदि थे। पुरोहित अधिकतर ब्राह्मण ही होते थे।

कम्बोडिया में प्राप्त अभिलेखों के अध्ययन से यह पता चलता है कि वहाँ के निवासियों में मोक्ष प्राप्ति की तीव्र लालसा थी। यहां के राजाओं ने भारत के साथ घनिष्ठ संबंध रखे और अनेक आश्रमों की स्थापना की, जो भारतीय संस्कृति के केंद्र थे। इन आश्रमों में अनेक विद्वान् स्वाध्याय और मनन कर अपना जीवन बिताते थे। सभी देशों में पूर्ण धार्मिक सहिष्णुता थी। ब्राह्मण और बौद्ध संप्रदायों की साथ-साथ पूर्ण उन्नति हो रही थी। राजा और प्रजा सभी धर्मों का समान आदर करते थे।

भारत के इन सभी उपनिवेशों में भारतीय कला का स्पष्ट प्रभाव देखने को मिलता है। कम्बोडिया की प्रारंभिक कला पूर्णतया भारतीय है। वहीं से गुप्त कला का प्रसार हिंद चीन में हुआ। बहुत से स्थानों पर अमरावती शैली की बुद्ध की मूर्तियां हैं। मलय प्रायद्वीप में महाकाल की मूर्ति मिली हैं और वहां एक ऐसा आभूषण मिला है जिसमें विष्णु को अपने वाहन गरुड़ पर दिखाया गया है। तकुआ के निकट कई भारतीय शैली के अनुरूप मंदिरों के खंडहर मिले हैं। बोर्नियों में विष्णु, ब्रह्मा, शिव, नन्दी और स्कंद की मूर्तियां मिली हैं।

भारतीय कला का स्पष्ट प्रभाव जावा की कला पर पड़ा है। संभवतः डियंग के पठार के हिंदू मंदिरों का निर्माण आठवीं शती ईसवीं में हुआ था। इन मंदिरों के नाम महाभारत के पात्रों के नाम पर हैं। इनकी कला गुप्तकालीन मंदिरों की कला के अनुरूप है। इनमें तीन मुख्य मंदिर ब्रह्मा, विष्णु और शिव के हैं। इन मंदिरों में शिवमंदिर सबसे ज्यादा सुन्दर एवं भव्य है। इसमें 42 फलक ऐसे हैं जिनमें रामायण की कथा के दृश्य दिखाए गए हैं। प्रम्बनन की घाटी में अनेक बौद्ध मंदिर है जैसे कि चंडी कलसन, चंडी सेधु और चंडी सेवु। चंडी कलसन का निर्माण शैलेंद्र राजाओं ने आठवीं शती ईसवी में तारादेवी के उपलक्ष्य में कराया था। चण्डी मेंदुत में बैठे हुए बुद्ध की तीन और बोधिसत्वों की दो मूर्तियां कला के उत्कृष्ट उदाहरण हैं। किंतु जावा का सर्वश्रेष्ठ स्मारक बोरोबुदूर है। इसका निर्माण एक शैलेंद्र राजा ने नवीं शती ईसवी में कराया था। इसमें नीचे की छः मंजिलें वर्गाकार हैं जिनके ऊपर की तीन मंजिलें वृत्ताकार हैं। सबसे ऊपर की मंजिल के ऊपर घंटाकार स्तूप है। निचला मंजिल वाली दीवारों पर नरक के वीभत्स दृश्य दिखलाए गए हैं। इससे ऊपर की दीवारों पर बुद्ध-जीवन और उनके पूर्व-जन्म के दृश्य 1,400 मूर्तियों में दिखाए गए हैं। इनमें कुछ महायान संप्रदाय के देवी-देवता हैं। सबसे नीचे की छत की लंबाई लगभग 91.4 मीटर है और सबसे ऊपर की मंजिल का व्यास 27.4 मीटर है।

उपरोक्त विवेचनों से इस भवन की विशालता का अन्दाजा लगाया जा सकता है किंतु यह अपनी मूर्तिकला और अलंकरण के लिए भी बहुत प्रसिद्ध है।

शिव का एक भव्य एवं सुंदर मंदिर बोरोबुदूर के निकट स्थित है। इसे चंडी बनोन कहते हैं। इसमें विष्णु, शिव, ब्रह्मा, गणेश और अगस्त्य की सुंदर मूर्तियां मिली हैं। शैलेंद्र राजाओं के पतन के बाद शिव की पूजा बहुत लोकप्रिय हो गई। इसका श्रेष्ठ उदाहरण चंडी लोरो जंगरंग है। यह एक चबूतरे पर बना है और इसके पास 156 छोटे मंदिर हैं। इस मंदिर के अंदर शिव की मूर्ति के अतिरिक्त ब्रह्मा और विष्णु की मूर्तियां मिली हैं। इसमें राम और कृष्ण के जीवन के अनेक दृश्य चित्रित किए

गए हैं। शिव, ब्रह्मा, दुर्गा, महिषमर्दिनी, शेषनाग पर सोए हुए आठ हाथ वाले विष्णु, अप्सराओं, सीताहरण, बालि-वध और हनुमान-सीता मिलन के अद्भुत मंदिर भी यहाँ बने हुए हैं।

जावा में ध्यानी बोधिसत्व, शिव, दुर्गा और महिषमर्दिनी की कांसे की भी सुंदर मूर्तियां मिली हैं।

कम्बुज में अंगकोरवाट का सर्वश्रेष्ठ स्मारक स्थित है। इसका निर्माण बारहवीं शती ईसवी में सूर्यदेव वर्मा द्वितीय ने करवाया था। इसके चारों ओर 4 किलोमीटर लंबी तथा 198.1 मीटर चौड़ी खाई है। इसमें पूर्व से पश्चिम जाने वाली वीथी की लंबाई लगभग 243.8 मीटर और उत्तर से दक्षिण की वीथी की लंबाई 198.1 मीटर है। बीच के शिखर की ऊंचाई धरातल से 76.2 मीटर से अधिक है। इनसे इस भवन की विशालता का अनुमान लगाया जा सकता है। इसमें अलंकृत मूर्तियां बहुत भव्य बनी हैं और इस भवन में प्रतिसाम्य का बहुत ध्यान रखा गया है।

चम्पा में भी अनेक भव्य मंदिरों का निर्माण हुआ है। डोंगडुओंग के मंदिर बौद्ध और माइसन और पोनगर के मंदिर शैव हैं। इन मंदिरों की रचना मद्रास के निकट मामल्लपुरम् के गुफ़ा मंदिरों की रचना के अनुरूप है।

बर्मा का 'आनंद मंदिर' सबसे सर्वश्रेष्ठ मंदिर है। इसका निर्माण ग्यारहवीं शती के अंत में हुआ था। यह लगभग 171.8 मीटर चौड़े और इतने ही लंबे चौकोर आंगन में बना है। मुख्य मंदिर वर्गाकार है जिसकी प्रत्येक भुजा 53.7 मीटर है। इस मंदिर के चारों ओर बीचोंबीच में 17.4 फुट लंबे चार वलभियुक्त द्वारमंडल हैं। मंदिर में 2.4 मीटर ऊंचे सिंहासन पर बुद्ध की 9.4 मीटर ऊंची विशालकाय मूर्ति है। इस मंदिर की बाहरी दीवारें लगभग 12 मीटर तक ऊँची है। उनके ऊपर प्राचीरयुक्त मुंडेर है जिनके प्रत्येक कोने में एक स्तूप है। इन छज्जों के ऊपर दो छतदार वीथियां हैं जो वृत्ताकार हैं। इन दो छतों के ऊपर तंग चार छज्जे हैं जिनके ऊपर स्तूप हैं। इस मंदिर के प्रत्येक भाग का अनुपात बहुत ठीक रखा गया है और प्रतिसाम्य का पूरा ध्यान रखा गया है। इसके सौन्दर्य का प्रमुख केन्द्र इसकी मूर्तिकला है। इन उत्कीर्ण चित्रों में बुद्ध के जीवन और जातक कथाओं के दृश्य दिखलाए गए हैं। विद्वानों का मत है कि जिन कलाकारों ने इसका निर्माण किया, वे सब भारतीय थे। यह बर्मा की वास्तुकला का श्रेष्ठ उदाहरण है। उपर्युक्त विवेचन से यह स्पष्ट है कि इन प्रदेशों की कला पर भारतीय कला का बहुत प्रभाव पड़ा है।

जावा, चम्पा, कम्बुज और मलय प्रायद्वीप में पाए गए संस्कृत अभिलेखों से यह बात स्पष्ट है कि इन सभी देशों में संस्कृत *साहित्य* के अध्ययन का प्रचलन था।

इन अभिलेखों में भारतीय धार्मिक साहित्य, व्याकरण, भाषा-विज्ञान, दर्शन, राजनीतिक विज्ञान और काव्यों का उल्लेख है। कम्बुज के अभिलेखों में ऐसे ब्राह्मणों का उल्लेख है जो वेद, वेदांग, सामवेद और धर्मशास्त्रों में पारंगत थे। प्रतिदिन रामायण, महाभारत और पुराणों की कथा कहने की व्यवस्था की जाती थी। कई मंदिरों में अनेक लोग इन पुस्तकों की प्रतियां दान स्वरूप देते थे। इस कार्य को पुण्य कर्म समझा जाता था। कम्बुज के कुछ नरेश जैसे इंद्रवर्मा और यशोवर्मा संस्कृत के विद्वान् थे। यशोवर्मा का मंत्री ज्योतिष का विद्वान् था। नवीं शती ईसवी के अभिलेखों से यह स्पष्ट है कि इनके रचयिता संस्कृत के सभी छंदों को जानते थे। उनमें वेद, पुराण, धर्मशास्त्र, बौद्ध तथा जैन साहित्य, छहों दर्शन, वात्स्यायन के कामसूत्र और मनुस्मृति का उल्लेख है। इनकी काव्य-शैली बड़ी मनोहारी और परिमार्जित है। इन अभिलेखों से यह भी ज्ञात होता है कि इनके लेखकों को रामायण, महाभारत, पुराण और कालिदास के ग्रंथों का भी पूर्ण ज्ञान था। एक अभिलेख में चार श्लोक ऐसे हैं जिनमें रघुवंश के चार श्लोकों की झलक स्पष्ट दिखलाई देती है।

पल्लव और वेंगी की लिपि जावा के अभिलेखों की लिपि से स्पष्ट रूप से मिलती है। जावा का साहित्य भारतीय साहित्य से प्रेरणा प्राप्त करके ही विकसित हुआ है। कडिरि, सिंहसारि और मजपहित के राजाओं के संरक्षण में 1000 ई. से 1500 ई. तक साहित्य का बहुत विकास हुआ। इस साहित्य की भाषा जावा की भाषा है जिसमें संस्कृत के शब्दों का प्राचुर्य है। विषय भारतीय है और छंद भी संस्कृत भाषा के हैं। सबसे प्रसिद्ध ग्रंथ रामायण और महाभारत के अनुवाद हैं। महाभारत से प्रेरणा प्राप्त कर अनेक काव्य, जैसे अर्जुन-विवाह, भारत-युद्ध, स्मरदहन, सुमन-सांतक लिखे गए। स्मृति, पुराण, इतिहास, भाषा-विज्ञान और आयुर्वेद पर भी भारतीय ग्रंथों के अनुरूप ही अनेक पुस्तकें लिखी गईं।

लगभग 400 ईसवी को बोर्नियों में चार अभिलेख पाए गए जिनसे ज्ञात होता है कि वहां के राजा मूलवर्मा ने अनेक यज्ञ कराए और ब्राह्मणों को बहुत दान दिया। ये अभिलेख स्तूपों पर उत्कीर्ण हैं।

लंका और *बर्मा* में भारत के बौद्ध साहित्य का भली-भांति अध्ययन किया जाता था। वहां का पालि साहित्य इसी भारतीय साहित्य पर आधारित है।

भारत के इन उपनिवेशों के राजनीतिक व्यवस्था पर भी *भारतीय धर्मशास्त्रों और अर्थशास्त्रों* का प्रभाव स्पष्ट दिखलाई देता है। वहां भी सूर्य और चंद्र की कलाओं पर आधारित वर्ष और शक संवत् का प्रयोग होता है।

उपरोक्त विवरणों के अध्ययन से स्पष्ट होता है कि भारत का अपने पड़ोसी पूर्वी राज्यों पर बहुत प्राचीन काल से व्यापक सांस्कृतिक प्रभाव पड़ा। मलाया, कम्बोडिया, बर्मा, थाईलैंड, जावा और लंका की संस्कृति पर व्यापार और धर्म-प्रचार के कारण भारतीय संस्कृति का बहुत प्रभाव पड़ा किंतु भारतीयों ने इन देशों का आर्थिक शोषण नहीं किया। रमेशचंद्र मजूमदार ने ठीक ही कहा है : "भारत के औपनिवेशिक और सांस्कृतिक विस्तार की कहानी भारतीय इतिहास का एक जाज्वल्यमान किंतु विस्मृत परिच्छेद है। प्रत्येक भारतीय को इसका गर्व होना चाहिए।"

भारत का इतिहास : एक सर्वेक्षण—विश्व के अनेक प्राचीन देशों में भारत का इतिहास लगभग पाँच हजार वर्ष पुराना है। यह इतिहास अनवरत है। इसका प्रवाह अटूट है। इस समूचे काल में भारत की पहचान बनी रही है। 15 अगस्त, 1947 को नए और आधुनिक भारत का जन्म अवश्य हुआ, लेकिन इस भारत की जड़ें, उसके लंबे इतिहास में धंसी हुई हैं। भारतीय जीवन-मूल्यों, सामाजिक ढांचे और बौद्धिक तथा मानसिक गठन पर भारतीय इतिहास की छाप है। भारत की कोई भी समस्या उसके ऐतिहासिक संदर्भ के बिना नहीं समझी जा सकती। स्वतंत्र भारत को समझने के लिए भी उसके इतिहास की थोड़ी सी जानकारी आवश्यक है।

भारत के इन पाँच हजार वर्षों के इतिहास को निम्नलिखित चार खण्डों में विभक्त किया जा सकता है—

1. **प्राचीन भारत अथवा हिंदू भारत**—यह कालखंड ईसा पूर्व 3000 से आरंभ होकर 1192 तक चला। वर्ष 1192 का महत्त्व यह है कि इस साल तराइन के दूसरे युद्ध में हिंदू सम्राट पृथ्वीराज चौहान मुस्लिम आक्रमणकारी मोहम्मद ग़ौरी के हाथों पराजित हुआ और भारत में मुस्लिम शासन का बीजारोपण हो गया।
2. **भारत का मध्ययुग मुस्लिम भारत**—यह समय 1192 से शुरू होकर 1757 तक चला। इस काल खण्ड को सामान्यता दो भागों में विभक्त कर सकते हैं—**पहला**— तुर्की शासन (1192-1526) और **दूसरा**— मुग़ल शासन (1526-1757)। 1757 में प्लासी की लड़ाई हुई जिसमें बंगाल का स्वंतत्र मुस्लिम शासक अपने ही सेनापतियों के विश्वासघात के कारण अंग्रेज़ी सेना से पराजित हुआ और भारत की भूमि पर अंग्रेज़ों के पैर दृढ़ता से जम गए।
3. **आधुनिक भारत या ब्रिटिश भारत**—यह कालखण्ड 1757 से लेकर 1947 तक चला। इस काल में अंग्रेज़ों ने छल-बल से अन्य यूरोपीय शक्तियों को

भारत से बाहर खदेड़ा, भारतीय नरेशों को आपस में लड़ाकर अपना स्वार्थ सिद्ध किया और बंगाल से शुरू करके धीरे-धीरे समूचे भारत पर अपना नियंत्रण स्थापित कर लिया। इस काल का एक प्रमुख लक्षण है भारत का पश्चिम से संपर्क जिसके परिणामस्वरूप प्राचीन भारत की खोज का क्रम आरंभ हुआ और भारती की धरती पर नवजागरण की सहस्रमुखी धाराएं प्रवाहित हुईं। यह वही काल है जिसमें भारत की निहत्थी जनता ने एक अधनंगे फ़क़ीर के नेतृत्व में संसार के सबसे शक्तिशाली साम्राज्य के खिलाफ अहिंसा की अद्भुत लड़ाई लड़ी है और अंत में विजय प्राप्त की।

4. **स्वाधीन भारत**—15 अगस्त, 1947 को भारत को स्वाधीनता मिलने के बाद से यह समय अब तक जारी है। इस कालखण्ड का इतिहास भले ही 60 साल पुराना है, लेकिन महत्त्व की दृष्टि से यह 500 साल से कम नहीं है। विभाजन के कष्टकारी अनुभव, चीनी आक्रमण, पाकिस्तान के साथ तीन युद्धों, आर्थिक संकट, भ्रष्टाचार के अनेक घोटालों, राजनीतिक दलों की बहुलता, प्रादेशिक और पृथकतावादी प्रवृत्तियों के उत्थान के बावजूद भारत दृढ़ता से अपने पैरों पर खड़ा है और भविष्य का ताना-बाना बुनने में व्यस्त है। अंधेरी रात ज़रूर है, पर भोर होने में भी देर नहीं है। इसी विश्वास ने भारत को सदियों से जीवित रखा है। यह विश्वास आज भी उसका संबल है।

सिंधु घाटी की सभ्यता : भारत की सबसे प्राचीन सभ्यता सिंधु घाटी की सभ्यता है। मोहनजोदड़ो पाकिस्तान के सिंध प्रांत में लरकाना जिले में एक स्थान है। स्थानीय सिंधी बोली में मोहनजोदड़ो का अर्थ है—मुर्दों का टीला। हड़प्पा पाकिस्तान के मांटगोमरी जिले में एक स्थान है। 1922-23 से पहले वैदिक सभ्यता को ही भारत की सबसे प्राचीन सभ्यता माना जाता था। 1922 में राखालदास बनर्जी के नेतृत्व में मोहनजोदड़ो की खुदाई हुई और एक भव्य नगर के अवशेष उपलब्ध हुए। हड़प्पा और मोहनजोदड़ो में लगभग 400 मील का फ़ासला है। लेकिन दोनों जगहों पर कराए उत्खनन के पश्चात् मिले अवशेषों में अद्भुत समानता देखने को मिलती है। तुलनात्मक अध्ययन के आधार पर सर जॉन मार्शल ने यह सिद्ध करने का प्रयास किया है कि दोनों स्थानों की सभ्यता एक ही थी। चूंकि इस सभ्यता के अधिकांश भग्नावशेष सिंधु तथा उसकी सहायक नदियों की घाटियों में मिले हैं, अतः इसे सिन्धु घाटी की सभ्यता कहा गया है।

मोहनजोदड़ो और हड़प्पा के अतिरिक्त सिंधुघाटी सभ्यता के कई अवशेष विभिन्न जगहों पर पाए गए हैं। उपलब्ध साक्ष्य के आधार पर कहा गया है कि

अविभाजित भारत में यह सभ्यता पश्चिम में अरब सागर के तट के समीप सुत्कगेंडोर से लेकर पूर्व में उत्तर प्रदेश के ग़ाजियाबाद जिले तक तथा उत्तर में शिमला पहाड़ियों की तलहटी से लेकर दक्षिण में नर्मदा और ताप्ती नदियों के मध्य स्थित भगवार तक के क्षेत्र में विस्तृत थी। इस सभ्यता के क्षेत्र का विस्तार पूर्व से पश्चिम तक लगभग 1600 किलोमीटर और उत्तर से दक्षिण तक लगभग 1100 किलोमीटर नापा गया है। सर जॉन मार्शल ने सिंधु सभ्यता की पूरी अवधि 500 वर्ष मानी है। उन्होंने इसका काल 3250 से 2750 ई.पू. नियत किया है।

सिंधु सभ्यता की प्रमुख विशेषताएं हैं : नगर-योजना, जल-निकास व्यवस्था, मिट्टी के बर्तन, मिट्टी की मुद्राएं, ताबीज़, मिट्टी की मूर्तियां, पाषाण-मूर्तियां, धातु-कृतियां, परम पुरुष की उपासना, परम नारी की उपासना, प्रजनन-शक्ति की पूजा, वृक्ष-पूजा, पशु-पूजा, प्रतीक-पूजा, कृषि, पशुपालन, घरेलू उद्योग धंधे, बाहरी दुनिया से संबंध। कुल मिलाकर यह एक उन्नत सभ्यता थी और इसके फलस्वरूप भारत के इतिहास में एक नया और गौरवपूर्ण अध्याय जुड़ गया है। विद्वानों में सिंधु सभ्यता के अंत को लेकर मतैक्य कायम नहीं है। इसके अंत तक तीन कारणों की कल्पना की गई है : आर्यों का आक्रमण, बाढ़ अथवा भूचाल जैसी प्राकृतिक आपदाएं। सिंधु घाटी के लोग लिखना-पढ़ना जानते थे। इस सभ्यता की अनेक अभिलिखित मुद्राएं, ताम्रपत्र तथा छापे प्राप्त हुए हैं। ये अभी तक पढ़े नहीं गए हैं। अतः सिंधु घाटी की सभ्यता के बारे में अंतिम निर्णय शेष हैं।

वैदिक सभ्यता : वैदिक सभ्यता का इतिहास सिंधु घाटी सभ्यता के अंत के साथ प्रारम्भ होता है। वैदिक सभ्यता के दो युग माने गए हैं : ऋग्वैदिक काल (लगभग 2000-1000 ई. पू.) और उत्तर-वैदिक काल (लगभग 1000-500 ई.पू.)।

'वेद' शब्द का अभिप्राय ज्ञान से है। ये अपौरुषेय माने गए हैं। इन्हें 'श्रुति' कहा जाता है। ये मौखिक परंपरा पर आधारित थे। वेद चार हैं : ऋग्वेद, यजुर्वेद, अथर्ववेद और सामवेद। ऋग्वेद सबसे प्राचीन वेद है। इसमें कई ऋषियों की आध्यात्मिक और ईश्वरीय अनुभूतियों का संग्रह किया गया है। ऋग्वेद में कुल 10 मंडल और 1028 सूक्त हैं। ऋग्वेद में मानव चिंतन का आदि रूप, उसके दार्शनिक, नैतिक, धार्मिक, सामाजिक, राजनीतिक और आर्थिक जीवन की झांकी मिलती है। वर्ण-व्यवस्था, आश्रम-व्यवस्था, पुरुषार्थ-चतुष्ट्य, आत्मा की अमरता, पुनर्जन्म, यज्ञ, एकेश्वरवाद जैसे भारतीय जीवन के बुनियादी तत्त्वों का स्रोत ऋग्वेद ही है।

ऐसा माना जाता है कि ऋग्वेद की रचना भिन्न-भिन्न कालखण्डों में हुई। इनकी रचना का श्रेय कुछ ऋषियों या ऋषि परिवारों को है। प्रत्येक सूक्त के साथ किसी ऋषि अथवा देवता का नाम मिलता है। इसका तात्पर्य यह है कि उस सूक्त की प्रेरणा ऋषि को हुई तथा वह संबंधित देवता को समर्पित है। ऋग्वेद के रचनाकार ऋषियों में विश्वामित्र, वामदेव, अत्रि, भारद्वाज और वशिष्ठ के नाम विशेष रूप से उल्लेखनीय हैं। मंत्र सृष्टा ऋषियों में कुछ स्त्रियों के नाम भी मिलते हैं जिनमें लोपामुद्रा, घोषा, शची और पौलोमी के नाम विशेष रूप से लिए जा सकते हैं। ऋग्वैदिक सभ्यता का विस्तार अफ़ग़ानिस्तान से लेकर पूर्व में गंगा के पश्चिमी तट तक और उत्तर में हिमालय से लेकर दक्षिण में विंध्य प्रदेश की सीमा तक था। उत्तरी भारत की सात नदियों का प्रदेश जिसे सप्त-सैंधव प्रदेश कहा जाता था, ऋग्वैदिक आर्यों का मुख्य केंद्र था।

ऋग्वैदिक काल में आर्य अनेक क़बीलों या जनों में विभक्त थे जिनमें मुख्य थे : भरत, मत्स्य, द्रुहु, यदु, पुरु और तुर्वस। आर्यों के इन विभिन्न क़बीलों में सर्वोच्च सत्ता के लिए लड़ाई होती रहती थी। ऋग्वेद में दस राजाओं के युद्ध की विस्तृत जानकारी मिलती है। यह लड़ाई रावी नदी के तट पर लड़ी गई थी और इसमें राजा सुदास ने अपने प्रतिपक्षी दस राजाओं को पराजित किया था आर्य जनपदों में राजतंत्रात्मक शासन-प्रणाली प्रचलित थी। सामान्यतः वंशानुगत राज्याधिकार की परंपरा थी। आर्यों का अनार्यों से भी युद्ध हुआ था। ऋग्वेद में अनार्यों के लिए दास शब्द का प्रयोग हुआ है।

वैदिक काल के उत्तरार्ध में सामाजिक जीवन संयुक्त परिवार-प्रथा पर आधारित था। इस काल में पुत्र की तुलना में पुत्री का स्थान हलका माना जाने लगा। तथापि, उपनिषदों में ऐसी स्त्रियों का उल्लेख मिलता है जो ज्ञान एवं शास्त्रार्थ के लिए प्रसिद्ध थीं। जनक की राजसभा में गार्गी ने याज्ञवल्क्य से शास्त्रार्थ किया था। विवाह पवित्र संस्कार था लेकिन कुछ उदाहरण ऐसे मिलते हैं जहां एक पुरुष की अनेक पत्नियां होती थीं। उत्तर वैदिक काल में यज्ञों और कर्मकांडों की जटिलता बढ़ गई थी।

बौद्ध युग : हिन्दू धर्म में ईसा पूर्व छठी शताब्दी में ब्राह्मणों का प्रभुत्व, यज्ञों, कर्मकाण्डों की जटिलता और वर्ण व्यवस्था की कठोरता ने समाज में व्यापक निराशा पैदा कर दी थी, जिसके कारण दो धर्मों का जन्म हुआ। ये धर्म थे : जैन धर्म और बौद्ध धर्म। जैन धर्म मूल रूप में ईसा पूर्व छठी शताब्दी का आंदोलन नहीं है। जैन साहित्य और परंपरा के अनुसार जैन धर्म वैदिक धर्म से भी पुराना है। जैन धर्म के संस्थापकों को 'तीर्थंकर' कहते हैं। जैन धर्म के कुल 24 तीर्थंकर हुए हैं। सबसे पहले

तीर्थंकर ऋषभ देव थे और सबसे अंतिम महावीर। जैन तीर्थंकरों में पार्श्वनाथ और महावीर अवश्य ऐतिहासिक पुरुष हैं। शेष की ऐतिहासिकता विवादास्पद है।

महावीर स्वामी का जन्म विहार के वैशाली जिले के समीप कुण्डग्राम में हुआ था। उनके पिता सिद्धार्थ तथा माता त्रिशला थीं। उनका बचपन का नाम वर्धमान था। उनका विवाह हुआ था और उससे उनके एक पुत्री भी हुई थी। वर्धमान ने 30 बर्ष की आयु में घबराकर घरबार त्याग दिया। उन्होंने 12 वर्ष तक तपस्या की और 'कैवल्य' अथवा ज्ञान प्राप्त किया।

महावीर स्वामी ने अपने जीवन का अधिकांश हिस्सा ज्ञान के प्रसार में लगाया। अनेक राजा उनके अनुयायी थे। 72 वर्ष की आयु में पावापुरी (राजगृह के निकट) में महावीर की मृत्यु हुई।

जैन धर्म में दो तत्त्वों पर विश्वास किया जाता है जीव और अजीव। जीव चैतन्य द्रव्य है और अजीव चैतन्य शून्य। जीव और अजीव के संयोग से जगत का निर्माण होता है। जैन धर्म में अजीव अवस्था अथवा जड़ पदार्थ की अवस्था को 'पुद्गल' कहते हैं। पुद्गल को छोटा-बड़ा किया जा सकता है। उसका सबसे छोटा भाग परमाणु कहलता है। परमाणुओं के आपस में मिलने से ही भौतिक संसार के अनेक रूपों का निर्माण होता है। जहां वैदिक धर्म प्रवृत्ति मार्गी है जैन धर्म निवृत्तिमार्गी है। जैन धर्म के अनुसार संसार दुःखमय है। इस दुःख का मूल कारण तृष्णा है। तृष्णा कभी शांत नहीं होती। मनुष्य पूरे जीवन भर आजीवन उससे घिरा रहता है।

जैन धर्म के अनुसार मनुष्य के जीवन का प्रमुख लक्ष्य मोक्ष की दृष्टि करना है। राग-द्वेष और आसक्ति के बंधन से मुक्ति ही निर्वाण है। जैन धर्म के अनुसार निर्वाण-प्राप्ति के तीन उपाय हैं : सम्यक् दर्शन, सम्यक् ज्ञान और सम्यक् चरित्र। साधना के ये तीनों अंग 'त्रिरत्न' कहलाते हैं। सम्यक् दर्शन का अर्थ है—सही विश्वास या श्रद्धा। इसके आठ अंग हैं :

1. संदेह को दूर करना;
2. सांसारिक सुखों की इच्छा को त्यागना;
3. आसक्ति-विरक्ति से बचना;
4. गलत रास्ते की तरफ़ न जाना;
5. अंधविश्वासों से बचे रहना;
6. सही विश्वास पर जमे रहना;
7. सभी के प्रति समान प्रेमभाव रखना;
8. जैन सिद्धांतों में पूर्ण आस्था रखना।

सम्यक् ज्ञान का आशय सही विचार से है। जैन धर्म के अनुसार ज्ञान पांच प्रकार का होता है :

1. **मतिज्ञान :** यह ज्ञान इंद्रियों के द्वारा प्राप्त होता है। इसका एक उदाहरण है नाक के द्वारा गंध का ज्ञान।
2. **श्रुति ज्ञान :** यह ज्ञान मौखिक परंपरा से प्राप्त होता है। वैदिक ज्ञान श्रुति ज्ञान था।
3. **अवधि ज्ञान :** दूर देश और काल का ज्ञान।
4. **मनःपर्याय :** इसका अर्थ है अन्य व्यक्तियों के भावों और विचारों को जान लेने का ज्ञान।
5. **केवल ज्ञान :** यह पूर्ण ज्ञान है। यह पूर्णता प्राप्त सच्चे साधुओं को ही प्राप्त होता है। जीव में पूर्ण ज्ञान रहता है। लेकिन वह भौतिक आवरण के कारण छिपा रहता है। साधना के द्वारा मनुष्य के भौतिक आवरण नष्ट होते हैं और वह पूर्ण ज्ञान का अधिकारी बनता है।

सम्यक् चरित्र का आशय सही काम अथवा आचरण करने से है। मनुष्य अपनी इंद्रियों के द्वारा आचरण करता है। जैन धर्म की शिक्षा है कि मनुष्य को बाह्य जगत् के सुख-दुःखों के प्रति समता का भाव रखकर उदासीनता के भाव से आचरण करना चाहिए।

जैन धर्म में पांच अणुव्रतों की कल्पना की गई है–

1. अहिंसा,
2. सत्य,
3. अस्तेय,
4. अपरिग्रह और
5. ब्रह्मचर्य।

जैन धर्म का मूल मंत्र अहिंसा है जिसे उसने पराकाष्ठा तक पहुंचा दिया है। गांधी जी के अहिंसा-दर्शन पर जैन धर्म की अहिंसा का प्रभाव है।

जैन धर्म ने भारतीय दर्शन और कला के क्षेत्र में विशिष्ट प्रभाव छोड़ा है। जैन आचार्यों ने लोक भाषाओं में अपने साहित्य का निर्माण कर उन्हें सर्वसाधारण के लिए बोधगम्य बनाने की कोशिश की। जैन ग्रंथ भारतीय इतिहास की जानकारी के महत्त्वपूर्ण स्रोत हैं। जैन धर्म की सबसे उल्लेखनीय देन कला के क्षेत्र में है। उड़ीसा के पुरी जिले में खंडगिरि और उदयगिरि की गुफ़ाएं, राजस्थान में आबू पर्वत पर

दिलवाड़ा के जैन मंदिर, काठियावाड़ की गिरनार और पालीताना पहाड़ियों पर और मैसूर में श्रवण-बेलगोला पर बने जैन मंदिर कलाके उत्कृष्ट नमूने हैं।

गौतम बुद्ध बौद्ध धर्म के संस्थापक थे। इनका जन्म शाक्य कुल में हुआ था। अतः उन्हें शाक्य मुनि कहा जाता है। उनके पिता शुद्धोधन हिमालय की तराई में स्थिति शाक्य गणराज्य के प्रधान थे जिसकी राजधानी कपिलवस्तु थी। उनका जन्म लुंबिनी नामक वन में ईसा से 563 वर्ष पूर्व वैशाख मास की पूर्णिमा के दिन हुआ था। उनके जन्म के कुछ समय बाद ही उनकी माता की मृत्यु हो गई तथा उनका लालन-पालन उनकी मौसी और विमाता प्रजापति गौतमी ने किया। गौतम के जन्म से उनके पिता की पुत्र-प्राप्ति की इच्छा पूरी हुई थी, अतः उनका मूल नाम सिद्धार्थ रखा गया। मात्र सोलह वर्ष की अवस्था में इन्हें एक पुत्र की प्राप्ति हुई। जिसका नाम राहुल था।

गौतम को सारे सांसारिक एवं भौतिक सुख प्राप्त थे। लेकिन उन्हें पता न था कि संसार में दुःख नाम की कोई वस्तु भी होती है। एक बार वे रथ पर राजमहल से बाहर घूमने के लिए निकले। रास्ते में उन्होंने तीन ऐसे दृश्य देखे जिन्होंने उनकी जीवनधारा बदल दी। उन्होंने एक बूढ़े और कमज़ोर व्यक्ति को देखा, उन्होंने एक कोढ़ी को देखा और अंत में उन्होनें एक मुर्दा देखा। गौतम का मन इन तीन दृश्यों को देखकर संसार से उचाट हो गया। 29-30 वर्ष की आयु में उन्होंने अपना घर त्याग दिया और वे सच्चे सुख की खोज में निकल पड़े। गौतम का यह गृह-त्याग 'महाभिनिष्क्रमण' कहलाता है। घर का त्याग करने के बाद गौतम ने पहले दो ब्राह्मण तपस्वियों से योग सीखा, लेकिन इससे उनकी ज्ञान-पिपासा शांत न हो सकी। उन्होंने इसके बाद उरुवेला नामक वन में 6 वर्ष तक तपस्या की। वहां पीपल के वृक्ष के नीचे ध्यानमग्न बैठे गौतम को वैशाख पूर्णिमा की रात को अचानक ऐसा लगा कि उन्हें ज्ञान प्राप्त हो गया है। और इसी समय से यह बुद्ध कहे जाने लगे। जिस वृक्ष के नीचे गौतम को ज्ञान प्राप्त हुआ, वह 'बोध वृक्ष' कहलाया और जिस स्थान पर उन्हें ज्ञान प्राप्त हुआ, वह 'बोध गया' के नाम से विख्यात हुआ।

गौतम ने ज्ञान प्राप्ति के पश्चात् बनारस के निकट सारनाथ में अपने पांच पूर्व तपस्वी साथियों को अपने नए धर्म की दीक्षा दी। बौद्ध इतिहास में यह घटना 'धर्म चक्र प्रवर्त्तन' कहलाती है। बुद्ध ने अपना शेष जीवन शिक्षाओं के प्रचार में व्यतीत किया। उनका 80 वर्ष की आयु में गोरखपुर (उत्तर प्रदेश) के निकट कुशीनगर (कुशीनारा) में देहांत हुआ। उनके देहांत की घटना को 'महापरिनिर्वाण' कहते हैं।

गौतम बुद्ध ने *निम्नलिखित चार आर्य सत्यों* की घोषणा की है :

1. संसार में दुःख है।
2. हर दुःख का कोई-न-कोई कारण है। मुख्य कारण है तृष्णा अर्थात् भौतिक सुखों की कभी समाप्त न होने वाली चाहत।
3. दुःखों के कारण से छुटकारा संभव है।
4. दुःखों पर विजय पाने का मार्ग है। इसके आठ अंग हैं :
    1. **सम्यक् दृष्टि** : पाप-पुण्य, सत्य-असत्य, सदाचार-दुराचार में भिन्नता करना ही सही दृष्टि है।
    2. **सम्यक् संकल्प** : हिंसा और कामना से मुक्त होकर आत्म-कल्याण का पक्का निश्चय करना।
    3. **सम्यक् वाणी** : सत्य, विनम्र तथा मृदु वचन बोलना तथा वाणी पर संयम रखना।
    4. **सम्यक् कर्मांत** : सभी कर्मों में पवित्रता रखना।
    5. **सम्यक् आजीविका** : न्यायपूर्ण मार्ग पर चलकर अपनी जीविका का अर्जन करना।
    6. **सम्यक् प्रयत्न** : सत्कर्मों के लिए लगातार उद्योग करते रहना।
    7. **सम्यक् स्मृति** : लोभ-मोह, क्रोध आदि चित्त के संतापों से बचना और श्रेष्ठ शिक्षाओं को सदा याद रखना।
    8. **सम्यक् समाधि** : राग तथा द्वेष से रहित होकर चित्त की एकाग्रता को बनाए रखना।

अतियों से बचकर मध्य मार्ग के अनुसरण करने का गौतम बुद्ध ने जोर दिया। वे न तो घोर तपस्या द्वारा शरीर को अत्यधिक कष्ट देना उचित समझते हैं और न ही अत्यधिक भोग-विलास को ही। गौतम बुद्ध द्वारा प्रतिपादित यह बीच का मार्ग मध्यमा प्रतिपदा कहलाता है।

गौतम बुद्ध ने वेदों की प्रामाणिकता को अस्वीकारा ईश्वर और आत्मा के अस्तित्व के बारे में कुछ कहने से इंकार किया, अब कर्मवाद का प्रतिपादन किया, कार्य-कारण संबंध की व्याख्या की, आत्मावलंबन का पाठ पढ़ाया और संसार को परिवर्तनशील माना। बुद्ध ने जाति-व्यवस्था का विरोध किया और भिक्षु संघ का संगठन लोकतंत्र के आधार पर किया।

गौतम बुद्ध ने आचरण से सम्बन्धित दस नियमों का निर्धारण किया। इन नियमों को शील कहते हैं। वे दस नियम निम्नलिखित हैं—

अहिंसा व्रत का पालन करना, सदा सत्य बोलना, अस्तेय अर्थात् चोरी न करना, अपरिग्रह अर्थात् वस्तुओं का संग्रह न करना, ब्रह्मचर्य अर्थात् इन्द्रियों पर संयम रखना, नृत्य-गान का त्याग, सुगंधित पदार्थों का त्याग, असमय में भोजन का त्याग, कोमल शैया का त्याग तथा कामिनी-कंचन का त्याग।

बौद्ध धर्म के साहित्य को *'त्रिपिटक'* कहा जाता है। त्रिपिटक तीन हैं —सुत्तपिटक, विनयपिटक और अभिधम्मपिटक।

सुत्तपिटक के पांच विभाग हैं —

1. दीघ निकाय,
2. मज्झिम निकाय,
3. संयुक्त निकाय,
4. अंगुत्तर निकाय, और
5. खुद्दक निकाय।

सुत्तपिटक के विभिन्न विभागों में बौद्ध धर्म के विभिन्न सिद्धांतों, विश्व की उत्पत्ति, जाति-व्यवस्था की कृत्रिमता, निर्वाण-प्राप्ति के साधनों, पुनर्जन्म, आत्म-ज्ञान और आत्म-चिंतन आदि विषयों का विवेचन है। विनयपिटक में भिक्षुओं के आचरण विषयक नियम हैं। विनयपिटक में भिक्षुओं के आचरण विषयक नियम हैं। अभिधम्मपिटक में गौतम बुद्ध के उपदेशों का संकलन है। 'धम्मपद' नामक ग्रंथ को बौद्ध धर्म की गीता कहा जा सकता है। इसके 424 श्लोकों में बौद्ध धर्म का सार आ गया है।

गौतम बुद्ध के मृत्योपरान्त बौद्ध धर्म में दो मुख्य संप्रदायों का विकास हुआ। इनमें से एक हीनयान और दूसरा *महायान* था।

हीनयान संप्रदाय बौद्ध धर्म के प्राचीन शाखा से जुड़ा हुआ है यह बौद्ध धर्म के मूल स्वरूप को महत्त्व देता है। हीनयान निवृत्ति के ऊपर अधिक बल देता है और उसकी साधना-पद्धति कठोर है। उसका पालन थोड़े-से लोगों के लिए ही संभव है।

महायान संप्रदाय समस्त मनुष्यों को, गृहस्थों को भी, निर्वाण का अधिकारी बनाना चाहता है। महायान संप्रदाय में भगवान बुद्ध को परमात्मा माना जाने लगा। उसमें मूर्तिपूजा का भी प्रचलन हुआ। महायान में 'बोधिसत्व' की कल्पना प्रसूत होती है। इस सिद्धांत के अनुसार साधक स्वयं बुद्धत्व प्राप्त करने में रुचि नहीं लेता। वह अपने सभी साथियों का दुःख दूर करने में ही सच्चा निर्वाण-सुख समझता है।

सिकंदर का आक्रमण : 326 ई. पूर्व में यूनान के शक्तिशाली शासक सिकंदर ने भारत पर आक्रमण किया। उसने सिंधु नदी पार की और वह तक्षशिला की ओर

बढ़ा। तक्षशिला का राजा आम्भि उससे जा मिला। उसने विदेशी आक्रमणकारी का स्वागत किया और उससे मैत्री-संधि की। इसके बाद सिकंदर का झेलम और चिनाब के बीच राजा पोरस से युद्ध हुआ। पोरस हार गया। जब उसे बंदी के रूप में सिकंदर के सामने लाया गया, सिकंदर ने पूछा ''आपके साथ कैसा व्यवहार किया जाए।'' पोरस ने उत्तर दिया, ''जैसा एक राजा दूसरे राजा के साथ करता है।'' पोरस के उत्तर से सिकंदर अत्यधिक प्रभावित हुआ। उसने पोरस को मित्र बना लिया। सिकंदर ने पंजाब के कई छोटे-मोटे राज्यों और गणराज्यों को पराजित किया। वह गंगा पार कर शेष भारत को अपने अधीन करना चाहता था लेकिन वहां के नंद राजवंश की शक्ति बहुत अधिक थी तथा सिकंदर की सेना आगे बढ़ने के लिए तैयार नहीं हुई। सिकंदर को विवश होकर वापस लौटना पड़ा। वापस लौटते हुए 323 ई. पू. में बेबीलोन में बीमार पड़ जाने के कारण इस संसार से चल बसा।

मौर्य शासन काल : भारत के ऐतिहासिक राजवंशों में मौर्यवंश पहला राजवंश है जिसके बारे में पर्याप्त साक्ष्य मिलते हैं। मौर्यकाल में समूचा भारत एक राजनीतिक सत्ता के अधीन आ गया। चंद्रगुप्त मौर्य मौर्यवंश का प्रथम प्रतापी सम्राट् था। यूनानी इतिहासकारों स्ट्रेबो, एरियन और जस्टिन ने इसका उल्लेख किया है। चन्द्रगुप्त ने कौटिल्य की सहायता से नंद वंश का नाश किया और मगध साम्राज्य को अपने अधिकार में कर लिया। चंद्रगुप्त मौर्य के शासन काल में सिकंदर के उत्तराधिकारी सेल्यूकस ने भारत पर आक्रमण किया लेकिन वह चंद्रगुप्त मौर्य के हाथों पराजित हुआ।

चन्द्रगुप्त मौर्य व सेल्यूकस के बीच एक संधि के परिणामस्वरूप सेल्यूकस ने मैंगस्थनीज को चंद्रगुप्त के दरबार में अपना राजदूत नियुक्त किया। चंद्रगुप्त मौर्य का साम्राज्य हिंदूकुश पर्वतमाला से लेकर बंगाल तक और हिमालय से लेकर दक्षिण में मैसूर तक विस्तृत था। इस विशाल साम्राज्य के अंतर्गत अफ़ग़ानिस्तान, बिलोचिस्तान, पंजाब, सिंध, कश्मीर, नेपाल, गंगा-यमुना का दोआब, मगध, बंगाल, मालवा, गुजरात तथा मैसूर तक का विशाल प्रदेश सम्मिलित था।

ऐसा माना जाता है कि चंद्रगुप्त मौर्य ने कुल 24 वर्ष 322 ई. पू. से 298 ई. पू. तक शासन किया। जैन परंपरा के अनुसार अपने अंतिम दिनों में चंद्रगुप्त राज्य को त्याग कर दक्षिण भारत चला गया था।

चन्द्रगुप्त मौर्य का प्रधानमंत्री कौटिल्य था। इसे चाणक्य और विष्णुगुप्त के नाम से भी जाना जाता है। उनका नाम चाणक्य और विष्णुगुप्त भी है। वे तक्षशिला

में राजशास्त्र के अध्यापक थे। कौटिल्य का अर्थशास्त्र भारतीय राजनीति-शास्त्र का प्रामाणिक ग्रंथ है। कौटिल्य ने किसी आदर्श समाज का वर्णन नहीं किया है। ग्रंथ में जातिभेद का पूरा अस्तित्व दिखाया गया है।

कौटिल्य के अर्थशास्त्र में अभिव्यक विचार तत्कालीन शासन व्यवस्था की स्पष्ट तस्वीर प्रस्तुत करते हैं। कैसा राजा चाहिए, कैसे मंत्री चाहिए, कैसे और कौन-कौन सरकारी कर्मचारी चाहिए, उनके कर्तव्य और अधिकार क्या हों, समाज के अनेक व्यवहारों के लिए कौन से नियम हों, इत्यादि प्रश्नों पर कौटिल्य ने विचार किया है। गुप्तचर-व्यवस्था कौटिल्य की शासन प्रणाली की आधार-स्तंभ है। कौटिल्य ने राज्य शासन के विभिन्न विभागों की संरचना और उनके कार्यों का विस्तार से उल्लेख किया है। कौटिल्य के अर्थशास्त्र में सामाजिक व्यवहार में नियमों का विस्तृत उल्लेख है। कौटिल्य ने वैदेशिक संबंधों, युद्ध-विधि, दुर्ग-निर्माण जैसे विषयों की भी चर्चा की है।

भारतीय इतिहास के महान विभूतियों में उनका नाम अमर तो है ही साथ ही विश्व के इतिहास में भी उन्हें ऊँचा स्थान प्राप्त है। अशोक के शासन-काल में भारत सभ्य राष्ट्रों की पहली पंक्ति में आ गया था। उन्होंने भूमंडल के विभिन्न देशों में बौद्ध धर्म की शांति और अहिंसा का प्रचार करने के लिए धर्म प्रचारक यहां तक कि अपने पुत्र और पुत्री तक भेजे। विश्व मानवता को अशोक की सबसे बड़ी देन धार्मिक सहिष्णुता की नीति है।

सम्राट् अशोक सम्राट् चंद्रगुप्त मौर्य के पौत्र तथा सम्राट् बिंदुसार के पुत्र थे। सम्राट अशोक अपने आरंभिक जीवन अत्यधिक क्रूर था। राजसिंहासन मिलने के उपरान्त उसने अपने भाइयों की नृशंसतापूर्वक हत्या कर दी थी। वे ईसा पूर्व 269 में गद्दी पर बैठे और 265 में उनका राज्याभिषेक हुआ। कलिंग युद्ध के बाद जिसमें लाखों लोगों की मृत्यु हुई थी, उन्होंने बौद्ध धर्म स्वीकार कर लिया। कलिंग युद्ध 255-256 ई.पू. में हुआ था। अशोक ने अपने राज्य में शिलालेखों और स्तंभलेखों के रूप में धार्मिक सहिष्णुता की शिक्षाएं उत्कीर्ण करा दीं। संसार के इतिहास में अशोक ही एकमात्र ऐसे शासक हैं जिन्होंने युद्ध में विजय पाने के बाद युद्ध का त्याग कर दिया।

अशोक ने अपनी प्रजा को अभयदान देते हुए कहा कि वे प्रजा के लिए पिता के तुल्य हैं। प्रजा को उनसे दुःख की नहीं, सुख की आशा रखनी चाहिए। अशोक ने शस्त्र-विजय के स्थान पर धर्म-विजय पर ज़ोर दिया। अशोक का धर्म सत्कर्म का

पर्याय था। अशोक ने अपने प्रजाजनों को परामर्श दिया कि वे पशु-पक्षियों के प्रति दया का बर्ताव करें। उन्होंने स्वयं भी विलासता का जीवन त्यागकर भिक्षु का जीवन अपनाया। उन्होंने ऐसे सारे यज्ञों को बंद करवा दिया जिनमें पशुओं की बलि दी जाती थी। अशोक के धर्म का तत्व था : पापहीनता, बहुकल्याण, दया, दान, सत्य और शुद्धि।

अशोक का मानना था कि माता-पिता, गुरुजनों, पड़ोसियों, मित्रों, साधु-संतों के प्रति उचित आदर-सम्मान धर्म का आवश्यक अंग है। अशोक का कहना था कि जो व्यक्ति अपने पड़ोसी के धर्म का आदर करता है, वह अपने ही धर्म का आदर करता है।

अशोक की मृत्यु होते ही मौर्य साम्राज्य छिन्न-भिन्न हो गया। ई.पू. 185 में मौर्य सम्राट् बृहद्रथ के ब्राह्मण सेनापति पुण्यमित्र शुंग ने अपने राजा की हत्या कर दी और वह स्वयं ही राजगद्दी पर बैठ गया। उसने शुगवंश की नींव डाली। शुंगवंश ने प्रायः 100 वर्ष तक शासन किया। 185-73 ई.पू.। शुंगवंश के बाद उत्तर भारत में कण्व राजवंश का उदय हुआ। दक्षिण में शातवाहन, चोल, पांड्य और चेर राजाओं ने शासन किया। पूर्व में कलिंग का, जिसे अशोक ने पराजित किया था, फिर से उत्थान हुआ। इसी बीच यूनानियों, पार्थियनों, शकों और कुषाणों ने भारत पर आक्रमण किए।

कुषाण वंश—कुषाण वंश के शासन का विस्तार भारत के उत्तरी पश्चिमी सीमा तक था। इसका शासन काल ईसा के पहली शताब्दी से प्रारम्भ हुआ था। इस वंश का सबसे यशस्वी सम्राट् कनिष्क (125 ई.-162 ई.)। उसका साम्राज्य मध्य एशिया से विंध्य तक फैला हुआ था। कनिष्क की राजधानी पुरुषपुर अथवा वर्तमान पेशावर थी। कनिष्क पहला भारतीय सम्राट् था जिसके राज्य में भारत के बाहर के भू-भाग भी सम्मिलित थे। कनिष्क बौद्ध धर्म का अनुयायी था। बौद्ध धर्म के इतिहास में अशोक के बाद कनिष्क का ही स्थान है। कुषाण वंश का शासन ईसा की तीसरी शताब्दी तक बना रहा। इस काल में बौद्ध धर्म मध्य एशिया में फैला। गांधार कला शैली इसी काल की उपलब्धि है।

गुप्तवंश (320 ई. 540 ई.)—भारत में गुप्तवंश का प्रारंभ कुषाण वंश के बाद प्रारम्भ माना जाता है। इस वंश की स्थापना चंद्रगुप्त प्रथम (320 ई.-335 ई.) ने की थी। उसने वैशाली की राजकुमारी कुमारदेवी से विवाह किया था।

चंद्रगुप्त प्रथम का उत्तराधिकारी समुद्रगुप्त था। उसने 335 ई. से 375 ई. तक शासन किया। उसका सम्राज्य पूर्व में बंगाल से पश्चिम में यमुना नदी तक और उत्तर

में हिमालय से दक्षिण में नर्मदा नदी तक विस्तृत था। समुद्रगुप्त श्रेष्ठ प्रशासक और विजेता होने के साथ ही कलाओं और संस्कृति का भी संरक्षक था।

समुद्रगुप्त के मृत्यु के पश्चात उसके पुत्र चन्द्रगुप्त द्वितीय (380 ई. 413 ई.) राजगद्दी पर आसीन हुआ। इसने विक्रमादित्य की उपाधि धारण की थी। उसने मालवा, गुजरात और काठियावाड़ के प्रदेश जीते। वह अपनी राजधानी पाटलिपुत्र से उज्जैन ले गया। संभावना है कि कवि कालिदास उसकी राजसभा के रत्न थे। चंद्रगुप्त द्वितीय ने अन्य कई विद्वानों तथा वैज्ञानिकों को भी संरक्षण दे रखा था। दिल्ली के निकट महरौली में स्थित लौह-स्तंभ उसके शासन काल में ही बना था। यह भारतीय इतिहास का स्वर्ण-युग था। चीनी यात्री फाहियान उसी के शासन में भारत आया था। इस यात्री ने भारत की समृद्धि के गुण गाए हैं।

पांचवी सदी के उत्तरार्ध और छठी सदी के आरंभ में गुप्त वंश की अवनति होने लगी। देश अनेक छोटे-छोटे राज्यों में बंट गया। तभी हूणों ने भारत पर आक्रमण किया और वे पंजाब, काश्मीर, मालवा, राजपूताना तथा उत्तर प्रदेश तक फैल गए। तोरमाण और मिहिरकुल हूणों के प्रसिद्ध शासक थे। मालवा के यशोधर्मन ने मिहिरकुल को पराजित कर हूणों का शासन समाप्त किया।

हर्षवर्धन यशोवर्धन का पौत्र एवं प्रभाकरवर्धन का पुत्र था। प्रभाकरवर्धन के बड़े पुत्र राज्यवर्धन की मृत्यु के बाद उसका छोटा भाई हर्षवर्धन 16 वर्ष की आयु में गद्दी पर बैठा। उसने 6 वर्ष के अनवरत युद्धों के बाद उत्तर भारत के अधिकांश भाग पर अधिकार कर लिया। मालवा, आसाम और बंगाल उसके अधिकार में थे। दक्षिण के चालुक्य नरेश पुलकेशिन के हाथों पराजित होने के कारण वह दक्षिण की ओर न बढ़ सका।

भारत के महान हिन्दू शासकों में से हर्षवर्धन सबसे शक्तिशाली शासक हुआ था। उसमें अशोक तथा समुद्रगुप्त दोनों के गुण मौजूद थे। उसने 606 ई. से 647 ई. तक शासन किया। उसके शासन-काल में चीनी यात्री हुएनत्सांग भारत आया था। हुएनत्सांग ने 7वीं सदी के भारत की सामाजिक, आर्थिक और राजनीतिक दशा का रोचक विवरण प्रस्तुत किया है। हर्ष सभी धर्मों का आदर करता था। 647 ई. में उसकी मृत्यु के बाद भारत में कोई केंद्रीय सत्ता नहीं रही।

हर्षवर्धन की मृत्यु होते ही भारत कई लघुत्तर राज्यों में विभक्त हो गया। इन राज्यों के राजवंश राजपूत थे। कुछ इतिहासकारों के मत से सातवीं शताब्दी के मध्य से बारहवीं शताब्दी की समाप्ति तक के समय को राजपूत युग कहा जा सकता है। प्रमुख राजपूत राजवंश थे : प्रतिहार वंश, गहलवाड़ वंश, चौहान वंश, चंदेल वंश,

परमार वंश, सेन वंश, शाही वंश आदि। विंध्य के दक्षिण से कन्याकुमारी तक विस्तृत दक्षिण भारत में आठवीं सदी के बाद अनेक प्रसिद्ध राजवंशों का उत्थान और पतन हुआ। इनमें से कुछ प्रमुख राजवंश थे : राष्ट्रकूट, पल्लव, चोल एवं चालुक्य।

मध्ययुगीन भारत : इस्लाम का उदय—इस युग की सबसे महत्त्वपूर्ण घटना है मुसलमानों का भारत पर आक्रमण और विजय। मुस्लिम धर्म की स्थापना पैग़ंबर मुहम्मद ने सातवीं सदी के आरंभ में अरब में की थी।

मुस्लिमों को मानना है कि परमात्मा ने समय-समय पर मानवजाति के कल्याणार्थ पृथ्वी पर जिन पैग़ंबरों को भेजा है उनमें मुहम्मद साहब सबसे अंतिम और सबसे महान् पैग़ंबर थे। उनका जन्म 570 ई. में मक्का में हुआ था। मुहम्मद साहब के जन्म से पहले ही उनके पिता की मृत्यु हो गई थी और जब वह छः वर्ष के थे, तब उनकी माता का देहांत हो गया। उनके चाचा ने उसका पालन पोषण किया। 25 वर्ष की आयु में मुहम्मद साहब ने 40 वर्षीय विधवा खादिजा बेगम से विवाह किया। 40 वर्ष की आयु में मुहम्मद साहब को दैवीय अनुभूतियां होने लगी थीं। कहते हैं देवदूत जिब्राइल ने मुहम्मद साहब को प्रेरणा दी कि सृष्टि का नियंता एक ईश्वर है और तुम उसके संदेशवाहक अथवा पैग़ंबर हो। मुहम्मद साहब के परिवार और उनके कुछ मित्रों ने तो मुहम्मद साहब की शिक्षाओं पर विश्वास किया, पर अरब के विभिन्न कबीलों ने मुहम्मद साहब का विरोध किया। इस विरोध के परिणामस्वरूप मुहम्मद साहब और उनके अनुयाइयों की जान को खतरा पैदा हो गया। 622 ई. में मुहम्मद साहब को अपनी हिफ़ाज़त के लिए मक्का से मदीना पलायन करना पड़ा।

अपने समर्थकों के साथ मुहम्मद साहब ने मदीना में बसने के बाद अपने आस-पास के क़बीलों के बीच अपने नए धर्म का प्रचार करना आरंभ कर दिया। उन्होंने अपने इस नए धर्म को 'इस्लाम' कहा। इस्लाम का अर्थ होता है—ईश्वर के प्रति समर्पण। 624 ई. में मुहम्मद साहब ने मक्का पर विजय प्राप्त की। इसके बाद उनके धर्म का तेज़ी से विकास हुआ। 62 वर्ष की आयु में मुहम्मद साहब की मदीना में मृत्यु हो गई। मुहम्मद साहब की मृत्यु के 100 वर्ष के अंदर ही इस्लाम एशिया तथा यूरोप के अनेक देशों में फैल गया। मुसलमानों की धार्मिक पुस्तक कुरान है। मुसलमानों की दृष्टि में कुरान का वही स्थान है जो ईसाइयों की दृष्टि में बाइबिल का और हिंदुओं की दृष्टि में गीता का। मुसलमानों के लिए कुरान में पांच कर्तव्य निर्धारित किए गए हैं, जो निम्नलिखित हैं—

(अ) कलमा पढ़ना अर्थात् यह कहना कि अल्लाह के अलावा और कोई देवता नहीं है तथा मुहम्मद उसके पैग़ंबर हैं।

(ब) दिन में पांच बार की नमाज़ अर्थात् ईश्वर की प्रार्थना।

(स) ज़कात अर्थात् रुपये-पैसे से गरीबों की मदद करना।

(द) रमज़ान के महीने में रोज़ा अर्थात् सूर्योदय से सूर्यास्त तक दिन में उपवास रखना।

(य) जीवन में एक बार मक्का की यात्रा।

इस्लाम धर्म की एक सबसे बड़ी विशेषता उसका कट्टर एकेश्वरवाद है। इस्लाम की यह कट्टरता उसे अन्य धर्मों से पृथक् करती है।

भारत पर मुसलमानों के आक्रमण—भारत के इतिहास की दिशा बदलने में इस्लाम के उदय और मुसलमानों द्वारा भारत पर किये गये आक्रमण ने प्रमुख रूप से योगदान दिया। 711 ई. में मुहम्मद बिन क़ासिम ने भारत पर आक्रमण किया और उसने सिंध तथा मुलतान पर क़ब्ज़ा कर लिया। लेकिन इसके कुछ समय बाद ही उसे वापस बुला लिया गया और मृत्युदंड दे दिया गया।

महमूद ग़ज़नी—मुहम्मद बिन क़ासिम द्वारा भारत पर किए गए आक्रमण के 300 वर्ष बाद 1000-1025 के बीच गजनी के शासक सुल्तान महमूद ने भारत पर सत्रह बार आक्रमण किए। उसका लक्ष्य भारत में अपना शासन स्थापित करना नहीं था। वह हर बार लूटपाट करके स्वदेश वापस लौट गया।

2

पाषाणकालीन भारत

पृथ्वी पर मनुष्यों के जन्म लेने के समय यहाँ का वातावरण अत्यधिक कष्टकर एवं असहनीय था। समूची पृथ्वी बर्फ से ढकी हुई थी। जैसे-जैसे बर्फ कम होता गया, मानव आबादी वहाँ पर बसने लगी। ऐसे ही युग में पाषाण युग का उद्भव हुआ। इस युग के सम्बन्ध में जानकारी प्राप्ति के साधन बहुत कम है। पंजाब, राजपूताना, गुजरात आदि कई भागों में हमें प्राचीन मानव के अस्तित्व के कुछ प्रमाण मिले हैं। इस समय के हथियार अत्यन्त भद्दे थे। प्राचीन मनुष्य के औजार यूरोप के पाषाण युग के हथियारों से मिलते-जुलते हैं। प्राचीन मानव ने प्रथम हिम युग में उत्तर-पश्चिमी में रहना आरंभ किया। इन हिम युगों की निम्नलिखित विशेषताएं हैं—

(क) **प्रथम हिम युग**—इस युग में मानव के लिए परिस्थितियाँ अनुकूल नहीं थी। उस समय न सिर्फ बहुत अधिक सर्दी थी, अपितु वर्षा भी बहुत अधिक होती थी। उस समय के मानव के औजार अनेक स्थानों से प्राप्त हुए हैं। सभी औजार चौकोर और भद्दे हैं। इन औजारों की धारें टूटी हुई हैं।

(ख) **द्वितीय हिम युग**—इस समय के कुछ हथियार हमें खुशहालगढ़ एवं अटक के दक्षिण पूर्व में हारी नदी के पास मिले हैं। इन औजारों में प्रायः पत्थर के औजार हैं। उन्हें गोल और चिकने पत्थरों से बनाया गया है। यह बीच में से उभरे हुए हैं।

(ग) **तृतीय हिम युग**—इस युग के कुछ अवशेष प्राप्त हुए हैं। मैदानों में इस समय पर्याप्त हरियाली आ गयी थी। इसके अलावा कुछ प्राचीन-पत्थर हथियार मिले हैं। इन औजारों में पत्थर की कुल्हाड़ी एवं लकड़ी चीरने आदि के हथियार हैं।

(घ) **चतुर्थ हिम युग**—सील नदी एवं टोक पठार के आस-पास पत्थर के औजार और फ्लेक्स मिले हैं। इनके आधार पर ऐसा प्रतीत होता है कि प्राचीन मानव पंजाब में आरम्भ से ही रह रहा था। परन्तु औजारों के साथ मनुष्य की अस्थियां नहीं मिली है। इसलिए इस बात को दावे के साथ नहीं कहा जा सकता। इस काल के हथियार पहले से अच्छे और अच्छे बनने लगे थे।

पाषाण युग का विभाजन—लगभग 60 हजार वर्ष पहले भारत में मानव के विकास होने के बारे में कुछ साक्ष्य मिलते हैं। यहाँ मनुष्य द्वारा पत्थरों के इस्तेमाल और जलवायु में हुए बदलाव के आधार पर इसे तीन युगों में विभाजित किया गया है—

(1) **पुरा-पाषाण काल**—यह काल मनुष्य के पृथ्वी पर अवतरित होने से लेकर 8000 ई. पू. तक माना जाता है। ज्यादातर हिम युग इसी में होकर गुजरे। इस समय का मनुष्य पत्थर की हाथ की कुल्हाड़ी का इस्तेमाल करता था। इन कुल्हाड़ियों का आकार यूरोप, अफ्रीका और एशिया के अन्य देशों में भी मिलता है। इसके अलावा अन्य हथियारों का भी इस्तेमाल होता था। इस काल की जलवायु बहुत कम आर्द्र (नम) थी।

(2) **मध्य पाषाण युग**—यह काल 8000 ई. पू. से 4000 ई. पू. तक माना जाता है। इस युग में मनुष्य ने शल्क एवं छोटे औजारों का इस्तेमाल किया। इन हथियारों में खुरचनियां, वर में आदि भारी संख्या में प्राप्त हुए हैं।

(3) **नव पाषाण युग**—यह काल 4000 ई. पू. से लेकर 1800 ई. पू. तक माना जाता है। इसका प्रसार हिम युग की उस अवस्था तक रहा जब वातावरण की जलवायु थोड़ी-सी गर्म हो गयी थी। इस युग में कृषि करने के साथ-साथ चकमक पत्थर और फलक औजारों का प्रयोग आरंभ हुआ। शायद इसी युग में आधुनिक मानव (होमो सेपियन्स) विश्व के अन्य भागों में समान रूप में उत्पन्न हुए।

पुरापाषाण युग

संसार में पूर्व पाषाण काल या पुरा पाषाण युग का समय 400,000 से 1,50,000 ई. पू. माना जाता है। भारत में इसका विकास 8000 ई. पू. तक होता रहा। 20वीं शताब्दी के अंत में भारत-पाकिस्तान दक्षिणी सीमा के आधे हिस्से पर

फैले विशाल भारतीय रेगिस्तान (थार) में महत्त्वपूर्ण पुरातात्विक सामग्रियां उपलब्ध हुईं। डीडवाना, राजस्थान में पाई गई कुल्हाड़ियां, जो शिवालिक पहाड़ियों की कुल्हाड़ियों जैसी ही हैं, कुछ बाद के काल की, यानी लगभग चार लाख वर्ष पूर्व की हैं। मरुस्थलीय मिट्टी के स्तर-परीक्षण और अन्य प्रमाणों ने पुरापाषाण युग की विद्यमान जलवायु व तकनीक के उत्तरोत्तर स्तरों के बीच के संबंध को स्पष्ट किया है।

उदाहरणार्थ, एक लंबा आर्द्र काल, जैसा काफ़ी गहरी लालिमायुक्त भूरी मिट्टी से प्रमाणित है, लगभग एक लाख चालीस हज़ार वर्ष पूर्व आरंभ हुआ जान पड़ता है। यह काल अब से लगभग 25 हज़ार वर्ष पूर्व तक चला, जो लगभग मध्य पुरापाषाण काल के बराबर की अवधि है। इसी दौर में आजकल के मरुस्थलीय क्षेत्र शिकार हेतु अत्यन्त समृद्ध वातावरण उपलब्ध कराते थे। क्षेत्र में अब तक पाए गए सबसे प्राचीन शैल चित्र ऊपरी पुरापाषाण काल के हैं। अब तक उपमहाद्वीप में पाई गईं प्राचीनतम शिल्प कृतियां उस काल की हैं, जिसे भारतीय निम्न पुरापाषाण युग का प्रारंभ कहा जा सकता है। ये पाकिस्तान के उत्तरी क्षेत्र में रावलपिण्डी के समीप शिवालिक पहाड़ियों के पश्चिमी भाग के पास प्राप्त हुईं हैं। पुराचुम्बकीय विश्लेषण के अनुसार स्फटिक पत्थरों के ये औज़ार और पतले टुकड़े लगभग 20 लाख वर्ष पुराने हैं। ये हाथ की कुल्हाड़ी से पूर्व के औज़ार निर्माण के उस प्रकार को दर्शाते हैं, जो तब से लेकर बहुत लंबे समय तक प्रयोग में रहे। इन शिल्प कृतियों का अत्यंत समृद्ध अवसादीय प्रमाणों और जीवाश्मों से संबंध हैं, किंतु अब तक इससे जुड़े कोई भी मानव अवशेष नहीं मिले हैं। इसी क्षेत्र में प्राप्त प्राचीनतम कुल्हाड़ियां (जो फ्रांस में इससे भी पहले मिलने पर सामान्यतः एक्यूलियन कहलाई) पुराचुंबकीय विश्लेषण द्वारा 5 लाख वर्ष पुरानी सिद्ध हुई हैं।

1990 के दशक में किए गए उत्खनन कार्यों से भारत के अन्य महत्त्वपूर्ण पुरापाषाण स्थलों में कर्नाटक राज्य में हुंस्गी और गंगा की द्रोणी को दक्कन के पठार से अलग करने वाली विंध्य पर्वतमाला शामिल हैं।

कालानुक्रम के मुताबिक देखा जाए तो मध्य पाषाण संस्कृतियां भारत में विस्तृत रूप से फैली हैं। उत्तरी अफ़ग़ानिस्तान में, हिंदुकुश की गुफ़ाओं में, 15000 से 10000 ई.पू. में मानव निवास के प्रमाण पुरापाषाण काल के एक चरण का प्रतिनिधित्व करते हैं, जिसे मध्यपाषाण काल का हिस्सा माना जा सकता है। समझा जाता है कि भेड़ और बकरियां पालना इस काल में आरंभ हुआ।

मध्यपुरापाषाण काल में शुरू हुआ पाषाण शिल्पाकृतियों के घटते आकार का सिलसिला भारतीय मध्यपाषाण काल कहलाने वाले युग के छोटे समानांतर सतह वाले फलकों व सूक्ष्म पाषाण औज़ारों में पराकाष्ठा पर पहुंचा। मध्यपाषाण संस्कृतियों का संपूर्ण भारत में विस्तार प्रमाणित है, हालांकि इनके बारे में जानकारी का एकमात्र स्रोत ज़मीन से मिले औज़ार हैं। इस काल की संस्कृतियां भरण-पोषण के अत्यधिक विविध प्रतिमान प्रदर्शित करती हैं, जिनमें शिकार, भोजन इकट्ठा करना, मछली पकड़ना और कम-से-कम उस काल के कुछ भाग में थोड़ा बहुत पशुपालन व छोटे पैमाने पर कृषि शामिल हैं।

भारत के मध्य राज्यों में कई गुफ़ाओं और शैलाश्रमों में विविध विषयों को दर्शाते भित्तिचित्र हैं, जिनमें शिकारी पशु और शिकार, शहद एकत्रित करने और नृत्य जैसी मानव गतिविधियां भी शामिल हैं। यह कला ऊपरी पुरापाषाण काल के पूर्वजों से विकसित हुई प्रतीत होती है और उस काल के जीवन के बारे में बहुत कुछ बताती है। कला के साथ ही उत्तरोत्तर स्पष्ट संकेत मिले हैं कि कुछ गुफ़ाएं धार्मिक गतिविधियों का केंद्र थीं।

मेहरगढ़ (अब पाकिस्तान) स्थित पुरातात्विक स्थलों का समूह दो प्रमुख कालों के कोई पांच या छः हज़ार वर्षों तक निवास का प्रमाण प्रस्तुत करता है। पहला आठवीं से सोलहवीं सहस्राब्दी ई. तक और दूसरा पांचवी से चौथी (और संभवतः तीसरी) सहस्राब्दी ई.पू. तक।

पहले चरण के मेहरगढ़ के प्रमाण एक प्रारंभिक कृषि बस्ती का स्पष्ट चित्रण करते हैं, जिनमें घरेलू शिल्पकला और प्रचलित कलाओं की विविधता दिखाई देती है। दूसरे चरण की विशेषता बड़े पैमाने पर परिवर्तन है। जान पड़ता है कि इस काल के आरंभ में (लगभग 5500 ई.पू.) कोई बड़ी भू--भौतिक गतिविधि हुई, जिससे मैदानों में भारी मात्रा में गाद जमा हुई और मेहरगढ़ का मूल टीला लगभग पूरी तरह दब गया।

चरण 1ए. जो आठवीं-सातवीं सहस्राब्दी ई.पू. का है, मिट्टी के बर्तनों से रहित नवपाषाण निवास था। पत्थर के पतले टुकड़े मुख्य औज़ार थे। पत्थर की कुल्हाड़ियां भी थोड़ी संख्या में पाई गई हैं। भेड़-बकरी पालन की ही तरह गेहूं और जौ का घरेलू उपयोग इस क्षेत्र में इस चरण के दौरान किसी समय आरंभ हो गया था, किंतु पशुओं के अवशेषों में चिंकारे की हड्डियों की प्रचुरता शिकार पर निर्भरता जारी रहना दर्शाती है। मिट्टी की ईंटों के मकान इस चरण के आंरभ से लेकर पूरे समय में मिलते हैं।

मानव अवशेषों के साथ दफ़नाई जाने वाली वस्तुओं में सीपी या पत्थर के मोतियों के कंठहार, टोकरियां और यदा-कदा छोटे पालतू पशु (जिसमें भेड़ें और बकरियां, दोनों शामिल हैं), जो इस उद्देश्य के लिए काटे जाते थे, शामिल थे।

सातवीं-छठी सहस्त्राब्दी का दौर **चरण 1बी के** अंतर्गत आता है। इस युग में मिट्टी के बर्तनों का आरंभ और कृषि में पर्याप्त उन्नति हुई। चरण 1बी की शुरुआत तक, पालतू पशु (स्पष्टतः बो इंडिकस, कूबड़ वाली भारतीय प्रजाति) शिकार के जानवरों और साथ ही भेड़ों और बकरियों से अधिक महत्त्वपूर्ण हो गए थे। एक नए प्रकार का भवन, जिसके समान आकार के छोटे कोष्ठ इसे काफ़ी हद तक एक अन्न भंडार के रूप में दर्शाते हैं, बहुधा प्रचुर फ़सलों के उत्पादन को इंगित करते हैं। इस युग में शवों को दफनाने का अत्यधिक प्रचलन था। एक गड्ढे के एक छोर पर दफ़न-प्रकोष्ठ खोदा जाता था और मृतक के शरीर को उसमें रखने के बाद, ईंट की दीवार से बंद कर दिया जाता था। चरण 1 के बाद के दौर की पहली छोटी, हस्तनिर्मित, बिना पकी मिट्टी की स्त्री प्रतिमाएं भी मिलती हैं।

पुरापाषाण काल की प्रमुख विशेषता

पुरापाषाण काल की निम्नलिखित विशेषताएँ हैं–

(1) **भोजन**–इस युग में मनुष्य का जीवित रहना अत्यधिक कठिन था। अतएव उसे जो कुछ भी मिलता था, उसे खाकर अपनी भूख शांत करता था। वह घास-फूस, फल-फूल, कंदमूल और जानवरों का मांस खाता था। हाल की खोजों से ज्ञात होता है कि वह भोजन का संग्रह भी करता था और आगे आने वाले दिनों में उसका इस्तेमाल करता था।

(2) **निवास**–इस युग में मानवीय सभ्यता अत्यधिक पिछड़ी हुई अवस्था में थी। मनुष्य पशुओं के समान जीवन व्यतीत करता था। वह जंगलों, पर्वत की कन्दराओं, नदियों के किनारे एवं गड्ढों में निवास करता था। इस समय न तो वह मकान बनाना जानता था और न ही किसी निश्चित स्थान पर रहता था। उसका जीवन खानाबदोशों का था।

(3) **सामुदायिक जीवन**–वर्तमान समय में सभी विद्वानों का मानना है कि मनुष्यों ने प्रारम्भ में समूहों में रहना प्रारम्भ किया। विवाह प्रथा न होते हुए भी कुछ पुरुष, स्त्रियाँ और उसके बच्चे साथ-साथ रहते थे। इसी को आगे चलकर परिवार कहा गया। वे साथ-साथ भोजन की खोज करते थे। मनुष्य समूह बनाकर गुफा में रहा करते थे। इसे समुदाय कहा जाता है। सभी वस्तुओं पर सबको अधिकार होता

था। उस समय व्यक्तिगत सम्पत्ति का प्रश्न नहीं था। यदि मनुष्य समूहों में नहीं रहता तो वह हिंसक पशुओं से बच नहीं सकता था। इसलिए परिवार मूलभूत और प्रधान इकाई बन गयी। ऋतुओं के अनुरूप परिवार अपने सामान के साथ एक स्थान से दूसरे स्थान पर चले जाते थे। धीरे-धीरे परिवार में लोगों की संख्या बढ़ने लगी। इसलिए परिवारों के समूह और कूल बन गये। प्रत्येक परिवार अथवा कुल का एक प्रधान या मुखिया होता था। मुखिया स्त्री अथवा पुरुष कोई शक्तिशाली और बुद्धिमान व्यक्ति होता था।

(4) **व्यवसाय**—इस युग में मनुष्य पूर्णरूप से प्रकृति पर निर्भर था। वह पौधों के पत्तों, जड़ों और फलों का संग्रह करता था। वह अपने भोजन के लिए पशु पक्षियों का शिकार करता था एवं मछलियाँ पकड़ता था। पशु-पक्षियों को पकड़ने के लिए उसने विभिन्न प्रकार के उपाय किये और हथियारों का निर्माण किया। भोजन संग्रह में उन्हें अनेक कठिनाइयों का सामना करना पड़ता था। वे समूह बनाकर वनस्पतियों और पशुओं की खोज में सारा दिन इधर-उधर घूमते रहते थे। संकट के दिनों के लिए अन्न और फल सुरक्षित रखते थे। इसीलिए पूर्व पाषाण काल को भोजन संग्रह काल के नाम से जाना जाता है।

(5) **हथियार**—इस युग में मनुष्यों ने औजारों को विकसित कर अपने आपको जानवरों की श्रेणी से अलग कर लिया। अब मनुष्य अपनी रक्षा के लिए अपना, भोजन प्राप्त करने के लिए और पशुओं को मारने के लिए पेड़ों की शाखाओं, पत्थर के टुकड़ों से प्राकृतिक रूप में ही हथियारों का काम लिया करता था। आगे चलकर मनुष्य ने अनुभव किया कि नुकीला पत्थर पशुओं को मारने में अधिक घातक हो सकता है। इससे उसे एक पत्थर से काटकार नुकीला बनाने की प्रेरणा प्राप्त हुई। यह छैनी जैसा पत्थर ही शायद मानव के हाथ बना पहला औजार था। इसे कठोर पत्थर का औजार कहा जाता है। बाद में चलकर शल्कनुमा औजारों का निर्माण किया जाने लगा। ये पत्थर एक बड़े कठोर पत्थर पर दूसरे पत्थर द्वारा प्रहार करके बनाए जाते थे। इन शल्कों को काट छांटकर चाकू या कुल्हाड़ी जैसे औजार बनाये जाते थे। इन औजारों से पशुओं की चमड़ी उतारी जाती थी और मोरा काटा जाता था। इस काल के मानव ने एक नुकीले की धार को पैना करके उसे पेड़ की डाली में तोते से बांधकर भाला नामक हथियार बना लिया था। भाले को फेंककर दूर से ही पशुओं को मार सकता था। धीरे-धीरे उसने तीर और कमान बनाना भी सीख लिया। इस हथियार को आगे चलकर बहुत अधिक महत्त्व प्राप्त हुआ।

(6) **धर्म**—इस युग में मनुष्य ने कतिपय धार्मिक अनुष्ठान करने आरंभ कर दिये थे। मनुष्य को प्रकृति से कई प्रकार से मदद मिलती थी। वृक्ष से पत्ते, छाया

और फल मिलते थे। इसलिए वह वृक्ष को प्रसन्न करने का प्रयत्न करने लगा। सूर्य को भी वह आदर की दृष्टि से देखता था। वह नुकसान पहुंचाने वाली वस्तुओं जैसे सांप और आग आदि से डरता था, इसलिए उन्हें भी प्रसन्न रखना चाहता था। इस तरह पूजा करने की भावना पैदा हुई। गुफाओं से प्राप्त चित्रों से ज्ञात होता है कि देवताओं को प्रसन्न करने के लिए जानवरों की बलि दी जाती थी।

(7) **कला**—भारत के अलावा कई देशों फ्रांस, स्पेन और इटली की गुफाओं की दीवारों पर उस काल के बहुरंगी चित्र पाये गये हैं। इनमें से कुछ रंगीन चित्र थे एवं कुछ नक्काशी किये हुए थे। इन रंगीन चित्रों और नक्काशियों में दौड़ते हुए जंगली बैल, भैंसों, घोड़ों, रीछों और रेडियरों के झुंड एवं शिकार के दृश्य बनाये गये थे। प्रायः इन चित्रों में दैनिक जीवन सम्बन्धी, पशुओं का शिकार करने व मारने के दृश्य दिखाये गये थे। ये चित्र अंधेरी गुफाओं में मिले हैं। इन गुफाओं में प्राप्त चित्रों का जादुई महत्त्व रहा होगा। आज भी अफ्रीका और भारत की कुछ आदि जनजातियों जादू टोने में विश्वास रखती है और उनके दैनिक जीवन में जादू टोने का बहुत महत्त्व है।

इस युग में मनुष्य साज-सज्जा से भी कम-अधिक परिचित हो चुका था। पत्थर व हड्डियों के बने हार और आभूषणों से इसकी पुष्टि होती है। इस काल के लोग जानवरों की खालों और वृक्षों के पत्तों से अपना शरीर ढकते थे।

(8) **पुरा पाषाण काल के स्थल**—इस युग के कई अवशेष अनेक स्थलों से मिले हैं। इस काल का प्रथम अवशेष उत्तर-पश्चिम भारत में सोहन घाटी (सिन्धु की सहायक नदी) से प्राप्त हुआ है। विद्वानों ने इस संस्कृति को सोहन संस्कृति का नाम दिया है। इस संस्कृति को दो भागों—पूर्व सोहन संस्कृति एवं उत्तर सोहन संस्कृति में विभाजित किया गया है। उत्खन्न द्वारा इस स्थल से अनेक उपकरण मिले हैं। इस स्थल के समीप चौंतरा नामक स्थान के भी हस्त कुठार और शल्क मिले हैं। नर्मदा घाटी के नरसिंहापुर में भी पुरा पाषाण कालीन अवशेष प्राप्त हुए हैं। नर्मदा के पास भीमबेरका (मध्य प्रदेश) की गुफाओं से मानव निर्मित निवास स्थलों का पता चला है। महाराष्ट्र की प्रवरा नदी के साथ निवास में, आंध्र प्रदेश के करीमपुड़ी और गिद्दलुर एवं मद्रास के कई स्थलों से इस सभ्यता से अवशेष मिले हैं। कर्नाटक की दो नदियों—नालप्रभा एवं घाट प्रभा के आस-पास भी पुरा पाषाण कालीन संस्कृति के कई अवशेष पाए गए हैं।

(9) **आग का आविष्कार**—विगत कुछ वर्ष पहले पाए गए कुछ प्रमाणों से यह स्पष्ट होता है कि इस समय के मानव ने अग्नि के बारे में भी ज्ञान प्राप्त कर

लिया था। सही मायने में वृक्षों की डालियों की आपसी टकराहट से जंगल में आग लग जाया करती थी। इसको देखकर मनुष्य को आग के सम्बन्ध में ज्ञान प्राप्त हुआ होगा। वह इससे मांस को भूनकर कर खाने लगा, क्योंकि यह सुपाच्य होता था। जाड़े में गर्मी प्राप्त करता था और अंधेरे में प्रकाश पाता था। जानवरों को डराने के लिए भी आग का इस्तेमाल करता था। धीरे-धीरे उसने यह जान लिया कि चकमक पत्थर से अग्नि उत्पन्न की जा सकती है।

मध्य पाषाण काल

इस युग का कालक्रम 8000 ई.पू. से 5000 ई. पू. तक माना जाता है। यह काल पुरा पाषाण काल और नव पाषाण काल के मध्य आता है। इसलिए इसे मध्य पाषाण काल कहा जाता है। इस काल की जलवायु में कुछ बदलाव आ गया था। वह पहले की अपेक्षा अधिक गर्म एवं कम आर्द्र हो गयी थी। इस काल में वनस्पतियों और जीव जन्तुओं में भी बदलाव आया। मनुष्य ने अपने औजारों को काफी हद तक परिष्कृत कर लिया। इस काल के हथियार पहले की अपेक्षा छोटे हैं। इनका आकार 2.5 से. मी. से लेकर 4 से. मी. है। इसमें लकड़ी के बेट को लगाकर इस्तेमाल करता था। इस काल में पत्ते के आकार के नुकीले औजार एवं छेद करने वाले हथियार भारी संख्या में प्राप्त हुए हैं।

इस युग में मनुष्यों का जीवन खानाबदोशों का था, लेकिन कुछ सीमा तक स्थिरता आ गयी थी। वह किसी स्थान पर उस समय तक प्रतीक्षा करता था जब तक उसे भोजन मिलता रहता था। वह कभी-कभी नदियों के किनारों या पहाड़ों के समतल भागों पर पेड़ों की टहनियों एवं घास-फूस आदि से झोंपड़ी भी बना लिया करता था। इस युग में मनुष्य पेट भरने के लिए गाय, भैंस, भेड़, बकरी, हिरण आदि का शिकार करके और मछली मार कर अपना जीवन व्यतीत करता था। वह कन्दमूल और फल आदि का उपयोग भी करता था। मारे हुए पशुओं की खाल से अपने शरीर को ढकता था। मनकों को आभूषण के रूप में इस्तेमाल करता था। सम्भवतः उसने मिट्टी के बर्तनों का निर्माण और कुत्तों को पालना भी आरंभ कर दिया था।

इस युग में शवों को दफनाया जाता था। ये शव उत्तर-दक्षिण दिशा में दफनाए जाते थे। शवों के सिर के साथ पत्थर के हथियार भी प्राप्त हुए हैं। शायद उनका दफनाने की रस्म से ही कोई सम्बन्ध था। भारत में इस सभ्यता के कई स्थलों की खोज हुई है। इस सभ्यता के केन्द्र पेशावर से बिनेवली एवं करांची से बिहार तक

सभी स्थानों से मिले हैं। पंजाब से उचाली, गुजरात में लंघतज, मध्य भारत में प्रवर नदी घाटी एवं मैसूर में ब्रह्मगिरी और कुर्तूल आदि इस सभ्यता के प्रमुख केन्द्र हैं।

नव पाषाण काल

इस युग का प्रारम्भ 10,000 ई. पू. माना जाता है, लेकिन भारत में इस संस्कृति के स्थलों का समय लगभग 4,000 ई. पू. है। यह मानव सभ्यता में क्रान्तिकारी युग था। इस काल में विभिन्न क्षेत्रों में अनेक बदलाव हुए। इस युग की प्रमुख विशेषताएँ निम्नलिखित थीं–

(1) **जलवायु**–इस युग में जलवायु न तो अत्यधिक ठण्डी थी और न अधिक आर्द्र थी। यह जलवायु मानव के लिए उपयुक्त थी। ऐसी जलवायु में जनसंख्या की वृद्धि हुई और मनुष्य की बुद्धि का विकास हुआ।

(2) **निवास**–इस युग में एक बड़ा परिवर्तन यह आता था कि मनुष्य खानाबदोशी का जीवन छोड़कर स्थायी रूप से एक स्थान पर निवास करने लगा था। रहने के लिए मकान बनाना आरंभ कर दिया था। सम्भवतः ये घर पशुओं की खाल के तम्बू थे। आगे चलकर मनुष्य घास-फूस, नरकुल और मिट्टी की मदद से झोंपड़ियाँ बनाने लगा। इस तरह की झोंपड़ियों के अवशेष महाराष्ट्र में नासिक, नेवासा आदि स्थानों पर प्राप्त हुए हैं जिसका समय लगभग 1500 ई. पू. माना जाता है।

(3) **पशुपालन**–इस युग की विशेषता पशुपालन की शुरुआत है। बहुत से जानवर भोजन की खोज में प्राचीन मानव के समीप आया करते थे। वह मनुष्य द्वारा फेंके गए मांस को खाकर अपनी भूख मिटाते थे। ये जंगली जानवर धीरे-धीरे मनुष्य के मित्र बन गये। ये जानवर खतरे में मानव को सचेत कर देते थे। जब मनुष्य को पशुओं की उपयोगिता का ज्ञान हुआ तो उसने पशु पालना आरंभ कर दिया। सर्वप्रथम उसने भेड़िये को पालना आरंभ किया जो उपरांत में कुत्ता कहलाया। जैसे-जैसे मनुष्यों का ज्ञान विकसित होता गया, वैसे-वैसे उन्होंने स्तनधारी जानवरों को पालना शुरू कर दिया। प्रारम्भ में पशु पालन का उद्देश्य शिकार न मिलने पर मांस प्राप्त करना था। उपरांत में मनुष्यों को पता चला कि कुछ पालतू पशुओं का दूध भी अच्छा भोजन है। ये दुधारू पशु प्रायः घास और वृक्षों के पत्ते ही खाते थे। इस उपयोगिता के कारण मनुष्य ने गाय, भेड़, बकरी जैसे जानवर को पालना आरंभ कर दिया। अपने बचाव और पालतू पशुओं की रक्षा के लिए मनुष्य के लिए समूह में रहना आवश्यक था। जब एक स्थान पर घास खत्म हो जाती थी तो ऐसे कबीले या कुल दूसरे स्थान पर

चले जाते थे। कबीले के लोग प्रायः तालाब, झील या नदी के किनारे ठहर जाते थे। इस तरह सैकड़ों वर्षों तक मनुष्य ने चरवाहे के रूप में जीवन व्यतीत किया और घास की खोज में विभिन्न स्थानों पर जाता रहता था।

(4) **कृषि**—यह सही है कि मनुष्य पूर्णरूप से पशुओं पर निर्भर नहीं रह सकता था। वह वृक्षों और पौधों के फलों, पत्तों इत्यादि को भी खाता था। मनुष्य ने अनुभव के द्वारा खेती करना भी सीख लिया। वह अनाज और वनस्पतियाँ बोने लगा और अन्य प्रकार का भोजन भी आसानी से प्राप्त करने लगा। मनुष्य को अनुभव हुआ कि सिर्फ बीज बो देना ही काफी नहीं है अपितु फसल की कटाई तक उसकी देखभाल भी करनी चाहिए। इसलिए किसान को अपने खेत के समीप ही रहना पड़ा। इस तरह एक कुल के लोग पास ही रहने लगे और आस-पास की भूमि पर खेती करना आरंभ कर दिया। इससे गाँव बनने लगे। मनुष्य ने सिंचाई के लिए बड़े-बड़े प्राकृतिक तालाबों, झीलों और नदियों के किनारों पर वृक्ष की शाखाओं से घर बनाना आरंभ कर दिया।

कृषि और पशुपालन की शुरुआत से मनुष्य के जीवन में एक बड़ा परिवर्तन आया प्रारम्भ में मनुष्य भोजन संग्रह में ही लगा रहता था परन्तु अब वह पशुपालन और खेती करके भोजन उत्पादन की ओर ध्यान देने लगा। पशुपालन और खेती मनुष्य के लिए अत्यन्त उपयोगी सिद्ध हुए और ये दोनों एक-दूसरे के पूरक थे। इसलिए इस युग के खेती के कार्य को मिश्रित खेती के रूप में जाना जाता है। बचे हुए अनाज के पौधों और पत्तों से भोजन बनाया जाता था जो पशुओं को खिलाया जाता था। उत्पादन में मानव पशुओं की मदद भी लेता था। उपरांत में यातायात के लिए इन पशुओं का इस्तेमाल किया जाने लगा और उनका मलमूत्र ईंधन और खाद के रूप में इस्तेमाल किया जाता था।

(5) **कुम्हारगिरी**—प्रारम्भ में तरल पदार्थ रखने के लिए नारियल के रूपड़े एवं कुल फलों के सूखे छिलके का इस्तेमाल किया जाता था। बढ़ईगिरी में चतुर हो जाने के पश्चात् लकड़ी के बर्तन भी बनाए जाने लगे। तिनकों पत्तों से टोकरियां बनायी जाने लगी और उसके बाहर चिकनी मिट्टी का लेप कर दिया जाता था। धीरे-धीरे उसने बर्तन पकाना भी सीख लिया। रेखाचित्रों के द्वारा उनकी सजावट भी करता था। विभिन्न स्थलों से कई प्रकार के बर्तनों के टुकड़े प्राप्त हुए हैं।

(6) **तेज और पालिशदार हथियार**—पिछले युगों की अपेक्षा नवपाषाण युग के औजारों में एक प्रकार की बड़ी भिन्नता देखने को मिलती है। इस समय भी परस्पर के औजारों और हथियारों का इस्तेमाल होता था परन्तु अब उनकी बनावट में बहुत

कुछ बदलाव हो गया था। मनुष्य ने अपने औजारों और हथियारों को पत्थरों से रगड़ कर पालिश करना आरंभ कर दिया। भूमि की सतह के नीचे पाये जाने वाले पत्थर प्रायः मजबूत और टिकाऊ होते थे। इनसे उसने मजबूत हथियार बनाए। इनके औजारों में कुल्हाड़ी, हैमर स्टान, एलिक स्टोन आदि खास उल्लेखनीय हैं। उसने बढ़ईगीरी का भी काम आरंभ कर दिया। मनुष्य अब तख्ते के नाव, हल, पहिये और लकड़ी के घर आसानी से बन सकता था। इस काल में हसुवा नामक औजार का इस्तेमाल बहुत होता था। यह कठोर पत्थर से बनाया जाता था और इसमें एक लकड़ी का हत्था लगा दिया जाता था। युद्ध के लिए भी हथियार बनने लगे। भाले और तीरों का शीर्ष नोंकदार और तेज बनाया जाता था। गुलेल नामक नया हथियार बनाया जाने लगा। सुई और मछली पकड़ने के कांटे जैसे छोटे-छोटे औजार बनाने के लिए हड्डियों और हिरन के सींगों का उपयोग प्रारम्भ हो गया था।

(7) **सामुदायिक जीवन**—कुलों का निर्माण पूर्व पाषाण काल में ही हो गया था। आगे चलकर इन्हीं कुलों ने मिलकर गाँव बनाया। फसल के लिए भूमि साफ़ करने, ढलहली भूमि से पानी निकालने एवं फसल उगाने के लिए मिल-जुल कर कार्य करने की अधिक जरूरत महसूस हुई। इससे मानव जीवन अधिक संगठित हो गया। इसमें मुखिया और प्रधान की भूमिका अधिक होती थी। धीरे-धीरे पंचायत किया जाता था और उसे हल करने का प्रयत्न किया जाता था। पंचायत अपराध के लिए दण्ड भी देती थी। यह सजा सामाजिक निष्कासन और बहिष्कार के रूप में होती थी।

विवाह की पद्धति धीरे-धीरे प्रारंभ हुई माता-पिता और बच्चे साथ-साथ रहते थे। इस तरह परिवार नामक संस्था का विकास हुआ। परिवार की सभी समस्याओं को मुखिया हल करता था।

(8) **पहिए का आविष्कार**—पहिए का आविष्कार इस काल की प्रमुख विशेषता है, जिससे यातायात जैसी प्रमुख समस्या हल हो गयी। पेड़ों के बड़े-बड़े तने के टुकड़ों को लुढ़काकर वह अपने इच्छित स्थान पर ले जाता था। इस काल के मानव ने बिना पहिए की स्लेज गाड़ी बना ली थी। यह गाड़ी बर्फ पर चलायी जाती थी। धीरे-धीरे पहिए की गाड़ी बनायी गयी। इस घटना से आवागमन के क्षेत्र में महान क्रान्ति हो गयी। बाद में इन गाड़ियों को खींचने के लिए पशुओं की सहायता ली जाने लगी। गाड़ियों में लगाए जाने वाले इन पहियों की मदद से मानव तेजी से प्रगति करने लगी। शीघ्र ही बर्तन बनाने में पहिए का इस्तेमाल होने लगा। इस तरह पहिए के द्वारा महत्त्वपूर्ण कला का विकास भी हुआ। उपरांत में इसे एक उद्योग के रूप में अपना लिया गया।

(9) **कताई और बुनाई**—इस युग का मनुष्य कला के विकास में लगातार लगा हुआ था। अनाज के अलावा अनाज के साथ-साथ मनुष्य कपास की खेती भी करता था। उसने कपास से धागे बनाना आरंभ कर दिया। प्रारम्भ में धागा रस्सी की तरह गूंथकर बनाया गया। पहिए के आविष्कार के साथ तकली नामक औजार बनाया गया। तकली से सुन्दर धाग बनने लगा। कई प्रकार के रेशे का प्रयोग धागा बनाने एवं कपड़ा बनने के लिए किया जाने लगा था। आरंभ में उसने प्रतिकूल ऋतुओं से बचने के लिए कपड़े का इस्तेमाल किया, परन्तु धीरे-धीरे गुप्त अंगों को भी ढकना जरूरी हो गया। धीरे-धीरे रेशम और ऊन से भी कपड़े बनाये जाने लगे। शरीर की कुरूपता को छिपाने के लिए सुन्दर-सुन्दर कपड़ों का इस्तेमाल किया जाने लगा। इस तरह कताई और बुनाई कला का बहुत अधिक विकास हुआ।

(10) **श्रम विभाजन और व्यापार का विकास**—नव पाषाण काल के स्थलों से कुछ ऐसे भी अवशेष मिले हैं जिनसे ज्ञात होता है कि उस काल में व्यापार आरंभ हो गया था। भूमध्य सागर के सीपिया फायुम झील में बनाये गये कंगन दक्षिणी जर्मनी के कब्रो में पाये गये हैं। फिर उस समय व्यापारिक सम्बन्ध बहुत अधिक कठिन था क्योंकि यातायात की बहुत अधिक कठिनाई थी।

कृषि करने के परिणामस्वरूप लोगों के पास पर्याप्त समय बचने लगा। इस समय को लोग अन्य उद्योग-धन्धों में लगाते थे। लोग कुदाल, कीली, बर्तन, वस्त्र और पड़िया आदि बनाते थे। अपनी बनाई हुई वस्तुओं को देकर लोग बदले में अनाज प्राप्त करते थे। इस तरह श्रम विभाजन की प्रक्रिया आरम्भ हो गई थी।

(11) **धर्म**—इस युग में मनुष्य प्रायः शवों को दफनाया करता था। दफनाने का स्थान गाँव क़े बाहर अथवा घर के समीप ही होता था। प्रायः मरे हुए व्यक्ति के साथ हथियार, बर्तन तथ साज-सज्जा सम्बन्धी सामग्री रख दी जाती थी। सम्भवतः लोगों की यह अवधारणा थी कि मृत व्यक्ति भी विभिन्न सामानों का उपयोग करता है। उनका यह विचार था कि फसल पैदा करने में उनके पूर्वजों का भी योगदान है।

इस युग के मनुष्य गण चिन्हों में विश्वास करने लगे थे। किसी कुल या साथ-साथ रहने वाले परिवारों के समूह के लिए संकेत के रूप में किसी पौधे अथवा पशु के सूचक को गणचिह्न कहा जाता है। इस काल में लोगों का विश्वास था कि पशुओं के पुरखे ही मानव के पुरखे थे और पशु भोजन के लिए मानव की मदद क़रते हैं। इसलिए पशु मानव के मित्र होते हैं।

इस युग के मनुष्यों का विश्वास था कि चन्द्रमा, तारे और प्रकृति की अन्य शक्तियों के पास अद्‌भुत शक्ति होती है और उनकी पूजा करके उन्होंने प्रसन्न करने

के प्रयत्न भी करने लगा। इस समय के लोग लघु मूर्तियों की भी पूजा करते थे जिनको देवी माँ कहा जाता था। उनका विश्वास था कि देवी माँ की कृपा से पृथ्वी की उर्वरा शक्ति बढ़ सकती है।

(12) **नवपाषाण काल के स्थल**—नवपाषाण काल के अनेक स्थल भारत में भी पाए गए हैं। पूर्व में चिरांड (पटना के पास), उत्तर में बुर्जहोम (श्रीनगर), दक्षिण भारत में गोदावरी नदी के दक्षिण में ग्रेनाइट की पहाड़ियों, कर्नाटक में मास्को, ब्रह्मगिरी, हल्लुर, कौड़कल, संगनकल्लु, बैक्कड कोट और तमिलनाडु पैयामपल्ली, आंध्र प्रदेश में फिकलीहल, उतनूर और असम के पर्वतीय क्षेत्र आदि इस संस्कृति के प्रमुख केन्द्र हैं।

(13) **ज्योतिष और संगीत कला**—नवपाषाण काल के लोगों को धीरे-धीरे यह ज्ञान हो गया कि ऋतुओं में बदलाव सूर्य के कारण होता है। इसलिए वह सूर्य की पूजा करने लगा। कुछ खास नक्षत्रों की दशा से सौर वर्ष के विषय में जानकारी मिल जाती थी। बाद में मानव को विश्वास हो गया कि ये नक्षत्र पृथ्वी पर होने वाले कार्यों को प्रभावित करते हैं।

इस युग में चित्र बनाना जारी रहा, लेकिन अब शिकार के दृश्यों के स्थान पर खेतों व फसलों के दृश्य बनाये जाने लगे। मानव के लिए पशुओं का महत्त्व अब भी उतना ही था। इस काल में संगीत का भी विकास हुआ। जब फसल अच्छी हो जाती थी तो स्त्री पुरुष खुशी के गीत गाते थे। फसल न होने पर लोग दुःख के गीत गाते थे।

3

भारत में नदी-घाटी सभ्यता

इसे सिंधु घाटी सभ्यता तथा हड़प्पा सभ्यता के नाम से भी जाना जाता है। यह एशिया महाद्वीप के सबसे प्राचीनतम ज्ञात नगरीय संस्कृतियों में महत्त्वपूर्ण स्थान रखती है, इसकी पहली पहचान 1921 में पंजाब के हड़प्पा नामक स्थान पर और फिर 1922 में सिंध में सिंधु नदी के पास मोहनजोदड़ो में की गई थी। अब ये दोनों स्थान पाकिस्तान में हैं। बाद में सभ्यता के प्रमाण कराची से 480 कि.मी. पश्चिम में अरब सागर तट के निकट सुतकागंडोर दौर और पूर्वोत्तर में 1600 कि.मी. दूर शिवालिक पहाड़ियों की तराई में स्थित रोपड़ तक मिले हैं। बाद में हुई खोज से दक्षिण की ओर पश्चिम तट पर खंभात की खाड़ी तक, कराची के दक्षिण-पूर्व में 800 कि.मी. और पूर्व की ओर दिल्ली के उत्तर में 50 कि.मी., यमुना नदी के बेसिन तक इस सभ्यता का अस्तित्व स्थापित हुआ है। इसलिए यह तीन आरंभिक सभ्यताओं में निर्णायक तौर पर सबसे विस्तृत है। यह एक महत्त्वपूर्ण तथ्य है कि मेसोपोटामिया और मिस्र की सभ्यताएं इससे पहले की हैं।

जानकारी के मुताबिक, इस सभ्यता में पांच विशाल नगरः हड़प्पा, मोहनजोदड़ो, कच्छ में धोलावीरा, पाकिस्तान में अब सूख चुकी हकरा नदी की निम्नभूमि के पास गनवेरीवल, और सतलुज-जमुना विभाजन क्षेत्र में द्रष्डवती नदी के पास राखी गढ़ी शामिल थे। इनमें से हड़प्पा व मोहनजोदड़ो, दोनों की परिधि 5-5 कि.मी. से ऊपर

थी, अन्य तीन नगर इनसे काफ़ी छोटे थे और उनकी परिधि 1.5 कि.मी. और 2.5 कि.मी. के बीच थी। इनके अलावा 100 से भी अधिक नगर व गांव थे, जो अपेक्षाकृत छोटे आकार के थे, ऐसा लगता है कि यह एक विशाल साम्राज्य था, जिसका राजनीतिक केंद्र मोहनजोदड़ो था। इस सभ्यता में साक्षरता थी और इसकी लिपि की, जिसमें लगभग 350 मूल वर्ण थे, पहचान आंशिक तौर पर फ़िलहाल द्रविड़ मानी गई है। इस सभ्यता की तिथियां लगभग 2600-1800 ई.पू. प्रतीत होती है।

हड़प्पा की अर्थव्यवस्था को मेसोपोटामिया के साथ व्यापार से मजबूती मिलती थी। मेसोपोटामिया को भेजी जाने वाली वस्तुओं में तांबा, इमारती लकड़ी, सोना, हाथीदांत, सेलखड़ी, लाजवर्द (नीलमणि) मोती और नक़्क़ाशीदार गोमेद थे। इनमें कई वस्तुएं दूरदराज़ के इलाकों से प्राप्त की जाती थीं। उत्तरी राजस्थान, ओमान और शायद बलूचिस्तान से तांबा, दक्षिण भारत व अफ़गानिस्तान से सोना तथा अफ़ग़ानिस्तान से ही नीलमणि लाए जाते थे।

हालांकि हड़प्पा के स्थलों और उसके बहुत पहले की आरंभिक सिंधु सभ्यता के स्थलों की सांस्कृतिक परंपराओं में निश्चित समानताएं हैं, फिर भी इन बस्तियों के इतिहास के बदलाव इन्हें अतीत रूप से जुड़े रहने का संकेत नहीं देते। जिस प्रकार से सिंधु सभ्यता का विकास हुआ था, उसे देखकर ऐसा लगता है कि यहाँ पर पूर्णतया सामाजिक राजनीतिक तथा आर्थिक संगठनों का विकास हो चुका था। इस सभ्यता में आजीविका का मुख्य साधन कृषि और पशुपालन था तथा मछली एवं पशुओं का शिकार इसमें पूरक भूमिका निभाते थे। गेहूं और छह क्यारियों वाली जौ की खेती की जाती थी; गोल मटर, सरसों, तिल और खजूर की कुछ गुठलियां एवं कपास के कुछ पुरातन अवशेष भी मिले हैं। पालतू पशुओं में कूबड़धारी मवेशी, भेड़ और बकरियां शामिल थीं।

इस सभ्यता के बाद हड़प्पा की अनेकों उत्तरवर्ती ताम्र-पाषाण संस्कृतियां आईं, जो किसी तरह की सांस्कृतिक तारतम्यता प्रदर्शित नहीं करती। ये ताम्र-पाषाण संस्कृतियां ग्रामीण प्रकृति की थीं और छोटे पैमाने पर थीं। मिट्टी के बर्तनों के आकार और उन पर रोग़न की कला में समरूपता को सिंधु घाटी सभ्यता या हड़प्पा परंपरा का जीवित रहना नहीं माना जाना चाहिए।

अब तक इस सभ्यता के अंत के कोई निश्चित प्रमाण नहीं मिले है, परन्तु इसके लिए प्राकृतिक आपदाओं के बजाय हड़प्पा राज्य व्यवस्था के 'संरचनात्मक दबावों' को ज़िम्मेदार ठहराया जा सकता है। मोहनजोदड़ो के उत्तरकालीन स्तरों से

यह पूरी तरह स्पष्ट हो जाता है। न सिर्फ़ निर्माण की दृष्टि से मकान घटिया होते गए, बल्कि लगता है कि उनमें विभाजन भी होते गए। जो शायद सामाजिक उथल-पुथल का परिचायक है। राजनीतिक अस्थिरता के कई अन्य सूचक भी हैं। खंडित संरचनाएं और बहुमूल्य वस्तुओं के भंडार उस काल की असुरक्षा को दर्शाते हैं। मोहनजोदड़ो में तोड़ी गई पाषाण प्रतिमाएं और भीतरी क़ब्रों से आंतरिक संघर्ष और आक्रमणों का पता चलता है। प्रतीत होता है कि अंतिम आघात अचानक लगा, लेकिन नगर आर्थिक और सामाजिक पतन के कगार पर पहले ही पहुंच चुका था।

सिंधु घाटी सभ्यता से सम्बन्धित पाई गई छोटी मुहरें जो कि सेलखड़ी से बनी है, सिंधुघाटी सभ्यता के विशिष्ट नमूने हैं। विशिष्ट प्रकार तथा अद्भुत गुणवत्ता वाली इन मुहरों पर कई तरह के पशु अंकित हैं, जिनमें वास्तविक—जैसे हाथी, बाघ, गैंडा और हिरन तथा काल्पनिक, अक्सर मिश्रित भी, दोनों तरह के पशु शामिल हैं। कभी-कभी मानव आकृतियों को भी शामिल किया जाता था। सिंधु पाषाणशिल्प के कुछ उदाहरण मिले हैं, जो सामान्यतः छोटे आकार के हैं और मानव मूर्तियां हैं। पशुओं और मानवों की मिट्टी से बनी छोटी-छोटी मूर्तियां भी यहां बड़ी मात्रा में प्राप्त हुई हैं।

सिन्धु घाटी की सभ्यता का काल

अब तक सिंधु घाटी सभ्यता का कालक्रम निर्धारित नहीं किया जा सका है। इसकी भाषा अभी पढ़ी नहीं जा सकी है। इसलिए निश्चित तिथि ज्ञात नहीं है। कार्बन तिथि निर्धारण पद्धति से यह काल ई. पू. 2300 से 1750 प्राप्त होता है। इसकी तिथि निश्चित करने के लिए हमें दूसरे देशों में पायी जाने वाली सभ्यताओं पर निर्भर रहना पड़ता है। बैबीलोन और मैसोपोटामिया में कुछ बर्तन और मोहरें प्राप्त हुए हैं। जो सिन्धु घाटी के बर्तनों और मोहरों से समानता रखते हैं। इन देशों की सभ्यता का काल लगभग 3000 पहले का माना जाता है। इसलिए यह सभ्यता आज 5000 वर्ष पहले की मानी जाती है।

इस सभ्यता के कालक्रम का निर्धारण नगर निर्माण योजना के आधार पर किया जाता है। डॉ. बी. टी. पुलस्कर के विचार में मोहन-जोदड़ों की खुदाई में सात स्तर प्राप्त हुए हैं। इसके आधार पर इस सभ्यता को 3250 से 2750 और 2200 ई. पू. के मध्य माना जाता है। इन स्तरों में तीन स्तर उत्तर काल के, तीन मध्य काल के और एक प्राचीन काल का है। सम्भवतः यहाँ और भी प्राचीन स्तर रहे होंगे परन्तु वे पाताल अथवा जल के गर्त में विलीन हो गये हैं। ज्ञात स्तरों में प्रत्येक के लिए 500 वर्ष की अवधि निश्चित की गयी है। इस आधार पर सभ्यता का जीवन काल

निर्धारित करने का प्रयत्न किया गया है। इन विभिन्न आचारों पर कहा जा सकता है कि इस सभ्यता का विकास 2800 ई. पू. से 2200 ई. पू. तक हुआ होगा। ऐसा भी माना जाता है कि सिंधु घाटी सभ्यता का प्रारंभ पहले भी रहा होगा। हड़प्पा और पहले रहा होगा। हड़प्पा और मोहनजोदड़ो का विकसित नागरिक जीवन निश्चित रूप से शताब्दियों के प्रयत्न का फल रहा होता। इस तरह यह सभ्यता काल आज 5000-6000 वर्ष माना जा सकता है।

सिन्धु सभ्यता के निर्माता

इतिहासकारों में इस बात को लेकर पर्याप्त मतभेद है कि सिंधु सभ्यता के निर्माता कौन थे। कुछ इतिहासकारों के अनुसार इसका सम्बन्ध सुमेरियन जाति अथवा क्रीट निवासियों से था। कुछ लोग इस संस्कृति के जन्मदाता को द्राविड़ मानते हैं। सर जान मार्शल का विचार है कि यहां पर किसी एक जाति का निवास नहीं था, अपितु यहाँ जीविका और व्यापार के लिए अनेक जातियों के लोग आकर बस गये थे।

नगर निर्माण योजना

उत्खनन द्वारा पाए गए स्थलों से ज्ञात होता है कि उस समय के लोग बहुधा नगरों में रहते थे। डा. पुलस्कर के विचार में मोहन-जोदड़ों में जाने वाले व्यक्ति उन लोगों के नगर निर्माण को देखकर चकित रह जाते होंगे। इन खण्डहरों में आकर ऐसा प्रतीत होता है कि हम लंकाशायर के नगर में खड़े हैं। नगर का निर्माण एक विस्तृत योजना के अनुरूप किया गया है। इस सम्बन्ध में डॉ. मैके (Dr. Mackay) का एक कथन उल्लेखनीय है—"It is interesting to note that these ancient sites of the Indus are the earliest yet discovered where a scheme to town planning existed."

इस सभ्यता के पाए गए नगरों में चारों ओर बड़े-बड़े सड़कों का निर्माण किया गया था। ये सड़के एक दूसरे से मिलकर आधुनिक सड़कों के समान चौराहे बनाती थी। मैके के विचार में ये सड़कें और गलियाँ इस तरह बनी हुई थी कि एक दिशा में चलने वाली वायु दूसरी दिशा में शहर को स्वयं ही साफ कर देती थी। यह कहना कठिन है कि सफाई का कार्य एक व्यक्ति द्वारा किया जाता था अथवा किसी संगठन के द्वारा। फिर भी नागरिकों की सुख सुविधा के लिए पर्याप्त प्रबन्ध किया गया था। इस तरह की व्यवस्था किसी अन्य सभ्यता से नहीं मिलती है। गलियों में रोशनी की

व्यवस्था थी। यात्रियों के लिए सरायें बनी हुई थीं। नागरिकों की सुरक्षा के लिए पहले की भी व्यवस्था थी।

नगर निर्माण योजना के बारे में यह एक विशिष्ट तथ्य है कि यहाँ आधुनिक नगरों की भांति गन्दे पानी और कूड़े करकट का निकालने हेतु एक खास किस्म की व्यवस्था की गई थी। गन्दे पानी को निकालने के लिए पक्की नालियाँ बनी हुई थी। इन नालियों का निर्माण वैज्ञानिक ढंग से किया गया था। नालियां खड़ियां, मिट्टी, चूने और एक प्रकार के सीमेंट से बनी हुई थी। नालियां खुली और ढकी दोनों प्रकार की होती थीं। छोटी नालियां बड़ी नालियों से जुड़ी हुई थीं। बड़ी नालियाँ नाले से जुड़ी थीं। नाले नगर के बाहर निकाल जाते थे। कूड़े करकट को एकत्र करने के लिए जगह-जगह टैंक बने हुए थे। समय-समय पर इसकी सफाई की जाती थी। इस तरह विकास की व्यवस्था अत्यन्त वैज्ञानिक थी।

भवन निर्माण कला

सिन्धु घाटी सभ्यता के पाए गए भग्नावशेषों के अध्ययन से पता चलता है कि यहाँ पर वास्तुकला का आश्चर्य जनक विकास हुआ था। इस युग के भवन अथवा प्रायः मकान पक्की ईंटों के सड़कों और गलियों के किनारे बनाये गये थे। मकान एक कमरे से लेकर बड़े-बड़े भवन तक बनाये जाते थे। ये भवन तीन प्रकार के होते थे—(i) आवासीय घर (ii) पूजागृह अथवा सार्वजनिक हाल (iii) सार्वजनिक स्नानागार। आवासीय मकान कई प्रकार के होते थे जो प्रायः पक्की ईंटों और मिट्टी के बने होते थे। प्राप्त सीढ़ी के अवशेष से पता चलता है कि मकान एक मंजिल से अधिक के होते थे। मकानों में वायु और धूप आने-जाने के लिए रोशनदान एवं दरवाजों का इस्तेमाल किया जाता था। प्रत्येक मकान में चारों ओर कमरे ओर उनके सामने बरामदे बने हुए थे और बरामदे के सामने आंगन बने हुए थे। एक ओर रसोई घर और स्नानगृह बना होता था। दूसरे प्रकार के भवन-पूजागृह और सार्वजनिक हाल होते थे जो राज्य-कार्य चलाने के लिए उपयोग में लाये जाते थे। तीसरे प्रकार के भवन सार्वजनिक स्नानागार थे। सम्भवतः इनमें सबसे बड़े स्नानागारों में मोहनजोदड़ो का स्नानागार सबसे बड़ा था। यह सरोवर प्राचीन काल में बहुत अधिक प्रसिद्ध था। इसके चारों ओर बरामदे एवं कमरों का खास प्रबन्ध था। तालाब में उतरने के लिए सीढ़ियां बनी हुई थी। गंदा पानी निकालने के लिए अलग कुएं का प्रबन्ध था। इस तालाब की मजबूती का इस बात से पता चलता है कि हजारों वर्षों से बिना नष्ट हुआ यह तालाब लगभग उसी रूप में पाया गया है।' इस सम्बन्ध में डॉ. मुकर्जी ने

लिखा है–"The construction of such a swimming both reflicts great credit on engineering of those days."

अन्य कलायें

भवन निर्माण कला के अलावा सिन्धु घाटी के लोगों ने मूर्ति कला, नक्काशी की कला, मिट्टी के बर्तन बनाने की कला एवं चित्रकला में खास उन्नति की। मूर्ति कला में मनुष्यों एवं पशुओं की मूर्तियां प्राप्त हुई हैं। इन मूर्तियों से ज्ञात होता है कि सिन्धु घाटी के लोग मूर्तिकला में बड़े चतुर थे। इन मूर्तियों में एक सांड, कुत्ता एवं शाहधारण किये हुए योगी की मूर्तियां मिली हैं। सिन्धु घाटी के लोग नक्काशी की कला में भी बड़े चतुर थे। अनेक मोहरों पर सुन्दर ढंग से विभिन्न प्रकार के चित्र खुदे हुए हैं। ये चित्र सांड, बैल, बारहसिंगा एवं हाथी आदि के हैं। इन पर आधुनिक रोगन एवं पॉलिश मिलती है। ये पॉलिश किये हुए बर्तन विश्व में अपने प्रकार का प्रथम नमूना है।

लेखन कला

सिन्धु घाटी सभ्यता के लोग मिश्र और सुमेरिया की भांति लेखन कला से परिचित थे। उनकी मुद्राओं में जहाँ मनुष्य और विभिन्न पशुओं के चित्र थे, उनके साथ कुछ लेख भी अंकित हैं। ऐसे चित्र संकेत लगभग 400 से अधिक प्राप्त हुए हैं। इस लिपि को पिछले 50 वर्षों से पढ़ने का प्रयास किया जा रहा है, लेकिन इसको पढ़ने में सफलता नहीं प्राप्त हो सकी है। मिश्र और सुमेरिया की ऐसी चित्र लिपि पढ़ी जा चुकी है। सम्भव है कि शीघ्र ही यह लिपि पढ़ी जा सकेगी जिससे सिन्धु घाटी सभ्यता के सम्बन्ध में अनेक नये आयाम उजागर होने की सम्भावना है।

राजनैतिक जीवन

यद्यपि इस सभ्यता के राजनैतिक संगठन के बारे में कुछ भी निश्चित नहीं कहा जा सकता है, लेकिन यह भी सत्य है कि किसी भी सभ्यता के विकास के पीछे राज्य की महत्त्वपूर्ण भूमिका होती है। उत्खनन द्वारा पाए गए विशाल भवनों के अवशेष से पता चलता है कि किसी खास अवसर के लिए अथवा शासन आदि के लिए इस्तेमाल किये जाते रहे होंगे। वास्तव में उन दिनों कौन-सी राजनैतिक प्रणाली थी, इस सम्बन्ध में लिखित जानकारी नहीं मिलती। अतः उनका राजनैतिक जीवन अन्धकारमय है।

सामाजिक जीवन

अब तक सिंधु घाटी की सभ्यता के सामाजिक संगठन के बारे में पर्याप्त प्रमाण नहीं मिले हैं। फिर भी हड़प्पा एवं मोहनजोदड़ो के उत्खनन से पता चलता है कि इनका समाज चार श्रेणियों में विभाजित था—विद्वान, योद्धा, व्यवसायी और श्रमजीवी। अन्य सामान्य विशेषतायें निम्नलिखित थी—

(i) **भोजन**—प्रायः लोग भोजन में विभिन्न प्रकार के अनाज—गेहूँ, जौ, चावल और दालें एवं सब्जियों और फलों आदि का इस्तेमाल करते थे। कुछ लोग मांस और शराब का भी इस्तेमाल करते थे।

(ii) **वस्त्र**—प्राप्त तकलियाँ के अवशेष से पता चलता है कि ये लोग सूती, ऊनी, कपड़ा बनाना जानते थे और उनका इस्तेमाल करते थे। चित्रों से ज्ञात होता है कि ये लोग आधे भाग में धोती और ऊपर शाल अथवा चादर का इस्तेमाल करते थे।

(iii) **साज-सज्जा**—सिन्धु घाटी सभ्यता के लोग सुन्दरता के प्रेमी थे। वे भिन्न-भिन्न प्रकार से श्रृंगार करते थे। वे कई प्रकार के पाउडर, सुगन्धित तेल एवं लिपिस्टक का इस्तेमाल करते थे। अपने केशों को कंघे के द्वारा कई प्रकार से सजाते थे।

(iv) **आभूषण**—इस सभ्यता के लोग विभिन्न प्रकार के आभूषणों का भी इस्तेमाल करते थे। इन आभूषणों में अंगूठी, हार, करधनी, कुंडल आदि का इस्तेमाल करते थे। आभूषण बनाने के लिए सोना, चाँदी, कीमती पत्थर, हाथी दांत एवं हड्डियों आदि काम में लाये जाते थे।

(v) **मनोरंजन**—इस सभ्यता के लोग कई प्रकार से अपना मनोरंजन करते थे। प्राप्त अवशेषों से ज्ञात होता है कि लोग घर में शतरंज जैसे खेल खेलते थे। ये शिकार करके, मछली पकड़कर, सांडों की लड़ाई देखकर और पक्षी पकड़ कर भी अपना मनोरंजन करते थे।

आर्थिक जीवन

सिंधु घाटी सभ्यता में लोगों के आर्थिक जीवन का अध्ययन निम्नलिखित बिन्दुओं के अंतर्गत किया जा सकता है—

(क) **पशुपालन**—इस सभ्यता के लोग अपने जीविका तथा भरण-पोषण हेतु पशुओं को पालते थे। वे पालतू पशुओं में बैल, बकरी, सुअर, भैंस, ऊँट आदि और जंगली जानवरों में बन्दर, रीछ, खरगोश, चीता और गैंडा आदि पालते थे।

(ख) **कृषि**—इन लोगों का प्रमुख व्यवसाय कृषि था। कृषि में लोग विभिन्न प्रकार के अनाजों और सब्जियों की खेती करते थे। अच्छा उत्पादन प्राप्त करने के लिए लोग खेती में विभिन्न प्रकार के यन्त्रों का इस्तेमाल करते थे और सिंचाई करते थे।

(ग) **धातु एवं आय उद्योग**—यह काल धातुओं के इस्तेमाल का काल था। धातुओं में सर्वप्रथम ताँबा और काँसे का इस्तेमाल आरम्भ हुआ। उपरांत में अन्य धातुओं जैसे सोने चांदी आदि का भी इस्तेमाल करने लगे। कीमती धातुओं से आभूषण और सस्ती धातुओं से बर्तन एवं हथियार बनाये जाते थे। कपड़ा बनाना भी इनका मुख्य उद्योग था। इससे कीमती पत्थरों, हाथी दांत और हड्डियों से आभूषण बनाते थे।

(घ) **व्यापार तथा वाणिज्य**—उत्खनन द्वारा पाए गए स्रोतों से पता चलता है कि इस युग में वाणिज्य एवं व्यापार भी होता था। चिह्नों से अंकित एक छड़ से ज्ञात होता है कि लोग लम्बाई मापने के पैमाने से परिचित थे। यहाँ बाटों के कई अवशेष मिले हैं जो 1, 2, 4, 8, 16, 32, 64 आदि के अनुपात में है। ऐसा लगता है लोग व्यापार करने के लिए दूसरे देशों में भी जाते थे। सिन्धु घाटी की सभ्यता की मुद्राएँ मेसोपोटामिया से प्राप्त हुई हैं। स्पष्ट है यहां के लोगों का व्यापार मैसोपोटामिया में चलता था। व्यापार जल और स्थल दोनों मार्गों से होता था।

(ङ) **कुम्हारी**—इस सभ्यता के लोग मिट्टी के बर्तन बनाने की कला में निपुण थे। चाक की मदद से विभिन्न प्रकार के बर्तन बनाये जाते थे और उन्हें आंच में पकाया जाता था।

ऐसे कई प्रमाण मिले हैं जिनसे पता चलता है कि इस सभ्यता के लोग मूर्ति पूजा भी करते थे। यद्यपि मन्दिर आदि के अवशेष नहीं प्राप्त हुए हैं। हड़प्पा और मोहनजोदड़ों की गोल चकरियों पर स्त्री आकृति प्राप्त हुई हैं। उनकी कमर में एक करधनी बंधी है और सिर के ऊपर वह कुछ पहने हुए हैं। एक अनुमान के मुताबिक ये सब पृथ्वी माता के चित्र रहे होंगे। उसकी पूजा विश्व के विस्तृत क्षेत्र में होती थी। यह भी माना जाता है कि ये काली देवी का आरण्विक स्वरूप है। इसके अलावा एक देवता की आकृति प्राप्त हुई है। इसके तीन मुख है और वह योगासन में बैठा है। उसके सिर पर दो सींग है। देवता के दोनों ओर चार पशु-हाथी, बारहसिंगा, वृषभ और भैंस हैं। विद्वानों का विचार है कि शिव (पशुपति) की मूर्ति है। इन देवी-देवताओं के अतिरिक्त वृक्षों में पीपल, पक्षियों में फख्ता, पशुओं में चीता, बकरी, मगरमच्छ,

गैंडा और सर्प आदि की पूजा करते थे। इस सभ्यता के लोग पुनर्जन्म में विश्वास करते थे कि नहीं इस बारे में पर्याप्त जानकारी नहीं मिलती है।

सिन्धु घाटी की सभ्यता के पतन के कारण

ऐसा माना जाता है कि 1750 ई. पू. के आस-पास इस सभ्यता का विनाश आरम्भ हो चुका था। यह एक विकसित और विश्व प्रसिद्ध सभ्यता थी। इसका विनाश किस प्रकार हुआ, यह एक आश्चर्य की बात है। इसके विनाश के कारणों को लेकर विद्वानों में मतभेद है। इस सम्बन्ध में निम्नलिखित विचारधारायें दी गई हैं—

(1) **सिन्धु नदी में भीषण बाढ़**—कतिपय विद्वानों का विचार है कि सिन्धु नदी में भीषण बाढ़ आ गई थी जिसमें धन-जन की बहुत अधिक क्षति हुई। इस भीषण बाढ़ के प्रभाव में यहाँ की सभी बस्तियाँ विनष्ट हो गयी। अनेक स्थलों पर बाढ़ के अवशेष प्राप्त हुए हैं।

(2) **गतिहीनता**—कतिपय इतिहासकारों के अनुसार इस संस्कृति का पतन अचानक नहीं हुआ, अपितु धीरे-धीरे इसमें गतिहीनता आ गई और बाद में यह खत्म हो गई। ए. एस. अल्तेकर और सुधाकर चट्टोपाध्याय इनके समर्थक है। उनके अनुसार एक लम्बे समय तक आर्य और सिन्धु सभ्यता के निर्माता साथ-साथ रहे। रंगपुर, लोथल, रोपड़ से प्राप्त अवशेषों से इस बात की पुष्टि होती है। यहाँ ऊपरी स्तरों से मिले अवशेषों में मिश्रण दिखाई देता है। इन विद्वानों का कथन है कि राजस्थान, गुजरात, मालवा और दक्षिण की अन्य सभ्यताओं के प्रभाव में आकर यह सभ्यता धीरे-धीरे खत्म होने लगी। 2300 ई. पू. तक सिन्धु घाटी की सभ्यता में ताम्र पाषाण युगीन संस्कृति के लक्षण दिखाई देते हैं। परन्तु 1700 ई. पू. के उपरांत के इसमें गतिहीनता आ जाती है।

(3) **आर्यों का हमला**—कई इतिहासकारों का मानना है कि आर्यों के हमला के कारण इस सभ्यता का विनाश हुआ। इस हमला के अवशेष अनेक स्थानों से प्राप्त किए गए हैं। उत्तरी बिलोचिस्तान में राजा गुण्डई के विनष्ट होने के चिह्न मिले हैं। दक्षिणी बिलोचिस्तान में शाही टक्य के कब्रिस्तान में ताँबे की कुछ मोहरें मिली हैं जो पश्चिमी एशिया की मोहरों के अनुरूप हैं। इसकी तिथि 1800 ई. पू. है। मुण्डिगन में भी इस तरह की मोहरें प्राप्त हुई हैं। इस तरह हड़प्पा संस्कृति का सम्बन्ध ईरान आदि संस्कृतियों से दिखाई देता है। हड़प्पा में एक पशु की आकृति के सिर वाला कांसे का पिन मिला है। यवन के समय के मृद्भाण्डों में भी बदलाव दिखाई

देता है। यह सब बातें प्रमाणित करती है कि इस समय संस्कृतियों का सम्मिश्रण आरंभ हो गया था। नई संस्कृति की तिथि ई. पू. 1750 है। इस तरह निश्चित ही इस सभ्यता में किसी विदेशी शक्ति (आर्यों) का प्रवेश हो गया था।

इस सभ्यता के विनष्ट होने के बारे में साहित्यिक प्रमाण भी मिलते हैं। ऋग्वेद में इन्द्र को नगरों को विनष्ट करने वाला कहा गया है। लोगों का विचार है कि आर्य अग्नि की पूजा इसलिए करते थे, क्योंकि उन्होंने शत्रु के नगरों को विनष्ट किया था। विनष्ट नगरों का वर्णन तैत्तरीय ब्राह्मण (2, 4, 6, 8) में भी प्राप्त होता है। आर्य लोग यहाँ के लोगों को अनार्य, वस्यु और दास आदि नामों से पुकारते थे। इन पर आर्यों से हमला किया और इन्हें विनष्ट कर दिया।

(4) **नदी के मार्ग में बदलाव**—कतिपय इतिहासकारों के अनुसार सिन्धु नदी ने अपना मार्ग परिवर्तित किया था। इसके कारण लोगों को जल की कठिनाई होने लगी। पेय जल के साथ-साथ कृषि में भी कठिनाई पैदा होने लगी। इसलिए लोगों ने इन बस्तियों का परित्याग कर दिया और सैन्धव निवासी दूसरे स्थानों पर जाकर बस गये।

(5) **भूचाल**—कुछ अवशेषों से पता चलता है कि कई स्थानों पर भीषण भूकम्प आया था। भूकम्प के कारण अनेक बस्तियाँ विनष्ट हो गयी और धीरे-धीरे यहाँ उजाड़ बन गया।

(6) **भीषण अकाल**—कुछ इतिहासकारों का मानना है कि कुछ स्थलों पर आने बाले भीषण अकाल भी इस सभ्यता के पतन के प्रमुख कारण बने। सैन्धव क्षेत्र के अनेक स्थानों पर वर्षा नहीं हुई, जिससे खेती नहीं हो सकी और वहाँ भूखमरी मच गई। इस भुखमरी में अनेक लोग मर गये और बहुत से लोग इस स्थान को छोड़कर चले गये।

उपरोक्त विवेचनाओं के अध्ययन से ज्ञात होता है कि इस सभ्यता के विनाश के कई कारण हैं। इसमें कौन-सा सही है, दावे के साथ नहीं कहा जा सकता। प्राप्त प्रमाणों से यह निष्कर्ष निकाला जा सकता है कि इस सभ्यता के पतन का कोई एक कारण नहीं था। इस विकसित सभ्यता के पतन में अनेक कारणों का योगदान था। आक्रमण, बाढ़, अकाल और भूचाल आदि के कारण विभिन्न स्थानों की बस्तियाँ विनष्ट हो गयी और इस तरह धीरे-धीरे यह सभ्यता खत्म हो गयी।

हड़प्पा

विश्व के प्राचीन सभ्यताओं में से एक हड़प्पा सभ्यता का उदय 2700-2000

ई. पू. में हुआ था। यह सिंधु नदी की सहायक रावी नदी वर्तमान में सूख चुकी है। किनारे वसा हुआ गाँव है। यह पाकिस्तान के पूर्वी क्षेत्र में साहिवाल शहर के पश्चिम-दक्षिण पश्चिमी दिशा में स्थित है। यह गांव कई टीलों पर बसा हुआ है, जिनकी 1921 से हो रही खुदाई से सिंधु सभ्यता (जिसे हड़प्पा सभ्यता भी कहते हैं, क्योंकि यह पुरानी सभ्यता के ऐतिहासिक अवशेषों की पहचान का पहला स्थान है) के एक विशाल नगर का पता चला। आकार में हड़प्पा 644 कि.मी. दक्षिण-पश्चिम में स्थित मोहनजोदड़ो के बाद दूसरे स्थान पर है। इस स्थान पर ईंटों की चोरी से इसकी काफी क्षति हुई है, लेकिन यहां बस्ती की संरचना मोहनजोदड़ो के समान ही प्रतीत होती है। इसके पश्चिमी सिरे पर एक दुर्ग था और पूर्वी सिरे पर खांचेदार संरचना में बस्ती थी। मिट्टी की ईंटों से क़िलेबंद दुर्ग के बाहरी हिस्से पर पकी हुई ईंटों का पलस्तर था और निश्चित दूरी पर बुर्ज़ बने हुए थे। दुर्ग व नदी के बीच में कामगारों के बैरकनुमा खंड थे और उसके साथ ही एक क्रम में ईंटों से बने वृत्ताकार फ़र्श थे, जिनका इस्तेमाल अनाज कूटने के लिए किया जाता था तथा दो समूहों में 12 हवादार कमरे थे, जो अनाज रखने के काम आते थे। समूची संरचना में दुर्ग की प्रमुखता से नदी के आसपास के क्षेत्र में होने वाली खाद्यान्न आपूर्ति पर सीधे प्रशासनिक नियंत्रण का संकेत मिलता है। हड़प्पा उत्तर और पश्चिम के पर्वतीय क्षेत्रों से इमारती लकड़ी, पत्थर और धातु सहित कच्चा माल प्राप्त करने का भीं केंद्र था।

हड़प्पा युगीन संस्कृतियाँ

हड़प्पा संस्कृति के पतन के पश्चात् जिन संस्कृतियों का विकास हुआ वे हड़प्पा युगीन संस्कृतियों की श्रेणी में आते हैं। हड़प्पा संस्कृति के पतन के विभिन्न विशेषताओं से युक्त अनेक संस्कृतियों का जन्म हुआ। इनका विकास खास रूप से सिन्ध, पंजाब, हरियाणा, राजस्थान, गुजरात और पश्चिमी उत्तर प्रदेश में मिलता है। संक्षेप में इन संस्कृतियों की विवेचना निम्न प्रकार है—

(1) **मालवा की संस्कृति**—चम्बल की घाटी में नागदा, नर्मदा, घाटी में महेश्वर और नावदाटोली की खुदाई से इस संस्कृति के अवशेष मिले हैं यहाँ के मृद्भाण्डों की लाल सतह पर काले रंग की चित्रकारी है। यहां पर पत्थर के छोटे फलक भी बड़ी संख्या में मिले हैं। यहाँ के निवासी गोल, वर्गाकार अथवा आयातकार झोंपड़ियाँ बनाकर रहते थे। इनकी दीवारें बांस की टट्टियों पर मिट्टी लेपकर बनायी जाती थी। झोंपड़ियों में अनाज रखने के लिए बड़े मटके मिले हैं।

यहाँ के निवासियों का प्रमुख भोजन बहुत दिनों तक गेहूँ रहा। आगे चलकर ये चावल, मसूर, मूंग, मटर और खेसरी का भी इस्तेमाल करते थे। अनाज के साथ गाय, बैल, सूअर, भेड़, बकरी आदि के मांस का भी इस्तेमाल करते थे। ये लोग भी तांबे के हथियारों का इस्तेमाल करते थे। तांबे से कुल्हाड़ी, मछली मारने के हुक, छल्ले आदि बनाये जाते थे। तांबे से आभूषण भी बनाये जाते थे। उल्लेखनीय है कि इस संस्कृति में अपने शवों को मृद्भाण्डों में रखकर दफनाते थे।

(2) **राजस्थान की संस्कृति**–दक्षिणी राजस्थान में बनास अथवा आहड़ संस्कृतियों का जन्म हुआ जो कि हड़प्पा युगीन संस्कृतियों में से एक है। इस संस्कृति का सबसे पहले उत्खनन आहड़ नामक स्थान पर किया गया, इसलिए इसे आहड़ संस्कृति के नाम से जानते हैं। इस संस्कृति के अनेक अवशेष बनास नदी की घाटी में प्राप्त हुए हैं, अतः इसे बनास संस्कृति भी कहा जाता है। इस संस्कृति का विकास लगभग 2000 ई. पू. के आस-पास हुआ। इस संस्कृति के अवशेष गिलुंट नामक स्थान से भी प्राप्त किए हैं। आहड़ से काले और लाल रंग के मृद्भाण्ड मिले हैं जिनके ऊपर सफेद चित्रकारी है। चित्तौड़गढ़, भीलवाड़ा और मन्दसौर में भी इस तरह के भाण्ड मिले हैं। इनसे मिलते-जुलते मृद्भाण्ड नर्मदा के तट पर नावदाटोली, तापी नदी के तट पर और प्रकाश नदी पर मिले हैं। इस सभ्यता में भवन कच्ची मिट्टी अथवा पत्थरों के बनाये जाते थे। छत बाँस के ऊपर मिट्टी डालकर बनाई जाती थी। भवनों के फर्श काली और पीली मिट्टी में भूसा मिलाकर लेपे जाते थे। यहाँ के लोग चूल्हे, तंदूर आदि का इस्तेमाल करते थे। इन स्थलों से ताँबे के औजार भारी संख्या में प्राप्त हुए हैं। वे ताँबे से विभिन्न प्रकार के उपकरण जैसे चाकू, चूड़ियाँ, सलाइयाँ, अंगूठियाँ आदि बनाते थे। इन संस्कृतियों के लोग खेती और पशुपालन दोनों करते थे।

(3) **पूर्व की संस्कृतियां**–हड़प्पा युगीन संस्कृतियों के कई अवशेष पूर्वी भारत में भी पाए गए हैं। पश्चिमी बंगाल में वीरभूमि, बर्दवान, मिदनापुर एवं बांकुरा आदि स्थानों से ताम्र पाषाण कालीन संस्कृति के अवशेष प्राप्त हुए हैं। यहाँ कुछ स्थलों की खुदाई भी हुई है। ये लोग चावल की खेती करते थे। बिहार के दो स्थानों सोनपुर एवं चिरंद में हडिड्यों, पत्थरों के औजारों के साथ-साथ मिट्टी और सरकंडे से बने घरों के अवशेष प्राप्त हुए हैं। ये लोग गेहूँ, चावल, मूंग और चने आदि की खेती करते थे। ये लोग काले और लाल रंग के मिट्टी के बर्तन बनाते थे।

(4) **दक्षिण भारत की संस्कृति**—भारत के कई दक्षिणी राज्यों में हड़प्पा युगी संस्कृतियों के अवशेष पाए गए हैं। महाराष्ट्र में नेवासा, हायमाबाद, नासिक, इनाम गाँव, सीने गाँव, जोखे चंदोही आदि से इस काल की संस्कृतियों के अवशेष मिले हैं। ये संस्कृति आहड़ और मालवा संस्कृति से प्रभावित है। 1400 ई. से 1000 ई. पू. के मध्य एक विशिष्ट संस्कृति का जन्म हुआ जिसे **'जोखे संस्कृति'** के नाम से जानते हैं। इस सभ्यता के लोग अपने भवनों की दीवारें मिट्टी और गारे के द्वारा बनाते थे और उनमें बीच-बीच में लकड़ी के डंडे लगाते थे। भवनों की छतें फूंस की होती थी। चाक की मदद से अनेक बर्तनों का निर्माण करते थे। वहां से छोटे-छोटे पत्थरों के हथियार भी प्राप्त हुए हैं। ये लोग तांबे के हथियारों का भी उपयोग करते थे। तांबे से ये लोग चूड़ियां, छोटे बर्तन, सलाइयां, छेनियां, छूरे, रथ, सांड, घोड़े, हाथी आदि के खिलौने बनाते थे। यहाँ के लोग गेहूँ, जौ, मसूर, मटर, बेर, पटसन आदि की खेती करते थे। चावल की बहुत कम खेती होती थी। ये लोग विभिन्न प्रकार के जानवर भी पालते थे।

इस युग में हड़प्पा युगीन संस्कृतियों के अवशेष तमिलनाडु आन्ध्र प्रदेश और रायपुर दोआब से भी मिले हैं। इस संस्कृति की तिथि 2300 ई. पू. से 900 ई. पू. निश्चित की गई है। रायपुर दोआब में संस्कृति का विकास कई चरणों में हुआ। यहां के लोग अपने मकान चौकोर बनाते थे। दीवारें बांस से बनायी जाती थी और इन पर मिट्टी का लेप कर दिया जाता था। मकान के फर्श पर चूने का लेप किया गया है। पत्थर के हथियारों और मिट्टी के बर्तनों के अवशेष भी प्राप्त हुए। लोग चने और बाजरे आदि की खेती करते थे और भेड़, बकरी आदि पालते थे।

(5) **गंगा घाटी की संस्कृति**—हड़प्पा युगीन संस्कृतियों में से गंगा घाटी की संस्कृतियां भी प्रमुख स्थान रखती है इस सम्बन्ध में उत्खनन द्वारा पाए गए हस्तिनापुर और अतिरंजी खेड़ा की संस्कृति प्रमुख है। इस संस्कृति का विकास लगभग 2500 ई. पू. के आस-पास हुआ। ये लोग भी तांबे के हथियारों का इस्तेमाल करते थे। ये तांबा राजस्थान से लाते थे। वे तांबे से कुल्हाड़ियाँ, भाले, तलवारें आदि बनाते थे। इन स्थलों से मिट्टी के बर्तन भी प्राप्त हुए हैं। इन लोगों ने काले और लाल रंग की मिट्टी का निर्माण किया। कुछ विद्वानों का अनुमान है कि चित्रित मिट्टी के पालिशदार बर्तन बनाये एवं लोहे का भी इस्तेमाल किया। इसलिए इस क्षेत्र को संस्कृति को लौह युगीन संस्कृतियों की जननी माना जाता है। यहाँ के लोगों ने चावल की खेती की।

प्रमुख नगर

मोहनजोदड़ो

मोहनजोदड़ो पाकिस्तान के दक्षिण भाग के सिंध प्रांत में सिंधु नदी के दाहिने तट पर स्थित है। उत्खनन से पूर्व यह स्थान मृतकों के टीले के रूप में जाना जाता था। मोहनजोदड़ो के पुरातात्विक महत्त्व की पहचान सबसे पहले 1922 में हुई और इसके बाद की खुदाई से पता चला कि इन टीलों में सिंधु घाटी सभ्यता के सबसे बड़े नगर के अवशेष विद्यमान हैं। लगभग 5 कि.मी. परिधि वाले नगर के आकार व इसके अवशेषों की सापेक्षिक समृद्धि और इसमें पाई गई वस्तुओं के कारण इसे सामान्यतः एक विशाल राज्य की राजधानी माना जाता है।

वर्तमान समय में वास्तुकता की बारीकियों के कोई प्रमाण नहीं मिलते हैं, लेकिन संभव है कि यह विनष्ट इमारती लकड़ी के काम तक ही सीमित रहा हो। पाषाण शिल्प भी दुर्लभ है; लेकिन कुछ भग्न अवशेष मिले हैं, जिनमें दाढ़ीयुक्त मानव का सिर और कंधा शामिल हैं, जिसका बड़ा सिर और नीचा ललाट, सिकुड़ी और कुछ-कुछ दंभी आंखें हैं, भौंहों के गिर्द एक पट्टिका और बाएं कंधे पर तीन तहों में एक चादर खुदी है, जिसमें पहले लाल रंग भरा गया था। सौन्दर्य एवं शिल्प कला की दृष्टि से इस नगर की सबसे उल्लेखनीय एक युवा नर्तकी की प्रसिद्ध कांस्य प्रतिमा है, जो ढेर सारे कंगनों के अलावा पूर्णतः नग्न है। मिट्टी से बनी अनेकानेक वस्तुओं में अभिव्यक्तिपूर्ण सांडों और भैंसों की छोटी, लेकिन सशक्त प्रतिकृतियां हैं। भव्य शीश अलंकरण पहने नारी मूर्तियां मिलती हैं और अनगढ़ हास्य-बोध दर्शाती छोटे-मोटे पेट वाले पुरुषों या महिलाओं की कुछ मूर्तियां भी हैं।

मोहनजोदड़ो में शिल्प उत्पादन कार्यों में तांबा/कांसा पिघलाने और ढालने; शंख की चूड़ियां व कड़छियां; पत्थर के चूरे के कंगन; पत्थर के मनके; मिट्टी के रोग़नदार पात्र; सोना व चांदी, मुहरें; मिट्टी के बर्तन और कपड़ा उत्पादन शामिल हैं।

वर्तमान समय में सिंधु नदी से मोहनजोदड़ो नगर तीन कि.मी. की दूरी पर है तथा यहां मिले साक्ष्यों के आधार पर ऐसा प्रतीत होता है कि यह आज की तरह पहले भी कृत्रिम अवरोधों के द्वारा नदी से सुरक्षित था। आश्चर्यजनक नियमितता के साथ इसका अभिन्यास एक दर्जन खंडों या 'द्वीपों' जैसा किया गया था, जिसमें से प्रत्येक उत्तर से दक्षिण में 384 मीटर और पूर्व से पश्चिम में 228 मीटर का था

और यह सीधी या तीखे कोणों पर काटने वाली गलियों द्वारा विभाजित था। पश्चिम दिशा में स्थित केंद्रीय खंड को मिट्टी और मिट्टी से बनी ईंटों द्वारा कृत्रिम रूप से 6 से 16 मीटर की प्रभावशाली ऊंचाई थी और इसे पक्की ईंटों से बनी वर्गाकार मीनारों से एक सीमा तक सुरक्षित बनाया गया था। इस ऊंचे शिखर पर बनी इमारतों में बरामदों से घिरा एक भव्य स्नानागार या तालाब है, एक विशाल आवासीय संरचना, एक विशाल गोदाम और मार्गयुक्त कम-से-कम दो सभागार शामिल हैं। इस प्रकार यह पता चलता है कि इस दुर्ग में इस स्थल के धार्मिक केन्द्र स्थित थे। निचले नगर में काफ़ी बड़े प्रांगण युक्त मकान थे, जो ख़ासी संख्या के मध्यम वर्ग के परिचायक हैं। अधिकांश मकानों में छोटे स्नानागार थे और गलियों की भांति उनमें भी नालियां और मलनिकास के ज़रिये थे। ईंटों से बनी सीढ़ियों से कम-से-कम एक ऊपरी मंज़िल या एक समतल आवास योग्य छत का पता चलता है। दीवारों पर मूलतः मिट्टी का पलस्तर था, जो निःसंदेह ईंटों में मौजूद लवणों के हानिकारक प्रभाव को कम करने के लिए था, जो बदलते तापमान और नमी में इमारत को नुक़सांन पहुंचाते हैं।

लोथल

विशेष रूप से सिंधु घाटी सभ्यता के प्रमुख स्थल, यह गुजरात राज्य में खंभात की खाड़ी के पश्चिम में साबरमती नदी की एक सहायक धारा के पास निचले मैदान पर बनी छोटी बस्ती है। प्रतीत होता है कि यह 'वस्तुओं के संग्राहक और परिवहन केंद्र' की भूमिका निभाता था। इसका अभिन्यास भिन्न है : यह स्थल लगभग चौकोर है, उत्तर-दक्षिण दिशा में इसकी लंबाई 360 मीटर और पूर्व-पश्चिमी दिशा में 210 मीटर है। यह ईंटों की एक विशालकाय दीवार से घिरा हुआ था। इस विशालकाय दीवार की भूमिका के बारे में अब तक पर्याप्त स्रोत नहीं मिल सके हैं। दक्षिण-पूर्वी चौथाई हिस्सा ईंटों के विशाल चबूतरे की शक्ल में हैं, जो मिट्टी भरकर बनाया गया है और जिसकी ऊंचाई लगभग चार मीटर है। इस क़िले या दुर्ग पर कुछ और छोटे चबूतरे थे, जिनमें एक-दूसरे को काटते गलियारे बने हुए थे। यह मोहनजोदड़ो के गोदामों की याद दिलाता है, जिसका आयाम 48 × 42 मीटर है। इस खंड के पीछे सार्वजनिक नाली से जुड़े 12 स्नानागारों की क़तार सहित अन्य भवन स्थित थे। नीचे की ओर बने नगरों में कई मकान थे, जिनमें से कुछ में शंख और धातु के शिल्पकार रहते तथा काम करते थे। निचले शहर में मनके बनाने का एक अलग स्थान भी मिला है। मुख्य सड़क उत्तर से दक्षिण दिशा को जाती थी।

ईंटों से बना एक 219 x 37 मीटर का विशालकाय थाला था, जो कि पूर्वी तट पर था। इसकी 4.5 मीटर की दीवार वर्तमान समय में भी है। थाले के एक छोर पर एक छोटा जलकपाट या निकास था, जिसे बंद करने की व्यवस्था थी। यहां खुदाई करने वाले इस नतीज़े पर पहुंचे हैं कि यह थाला एक बंदरगाह था और निकटस्थ मुहाने से एक कृत्रिम नहर के ज़रिये जहाज़ वहां तक पहुंचते थे। जल निकास द्वार से पानी के नियंत्रित बहाव द्वारा इसे कीचड़ से मुक्त रखा जाता था। यह विचार सर्वमान्य नहीं है; एक अन्य विचार के अनुसार, यह पेयजल या कृषि कार्य के लिए जल का स्रोत था। इस स्थल के पश्चिम में दीवार की परिधि के बाहर एक क़ब्रिस्तान भी मिला है।

कालीबंगा

कालीबंगा सिंधु घाटी सभ्यता के प्राचीन स्थलों में से एक है। इस स्थान की खोज भारतीय पुरातात्विक सर्वेक्षण विभाग के निदेशक ए. घोष के द्वारा की गई। यहां हड़प्पा-पूर्व और हड़प्पा, दोनों के अवशेष मिले हैं; और यहां दो सभ्यताओं के बीच के संक्रमण को देखा जा सकता है। हालांकि हड़प्पा-पूर्व संस्कृति में तांबे का उपयोग होता था और मिट्टी के बर्तन बनाए जाते थे, लेकिन उनकी कोई लेखन पद्धति नहीं थी और इसके अवशेषों में सुव्यवस्थित अभिन्यास और पक्की ईंटों के उपयोग का अभाव है, जो बाद के हड़प्पा स्थलों में पाया जाता है। यहां के हड़प्पाकालीन अवशेषों में एक क़ब्रिस्तान और संरक्षित दुर्ग शामिल हैं।

भारत में लौह युग

लोहे के आविष्कार ने विश्व के प्राचीनतम सभ्यताओं के विकास के संदर्भ में व्यापक परिवर्तन किया। संसार में लोहे का आविष्कार 200 ई. पू. के आस-पास माना जाता है, परन्तु भारत में लोहे का उपयोग नदी घाटी सभ्यताओं के समय से ही आरम्भ हो गया था, क्योंकि वहाँ जंगलों को साफ करने की जरूरत थी। लोहे के आविष्कार के साथ सभ्यता में विकास तेजी से होने लगा। सीमित क्षेत्रों ने धीरे-धीरे बढ़कर साम्राज्य का रूप धारण कर लिया। इस युग की प्रमुख संस्कृतियां निम्नलिखित हैं—

(1) **चित्रित धूसर भाण्ड संस्कृति**—मुख्य रूप से इस संस्कृति का विकास सिन्धु गंगा क्षेत्र एवं ऊपरी गंगा घाटी में हुआ। इस संस्कृति के हस्तिनापुर, रोपड़ सरदारगढ़, कम्पिल, आलमगीपुर, गंधार प्रदेश आदि मुख्य स्थल हैं। यहाँ के लोगों

ने चित्रित भूरे रंग के मृद्भाण्ड का इस्तेमाल किया। इन स्थलों की खुदाई से मिट्टी से निर्मित मटके, पकी मिट्टी के तबे, पत्थर की मूर्तियाँ, कांच, सीप और हाथी दांत आदि अनेक वस्तुएं प्राप्त हुई हैं। स्पष्ट है ये लोग इन वस्तुओं का निर्माण करते थे। इस काल में तांबे का इस्तेमाल कम हो गया।

अब इस संस्कृति के लोगों ने लोहे का उपयोग करना प्रारम्भ कर दिया था। इस धातु से लोग भाले, कांटे, चूल, कुल्हाड़ियाँ, तीर, दरांती, चाकू, सरिया, चिमटा आदि दैनिक जीवन की वस्तुओं का निर्माण करने लगे थे। लोहे का इस्तेमाल विभिन्न प्रदेशों में भिन्न-भिन्न कालों में हुआ। फिर भी सभी स्थलों पर इस संस्कृति की शुरुआत का काल लगभग 1000 ई. पू. है। लोहे की वस्तुएं शवों के साथ भी दफनाई गयी है। लौह वस्तुएं बलूचिस्तान, पूर्वी पंजाब, पश्चिमी उत्तर प्रदेश और राजस्थान से भी मिली है। इन लौह औजारों से युद्ध के हथियार बनाये, जंगलों को साफ करने के हथियार बनाये और कृषि यंत्र आदि बनाये गये।

(2) **पूर्वी भारत की संस्कृतियाँ**—लौह-यंत्र उपयोग करने वाली इन संस्कृतियों के अवशेष मध्य निम्न गंगा घाटी में प्राप्त हुए हैं। गंगा घाटी में इसके अवशेष चिरंद और सोनपुर में एवं अजय घाटी में पांडु रानार ढीबी और महिषादल से प्राप्त हुए हैं। महिषादल से प्राप्त अवशेषों की कार्बन-14 तिथि ई. पू. 750 से 700 आती है। इन संस्कृतियों के लोग पाषाण, तांबे और लोहे के औजारों का इस्तेमाल करते थे। इनके बर्तन काली-लाल मिट्टी के थे।

(3) **मध्य भारत की संस्कृति**—हालांकि इस संस्कृति के लोगों ने भी लोहे का उपयोग करना प्रारम्भ कर दिया था, लेकिन इस बारे में पर्याप्त प्रमाण नहीं मिलते हैं। इस संस्कृति के अवशेष नागदा एवं एरण से प्राप्त हुए हैं। यहाँ लोहे के आविष्कार के बावजूद ताम्र औजारों का इस्तेमाल जारी रहा। यहाँ तक कि लोग पत्थर की भी वस्तुएं बनाते थे। पत्थर के हथौड़े, मूसल और लोहे की वस्तुओं को तेज करने के औजार बनाए जाते थे। लोहे के बने चाकू, छूरी, चम्मच, कुल्हाड़ी, कील, तीर एवं ताले आदि प्राप्त हुए हैं। ये बर्तन काली और लाल मिट्टी के बने हुए हैं। इस संस्कृति की तिथि लगभग 800 ई. पू. स्वीकार की गयी है।

(4) **दक्षिण भारत की संस्कृति**—बहुत दिनों तक दक्षिण भारत में महापाषाणीय संस्कृति जारी रही। यहाँ के कई स्थलों से महापाषाणों के साथ-साथ लोहे की वस्तुएं भी प्राप्त हुई है। इसका प्रसिद्ध उदाहरण हल्लूर है। ये लोग भी पाषाण एवं लोहे की वस्तुएं इस्तेमाल करते थे।

महापाषाणीय संस्कृति

विशेष रूप से दक्षिण भारत में कावेरी की घाटी में विशालकाय पत्थरों से ढकी कब्रें प्राप्त हुई हैं। इनसे सम्बन्धित संस्कृति की महापाषाणीय संस्कृति कहते हैं। इसका उदय नवपाषाणकाल के उपरांत हुआ।

यह संस्कृति दकन के पठार एवं प्रायद्वीपीय भाग में मिलती है। इनके निवास स्थान कर्नाटक में ब्रह्मगिरी, मास्की, पिक्कहल, संगमकल्लु और हल्लुर में प्राप्त हुए हैं। तमिलनाडु में नागार्जुनकोंड, केमरपल्लि, चेलंप्क आदि स्थानों में मिले हैं। तमिलनाडु में उरैपुर, पुनरत्तूर, पेयमपल्लि आदि स्थानों से इनके अवशेष मिले हैं। केरल के पोरकालम नामक स्थान से भी महापाषाण मिले हैं।

उत्खनन द्वारा पाए गए अवशेषों के अध्ययन से पता चलता है कि ये लोग पहाड़ी टीलों पर गुफाओं में रहते थे। इन स्थानों के समीप तालाब, जलाशय आदि होते थे। चावल इनका मुख्य भोजन था। ये लोग शिकार से भी मनोरंजन करते थे। इस संस्कृति के लोगों की बस्तियों का पता तो नहीं है परन्तु कब्रें दूर से दिखाई देती है। इन कब्रों में मनुष्य अस्थिपंजर के अलावा मिट्टी के बर्तन और लोहे की वस्तुएं भी मिली है। भारत के पूर्वी और उत्तर पश्चिमी क्षेत्रों में भी महापाषाण (Megaliths) प्राप्त होते हैं।

इस संस्कृति के लोग अपने जीविकोपार्जन कई तरीके अपनाते थे। जैसे—खाने के लिए चावल रागी आदि की खेती करते थे इनका कृषि का क्षेत्र कच्छ डेल्टा में स्थित है। बाण के अवशेषों से ज्ञात होता है कि ये लोग शिकार भी करते थे। इनके औजारों में खास रूप से लोहे के उपकरण प्राप्त हुए हैं। लोहे के बाण, बरछे और त्रिशूल प्राप्त हुए हैं। कृषि के उपकरणों में फावड़े एवं हसिया इत्यादि मिले हैं। दैनिक जीवन के बर्तनों में मिट्टी की मूर्तियाँ, सुराही, ढक्कन आदि मिले हैं।

4

वैदिककालीन भारत

सिंधु घाटी सभ्यता के पतन के लगभग 1000 सालों के पश्चात भारत में एक अन्य सभ्यता का उद्भव हुआ। इस सभ्यता के विषय में अत्यधिक विस्तृत जानकारी हमें वैदिक साहित्य से प्राप्त होती है इसलिए इसे वैदिक युग की संज्ञा दी गई। वैदिक काल के लोगों के आर्थिक, सामाजिक एवं कूटनीतिक जीवन को जानने के लिए हम इस युग को दो भागों में विभक्त करते हैं—पूर्व वैदिक अर्थात् ऋग्वैदिक काल तथा उत्तर वैदिक काल। इस अध्ययन में इसके बारे में संक्षिप्त जानकारी दी जा रही है।

ऋग्वैदिक काल

आर्यों द्वारा लिखित ऋग्वेद नामक पुस्तक से इस काल के बारे में विस्तार से जानकारी मिलती है। ऋग्वैदिक काल के बारे में ऐसा प्रमाण मिला है कि शायद इस काल के लोग स्थायी जीवन व्यतीत नहीं करते थे। ऋग्वेद के अध्ययन से भी ऐसा लगता है कि आर्थिक, सामाजिक, कूटनीतिक और यहाँ तक कि धार्मिक जीवन में भी कबायली संगठन प्रभावी था। इस काल के जन-जीवन के वातावरण में युद्धों, हमलों एवं जनसंहार का बोलबाला था। जातियों के आंतरिक तथा अंतर्जातीय युद्धों के अनेक उदाहरण इस संहिता में यहाँ-वहाँ बिखरे हुए हैं। स्वयं दशराज्ञ युद्ध इसका प्रत्यक्ष प्रमाण है। प्रकीर्ण उल्लेखों से ज्ञात होता है कि इस युद्ध में दस नहीं बल्कि

तीस से भी अधिक राजाओं ने भाग लिया था। इस तरह की सर्वव्यापी युद्धरतता से एक निष्कर्ष यह निकाला जा सकता है कि वे लोग कोई विशेष स्थायी जीवन-यापन नहीं कर रहे थे। इसकी पुष्टि जीवन के अन्य पहुलओं के पर्यवेक्षण से भी हो जाती है।

ऋग्वैदिक काल का मानव जीवन भौतिक तथा सामरिक दृष्टिकोण से भी महत्त्वपूर्ण था। वस्तुतः जीवन के उपरोक्त दोनों पहलू एक-दूसरे के पूरक थे कि **गविष्टि** अर्थात् 'गायों की गंवेषणा' ही युद्ध का पर्याय माना जाता था। इसी प्रकार गंवेषण, **गोषु, गवय, गम्य** आदि सभी शब्द युद्ध के लिए प्रयुक्त होते थे। पशुओं के लिए युद्ध करना कबायली संगठनों के संदर्भ में काफी तर्कसंगत लगता है और यह उसकी एक विशेषता भी मानी गई है। पशु की संपत्ति का मुख्य अंग एवं मूलतः दक्षिण की वस्तु समझे जाते थे। एक स्थान पर तो स्वयं देवताओं को भी गायों से पैदा हुआ बताया गया है। कृषि क्षेत्रों के अतिक्रमण की अपेक्षा मवेशियों का हरण कहीं अधिक गंभीर समस्या थी। लोग पणियों से डरते थे क्योंकि वे मवेशियों के चोरी होने के अतिरिक्त पशु संपत्ति की दृष्टि से अत्यंत समृद्ध भी थे। 'रयि' (संपत्ति) की गणना मुख्यतः मवेशियों से ही होती थी। बार-बार मंत्रों में देवताओं की स्तुति करते हुए पशु संपदा पाने की माँग की गई है। कार्यों के अतिरिक्त बकरियाँ, भेड़ें तथा घोड़े भी पाले जाते थे।

पशुचारण सामूहिक रूप से किया जाता था और ऋग्वेद के मूल भाग में भी ऐसे अनेकों उल्लेख हैं—जिसमें पशु-संपदा की सामूहिकता और उसके समान वितरण का वर्णन मिलता है। 'देवा भागं यथापूर्वे संजानना उपासते' जैसी अभिव्यक्तियाँ भी इसी बात की साक्षी हैं कि उस जमाने की याद लोगों को भूली नहीं थी, जबकि स्वयं देवता भी एक साथ बैठकर अपने हिस्सों का बंटवारा बरारी से करते थे। पशुचरण की तुलना में कृषि का धंधा नगण्य-सा था। सही मायने में ऋग्वेद के कुल 10,642 श्लोकों में से सिर्फ 24 में ही कृषि का उल्लेख है। इनमें से भी अधिकांश उल्लेख क्षेपक माने जाते हैं। संहिता के मूल भाग में तो कृषि के महत्त्व के सिर्फ तीन ही शब्द प्राप्य हैं—उर्वर, धान्य तथा वपन्ति। **'कृष्'** (अर्थात् खेती करना) शब्द भी इन मूल खण्डों में अत्यंत दुर्लभ है। 'कृष्टि' शब्द का उल्लेख यद्यपि 33 बार हुआ है, किंतु 'लोगों' के अर्थ में, जैसे **पंचकृष्टयः**। इसी तरह सिंचाई से संबंधित सभी उल्लेख भी परवर्ती काल के मंडलों में ही मिलते हैं। ऋग्वेद में एक ही अनाज अर्थात् यव का उल्लेख है, जो अथवा तो विभिन्न प्रकार के अनाजों के सामान्य नाम का द्योतक है अथवा फिर—जैसा कि अधिक संभव है—परवर्तीकालीन संहिताओं की तरह जौ का

प्रतीक माना जा सकता है। परंतु ऋग्वेद में इसके कुल 15 उल्लेखों में से तीन ही मूल पाठ में मिलते हैं। संपूर्ण पंजाब तथा गंगा की ऊपरी घाटी के पुरातात्त्विक साक्ष्यों में सिर्फ अरंजीखेड़ा के तृतीय चरण से ही एक प्रकार के जौ तथा चावल के अवशेष मिले हैं। किंतु उत्खननकर्ता द्वारा प्रस्तुत इस चरण का तिथिक्रम इतना बड़ा (ईसा पूर्व लगभग 1200-600) है कि इन अनाजों की निश्चित प्राचीनता निर्धारित नहीं की जा सकती। चावल जो वास्तव में उत्तर वैदिक काल का ही हो सकता है क्योंकि ऋग्वेद में इसका कोई भी उल्लेख नहीं है।

वैदिक कालीन भारत में कृषि का विकास क्रमिक गति से हो रहा था। विभिन्न साक्ष्यों से पता चलता है कि प्रारम्भिक काल में कृषि प्रमुख व्यवसाय के रूप में नहीं थी। इस बात की पुष्टि ऋग्वैदिक देवकुल में देवियों के स्थान से भी हो जाती है क्योंकि इससे देवताओं की तुलना में उन्हें नगण्य ही माना गया है। इन्द्राणि, रोदसी, श्रद्धा, धृति आदि सभी को कोई विशेष महत्ता नहीं दी गई है, यहाँ तक कि अदिति तथा उषा जैसी तथाकथित महत्त्वपूर्ण देवियों का उल्लेख भी आदर के साथ नहीं हुआ है। इस काल में यह कहा जा सकता है कि पशुचारण ही लोगों का प्रधान धंधा था तथा इस काल के अंत में कृषि का आगमन हो चुका था, जो संभवतः अनार्य लोगों से संपर्क के कारण हुआ होगा। शायद इसी कारण ऋग्वैदिक आर्य इसे विजित लोगों का धंधा की संज्ञा दिया है। चूँकि ऋग्वैदिक अर्थव्यवस्था के उपरोक्त सर्वेक्षण से सिर्फ निर्वाह-अर्थव्यवस्था का ही आभास मिलता है, अतएव उसकी तार्कित परिणति सुगठित कबायली सामाजिक संगठन ही था। समाज में ऐसा विभाजन दृष्टिगोचर नहीं होता कि एक खास वर्ग उत्पादक है एवं दूसरा उत्पादन का नियंत्रणकर्ता। परवर्तीकालीन पुरुष सूक्त के आधार पर ऋग्वैदिक काल के शुरू से ब्राह्मण, क्षत्रिय, वैश्य तथा शूद्र रूपी चातुर्वण्य समाज की कल्पना भी की गई। इस सूक्त में इन चारों वर्णों की उत्पत्ति आदि पुरुष के भिन्न-भिन्न अंगों से बतलाई गई है। यह तो हुई वर्ण-व्यवस्था का अर्थ उत्पादन-पद्धति द्वारा सर्जित एक ऐसी सामाजिक संरचना से लगाया जाए, जिसमें पुरोहित तथा कुलीन वर्गीय योद्धाओं के रूप में ऊंची, श्रेणियों के लोग उत्पादन के नियंत्रणकर्ता एवं अधिशेष उत्पादन के संग्रहकर्ता थे, एवं निम्न श्रेणी में आने वाले किसान, कारीगर, कृषि श्रमिक आदि ही उत्पादन का कार्य करते थे, तो इस तरह का चित्र ऋग्वेद में दृष्टिगोचर नहीं होता। कबायली समाजों में भोजन के उत्पादक या संग्रहकर्ता ही उसके भोक्ता भी होते हैं—इन समाजों में बिचौलियों का कोई स्थान नहीं होता।

ऋग्वेद में **जन, विश, गण, व्रात, सार्ध** आदि जिन इकाइयों का उल्लेख है, वे सभी भाईचारा वाले सिद्धांत पर आधारित थीं और कबायली संगठन की ओर संकेत करती हैं। **जन** तथा विश् की तुलना में **गह** कोई महत्त्वपूर्ण उत्पादन इकाई नहीं थी। ऋग्वैदिक लोग एक जगह से दूसरी जगह जाते थे और इस प्रवासी प्रक्रिया में वे अपने पशु-संपदा को भी लेकर चलते होंगे। यही कारण है कि **विश्** को आधार मानकर अनेक उपसर्ग जोड़कर, उदाहरण के तौर पर **आ-विश्, उपविश्, नि-विश्, प्र-विश्, पुनर-विश्** आदि अभिव्यक्तियों के द्वारा लोगों का एक स्थान से दूसरे स्थान पर प्रवेश, पुनः प्रवेश संस्थापन, आदि का उल्लेख ऋग्वेद में प्रायः मिलता है। परवर्तीकालीन वर्ण-व्यवस्था के चिह्न भी दृष्टिगोचर नहीं होते—यह बात इस वर्णन से स्पष्ट होती है कि सिर्फ इतना ही नहीं है कि तथाकथित निम्नवर्ग अर्थात् शूद्रों पर किसी तरह की **अपात्रताएँ** नहीं लगाई गई थीं, बल्कि समाज के प्रति एक सकारात्मक दृष्टिकोण अपनाया गया था। कोई भी विशेषाधिकार-संपन्न वर्ग न था—यहाँ तक कि **राजन्** भी संपूर्ण कबीले के अन्य लोगों के समान ही था—**यों व सेनानीर्महतो गणस्य राजा वातस्य प्रथमो बभूव।**

कबीले के प्रतिनिधि तथा विशेष गुण सम्पन्न होने के कारण युद्ध के बाद जिस धन की प्राप्ति होती थी। उसका अधिक भाग पुरोहितों तथा मुखिया को मिलता था। इस समय भी वर्ण व्यवस्था थी। परवर्ती कालीन वर्ण-समाज की तुलना में मुख्य विभेद यह था कि अधिशेष उत्पादन की अभाव में कबायली समाज में वर्ग-भेद की परिस्थितियों का उदय हो सका। कबीले के मुखिए से ओहदों की विभिन्नता का आभास होता है। किंतु कबीलों के सामान्य लोगों के श्रम पर रहने वाले उच्च वर्गों का उल्लेख विशद स्तर पर दृष्टिगोचर नहीं होता शायद ऐसे वर्ण-समाज की रूपरेखा देखा जा सकता है। ऐसा प्रतीत होता है कि इस उल्लेख के माध्यम से वर्ण-समाज को कर्मकांडीय तथा सैद्धांतिक अनुसमर्थन प्रदान किया जा रहा था। ऋग्वैदिक समाज में 'दास' तथा 'दस्यु' का उल्लेख भी नितांत ही जरूरी है। क्योंकि इनके साथ आर्यों के संघर्ष के पर्याप्त वर्णन हैं। दस्यु आर्यों के भारत आगम के समय यहाँ के मूल निवासी थे। पाश्चात्य विद्वानों की भी यही धारणा रही है कि ये अनार्य जातियाँ इस भू-भाग की आदि निवासी थीं, जिनके घोर विरोध एवं अदम्य उत्साह की वजह से आर्यों को अनेक अवसरों पर कठिनाइयों का सामना करना पड़ा और दैवी मदद से ही वे उनका मुकाबला करने में सफल हो सके। किंतु दास तथा दस्युओं को 'अनार्य' श्रेणी में रखना समस्या का अत्यंत सरलीकरण प्रतीत होता है। हो सकता है कि ये

लोग आर्यों के विभिन्न दलों के प्रतिनिधि हों और कुछ सांस्कृतिक तथा सैद्धांतिक मतभेदों के कारण दास करार दिए गए हों। उदाहरण के तौर पर यदु तथा तुर्वश जातियाँ निस्संदेह आर्य पंचमानुषों में गिनी जाती थी लेकिन इन्हें भी एक जगह 'दास' कहा गया है। ऋग्वेद के दो महत्त्वपूर्ण नायकों—दिवोदास तथा सुदास के नामों की ध्वनियाँ भी कुछ कम महत्त्वपूर्ण नहीं हैं। भाषा शास्त्र की दृष्टि से शम्बर, शुष्ण, तुग्र वेतसु, चुमुरि, अर्बुद जैसे दास नेताओं के नाम अनार्य नहीं प्रतीत होते। दास लोगों के विषय में कहा गया है कि वे न अग्नि के हविर्दान करते थे और न ही इन्द्र-वरुण के पक्षपाती थे। दस्यु भी अदेवयु (देवताओं में श्रव न रखनेवाले), **अब्रह्मन** (वेदों को न मानने वाले), **अयज्वन्** (यज्ञ न करने वाले) बताए गए हैं। इसी प्रकार **अनासः** (नासिका रहित अर्थात् चपटी नाक वाले) तथा **मृध्रवाचः** (कटु-वाणी वाले—इसका इस्तेमाल आर्यों के एक अन्य शत्रु, अर्थात् पणियों के लिए भी किया गया है) जैसे विशेषणों के आधार पर दस्युओं को आर्यों से भिन्न जाति तथा सांस्कृतिक पृष्ठभूमि का बताया गया है। ऋग्वेद इस बात की पुष्टि करता है कि इस समय में दासों से नहीं अपितु दस्युओं से आर्य जाति को अधिक खतरा था। **दस्यु हत्या** का उल्लेख कहीं अधिक हुआ है। आर्यों के हृदय इनके प्रति डर एवं घृणा के भाव से आच्छादित रहते थे। एक स्थल पर तो इनहें **अमानुष** की संज्ञा दी गई है। संक्षेप में यह कहा जा सकता है कि दास तथा दस्यु भारत की आदिम अनार्य जाति ही नहीं बल्कि आर्यों के ही अंश हो सकते हैं, जो विभिन्न समयों में भारत आए और जो सांस्कृतिक भिन्नताएँ रखते थे।

इस संपूर्ण संदर्भ में एक उल्लेखनीय तथा अत्यंत रोचक तथ्य यह है कि ऋग्वेद में 'दान' के लिए पुरुष दास का उल्लेख बहुत कम मिलता है जबकि नारी दासों को 'दान' की वस्तु के रूप में स्वीकार किया गया है। इसका अर्थ यह हुआ कि धनीवर्ग में संभवतः घरेलू दास प्रथा ऐश्वर्य के एक स्रोत के रूप में विद्यमान थी लेकिन आर्थिक उत्पादन में दास-प्रथा के इस्तेमाल की प्रथा प्रचलित न थी। निर्वाह-अर्थव्यवस्था कबाइली सामजस्य तथा पशुपालन पैतृक सामाजिक व्यवस्था का आधार बना दी। ऐसी धारणा है कि कृषिप्रधान समाजों में मातृत्व का महत्त्वपूर्ण स्थान होता है, जबकि पशुचारण के बल पर जीवन-यापन करने वाले समाजों में पुरुषों की प्रधानता होती है। शुनःशेप, ऋज्राश्व तथा दिवालिए जुआरी के दृष्टांतों से स्पष्ट हो जाता है कि परिवार में पुरुष मुखिए का पूर्ण नियंत्रण था। इसका यह अर्थ नहीं लगाना चाहिए कि स्त्रियों का आदर नहीं होता था। विश्पला एवं मुदग्लानी जैसी तत्कालीन प्रसिद्ध नारियों के नामों का भी पर्याप्त उल्लेख किया गया है। पितृ सत्तात्मक पारिवारिक

अवधारणा की प्रधानता की पुष्टि इस बात से भी होती है कि इस समय पुत्री की अपेक्षा पुत्र के जन्म को अधिक महत्त्व दिया जाता है। एक पत्नी वाले पित्रात्मक परिवार की अवधारणा के चिह्न भी कम ही दृष्टिगोचर होता हैं—कुल शब्द का कोई उल्लेख नहीं है जबकि, जैसा कि ऊपर कहा जा चुका है, **कबायली** तथा सामूहिक जीवन इंगित करने वाले **जन** तथा **विश्** शब्दों का इस्तेमाल सैकड़ों बार हुआ हैं परिवार की परिकल्पना अत्यंत विशद् प्रतीत होती है। अनेक आर्य बोलियों में सिर्फ माता-पिता, भाई-बहिन एवं पुत्र और पुत्री के लिए ही स्वतंत्र शब्द मिलते हैं जबकि भतीजे, प्रपौत्र, चचेरे भाई-बहिन आदि सभी के लिए **नप्तृ** शब्द का इस्तेमाल मिलता है। इसका अर्थ यह हुआ कि एक पत्नी विवाह पर आधारित कुल सामान्य बात न थी। परिवार में कई पीढ़ियों और **समपार्श्विक शाखाएँ** भी सम्मिलित थीं। नाना, दादा, नाती, पोते आदि सभी के लिए **नप्तृ** के इस्तेमाल से लगता है कि सभी एक साथ रहते थे। धन-संपत्ति का जो स्वरूप था वह इसी विशाल परिवार या कबीले के पास था। अचल संपत्ति के रूप में भूमि तथा गृह सभी स्थान प्राप्त न कर पाए थे। देवताओं की स्तुति करते समय इस प्रकार की संपदा प्राप्त करने की कोई इच्छा प्रकट नहीं की गई है। तथ्य भी इस ओर इंगित करते हैं कि जीवन में स्थायित्व का पुट कम था। मवेशी, दास, रथ, घोड़ों आदि के दान के उल्लेख तो मिलते हैं किंतु भूमिदान के नहीं। न ही राजन् को कर्षित भूमि (क्षेत्र) या सामान्य भूमि का रक्षक बताया गया है।

अतः भूमि का स्वामित्व किसी निजी व्यक्ति या छोटे परिवार के हाथों में नहीं बल्कि संपूर्ण कबीले के पास होना अधिक संभव प्रतीत होता है। पशुचारण अर्थव्यवस्था की पृष्ठभूमि एवं युद्धों के सर्वव्यापी वातावरण में वह सर्वथा स्वाभाविक था कि लोग अपेक्षाकृत अस्थायी जीवन बिताएँ। ऐसी दशा में किसी प्रकार से पेचीदा कूटनीतिक संगठन के विकास की कोई संभावना नहीं थी। यह सत्य है कि तेजी से बार-बार युद्ध की घटनाओं ने नेता की जरूरत को बल प्रदान किया होगा, किंतु ऋग्वेद में उल्लिखित **राजन्** को किसी विशिष्ट भौगोलिक क्षेत्र पर स्थायी रूप से शासन करने वाला राजा ही माना जा सकता। कूटनीतिक अवधारणाओं क्षेत्रीयता को इंगित करनेवाले **जनपद, राष्ट्र, राज्य** जेसे शब्दों का उल्लेख कम ही मिलता है। **राजन्** की पहचान उसके कबीले से की जाती थी, जैसा कि दैववात को एक 'सृंजय' कहने से पता चलता है। अतः ऋग्वैदिक काल का **राजन्** एक कबायली मुखिए से अधिक कुछ न था और एक पुरोहित तथा रणयोद्धा के काम करता था। उसे **जनस्य गोपा** या **गोपति** व **जनराजन** कहा गया है क्योंकि जन या कबीले की रक्षा करना, गोसंपदा प्रदान करना उसी का कर्तव्य था। **गणपति, व्रातपः, विशपति,** आदि का उल्लेख

भी इसी बात का संकेत करते हैं कि राजन् कबीले का सर्वेसर्वा था न कि पैतृक शासन।

ऋग्वैदिक काल में कूटनीतिक संगठन के कबायली स्वरूप की पुष्टि सभी समिति तथा विरद जैसी संस्थाओं के स्वरूप तथा कार्यप्रणाली के विवेचन के आधार प्र भी की जा सकती है। यद्यपि समिति का उल्लेख सिर्फ परवर्ती मंडलों में ही हुआ, सभा का वर्णन न तो मूल भाग में मिलता है। किंतु, सभा, समिति तथा विदथ के संबंध में जो थोड़े-से भी विवरण प्राप्त हैं, उनसे लगता है कि इन विभिन्न संस्थानों में संपूर्ण कबीले के सामाजिक, आर्थिक तथा धार्मिक मामलों पर चर्चा होती थी। ऋग्वेदकालीन धार्मिक जीवन एवं उस समय के लोगों की सैद्धांतिक मान्यताएँ तत्कालीन भौतिक जीवन से अत्यधिक प्रभावित थीं। अतः यह स्वाभाविक ही है कि इस क्षेत्र में भी कबायली विशेषताएँ दृष्टिगोचर हों। ऊपर आर्थिक तथा सामाजिक जीवन के संदर्भ में कहा गया था कि पशुचारण उनका प्रमुख धंधा था और पितृ-प्रधान समाज था। इसी संदर्भ में एक पहलू और इंगित किया गया था—ऋग्वैदिक देवकुल में देवियों की नगण्यता। चूंकि पशुचरण के लिए लोगों को जगह-जगह जाना पड़ता था, अतः उनके ये अभियान प्राकृतिक शक्तियों से अत्यधिक प्रभावित थे। संभवतः यही कारण है कि जहाँ ऋग्वैदिक देवकुल में अनेक देवताओं का स्थान मिला है, वहाँ ये सभी देवता प्राकृतिक शक्तियों के सूचक भी हैं।

सूर्य, अग्नि, द्यौस, मरुत्, वायु और यहाँ तक कि इन्द्र, वरुण, मित्र, विष्णु आदि भी प्राकृतिक शक्ति के गुणों को भी स्वतंत्र देवत्व प्रदान कर दिया जाता था। उदाहरणार्थ, सवितृ तथा विवस्वान् मूलतः सूर्य के विशेषण थे किंतु बाद में स्वयं सूर्य देवता बना दिए गए। ऋग्वेद में प्राप्त एक अवधारणा, जो विशेष रूप से उस काल के लोगों की सैद्धांतिक मान्यताओं की ओर संकेत करती है, ऋत की हैं प्राच्यविद्या के आरंभिक चरणों में विन्टरनिट्ज, मैकडॉनेल, कीथ अथद सभी ने **ऋत** की व्याख्या 'सृष्टि की नियमितता', 'भौतिक तथा नैतिक व्यवस्था', 'अंतरिक्षीय तथा नैतिक व्यवस्था; आदि रूपों में की है। किंतु वास्तव में यह तो इस अवधारणा का एक ही पहलू है। इस संदर्भ में एक दृष्टव्य विवरणयह है कि ऋग्वेद के मंत्र दृष्टाओं ने **ऋत** के ह्रास पर आँसू बहाए हैं और उसके पुनरुत्थान की कामनाएँ प्रकट की हैं। उत्तर वैदिक काल के साहित्य में तो **ऋत**पूर्ण रूप से लुप्त ही हो चुका था। अगर ऋत का अर्थ सिर्फ भौतिक, नैतिक या अंतरिक्षीय व्यवस्था मात्र होता तो उसके ह्रास पर आँसू न बहाए जाते। ऋग्वेद में 24 ऐसे श्लोक हैं, जिनमें यह कहा गया है कि **ऋत** के द्वारा लोगों की गाएँ जल, उनका भोजन, उनकी भौतिक समृद्धि एवं जीवनयापन के

अन्य साधन प्राप्त होते थे। अर्थात् ऋत समस्त भौतिक साधनों का प्रदाता था। **वरुण** को **ऋतस्य गोपा** कहा गया है। उसके आदेशों के उल्लंघन पर उसवके आक्रोश का पर्याप्त वर्णन है। ऋत के वास्तविक अर्थ को समझने के लिए अक्ष (पासा) के साथ उसके संबंध की चर्चा भी अनुचित न होगी। कहा गया है कि पासा खेल कर **ऋत** की रक्षा तथा स्थापना होती है। यहाँ प्रतीक के माध्यम से इस बात पर बल दिया गया कि कि जिस प्रकार पासे को मुट्ठी के बंद करके नहीं रखा जा सकता और सभी के सामने खुले हाथों से फेंका जाता है, उसी प्रकार संपत्ति की सामूहिकता के द्वारा न्याय तथा ऋत की स्थापना होती है। सारांश यह है कि ऋग्वेद में **प्राप्य** ऋत की अवधारणा तत्कालीन **प्राक्-वर्गीय** (Pre-Class) समाज और कबायली जीवन के अनुरूप थी और जब कालांतर में समाज वर्णों तथा वर्गों में विभाजित हो गया और लोगों में लालच, ईर्ष्या, स्वार्थ अथवा लूट की भावना ने घर कर लिया तो ऋत का ह्रास हो गया—तभी वरुण की महत्ता का भी पतन हुआ। यदि हम ऋग्वैदिक काल के कबाइली जीवन पर ध्यान दे तो इस समय की आसुरी प्रवृत्तियों के साधन तथा देवी देवता भी सादय माने जा सकते हैं। कृत्या, ऋिऋति, यातुधान, ससरपरी, आदि इसी प्रकार की अपकारी शक्तियाँ थीं। अनेकों जादू-टोनों का भी वर्णन मिलता है। अज, शिग्रु, कश्यप, गौतम कौशिक, माण्डूक्य मत्स्य आदि जाति तथा व्यक्तियों के नामों से **गणचिह्नात्मक** (टोटम संबंधी) आस्थाओं के प्रचलन का आभास मिलता है। एक स्थान पर तो स्वयं प्रजापति की कल्पना भी कूर्म के रूप में की गई हैं, अथर्ववेद में भी इस तरह के अनेकों उल्लेख हैं। यह एक सामान्य ज्ञान की बात है कि कबायली धार्मिक जीवन की विशेषताओं में टोटर्म विश्वास, पूर्वज पूजा, भूत-प्रेत आदि में विश्वास, जादू-टोना, प्रतीक पूजा, आदि प्रमुख हैं। इस समय बहुदेववाद के स्थान पर ईश्वर की एक सत्ता के प्रभाव भी मिलते हैं।

उत्तर वैदिक काल

यह बहुआयामी परिवर्तन का काल था। यह सत्य है कि इस काल का तथाकथित कूटनीतिक इतिहास एक कथात्मक परंपरा है और किसी प्रकार के पुरातात्त्विक साक्ष्य से पुष्ट नहीं है, लेकिन तब भी सामाजिक, आर्थिक एवं कूटनीतिक क्षेत्रों में एक ऐसे ढांचे का प्रादुर्भाव हुआ, जो छोटे मोटे परिवर्तनों के साथ सदियों तक चला। इस काल में विकसित होने वाले ढांचे की प्रमुख विशेषताएँ थीं—कृषि प्रधान अर्थव्यवस्था, कबायली संरचना में दरार न पड़ना और वर्णव्यवस्था का जन्म एवं क्षेत्रगत साम्राज्यों का उदय। तकनीकी विकास की दृष्टि से यही वह काल है, जबकि

उत्तरी भारत में लौह युग का शुरुआत हुआ। यद्यपि लोहे ने तत्काल ही ताम्र-कांस्य का स्थान नहीं ले लिया होगा, फिर भी यह विकास का एक ऐसा कदम था, जिसमें जीवन के विभिन्न पहलुओं को प्रभावित करने की अपार क्षमता थी। लोहे के अर्थ में **श्याम अयस् या कृष्ण अयस्** के अनेक उल्लेख उत्तर वैदिक साहित्य में मिलता हैं। शुरू में कोसांबी जैसे विद्वानों ने लोहे के क्रांतिकारी योगदान पर पहली बार बल दिया, लेकिन इस आरंभिक उत्साह में कालांतर में ढीलन आ गई। ऐसा प्रतीत होता है कि लौह तकनीक का प्रयोग शुरू में युद्धास्त्रों के लिए और फिर धीरे-धीरे कृषि तथा अन्य आर्थिक गतिविधियों में होने लगा। इस तरह का अनुमान संभवतः सिर्फ इसी आधार पर लगाया गया है अब तक प्राप्य लौट उपकरणों में युद्धास्त्रों की ही प्रधानता है। यदि विभिन्न उत्खननों से प्राप्त लोहे की वस्तुओं का **स्तरविन्यासात्मक** (Stratigraphic) वितरण-संबंधी ब्यौरा प्राप्त होता। तो निश्चित रूप से इसकी जानकारी करने में और अधिक सरलता होती।

इस समय विभिन्न छोटे कबीलों के मिलने से नवीन जनपदों का निर्माण हो रहा था। जैसे– पूर तथा भारत मिलकर कुरु और तुर्वश तथा क्रिवि मिलकर पंचाल कहलाए। अनेकों ब्राह्मण ग्रंथों में तो स्वयं कुरु-पंचाल युग्म के भी कई प्रसंग उल्लेखित हैं। वास्तविकता तो यह है कि उत्तर वैदिक कालीन कूटनीतिक गतिविधियों में कुरु-पंचाल और इनके जैसे बड़े-बड़े जनपदों का ही बोलबाला था। यह असंभव नहीं कि इस प्रक्रिया में लौह तकनीक ने भी सहयोग दिया हो। हस्तिनापुर, आलमगीरपुर, नोह, अरंजीखेड़ा, बटेसर आदि स्थानों से, जो कुरु-पंचाल प्रदेश में ही आते हैं, बरछी-शीर्ष तथा बाणाग्र जैसी अधिकांश लोहे की वस्तुएँ प्राप्त हुई हैं। अभी तक प्राप्त लौट अस्त्रों की सर्वाधिक संख्या अरंजीखेड़ा से प्राप्त हुई है। यह भी मात्र संयोग नहीं है कि उत्तर वैदिक कालीन साहित्य में ही कुरु-पांचाल के कई राजाओं द्वारा अश्वमेध यज्ञ संपन्न करने का उल्लेख मिलता है, जिससे यह ज्ञात होता है कि ऐसे राष्ट्रों की सैन्य, शक्ति, उनके विकास का एक महत्त्वपूर्ण कारक थी। इस काल के पैतृक राजतंत्र और राष्ट्र की अवधारणा के कारण व्यापकता की विचार धारा परिवर्तित होकर क्षेत्रीयता की सीमा में सिमट रही थी।

राजत्व की दैवी उत्पत्ति के सिद्धांत की चर्चा भी इसी काल के साहित्य में मिलती है। हालाँकि सभा, समिति, विदथ, परिषद् आदि संस्थानों की गतिविधियों में कबायली जीवन की कुछ झलक मिल जाती है–सनिति तथा परिषद् की पहचान कबीले के लोगों से होती थी, जैसे–'पांचालों की समिति'। राजा की घोषणा 'कबीले' में होती थी। भूमि का दान भी राजा कबीले की अनुमति के बिना नहीं कर सकता

था। इस काल के दौरान भावी स्थायी सेना की अवधारणा के बीज भी सीमित रूप से दृष्टिगोचर होते हैं क्योंकि वह **सजातीयता** के नियम पर आधारित थी।

इस काल में मानव जीवन पर कृषि के विकास के परिणाम स्वरूप परिवर्तन आने लगा था। चित्रित धूसर एवं उत्तरी काली पॉलिश मृद्‌भांड पुरातात्त्विक संस्कृतियों से, जिन्हें हम विभिन्न सीमाओं के बावजूद उत्तर वैदिक काल की कृतियाँ बता चुके हैं, लोगों के स्थायी जीवन की पुष्टि होती है। यद्यपि अथर्ववेद में मवेशियों की वृद्धि के लिए अनेक प्रार्थनाएँ हैं, किंतु उत्तरवैदिक काल में कृषि ही लोगों का प्रमुख धंधा था। शतपथ ब्राह्मण में तो जुताई से संबंधित कर्मकांडों पर एक पूरा-का-पूरा अध्याय है। बीज बोना, कटाई, गहराई आदि का भी उसमें उल्लेख है। इस काल के हल इतने विशाल होते थे कि उनमें 4 से लेकर 24 बैल तक जोत दिए जाते थे। हड्डियों जैसे सख्त खदिर तथा कत्था से निर्मित फाल का वर्णन हमें प्राप्त है। यद्यपि पुरातात्त्विक साक्ष्य उपलब्ध नहीं हैं, किंतु इस काल के साहित्य में तो **प्रवीरवन्त** या **पवीरव** का भी उल्लेख है। **दात्र** या **सृणि** अर्थात् दराँती के कतिपय अवशेष तो उत्खननों में भी मिले हैं। ऋग्वेद की तुलना में उत्तर वैदिक साहित्य में विभिन्न अनाजों का वर्णन है।

प्राकृतिक गोबर-खाद और ऋतुओं के ज्ञान का कृषि-प्रक्रिया में उपयोग भी तत्कालीन विकसित कृषिप्रणाली का द्योतक हैं यद्यपि उत्पादन की मात्रा का अनुमान लगाना असंभव है, किंतु चूँकि समाज में स्पष्टतः ब्राह्मण तथा क्षत्रिय जैसे अनुपादी वर्गों का उदय हो चुका था, अतः यह निष्कर्ष निकाला जा सकता है कि कृषक अपनी जरूरत से कहीं अधिक उत्पादन करने की न सिर्फ क्षमता रखते थे, बल्कि उन्हें अपने निर्वाह से अधिक उत्पादन करना भी पड़ता था। कृषि के अतिरिक्त, विभिन्न प्रकार के शिल्पों का उदय भी उत्तर वैदिककालीन अर्थव्यवस्था की अन्य विशेषता थी। इस विभिन्न व्यवसायों ने अनेक विवरण हमें **पुरुषमेध** के विवेचन में मिलते हैं जिनमें धातु के शोधक, रथकार, बढ़ई, चर्मकार, स्वर्णकार, कुम्हार, व्यापारी आदि उल्लेखनीय हैं। ब्राह्मण, ग्रंथों में श्रेष्ठी का भी उल्लेख है, किंतु बुद्धकालीन **सेट्ठियों** से उनकी तुलना व्यर्थ है। राजसूय यज्ञ के दौरान, **रत्नहवींषि** अनुष्ठान के समय जब राजा **तक्षण** तथा **रथकार** के भी घर जाता था, तब भी श्रेष्णियों को 'रत्निन' का दर्जा प्राप्त न था।

इस समय की व्यवस्था विभिन्न प्रकार के सामाजिक वर्ग व्यवस्थाओं में विभक्त था। अर्थात् वर्ग इस तरह बँटे थे कि ब्राह्मण तथा क्षत्रिय अनुत्पादी होते हुए भी विशेषाधिकार-सम्पन्न थे, क्योंकि वे ही उत्पादन के नियंत्रणकर्ता थे। वैश्य तथा शूद्र निम्न वर्ग के थे और वे उत्पादन के लिए उत्तरदायी थे। इन वर्णों के पारस्परिक संबंधों

पर दृष्टिपात कर लेना अनुचित न होगा। यद्यपि ब्राह्मण तथा क्षत्रिय—दोनों ही विशेषाधिकार-संपन्न वर्ग के थे, किंतु फिर भी उनमें आपस में तनाव की स्थितियों की झलक दृष्टिगोचर होता है। उत्तर वैदिक साहित्य में **ब्रह्म तथा क्षत्र** एवं मित्र तथा वरुण के जिस द्वंद्व का उल्लेख है, वह ब्राह्मणों तथा क्षत्रियों के पारस्परिक मनमुटाव का ही सूचक है। हालांकि इस बात से इंकार नहीं किया जा सकता कि निजी स्वार्थों को दृष्टिगत करके वे कभी-कभी आपस में साँठ-गाँठ भी कर लेते होंगे। अब यहाँ प्रश्न यह उठता है कि किस कारण से आपस में संघर्ष करते थे? इसके जवाब में यही कहा जा सकता है कि शायद यह समाज में प्रथम स्थान प्राप्त करने की लालसा का संघर्ष था।

इस समय चतुवर्ग व्यवस्था में शूद्रों का जीवन पूरी तरह से शोषण का शिकार था। सामाजिक जीवन के अन्य पहलुओं में 'कुल, का उल्लेख दृष्टव्य है, जो कि ऋग्वेद में अप्राप्य है। यद्यपि एक पत्नी विवाह के आदर्श को अब भी मान्यता प्राप्त थी, किंतु ऐसा प्रतीत होता कि बहुपत्नी विवाह काफी प्रचलित था और सबसे पहली पत्नी को मुख्य पत्नी होने का विशेषाधिकार प्राप्त था। लड़की का बिकना संभव नहीं था, हालाँकि इसे बहुत अच्छा नहीं समझा जाता था। ऋग्वैदिक काल की नारी की तुलना में अब उसके स्थान में कुछ गिरावट आ गई—मैत्रायणी संहिता में तो उसे पासा तथा सुरा के साथ-साथ तीन प्रमुख बुराइयों में गिनाया गया है। उत्तर वैदिक-कालीन जैसे पितृप्रधान समाज में पुत्र जन्म में पुत्र जन्म की लालसा स्वाभाविक है, किंतु यह झुकाव उस समय अपनी सारी सीमाओं को पार कर जाता है, जबकि हम ऐतरेय ब्राह्मण में यह पढ़ते हैं कि पुत्री ही सभी दुःखों का स्रोत एवं पुत्र ही परिवार का रक्षक है। उपनिषदों में याज्ञवल्क्य-गार्गी संवाद जहाँ एक ओर यह दर्शाते हैं कि समाज में कुछ नारियाँ उच्चतम शिक्षा प्राप्त कर सकती थीं, वहाँ इस बात के भी संकेत मिलते हैं कि शायद उसकी भी सीमा थी—एक वाद-विवाद के दौरान याज्ञवल्क्य के गार्गी से यह कहा कि अधिक बहस न करो अन्यथा तुम्हारा सिर तोड़ दिया जाएगा। इस कथन से तो इस बात की पुष्टि होती है कि उस समय भी नारियों को पर्याप्त सम्मान नहीं मिल रहा था।

ऋग्वेदकालीन धार्मिक जीवन की भाँति उत्तर वैदिक काल के लोगों की धार्मिक आस्थाएँ तथा गतिविधियाँ भी तत्कालीन भौतिक पृष्ठभूमि कुछ कम प्रभावित न थीं। इस युग में एक ओर तो ब्राह्मणों द्वारा प्रतिपादित तथा पोषित यज्ञ अनुष्ठान तथा कर्मकांडीय व्यवस्था थी, तो दूसरी ओर इसके विरुद्ध उठाई गई उपनिषदों की आवाज। यों तो यज्ञादि का आभास ऋग्वेद में भी मिलता है किंतु एक स्वतंत्र पंथ के रूप में

इसका विकास इसी युग में हुआ। चूँकि ब्राह्मण एक अनुत्पादी वर्ग था, अतः अपने को विशेषाधिकार संपन्न वर्ग बनाए रखने के लिए यह जरूरी हो गया कि वे लोगों के मस्तिष्क पर अपनी धार्मिक श्रेष्ठता की छाप बनाए रखें। जिस प्रकार कर्मकांड का विकास इस युग में दृष्टिगोचर होता है, उसमें ब्राह्मणों का स्वार्थ निहित था। शुरू में तो क्षत्रियों ने भी इस पंथ को बनाए रखने में ही अपना हित समझा—इसके दो कारण थे। एक तो जैसा कि ऊपर कहा जा चुका है, ब्राह्मण तथा क्षत्रिय दोनों ही अधिशेष उत्पादन के हथियाने में रुचि रखते थे। इस युग के महत्त्वपूर्ण यज्ञों जैसे अश्वमेध, वाजपेय, राजसूय, आदि का विस्तृत अध्ययन करने से पता चलता है कि मूलतः इनका उद्देश्य कृषि-उत्पादन को बढ़ाना था। वाजपेय तो खाद्य तथा पान से संबंधित था ही, अश्वमेध तथा राजसूय भी, जो कि तथाकथित कूटनीतिक शक्ति के द्योतक माने जाते हैं, यदि उनका ऐतिहासिक विश्लेषण किया जाए तो स्पष्ट होता है कि इन यज्ञों के कूटिनीतिक उद्देश्य खाद्यान्न उत्पादन ही था। जो कि भूमि की उर्वरता तथा प्रजनन शक्ति की प्रतीत थी। वाजपेय यज्ञ में ऐसी क्रियाओं के संबंध में बृहदारण्यक उपनिषद् तथा वाजसनेयी संहिता में महत्त्वपूर्ण उल्लेख है। राजसूय यज्ञा में भी संपूर्ण वर्ष के दौरान चलने वाले अनुष्ठानों का अंत ऐसे यज्ञ से होता था, जिसकी अध्यक्षता **इन्द्रशुनासीर** अर्थात् हलयुक्त इन्द्र करता था और जिसका उद्देश्य 'पस्त प्रजनन शक्ति को पुनः जागृत करना होता था'। अगर राजसूय राजा के सिंहासनारोहण से संबंधित होता तो केवल एक बार होना चाहिए था, लेकिन वह तो हर साल चलता रहता था। जिस प्रकार आद्य तथा **प्राक्वर्णी समाज** में भोजन एकत्र करने के कार्य को सुगम बनाने के लिए जादुई कर्मकांड ने ले लिया था, जो विशेषाधिकार-संपन्न वर्ग ही कर सकता था।' स्त्रियों द्वारा कर्मकांडीय व्यवस्था का समर्थन करने का दूसरा कारण यह था कि इनके माध्यम से वे आर्य सभ्यता की सीमा पर रहने वाले अनार्य प्रमुखों के बीच अपना प्रभुत्व बढ़ा पाते थे। अथर्ववेद एवं पंचविंश ब्राह्मण में गद्य के व्रात्य मुखिया को वैदिक समाज में प्रवेश देने के लिए विशाल कर्मकांड का आयोजन किया गया है। इसी प्रकार निषादों के मुखिया को वैदिक अनुष्ठानों में स्थान दिया गया है। राजसूय यज्ञ के दौरान जिन लगभग एक दर्जन रत्निनों के घर राजा जाता था, उनमें से चार स्त्रियाँ होती थीं। यह इस बात की ओर संकेत करता है कि अनार्य जातियों के **मातृकुलीय** रिवाजों को नजरअंदाज नहीं किया गया था।

इस समय कर्मकाण्डों की अतिशयता के कारण व्यक्ति की मानसिक स्वतंत्रता लगभग समाप्त हो रही थी, परिणामतः विभिन्न प्रकार के प्रतिरोधों का जन्म हुआ।

ऋग्वेद में कुछ जगहों पर **ब्रह्मद्विष** अर्थात् वेद से घृणा करने वालों का उल्लेख किया गया है। यहाँ वेदों की आराधना करने वालों को स्वार्थी पुरोहित के रूप में वर्णित किया गया है। उपनिषदीय विचारकों ने यज्ञादि अनुष्ठानों को ऐसी कमजोर नौका बताया है, जिसके द्वारा यह भवसागर पार नहीं किया जा सकता। उन्होंने इस उद्देश्य के लिए इंसान को जीवन के चक्र के मोक्ष दिलाने के लिए ज्ञान मार्ग का प्रतिपादन किया। यह ज्ञान मार्ग था ब्रह्मन् तथा आत्मन् के बीच अद्वैत भाव का अनुभव करना। चूँकि कबायली संगठन में दरार पड़ चुकी थी, वर्णव्यवस्था का आविर्भाव हो चुका था,

अतः पुरानी मान्यताएँ तथा मूल्य अनुपयोगी हो गए। **ऋत** का किस प्रकार ह्रास हुआ, इसका उल्लेख ऊपर किया जा चुका है। इस तरह के **संक्रमण**-काल में इंसान विस्मय से अपने अलगाव का अनुभव करता है। कबायली एकता के विघटन से जो एक आध्यात्मिक अराजकता का जन्म-सा हुआ, उसे कैसे जीता जाए, अपने निजी अहम् को लाँघकर सामंजस्यता को कैसे पुनःस्थापित किया जाए? उपनिषदीय दार्शनिकों ने इदस समस्या का हल प्रस्तुत करने का प्रयत्न किया। उन्हें इस बात का आभास हुआ कि जब तक इंसान के आंतरिक तथा बाह्य अस्तित्व में सामंजस्य नहीं होगा, वह सुखी जीवन व्यतीत नहीं कर पाएगा। अर्थात् आत्मन् तथा ब्रह्मन् के अद्वैत का सामाजिक-आर्थिक आधार, प्रारंभिक कार्यों की पशुचारण अर्थव्यवस्था पर आधारित, कबायली समाज के अंतर्गत वर्णव्यवस्था के आविर्भाव में दृष्टिगोचर होता है। उत्तर वैदिक काल के पुरातात्त्विक साक्ष्यों से यह स्पष्ट होता है कि इस काल में किसी प्रकार की मूर्तिपूजा नहीं होती थी, किंतु जिस कर्मकांडीय व्यवस्था व्याप्त थी। चित्रित धूसर तथा उत्तरी पॉलिश वाले मृद्भांडीय संस्कृति के अधिकांश केंद्रों से कर्मकांडीय कुंडों का कोई खास प्रमाण नहीं मिला है, लेकिन अरंजीखेड़ा से कुछ वृत्ताकार अग्निकुंड मिले हैं, जो यह स्पष्ट करते हैं कि इस काल में कर्मकांडीय व्यवस्था कायम थी। पुरुषमेघ के संदर्भ में एक यज्ञ वेदी प्राप्त होने का दावा कौशांबी के उत्खनन कर्ता ने किया है। श्रावस्ती में कुछ ऐसे बड़े गड्ढे मिले हैं, जिनमें कुछ बहुत छोटे-छोटे मृद्भांड प्राप्त हुए थे। जिनके तत्कालीन प्रयोगों के विषय में इतिहासकारों में अभी वैचारिक मतभेद बना हुआ है।

5

महाजनपद काल

महाजनपदों का प्रादुर्भाव

वैदिक साहित्य महाजनपद काल से सम्बन्धित जानकारी के प्रमुख स्रोत हैं। इन साहित्यों में इस समय की सामाजिक संरचना, धार्मिक जीवन, कृषि तथा तत्कालीन आर्थिक स्थिति के विषय में पर्याप्त जानकारी मिलती है। ऋग्वेद एवं अथर्ववेद की संहिताओं, पूर्ववर्ती ब्राह्मणों एवं उपनिषदों से विभिन्न जनों के जीवन एवं संगठन के विषय में जानकारी प्राप्त होती है। इन साहित्यों से जन से जनपद के विकास की प्रक्रिया एवं प्रारंभिक अवस्थाओं में जनपदीय जीवन की झांकी मिलती है। बौद्ध साहित्य में भी जनपद काल की स्थितियों का अच्छा चित्रण मिलता है। अंगुत्तर निकाय में सोलह महाजनपदों एवं क्षेत्रविस्तार के निमित्त काशी, कोशल एवं मगध जनपदों के कूटनीतिक संघर्षों का वर्णन है, जो जनपदीय जीवन में ऐसी नवीन प्रवृत्तियों के उदय का परिचायक है इस समय मगध का प्रभाव बहुत अधिक था। अखिल भारतीय साम्राज्य की स्थापना भी इसी महाजनपद के नेतृत्व में हुई।

इसके अतिरिक्त पुरातात्विक सामग्री भी इस विषय पर कुछ प्रकाश निक्षेप करती है। आधुनिक उत्तर प्रदेश में अरंजीखेड़ा एवं अन्य स्थानों पर की गई खुदाइयों से ज्ञात होता है कि भारत में लोहे का उपयोग लगभग ईसा पूर्व 1000 ई. के

आस-पास शुरू हुआ और वैदिक कबीलों के विस्तार-कार्य में लोहे के बने अस्त्र आदि लाभदायक सिद्ध हुए। इसके अतिरिक्त गंगा के मैदान में कई स्थलों पर ताँबे की बनी हुई चीजों के ढेर मिले हैं, इनका काल भी ईसा पूर्व 1000 के लगभग माना जाता है। इन्हीं स्थानों पर हमें चित्रित धूसर मृद्भांडों के कुछ नमूने प्राप्त हुए हैं जिनसे यह स्पष्ट हो जाता है कि गंगा-घाटी में रहने वाले आर्य लोग अब पशुचारण के स्थान पर कृषि में संलग्न थे और पहले की अपेक्षा अधिक सुव्यवस्थित जीवन व्यतीत कर रहे थे। इसके साथ ही पुरातात्त्विक सामग्री से हमें आर्यों की आर्थिक स्थिति के बारे में पर्याप्त ज्ञान होता है।

उत्तर वैदिक युग में हुए आर्थिक परिवर्तनों के कारण ऋग्वेदीय कबायली जनजीवन में दरार का पड़ना और क्षेत्रीयता की भावना का जागरण होना स्वाभाविक था। पशुचारण से कृषि की ओर अग्रसर होना, जिसके पर्याप्त प्रमाण उत्तर वैदिक साहित्य और कतिपय पुरातात्त्विक अवशेषों में मिलते हैं, अपने आप में एक ऐसी प्रक्रिया थी, जिसके परिणाम स्वरूप गंगा घाटी के निवासियों के जीवन के स्थायित्व का पुट आ गया। छोटे-छोटे कबीले 'राज्य' बनते जा रहे थे और 'साम्राज्य' का लक्ष्य भी कुछ दूर नहीं था। बुद्ध के समय तक पहुँचते-पहुँचते 'जन' का काफ़ी रूपांतरण हो चुका था और जनपदों का जन्म हो गया था। महा जनपदों के विषय में जानकारी के प्रमुख स्रोतों के रूप में बौद्ध तथा जैन साहित्य की भी महत्त्वपूर्ण भूमिका है। इस समय के महा जनपद मुख्यतया तीन प्रकार के थे—

1. कुछ जनों में पहले संयोग हुआ और उसके बाद उसका जनपद के रूप में विकास हुआ। जैसे—पांचाल।
2. कई जन अधिक शक्तिशाली जनों के द्वारा विजित होने के बाद, उन्हीं में मिला लिए गए। जैसे—अज।
3. कुछ जनों अथवा कबीलों ने अकेले ही जनपद की अवस्था प्राप्त कर ली। जैसे—मत्स्य, चेदि, काशी, कोसल आदि।

इन जनपदों का स्वतंत्र न होकर कई संस्थाओं के विकास का परिणाम था। लगभग ईसा पूर्व 700 तक लोहे का इस्तेमाल पहले से अधिक होने लगा था और इससे बनाए जाने वाले औजारों से कृषि एवं अन्य उत्पादन के साधनों में प्रगति हुई थी। एक बात स्पष्ट है कि दलदली इलाका होने के बावजूद 600 ईसा पूर्व के सभी प्रसिद्ध नगर गंगा-यमुना नदियों के आस-पास ही बस गए। इसके काई कारण थे। जैसे—गंगा स्वयं ही एक महत्त्वपूर्ण व्यापारिक मार्ग थी और इसके द्वारा समुद्र तक आसानी से पहुँचा जा सकता था। बिहार में मगध और अंग में कच्चा लोहा का पर्याप्त

भंडार था और गंगा ऐसे स्थानों से होकर गुजरती थी। एक बार इन खानों का मार्ग मालूम होने पर आर्यों के लिए हिमालय की नीचे की श्रेणियों से मगध की ओर जंगल साफ करते हुए मुड़ना सरल हो गया।

प्रमुख महाजनपद

छठी शताब्दी ईसा पूर्व बौद्ध तथा जैन धर्म ग्रन्थों में जिन महाजनपदों का वर्णन मिलता है उन पर नीचे प्रकाश निक्षेप किया जा रहा है—

1. मगध—मगध का उदय सम्प्रति बिहार के नालन्दा व उसके आसपास की भूमि में हुआ। इसकी राजधानी राजगृह थी बाद में इसकी राजधानी पाटलिपुत्र को बनाया गया। इस राज्य का संस्थापक बृहद्रथ था। उस समय का यह सबसे शक्तिशाली राज्य के रूप में उभरा, क्योंकि इसका भौगोलिक वातावरण, यहाँ की भूमि, खनिज सम्पदा आदि सभी इसके अनुकूल थे। बिम्बिसार ने मगध को शक्तिशाली बनाने के लिए कई राज्यों को विजित किया।

2. अंग—यह महाजनपद जिसकी राजधानी चंपा थी, उल्लेख पालि साहित्य में मिलता है। आधुनिक भागलपुर व मुंगेर का इलाका प्राचीन अंगदेश में शामिल था। गौतम बुद्ध के समय में अंग और मगध जनपदों में सदा युद्ध की हालत बनी रहती थी। कुछ समय के लिए मगध अंगदेश का भाग बन गया किन्तु शीघ्र ही अंग का पतन हो गया।

3. वत्स—वत्स जनपद आधुनिक इलाहाबाद का क्षेत्र था। कौशांबी इसकी राजधानी थी। संस्कृत साहित्य में प्रसिद्ध उदयन, जो बुद्ध का समकालीन माना जाता है, इस जनपद से संबंधित था। अवन्ति के राजा प्रद्योत के साथ उसकी शत्रुता के विषय पर अनेक मनोरंजक कथानक प्राप्त हैं, जिनमें वासवदत्ता और उदयन के प्रणय-प्रसंग खास रूप से उल्लेखनीय है।

4. काशी—काशी जनपद की राजधानी वाराणसी थी। समय-समय पर इसके नरेशों का कोसल के साथ युद्ध हुआ। कभी विजय काशी की होती थी और कभी कोसल की। गौतम बुद्ध के समय में काशी का कूटनीतिक पराभव हो गया। यह कुछ समय तक कोसल देश का अंग था। मगध और कोसल में भी काशी को लेकर संघर्ष शुरू हो गया। अजातशत्रु के समय से काशी मगध का अंग बन गया।

5. कोसल—यह उत्तरी भारत का प्राचीन राज्य था। अवध के ऐतिहासिक क्षेत्र के लगभग समरूप, वर्तमान उत्तर प्रदेश राज्य के दक्षिणी मध्य क्षेत्र में स्थित कोसल

राज्य सरयू (आधुनिक घाघरा) नदी के दोनों तट पर और उत्तर दिशा में वर्तमान नेपाल तक फैला हुआ था। महाकाव्य *रामायण* के अनुसार, कोसल पर सूर्यवंशी राजाओं का शासन था; राम इन राजाओं में से एक थे, उनकी राजधानी आधुनिक फ़ैज़ाबाद के पास अयोध्या में स्थित थी। कोसल और मगध के बीच वैवाहिक संबंध थे, लेकिन लगभग 490 ई.पू. में दोनों के बीच युद्ध छिड़ गया। परिणामस्वरूप संभवतः कोसल कमज़ोर हो गया और फिर कभी महत्त्वपूर्ण स्थिति प्राप्त नहीं कर सका। मगध के राजा अजातशत्रु (लगभग 491-459 ई.पू.) के शासनकाल में किसी समय कोसल का मगध में विलय हो गया। बाद में कोसल को उत्तरी कोसल के नाम से जाना जाने लगा, ताकि इसे दक्षिण में महानदी के ऊपरी भाग में स्थित (अब पूर्वी मध्य प्रदेश राज्य) कोसल, दक्षिणी कोसल या महाकोसल राज्य से अलग पहचाना जा सके। *रामायण* के अनुसार, दक्षिणी कोसल, जिसकी राजधानी श्रीपुर (रायपुर) थी, की स्थापना राम के पुत्र कुश ने की थी और 12वीं शताब्दी तक इसे इसी नाम से जाना जाता था।

16 प्रमुख महाजनपदों में इसका प्रमुख स्थान रहा। इसका विकास काल छठी शताब्दी ईसा पूर्व रहा। इसने काशी के शक्तिशाली राज्य को अपने राज्य में मिला लिया; और लगभग 500 ई. पू. में, राजा प्रसेनजित (पसेंदि) के शासनकाल में इसे उत्तर की चार शक्तियों में से एक (शायद सबसे शक्तिशाली) माना जाता था। कोसल उस समय गंगा नदी के मैदान के व्यापार—मार्गों पर नियंत्रण रखता था। उत्तरी कोसल के वाक्य जनजाति में जन्मे बुद्ध (लगभग 563 ई. पू.) अक्सर राजधानी श्रावस्ती में उपदेश देते थे, जहां उन्होंने जीवन के अंतिम 25 वर्षों में वर्षा ऋतु का समय व्यतीत किया।

6. शूरसेन—इसकी राजधानी मथुरा थी। शूरसेन राजा अवंतिपुत्र, महात्मा बुद्ध का अनुयायी था और उसने ही अपने राज्य में बौद्ध धर्म का प्रचार करवाया। राजा के नाम से ऐसा प्रतीत होता है कि मथुरा एवं अवंति के मध्य वैवाहिक संबंध थे। पाणिनि के समय में अंधक एवं वृष्टिजन का वास-स्थान मथुरा में था। कालांतर में इन जातियों का एक पारस्परिक संघ स्थापित हुआ।

7. कुरु—पंचाल के समान कुरु भी उत्तर वैदिक साहित्य में पर्याप्त ख्याति प्राप्त राज्य था। सही मायने में ब्राह्मण ग्रंथों में तो कुरु-पंचाल का जोड़ा अत्यधिक शक्तिशाली माना जाता था, जिन्होंने अनेक अश्वमेध यज्ञों का अनुष्ठान किया था। कुरु जनपद आधुनिक जिला और दक्षिण-पूर्व हरियाणा का प्रदेश था। जातकों के विचार में इसकी राजधानी इंद्रप्रस्थ थी। यादवों, भोजों पंचालों के साथ कुरु राजाओं

ने वैवाहिक संबंध स्थापित किए थे। वत्स प्रदेश में जिस राजतंत्र की स्थापना हुई वह संभवतः कुरु की ही शाखा थी। यह संभवतः उस समय हुआ होगा जब कि कुरु प्रदेश का महत्त्वपूर्ण नगर हस्तिनापुर बाढ़ में विनष्ट हो गया होगा। इसका उल्लेख पौराणिक ग्रंथों में भी मिलता है इसके साथ ही साथ इसकी पुष्टि हस्तिनापुर के उत्खननों से भी होती है।

8. पंचाल—पंचाल जनपद उत्तर वैदिक काल से ही प्रसिद्ध था। इसके दो भाग थे—उत्तर पंचाल जिसकी राजधानी अहिच्छत्र थी तथा दक्षिण पंचाल जिसकी राजधानी काम्पिल्य थी। कन्नौज का प्रसिद्ध नगर उन दिनों पंचाल प्रदेश में ही स्थित था। अधिकांशतः आधुनिक पश्चिमी उत्तर प्रदेश इसी जनपद के अंतर्गत आता था। हिमालय की तलहटी से लेकर दक्षिण में चंबल नदी तक एवं पूर्व में कोसल और पश्चिम कुरु जनपद इसकी सीमाएँ थीं। पंचाल मूलतः एक राजतंत्र था किंतु ऐसा प्रतीत होता है कि कौटिल्य के समय तक वह एक गणराज्य हो गया था।

9. चेदि—प्राचीन काल में चेदि महाजनपद यमुना नदी के किनारे स्थित था। इसकी सीमा कुरु महाजनपद के साथ जुड़ी हुई थी। आधुनिक बुंदेलखंड का इलाका ही प्राचीन महाजनपद था। कलिंग (उड़ीसा) में जिस चेदि वंश का राजा खरवेल था, वह संभवतः इसी चेदि प्रदेश की शाखा ने ही स्थापित किया होगा।

10. मत्स्य—मत्स्य जनपद आधुनिक जयपुर क्षेत्र के आस-पास था। विराट नामक संस्थापक नाम पर इसकी राजधानी विराटनगर थी। साहित्यिक स्रोतों में 'अपर मत्स्य', 'वीर मत्स्य' आदि जो उल्लेख आए हैं, वे संभवतः मूल राज्य की शाखाएँ हों। मत्स्य प्रदेश कभी चेदि जनपद के अधीन था।

11. अवन्ति—पश्चिमी भारत में अवंति जनपद प्रमुख था। आधुनिक मालवा व मध्य प्रदेश के कुछ भागों से मिलकर अवंति जनपद बना था। प्राचीन समय में अवंति के दो भाग थे—उत्तरी अवंति जिसकी राजधानी उज्जैन थी और दक्षिणी अवंति जिसका प्रमुख नगर महिष्मती था। वर्धमान महावीर एवं गौतम बुद्ध के समय में, महाराज चंड प्रद्योत अवंति के राजा थे। अवंति बौद्ध धर्म का प्रसिद्ध केंद्र था। अनेक बौद्ध थेर तथ थेरी यहाँ बौद्ध धर्म का पालन व प्रचार करने में रत थे। पुराणों के अनुरूप चंड प्रद्योत शक्तिशाली राजा था। उसके समय में अवंति का वत्स, मगध एवं कोसल के साथ युद्ध हुआ था। मगध सम्राट शिशुनाग ने अवंति को जीतकर अपने राज्य में मिला लिया। अवंति राज्य का पर्याप्त आर्थिक महत्त्व रहा है क्योंकि अनेक व्यापार मार्ग इस प्रदेश से होकर गुजरते थे।

12. कम्बोज—कम्बोज प्रदेश उत्तरपथ में ही स्थित था। आधुनिक काल के राजोरी और हजारा के जिलों में प्राचीन काम्बोज सीमित था। काम्बोज में पहले तो शासन की बागडोर राजा के हाथ में होती थी किन्तु कौटिल्य के समय यह एक संघराज्य बन गया था।

13. अश्मक—अंगुत्तर निकास में अश्मक जनपद का भी वर्णन है। इसकी राजधानी पोतना थी। यह जनपद गोदावरी नदी के किनारे स्थित था। अश्मक और मूलक प्रदेश एक दूसरे के पड़ौसी थे। दोनों की इक्ष्वाकु वंश के क्षत्रिय थे। दीर्घ निकाय के 'महागोविंद सुन' में इस बात का उल्लेख है कि रेणु नामक सम्राट के ब्राह्मण पुरोहित महागोविंद ने अपने साम्राज्य को सात अलग-अलग राज्यों में बाँटा था। इनमें से एक अश्मक भी था। अश्मक की पहचान के संबंध में एक संभावना यह भी हो सकती है कि वह सिंधु नदी की निम्न घाटी या मुहाने पर स्थिति ऐस्सकेलॉय ही हो, जिसका उल्लेख यूनानी लेखकों ने किया है और जो सिकंदर के हमला के समय भी मौजूद थे। इस संबंध में एक और तथ्य द्रष्टव्य है—बौद्ध साहित्य में अश्मक सहित जिन 16 महाजनपदों का उल्लेख है, उनमें से सभी 15 उत्तरी भारत के हैं।

14. गांधार—गांधार महाजनपद आधुनिक पेशावर एवं रावलपिंडी के इलाके में स्थित था। इसकी राजधानी तक्षशिला प्राचीन काल में विद्या तथा व्यापार का प्रसिद्ध केंद्र थी। ईसा पूर्व छठी शताब्दी में गांधार में पुष्कर सारिन राज्य करता था। उसने अवंति के साथ युद्ध किया और चंड प्रद्योत को हराया। मगध के साथ उसके संबंध अच्छे थे। वहाँ उसने अपना राजदूत एवं बिंबिसार के नाम पत्र भी भेजा था।

15. मल्ल—सोलह महाजनपदों का विवरण देते हुए अंगुतर निकाय में मल्ल राष्ट्र का उल्लेख आया है। इसके दो भाग थे जिसमें एक की राजधानी कुशीनगर और दूसरे की पावा थी। कुशीनगर में ही महात्मा बुद्ध ने विर्नाण प्राप्त किया था। मल्ल राज्य में पहले शासन की बागडोर राजा के हाथ में होती थी किंतु कालांतर में वहां गणराज्य की स्थापना हुई। मल्ल राष्ट्र में भी जैन एवं बौद्ध धर्म बड़े व्यापक रूप से फैला। महात्मा बुद्ध के महापरिनिर्वाण के उपरांत ही मल्ल राष्ट्र ने अपनी स्वतंत्रता खो दी। मगध इस पर विजय प्राप्त करके अपने राज्य में मिला लिया।

16. वज्जि—मगध के उत्तर की ओर वज्जि संघ स्थित था। यह संघ आठ कुलों के संयोग से बना और इनमें तीन कुल प्रमुख थे—विदेह, वज्जि एवं लिच्छवि। विदेह कुल की राजधानी वैशाली थी। इसमें तीन जिलों का उल्लेख है जो कदाचित तीन कुलों के प्रमुख क्षेत्र थे। उस संघ में लिच्छवि कुल का खास उल्लेख है। महावस्तु से

ज्ञात होता है कि गौतम बुद्ध लिच्छवियों के निमंत्रण पर वैशाली गए थे। बौद्ध साहित्य लिच्छवियों के सामाजिक व कूटनीतिक जीवन पर प्रकाश डालता है। लिच्छवियों का आंतरिक संगठन अच्छा था और गौतम बुद्ध के विचार में लिच्छवि गण इसी कारण अजेय था। इस एकता के भंग होने पर लिच्छवि राज्य को मगध अथवा अन्य कोई राज्य विजय कर सकता था।

गणराज्य

उपरोक्त वर्णित सोलह जनपदों के अलावा भी विभिन्न प्रकार के गणराज्य थे। वह प्रजा की भलाई के लिए विभिन्न प्रकार के कार्य किए जाते थे। उस समय में कपिलवस्तु का विशेष महत्त्व था क्योंकि शुद्धोधन के पुत्र गौतम बुद्ध ने धर्मचक्र प्रवर्तन किया था। इस शानय जाति की राजधानी कपिलवस्तु था। ईसा पूर्व छठी शताब्दी में कोमल में शाक्यों को हराकर उनके राज्य पर कब्जा कर लिया। लिच्छवी संघ एवं मल्ल राष्ट्र भी गणराज्य पद्धति को मानते थे। इनके अतिरिक्त रामग्राम में रहने वाली कोलिय जाति भी गणराज्य पद्धति में विश्वास रखती थी। गणराज्य पद्धति को मानने वाली अन्य जातियां भी थी, जैसे—भाग एवं मोरिय। इन राज्यों में पहले राजा शासन करता था। यह संभव है कि राजा के निरंकुश व अत्याचारी शासन से तंग आकर ही जनता ने गणराज्य स्थापित किया हो। लोकमत से ही शासन करने की प्रवृत्ति प्रबल हो उठी और कुछ जातियों ने राजा एवं उसके दैवी अधिकारों का मुखौटा उतार फेंका।

लिच्छवि गणराज्य

भारत के वर्तमान बिहार राज्य में गंगा नदी के उत्तरी किनारे पर बसा इस जनसमुदाय (छठी से पांचवीं शताब्दी ई.पू.) की राजधानी वैशाली थी। लिच्छवियों को उनकी गण संघ प्रणाली के लिए जाना जाता है। यह क्षत्रिय जाति के अग्रणी परिवारों के प्रमुखों की महासभा थी। किसी समय में वे काफ़ी महत्त्वपूर्ण थे और अन्य जनजातीय समूहों के साथ अभिसंधि (तथाकथित वृज्जियान या वज्जियान महासंघ) करके मगध साम्राज्य की उदीयमान शक्ति के प्रतिद्वंद्वी बन गए। चौथी शताब्दी तक उत्तरी भारत और नेपाल में लिच्छवि प्रभावशाली रहे। नेपाल में लिच्छवि वंश की स्मृति में तिथि—प्रणाली लागू की गई है, जिसे लिच्छवि संवत् कहते हैं। यह 110 ई. में प्रारंभ हुआ।

महाजनपदों की प्रशासन प्रणाली

इस समय सभी महा जनपदों में पृथक्-पृथक् शासन व्यवस्था थी। जहाँ कुछ राज्यों में राजा सर्वोपरि था वहीं कुछ ऐसे भी जनपद थे जहाँ पर शासक का चुनाव जनमत पर आधारित था। ऐतरेय ब्राह्मण के विचार में पूर्व दिशा (मगध, कलिंग, अंग आदि) के जो राजा हैं, उनका साम्राज्य के लिए अभिषेक होता है और वे 'सम्राट' कहलाते हैं। दक्षिण दिशा में जो सात्वत (यादव) राज्य हैं, वहाँ का शासन 'भोज्य' है और उनके शासक 'भोज' कहे जाते हैं। पश्चिम दिशा (सुराष्ट्र, कच्छ, सौवीर आदि) का शासन स्वराज्य है और उसके शासन 'स्वराट' कहलाते हैं। उत्तर दिशा में हिमालय के क्षेत्र में (उत्तर कुरु, उत्तर मद्र, आदि) जो राज्य हैं, वहाँ वैराज्य प्रणाली है और वहाँ के शासक 'विराट' कहलाते हैं। मध्य देश (कुरु, पंचाल, कोसल आदि) के राज्यों के शासक 'राजा' कहे जाते हैं। इस तरह ऐतरेय ब्राह्मण में, साम्राज्य, भोज्य स्वराज्य, वैराज्य और राज्य, इन पांच प्रकार की प्रणालियों का उल्लेख हैं। सम्राट वे शासक थे जो वंशक्रमानुगत होते हुए अपनी शक्ति के प्रसार के लिए अन्य राज्यों का मूलोच्छेद करने को तत्पर रहते थे। जरासंध आदि मगध सम्राट इसी प्रकार के थे। भोज, शायद उन राजाओं को कहते थे जो वंशक्रमानुगत न होकर कुछ निश्चित समय के लिए अपने पद पर नियुक्त थे। सात्वत यादवों (अंधक, वृष्णि, आदि) में यह प्रथा विद्यमान थी। कृष्ण संभवतः भोज अथवा संघमुख्य थे। स्वराज वे शासक थे जिनकी दशा 'समानों में ज्येष्ठ' (Primus interpares-first among the equals) की होती थी।

इन स्वराज्यों में कतिपय कुलीन श्रेणियों का शासन होता था और सब कुलों की दशा एक समान मानी जाती थी। संभवतः वैराग्य जनपद वे थे जिनमें कोई राजा नहीं होता था और जहाँ जनता अपना शासन स्वयं करती थी। कुरु-पंचाल आदि मध्यदेश के जनपद राज्य कहलाते थे और वहां प्राचीन काल की परंपरागत शासन प्रणाली विद्यमान थी। राजतंत्र—जहां राजा का पद वंशानुगत होता था—के बारे में कुछ अधिक जानकारी प्राप्त है। ऐसा प्रतीत होता है कि गंगा घाटी में अधिशेष उत्पादन तथा लौह तकनीक के आगमन से जिन बड़े-बड़े राज्यों की स्थापना हुई, उन्हें करारोपण का आदि रूप निश्चित करने का अवसर मिला और उन्होंने एक प्रकार की नौकरशाही को भी जन्म दिया। राजा की मदद के लिए नियुक्त इन पदाधिकारियों में—संगृहीत, सूत, ग्रामणी, भागदुध, पुरोहित आदि थे। ये लोग राजा के प्रति उत्तरदायी थे और इन्हें कर से पाप्त हुए धन में से वेतन दिया जाता था। इन्हें 'रत्निन' भी कहा

जाता था। स्थानीय शासन की देखरेख एक खास मंत्री करता था। पुरोहित धार्मिक मामलों में राजा का सलाहकार होता था। सेना के प्रधान सेनानी कहलाते थे। राज्यारोहण के समय सम्पन्न किए जाने वाले विभिन्न कर्मकाण्डों का उद्देश्य था ईश्वर से ऐसी प्रार्थना करना कि वह राजा को अपने समस्त गुण प्रदान करे ताकि राजा की शक्ति में बढ़ोत्तरी हो सके।

महाजनपदों की आर्थिक दशा

छठीं शताब्दी में ई. पू. महाजनपदों की आर्थिक दशा की जानकारी के प्रमुख व्यापार की प्रगति, सिक्कों का प्रचलन, नगरों का उत्थान है। इस काल में जैन व बौद्ध साहित्य से हमें कई नगरों के उत्थान का वृत्तांत मिलता है। चंपा, कौशांबी, राजगृह, श्रावस्ती, उज्जयिनी, वैशाली, पाटलिपुत्र आदि प्रमुख नगर थे। व्यापारिक मार्गों पर स्थित नगरों की खास महत्ता थी, जैसे काम्बोज, कौशांबी, कोसल, वाराणसी आदि है, जो उत्तरापंथ से आकर बनारस में घोड़े बेचते थे। ई. पू. 600 में कृषि के अतिरिक्त धन प्राप्त करने के अनेक साधन थे। बौद्ध साहित्य से हमें कई प्रकार के उद्योग-धंधों के बारे में ज्ञान होता है, जैसे कि कुम्हार रथकार, सुनार, धातुकार, बढ़ई, हाथी दांत का काम करने वाले एवं रेशम का काम करने वाले। कारीगर प्रायः श्रेणियों में संगठित थे। प्रत्यक श्रेणी का एक मुखिया होता था जिसे 'जेत्थक' कहते थे। कभी सेट्ठी अथवा श्रेष्ठि भी श्रेणी का मुखिया होता था। श्रेष्ठि कई बार महाजन का काम करते थे और बहुधा व्यापारिक श्रेणियों के भी मुखिया होते थे।

प्रायः सभी राजा श्रेष्ठियों को बहुत आदर व सम्मान देते थे। इस तरह नगरों से कारीगर व श्रेष्ठि दो वर्ग अधिक महत्त्वपूर्ण थे। गाँवों में 'गहपतियों' का लगभग वही स्थान था जो श्रेष्ठियों का नगरों में। गाँव की उर्वरा भूमि का बड़ा भाग गृहपति (गृहपति) के समीप होता था। बौद्ध साहित्य में ऐसे कई गहपतियों का उल्लेख है जिनके पास कृषि व भूमि के माध्यम से बहुत धनधान्य था। गहपति मेंदक के बारे में बौद्ध साहित्य में यह विवरण आया है कि वह सेना को वेतन देता था और गौतम बुद्ध एवं बौद्ध संघ की सेवा के लिए उसने 1,250 गायों के झुंड भेंट किए थे। इस तरह समाज में कुछ वर्ग ऐसे बने जिनके हाथ में धन का अधिक भाग था। ईसा पूर्व छठी शताब्दी तक मुद्रा-प्रणाली का भी उदय हो चुका था। लगभग संपूर्ण भारत में प्राप्त चाँदी की आहत मुदाओं के सैकड़ों पुंज मिलने और उत्खननों के दौरान भी उनकी प्राप्ति से इन मुद्राओं की संख्या सहस्रों में हो गई है।

मुद्रा के आगमन से निश्चय ही व्यापार-विनिमय में पर्याप्त सहयोग मिलता होगा। ऐसा प्रतीत होता है कि तकनीकी उपलब्धियों के कारण कृषि का उत्पादन अब कुछ **अधिशेष** (surplus) की दशा में पहुँच गया था जिसके परिणाम स्वरूप राज्य की शक्ति के उदय में और मदद मिली। सामरिक रूप से शक्तिशाली तत्त्वों को इस अधिशेष उत्पादन को प्राप्त करना सरल होता होगा। इन सभी गतिविधियों ने 'जन' से 'जनपद' की प्रक्रिया में अतुलनीय भूमिका का निर्वहन किया।

बौद्ध धर्म

विभिन्न धार्मिक तथ्य सामाजिक जटिलताओं में जिस बौद्ध का प्रादुर्भाव गौतम बुद्ध ने किया वह कालान्तर में लोक कल्याणकारी रहा। उनका जन्म शाक्य कुल में होने के कारण उन्हें शाक्य मुनि भी कहा जाता है। उनके पिता शुद्धोधन हिमालय की तराई में स्थिति शाक्य गणराज्य के प्रधान थे जिसकी राजधानी कपिलवस्तु थी। उनका जन्म लुंबिनी नामक वन में ईसा से 563 वर्ष पूर्व वैशाख मास की पूर्णिमा के दिन हुआ था। उनके जन्म के कुछ समय बाद ही उनकी माता की मृत्यु हो गई तथा उनका लालन-पालन उनकी मौसी और विमाता प्रजापति गौतमी ने किया। गौतम के जन्म से उनके पिता की पुत्र-प्राप्ति की इच्छा पूरी हुई थी, अतः उनका मूल नाम सिद्धार्थ रखा गया। सोलह वर्ष की आयु में गौतम के एक पुत्र भी हुआ जिसका नाम राहुल था।

संसार का कोई ऐसा भौतिक सुख नहीं था जो गौतम बुद्ध को प्राप्त न थे। उन्हें पता न था कि संसार में दुःख नाम की कोई वस्तु भी होती है। एक बार वे रथ पर राजमहल से बाहर घूमने के लिए निकले। रास्ते में उन्होंने तीन ऐसे दृश्य देखे जिन्होंने उनकी जीवनधारा बदल दी। उन्होंने एक बूढ़े और कमज़ोर व्यक्ति को देखा, उन्होंने एक कोढ़ी को देखा और अंत में उन्होंने एक मुर्दा देखा। इन तीन दृश्यों को देखकर गौतम का मन संसार से उचाट हो गया। 29-30 वर्ष की आयु में उन्होंने अपना घर त्याग दिया और वे सच्चे सुख की खोज में निकल पड़े। गौतम का यह गृह-त्याग 'महाभिनिष्क्रमण' कहलाता है। घर का त्याग करने के बाद गौतम ने पहले दो ब्राह्मण तपस्वियों से योग सीखा, लेकिन इससे उनकी ज्ञान-पिपासा शांत न हो सकी। इसके बाद उन्होंने उरुवेला नामक वन में 6 वर्ष तक तपस्या की। वहां पीपल के वृक्ष के नीचे ध्यानमग्न बैठे गौतम को वैशाख पूर्णिमा की रात को अचानक ऐसा लगा कि उन्हें ज्ञान प्राप्त हो गया है। तभी से वे बुद्ध के नाम से विख्यात हुए। जिस

वृक्ष के नीचे गौतम को ज्ञान प्राप्त हुआ, वह 'बोध वृक्ष' कहलाया और जिस स्थान पर उन्हें ज्ञान प्राप्त हुआ, वह 'बोध गया' कहा गया।

ज्ञान प्राप्ति के पश्चात् गौतम ने बनारस के निकट सारनाथ में अपने पांच पूर्व तपस्वी साथियों को अपने नए धर्म की दीक्षा दी। बौद्ध इतिहास में यह घटना 'धर्म चक्र प्रवर्तन' कहलाती है। बुद्ध ने अपना शेष जीवन शिक्षाओं के प्रचार में व्यतीत किया। उनका 80 वर्ष की आयु में गोरखपुर (उत्तर प्रदेश) के निकट कुशीनगर (कुशीनारा) में देहांत हुआ। उनके देहांत की घटना को 'महापरिनिर्वाण' कहते हैं।

आर्य सत्य—गौतम बुद्ध के अनुसार जीवन के प्रमुख चार आर्य सत्य निम्नवत् हैं—

1. संसार में दुःख है।
2. हर दुःख का कोई-न-कोई कारण है। मुख्य कारण है तृष्णा अर्थात् भौतिक सुखों की कभी समाप्त न होने वाली चाहत।
3. दुःखों के कारण से छुटकारा संभव है।
4. दुःखों पर विजय पाने का मार्ग है।

अष्टांगिक मार्ग—गौतम बुद्ध ने निम्नवत् अष्टांगिक मार्गों का प्रतिपादन किया—

1. **सम्यक् दृष्टि** : सत्य-असत्य, पाप-पुण्य, सदाचार-दुराचार में भेद करना ही सही दृष्टि है।
2. **सम्यक् संकल्प** : कामना और हिंसा से मुक्त होकर आत्म-कल्याण का पक्का निश्चय करना।
3. **सम्यक् वाणी** : सत्य, विनम्र तथा मृदु वचन बोलना तथा वाणी पर संयम रखना।
4. **सम्यक् कर्म** : सब कर्मों में पवित्रता रखना।
5. **सम्यक् आजीविका** : न्यायपूर्ण मार्ग पर चलकर अपनी जीविका का अर्जन करना।
6. **सम्यक् प्रयत्न** : सत्कर्मों के लिए निरंतर उद्योग करते रहना।
7. **सम्यक् स्मृति** : लोभ-मोह, क्रोध आदि चित्त के संतापों से बचना और श्रेष्ठ शिक्षाओं को सदा याद रखना।
8. **सम्यक् सभाधि** : राग तथा द्वेष से रहित होकर चित्त की एकाग्रता को बनाए रखना।

गौतम बुद्ध ने अतियों से बच कर बीच के रास्ते पर जोर दिया है। वे न तो घोर तपस्या द्वारा शरीर को अत्यधिक कष्ट देना उचित समझते हैं और न ही अत्यधिक भोग-विलास को ही। गौतम बुद्ध द्वारा प्रतिपादित यह बीच का मार्ग मध्यमा प्रतिपदा कहलाता है। गौतम बुद्ध ने वेदों की प्रामाणिकता का खंडन किया, ईश्वर और आत्मा के अस्तित्व के बारे में कुछ कहने से इंकार किया, अब कर्मवाद का प्रतिपादन किया, कार्य-कारण संबंध की व्याख्या की, आत्मावलंबन का पाठ पढ़ाया और संसार को परिवर्तनशील माना। बुद्ध ने जाति-व्यवस्था का विरोध किया और भिक्षु संघ का संगठन लोकतंत्र के आधार पर किया।

गौतम बुद्ध ने आचरण के दस नियम निर्धारित किए। इन नियमों को शील कहते हैं। ये नियम निम्नवत् हैं–

1. अपरिग्रह अर्थात् वस्तुओं का संग्रह न करना।
2. अहिंसा व्रत का पालन करना।
3. कोमल शैया का त्याग
4. कामिनी-कंचन का त्याग।
5. नृत्य-गान का त्याग।
6. सदा सत्य बोलना।
7. सुगंधित पदार्थों का त्याग।
8. अस्तेय अर्थात् चोरी न करना।
9. ब्रह्मचर्य अर्थात् इन्द्रियों पर संयम रखना।
10. असमय में भोजन का त्याग।

त्रिपिटक– *बौद्ध धर्म के साहित्य* को *'त्रिपिटक'* कहा जाता है। इसके अन्तर्गत तीन प्रकार के त्रिपिटक हैं–(1) सुत्तपिटक, (2) विनयपिटक (3) अभिधम्मपिटक।

सुत्तापिटक के निम्नवत् पांच विभाग हैं–

1. दीघ निकाय,
2. मज्झिम निकाय,
3. संयुक्त निकाय,
4. अंगुत्तर निकाय, और
5. खुद्दक निकाय।

सुत्तपिटक के विभिन्न विभागों में बौद्ध धर्म के विभिन्न सिद्धांतों, विश्व की उत्पत्ति, जाति-व्यवस्था की कृत्रिमता, निर्वाण-प्राप्ति के साधनों, पुनर्जन्म, आत्म-ज्ञान

ओर आत्म-चिंतन आदि विषयों का विवेचन है। विनयपिटक में भिक्षुओं के आचरण विषयक नियम हैं। अभिधम्मपिटक में गौतम बुद्ध के उपदेशों का संकलन है। 'धम्मपद' नामक ग्रंथ को बौद्ध धर्म की गीता कहा जा सकता है। इसके 424 श्लाकों में बौद्ध धर्म का सार आ गया है।

भगवान बुद्ध की मृत्यु के बाद बौद्ध धर्म में दो मुख्य संप्रदायों का विकास हुआ। इनमें से एक था हीनयान और दूसरा था *महायान*।

***हीनयान* संप्रदाय** बौद्ध धर्म के प्राचीन अथवा मूल स्वरूप को महत्त्व देता है। हीनयान निवृत्ति के ऊपर अधिक बल देता है और उसकी साधना-पद्धति कठोर है। उसका पालन थोड़े-से लोगों के लिए ही संभव है।

महायान संप्रदाय सभी मनुष्यों को, गृहस्थों को भी, निर्वाण का अधिकारी बनाना चाहता है। महायान संप्रदाय में भगवान बुद्ध को परमात्मा माना जाने लगा। उसमें मूर्तिपूजा का भी प्रचलन हुआ। महायान में 'बोधिसत्व' की कल्पना प्रसूत होती है। इस सिद्धांत के अनुसार साधक स्वयं बुद्धत्व प्राप्त करने में रुचि नहीं लेता। वह अपने सभी साथियों का दुःख दूर करने में ही सच्चा निर्वाण-सुख समझता है।

जैन धर्म

ऋषदेव ने जिस जैन धर्म का प्रवर्तन किया उसे 24वें तीर्थं कर के रूप में महावीर स्वामी ने गतिशील बनाया तथा लोक मानस में इसके प्रति जागरूकता उत्पन्न की। सारांश में जैन धर्म सभी जीवों के प्रति अहिंसा पर आधारित अनुशासित जीवन के ज़रिये आध्यात्मिक मोक्ष के मार्ग की शिक्षा देता है। अपने इतिहास के दौरान यह एक सांस्कृतिक प्रणाली बन गया, जिसने भारतीय सभ्यता के दर्शन और तर्कशास्त्र, कला और वास्तुकला, गणित, खगोलशास्त्र और ज्योतिष और साहित्य जैसे क्षेत्रों में महत्त्वपूर्ण योगदान दिया। जैन धर्म का नाम संस्कृत क्रियामूल जिन यानी 'विजयी होना' से निकला है, इसका तात्पर्य उस सात्विक युद्ध से है, जो साधकों और साधिकाओं को आवेग और दैहिक इंद्रियों से लड़ना पड़ता है, ताकि वे सर्वज्ञान तथा आत्मा की पूर्ण शुद्धि प्राप्त कर सकें, जिसे जैन धर्म में मोक्ष कहा जाता है। जिन थोड़े-से व्यक्तियों ने यह सर्वज्ञान और आत्मशुद्धि प्राप्त की है, उनमें श्रेष्ठतम को जिन (विजेता) कहा जाता है, और इस परंपरा के संघवासियों तथा आम अनुयायियों को जैन 'विजेता का अनुयायी' कहते हैं।

जैन धर्म का प्रचार प्रसार बौद्ध धर्म की तरह नहीं हुआ क्योंकि इसे पराक्रमी राजाओं का अपेक्षित सहयोग नहीं मिल सका। निश्चित आंकड़े उपलब्ध नहीं हैं,

लेकिन संभवतः इस समय भारत में लगभग 40 लाख और अन्य देशों में क़रीब एक लाख जैन हैं। जैन धर्म में हिंदू और बौद्ध धर्मों के समान अवधारणाएं हैं, फिर भी जैन धर्म और इसके अनुयायियों को अपनी स्वायत्त पहचान का हमेशा अहसास रहा। इसलिए जैन परंपरा को एक स्वतंत्र अस्तित्व माना जाना चाहिए न कि हिंदू धर्म का कोई प्रकार या बौद्ध धर्म का एक रूप, जैसा कि कुछ आरंभिक विद्वान मानते थे। जैन धर्म का उद्‌भव लगभग सातवीं से पांचवीं सदी ई.पू. के दौरान उत्तर भारत के गंगा बेसिन में हुआ। जो उस समय गहन धार्मिक चिंतन और गतिविधियों का केंद्र था। इसी क्षेत्र में बौद्ध धर्म का भी प्रादुर्भाव हुआ था। इन नए धार्मिक परिप्रेक्ष्यों की तत्कालीन साझा विचारधाराएं संन्यास, सामाजिक गतिविधियों, कर्मकांड और घरेलू दोनों का त्याग व इंद्रियों पर विजय प्राप्त करके पुनर्जन्म के चक्र से छुटकारा पाने के लिए आध्यात्मिक ज्ञान प्राप्ति से संबद्ध थीं। इस प्रकार वेद और कर्मकांडी ब्राह्मणवादी परंपरा को अस्वीकृत कर दिया गया। पहले जैन व्यक्तित्व, पार्श्वनाथ हैं, जिनके बारे में पर्याप्त ऐतिहासिक प्रमाण मिलते हैं। वह एक संन्यासी शिक्षक थे, जिन्होंने संभवतः सातवीं सदी ई. पू. में सांसारिक मोह के त्याग के आधार पर एक समुदाय स्थापित किया। जैन परंपरा के अनुसार, उन्हें विश्व के वर्तमान युग कल्प का 23वां तीर्थंकर माना जाता है।

तीर्थंकर, जिन्हें जिन भी कहते हैं, जैन धर्म मार्ग के पथ प्रदर्शक व संन्यासियों तथा जनसाधारण के समुदाय (तीर्थ) के संस्थापक हैं, जो पुनर्जन्म के बंधन से मुक्त हैं और इस तरह, ऐसा उदाहरण पेश करते हैं, जिसका अनुसरण सभी जैनों को करना चाहिए। इस युग के 24वें और अंतिम तीर्थंकर वर्धमान थे, जिन्हें महावीर (महान नायक) की उपाधि से जाना जाता है; जैन उन्हें सम्यक् ज्ञान, सम्यक् दर्शन (आस्था) और सम्यक् चारित्र्य (आचरण) की जैन शिक्षा के इस युग का अंतिम पथ प्रदर्शक मानते हैं, हालांकि परंपरागत रूप से इनका समय 599-527 ई.पू. माना जाता है, महावीर को बुद्ध का लगभग समकालीन माना जाना चाहिए, जिनके समय का वर्तमान शोधकर्ताओं ने पुनर्आकलन किया है, जो क़रीब एक सदी बाद फला-फूला। ये जैन धर्मग्रंथों में संरक्षित महावीर के जीवन का अनुश्रुत लेखा-जोखा उनकी जीवनी की रचना का आधार है और इससे उनके द्वारा स्थापित प्रारंभिक समुदाय के स्वरूप के बारे में कुछ निष्कर्ष निकालने में मदद मिलती है।

30 वर्ष की उम्र में महावीर स्वामी की अन्तरात्मा ज्ञान विपासा तथा लोक कल्याण कारी भावना से आप्लावित हो गया। साढ़े बारह साल तक एकाकी और कठोर संन्यास के मार्ग पर चलते रहे; एक समय घोषाल ने उनका साथ दिया, जिन्होंने

बाद में आजीवक संप्रदाय की स्थापना की और परमज्ञान प्राप्त किया। महावीर ने तब 11 शिष्यों (गणधरों) का धर्मांतरण किया, जो मूल रूप से कर्मकांडी शिक्षा के प्रतिपादक ब्राह्मण थे। माना जाता है कि महावीर की मृत्यु आधुनिक पटना के निकट पावापुरी में हुई। ज्ञात होता है कि इस समुदाय में तेज़ी से वृद्धि हुई। जैन इतिहास के अनुसार, महावीर की मृत्यु के समय 14 हज़ार साधु और 36 हज़ार साध्वियां थीं। शुरू से ही इस समुदाय में कई विभाजन हुए। एकमात्र विभाजन, जो स्थायी रहा, संघ के आचरण से संबद्ध था। श्वेताम्बरों (सफ़ेद परिधान वाले) का आग्रह था कि साधु और साध्वियों को सफेद वस्त्र धारण करने चाहिए, जबकि दिगंबरों (नग्न) का मानना था कि सच्चा साधु (लेकिन साध्वी नहीं) नग्न होना चाहिए उनकी धारणा के अनुसार दिगंबर शब्द का आशय था दिग्+अम्बर अर्थात् आकाश ही जिसका वस्त्र हो इस विवाद से यह बहस भी छिड़ी थी कि क्या आत्मा (जीव) स्त्री शरीर से मुक्ति पा सकती है (जिसकी संभावना से दिगंबरों ने इनकार किया)।

श्वेताम्बर-दिगंबर विभाजन को मज़बूत करने का महत्त्वपूर्ण कारण शायद महावीर की मृत्यु के बाद लंबे समय तक मौखिक रूप में हस्तांतरित शिक्षा को संहिताबद्ध करने और जैन धर्मग्रंथों में लिखकर संरक्षित करने के लिए आयोजित परिषदें रहीं। जैन इतिहास में दर्ज इन परिषदों में से एक सौराष्ट्र (आधुनिक गुजरात) में वल्लभी में 453 या 456 ई. में आयोजित अंतिम परिषद श्वेतांबर धर्मग्रंथों को क्रमबद्ध करने के लिए उत्तरदायी थी, जो अब भी उपयोग में हैं। दिगंबर संघ इस संशोधन को इतना भ्रष्ट मानता है कि यह उसके अनुसार नियामक नहीं हो सकता। इस प्रकार की विचार धारा ही सम्प्रदाय के विकास का कारण बनी। इस काल में जैन धर्म अपने उद्‌गम स्थल से पश्चिम की ओर उज्जैन तक फैल गया, जहां ऐसा प्रतीत होता है इसे राजकीय संरक्षण मिला। प्रारंभिक जैन धर्म, विशेष रूप से जनसाधारण के बारे में शुरुआती पुरातत्वीय और शिलालेखीय प्रमाण मथुरा नगर से प्राप्त हुए, जो पश्चिमोत्तर व्यापार मार्ग का महत्त्वपूर्ण केंद्र था। गुप्त वंश (320-600 ई.) के शासनकाल में हिंदुओं द्वारा सत्ता के आग्रह के समय बड़ी संख्या में जैन अनुयायी मध्य एवं पश्चिम भारत चले गए, वे वहां अपने उद्‌गम स्थल गंगा के बेसिन की अपेक्षा ज़्यादा मज़बूत हो गए।

शैल गुफाओं से प्राप्त पुरातात्विक साक्ष्यों से पता चलता है कि जैन भिक्षु एक जगह पर धर्म विचार हेतु अवश्य उपस्थित होते रहे हों या दिगंबर संप्रदाय की लगभग दो सहस्राब्दियों से उस क्षेत्र में (वर्तमान कर्नाटक) महत्त्वपूर्ण उपस्थिति रही है। प्रारंभिक मध्य काल में दिगंबर जैन इस क्षेत्र और पड़ोसी तमिलनाडु में सबसे ज़्यादा

फले-फूले। इन शताब्दियों के दौरान दिगंबरों ने तीन मुख्य राजवंशों के प्रमुख राजाओं का संरक्षण प्राप्त किया, कर्नाटक में गंग (तीसरी और ग्यारहवीं शताब्दी); राष्ट्रकूट, जिनका राज्य गंग राज्य के एकदम उत्तर में था (आठवीं से बारहवीं शताब्दी); और कर्नाटक में होयसल (11वीं शताब्दी)। दिगंबर साधु गंग और होयसल राजवंश में उत्तराधिकार को प्रभावित करने के लिए प्रसिद्ध थे, इस तरह अनिश्चित राजनीतिक स्थिति को स्थिर करके वे जैनों के लिए राजनीतिक संरक्षण और समर्थन निश्चित करते थे। बहुतायत में प्राप्त पुरालेखीय प्रमाणों में व्यापक संरक्षण व्यवस्था का ब्योरा है, जिसके तहत राजा, रानी, राज्यमंत्री तथा सेनापति जैन समुदाय को कर राजस्व, मंदिरों के निर्माण और रखरखाव के लिए अनुदान देते थे। इसका प्रसिद्ध उदाहरण है, 10वीं सदी में गंग सेनापति चामुंडराय द्वारा श्रवणबेलगोला में बाहुबली (स्थानीय रूप से गोमतेश्वर कहे जाने वाले; पहले तीर्थंकर ऋषभदेव के पुत्र) की विशाल मूर्ति के निर्माण की निगरानी।

दक्षिण तथा उत्तर के राजवंशों में धार्मिक विचारों में वैभिन्य समय में आता है। दलित राजवंशों से अपने शासन काल में धार्मिक गतिविधियों में सहयोग प्रदान किया। जैसे– आठवीं सदी में वनराज और 12वीं सदी में कुमारपाल, जिनके राज्यारोहण के पीछे महान् श्वेतांबर विद्वान् और राज्यमंत्री हेमचंद्र का हाथ था।

जन्म आधारित पवित्रता का खंडन करने के बाद की कालांतर में औपचारिक जाति व्यवस्था दिगम्बर समाज में स्थान बनाने लगी। जैन जाति व्यवस्था हिंदू व्यवस्था से इस तरह भिन्न थी कि इसमें क्षत्रियों को ब्राह्मणों से ऊपर स्थान दिया गया था और कम-से-कम सैद्धांतिक रूप से पवित्रता को कर्मकांडी स्रोत के बजाय नैतिकता से जोड़ा गया। अपने सबसे अधिक प्रभाव की अवधि (छठी-बारहवीं शताब्दी) में दोनों संप्रदायों के जैन साधु काफी हद तक भ्रमणशील नहीं रहे और शायद अत्यधिक जन संरक्षण के कारण मंदिरों या संघ आवासों के स्थायी निवासी बनने लगे। इसके अवशेष इस समय भट्टारक दिगंबर प्रथा में देखे जा सकते हैं, जिसमें एक पुरोहित, जो संघीय दीक्षा लेता है, लेकिन एक नग्न भ्रमणशील साधु का जीवन बिताने के बजाय तीर्थों और मंदिरों का भगवा वस्त्रधारी प्रशासक व संरक्षक बना रहता है। कुछ मध्यकालीन जैन लेखकों ने प्राचीन आध्यात्मिक आवश्यकताओं की कीमत पर इस समझौते को इस धर्म के दुर्जेय पतन का कारण और सबूत दोनों माना। लेकिन भारत में जैन धर्म के क्रमशः हाशिये पर खिसकने के सामाजिक-राजनीतिक कारण ही रहे। 12वीं शताब्दी में श्वेताम्बर सम्प्रदाय में काफी परिवर्तन आया जिसका प्रमुख कारण आफगानों द्वारा भारत पर आक्रमण करना तथा मंदिरों का तोड़ा जाना

था, लेकिन सबसे महत्त्वपूर्ण था, राजनीतिक नियंत्रण अचानक विदेशी हाथ में चले जाना, जिसके परिणास्वरूप जैन धर्म का सत्ता के स्रोत से सीधा संपर्क टूट गया। हालांकि मुस्लिम शासकों के मंत्रियों और मुग़ल बादशाह अकबर के सलाहकार हीरविजय (16वीं सदी) जैसे मुनियों के महत्त्वपूर्ण उदाहरण हैं, लेकिन श्वेताम्बर समुदाय को धीरे-धीरे अपने को प्रायः व्यापारी समूह मात्र के रूप में पुनः परिभाषित करने के लिए बाध्य होना पड़ा। ऐसा ही आज भी है।

इसी समय में विभिन्न प्रकार के श्वेताम्बर मठों की स्थापना हुई। इनके नेताओं ने अपने को निर्विवाद रूप से शिथिल संघ आचरण का सुधारक माना। इनमें से कुछ महत्त्वपूर्ण उपसंप्रदाय अब भी अस्तित्व में हैं, जैसे खरतारा गच्छ (11वीं सदी में स्थापित) और तप गच्छ (13वीं सदी में स्थापित)। जनसाधारण को भी शामिल करने वाले इन गच्छों के बीच अक्सर वंशावली, अनुष्ठान व पवित्र पांचांग के मुद्दों पर स्पष्ट मतभेद रहे और इनमें से प्रत्येक सच्चे जैन धर्म का प्रतिनिधि होने का दावा करता था। इतिहास के अनुसार, उनके प्रमुख गुरु पश्चिम भारत में राजपूत जाति के धर्मांतरण में भी शामिल थे, जो अंततः श्वेतांबर जैन जाति समूह बन गया। ये सभी गच्छ तीर्थंकरों की मूर्तियों की पूजा करते हैं।

यद्यपि कि कुछ लोगों में इसके प्रति श्रद्धा थी, परन्तु हिन्दू भक्ति आन्दोलन की प्रबलता से इसकी अपूरणीय क्षति हुई, जो तमिलनाडु में छठी शताब्दी से ही शुरू हो गया था। 14वीं सदी में विजयनगर साम्राज्य के उदय के साथ ही दिगंबर जैनों ने काफ़ी हद तक अपना राजकीय संरक्षण खोना शुरू कर दिया और केवल दक्षिण-पूर्व के बाहरी इलाक़ों तथा उत्तर में कुछ स्थानों तक सीमित रह गए। श्वेतांबरों की तरह ही दिगंबर संप्रदाय का आम आदमी अपने समुदाय की पतनशील स्थिति का कड़ा आलोचक था। सबसे महत्त्वपूर्ण दिगंबर सुधार आंदोलन 16वीं सदी के अंत में शुरू हुआ, जिसका नेतृत्व किसी धर्माधिकारी ने नहीं, बल्कि एक सामान्य कवि, बनारसीदास ने किया।

इस आंदोलन ने दिगंबर मंदिर अनुष्ठानों के कथित खोखलेपन और समुदाय के धार्मिक नेताओं की फ़िज़ूलख़र्ची पर प्रहार किया और जैन मार्ग के रहस्यवादी तत्त्वों पर ज़ोर दिया। 19वीं सदी के मध्य तक मूर्तिपूजक श्वेतांबर जैन संघ वंशावली लगभग विलीन हो गई थी। अनुष्ठान अधिकार और मंदिरों का नियंत्रण यति कहलाने वाले अर्धसंघीय पुरोहितों के हाथ में आ गया। लेकिन मठदीक्षा व शिक्षा का पुनरुत्थान आत्मारामजी जैसे करिश्माई साधुओं के तत्वावधान में हुआ और श्वेतांबर मूर्तिपूजक साधुओं के समुदाय में विस्तार हुआ। संख्या के हिसाब से तप गच्छ सबसे प्रभावशाली

संप्रदाय है। ग़ैर मूर्तिपूजक श्वेताबर संप्रदाय स्थानकवासियों और तेरापंथियों की संख्या कम है। दिगंबर संघ ने भी 20वीं सदी के प्रारंभ में अपनी विचारधारा का पुनरुत्थान देखा, जिनमें महान मुनि आचार्य शांतिसागर की महत्त्वपूर्ण भूमिका है, जिनके वंशज होने का दावा लगभग सभी 120 वर्तमान साधक करते हैं।

इधर कुछ वर्षों से देखा जा रहा है कि जैन मतावलंबी तथा सम्प्रदायों ने इस धर्म के विकास के लिए धार्मिक स्थलों तथा साहित्यों पर काफी जोर दिया है। जैन लोग एक समृद्ध सामाजिक समूह के रूप में आम कल्याण कार्यों में भी शामिल होते रहे हैं, जैसे 1980 के दशक में गुजरात में सूखा राहत, जेन विधवाओं और ग़रीबों को राहत व हत्या से बचाने के लिए बूढ़े जानवरों के आश्रय स्थलों का रखरखाव, जिसे अहिंसा का कार्य माना जाता है। प्राचीन व्यापार संपर्कों के कारण पश्चिमी भारत के कई जैन पूर्वी अफ़्रीकी देशों, विशेषकर केन्या युगांडा में बस गए। 1960 के दशक की राजनीतिक अस्थिरता ने उन्हें पहले इंग्लैंड में बसने को बाध्य किया, जहां भारत के बाहर पहला जैन मंदिर लीकेस्टर में निर्मित किया गया; फिर ज़्यादातर अमेरिका और कनाडा में बसने लगे, जहां उन्होंने सफलतापूर्वक अपना परंपरागत व्यापार तथा व्यावसायिक पेशा चलाया। अपनी पहचान बनाए रखने की तीव्र इच्छा के कारण उन्होंने 1970 एवं 1980 के दशकों के दौरान जैन समाज (यूरोप) और उत्तरी अमेरिका में *फ़ेडरेशन आफ जैन एसोसिएशंस* जैसे व्यापाक संगठनों की स्थापना की। *जैन डाइजेस्ट* और *जैन स्पिरिट* जैसे नियमित अंग्रेज़ी भाषा के प्रकाशनों के द्वारा इस धर्म के आदर्शों विचारों, आधरीय महत्त्व के विषय में मात्र भारत में ही नहीं प्रत्युत विदेशों में भी इसका सहजता से प्रचार-प्रसार हो रहा है।

जैनों ने अनुश्रुत इतिहास का अपना वृत्तांत विकसित किया, जिसे '63 विख्यात व्यक्तियों के कार्य' *(डीड्ज़ ऑफ़ द 63 इलस्ट्रियस मेन)* या पश्चिमी विद्वानों द्वारा 'वैश्विक इतिहास' कहा जाता है। इनमें निस्संदेह 24 तीर्थंकर सबसे महत्त्वपूर्ण हैं, जो परिपूर्ण मानव हैं और समय-समय पर जैन धर्म का मार्ग की शिक्षा व इसे मूर्त रूप देते रहे हैं। इनके कुछ नारयक हिंदू धर्म में भी पाए जाते हैं; मुख्य रूप से कृष्ण, जिन्हें जैन 22वें तीर्थंकर अरिष्टनेमि का चचेरा भाई मानते हैं और महानायक राम, जिन्हें उनकी कहानी के 16 प्रमुख पुनर्व्याख्यानों में पवित्र अहिंसक जैन बताया गया है। ऐसे महत्त्वपूर्ण हिंदू व्यक्तियों को शामिल और पुनःपरिभाषित करके जैन आसपास के हिंदू जगत का हिस्सा तथा भिन्न स्वरूप, दोनों बने रहने में सफल रहे।

जैन धर्म इस सिद्धान्त वाक्य पर विशेष बल देता है कि धर्म की सर्वोच्च पराकाष्ठा आध्यात्मिकता है। इस धर्म का लक्ष्य जीव की शुद्धि तथा लोक कल्याणकारी

मूल्यों की स्थापना करना है। यह तभी हो सकता है, जब आत्मा सतत मोक्ष और सांसारिक मोह से निस्पृहता की स्थिति में हो। यथार्थ की जैन अवधारणा जटिल है। इसकी विशेषता उत्पत्ति, परिवर्तन व क्षय है, जो सहज स्थायित्व (हिंदुओं के लिए) और अस्थायित्व (बौद्धों के लिए) के विपरीत है। विश्व शाश्वत और 'अज' (किसी के द्वारा निर्मित नहीं) हैं। इसके कारक पांच द्रव्य हैं: आत्मा, पदार्थ, अंतरिक्ष, गति के सिद्धांत और गति संरोध व दिगंबरों के लिए, समय। ये भी शाश्वत और अविनाशी हैं, लेकिन इनकी स्थितियां लगातार बदलती रहती हैं। जैन यथार्थ का निर्माण जीव (आत्मा, जीवित द्रव्य) और अजीव (आत्मा रहित, निर्जीव द्रव्य) द्वारा होता है। जीव के अलावा सभी निर्जीव हैं; चार तत्त्वों (पृथ्वी, जल, अग्नि और वायु) में भी आत्मा का निवास है। जीव की अनिवार्य विशेषताएं हैं। चेतना, सुख, और वीर्य (ऊर्जा)। जीव निराकार व लिंगरहित होता है और इंद्रियों से इसका प्रत्यक्ष आभास नहीं होता। ब्रह्मांड की तरह इसकी उत्पत्ति और समाप्ति (विनाश) का कोई निश्चित बिंदु नहीं है। आत्मा जिस शरीर में प्रवेश करती है, उसका आयाम ले लेती है, लेकिन यह उस शरीर के समरूप नहीं होती। मृत्यु पर यह उस अंतिम भौतिक काया का आधार धारण करती है, जिसमें इसका निवास है। जैन धर्म का मानना है कि कार्य-कारण के सम्बन्ध की प्रबलता ही कार्य के परिणाम को निश्चित करता है। स्वभाव से सभी आत्माएं पवित्र होती हैं, उनमें अनंत ज्ञान, सुख और शक्ति होती है; लेकिन इन क्षमताओं को आत्मा के संपर्क में आने वाले पदार्थ हर समय कुंठित करते रहते हैं। इस प्रकार आत्मा की मुक्ति को कर्मों का संचयन अवरुद्ध करता है। ये कर्म मनुष्य के कार्यों से उत्पन्न उपादान के अंश हैं, ये स्वयं को आत्मा से जोड़ लेते हैं और परिणामस्वरूप उसको कई जन्मों द्वारा भौतिक शरीर से बांध देते हैं, जो ज्ञान प्राप्ति में बाधक बनता है।

अजीब दो वर्गों में बांटे गए हैः संवेदी और पदार्थ व असंवेदी और अपदार्थ। पदार्थ (पुद्गल) की विशेषताएं स्पर्श, स्वाद, गंध और रंग हैं। इसकी आवश्यक विशिष्टता चेतना का न होना है। पदार्थ की सबसे छोटी इकाई परमाणु है। ताप, प्रकाश और छाया उत्तम पदार्थ के रूप हैं। असंवेदी और अपदार्थ की विशेषता द्रव्य गति के सिद्धांत, इसके संरोध, अंतरिक्ष और समय हैं। ये हमेशा शुद्ध होते हैं, जिन्हें दूषित नहीं किया जा सकता। गति के सिद्धांत और इसका संरोध विश्व में व्याप्त है; इनका स्वतंत्र अस्तित्व नहीं है, लेकिन किसी भी वस्तु की गति या संरोध के लिए ये अनिवार्य पूर्व शर्त हैं। अंतरिक्ष अनंत, सर्वव्याप्त और आकारहीन है व पूरे संसार

को स्थान देता है। यह प्रयुक्त (संसार जिसे लोक कहते हैं) और अप्रयुक्त (अलोक, असंसार), जहां कुछ भी विद्यमान नहीं है, इन दो हिस्सों में विभाजित है।

जैनों का मानना है कि समय अनंत और आकारविहीन है। इसकी तुलना 12 तीलियों (अरों) वाले चक्र से की जाती है, जो कल्प के बराबर हैं, छह आरोही चाप और छह अवरोही चाप बनाते हैं। आरोही चाप में मनुष्य के ज्ञान, आयु, क़द (गुणवत्ता) और हर्ष में वृद्धि होती है, जबकि अवरोही चाप में उनका ह्रास होता है। ये दोनों आवर्तक जुड़कर समय के चक्र का एक चक्कर बनाते हैं, जिसे एक कल्प कहा जाता है। ये कल्प आदि या अंत के बिना चलते रहते हैं।

जैन विचारधारा के अनुसार कैवल्य सर्वज्ञान की स्थिति है। कैवल्य कार्मिक बाधाओं से मुक्ति की परिणति है। सर्वज्ञान मुक्त जीव का प्रधान गुण है और इसकी शुद्धता का प्रतीक भी; इस प्रकार एक मुक्त आत्मा, जैसे तीर्थंकर, केवलिन (सर्वज्ञाता) कही जाती है। लेकिन सभी केवलिन तीर्थंकर नहीं हैं: तीर्थंकर बनने के लिए एक विशेष प्रकार के विकास की आवश्यकता हाती है। अर्थात् जिससे सर्वज्ञान की प्राप्ति न हो वह ज्ञान मोक्ष प्रदान करने वाला नहीं हो सकता।

जैन धर्म के अनुसार, साधु का शारीरिक और मानसिक अनुशासन यानी सर्वज्ञान और इस प्रकार मोक्ष प्राप्त करने का साधन 'योग' है। योग यथार्थ के सही ज्ञान, तीर्थंकरों की शिक्षा में आस्था और शुद्ध आचरण का परिवर्धन है; इस तरह यह तीन रत्नों (रत्नत्रय) सही ज्ञान, आस्था और सही आचरण क्रमशः सम्यक् ज्ञान, सम्यक् दर्शन तथा सम्यक् चरित्र से घनिष्ठ रूप से संबद्ध है। ये तीन रत्न जैन सिद्धांत और नीतिशास्त्र संबंधी अवस्थिति का आधार बनाते हैं। सम्यक् ज्ञान, दर्शन और चरित्र एक साथ परिवर्द्धित किए जाने चाहिए; इनमें से कोई भी दूसरे की अनुपस्थिति में प्राप्त नहीं किया जा सकता है। सम्यक् दर्शन शांति, अनासक्ति, दया और जन्म का गर्व, रूप, धन, विद्वता, पराक्रम और प्रसिद्धि के परित्याग का रास्ता दिखाता है, लेकिन तभी जब इसका अनुसरण सम्यक् चरित्र से किया जाए। लेकिन सम्यक् ज्ञान के बिना कोई अच्छा आचरण नहीं किया जा सकता, यही अहम् और परम के बीच के भेद को स्पष्ट करता है। धर्मग्रंथों का ज्ञान अंतर्ज्ञान से अलग है। आस्था और आचरण के बिना ज्ञान व्यर्थ है। मन के शुद्धिकरण के बिना कड़ा संयम केवल शारीरिक यातना है। जैन धर्म का मानना है कि किसी भी दशा में यदि सम्यक् चरित्र का अनुपालन करना ही होगा। वास्तविकता तो यह है कि बिना साधु बने किसी भी दशा में सम्यक् चरित्र का पूर्णतः अनुपालन असम्भव है।

साधकों और जनसाधारण के लिए आचरण के दो अलग मार्ग निर्धारित किए गए हैं। दोनों मामलों में नैतिकता की संहिता अहिंसा के सिद्धांत पर आधारित है,

क्योंकि विचार से क्रिया की उत्पत्ति होती है। इसलिए विचारों में हिंसा हिंसक व्यवहार की शुरुआत है। इस तरह हिंसा का अधिक विशाल तथा जटिल रूप वैचारिक हिंसा होता है, क्योंकि यह असक्ति व घृणा के विचारों से पैदा होती है और इसका आधार आवेगपूर्ण स्थिति है, जो असावधान आचरण का परिणाम है। जैन धर्म सभी तरह के आघात पहुंचाने से बचने का आदेश देता है, चाहे यह शरीर, मन या वचन से किया गया हो। जैन धर्म 'अहिंसा परमो धर्मः' (अहिंसा सबसे बड़ा धार्मिक आचरण है) की शिक्षा का अनुमोदन करता है। जैनों के लिए यह सिद्धांत, जो अपने को सबसे स्पष्ट रूप से शाकाहारी स्वरूप में व्यक्त करता है, उनके धार्मिक संदेश का एकमात्र सबसे महत्त्वपूर्ण अवयव है।

इस संदर्भ में महात्मा गांधी और सामान्य जैन धर्मावलंबी रायचंद्र भाई मेहता की मित्रता और पत्रों का आदान-प्रदान उल्लेखनीय है। गांधीजी मेहता से अपने विचारों के विनिमय को अहिंसा को राजनीतिक रणनीति के रूप में प्रयोग करने में प्रभावकारी मानते थे। जैन सिद्धांत का मत है कि इस भ्रष्ट समय में कोई भी मोक्ष प्राप्त नहीं कर सकता। इस वजह से जैन संन्यासी तात्कालिक मोक्ष प्राप्ति का इतना प्रयास नहीं करते, जितना उस मानव पुनर्जन्म के लिए, जो उन्हें उसके निकटतर ले आएगा। यह पुनर्जन्म अनुशासित और श्रेष्ठ आचरण यानी सभी जीवों के प्रति अहिंसा से प्राप्त होगा। श्वेतांबर अपने साधुओं को न्यूनतम वस्तुएं, जैसे एक परिधान, एक भिक्षा पात्र, एक चंवर और एक मुखवस्त्रिका (मुंह को ढंकने वाला कपड़े का टुकड़ा, ताकि छोटे कीटाणु मुंह के अन्दर जाकर मर न जाएं) रखने की अनुमति देता है, जिन्हें दीक्षा के समय एक वरिष्ठ मुनि प्रदान करते हैं।

मूर्तिपूजक श्वेतांबरों के स्थानकवासियों और तेरापंथियों के लिए हर समय मुखवस्त्रिका धारण करना अनिवार्य है। वरिष्ठ गुरु द्वारा दीक्षा के बाद साधु को निम्न महाव्रतों को अवश्य पालन करना चाहिएः किसी जीव को चोट न पहुंचाना, झूठ न बोलना, चोरी न करना, संभोग न करना और निजी संपत्ति एकत्र न करना। दिगंबरों में पूर्ण मुनि इसी प्रकार महाव्रतों का पालन करते हैं, लेकिन संपत्ति न रखने की शपथ की कठोर व्याख्या के अनुसार नग्न रहते हैं। निम्न स्तर के दिगंबर मुनि लंगोट पहनते हैं और अपने पास 1.3 मीटर से कम लंबे कपड़े का एक टुकड़ा रखते हैं। दिगंबर मुनि मोर पंख का चंवर और एक जलतुंबी का उपयोग करते हैं और दिन में केवल एक बार आहार ग्रहण करते हैं। वे जैन संघ परंपरा की अपनी व्याख्या को श्वेताम्बर की तुलना में प्राचीन प्रतिमान के ज्यादा अनुरूप मानते हैं। सभी जैन साधकों के लिए तीन गुप्तियों (विचार, वाणी और कर्म में संयम) और पांच समितियों

(आचरण के बारे में एक प्रकार की सतर्कता) का पालन आवश्यक है। संघीय अनुष्ठान का एक ज़रूरी और नियमित हिस्सा है, 'आवश्यक' (छः अनिवार्य कर्म), जिनका आचरण वैसे तो प्रतिदिन लेकिन आनुष्ठानिक तिथिपत्र के महत्त्वपूर्ण काल में ज़रूर किया जाता है। ये हैं—धैर्य; तीर्थंकरों, गुरुओं और धर्मग्रंथों का आदर; पाप की स्वीकारोक्ति; पापपूर्ण गतिविधियों से दूर रहने का संकल्प और 'देह को महत्त्व न देना', यानी ध्यान की मुद्रा में खड़े या बैठे रहना।

गुरु की श्रेष्ठ महत्ता का भी इसमें प्रतिपादन किया गया है। इस धर्म के अनुसार, गुरु साधक के संयमों के स्वरूप, उनके आचरण की अवधि व उनकी कठोरता का सावधानीपूर्वक नियमन करता है और उनके आध्यात्मिक विकास, संयम बरतने की क्षमता तथा उस अवधि में आध्यात्मिक विकास में इन्होंने किस प्रकार सहायता दी, यह समझने की उनकी क्षमता की निगरानी करता है। मुनि के कठोर संयम की सैद्धांतिक परिणति 'सल्लेखन' क्रिया है, जिसमें वह कंटीली घास के बिस्तर पर एक करवट लेटा रहता है, हिलता-डुलता नहीं और न ही भोजन करता है। आनुष्ठानिक उपवास की यह क्रिया अनासक्ति का चरम है, जिसके द्वारा अपनी आत्मा के हित में वह शरीर त्याग देता है। जैन विचारधारा इसे परम आत्मनियंत्रण की सकारात्मक क्रिया मानती है, जिसमें आवेग की कोई भूमिका नहीं और इसे 'बेवकूफ़ी की मौत' या आत्महत्या से अलग करती है। प्राचीन और मध्यकालीन समय में 'सल्लेखन' का व्यापक अनुसरण होता था, परन्तु वर्तमान परिवर्तित परिस्थिति में इसके स्वरूप में भी परिवर्तन हो रहा है।

जहाँ तक दीक्षा देने की बात है तो श्तेतांबर और दिगंबर, दोनों साध्वियों को दीक्षा की अनुमति देते हैं; श्वेताम्बर समुदाय में साध्वियों की संख्या साधकों से क़रीब तिगुनी है। अक्सर आध्यात्मिक ज्ञान की प्राप्ति करने के बावजूद विद्वान जैन साध्वियों का दर्जा साधकों की तुलना में छोटा होता है। उन्हें परंपरा और धार्मिक अनुबंध के तहत साधुओं की बात माननी होती है। जिसके कारण उन पर मानसिक दबाव बढ़ता है।

यदि कारण है कि दिगंबर जैन धर्म में चीवर धारण करने वाली साध्वियां संन्यास मार्ग पर गंभीरता से आगे बढ़ने के लिए पुरुष-रूप में पुनर्जन्म की आवश्यकता स्वीकारती हैं (जिसके लिए उनके समुदाय में नग्नता को ज़रूरी माना गया है)।

इससे सम्बन्धित धर्म का जो चित्रण जैन साधुओं के सन्दर्भ में साहित्यों में किया गया है। उसका अधिकार इन्हीं दीक्षित मुनियों का केन्द्र बिन्दु है। लेकिन यह

स्पष्ट है कि धर्म की शुरुआत से ही संघ को समर्थन देने वाला जनसाधारण समुदाय रहा है और धर्म के पूरे इतिहास में अधिकतर जैनों ने सामान्य जीवन व्यतीत किया है, मध्य काल वह समय है, जिसमें जनसाधारण की भूमिका पर विशेष रूप से श्वेताम्बर और दिगंबर संघीय बुद्धिजीवियों ने गहन चिंतन किया। लगभग पांचवीं से सत्रहवीं सदी तक कई ग्रंथ लिखे गए, जिनमें आम आदमी के धार्मिक आचरण और संकल्पों पर चर्चा की गई है। इन लेखों के अनुसार, आम आदमी को आदर्श रूप से संन्यासी महाव्रतों की आवश्यकताओं को प्रतिबिंबित करने वाली आचरण शैली का पालन करना चाहिए। फिर भी सैद्धांतिक दृष्टि से यह माना गया कि संन्यास मार्ग के अनुसरण से कर्म नष्ट हो सकते हैं, जबकि सामान्य मार्ग के संकल्पों से केवल नए कर्मों से बचा जा सकता है और इस प्रकार व्यक्ति की कार्मिक स्थिति में बुनियादी परिवर्तन नहीं आता।

पुरुष को को आठ प्राथमिक व्यावहारिक गुणों (भिन्नता के बावजूद आमतौर पर इसमें मांस, मदिरा, शहद, ऐसे फल या कंद, जिनमें जीवों का वास माना जाता है और रात के समय भोजन न करना शामिल है) और 12 व्रत : पांच अणुव्रत, तीन गुणव्रत और चार शिक्षाव्रत का पालन अनिवार्य है। अणुव्रत (लघुव्रत) में घोर हिंसा, असत्य और चोरी से परहेज़, अपनी पत्नी से संतुष्टि और सीमित संपत्ति रखना शामिल है। अन्य व्रत-समूह पूरक स्वभाव के हैं, जिनका उद्देश्य अणुव्रत को सुदृढ़ बनाना और उनकी रक्षा करना है। इनमें अनावश्यक यात्रा, हानिकारक गतिविधियों और सुख की खोज से बचना; उपवास और पथ्य नियंत्रण; साधुओं ग़रीबों और साथी धर्मावलंबियों को उपहार व सेवा प्रदान करना शामिल हैं। जनसाधारण के लिए नियमित अंतराल में 'आवश्यक' का पालन करना जरूरी है।

इसके अनुसार व्यापार से लेकर आधार तथ्य समस्त व्यावहारिक जीवन में ठोस तथा निर्वहनीय तरीके से जीवन यापक करना है। साथ ही धार्मिक मामलों, विशेषकर अहिंसा के प्रति पवित्र और गंभीर दृष्टिकोण होना चाहिए। जैन मानते हैं कि उपवास या धर्मार्थ कार्यों के लिए धन के दान से प्राप्त पुण्यों से न केवल व्यक्ति मोक्ष के मार्ग पर कुछ और आगे बढ़ेगा, बल्कि उसकी वर्तमान भौतिक स्थिति भी सुधरेगी। इससे जैन जनसाधारण की अति समृद्धि और मुनियों व साध्वियों के आत्मत्याग के बीच स्पष्ट विषमता समझी जा सकती है। आज तक जैन धर्म में जन्म और विवाह जैसे आयोजनों के लिए कोई विशिष्ट जीवनचक्र-संबंधी अनुष्ठान विकसित करने का प्रयास नहीं किया गया, हालांकि नौवीं शताब्दी में दिगंबर साधुओं ने इसके नियम बनाने के प्रयास किए थे।

आमतौर पर प्रचलित स्थानीय रिवाजों के अनुरूप आचरण किया गया, बशर्ते यह मूल जैन सिद्धांतों का उल्लंघन न हो। प्रारंभिक मूल पाठों में मंदिर पूजा, का उल्लेख है, जिसमें देवताओं को स्वर्गीय शाश्वत मंदिरों में तीर्थंकर की मूर्तियों और अवशेषों को श्रद्धांजलि अर्पित करते दिखाया गया है। यद्यपि संभवतः महावीर ने मूर्तिपूजा के बारे में कोई वक्तव्य नहीं दिया, लेकिन शीघ्र ही यह धर्म मार्ग के रूप में जैन धर्म की महत्त्वपूर्ण प्रथा हो गई। मथुरा में एक जैन स्तूप के उत्खनन में प्रारंभिक 'साझा कल्प' की, बैठी और खड़ी मुद्रा में तीर्थंकरों की कई मूर्तियां पाई गई हैं। पूजा जनसाधारण के अनिवार्य अनुष्ठानों से घनिष्ठ रूप से संबद्ध है और सभी मुक्त आत्माओं, मुनियों व तीर्थंकर की मूर्ति ज़्यादातर पूजी जाती है। हालांकि तीर्थंकरों का इन चढ़ावों तथा पूजा से कोई सरोकार नहीं होता और पुनर्जन्म के बंधन से मुक्त होने के कारण वे कोई सहायता भी नहीं दे सकते, लेकिन यह भक्तिपूर्ण क्रिया इन मूर्तिपूजकों के लिए चिंतनशील अनुशासन का माध्यम है। सभी संप्रदायों के साधक और साधिकाएं भौतिक पूजा के बिना आंतरिक व मानसिक रूप में भी पूजा कर सकते हैं। स्थानकवासी और तेरापंथी श्वेतांबर जैन संप्रदाय के अनुसार मूर्तिपूज्य आडम्बर मात्र है।

6

मगध साम्राज्य का उत्कर्ष

भारतीय इतिहास में मगध साम्राज्य अपनी प्रतिभा तथा शक्ति के द्वारा जो ख्याति अर्जित किया वह न केवल मौर्य साम्राज्य की स्थापना अपितु शिशु नाग वंश के शासकों के लिए भी प्रभावशाली रहा वस्तुतः अंग और मगध अपनी विस्तारवादी नीतियों के कारण संघर्ष करते रहते थे एवं एक-दूसरे को पराजित करने के लिए कूटनीतिज्ञों के प्रयोग से पीछे नहीं रहते थे। चम्पा नदी इन दोनों राज्यों के मध्य थी। कभी मगध अंग को पराजित करता था तो कभी अंग मगध पर आधिपत्य जमा लेता था। इसी प्रकार, उधर **काशी** और **कोशल** के बीच भी बराबर संघर्ष चलता रहता था। जिस प्रकार मगध ने अंग पर कब्जा कर लिया था, उसी प्रकार महाकोशल ने सदा के लिए काशी को कोशलराज्य में मिला लिया था। ई. पू. छठी शताब्दी में समस्त उत्तरभारत के राज्यों में आधिपत्य के लिये लड़ाई चल रहा था, उसमें मुख्य रूप से **कोशल, वत्स, अवंती** और **मगध** के शासकगण सक्रिय रूप से भाग ले रहे थे। सब-के-सब अपने-अपने अस्तित्व को मजबूत करने में लगे हुए थे और अपने-अपने राज्य के नेतृत्व में भारत के इतिहास में लम्बे समय के पश्चात एक युग का प्रारम्भ हुआ जिसे मगध के उत्कर्ष के नाम से जाना जाता है।

ये चारों बड़े राज्य भारतवर्ष के केन्द्र भाग में थे। उसी काल में जबकि बुद्धदेव ने अपना धर्मचक्र चलाकर चातुर्दिश सार्वभौम धर्मसंघ की नींव डाली थी, भारतवर्ष

के राज्यों में भी अपने को चातुरानन सार्वभौम (समस्त भारत का) राज्य बनाने की होड़ चल रही थी। सार्वभौम धर्म संघ के स्थापना से धार्मिक और राजनीतिक समुदाय प्रसन्न नहीं था।

अवंती ने सर्वप्रथम अपना हाथ बढ़ाना शुरू किया। भास के **स्वप्रवासवदत्तम्** नाटक में वर्णित राजा **प्रद्योत** उस समय अवंती का शासक था। प्रद्योत के आस-पास के लोग भयभीत रहते थे। वे लोग प्रद्योत के आगे नतमस्तक हो जाते थे। इसके उत्तर की तरफ मथुरा पर विजय प्राप्त की थी। और वहाँ शासन **अवंतीपुत्र** को दे दिया था। अवंती की राजधानी **उज्जयिनी** बड़े महत्त्व की नगरी थी। अवंती के राज्य को फैलाने के लिए एक ओर मथुरा का मार्ग था और दूसरी ओर कौशाम्बी का। कौशाम्बी वत्सराज **उदयन** का केन्द्र था। वह बड़ा ही वीर, रसिक और सुंदर था। प्रद्योत ने एक साजिश के द्वारा उदयन को गिरफ्तार कर लिया, तत्पश्चात् प्रद्योत की लड़की वासवदत्ता को उदयन लेकर भाग गया। जब यह सब अवंती और कौशाम्बी के बीच हो रहा था, ठीक इसी समय **कोशल** और **मगध** के बीच भी संघर्ष बढ़ता हुआ दिखाई दे रहा था।

बिम्बिसार ने अंग को जीतकर मगध-साम्राज्य में मिला लिया था, जिससे उसकी प्रतिष्ठा काफी बढ़ गई थी। कोशलनरेश **पसेनदि** का वह बहनोई था और उसे काशी दहेज में प्राप्त हुई थी। तत्पश्चात् मगध-साम्राज्य की सीमा में विस्तार हुआ। बिम्बिसार के पुत्र **अजातशत्रु** के गद्‌दी पर बैठते ही कोशल और मगध में अनबन हो गई और **पसेनदि** ने काशी जब्त कर ली। अजातशत्रु ने युद्ध की घोषणा कर दी। कई बार लड़ाइयाँ हुई और अंत में जो समझौता हुआ, उसके अनुसार काशी पुनः मगध को मिली और अजातशस्त्र के साथ पसेनदि की लड़की वजिरा का विवाह हुआ।

पाली-साहित्य से पता चलता है कि शाक्यों ने कोशल का आधिपत्य स्वीकार कर लिया था और **संभवतः** इसी कारण **पसेनदि** को 'पाँच राजाओं के दल का प्रधान' कहा गया है। पसेनदि की गिनती सफल एवं विद्वान शासक के रूप में की जाती थी। वह ब्राह्मणों और बौद्धों को समान रूप से दान देता था। बुद्ध के साथ उसका घनिष्ठ संपर्क था। अपने पुत्र **विडुडाभ** के विद्रोह के कारण उसे गद्‌दी छोड़नी पड़ी और इस विद्रोह में उसके मंत्री दीर्घनारायण का भी पूर्ण सहयोग था। मगध-राजधानी में अपने दामाद से सहायता की माँ करने के लिये वह पहुँचा ही था कि उसकी मृत्यु हो गई। विडुडाभ ने शाक्यों पर बहुत अत्याचार किया। इसके परिणामस्वरूप ही शाक्यों का देश नष्ट हो गया। उसने शाक्यों की स्वतंत्रता को सदा के लिये नष्ट

करने के विचार से ऐसा किया था। विडुडाभ की शाक्यविरोधी नीति के पीछे एक व्यक्तिगत कहानी भीर है। पसेनदि शाक्य-कन्या से विवाह करना चाहता था; परन्तु शाक्यों ने धोखा देकर एक दासी-पुत्री से उसका विवाह करवा दिया। पसेनदि ने बुद्ध से शाक्यों की शिकायत की। विडुडाभ को यह बात मालूम हो गई और राजा होने के बाद उसने शाक्यों पर चढ़ाई करके विडुडाभ ने अपना बदला चुका लिया।

कोशल ने जब से काशी को अपने राज्य में मिला लिया, तब से वत्स और मगध की सीमाएँ परस्पर मिलती थीं। वत्स और अवंती के मिल जाने के बाद मगध की सीमा अवंती को छूने लगी। साथ ही, कोशल की पराजय के पश्चात् **मगध** और **अवंती** ही भारतवर्ष के दो बड़े राज्य रह गये। अवंती का राजा **चण्ड प्रद्योत** और मगध का राजा **अजातशत्रु** दोनों ही महत्त्वाकांशी और साम्राज्य के भूखे थे। पड़ोस के कारण दोनों की प्रतिद्वंद्विता बढ़ती ही गई और प्रद्योत की मृत्यु के पश्यात प्रतिद्वंद्विता समाप्त हो गई।

वत्सराज **उदयन** ने **वासवदत्ता** को भगाकर उससे विवाह कर लिया था। एक जनश्रुति के अनुसार उसने दृढ़वर्मन की कन्या और मगध राज दर्शक की भंगिनी **पद्मावती** से विवाह कर लिया था। **दृढ़वर्मन** अंग का राजा था। उदयन के साथ विवाह करने का एक ही कारण था राज्य पर आधिपतय स्थापित करना। 'कथासरित्सागर' और 'प्रियदर्शिका' में उदयन की साम्राज्यवादी नीति की चर्चा है। अवंती, मगध और अंग के राजवंशों के साथ वैवाहिक संबंध सीपित कर उसने अपना अस्तित्व मजबूत किया। उसनें प्रद्योत के पुत्र पालक वत्सराज को जीतकर उसके राज्य को अवंती में मिला लिया। कौशाम्बी बौद्धधर्म का भी प्रमुख केन्द्र थी। **अवंती** के चण्ड प्रद्योत की शक्ति इतनी बढ़ गई थी कि अजातशत्रु को अपनी राजधानी के प्राचीर मजबूत करने पड़े। अवंती भी बौद्धधर्म का प्रधान केन्द्र थी। चण्ड प्रद्योत के बाद अवंती की शक्ति में भी कमी आयी।

मगध-साम्राज्य का उत्कर्ष (ई.पू. 600 से ई. पू. 323 तक)

वैदिक साहित्य के दृष्टिकोण से मगध को पवित्र स्थान नहीं माना गया है। इसका कारण संभवतः यह था कि आर्यों के सांस्कृतिक प्रभाव से मगध काफी दिनों तक बाहर रहा और मगध के निवासियों को लोग **व्रात्य** (पतित) कहा करते थे। ये लोग आर्य थे या अनार्य, यह कहना संभव नहीं है; परन्तु इतना निश्चित है कि ये लोग वेदसम्मत सभ्यता को अस्वीकार करते थे। ई. पू. छठी शताब्दी के पूर्व मगध में **बार्हद्रथवंश** का शासन था और इसकी राजधानी **राजगृह** या **गिरिव्रज** में थी। इस

वंश के तत्वावधान में ही मगध की राजनीति सत्ता की स्थापना हुई। बृहद्रथ का पुत्र **जरासंध** शक्तिशाली शासक था। इस कुल की समाप्ति कैसे हुई इसका कोई स्पष्ट प्रमाण नहीं मिलता। ई. पू. छठी शताब्दी में हम मगध में **हर्यककुल** का शासन देखते हैं।

बुद्ध के समय इसी वंश का शासक **बिम्बिसार** मगध में राज्य कर रहा था। बिम्बिसार किस वंश का था तथा इसका समय क्या था इसको लेकर इतिहासकारों में काफी अन्तर पाया जाता है। पुराण में बिम्बिसार को **शिशुनागवंश** का माना गया है, परन्तु बौद्ध-साहित्य में बिम्बिसार को शिशुनागवंश से कोई संबंध नहीं है और वहाँ से उसे हर्यक कुल का माना गया है। इस वंश के शासक के बाद ही शिशुनागवंश की स्थापना हुई।

बिम्बिसार

बिम्बिसार एक सामान्य सामंत **भट्टिय** का पुत्र था और उसका विरुद **श्रेणिय** अथवा **श्रेणिक** था। पहले में उसकी राजधानी गिरिव्रज में थी, परंतु बाद में उसने राजगृह को ही अपनी राजधानी बनाया। बिम्बिसार की गिनती एक कुशल राजनीतिज्ञ में की जाती थी अपनी क्षमता और कार्यकुशलता से उसने मगध साम्राज्य की नींव डाली। एक सफल कूटनीतिज्ञ होने के नाते उसने तत्कालीन राजनीतिक परिस्थितियों का अध्ययन किया और तदनुरूप अपनी शक्ति संगठित की। उस समय साम्राज्य-विस्तार का जो प्रयास चल रहा था, उससे अलग रहना बिम्बिसार जैसे महत्त्वाकांक्षी शासक के लिए असंभव था। अपनी शक्ति को सुदृढ़ करने के लिए उसने तत्कालीन राज्यों के साथ वैवाहिक संबंध स्थापित किए। उसने **कोशल** की राजकुमारी **कोशलदेवी** (महाकोशल की पुत्री और पसेनदि की बहन) से शादी किया बिम्बिसार को काशी दहेज के रूप में प्राप्त हो गई। कोशल और मगध में मित्रता होती गई। **वैशाली** के लिच्छवि राजा चेटक की पुत्री **चेलना** के साथ विवाह करके उसने लिच्छवियों की मित्रता भी प्राप्त कर ली। उसने **मद्र** की राजकुमारी **क्षेमा** के साथ भी विवाह किया और इस प्रकार मगध का प्रभाव-क्षेत्र और भी विस्तृत हो गया। इन सब वैवाहिक संबंधों के फलस्वरूप बिम्बिसार की शक्ति काफी शक्तिशाली हो गई। **महावग्ग** में उसकी 500 रानियों का वर्णन मिलता है।

सर्वप्रथम बिम्बिसार ने अंग के राजा ब्रह्मदत्त को पराजित कर अंग साम्राज्य को मगध में शामिल कर लिया। इसके फलस्वरूप उसके राज्य की सीमा पूरब में अंग और पश्चिम में काशी तक हो गई। मगध की प्रतिष्ठा बढ़ गई। राज्य का

विस्तार लगभग 300 योजन था और **महावग्ग** के अनुसार राज्य में 80,009 ग्राम थे। **वैवाहिक संबंधों की नींव पर** बिम्बिसार ने मगध के प्रसार की अट्टालिका खड़ी की। अंग के अलावा अन्य प्रदेशों पर विजय प्राप्त कर उसे मगध राज्य में सम्मिलित कर लिया। उसका प्रभाव कितना बढ़ गया होगा, यह तो इसी से स्पष्ट होता है कि गंधार के राजा पुक्कुसाती ने उसके दरबार में अपना राजदूत भेजा था। बिम्बसार बुद्ध का समर्थक था, फिर भी दूसरे सम्प्रदायों को भी दान देता था।

कई राज्यों को मगध में मिलाने के पश्चात् बिम्बिसार ने एक शक्तिशाली शासक के रूप में नींव डाली राजा ही शासन का प्रधान होता था और उसकी सहायता के लिये उपराजा, माण्डलिक राजा, सेनापति, सेनानायक, महामात्र, व्यावहारिक महामात्र, ग्रामभोजक आदि प्रमुख पदाधिकारी होते थे। ऐसा अनुमान किया जाता है कि बिम्बिसार अपने बड़े पुत्र **दर्शक** की सहायता से शासन करता था और इसलिये उसे उपराजा कहा गया है। माण्डलिक राजाज्ञा से शासन करते थे। बिम्बिसार के समय में भी सेनापति का पद बहुत ही गौरवपूर्ण माना जाता था। उससे नीचे के पदाधिकारी को **सेनापति महामात्र** कहा जाता था। न्यायाधीश को ही **व्यावहारिक महामात्र** कहते थे। राजा स्वयं ही सर्वोच्च शासक था। **'महावग्ग'** से ज्ञात होता है कि उसकी राजसभा में समस्त ग्रामों के प्रतिनिधियों को स्थान प्राप्त था। मगध का **शासन-प्रबंध महामात्रों** के हाथों में था और उनके ऊपर गहरी दृष्टि रखी जाती थी। उस समय राजा द्वारा कठोर दण्ड दिया जाता था। कारावास के अलावा मृत्युदण्ड भी दिया जाता था। गलत सलाह देने पर बड़े-से बड़ा पदाधिकारी भी पदच्युत कर दिया जा सकता था। राज्य की उचित सेवा पर पुरस्कार भी मिलता था। बिम्बिसार के ही समय **जीवक** नामक प्रसिद्ध वैद्य और महागोविन्द नामक (राजगृह का निर्माणकर्त्ता) प्रसिद्ध वास्तुकार भी हुए थे। उसका शासनकाल ई.पू. 544 से ई. पू. 491 तक था।

अजातशत्रु

बिम्बिसार के पश्चात सिंहासन पर कौन बैठा तथा इस सिंहासन के लिए बिम्बिसार के पुत्र एवं अजातशत्रु में युद्ध हुआ या नहीं इस का स्पष्ट उल्लेख नहीं मिलता है। लोगों का यह मानना है कि अजातशत्रु ने अपने पिता की हत्या कर बलपूर्वक सिंहासन पर अधिकार कर लिया। उसके और भी कई भाई थे–शीलवन्त और विमल कोण्डज आजतशत्रु को कुणिक के नाम से भी जाना जाता था।

अजातशत्रु का दूसरा नाम **कुणिक** भी था। पहले वह अंग की राजधानी चम्पा में शासक नियुक्त हुआ और वहीं उसने शासन-व्यवस्था में कुशलता प्राप्त की। एक अनुश्रुति के अनुसार, बुद्ध के चचेरे भाई देवदत्त के उकसाने पर ही अजातशत्रु ने अपने पिता के विरुद्ध विद्रोह किया था। जैन-अनुश्रुतियाँ उसे पितृहन्ता नहीं मानतीं। कहा जाता है कि बाद में उसे पिछले कर्तव्यों पर क्षोभ हुआ और वह **पश्चाताप** करता हुआ बुद्ध के यहाँ गया। अजातशत्रु की इस यात्रा का चित्रण 'भरहुत की रेलिंग' (वेष्टनी) पर है। बौद्ध साहित्य में उसे कोशलदेवी का और जैन साहित्य में चेलना का पुत्र कहा गया है।

कोशलदेवी को पति की दुर्दशा देखकर रहा नहीं गया उसे इस पर इतना दुःख हुआ कि उसकी मृत्यु हो गयी। इस पर कोशलदेवी के भाई पसेनदि ने काशी की वार्षिक आय रोक ली। इसे लेकर **मगध** और **कोशल** में पुनः संघर्ष शुरू हुआ। प्रारंभ में कई बार अजातशत्रु ने कोशलनरेश को पराजित किया। इस लड़ाई में कभी मगध विजयी होता, तो कभी कोशल। अंत में पसेनदि (प्रसेनजित्) ने संधि कर लेना ही श्रेयस्कर समझा। उसने अपनी कन्या वजिरा का शादी अजातशत्रु के साथ कर दिया और काशी फिर से उसे दे दी। इससे दुद्धर्ष साम्राज्यवादी अजातशत्रु की प्रतिष्ठा फिर से बढ़ गई और उसने अन्य युद्धों के द्वारा मगधराज्य को शक्ति की उस ऊँचाई पर पहुंचा दिया जिसको किसी ने सोचा नहीं था।

सफल साम्राज्यवादी होने के नाते अजातशत्रु जानता था कि जब तक वृज्जिसंघ को समाप्त नहीं करेगा तब तक बिहार में उसकी प्रतिष्ठा का विस्तार नहीं होगा। यही कारण है कि प्रारंभ से ही उसकी आँख वृज्जिसंघ पर लगी हुई थी। यह संघ उस समय भारतवर्ष के समृध्द, संपन्न और स्वतंत्र राष्ट्रों में प्रमुख था। राजा प्रसेनजित् के समय कोशल की सेना ने एक बार वृज्जिसंघ पर आक्रमण किया था। जिस प्रकार विडुडाभ ने शाक्यगण को उखाड़ डाला था, उसी प्रकार अजातशत्रु वृज्जिसंघ को समाप्त कर देना चाहता था। वह कहता था, "भले ही ये बड़े समृद्ध हैं, भले ही इनका प्रभाव है, तो भी मैं इन्हें उखाड़ फेंकूँगा, नष्ट कर दूँगा और अनीति-मार्ग में फँसा दूँगा।" इस बात का ध्यान रखकर ही उसने नए सिरे से राजगृह की किलेबंदी करवा दी। उसके दो मंत्री थे—**सुद्धि** और **वस्सकार** (वर्षकार)। अभी हाल में प्रकाशित एक महायानग्रंथ **सुवर्णवर्णावदान** (पटना, 1971)से अजातशत्रु के एक नए मंत्री **प्रचंड** का पता चलता है तथा अजातशत्रु और लिच्छवी के बीच के संबंध पर इससे प्रकाश पड़ता है। वर्षकार कूटनीति में कौटिल्य का अगुआ था।

अजातशत्रु ने वर्षकार से कहा कि यह बुद्ध के पास पहुंचकर उसकी बातों को कहे तथा बुद्ध का विचार मालूम करें उस समय बुद्ध गुरुकुल में ठहरे हुए थे।

वर्षकार के पहुँचने पर और उसके अजातशत्रु के मंतव्य की चर्चा करने पर बुद्ध ने आनंद से पूछा, "क्यों आनंद, तुमने क्या सुना है कि वज्जियों के जुटाव (सन्निपात) बार-बार और भरपूर होते हैं?" बुद्ध ने कहा, "जब तक वज्जियों के जुटाव बार-बार और भरपूर होते हैं, तब तक उनकी बढ़ती की ही आशा करनी चाहिए, न कि **परिहारिणी** की। वज्जि इकट्ठे उठते, जुटते, उद्यम करते और अपने राष्ट्रीय कर्त्तव्य करते हैं। वे लोग सभा द्वारा स्वीकृत कानून बिना कोई आज्ञा नहीं जारी करते, बने नियमों का उच्छेद नहीं करते और नियम से चलते हुए पुराने 'वज्जिधम्म' के अनुसार, मिलकर रहते हैं। वे अपने बुजुर्गों का आदर-सत्कार करते हैं, कुलकुमारियों पर जोर-जबर्दस्ती नहीं करते और साथ ही अपने चैत्यों का आदर-सत्कार करते हैं। उनमें अर्हतों की रक्षा करने का भाव भी है।"

बुद्ध ने स्वयं वज्जियों को ये **सत्तअपरिहाणि-धम्म** या अवनति न होने की सात शर्तें समझायी थीं। बुद्ध के इस प्रचलन से वज्जियों की ताकत का पता वर्षकार को लग गया, इसलिये उसने अपने गुप्तचरों के सहयोग से इन्होंने फूट डालने का प्रयास किया।

वज्जिसंघ एक शक्तिशाली गणराज्य था और इससे मगध भी भयभीत रहता था। अपनी सुरक्षा को ध्यान में रखकर बिम्बिसार ने इस संघ के साथ वैवाहिक संबंध स्थापित किया था। परन्तु, अजातशत्रु साम्राज्यवादी था और वह इस शक्तिशाली गणराज्य को नष्ट कर मगध के अधीन लाना चाहता था। इस युद्ध के कई कारण थे। जैनसाधनों से पता चलता है कि लिच्छवि-राजकुमारी **चेलना** से बिम्बिसार को दो पुत्र हुए—**हल्ल** और **बेहल्ल**। बिम्बिसार ने इन्हें अपना प्रसिद्ध हाथी और कीमती माला उपहार में दी। राजा होते ही अजातशत्रु ने इन उपहारों को वापस माँगा, परन्तु उन लोगों ने इन्हें ये उपहार देने से मना कर दिया। अपनी रक्षा के लिये वे लोग अपने नाना के यहाँ चले गये और क्रुद्ध होकर अजातशत्रु ने आक्रमण कर दिया। बौद्धसाहित्य के अनुसार मगध और वज्जिसंघ के बीच गंगा नदी थी, जिस पर एक बंदरगाह था और उसके समीप एक खान थी। बंदरगाह और खान पर आधा हिस्सा मगध तथा आधा हिस्सा वज्जिसंघ का था परन्तु वज्जि लोग मगध को इसका उपयोग नहीं करने देते थे। अजातशत्रु ने इसका निबटारा शस्त्रबल से किया। अजातशत्रु और उसके मंत्री वर्षकार ने कूटनीति से काम लिया, और गुप्तचर भेजर वज्जिसंघ

में फूट पैदा कर दी। इस लड़ाई का प्रमुख कारण मगध की प्रसारनीति ही था। उसकी महत्त्वाकांक्षा के मार्ग में वृज्जिगणतंत्र एक अनुल्लंघनीय प्रतिबंध था। वैशाली में फूट डालने के बाद अजातशत्रु ने अपनी सेना बड़ी सतर्कता से तैयार की और उसके लिये दारुण अस्त्रों का संचय किया। यह युद्ध काफी दिनों तक चला इसमें अजातशत्रु को विजय प्राप्त हुई। **अंग, काशी, वैशाली** आदि प्रदेशों की विजय कर मगध उत्तर भारत में शक्तिशाली राज्य हो गया। काशीप्राप्ति और अंगविजय के पश्चात् वैशाली-विजय के रूप में मगध ने साम्राज्यस्थापना की ओर तीसरा कदम उठाया। **निरयावलीसूत्र** के अनुसार चेटक ने लिच्छवी, मल्ल, काशी तथा कोशल के अठारह गणराज्यों का आह्वान किया था। काशी, कोशल और वैशाली के अलावा अजातशत्रु के अन्य दुश्मनों ने भी इस बार संयुक्त मोर्चा में भाग लिया। ये सब मगध के बढ़ते हुए प्रभाव के विरोध में चल रहे आंदोलन के प्रतीक थे। अजातशत्रु ने इस युद्ध में महाशिल काटक तथा रथकुशल युद्ध-यंत्रों का प्रयोग किया। वैशाली के इसी युद्ध में आजीविका संप्रदाय के प्रधान मंखालीगोस्साल भी मारे गये। कहा जाता है कि मगध तथा गणतंत्रों के बीच लगभग सोलह वर्षों से युद्ध चल रहा था। **अट्टकथा** के अनुसार, इसके लिये मगध को उपलायन (कूटनीतिज्ञ) तथा मिथुभेद (संबंधविच्छेद) की नीति अपनानी पड़ी। अब **अवंती** ही एक ऐसा राज्य बच गया था, जो मगध का सामना कर सकता था। अजातशत्रु ने प्रघोत भय से अपनी राजधानी की चारों तरफ से किलेबंदी कर दी।

बत्तीस वर्षों (पालिग्रंथों के अनुसार) या सत्ताइस वर्षों (पुराणों के अनुसार) अजातशत्रु का शासन रहा। जैन ग्रंथों के अनुसार वह जैनी था; परन्तु ऐसा मालूम पड़ता है कि वह बाद में बुद्ध का आदर करने लग गया था। अजातशत्रु को बुद्ध के भस्म का एक भाग प्राप्त हुआ था, जिसके ऊपर उसने **राजगृह** में एक स्तूप खड़ा किया। उसी के समय **महावीर** और **बुद्ध** को निर्वाण प्राप्त हुआ था। उसका शासनकाल ई. पू. 491`ई. पू. 459 तक था। अपने शासनकाल में अजातशत्रु ने बुद्ध के वचनों का संचित करने के लिये बौद्धधर्म का **प्रथम संगीति** का आयोजन राजगृह में किया।

उदायिन

एकच्छत्र राजा की उपाधि के लिये **मगध** और **अवंती** में निर्णायक युद्ध अजातशत्रु के समय नहीं हो सका। उसके मरने के शीघ्र बाद ही मगध और अवंती की पुरानी गतिविधियां फिर ताजा हो उठी। अजातशत्रु के पश्चात, पुराणों के

अनुसार, दर्शक मगध का राजा हुआ; परन्तु बौद्धसाहित्य और जैन साहित्य में **उदायिन** या उदायी को अजातशत्रु का उत्तराधिकारी कहा गया है। **महावंश** के अनुसार उदयीभद्द (उदायी) ने अपने पिता अजातशत्रु की **हत्या** करके सिंहासन प्राप्त किया था। कुछ लोग उसे दर्शक (या नागदशन) का पुत्र मानते हैं।

उदायिन ने गंगा और सोन नदी के संगम पर पाटलिपुत्र नगर को बसाया उसके बाद उन्होंने राजगृह से राजधानी परिवर्तित कर पाटलिपुत्र कर दी। अपने पूर्वजों की तरह वह भी विजेता और साम्राज्यकामी था। अपने राज्यकाल के शायद दूसरे ही वर्ष उसने **अवंती राज्य** को जीतकर राजा **विशाखयूप** को अपने अधीन कर लिया था। दस वर्ष बाद जब विशाखयूप की मृत्यु हुई, तब उदायी अवंती का प्रत्यक्ष राजा हो गया। **कथासरित्सागर** और अन्य साधनों से ज्ञात होता है कि इस समय तक अवंती ने वत्सराज को अपने अधीन कर लिया था। उदायी ने एक पड़ोसी राज्य पर हमला कर वहां के राजा की हत्या कर दी। उस राजा के पुत्र ने अवंती की राजधानी उज्जयिनी में शरण ली और बाद में जैन-साधु का वेष धारण कर वह पाटलिपुत्र आया। वहाँ उसने सोए हुए उदायी की धोखे से हत्या की। उदायी के विरुद्ध अवंती ने उस राजकुमार को प्रश्रय दिया था। इसका साफ अर्थ यह था कि अवंती जनपद अब भी मगध से लोहा लेने के लिये तैयार था। उदायी के समय मगध और अवंती के बीच विवाद उत्पन्न हो गया और उसका प्रगति में रुकावट आने लगी। मगध और अवंती के शासनों को उदायी ने अलग-अलग रखा। अवंती का मगध साम्राज्य में सम्मिलित होना इस युग की सबसे बड़ी घटना थी। अब पूर्वी समुद्र से पश्चिमी समुद्र तक मगध का एकच्छत्र साम्राज्य हो गया और उसका कोई प्रबल प्रतिद्वंद्वी नहीं रहा। बिम्बिसार के समय अंग देश जीता जा चुका था, अजातशत्रु ने कोशल को परास्त कर, अवंती का मुकाबला किया और वज्जिसंघ को अपने राज्य में मिलाया। उदायी ने अवंती पर विजय प्राप्त कर मगध को केन्द्रीय भारत की एकमात्र प्रमुख शक्ति बना दिया। उसके बाद जो शासक हुए, उन्होंने मगध राज्य का तीव्रगति से विकास किया। उदायी का शासनकाल ई.पू. 459 से ई. पू. 443 तक था। पुराणों के अनुसार उसने तैंतीस वर्षों तक शासन किया। उदायी के बाद मगध का इतिहास अस्पष्ट है। पुराणों के अनुसार उसके बाद **नन्दिवर्धन** और **महानन्दिन** शासक हुए। 'दीपवंश' और 'महावंश' के अनुसार **अनिरुद्ध, मुण्ड** और **नागदसक** शासक हुए। ये सब पितृहन्ता थे। 'दिव्यावदान' में **मुण्ड** और **काकवर्ण** का उल्लेख है। इन लोगों की कमजोरी तथा अप्रियता ने अमात्य शिशुनाग का लोभ जागृत कर दिया।

शिशुनागवंश का उदय

दीपवंश और **महावंश** के अनुसार पौरों, अमात्यों और मंत्रियों ने नागदसक को मगध के सिंहासन से हटाकर अमात्य शिशुनाग को इस राजगद्दी पर बनाया। राज़ा होने के पूर्व वह संभवतः काशी का राज्यपाल (गवर्नर) था। उसने **वैशाली** को अपनी राजधानी बनाया और उसके बाद से ही राजगृह का पतन प्रारम्भ हो गया। प्रद्योतों के बचे-खुचे अवशेषों को शिशुनाग ने सदा के लिये खत्म कर दिया। अवंती के राजा **अवन्तिवर्धन** को पराजित कर उसने मगध को शक्तिशाली बना दिया। शिशुनाग मध्यप्रदेश, मालवा और उत्तर के अनेक प्रदेशों का शासक हो गया। पुराणों में शिशुनाग को बिम्बिसार का पूर्वज कहा गया है; परन्तु सिंहली परंपरा से यह स्पष्ट प्रमाणित है कि वह **बिम्बिसार** की कई पीढ़ियों बाद हुआ। शिशुनाग का उत्तराधिकारी उसका पुत्र **कालाशोक** हुआ। **अशोकावदान** में कालाशोक के बदले **काकवर्णिन्** का उल्लेख है। शिशुनाग ने मगध की गद्दी पर 12 वर्षों तक वहां का राजपाठ संभाला।

कालाशोक या काकवर्ण—कालाशोक या काकवर्ण ने वैशाली का परित्याग कर फिर पाटलिपुत्र को मगधराज्य की राजधानी बनाया। पाटलिपुत्र का महत्त्व तबसे बहुत दिनों तक बना रहा। उसी के शासनकाल के दसवें वर्ष में **द्वितीय बौद्ध-संगीति** वैशाली में हुई। उसने संभवतः अट्ठाइस वर्षों तक राज्य किया। उसके जीवन का अंत भी दुःखद था। बौद्धसाहित्य के अनुसार, काकवर्ण के बाद उसके दस पुत्रों ने सम्मिलित रूप से बाईस वर्षों तक राज्य किया और तब 'शिशुनागवंश' की समाप्ति हुई और नन्दवंश का उदय हुआ।

नन्दवंश का इतिहास

महापद्म नामक एक व्यक्ति ने शिशुनागवंश का अंत किया और उसने जिस नए कुल की स्थापना की, उसको नन्दवंश नाम दिया गया। नन्दों की उत्पत्ति के संबंध में विभिन्न साधनों में परस्पर विरोधी बातें कही गई हैं। पुराणों के अनुसार महापद्म शूद्र से उत्पन्न था। जैनग्रंथों में उसे नाई का पुत्र और वेश्या से उत्पन्न कहा गया है। कर्टियस के अनुसार भी वह नाई का पुत्र था। उसने (महापद्म ने) अपनी सुंदरता से रानी को आकृष्ट कर लिया था और बाद में कालाशोक अथवा काकवर्ण की हत्या कर दी। जितने लोगों से महाषदभ के विषय में बताया इससे स्पष्ट होता है क वह किसी नीच जाति का था। विश्वासघात के द्वारा उसने राजसत्ता प्राप्त

की थी। पालिग्रंथों में इस राजा का नाम **उग्रसेन** मिलता है। इस वंश के राजाओं की पूरी संख्या नौ है। कुछ लोग **नवनन्द** का अर्थ 'नया नन्दवंश' लगाते हैं और इन्हें पहले के नन्दों से अलग रखते हैं। **पूर्वनन्दों** से शिशुनागवंश के अंतिम राजा नन्दिवर्धन और महानन्दिन् का अर्थ निकलता है। यह याद रखना चाहिए कि शिशुनागवंश के राजाओं के लिए कभी भी वंशगत नन्द नाम नहीं लागू हुआ है। इसलिये यहाँ 'नवनन्द' का अर्थ 'नया' नहीं, बल्कि 'नौ' होना चाहिए।

महापद्म—महापद्म को एक शक्तिशाली राजा के रूप में जाना जाता है। पुराणों में उसे 'अखिलक्षत्रांतकारी', 'सर्वक्षत्रांतक' और 'एकराट्' कहा गया है। ग्रीक साधनों से भी यह स्पष्ट होता है कि वह एक विस्तृत राज्य का स्वामी था। 'हाथीगुम्फाअभिलेख' में जिस 'नन्दराज' का उल्लेख है, उसे भी लोग इसी महापद्म से मिलाते हैं। इससे यह भी स्पष्ट है कि उसका राज्य कलिंग तक फैला हुआ था। हाथीगुम्फा अभिलेख में इस प्रकार वर्णन है—'पंचमे से दानि वसे नन्दराज तिवस-सत ओघाहितम्, तन सलिय-वाटा-पनाडी (मु) नगरम पवेस (यति) .....।'' अर्थात्, अपने पाँचवें वर्ष में तीन सौ वर्ष पूर्व राजा नन्द द्वारा बनवाई नहर को खरवेल ने राजधानी की ओर मोड़ा। खरवेल के शासन के बारहवें वर्ष में भी **नन्दराज नीतं कलिंग जिनं सन्निवेश** का एक प्रसंग आया है, जिसमें कहा गया है कि कलिंग में एक मंदिर ऐसा था जिसे नन्द ने अपने अधिकार में ले लिया था। इस अभिलेख में नन्द राजा के कार्यों का वर्णन मिलता है। उसने **मगध** राज्य की सीमाओं और प्रभाव का विस्तार किया। उसे समकालीन राजशक्तियों का विजेता कहा गया है, जिनमें से कुछ इस प्रकार हैं—**इक्ष्वाकु, कुरु, पंचाल, काशी, सूरसेन, मैथिल, कलिंग, अस्मक, हैहय** आदि। महापदम् को क्षत्रियों का **हंता** भी कहा गया है। **कथासरित्सागर** से यह स्पष्ट हो जाता है कि उसके समय में कोशल मगध का एक प्रांत हो गया था। महापदम् के आगवानी में मगध राज्य को सुदृढ़ स्थान प्राप्त हुआ है। आज भी भारत के इतिहास में मगध का नाम सर्वोपरि है। **भगवतपुराण** की टीका से यह ज्ञात होता है कि उसके पास काफी सेना थी। महापद्म उग्रसेन नाम से भी प्रसिद्ध है। वह एक प्रबल विजेता था, इसमें कोई संदेह नहीं। 'परिशिष्टपर्वन्' से भी नन्द साम्राज्य की विशालता का पता लगता है। दक्षिणापथ में गोदावरी के तट पर स्थित **नउनन्ददेहरा** नामक स्थान नन्दों के अधीन था। उसके एक मंत्री कल्पक ने साम्राज्य विस्तार में काफी अहम भूमिका निभायी थी। कल्पक अपनी बुद्धि और प्रपंचों के लिए प्रसिद्ध था। कर्टियस के अनुसार, नन्द राजा के पास बीस हजार अश्वारोही, दो लाख पैदल, दो हजार रथ और दो हजार हाथी थे।

महापद्म के बाद उसके आठ बेटों ने शासन किया, जिनमें से अन्तिम संभवतः सिकन्दर महान का समकालीन था। बौद्धसाहित्य में जिसे **धननन्द** के नाम से सम्बोधित किया गया है, उसे ही यूनानी लोग **अग्रमिस** (Aggrammes) या **जैंद्रमिस** (Xandrammes) कहते हैं। धननंद के पास काफी बड़ी सेना थी, जिसका वर्णन कर्टियस में मिलता है। धननंद बड़ा लोभी, अत्याचारी और अधार्मिक शासक था। प्रजा उससे घृणा करने लग गई थी। इस अत्याचार को बनाये रखने के लिए प्रजा के ऊपर कर लगाना प्रारम्भ कर दिया इससे जनता काफी नाराज थी। **चन्द्रगुप्त** ने **चाणक्य** की सहायता से इस राज्य को खत्म किया और **मौर्य साम्राज्य** की नींव रखी।

नन्दशान का ऐतिहासिक महत्त्व—बिम्बिसार ने जिस साम्राज्यवाद की नींव डाली थी, उसका वास्तविक उत्कर्ष नन्दों के तत्त्वाधान में हुआ था। उन्होंने एक संगठित सेना की स्थापना के साथ देश के लिये एक सुव्यवस्थित एवं संगठित शासनप्रणाली का प्रारम्भ किया। पाटलिपुत्र समस्त उत्तर भारत का राजनीतिक केन्द्र बन गया। इसके साथ पाटलिपुत्र का सांस्कृतिक महत्त्व भी बढ़ गया। **वर्ष, उपवर्ष, पाणिनि, कात्यायन, वारुचि** आदि पाटलिपुत्र में ही शिक्षा प्राप्त कर प्रख्यात हुए थे। नन्दों ने माप-तौल की एक नई प्रणाली का भी विकास किया। नन्दों के नेतृत्व में मगध साम्राज्य अपने उत्कर्ष पर पहुँच गया और तबसे लगभग हजार वर्षों तक मगध का महत्त्व बना रहा। भारत की एकता की नींव यहीं पड़ी। पाटलिपुत्र अखिल भारतीय साम्राज्य का केन्द्र बना। इसी के आधार पर बाद में मौर्य साम्राज्य की स्थापना हुई।[1] धनवैभव में अपने समय में ये लोग अद्वितीय थे। इनके दरबार में एक-से-एक अच्छे और योग्य मंत्री थे। **नन्दोपक्रमाणिमानानि** (पाणिनि-अष्टाध्यायी, सूत्र II, 4, 21) का भी आविष्कार नन्दवंश ने ही किया। कलिंग में सिंचाई-योजना श्रेय भी नन्दवंश को है। वे लोग जनता से शासन करके धन एकत्र करते थे इनकी शासन प्रणाली शोषण पर आधारित था। इसलिये जनता इस वंश से घृणा करती थी और अत्याचार समाप्त करने के सभी प्रयासों में जनता उनके विरोधियों की सहायता करती थी।

मगध के उत्कर्ष का आर्थिक कारण

महाजनपद-युग के विश्लेषण में अब तक के इतिहासकार केवल राजनीतिक कारण का ही विश्लेषण करते आए हैं; परन्तु वे इस बात को भूल जाते हैं कि किसी भी राजनीतिक संगठन का वास्तविक पृष्ठाधार आर्थिक और सामाजिक होता है। उन

पृष्ठाधारों के समझे बिना इतिहास का सही मूल्यांकन भी नहीं हो सकता। मगध का उत्कर्ष प्राचीन भारत के इतिहास में अपने-आप में एक महत्त्वपूर्ण घटना है, जो किसी एक खास दिन में नहीं घटी थी, बल्कि इसके लिये शताब्दियों से प्रयास जारी था।

भारत के ये सभी प्राचीन नगर कोशल, काशी एवं पाटलिपुत्र नदी के किनारे बसे हुए थे। नदियों का उस समय आर्थिक दृष्टिकोण से बहुत अधिक महत्व था। वे सभी नगर व्यापारिक मार्ग पर भी पड़ते थे। मगध अपनी खनिज धातुओं के लिए प्रसिद्ध था– विशेषकर लौह धातु में और इस धातु पर मगध का एकाधिपत्य उसके उत्कर्ष का प्रमुख कारण माना जा सकता है। मगध को प्रकृति ने राजगीर जैसा पहाड़ों से घिरा एक नगर भी दिया था, जिससे राज्य की सुरक्षा का प्रश्न बहुत हद तक हल हो जाता था। लोहा गलाने की कला में भी मगध के लोग निपुण थे। इन धातुओं की सहायता से मगधवासियों ने कृषिकार्य में काफी प्रगति की, जंगलों को काटकर उस पर कृषि कार्य प्रारम्भ किया इससे व्यापारिक तथा आर्थिक दोनों क्षेत्रों में मजबूती प्रदान हुई। व्यापारिक आदान-प्रदान चलता था, क्योंकि उसके बिना जीवनयापन कठिन हो जाता। मिथिला से तक्षशिला तक और फिर वहाँ से मध्य एशिया तक सार्थवाहों का ताँता लगा रहता था। मगध में नमक का अभाव था, अतः उसकी खोज में लोगों को दूर-दूर तक जाना होता था। नगर अब भी छोटे-छोटे थे, इसलिये शिल्पकार अपने माल को एक स्थान से दूसरे स्थान तक भेजने का प्रबंध करते थे इसके लिए उन्हें सुरक्षा की जरूरत महसूस हुई। ऐसी स्थिति में सुव्यवस्थित राज्य की आवश्यकता थी, जो व्यापारियों, उत्पादकों आदि को संरक्षण प्रदान कर सके। राज्य को कर की आवश्यकता होती है और वे लोग उस आवश्यकता को पूरा करने के लिये तैयार थे। मगध के कूटनीतिज्ञ वर्षकार, कौटिल्य और अन्य चिंतकों ने राज्य के इस पृष्ठाधार को सैद्धान्तिक रूप से प्रतिपादित किया और उन लोगों ने उत्खनन और धातुओं पर राज्य के एकाधिकार का समर्थन किया।

छठी शताब्दी के राज्यों के अध्ययन से पता चलता है कि उस समय विभिन्न राज्यों के बीच आधिपत्य के लिये जो संघर्ष हो रहा था, उसका मूल कारण–उपरी सतह पर जो भी रहा हो–आर्थिक था, क्योंकि प्रत्येक राज्य अपनी सत्ता बढ़ाकर एकच्छत्र राज्य का स्वप्न देख रहा था। परन्तु, इस संघर्ष में अंततोगत्वा मगध की जीत हुई, क्योंकि उसका धातुओं के सबसे समृद्ध भण्डार और दो मुख्य व्यापारिक मार्गों पर नियंत्रण था; उसका कोई प्रतिद्वंद्वी नहीं बचा था और उसके यहाँ निरंकुश राजतंत्र तथा संगठित सेना थी। मगध का वास्तविक उत्कर्ष तो मौर्ययुग में आकर हुआ (ई. पू. 323-185) जबकि हिमालय से समुद्रों तक इसका विस्तार हुआ।

उपर्युक्त वर्णन से स्पष्ट होता है कि कोशल एवं मगध के शासक का वैदिक परम्परा से कोई सम्बन्ध नहीं था। इन दोनों के शासक अकुलीन थे। मौर्य तो मिश्रित वंश के थे। मैसूर से उत्तर तक मौर्यों का नियंत्रण था। सोपारा और भरुकच्छ के बंदरगाह पर मगध का नियंत्रण था। पाटलिपुत्र भी एक अंतरराष्ट्रीय बंदरगाह था। मौर्यकाल में मगध अंतरराष्ट्रीय व्यापार का केन्द्र था और इसका बड़ा ही व्यापारिक दृष्टिकोण से इसका महत्वपूर्ण स्थान था। चीनी रेशम स्थलमार्ग से आता था। भूमध्यसागर का मूँगा सिकंदरिया होकर आता था, असम की चाँदी बर्मा और हिंदेशिया से। समुद्री व्यापार भी नियमित रूप से चलता था। तक्षशिला और उज्जैन का महत्त्व व्यापारिक दृष्टिकोण से ही था। दक्षिण में लोहा और सोना प्रचुर मात्रा में मिलते थे और मौर्यों के युग में वहाँ खेती और व्यवसाय में काफी प्रगति हुई। मगध के उत्कर्ष में जिन आर्थिक तत्त्वों का हाथ है, उनका विशद विश्लेषण यहाँ स्थानाभाव के कारण संभव नहीं है; परन्तु इन आर्थिक तत्त्वों के संगठनात्मक आधार की जो रूपरेखा हमें कौटिल्य के अर्थशास्त्र में मिलती है, उससे स्पष्ट होता है कि वह सुनियोजित था।

भारत पर प्रथम विदेशी आक्रमण

ईरानी आक्रमण

भारत पर सर्वप्रथम ईरानियों द्वारा आक्रमण किया था। इसमें हखामनी वंश के शासक साइरस का नाम सर्वोपरि है। उसके बाद भी कई इरानी आक्रमण होते रहे। अब यहाँ महत्त्वपूर्ण बात यह है कि ईरानियों ने भारत पर आक्रमण क्यों किया। इसके लिए हमें पश्चिमोत्तर भारत की राजनीतिक स्थिति पर नजर डालनी होगी। जिस समय मगध के नेतृत्व में पूर्वी भारत में एकीकरण का दौर चल रहा था, लगभग उसी समय पश्चिमोत्तर भारत में विकेंद्रीकरण और कूटनीतिक अस्थिरता की धारा प्रबल थी। छोटे-छोटे राज्य अपनी स्वतंत्रता बनाए रखने के लिए आतुर थे। सभी राज्यों में आपसी मतभेद तथा विवाद चल रहा था ऐसा कोई शक्तिशाली राज्य नहीं था जो अपने प्रभावक्षेत्र का प्रसार करके कूटनीतिक एकता स्थापित करता। इस कूटनीतिक दुर्बलता और अराजकता ने विदेशी आक्रमणकारियों को अपनी ओर आकर्षित किया जिससे भारत पर दो भीषण विदेशी हमला हुए। इनमें से प्रथम ईरानी (हखामनी वंश के शासक साइरस का) हमला था एवं दूसरा हमला यूनानी शासक सिकंदर महान् का था। ईरानी

हमला के बारे में हेरोडोट्स, स्ट्रावी एवं एरियन के लेखों से जानकारी मिलती है। इसके अतिरिक्त स्वयं हखामनी राजाओं के शिलालेख भी से भी कुछ जानकारी प्राप्त होती है। ईसा पूर्व 559 में साइरस फारस का राजा था। इसने ईसा पूर्व 529 तक राज्य किया। इसने बैक्ट्रिया, सीस्तान और मकरान को जीतकर कपिशा पर आक्रमण करके हिंदकुश पर्वतमाला तक के प्रदेश को अपने कब्जे में कर लिया। इस तरह फारस साम्राज्य की पूर्वी सीमा भारत की पश्चिमी सीमा के साथ आ लगी।

इस वंश के डेरियस प्रथम (ईसा पूर्व 521-485) का भारत के साथ घनिष्ठ संबंध था। हखामनी साम्राज्य का प्रसार करते हुए उसने काम्बोज, पश्चिमी गांधार और सिंध को भी जीत लिया। डेरियस ने अपने राज्य को 23 प्रांतों में विभक्त किया, जिनके शासकों को 'क्षत्रप' कहा जाता था। काम्बोज, गंधार और सिंध इन्हीं प्रांतोंमें मिले हुए थे इन राज्यों से डेरियस ने अधिक संख्या में धन की प्राप्ति की। ये प्रदेश हरवामनी साम्राज्य की अधीता के संभवतः ईसा पूर्व चौथी सदी में स्वतंत्र हो गए थे। सिकंदर ने जब दिग्विजय करते हुए पूर्व की ओर हमला किया तो पश्चिमी भारत के ये जनपद स्वतंत्र थे और इन्होंने स्वतंत्र राज्यों के समान ही यवन सेनाओं का मुकाबला किया था।

ईरानी आक्रमण का भारत पर प्रभाव—हखामनी वंश के शासन ने हमारे देश को अत्यधिक प्रभावित किया यहां की सामाजिक, सांस्कृतिक तथा राजनीतिक दशा में काफी परिवर्तन आया। ईरानियों के आक्रमण के राजनीतिक परिणाम तो अधिक प्रभावी नहीं रहे लेकिन सामाजिक, सांस्कृतिक व आर्थिक प्रभाव ज्यादा प्रभावशाली रहे। विशाल ईरानी साम्राज्य की स्थापना के कारण भारत का पश्चिमी विश्व में संपर्क अधिक शक्तिशाली हो गया। हखामनी साम्राज्य से संबंध होने पर भारत के विदेशी व्यापार के क्षेत्र में काफी बढ़ावा मिला। इस समय के बहुत से व्यापारी समुद्र मार्ग द्वारा पश्चिमी देशों में आना-जाना आरंभ कर दिए और उनका सामान सूदूर मिस्र और यूनान तक पहुंचने लगा। ईरानी लोगों से संपर्क का एक अन्य महत्त्वपूर्ण परिणाम पश्चिमी भारत में खरोष्ठी लिपि का प्रचार हुआ। अनेक इतिहासकारी का मत है कि ईरानी लोगों के शासनकाल में उनकी अरामाइक लिपि का भारत के उन प्रदेशों में प्रचार हुआ, जो हखामनी साम्राज्य के अंतर्गत थे। इसी कारण उपरांत में इन प्रदेशों में दाई से बाई ओर लिखी जाने वाली खरोष्ठी लिपि के विकास का उल्लेख प्राप्त होता है।

प्रान्तीय शासन व्यवस्था ईरानियों की प्रमुख विशेषता थी। इन प्रांतों को 'क्षत्रपी' और इन पर राज्य करने वाले मुख्य अधिकारी को 'क्षत्रप' कहा जाता था। मौर्यकाल

में भी साम्राज्य को प्रान्त को बांटने की प्रथा प्रचलित थी। उत्तर-पश्चिमी भारत में 'क्षत्रप' शब्द बहुत अधिक प्रचलित रहा। प्राचीन भारत में उज्जयिनी एवं मथुरा 'क्षत्रप' वंशों का प्रमुख स्थान है। उन्होंने देश की कूटनीतिक सांस्कृतिक गतिविधियों में सक्रिय भाग लिया।

सिकंदर का आक्रमण

सिकंदर यूनान का रहने वाला था। सिकन्दर का जन्म 356 ई.पू., पेला, मकदूनिया; में हुआ था। उसे मकदूनिया या मेसीडोनिया के राजा (336-323 ई.पू.), 'अलेक्ज़ेंडर III' अथवा 'मेसीडोनिया का अलेक्जेंडर' भी कहा जाता था। सिकंदर ने फ़ारसी साम्राज्य को उखाड़ फेंका और मकदूनिया की सेना भारत तक ले गए तथा क्षेत्रीय राज्यों के यूनानी संसार की नींव डाली। 13 वर्ष से 16 वर्ष की उम्र तक उन्होंने अरस्तू से शिक्षा पाई, जिन्होंने दर्शन, औषधिशास्त्र तथा वैज्ञानिक अनुसंधान के क्षेत्र में इसकी रुचि अधिक थी। किंतु बाद में सिकन्दर अपने गुरु के इस संकीर्ण दृष्टिकोण से असहमत हो गए कि ग़ैर ग्रीक लोगों को दास समझा जाए। 336 ई. पू. में अपने पिता और शासक राजा फ़िलिप II की हत्या के बाद सिकंदर को सेना द्वारा मान्यता दी गई तथा वह निर्विरोध अपने पिता के उत्तराधिकारी बने। उन्होंने तुरंत लिनसेस्टिस के राजकुमारों को मृत्युदंड दिया, जो राजा फ़िलिप की हत्या से संबंधित माने गए थे और उस वर्ग के सभी लोगों को मौत के घाट उतार दिया, जो उनके विरोधी थे और उनके संभावित प्रतिद्वंद्वी हो सकते थे।

इसके बाद उन्होंने दक्षिण की ओर प्रस्थान किया, कमजोर थेसिली पर क़ब्ज़ा किया। कॉरिथ में हुए ग्रीक सम्मेलन में उन्हें एशिया पर अगले आक्रमण के लिए (जिसकी योजना का निर्माण और सूत्रपात राजा फ़िलिप द्वारा किया जा चुका था) महासेनाधिपति नियुक्त किया गया। 327 ई.पू. में सिकंदर 35 हज़ार सैनिकों की पुनर्सज्जित सेना तथा पुनर्संगठित नायक दल के साथ बैक्ट्रिया से निकले। संभवतः बामियान तथा गोरबंद घाटी से होते हुए उन्होंने हिंदूकुश पार किया, जहां उन्होंने अपनी सेना को दो टुकड़ियों में विभक्त किया। आधी सेना दो घुड़सवार सेनापतियों, हिफ़ेस्टीयन तथा परडिकस, के नेतृत्व में खैबर दर्रे से होकर भेजी गई, शेष सेना स्वयं सिकंदर के नेतृत्व में पहाड़ियों में से होती हुई उत्तर की ओर रवाना हुई। स्वात और गांधार से बढ़ते हुए उन्होंने एओरनस (वर्तमान पीरसर, पाकिस्तान) के लगभग अजेय शिखर पर विजय प्राप्त कर ली। जो सिंधु नदी से कुछ कि.मी. की दूरी पर बुनेर नदी के उत्तर में है। घेराबन्दी कला द्वारा ही इस पर सफलता प्राप्त का आसान हुआ। 326

ई.पू. के वसंत में उन्होंने अत्तोक के पास सिंधु नदी को पार करके तक्षशिला में प्रवेश किया।

तक्षशिला के शासक तक्षकों ने उन्हें अपने प्रतिद्वंद्वी पोरस के विरुद्ध लड़ने के लिए सेना तथा हाथी दिए। पोरस झेलम (हाइडास्पीज़) और चिनाब (एसेस्नीज़) नदी के मध्यवर्ती भूभाग के शासक थे। सिकंदर को एक महान शासक की संज्ञा दी जाती है। अपने जीवन काल का अंमि युद्ध झेलम नदी के बायीं किनारे पर लड़ा था। वहां उन्होंने दो नगरों की नींव रखी—अलेक्ज़ेंड्रिया निकीआ और बूसीफ़ला तथा पोरस उनके सहयोगी बन गए। सिकंदर ने व्यास नदी पर 12 ओलिंपियाई देवताओं के लिए 12 वेदियां बनवाई और झेलम नदी पर 800 से 1,000 जहाज़ों का एक बेड़ा तैयार किया। पोरस को छोड़कर वह नदी के दक्षिण की ओर बढ़े और सिंधु नदी तक पहुंचे। उनकी आधी फौज जहाज़ों पर और आधी तीन क़तारों में दोनों किनारों पर चल रही थी। जहाज़ी बेड़े का नेतृत्व नीऑरकस कर रहे थे और स्वयं सिकंदर के कप्तान ओनेसीक्रिटस थे। बाद में इन दोनों ने इस अभियान के वृत्तांत लिखे। इस कूच के दौरान कई लड़ाइयां हुईं और निर्दयता पूर्ण ढंग से क़त्लेआम किए गए। रावी (हाइड्रिओटिज़) नदी के तट पर बसे एक नगर मल्ली पर हमले के समय सिकंदर को गंभीर रूप से चोट भी आयी थी। जिससे उसका सैन्य संचालन भी प्रभावित हुआ। सिंधु नदी के डेल्टा पर बसे पटाला नगर पहुंचने पर उन्होंने एक बन्दरगाह और नौकाघाट बनवाए और सिंधु नदी के दोनों किनारों की खोजबीन की। तब संभवतः सिंधु कच्छ के रण में बहती थी। उन्होंने अपनी फ़ौज के एक भाग को भूमि मार्ग से वापस ले जाने की योजना बनाई तथा शेष भाग को 100 से 150 जहाज़ों में नीऑरकस की अगुवाई में फ़ारस की खाड़ी में मार्ग खोजते हुए इन सेना को जाना था।

लोगों के मना करने के बावजूद भी नीऑरकस सितंबर 325 ई.पू. में ही रवाना होने को तैयार हो सके और उन्हें तीन सप्ताह पूर्वोत्तर मानसून के आगे के कारण अक्टूबर तक इन्तजार करना पड़ा। सिकंदर भी सितंबर में रवाना हुए और समुद्री किनारे पर चलते हुए गेद्रोसिया (वर्तमान बलूचिस्तान) में से गुज़रे। पहाड़ी भूभाग होने के कारण उन्हें देश के भीतरी भाग में घुसना पड़ा, किंतु इस प्रक्रिया में वह सेना के लिए भोजन की व्यवस्था न कर सके। एक उच्च अधिकारी क्रेटेरस को पहले ही साज़ो-सामान, हाथियों, बीमार तथा घायल लोगों के साथ आगे भेजा जा चुका था। उनके साथ सेना की तीन टुकड़ियां भी थीं। क्रेटेरस की यात्रा का मार्ग मुल्ला दर्रा में से होते हुए क्वेटा और क़ांधार होकर हेलमंद घाटी तक पहुंचने का था। यहां से उसे

ड्रैंगियाना होते हुए कार्मेनिया में मिनाब (भूतपूर्व अमानिस) नदी के किनारे मुख्य सेना से मिलना था। गेड्रोसिया से होकर सिकंदर की यात्रा बहुत कष्टदायी रही। जलविहीन रेगिस्तान तथा भोजन और ईंधन की कमी से बहुत दुःख झेलना पड़ा और कई लोग विशेषतः स्त्रियां व बच्चे, एक घाटी में बसेरे के समय आई आकस्मिक मानसूनी बाढ़ में बह गए। अंत में वह मिनाब नदी पर नीऑरकस और उनके बेड़े से मिला। नीऑरकस वाले बेड़े को विभिन्न प्रकार की कठिनाइयों का मुकाबला करना पड़ा था।

सिकन्दर इतना महत्त्वाकांक्षी था कि हाइफेरिस (सम्भवतः आधुनिक व्याज) के विषय में न जानते हुए भी सदैव आगे बढ़ता गया। झेलम नदी तक बढ़ने के बाद जब उनकी फ़ौज ने बग़ावत कर दी और उष्णकटिबंधीय बारिश में और आगे बढ़ने से इनकार कर दिया। वे सब शारीरिक और मानसिक रूप से थक गए थे और सिकंदर के चार प्रमुख सिपहसालारों में से एक, कोएनस, विद्रोहियों के प्रवक्ता बन गए। सिकन्दर की सेना ने आगे बढ़ने से इन्कार कर दिये इस जिद को मानकर सिकन्दर वापस लौट आया। 326 ई. पूर्व में सिकंदर वापस झेलम पहुँचा। यहाँ पर उसने अपने विजित प्रदेशों को समुचित शासन-व्यवस्था की। व्यास और झेलम के बीच का भाग उसने पुरुराज को दे दिया। झेलम और सिंध के बीच का इलाका गांधार राज आम्भी को सुपुर्द किया क्योंकि पुरुराज से युद्ध में आम्भी ने उसकी सहायता की थी। सिकन्दर ने सिंध के पश्चिम के भारतीय प्रदेश सेनापति फिलिप्स को दिए।

भारत के जिन प्रदेशों पर सिकंदर का आधिपत्य स्थापित हो गया था, उनके अनेक नगरों में यवन सेना की छावनियाँ स्थापित की गई ताकि ये प्रदेश यवनराज के खिलाफ संघर्ष न कर सके लौटते समय झेलम के समीपवर्ती प्रदेश में सिकंदर ने सौभूति को हराया। रावी नदी के साथ के प्रदेश में मालव गण स्थित था। मालवों के पूर्व में क्षुद्रक गण था। सिकंदर ने अचानक मालवों पर हमला किया। बहुत से मालव अपनी जन्मभूमि की रक्षा के लिए लड़ते हुए युद्ध में काम आ गए। सिकंदर ने क्षुद्रकों से संधि कर ली। इनके अतिरिक्त सिकंदर को अंबष्ठ, क्षत् और वसाति आदि जातियों से भी लड़ना पड़ा। उत्तरी सिंध में सिकंदर ने मूसिकानोई नामक जनपद को पराजित झण्डा लहराया। सिंधु नदी के मुहाने पर पहुँचकर उसने अपनी सेना को दो भागों में विभक्त किया। जल सेनापति नियाकंस को जहाजी बेड़े के साथ समुद्र के मार्ग से वापस लौटने का आदेश देकर वह स्वयं मकरान के किनारे-किनारे स्थल मार्ग से अपने देश की ओर चला। रास्ते में 323 ई. पू. में बेबीलोन में सिकंदर की मृत्यु हो गई। युद्ध में सिकन्दर को काफी चोट आयी थी जिस कारण उसका देहान्त हो गया।

सिकंदर के आक्रमण का भारत पर प्रभाव—सिकंदर भारत में लगभग 19 महीने रहा, लेकिन यह जो समय सिकंदर ने बिताया उस बीच केवल युद्ध ही किया। इसलिए उनका जनता के ऊपर कोई अहम प्रभाव नहीं पड़ा। इसलिए उसके आक्रमण के बहुत अधिक प्रभाव नहीं पड़े। लेकिन ऐसा भी नहीं कहा जा सकता की इसका कुछ प्रभाव ही नहीं पड़ा। इस आक्रमण के प्रभाव को हम यहाँ संक्षेप में व्यक्त कर रहें हैं।

इस आक्रमण का राजनीतिक व्यवस्था पर बहुत गहरा प्रभाव पड़ा। चारों ओर राजनीतिक अस्थिरता फैल गई। इससे चंद्रगुप्त मौर्य के लिए अपना साम्राज्य प्रशस्त करने में आसानी हुई। सिकंदर के हमला से यह स्पष्ट हो गया कि सिर्फ देशप्रेम की भावना ही सुरक्षा के लिए पर्याप्त नहीं थी। उस कार्य के लिए संगठन, सैन्य शक्ति और योग्य नेता की जरूरत थी। शायद इन्हीं कारणों से चंद्रगुप्त अपने प्रयत्न में सफल हो सका था। एशिया में यवनों की कई बस्तियाँ हो गईं। इनसे भारतीयों का सांस्कृतिक आदान-प्रदान होने लगा।

सिकंदर ने अपनी विजय-यात्रा के दौरान जिन स्कंधागारों और बस्तियों का निर्माण करवाया, उनके द्वारा यूनानी जीवन का क्षीण प्रभाव अपने सीमित क्षेत्र में भारत पर पड़ता रहा। सिकंदर के हमला की तिथि (ई. पू. 326) ने प्राचीन भारत के तिथिक्रम की अनेक अटकलों को समाप्त कर दिया। इस तिथि ने भारत के क्रमागत इतिहास को लिखने में बड़ी मदद पहुँचाई। सिकंदर के साथ अनेक यवन लेखक और इतिहासकार भारत आए। इन्होंने जो कुछ लेखबद्ध किया, उससे हमें पंजाब और सिंधु की तत्कालीन परिस्थितियों के विषय में बहुत अधिक जानकारी मिलती है। परोक्ष रूप से सिकंदर के हमला का सांस्कृतिक प्रभाव भी पड़ा। जैसे—दो भिन्न जातियों के संपर्क ने एक-दूसरे पर प्रभाव डाला तथा दोनों के मध्य सांस्कृतिक आदान-प्रदान हुआ।

पोरस

भारतीय स्रोतों में अज्ञात, पोरस नाम को अनुमानतः पौरव का समानार्थी माना जाता है, जिसका अर्थ पुरुओं का शासक है। पुरु जनजाति उस क्षेत्र में प्राचीन वैदिक काल से निवास करतीं थीं। चौथी शताब्दी ई.पू. भारत के यह राजा, पंजाब पर सिकंदर महान III के हमले (327-326 ई. पू.) के समय हाइडास्पीज़ (झेलम) और ऐसेसाइनेस (चिनाब) नदियों के बीच के क्षेत्र का शासक था। अपने पड़ोसी तक्षशिला के राजा आंभी के विपरीत पोरस ने सिकंदर का सामना किया, लेकिन उनके हाथियों

और धीमी गति से चलने वाली पैदल सेना को सिकंदर के तेज़ घुड़सवारों और तीरंदाजों ने हाइडास्पीज़ की लड़ाई में पराजित कर दिया। उनके युद्ध कौशल और उत्साह से प्रभावित होकर सिकंदर ने उनका राज्य वापस कर दिया और शायद कुछ अन्य जीते हुए क्षेत्र भी उन्हें सौंप दिए। उसके बाद से सिकंदर के समर्थक के रूप में पोरस एक मकदूनियाई अधीनस्थ शासक बने रहे और सिकंदर की मृत्यु के बाद 321 से 315 ई. पू. के दौरान किसी समय यूडेमस के लोगों ने उनकी हत्या कर दी।

7

मौर्य साम्राज्य

भारत वर्ष में मौर्य वंश का शासन काल काफी समय तक व कुशलता पूर्वक चला। इतिहासकार इस वंश के उदय को लेकर असमंजस में है। इस सन्दर्भ में उनके विचार काफी अलग-अलग हैं। कुछ इतिहासकार इन्हें पारसी मानते हैं। वे इसका प्रमाण इस रूप में देते हैं कि मौर्यों के कुछ राजनैतिक और सामाजिक रीति-रिवाज पारसियों के देश से मिलते-जुलते हैं। कुछ अन्य इतिहासकार उन्हें शूद्र मानते हैं। अपने कथन के समथर्न में वे तर्क देते हैं कि विष्णु पुराण, मुद्रा राक्षस और कथासरित्सागर में ऐसे प्रमाण उपस्थित हैं। इनसे अलग कुछ विद्वानों का विचार है कि मौर्य क्षत्रिय थे। जैन परम्परायें और कौटिल्य के अर्थशास्त्र में उन्हें क्षत्रिय कहा गया है। मौर्य शासक वीर, साहसी और बहादुर थे और उन्होंने विशाल साम्राज्य की स्थापना की थी इससे यह कहा जा सकता है कि सही मायने में वे क्षत्रिय थे। मौर्य वंश के बारे में स्पष्ट रूप से तभी समझा जा सकता है जब हम नन्द वंश के बारे में कुछ जानेंगे। अतः इनका संक्षिप्त विवरण आगे दिया गया है।

नंद वंश

नन्द वंश का शासन मगध (बिहार, उत्तरी भारत) पर था जो लगभग 343-321 ई.पू. के बीच नंद शासक मौर्य वंश के पूर्ववर्ती राजा थे। मौर्य से पहले के वंशों की

तरह इस वंश के बारे में भी जो जानकारी है, वह तथ्यों और किंवदंतियों का मिश्रण है। स्थानीय ब्राह्मणवादी और जैन परंपराओं से पता चलता है कि इस वंश के संस्थापक महापद्म (जिन्हें महापद्मपति या उग्रसेन भी कहा जाता है) समाज के निचले तबक़े के थे। यूनानी लेखकों ने भी इसकी पुष्टि की है। महापद्म ने अपने पूर्ववर्ती शिशुनाग राजाओं से मगध की बागडोर और सुव्यवस्थित विस्तार की नीति भी हासिल की। उनके साहसपूर्ण प्रारंभिक कार्यकाल ने उन्हें निर्मम विजयों के माध्यम से साम्राज्य को संगठित करने में मदद की। पुराणों में उन्हें सभी क्षत्रियों का संहारक बताया गया है। उन्होंने उत्तरी, पूर्वी और मध्य भारत स्थित इक्ष्वाकु, पांचाल, काशी, हैहय, कलिंग, अश्मक, कौरव, मैथिल, शूरसेन और वितिहोत्र शासक वंशों को उखाड़ फेंका। इसका प्रमाण स्वतंत्र अभिलेखों से भी मिलता है, जो नंद वंश के द्वारा गोदावरी घाटी (आंध्र प्रदेश), कलिंग (उड़ीसा) तथा कर्नाटक के कुछ हिस्सों पर नियंत्रण करने की ओर संकेत करते हैं।

नंद वंश का संक्षिप्त शासनकाल मौर्य वंश के लंबे शासन के साथ प्रारंभिक भारतीय इतिहास में महत्त्वपूर्ण संक्रमण काल को दर्शाता है। गंगा घाटी में (छठी से पांचवीं शताब्दी ई.पू.) कृषि व लौह तकनीक के बढ़ते प्रभाव के कारण काफी भौतिक व सांस्कृतिक परिवर्तन हुये। इससे कृषि उत्पादन में उपयोग से अधिक वृद्धि हुई और वाणिज्यिक और शहरी केंद्रों के विकास को बढ़ावा मिला। इस परिप्रेक्ष्य में यह बात महत्त्वपूर्ण है कि कई स्थानीय और विदेशी स्रोतों में नंद राजाओं को बहुत समृद्ध और विभिन्न प्रकार के करों की वसूली में निर्दयी के रूप में चित्रित किया गया है। सिकंदर के काल में नंद की सेना में लगभग 20,000 घुड़सवार, 2,00,000 पैदल सैनिक, 2,000 रथ और 3,000 हाथी थे। प्रशासन में नंद राज्य द्वारा उठाये गए क़दम कलिंग (उड़ीसा) में सिंचाई परियोजनाओं के निर्माण और एक मंत्रिमंडलीय परिषद् के गठन से स्पष्ट होते हैं।

महापद्म के बाद पुराणों में नंद वंश का उल्लेख नाममात्र का है, जिसमें सिर्फ सुकल्प (सहल्य, सुमाल्य) का ज़िक्र है, जबकि बौद्ध *महाबोधिवंश* में आठ नामों का उल्लेख है। इस सूची में अंतिम शासक धनानंद का उल्लेख संभवतः अग्रामी या जेन्ड्रामी के रूप में है और इन्हें यूनानी स्रोतों में सिकंदर महान् का शक्तिशाली समकालीन बताया गया है। इस शासक के साथ ही 321 ई.पू. में नंद वंश समाप्त हो गया और चंद्रगुप्त ने मौर्य साम्राज्य की स्थापना की।

मौर्य साम्राज्य

लगभग 321-185 ई.पू. मौर्य साम्राज्य की राजधानी पाटलिपुत्र थी जो इस

समय पटना नाम से बिहार की राजधानी है। पाटलिपुत्र गंगा व सोन नदी के संगम के पास बसा था इसलिए यह काफी महत्त्व रखता था। सिकंदर महान् की मृत्यु के बाद इस वंश के संस्थापक चंद्रगुप्त ने एक साम्राज्य की स्थापना की, जो दक्षिणी हिस्से को छोड़कर लगभग समूचे उपमहाद्वीप में फैला हुआ था। मौर्य साम्राज्य एक सक्षम और सुसंगठित राजतंत्र था, जिसके पास स्थायी सेना व नौकरशाह थे। पारंपरिक रूप से प्रशासन की संरचना *अर्थशास्त्र* पर आधारित थी, जिसकी रचना चंद्रगुप्त के महामंत्री और सलाहकार कौटिल्य ने की थी।

मौर्य वंश के तीसरे शासक अशोक (273-232 ई.पू.) हुये जो अपनी दूरदर्शिता व कुशल शासन व्यवस्था के चलते एक महान शासक कहलाये। कलिंग युद्ध के दौरान कुछ ऐसी घटनायें हुयी जिससे इन्होंने अहिंसा का मार्ग अपना लिया और बौद्ध धर्म की शिक्षा ली उन्होंने अपने राज्य में पत्थर की कई राजाज्ञाएं खुदवाईं। ये भारत के उन प्राचीनतम अभिलेखों में से हैं, जिनकी व्याख्या की जा सकी है। अशोक ने कलिंग (उड़ीसा) पर विजय प्राप्त की। उसके बाद उन्होंने धर्मपरायणता का अभियान छेड़ने का निर्णय लिया और अपने राज्य और राज्य से बाहर पश्चिम एशिया और श्रीलंका में भी दूत भेजे। भारत की आरंभिक कला के कुछ श्रेष्ठ नमूने अशोक द्वारा ही बनवाए गए थे।

अशोक की भृत्यु के बाद यह साम्राज्य आक्रमणों, दक्षिण के राजकुमारों द्वारा दूसरे पक्ष में शामिल हो जाने और उत्तराधिकार के लिए संघर्ष के कारण छोटा हो गया। इसके अंतिम शासक बृहद्रथ की 185 ई.पू. में उनके ब्राह्मण सेनापति पुष्यमित्र ने हत्या करके शुंग वंश की स्थापना की, जिसने लगभग एक शताब्दी तक मध्य भारत में शासन किया।

चन्द्रगुप्त मौर्य

चन्द्रगुप्त मौर्य ने नन्द वंश के शासनकाल का अन्त कर मौर्य वंश की नींव डाली व इस वंश के प्रथम शासक के रूप में साम्राज्य का विस्तार आरम्भ किया इन्होंने भारत में राजनीतिक एकता की स्थापना की, लेकिन उसके आरम्भिक जीवन के सम्बन्ध में बहुत अधिक विवाद है। इस सन्दर्भ में राधा कुमुद मुखर्जी ने लिखा है—"चन्द्रगुप्त मौर्य के प्रारम्भिक जीवन के सम्बन्ध में जानकारी न होने के कारण उसके सम्बन्ध में कोई रोचक कहानियों की रचना की गयी है, क्योंकि कहानियां उस व्याक्ति को, जो छोटी अवस्था से बहुत बड़ा बन गया है, उसको बहादुर बनाती हैं।"

पुराणों के अनुरूप उसने नन्दों का नाश करने के पश्चात् चाणक्य चन्द्रगुप्त को राजा बनाया। इसके अलावा उसके प्रारम्भिक जीवन के विषय में कुछ भी नहीं कहा गया है। मुद्रा राक्षस से भी इस सम्बन्ध में जानकारी नहीं होती। बौद्ध ग्रंथों के आरम्भिक जीवन के विषय में कुछ जानकारी मिलती है। महावंश टीका के अनुरूप चन्द्रगुप्त की मां मौर्य नगर के राजा की रानी थी। इस नगर पर एक राजा ने हमला कर दिया। मौर्य राजा तो मारा गया, परन्तु रानी अपने भाई के साथ पुष्पपुर चली गयी और वहाँ पर एक पुत्र को जन्म दिया। इस बच्चे को एक टोकरी में रखकर फेंक दिया गया। एक 'चन्द्र' नामक वृषभ ने उसकी रक्षा की, इसलिए उसका नाम चन्द्रगुप्त पड़ा। फिर इसे एक शिकारी को बेच दिया गया जिसने उसे ढोर चराने के लिए रखा। चन्द्रगुप्त एक दिन अपने कुछ साथियों सहित राजकीय खेल खेल रहा था। स्वयं राजा बना था और कुछ को मन्त्री एवं सेनापति बनाया था। चाणक्य एक झाड़ी में छिपकर यह सब तमाशा देश रहा था। वह चन्द्रगुप्त की प्रतिभा से बहुत अधिक प्रभावित हुआ। उस शिकारी को 1000 कार्षापण देकर उसे खरीद लिया। इसके पश्चात् 7-8 वर्ष तक उस बालक को शिक्षा आदि दी। आगे चलकर उनकी मदद से नन्द वंश का विनाश किया और उसे मगध का शासक बनाया। इसी प्रकार का वर्णन हमें जैन ग्रंथ के परिशिष्ट वर्मन से प्राप्त होता है। प्लूटार्क के विचार में उसने तक्षशिला से शिक्षा दीक्षा प्राप्त की थी। इसके अनुसार युवावस्था में चन्द्रगुप्त सिकन्दर से मिला था और नन्द शासक पर हमला करने के लिए उसे उत्प्रेरित किया था।

चन्द्रगुप्त की विजय

चन्द्रगुप्त मौर्य एक दूरदर्शी शासक था। उसमें युद्ध की कुशलता कूट-कूट कर भरी थी। वह अपनी विजयों के लिए भारतीय इतिहास में प्रसिद्ध है। वह स्वयं भी एक वीर योद्धा तथा कुशल सेनापति था। उसने चाणक्य की मदद से अनेक महत्त्वपूर्ण विजयें की, जो निम्नलिखित हैं—

(1) पंजाब की विजय—सिकन्दर ने अपनी विजयों के पश्चात् विभिन्न प्रदेशों में अपना प्रतिनिधि शासक नियुक्त कर दिया था। पंजाब में भी उसके प्रतिनिधि शासन कर रहे थे। उसके लौटने के पश्चात् चाणक्य ने चन्द्रगुप्त को पंजाब पर हमला करने के लिए प्रेरित किया। दोनों ने मिलकर पश्चिमी सीमान्त जातियों को जीतकर एक विशाल सेना संगठित की। 323 ई. पू. में सिकन्दर की मृत्यु से यह कार्य और आसान हो गया। भाग्यवश सिकन्दर के सेनापति पंजाब में उत्तराधिकार के लिए

आपस में लड़ने लगे। चन्द्रगुप्त ने इस अवसर को हाथ से नहीं जाने दिया और इसका फायदा उठाकर उनके ऊपर हमला कर दिया। पंजाब को जीत लिया और वहाँ अपने अधिकारियों की नियुक्ति की इस प्रकार पंजाब सिकन्दर के चंगुल से पूरी तरह मुक्त हो गया।

(2) मगध की विजय—ऐसे कई प्रमाण उपलब्ध हुये हैं जिनसे यह स्पष्ट होता है कि चाणक्य ने नन्द वंश का विनाश कर दिया और चन्द्रगुप्त मौर्य को गद्दी पर बैठाया। वायु पुराण के अनुरूप ब्राह्मण कौटिल्य नन्द वंश का नाश करेगा और चन्द्रगुप्त का राज्याभिषेक करेगा—"नवैव तान् नन्दान् कौटिल्यो ब्राह्मणः समृद्धरिष्यति कौटिल्ये तथा चन्द्रगुप्तं राजेभिवेक्ष्यति।"

यह कथन भागवत पुराण और ब्रह्माण्ड पुराण में भी मिलता है। अर्थशास्त्र, मुद्राराक्षस, कथासरित्सागर, बृहत्कथामंजरी में भी चाणक्य के द्वारा नन्द वंश के नाश का उल्लेख है। बौद्ध ग्रन्थों के अनुरूप चाणक्य ने नवें शासक धननंद का विनाश किया एवं चन्द्रगुप्त को गद्दी पर बैठाया। नन्द शासक भी बहुत अधिक शक्तिशाली था। कर्टियस के अनुरूप उसके पास 6 लाख पैदल, 10 हजार घुड़सवार, 2 हजार रथ और 3 हजार हाथी थे। उसने मगध को कायम रखने के लिए बहुत अधिक प्रयत्न किया। इन दोनों के मध्य भयानक युद्ध हुआ। अन्त में चन्द्रगुप्त को विजय प्राप्त हुई। इस विजय के पश्चात् चन्द्रगुप्त को एक बहुत बड़ा राज्य प्राप्त हुआ। इस राज्य में पंजाब एवं गंगा यमुना की घाटी सम्मिलित थी।

(3) सेल्यूकस से युद्ध—सेल्यूकस I निकेटर का जन्म 281 ई. पू., लाइसिमेचिया के निकट, थ्रास में हुआ था। वे मकदूनियाई सेनानायक और सेल्यूसिड राज्य के संस्थापक थे। सिकंदर महान् की मृत्यु के बाद के संघर्ष में बेबीलोन के प्रशासक के पद से उठकर सीरिया और ईरान में केंद्रित एक साम्राज्य (लगभग 306 ई. पू.) के राजा बनने का उन्हें सौभाग्य प्राप्त हुआ।

सिकन्दर की तरह सेल्यूकस की नजर भी भारत पर थी और यहाँ आक्रमण करने की योजना बनाने लगा। 302 ई. पू. में सेल्यूकस ने भारतीय उपमहाद्वीप के पश्चिमोत्तर भाग में घुसपैठ की कोशिश की, लेकिन प्रथम मौर्य शासक चंद्रगुप्त ने उन्हें पराजित कर दिया। इसके बाद, एक संधि हुई, जिसके तहत भारतीय राजा के साथ वैवाहिक संबंध और 500 हाथियों के बदले सेल्यूकस को उस क्षेत्र का अधिकार सौंप दिया गया। उन्होंने पाटलिपुत्र (आधुनिक पटना, बिहार) स्थित मौर्य शासक के दरबार में अपने दूत मेगस्थनीज को भेजा, जिन्होंने वहां का वर्णन किया है, जो बाद के लेखकों द्वारा दिए गए उद्धरणों के रूप में बचा है।

सेल्यूकस सिकंदर महान् के पिता मकदूनिया के फिलिप II के सेनापति एंटियोकस के पुत्र थे। सिकंदर के सेनानायक के रूप में सेल्यूकस ने ईरानी साम्राज्य पर हमले में हिस्सा लिया। 326 में उन्होंने भारत के राजा पोरस के ख़िलाफ़ हाईडास्पीज (झेलम) नदी के किनारे हुए युद्ध में मकदूनिया की सेना का नेतृत्व किया। 324 में सिकंदर ने मकदूनिया और ईरान के लोगों को एकजुट करने के अपने आदर्श को लागू करने के लिए सुसा (ईरान) में एक सामूहिक विवाह समारोह आयोजित करने का आदेश दिया। इस अवसर पर सेल्यूकस ने बैक्ट्रिया के राजा स्पिटामेनेस की पुत्री अपामा से विवाह किया। मकदूनिया के कुलीनों में वह अकेले थे। जिन्होंने सिकंदर की मृत्यु के बाद अपनी पत्नी का परित्याग नहीं किया।

चन्द्रगुप्त मौर्य को सेल्युकस से भयानक युद्ध करना पड़ा। सिकन्दर की मृत्यु के पश्चात् उसके सेनापति सेल्यूकस ने बेवीलोनिया एवं अफगानिस्तान के प्रदेशों पर अधिकार कर लिया। उसकी राजधानी सीरिया थी। इसलिए वह सीरिया के सम्राट् के नाम से प्रसिद्ध था। वह सिकन्दर के सेनापतियों में सर्वाधिक शक्तिशाली था। इसलिए वह इतिहास में निकेटर अर्थात् विजेता के नाम से प्रसिद्ध है। उसकी इच्छा थी कि वह उन सभी प्रदेशों पर विजय प्राप्त करे जिनको उनके स्वामी सिकन्दर महान् ने जीता था।

अपने इस लक्ष्य की पूर्ति हेतु वह भारत की तरफ उन्मुख हुआ और 305 ई. पू. में एक विशाल सेना लेकर भारत पर हमला कर दिया। इस समय तक राजनैतिक क्षेत्र में बहुत अधिक बदलाव आ चुका था। चन्द्रगुप्त ने सिन्धु नदी पार करके उसका सामना किया। इस युद्ध में सेल्यूकस बुरी तरह पराजित हुआ। डॉ. रमेशचन्द्र मजूमदार का कहना है–"सेल्यूकस पर चन्द्रगुप्त की विजय ने यह प्रदर्शित कर दिया कि बड़ी से बड़ी यूनानी सेनायें, जब उन्हें कुशल और अनुशासित भारतीय सेनाओं का सामना करना पड़ा, निर्बल सिद्ध हुईं।" सेल्यूकस को चन्द्रगुप्त मौर्य से सन्धि करनी पड़ी। इसके अनुसार उसे अपनी पुत्री हेलन का विवाह चन्द्रगुप्त से करना पड़ा और इसके साथ उसे सिन्धु नदी के प्रदेश–कंधार, काबुल-ए-हिरात और बिलोचिस्तान चन्द्रगुप्त को देने पड़े। इसके पश्चात दोनों में मित्रता हो गयी। चन्द्रगुप्त ने उपहार के रूप में 500 हाथी सेल्यूकस को दिए। सेल्यूकस ने अपना राजदूत मेगस्थनीज को चन्द्रगुप्त मौर्य के दरबार में भेजा।

(4) दक्षिण भारत की विजय–चन्द्रगुप्त मौर्य ने अपने सामाज्य का विस्तार करने के उद्देश्य से विभिन्न प्रान्तों पर अधिकार करने का प्रयास किये उनका यह

प्रयास दक्षिण भारत की तरफ भी हुआ जिसमें काफी सफलता भी मिली। अनेक प्रमाणों से ज्ञात होता है कि चन्द्रगुप्त मौर्य ने दक्षिणी भारत को जीता। प्लूटार्क का कथन है कि चन्द्रगुप्त ने 6 लाख सैनिकों की मदद से समस्त भारत पर अधिकार कर लिया। इसी प्रकार जस्टिन ने चन्द्रगुप्त को सम्पूर्ण भारत का नरेश बताया है। मुद्राराक्षस के अनुरूप चन्द्रगुप्त का साम्राज्य चतुः समुद्र पर्यन्त था। जूनागढ़ के लेख से पता चलता है कि वह चन्द्रगुप्त के अधिकार में था और यहाँ पुष्पगुप्त वैश्य को गवर्नर किया गया था। अशोक के अभिलेखों से भी दक्षिण भारत के विजय की पुष्टि होती है। दक्षिण भारत का बहुत बड़ा भाग अशोक के अधीन था, परन्तु अभिलेखों में कहीं भी इस बात का उल्लेख नहीं मिलता है कि उसने दक्षिण की विजय की हो। बिन्दुसार से भी यह आशा नहीं की जा सकती। निश्चित रूप से वह विजय चन्द्रगुप्त ने ही की होगी।

चन्द्रगुप्त का साम्राज्य विस्तार—जैसाकि स्पष्ट हो चुका है, चन्द्रगुप्त मौर्य ने कई युद्ध किये और विजय हासिल की अतः साम्राज्य विस्तार स्वाभाविक ही था। चन्द्रगुप्त का साम्राज्य बहुत अधिक विस्तृत था। यह साम्राज्य उत्तर में हिमालय पर्वत से लेकर दक्षिण में उत्तरी मैसूर तक फैला हुआ था। दूसरी ओर पूर्व में बंगाल से लेकर उत्तर पश्चिम में हिन्दूकुश तक फैला हुआ था। उसके साम्राज्य में आधुनिक कंधार, हिरात, काबुल, बिलोचिस्तान, पंजाब, उत्तर प्रदेश, बिहार, बंगाल, काठियावाड़ एवं दक्षिण के कुछ प्रदेश सम्मिलित थे। इस विशाल साम्राज्य की राजधानी पाटलिपुत्र थी।

चन्द्रगुप्त की मृत्यु—जैन परम्परा के अनुरूप चन्द्रगुप्त ने अपने शासन काल के अन्त में जैन धर्म को मान लिया था। 24 वर्ष तक शासन करने के पश्चात् उसने संन्यास धारण कर लिया था। अपने पुत्र बिन्दुसार को राज्य सौंप कर वह अपने गुरु भद्रबाहु के साथ मैसूर चला गया। वहाँ उसने उपवास करके अपने प्राण त्याग दिए। यह घटना लगभग 298 ई. पू. में हुई।

चन्द्रगुप्त का चरित्र तथा उपलब्धियां—चन्द्रगुप्त भारत में इतना विशाल साम्राज्य स्थापित करने वाला प्रथम शासक था। उसने एक साधारण क्षत्रिय परिवार में जन्म लेकर एक विशाल शक्तिशाली साम्राज्य की स्थापना की। छोटी आयु में ही पंजाब और सिंध को विदेशियों से मुक्त कराया। उसने मगध के शक्तिशाली राजा नन्द को पराजित करके वहाँ की जनता को अत्याचार से मुक्त कराया। उसने छोटे-छोटे राज्यों को जीतकर भारत में राजनैतिक एकता की स्थापना की। वह सिर्फ

एक विजेता ही नहीं था, उसने अपने मंत्री कौटिल्य की मदद से उत्तम शासन प्रबन्ध की भी व्यवस्था की। उसने प्रजा की सुख समृद्धि का पूरा ध्यान रखा। इस तरह स्पष्ट है कि चन्द्रगुप्त एक महान विजेता, एक कुशल प्रशासक एवं प्रजा का हितकारी दयालु शासक था। वह धार्मिक व्यक्ति भी था। यूनानी लेखकों के अनुरूप जिन चार कार्यों से चन्द्रगुप्त राज दरबार से बाहर जाता था उनमें से एक यज्ञ करना था। प्रारम्भ में ब्राह्मण धर्म का अनुयायी था, परन्तु बाद में वह जैन धर्म का अनुयायी बन गया। वह कला और साहित्य का भी संरक्षक था। उसने कलाओं से अपनी राजधानी को सजाया था।

चाणक्य

चाणक्य बहुत ही विद्वान व दूरदर्शी थे। इन्हें कौटिल्य व विष्णुगुप्त के नाम से भी जाना जाता है। इन्होंने राज-व्यवस्था पर संस्कृत के शास्त्रीय विवेचन ग्रंथ *अर्थशास्त्र* की रचना की। *अर्थशास्त्र* में वह सब कुछ संकलित है, जो तब तक 'अर्थ' (संपत्ति और भौतिक संपन्नता) पर लिखा गया था। हाल के अध्ययन बताते हैं कि यह एक संकलित ग्रंथ है, जिसमें शती-दर-शती कुछ-न-कुछ जुड़ता चला गया है।

अनेक लोग चाणक्य की तुलना मैकियावेली और कई अरस्तू व प्लेटो से करते हैं। जहां उनकी निर्ममता एवं चालाकियों की आलोचना की गई, वहीं उनकी राजनीतिक समझ और मानव प्रकृति के ज्ञान की प्रशंसा भी की गई है, लेकिन यह बात मान्य है कि उन्होंने मौर्य साम्राज्य की विशिष्ट प्रशासनिक व्यवस्था के विकास में महत्त्वपूर्ण योगदान दिया।

कौटिल्य, मौर्य वंश के पहले शासक चंद्रगुप्त (लगभग 321—297 ई.पू.) के सलाहकार थे और संभवतः उन्होंने शक्तिशाली नंद साम्राज्य को पाटलिपुत्र (आधुनिक पटना, बिहार) से उखाड़ने में भी चंद्रगुप्त की मदद की थी।

ऐतिहासिक तथ्यों से स्पष्ट होता है कि *अर्थशास्त्र* का उपयोग मौर्य प्रशासन की विधान पुस्तिका के रूप में किया गया। इसके 15 खंडों में से प्रत्येक खंड प्रशासन के किसी-न-किसी पहलू से संबंधित है। अन्य बातों के अलावा इसमें समाज के सभी वर्गों के बीच गुप्तचरी की व्यापक व्यवस्था के विकास का जिक्र और राजनीतिक हत्याओं का भी प्रावधान है। कई शताब्दियों तक ग़ायब इस ग्रंथ की पांडुलिपि अंततः 1905 में खोजी व प्रकाशित की गई।

किंवदन्ती है कि चाणक्य ने तक्षशिला (वर्तमान पाकिस्तान) में शिक्षा प्राप्त की, जिसमें चिकित्सा और खगोलशास्त्र का अध्ययन भी था और भारत में ज़रथुस्त्र द्वारा शुरू की गई यूनानी और फ़ारसी शिक्षा के तत्त्वों से भी वह परिचित थे।

बिन्दुसार

प्रारम्भिक जीवन— मौर्य वंश के संस्थापक चन्द्रगुप्त मौर्य के पुत्र बिन्दुसार ने उस समय सत्ता सँभाली जब पिता ने राजयकीय जीवन छोड़ कर संन्यासी का जीवन व्यतीत करने का निश्चय किया। पौराणिक षनुश्रुति में बिन्दुसार के लिए नन्दसार और भद्रसार शब्द मिलता है जैन ग्रन्थ 'परिशिष्टपर्वन्' में उनका नाम बिन्दुसार मिलता है। महावंश में भी यही नाम मिलता है। एक चीनी ग्रन्थ में बिन्दुसार नाम मिलता है। यूनानी लेखकों ने बिन्दुसार का नाम अमियघात लिखा है। इन सब नामों में बिन्दुसार नाम सर्वाधिक प्रचलित था। जैन ग्रंथों में इसके जन्म के सम्बन्ध में भी एक कथा प्राप्त होती है। इस कथा के अनुरूप बिन्दुसार की माँ दुर्धदा थी, जिसका पेट चीरकर यह बालक निकाला गया था। उस समय बालक के माथे पर विष का एक बिन्दु था। इसीलिए इसका नाम बिन्दुसार पड़ा। बौद्ध ग्रन्थों के अनुरूप उसकी 16 रानियाँ थीं, परन्तु उनमें सुभ्रदांगी प्रमुख थी।

विजयें—इतिहासकारों ने बिन्दुसार को एक महान विजेता बतलाया है। उनका मानना है कि उसमें युद्ध सम्बन्धी वे सभी गुण विद्यमान थे जो उसके पिता चन्द्रगुप्त में थे। उसने भी साम्राज्य प्रसार के क्षेत्र में अपने पिता चन्द्रगुप्त की प्रसार नीति का अनुसरण किया। तिब्बती इतिहासकार तारनाथ के विचार में बिन्दुसार और चाणक्य ने लगभग 16 नगरों के राजाओं को विनष्ट किया और पूर्वी एवं पश्चिमी समुद्रों के बीच के सम्पूर्ण प्रदेशों पर अधिकार कर लिया। इससे ज्ञात होता है कि बिन्दुसार ने दक्षिण भारत को विजय किया था अन्य इतिहासकार इसका विरोध करते हैं। रमाशंकर जैसे इतिहासकारों का विचार है कि इस विजय का श्रेय चन्द्रगुप्त या बिन्दुसार को दिया जा सकता है। स्पष्ट प्रमाण के अभाव में इसका श्रेय चन्द्रगुप्त को ही है।

तक्षशिला का विद्रोह—तक्षशिला की जनता ने गलत प्रशासनिक व्यवस्था के कारण विद्रोह कर दिया जो बिन्दुसार के शासनकाल की एक महत्त्वपूर्ण घटना थी। वहाँ प्रान्तीय अधिकारियों और कर्मचारियों से तंग आकर प्रजा ने बगावत कर दिया। तक्षशिला में बिन्दुसार का पुत्र मुकीम था। जब बिन्दुसार को बगावत की सूचना

मिली तो अपने पुत्र अशोक को भेजा। जब अशोक वहाँ पहुंचा तो प्रजा ने स्पष्ट शब्दों में बताया कि हमारी शिकायत सम्राट् से नहीं है। हमारा बगावत तो उन दुष्ट अधिकारियों के विरुद्ध है जो जनता के ऊपर अत्याचार करते हैं और उनका शोषण करते हैं। अशोक ने वहाँ बड़ी कुशलता से शान्ति और व्यवस्था स्थापित की। सम्भवतः उसने स्वयं नेपाल के बगावत का भी दमन किया था।

विदेशी नीति—यूनानी इतिहासकारों के विवरण से बिन्दुसार की विदेशी नीति के विषय में भी जानकारी मिलती है। उसने विदेशों के साथ अच्छे सम्बन्ध स्थापित किये थे। यूनानी सम्राट् ने डंइमेक्स नामक राजदूत को मिस्र के राजा ने डायनीसियस नामक राजदूत को बिन्दुसार के शासन काल में भारत भेजा था। एक विवरण के अनुरूप बिन्दुसार ने सीरिया के शासक को एक पत्र लिखा था जिसमें उसने एन्टिओकस से तीन वस्तुओं की माँग की थी—(1) अंगूर की शराब, (2) सूखे अंजीर, (3) एक दार्शनिक। उत्तर में सीरिया के शासक ने लिखा था कि पहली दो वस्तुएं तो प्राप्त हो सकती है परन्तु सीरिया की परम्परा के अनुरूप दार्शनिक भेजना सम्भव नहीं है। इस तरह बिन्दुसार की विदेशों में भी धाक थी।

प्रशासन—कुशल शासन व्यवस्था को देखते हुये यह निष्कर्ष निकाला जा सकता है कि बिन्दुसार के शासन काल में राज्य की प्रशासनिक व्यवस्था ठीक ही थी। एक अनुश्रुति के अनुरूप बिन्दुसार के काल में भी चाणक्य मंत्री था। चाणक्य के पश्चात् खल्लटक और राधागुप्त क्रमशः महामंत्री बने। दिव्यावदान से ज्ञात होता है कि बिन्दुसार को शासन में मदद देने के लिए 500 सदस्यों की एक सभा थी।

धर्म—इतिहास से इस बात का कोई ठोस प्रमाण नहीं मिल सका है कि बिन्दुसार किस धर्म को मानता था। इस सन्दर्भ में काफी मतभेद देखने को मिलते हैं। बौद्ध ग्रन्थों से ज्ञात होता है कि 60 हजार ब्राह्मणों का पालन करता था। उससे ज्ञात होता है कि वह ब्राह्मण धर्म का अनुयायी था। दिव्यावदान में आचार्य और पिंगलवत्स की वाणी दी गयी है। पिंगलवत्स आजीवक था। स्पष्ट है कि बिन्दुसार आजीवक धर्म से प्रभावित रहा होगा। इसी के साथ बौद्ध ग्रन्थ आर्य मंजुश्रकिल्प में बिन्दुसार के व्यक्तित्व की प्रशंसा की गयी है।

विद्वानों का संरक्षण—कुछ प्रमाणों से पता चलता है वह विद्वानों और दार्शनिकों का संरक्षक था। उसके राजदरबार में आजीवक और परिव्राजक निवास करते थे। उसने स्वयं सीरिया के शासक से दार्शनिक की माँग की थी। इन प्रमाणों से पता चलता है कि वह विद्वानों और दार्शनिकों का संरक्षक था।

मृत्यु—पुराणों के अनुसार बिन्दुसार ने 21 वर्ष तक शासन किया जबकि पालि साहित्य उसका शासन 27-28 वर्ष मानता है। उसकी मृत्यु 270 ई. पू. में हुई।

अशोक

सम्राट अशोक की गिनती भारत के महान शासकों में होती है। ये मौर्य सम्राज्य को उत्कर्ष पर ले गये। यह भारत के मौर्य वंश के अंतिम प्रमुख सम्राट थे। अपने शासनकाल (262-238 ई.पू.) में उनके प्रबल प्रश्रय ने भारत भर में बौद्ध धर्म के प्रसार को बढ़ावा दिया। पूर्वी तट पर कलिंग पर अपनी सफल, किंतु रक्तरंजित विजय के पश्चात, अशोक ने सशस्त्र अभियान त्यागकर एक अन्य नीति अपनाई। जिसे वह 'धर्म (सही जीवन के सिद्धांत) के द्वारा विजय' कहते थे। अशोक ने अपनी शिक्षाओं को मौखिक उद्घोषणाओं द्वारा प्रचारित करवाया और उन्हें उपयुक्त सार्वजनिक स्थलों पर पत्थरों और स्तंभों पर भी उत्कीर्ण करवाया। यह शिलालेख पत्थरों व स्तंभों पर खुदी राजाज्ञाएं (उदाहरणार्थ, सारनाथ में प्राप्त स्तंभ का सिंह शीर्ष, भारत का राष्ट्रीय चिह्न बन गया है), जो बहुधा उनके शासनकाल के विभिन्न वर्षों की है और उनके विचारों व कार्यों का वर्णन करती हैं।

ऐतिहासिक तथ्यों से पता चलता है कि सम्राट अशोक ने अपने शासन काल के 8वें वर्ष में कलिंग पर विजय प्राप्त की थी। इसे जीतने के लिये अशोक को बहुत ही भयानक युद्ध करना पड़ा था। युद्ध से लोगों को हुए कष्टों से उन्हें इतना पश्चाताप हुआ कि उन्होंने सशस्त्र अभियानों को त्याग दिया। इसी समय वह बौद्ध धर्म के संपर्क में आए और उसे अपना लिया। उन्होंने धर्म के अनुसार जीने और उसे प्रचारित करने और अपनी प्रजा और समूची मानवता की सेवा करने का प्रण किया।

अशोक बौद्ध धर्म को अपनाने के बाद इसके प्रसार में पूरी तन्मयता के साथ लग गये उन्होंने कई स्तूप (स्मृति स्वरूप बनाए गए क़ब्र जैसे टीले) और मठ बनवाए और स्तंभों का निर्माण कराया, जिन पर उन्होंने धार्मिक सिद्धांतों की अपनी व्याख्या उत्कीर्ण करवाई। उन्होंने संघ (धार्मिक बौद्ध समुदाय) की दरारें भरने के लिए कठोर क़दम उठाए और अनुयायियों के लिए आध्यात्मिक शिक्षा का पाठ्यक्रम निर्धारित किया। श्रीलंका के ऐतिहासिक विवरण *महावंस* के अनुसार, जब संघ ने विदेशों में धर्म प्रचारक भेजने का निर्णय किया, अशोक ने उनकी उत्साहपूर्वक सहायता की। उन्होंने अपने पुत्र और पुत्री को धर्म प्रचारकों के रूप में सीलोन (वर्तमान श्रीलंका) भेजा। अशोक के प्रश्रय के परिणामस्वरूप बौद्ध धर्म भारत भर में और कालांतर में देश की सीमाओं से बाहर फैला।

अशोक धर्म को विशेष महत्व देते थे। इसको ईमानदारी, सच्चाई, करुणा, दया, परोपकार अहिंसा, सबके प्रति विनम्र व्यवहार, 'थोड़ा पाप और अधिक पुण्यकर्म', मितव्ययिता, अपरिग्रह और पशुओं को हानि न पहुंचाने के सामाजिक-नीति शास्त्रीय सद्गुणों का ओजस्वी आचरण समझते थे। वह धार्मिक मत या आराधना के किसी विशेष प्रकार की अथवा किन्हीं दार्शनिक सिद्धांतों की बात नहीं करते थे। उनकी यह एक विशेषता ही कही जायगी कि बौद्ध धर्म स्वीकार करने हेतु कभी किसी को विवश नहीं किया।

अशोक ने लोगों को यह सन्देश दिया कि धर्म उनके जीवन का आधार है। धर्म का सक्रिय आचरण करने के लिए ग्रामीणों को धर्म की शिक्षा देने और उनके कष्टों का निवारण करने के लिए अशोक समय-समय पर भ्रमण करते थे। उन्होंने प्रशासनिक अधिकारियों को अपने सामान्य कर्तव्यों के निर्वहन के साथ-साथ यह भी करने की आज्ञा दी। उन्होंने प्रशासनिक अधिकारियों को जनसाधारण की खुशियों व दुखों से निरंतर अवगत रहने और न्याय देने में तत्पर और निष्पक्ष रहने को कहा। उन्होंने हर किसी के कष्टों के निवारण में सहायता, महिलाओं, दूरस्थ क्षेत्रों के निवासियों, आसपास रहने वाले लोगों और विभिन्न धार्मिक समुदायों की विशेष आवश्यकताओं का ध्यान रखने के लिए धर्ममंत्री कहलाने वाले उच्चाधिकारियों के एक विशेष वर्ग की नियुक्ति की। इस वर्ग के अधिकारियों को यह आज्ञा दी गई थी कि जन-कल्याण से संबंधित मामलों से उन्हें हर समय अवगत कराया जाए। उनका कहना कि वह एकमात्र अपने लोगों का धर्म के मार्ग पर नेतृत्व करने का श्रेय चाहते थे।

अशोक के अभिलेख

अशोक के अभिलेखों से उनके शासनकाल की तमाम घटनाओं के बारे में जानकारी मिलती है। ये राजनैतिक इतिहास के निर्माण में तो सहायक हैं ही, सांस्कृतिक इतिहास के विषय में भी पर्याप्त जानकारी देते हैं। ये अभिलेख खास रूप से प्रजा का पथ प्रदर्शन करने और धम्म के सिद्धान्तों के प्रचार के लिए विभिन्न स्थानों पर स्थापित किए गए। इन अभिलेखों को चट्टानों, स्तम्भों और गुफाओं आदि पर उत्कीर्ण किया गया है। ये अभिलेख राज्यादेश माने गए हैं। शिलालेख और स्तम्भ लेख के बारे में निम्न प्रकार जानकारी दी गयी–

1. शिलालेख–अशोक के शासन काल में बने शिला लेख आज भी तत्कालीन घटनाओं को उजागर करते हैं। खड़ी चट्टानों, खंभों और गुफ़ाओं में खोद कर अंकित

किया गया विवरणात्मक इतिहास तथा घोषणाएं शिलालेख कहलाती हैं। अशोक ने बौद्ध धर्म स्वीकार कर लिया और नैतिक नियमों के प्रति अपनी निष्ठा को लेखनबद्ध करने के लिए शिक्षाओं को खुदवाया, ताकि उनके विशाल साम्राज्य में लोग प्रेरणा व मार्गदर्शन प्राप्त कर सकें, ये शिलालेख आज प्राचीन भारतीय राजनीतिक तथा धार्मिक इतिहास को समझने और विशेषकर बुद्ध की शिक्षाओं के सम्राट् पर तथा उनके माध्यम से जनता पर पड़े प्रभाव को आंकने के महत्त्वपूर्ण स्रोत हैं।

अशोक ने इसे सम्पूर्ण भारत में लिखवाया था। अशोक मौर्य राजवंश के सर्वाधिक शक्तिशाली सम्राट और बौद्ध धर्म के अत्यंत प्रभाव प्रचारक थे। अशोक के शासनकाल के प्रारंभिक वर्षों में कलिंग की विजय के दौरान हज़ारों लोगों का निर्दयतापूर्वक वध हुआ।

बहुत से अभिलेख शिलाओं पर खुदे हुए हैं जो चार प्रकार के हैं—चौदह शिलालेख, लघु शिलालेख, भाबरू शिलालेख, कलिंग शिलालेख।

2. स्तम्भ लेख—स्तम्भों पर उत्कीर्ण अभिलेखों को स्तम्भ लेख कहते हैं। इनको प्रमुख चौराहों अथवा प्रमुख नगरों में स्थापित किया गया था। ये तीन प्रकार के हैं—सात स्तम्भ लेख, लघु स्तम्भ लेख, तराई स्तम्भ लेख।

अशोक के लेखों के प्राप्ति-स्थान—अहरौरा; इलाहाबाद-कोसम; बैरट; बराबर गुफा; ब्रह्मगिरि; दिल्ली-मेरठ, दिल्ली-तोपरा; धाउली; गाविमठ (कर्नाटक); गिरनार; गुज्जर (झाँसी के समीप); जटिंग-रामेश्वर (कर्नाटक); जौगाढ़; कालशी; कंदहार; लंपक; लौरिया-अराराज; लौरिया-नंदनगढ़; महास्थान; म्यनसेहरा; मास्की (आंध्रप्रदेश); निगली सागर (नेपाल तराई); पालकी गुंडु (कर्नाटक); पाटलिपुत्र (अभिलेख अभी तक उपलब्ध नहीं हुआ है); रजुल मंडगिरि (कर्नाटक); रामपुरवा; रुम्मिंदेइ; रूपनाथ (मध्यप्रदेश); सहसराम; साँची; सारनाथ; शाहनवाजगरही (पेशावर); सिद्दापुर; कर्नाटक; सोहगौरा (गोरखपुर); सोपारा (महाराष्ट्र); सुवर्णगिरि (आन्ध्रप्रदेश); ताम्रलिप्ति; तक्षशिला; उज्जैन; येरागुड्डी।

1966 ई.. में दिल्ली में अशोक का प्रथम लघु शिलालेख प्राप्त हुआ। इसका विषय वही है, जो अन्य द्वादश शिलालेखों का है। इधर मैसूर के नेट्टुर ग्राम से भी अशोक के दो शिलालेख मिले हैं।

कलिंग युद्ध

कलिंग के युद्ध ने अशोक के जीवन को ही बदल दिया। यह उनके जीवन

की महान घटना है। इसके भयानक परिणामों ने अशोक के जीवन में नवीन मोड़ लाकर दिया। अशोक एक विशाल साम्राज्य विरासत में पाया था परन्तु कलिंग का प्रदेश अशोक के साम्राज्य में सम्मिलित नहीं था। यह प्रदेश बंगाल के तट पर महानदी और गोदावरी नदियों के मध्य स्थित था। अशोक ने गद्दी प्राप्त करने के पश्चात् इसे जीतने का निश्चय किया।

तेरहवां शिलालेख यह उजागर करता है कि अशोन ने 261 ई.पू. कलिंग पर आक्रमण कर विजय प्राप्त की थी। कलिंग पर हमला कर इसे विजय करने के कई कारण थे। नन्द वंश के शासकों के समय कलिंग मगध राज्य के अधीन था, परन्तु बाद में यह स्वतंत्र हो गया था। चन्द्रगुप्त और बिन्दुसार ने इसे अपने शासन काल में अपने राज्य में नहीं मिलाया। सम्भवतः अशोक हम पर अपना अधिकार समझकर हमें अपने साम्राज्य में मिलाना चाहता था। इसके अलावा अशोक चन्द्रगुप्त के समान वीर, योद्धा और महत्त्वाकांक्षी शासक था। उसमें राज्य प्रसार की तीव्र लालसा थी। अतः वह कलिंग को विजय करना चाहता था।

जिस समय अशोक ने कलिंग पर आक्रमण किया उस समय कलिंग के शासक के पास एक विशाल सेना थी। इसका प्रमाण मैगस्थनीज के लेखों से भी मिलता है। लेखों से यह भी पता चलता है कि कलिंग के नरेश की सेवा में 60,000 पैदल, 1000 घुड़सवार और 700 हाथी से। अशोक अपने राज्य की सीमा पर इतनी शक्तिशाली शासक की सत्ता को स्वीकार करने के लिए राजी नहीं था। उसने अपने साम्राज्य की दृढ़ता और एकता के लिए कलिंग को जीतना अवश्य समझा। यह भी माना जाता है कि अशोक दक्षिण भारत को जाने वाले जल और स्थल भागों पर कब्जा करना चाहता था। तिब्बत के प्रसिद्ध इतिहासकार तारनाथ का कहना था कि कलिंग मेंरहने वाले 'नाम' नामक डाकू उसके राज्य पर हमला कर लूटमार करते रहते थे। इन डाकुओं का नाश करने के लिए ही अशोक ने कलिंग पर आक्रमण किया था।

इस प्रकार यह स्पष्ट होता है कि कई ऐसे कारण थे जिसकी वजह से कलिंग पर आक्रमण अवश्यम्भावी हो गया था। यह युद्ध किस प्रकार हुआ और कलिंग का शासक कौन था, इस विषय में जानकारी नहीं प्राप्त होती। अशोक के शिलालेखों से ज्ञात होता है कि इस युद्ध में 1,50,000 व्यक्ति बन्छी बनाये, 1,00,000 व्यक्ति मारे गये और इससे कई गुना घायल हुए। अन्त में कलिंग को अशोक ने अपने राज्य में मिला लिया।

कलिंग युद्ध के परिणाम—कलिंग का युद्ध बहुत ही भीषण था इसमें काफी रक्तपात हुआ था। युद्ध में लाखों लोग मारे गये और इससे अधिक लोग घायल हुए।

स्त्रियों और बच्चों की बिलखती आवाज ने कलिंग की गलियां रक्त और लाशों से भर गई। अशोक का जीवन ही बदल गया—उसके जीवन में ऐसी क्रान्ति आयी कि वह एक कठोर राजा से एक दयालु सम्राट् बन गया। इस युद्ध के कारण अशोक के जीवन में निम्नलिखित प्रमुख बदलाव हुए—

(1) **बौद्ध धर्म का पालन**—कलिंग युद्ध में हुए रक्तपात ने अशोक को शान्तिप्रिय बना दिया। वह बौद्ध धर्म का अनुयायी बन गया, क्योंकि इस धर्म का अहिंसा सम्बन्धी सिद्धान्त उसे युद्धों से दूर रख सकता था।

(2) **बौद्ध धर्म का प्रचार**—बौद्ध धर्म अपनाने के बाद अशोक उसके प्रचार-प्रसार में संलग्न हो गया। बौद्ध भिक्षुओं के लिए मठ एवं बिहार बनवाये और बौद्ध धर्म की शिक्षाओं को स्तम्भों पर खुदवाया। अशोक ने बौद्ध धर्म एक विश्व धर्म बन गया।

(3) **हिंसा का परित्याग**—अशोक ने पूरी तरह हिंसा को त्याग दिया उसके हृदय में युद्ध का स्थान अहिंसा ने ले लिया। उसने मांस खाना और शिकार करना बन्द कर दिया।

(4) **तीर्थ यात्रायें**—कलिंग युद्ध के पश्चात् अशोक धार्मिक क्रियाओं में विशेष रुचि लेने लगा। उसने अनेक तीर्थ यात्रायें की। वह जहां भी जाता था जनता को अहिंसा और नैतिकता का उपदेश देता था।

(5) **प्रजा की भलाई**—कलिंग युद्ध ने अशोक को प्रजापालक बना दिया। इसलिए उसने लोगों की भलाई के लिए अनेक कार्य किये। उसने सड़कें बनवाई एवं उनके दोनों ओर वृक्ष लगवाये। उसने बहुत से कुएं खुदवाये और अस्पताल एवं विश्राम गृह बनवाये।

(6) **धर्म महामात्रों की नियुक्ति**—अशोक ने अपनी जनता के चरित्र को ऊँचा उठाने के लिए धर्म महामात्र नियुक्त किये। ये कर्मचारी गांव-गांव एवं नगर-नगर में घूमते थे ओर लोगों को नैतिक शिक्षा देते थे।

इस तरह कलिंग युद्ध के कारण अशोक में काफी परिवर्तन आ गया। उसमें दया, धर्म और सच्चाई आ गयी। उसने जनता का कल्याण करना अपने जीवन का उद्देश्य बना लिया। इस तरह देश में एक नवीन युग का आरम्भ हुआ। डा. राय चौधरी के अनुसार—"ऐसे युग का आरम्भ हुआ जो शान्ति और उत्थान का युग था।"

अशोक का शासनप्रबंध

राजत्व का सिद्धांत—अशोक ने उन्हीं सिद्धांतों को अपनाया जो उसके पूर्वजों ने अपनाया था। प्रजा की भलाई उसकी प्राथमिकता थी। वह प्रजा को वह

अपनी संतान मानता था। उनके विचावर कलिंग-लेख और चतुर्थ स्तंभलेख में मिलते हैं। राजा के कर्तव्य के रूप में अशोक ने **सर्वलोकहित** और **पराक्रम** को रखा है। उसने समस्त प्राणियों के ऋण से मुक्त होने की चेष्टा की। राजत्व का यह नूतन और प्रेरणादायक आदर्श इतिहास के लिये सर्वथा एक नवीन वस्तु था। प्रजा के प्रति उसके दृष्टिकोण का यह परिवर्तन एक नवीन घटना थी और **अर्थशास्त्र** का निरंकुश शासक अशोक में आकर परिवर्तित परिवेश में उपस्थित हुआ। अशोक का आदेश था, "मैं सरकारी विवरणों को हर समय सुनूंगा और इस पर विचार करूँगा।" पाँच वर्ष में एक बार समस्त राज्य के निरीक्षण के लिये दौरे का प्रबंध भी उसने किया। अशोक के अनुसार, राजा को हर समय जनता का कार्य करना चाहिए। छठे शिलालेख से यह ज्ञात होता है कि उसने अपने यहाँ खबर पहुँचाने के लिये 'प्रतिवेदक' नियुक्त किये थे। जनता से संपर्क स्थापित करने के लिये उसने यात्राएँ करनी भी शुरू कीं। अपने उत्तराधिकारियों, कर्मचारियों और प्रजा से भी वह ऐसी उम्मीद करता था। अपनी आज्ञाओं और सूचनाओं को प्रजा तक पहुंचाना भी वह अपना कर्तव्य समझता था। वह स्वयं ही **कार्यपालिका, न्यायपालिका और सेना का प्रधान था। वजह भी निरंकुश** और **एकतंत्री शासक था।** सभी प्रकार के कर्मचारियों की नियुक्ति राजा के हाथ थी—जैसे धर्ममहामात्र, प्रतिवेदक इत्यादि। उच्च कर्मचारियों का स्थानांतरण भी राजा ही करता था। वह राजकर्मचारियों के काम पर नजर भी रखता था। महामात्रों को दौरे पर भिजवाना भी राजा का ही काम था। अशोक ने राजु को को उनके अपने क्षेत्र में सारे अधिकार दे दिये थे।

राजा और राजकर्मचारियों के बीच परिषद् नाम की एक की संस्था थी। जब कभी उसके सदस्यों में मतभेद होता अथवा उसका राजा या माहमात्र से मतभेद होता, तब सारी बातें राजा के यहाँ तय होती थीं वैदेशिक सम्बन्धों के नियंत्रण पर राजा का अधिकार था राजा ही अनेक देशों में अपने राजदूत भेजता था। वह सदैव और सर्वत्र प्रतिवेदन सुनता था। लोगों को सुख पहुँचाना उसने अपना दायित्व समझा था ओर सर्वलोकहित को ही वह अपना परम कर्तव्य मानता था। **धर्म-विभाग** भी राजा के ही जिम्मे था। **संघ-विभाग** (बौद्धसंघ) उसके अपने अधीन था। संघ में फूट डालनेवालों के लिये दंड की व्यवस्था थी। धर्ममहामात्र के अधिकार-क्षेत्र में संघ भी सम्मिलित था। **दान-विभाग** का संचालन भी राजा के ही हाथ था। आर्थिक क्षेत्र में भी उसके महत्त्वपूर्ण अधिकार थे। राजा के कृत्यों पर प्रथम स्तंभ-अभिलेख में कहा गया है, यह विधि है कि धर्म के साथ **पालन** हो, धर्म के साथ **विधान** हो, धर्म के

साथ **सुखप्रदान** हो और धर्म के साथ **रक्षा** हो। इससे राजा के चार कर्तव्य स्पष्ट हैं—पालन या प्रशासन, विधान, सुखप्रदान और रक्षा। सैनिक विधि और न्यायपालक इसको जरूरत पड़ने पर कर्मचारियों को राजा के मुख्य कृत्य माने जाते थे। अशोक ने सातवें स्तंभलेख में धर्म-नियम का उल्लेख किया है। राज्य में न्याय व्यवस्था पर राजा का काफी नियन्त्रण था यों तो न्याय-संबंधी बहुत-सारे कार्य राजुकों और धर्ममहामात्रों को सौंप दिये गये थे, फिर भी प्रजा की शिकायतें सुनना, अंतिम अपील सुनना, कैदियों को छुटकारा देना, दंड की व्यवस्था करना आदि उसनेन अपने हाथ रखे थे। वह दंडसमता और व्यवहार-समता का पक्षपाती था।

कुछ ऐसे नियम बनाये गये थे जो राजा की पूर्ण स्वतंत्रता पर अंकुश लगाते थे। धर्म और समाज के स्थायी कानूनों पर उसका अधिकार नहीं था। नैतिक नियमों की अवहेलना करना असंभव था। प्राणियों के ऋण से मुक्त होने वाला उद्यमी राजा शत-प्रतिशत स्वेच्छाचारी नहीं हो सकता था। प्रजा को आसानी से अपने समीप तक पहुँचने का अधिकार रखकर उसने अपने कर्तव्य और उत्तरदायित्व को बहुत बढ़ा लिया था। परिषद और महामात्र भी उसके लिये अंकुश का काम करते थे। स्वतंत्र न्यायपालिका होने से राजा की स्वेच्छाचारिता पर प्रतिबंध लगाना स्वाभाविक ही था। राजा की आज्ञाओं के संबंध में मतभेद होने पर परिषद उन्हें राजा के पास लौटा देती थी। उस समय स्वायत्त-शासनप्राप्त स्थानीय संस्थाएँ शक्तिशाली थीं औराजा का उनसे डर रहता था।

परिषद—अशोक के शासनकाल में परिषद् एक महत्वपूर्ण संस्था थी छठे शिलालेख में यह लिखा हुआ है कि परिषद की बैठक तब होनी चाहिए

—जब राजा दान अथवा घोषणा के संबंध में कोई मौखिक आज्ञा दे।

—जब महामात्रों पर कोई अत्यंत आवश्यक कार्यभार सौंपा जाए।

परिषद् का महत्व इस बात से भी उजागर होता है कि आवश्यक कार्यों का निर्णय 'परिषद' में ही लिया जाता था। छठे शिलालेख के अतिरिक्त तृतीय शिलाभिलेख से भी परिषद के महत्त्वपूर्ण कृत्यों पर प्रकाश पड़ता है। यह देखना परिषद का काम था कि राजा की प्रत्येक आज्ञा कार्यरूप में परिणत हो। कर्मचारियों के कामों पर परिषद की निगरानी रहती थी। इसको जरूरत पड़ने पर कर्मचारियों को आदेश देने का भी अधिकार था। गणना-विभाग के प्रति परिषद का विशेष दायित्व था। राजा की आज्ञाओं के कार्यरूप में परिणत होने के पूर्व ही परिषद उनकी जाँच करती थी और आवश्यकता पड़ने पर राजा अपनी उन आज्ञाओं पर पुनर्विचार करता

था। आवश्यक कार्यों के बारे में परिषद महामात्रों को सलाह देती थी। परिषद के सदस्यों का महामात्रों से मतैक्य होने पर राजा से पूछने की जरूरत नहीं थी, परन्तु मतभेद होने पर राजा का हस्तक्षेप आवश्यक था।

परिषद राजा और कर्मचारियों के बीच कड़ी का काम करती थी। सीमित अर्थ में यह राजा के ऊपर अंकुश का भी काम करती थी। परिषद के मुख्य काम थे।

—राजा की आज्ञाओं की परिक्षा करना।

—मतभेद होने पर विवादास्पद विषयों को राजा के पास भेजना।

—राजाज्ञाओं को कार्यरूप में परिणत करना।

—कर्मचारियों के काम पर निगरानी रखना।

—उचित विषयों पर कर्मचारियों को सलाह देना।

—कर्मचारियों को आज्ञा देकर सरकारी काम करवाना।

—गणना-विभाग की देखभाल करना।

राजा के मुख्य कर्मचारी—अशोक के शासनकाल में राजकर्मचारियों को प्रमुख रूप से चार वर्गों में रखा जाता था। **पुरुष, वर्ग, मुख, महामात्र** आदि इसका प्रमाण अशोक के अभिलेखों से भी मिलता है। पुरुष उच्चाधिकारी थे। प्रथम, चतुर्थ और सप्तम स्तंभलेख में 'पुरुष' शब्द का उल्लेख मिलता है और यह अनुमान लगाया जाता है कि ये लोग परिषद के मंत्री थे। 'पुरुष' राजा के ज्यादा निकट थे, उसकी नीति से परिचित रहते थे और राजुकों को उपदेश या सलाह देते थे। **राजुक** लाखों प्राणियों पर नियुक्त होते थे, परन्तु 'पुरुष' बहुत जनों पर नियुक्त होते थे और उनका अधिकार-क्षेत्र विशाल था। प्रथम स्तंभलेख में 'पुरुष' की तीन श्रेणियाँ वर्णित हैं—उत्कृष्ट, मध्यम और निकृष्ट। चतुर्थ और सप्तम स्तंभलेखों में पुरुषों को राजुकों के साथ ही रखा गया है। 'पुरुष' राजा के आदेशानुसार चलते थे और उसके आदेशों को कार्यरूप में परिणत करते थे। **वर्ग** शब्द जनसाधारण और कर्मचारी दोनों के लिये प्रयुक्त हुआ है। **मुख** का प्रयेाग 'विभागाध्यक्ष' या प्रमुख राज्याधिकारी के अर्थ में हुआ है।

अभिलेखों में से पता चलता है कि उच्च कर्मचारियों को महामात्र की संज्ञा दी गयी थी। इनकी कई श्रेणियां थीं। कुछ तो केवल 'महामात्र' कहलाते थे और कुछ के नामों के पहले या पीछे उनके विभाग का सूचक शब्द जोड़ दिया जाता था; जैसे—धर्ममहामात्र, स्त्री-अध्यक्ष-महामात्र, अंतमहामात्र; महामात्र-नगर-व्यावहारिक, महामात्र-नागरक। कुछ महामात्रमंत्री भी होते थे। कुछ महामात्र ऐसे होते थे, जिन्हें आवश्यक कार्य सौंपे जाते थे और परिषद उन्हें सलाह दिया करती थी। यदि परिषद

के सदस्यों और महामात्रों में मतैक्य होता था तो राजा से पूछने की आवश्यकता नहीं रह जाती थी। अशोक नयाय-विभाग के काम के निरीक्षण के लिये महामात्र भेजा करता था। अशोक ऐसा इसलिए करता था जिससे न्याय व्यवस्था में विद्यमान दोनों को दूर किया जा सके व न्याय विभाग के दोषों को दूर किया जा सके। उसने उज्जयिनी और तक्षशिला में अपने प्रादेशिक शासकों को भी ऐसे महामात्र भेजे जाने की आज्ञा दी थी। सुवर्णगिरी और तोसाली में महामात्रों का उल्लेख कमारके साथ हुआ है। इन महामात्रों को निश्चय ही मंत्री का ओहदा प्राप्त था। महामात्रों को राजा सीधे भी संबोधित किया करता था, जैसा कि अशोक ने कौशांबी के महामात्र को किया था। इसिला और समापा के महामात्रों का ओहदा जिला-अफसर का था। 'महामात्र-नागरक' या 'नगर-व्यावहारिक' नगर के न्यायाधिकारी थे। इन्हें आज्ञा देना राजा अपनी कार्यसिद्धि का मुख्य साधन मानता था। विभिन्न पंथों की देखरेख के लिये अलग-अलग महामात्र थे। पंचम और द्वादश शिलालेखों तथा सप्तम स्तंभलेख में **धर्ममहामात्र** का उल्लेख है। इनकी नियुक्ति सभी पंथों पर धर्माधिष्ठान और धर्मवृद्धि के लिये की जाती थी। सभी धर्मावलंबी और 'पाषंड' उनके अधिकार-क्षेत्र में पड़ते थे। जनता में धार्मिक सहिष्णुता का प्रचार और प्रसार करना उनका मुख्य काम था। सब 'पाषंडों' की सारवृद्धि करना भी उन्हीं का काम था। यवन, कंबोज, गांधार, राष्ट्रिक, पितनिक तथा अपरांतवासियों के बीच धर्म का प्रचार करना और उन लोगों के हित-सुख की बात करना भी उन्हीं के अधिकार-क्षेत्र में था। भृत्यों, आर्यों, ब्राह्मणों, इभ्यों (गृहपतियों), अनाथों और वृद्धों के बीच धर्मप्रचार और उनके कल्याणार्थ भी धर्ममहामात्र नियुक्त थे। वे सर्वत्रप धर्मयुक्तों पर नियुक्त थे और यह देखना इनका काम था कि लोग धर्मनिश्चित, धर्माधिष्ठित और दानसंयुक्त हैं अथवा नहीं। न्याय से जुड़े कार्यों को भी वे करते थे। विपत्तिग्रस्त के कल्याणार्थ वे नियुक्त थे। राजधानी में और अन्य दिशाओं में वे अनेक प्रकार के तुष्टिजनक कार्य करते थे। धर्मकार्यों की उन्नति में वे सदा संलग्न रहते थे। संन्यासियों और गृहस्थों के बहुविध आनुग्रहिक अर्थों पर ध्यान रखना उनका कर्तव्य था। राज्य के अनुग्रहपूर्ण कार्यों पर उनकी निगरानी रहती थी।

प्रथम लघुशिलालेख में सुवर्णगिरी और इसिला के महामात्र, पंचम शिलालेख में धर्ममहामात्र, षष्ठ शिलालेख में महामात्र, द्वादश शिलालेख में धर्ममहामात्र और स्त्री-अध्यक्ष-महामात्र; प्रथम कलिंग-शिलालेख में तोसाली और समापा के महामात्र, द्वितीय कलिंग-लेख में तोसाली और समापा के महामात्र-महामात्र-नगर- व्यावहारिक महामात्र-नागरक और महामात्र; प्रथम स्तंभलेख में अंतमहामात्र; सप्तम स्तंभलेख में

धर्ममहामात्र, महामात्र; प्रथम लघुस्तंभलेख में महामात्र और कौशांबी के महामात्र और द्वितीय लघुस्तंभलेख में सब जगहों के महामात्रों का उल्लेख मिलता है। इस विवरण से यह पता नहीं चलता कि अशोक के शासन में **महामात्र** का क्या महत्त्व था, यह इस विवरण में स्पष्ट है। स्त्री-अध्यक्ष-महामात्र 'स्त्री-विभाग' का काम करते थे और धार्मिक शांति तथा सारवृद्धि के लिये सचेष्ट रहते थे। अंतमहामात्र पड़ोसी राज्यों में काम करते थे।

राज्य के प्रमुख कर्मचारियों में उक्त महामात्रों के अतिरिक्त **युक्त, प्रादेशिका और ब्रजभूमिक** भी थे। 'युक्तों' का वर्णन तृतीय शिलालेख में है। इनका मुख्य काम निम्नलिखित था–

–पाँच-पाँच वर्षों पर दौरा करना।

–पूर्वनियोजित अन्य काम करना।

–धर्म-संबंधी शिक्षा देना–धर्मानुशासन के सामाजिक और आर्थिक दोनों पहलू थे।

–परिषद की आज्ञा से गणना-विभाग का काम देखना–धर्मानुशासन के अन्तर्गत खर्च कम करना और संचय करना अच्छा समझा जाता था ओर 'युक्तों' को इस पर ध्यान देना होता था।

तृतीय **शिलालेख** में प्रादेशिक का भी वर्णन किया गया है। इनका भी खास महत्व होता था। उनके मुख्य काम थे–

–पाँच-पाँच वर्षों पर दौरा करना।

–पूर्वनियोजित अन्य काम करना।

–धर्मानुशासन करना।

ब्रजभूमिक का उल्लेख द्वादश अभिलेख में है। उनके काम थे–

–ब्रजभूमि संबंधी काम देखना।

–धार्मिक वृद्धि और सारवृद्धि के लिये प्रयत्न करना।

–जग राजा घूमता रहे, तब उसकी देखभाल करना और प्रतिवेदन को मदद देना।

प्रांतीय शासन–अशोक के शासनकाल तक मौर्य साम्राज्य काफी विस्तृत हो चुका था। शासन व्यवस्था सुचारु रूप से चल सके, इसलिए राज्य को तीन प्रदेशों में बांटा गया था–**कुमारशासित प्रदेश, कुमारेतरशासित प्रदेश** और **केन्द्रशासित प्रदेश**। कुमारशासित प्रदेश उत्तरापथ (गांधार-तक्षशिला), अवंतिरत्थ (उज्जयिनी), दक्षिणापथ (सुवर्णगिरि) और कलिंग (तोसाली) थे। ये राजकुल के व्यक्तियों द्वारा

शासित थे। इन प्रदेशों में प्रादेशिक कार्यपालिका के तीन मुख्य भाग थे—**कुमार** ('आर्यपुत्र' कहलाते थे), महामात्र और अन्य प्रमुख कर्मचारी। कुमार नगर-व्यावहारिकों के कार्यों का निरीक्षण स्वयं करता था या उनके लिये महामात्रों को नियुक्त करता था। जिला अफसर की नियुक्ति का दायित्व भी उसी का था। राजा की कुमार पर निगरानी रहती थी। अशोक कुमार और महामात्र दोनों को संबोधित करता था और जिलों में भी उन्हीं दोनों के माध्यम से आदेश भिजवाता था। अशोक कुमारों पर कड़ा नियंत्रण रखता था। **प्रांतीय महामात्र** शक्तिशाली होते थे, जैसा कि प्रथम कलिंग-शिलालेख और प्रथम लघुशिलालेख से ज्ञात होता है। महामात्रों को प्रांतों में काफी अधिकार प्राप्त थे। इन दोनों की सहायता के लिये कुछ प्रमुख कर्मचारी भी थे।

कुमारेतरशासित प्रदेश के संदर्भ में कोई खास जानकारी नहीं मिली है। परन्तु जूनागढ़ अभिलेख से ज्ञात होता है कि सुराष्ट्र में प्रादेशिक शासन का भार तुषाष्प नामक एक यवन के हाथ था। **केन्द्रशासित प्रदेश में** पाटलिपुत्र के आसपास का प्रदेश था। इन्हें प्राच्य और मध्यप्रदेश के नाम से भी जाना जाता था। कौशांबी के महामात्र को राजा ने सीधे संबोधित किया था। शासन की सुविधा के लिये प्रदेशों को छोटे-छोटे टुकड़ों में बाँटा जाता था। आहार शब्द का उल्लेख प्रथम लघुस्तंभलेख और प्रथम लघुशिलालेख में हुआ है। 'आहार' संभवतः जिले के बराबर था और उसके नीचे तालुका होता था। 'तालुका' को संभवतः 'कोटिविषय' (प्रथम लघुस्तंभलेख) कहा जाता था।

केन्द्र और प्रदेश में संबंध—केन्द्र का उसके विभिन्न प्रदेशों के साथ घनिष्ठ संबंध होता था राजा ही प्रदेश के प्रमुख की नियुक्ति करता था वह वहाँ राजा का एजेंट होता था और राजा की आज्ञा के अनुसार काम करता था। सभी क्षेत्रों में राजा और उसके कर्मचारी दौरा करते थे। अभिलेखों द्वारा जनता को केन्द्रीय नीति के संबंध में शिक्षित किया जाता था।

न्यायपालिका—सातवें स्तम्भ लेख से पता चलता है कि अशोक ने शासन व्यवस्था हेतु कई नियम बनाये थे। चतुर्थ स्तंभ-अभिलेख और द्वितीय कलिंग-शिलालेख में अशोक की न्याय-व्यवस्था पर विशेष रूप से प्रकाश डाला गया है। राजा न्याय का स्रोत और सर्वश्रेष्ठ 'जज' या न्यायाधीश भी था। अशोक के समय न्याय की व्यवस्था के लिये न्यायालयों की स्वाधीनता के महत्त्व को समझा गया था। उसने कार्यपालिका के नियंत्रण से न्यायाधीश को मुक्त कर दिया था, ताकि **राजुक** (न्यायाधीश) आश्वस्त और निर्भीक हाकर कार्य कर सकें। अशोक कहता है—(1)

"उनका जो अभिहार (उपहार-पुरस्कार) या दंड देने का अधिकार है, वह मेरे द्वारा उनके मार्फत कर दिया गया है।" (2) "जिससे राजुक आश्वस्त और अभीत कामों में प्रवृत्त हों।" (3) "जिससे राजुक जनपद के जन को हित और सुख प्रदान करें तथा उस पर अनुग्रह करें। वे प्रजा के सुख और दुःख के कारण जानेंगे तथा धर्मयुक्त की सहायता से जनपद के जन को उपदेश देंगे, जिससे वे इहलोक और परलोक को प्राप्त करें।" (4) "राजुक मेरे आज्ञापालन के लिये बाध्य हैं। 'पुरुष' भी मेरी आज्ञाओं का पालन करेंगे और वे राजुकों को उपदेश देंगे, जिससे राजुक मुझे प्रसन्न करने में समर्थ हों" (5) "राजुक कई लाख जनों पर नियुक्त हैं।" न्याय राज्य के प्रधान से निःसृत होता है।

न्याय के सिद्धांत—अशोक के शासन काल में न्यायपालिका स्वतंत्र थी फिर भी न्यायाधीश पर राजा का नियंत्रण था। 'पुरुष' ही न्यायाधीशों को राजा की नीति बताते थे और इस प्रकार कार्यपालिका का न्यायपालिका पर अप्रत्यक्ष प्रभाव था। वैसे अशोक व्यवहार-समता और दंडसमता का पक्षपाती था। न्याय की अंतिम अपील राजा के यहाँ होती थी। कोई भी व्यक्ति कैदी के लिये अपील कर सकता था। 'नगर-व्यावहारिक' को कानून का पूरा ज्ञान होना चाहिए। न्यायमार्ग में मध्यममार्ग का अनुसरण होना चाहिए। नगर-व्यावहारिकों को चरित्रवान और अवगुणों से मुक्त होना चाहिए। उनके कामों के निरीक्षण के लिये भी महामात्र दौरा करते थे। राजुक भी पाँच-पाँच वर्षों पर दौरे पर जाते थे। प्रजा राजा के यहाँ भी निवेदन कर सकती थी। वह वर्ष में एक दिन कैदियों को रिहा कर सकता था। किसी विशेष मामले में दण्ड की व्यवस्था राजा ही करता था। न्याय-संबंधी कार्यों में **राजुक, नगर-व्यावहारिक और धर्ममहामात्र** भी राजा की सहायता करते थे। राजुक मांडलिक न्यायाधीश की तरह थे। इन्हें पुरस्कार और दंड देने का पूर्ण अधिकार था। जनपद के मनुष्यों को हित और सुख प्रदान करना तथा उन पर अनुग्रह करना भी इनका काम था। ये भी पाँच वर्षों पर दौरा करते थे। ये प्रजा के सुख और दुःख का कारण जानते थे और जनता को उपदेश भी देते थे। अपील की सुनवाई भी इनके यहाँ होती थी। ये धर्मानुशासक का भी काम करने थे। द्वितीयक लघुशिलालेख, तृतीय शिलालेख, चतुर्थ और सप्तम स्तंभलेखों में इनके कार्यों का विवरण मिलता है। हालांकि अशोक के शासन काल में न्याय व्यवस्था काफी सुदृढ़ थी। कई प्रकार के कठोर नियम बनाए गए थे लेकिन इसके बाद भी सामान्य अपराध से मुक्त नहीं हो सका था। कई ऐसे प्रमाण मिले हैं जिनसे यह स्पष्ट होता है कि अशोक के शासन काल में समय-समय पर आपराधिक घटनायें होती रहती थी।

अशोक के शासन-संबंधी सुधार—सम्राट अशोक एक विशाल राज्य का स्वामी था। उसके राज्य में जीवन के सभी क्षेत्र सम्मिलित थे। उनके शासन-संबंधी सुधारों में धर्ममहामात्र और राजुकों की नियुक्ति, कैदियों को तीन दिनों की मुहलत, धर्मयात्रा, धर्मविजय आदि कुछ नए सुधार थे। वह जनता को अकारण बाधा और क्लेश पहुँचाने के विरुद्ध था। वह जनता के हितों का पूरा ख्याल रखता था सब समय प्रजा के लिये कार्यवाही करने की व्यवस्था उसकी अपनी देन थी। न्यायकार्य को सुचारु रूप से चलाने के लिये उसने अपने कर्मचारियों के दौरे की व्यवस्था की। हर विशेष अवसर पर कुछ कैदियों को रिहा किया जाता था।

बौद्ध धर्म का अनुयायी बन जाने के बाद अशोक ने इस धर्म का प्रसार-प्रचार करने के लिए धर्मस्तंभ, धर्ममहामात्र और धर्मश्रमण की व्यवस्था की। धर्मस्तंभ में धर्मलिपियाँ खुदी थीं। धर्ममहामात्र जनकल्याण के लिये नियुक्त थे और धर्मश्रमण के माध्यम से धार्मिक घोषणाएँ होती थीं। सप्तम स्तंभलेख में इन सभी बातों का उल्लेख है। धर्मयात्रा के माध्यम से दर्शन, दान और धर्मानुशासन को प्रोत्साहन मिला। इसी के माध्यम से वे जनता के साथ संपर्क स्थापित करते थे। अशोक ने ऐसी व्यवस्था की, जिसमें हर समय, हर जगह राजा के पास खबर पहुँचे; इसलिये उसने प्रतिवेदकों को नियुक्त किया।

अशोक ने राजकर्मचारियों के दौरे का प्रबंध किया था। इन कर्मचारियों का प्रमुख कार्य राजा को शासन की कुशलता से अवगत कराना था। यह उसके शासन की एक खास विशेषता थी। प्रत्येक कर्मचारी को अपने कार्य के अतिरिक्त धर्मप्रचार का काम भी करना पड़ता था। विभिन्न महामात्रों की सहायता से उसने लोकहित के लिये बहुत-कुछ किया। उसने ऐसा इसलिये किया कि लोग धर्म का अनुसरण करें। उसने स्वयं हिंसा का त्याग किया। होम आदि के लिये जीव-हिंसा का निषेध कर दिया गया। हिंसात्मक समाजों और राजकीय सामिश पाकशाला पर प्रतिबंध लगा दिये गये। उसने बहुत-से पशु-पक्षियों को अवध्य करार दिया। उसने अपने शासन-संबंधी सुधार से शासन को मंगलकारी बनाया।

पहले से ही चली आ रही मंत्रिपरिषदीय सरकार की व्यवस्था अशोक ने भी कायम रखी। तीसरे और छठे अभिलेख में परिषा या परिषद का उल्लेख है। **शासन** की सहायता के लिये निम्नलिखित वर्ग अथवा निकाय का उल्लेख मिलता है—

(i) महामात्र (प्रत्येक जिले या नगर में महामात्रों की एक समिति होती थी)।

(ii) राजुक और रठिक।

(iii) प्रादेशिक।
(iv) युत।
(v) पुलिसा।
(vi) पटिवेदका (पतिवेदक)।
(vii) वंचभमिका।
(viii) लिपिकार।
(ix) दूत।
(x) आयुक्त और करणिक।

संपूर्ण राज्य प्रांत, जिले, दुर्ग, कोट्ट, विषय, पुर या नगर, जनपद, ग्राम आदि में विभक्त था। जनपद के मुख्य अधिकारी को **राजुक** कहते थे। पाटलिपुत्र, कौशांबी, तोसाली, समापा, स्वर्णगिरि, इसिला में **महामात्रों** के होने का उल्लेख शिलालेखों में है। श्रावस्ती के महामात्रों का उल्लेख सोहगौरा ताम्रलेख में मिलता है। कलिंग-अभिलेखों में महामात्र को **नागलक, नगलवियोहालक** कहा गया है। ये लोग संभवतः न्यायप्रशासन का भार सँभालते थे। इनके अलावा और भी कई प्रकार के महामात्रों का उल्लेख मिलता है। **राजुक** का अर्थ गवर्नर भी होता था। चतुर्थ अभिलेख के अनुसार **राजुकों** की नियुक्ति एक-दो लाख जनता पर होती थी। इनका मुख्य काम शांति और व्यवस्था कायम कराना था। आवश्यकता पड़ने पर ये दण्ड या पुरस्कार भी दे सकते थे। ये लोग न्याय-प्रशासन का काम देखते थे। इनका **युत** और **रठिक** लोगों से भी संबंध था। जातक के **रज्जुकगाहक अमच्च** स्ट्रैबो द्वारा वर्णित मौर्य अधिकारी से मिलते हैं और संभवतः वे लोग राजुक ही थे। **अर्थशास्त्र** में **चोर-रज्जुक** का उल्लेख मिलता है। **प्रादेशिक** विभिन्न स्थानों के स्थानीय शासक होते थे। तृतीय **अभिलेख** में इनहें 'राजुकों' में शामिल कर लिया गया है। **अर्थशास्त्र** के **प्रदेष्ट** इसके पर्याय माने गये हैं। इनका मुख्य काम था कर वसूलना, फौजदारी मुकदमों को देखना, चोरों का पता लगाना और गुप्तचर का काम करना। **युक्त** एक प्रकार के सचिव थे, जो महामात्रों के कार्यालय में सरकार आदेशों को लिपिबद्ध करने के लिये जाते थे। **पुलिसा** के अधिकार में काफी जनता तथा राजुक लोग होते थे। **पटिवेदिकाचर** के समानार्थी थे। **वंचभमिकका** एक प्रकार के निरीखक होते थे। **लिपिकार** राजाओं के लेखक होते थे। और द्वितीय अभिलेख में **चापड** नामक एक लिपिकार का नाम भी आता है। **आयुक्त पुरुष** को पुलिसा भी कहा गया है। ये गाँव के एक प्रकार के अधिकारी हुआ करते थे। **येरगुड्डी**-अभिलेख

में **कारणक** (अथवा करणिक) शब्द का व्यवहार मिलता है। कारणक का संबंध न्याय-प्रशासन, अध्यापकों तथा लिपिकों से था।

मौर्यकालीन सामाजिक, आर्थिक और सांस्कृतिक अवस्था

वर्ण-व्यवस्था—मौर्य वंश के शासनकाल के दौरान भारत में कई वर्ण थे। यह बात अशोक के पांचवें शिलालेख से भी उजागर होती है। वर्ण व्यवस्था वैदिक कालीन थी। समाज **ब्राह्मण, क्षत्रिय, वैश्य, शूद्र** में बँटा हुआ था। इस समय वर्ण-व्यवस्था में जटिलता आ गई थी। इसका आधार कर्म न होकर जन्म ही हो गया था। कोई व्यक्ति एक वर्ण से दूसरे वर्ण का सदस्य नहीं बन सकता था। वर्ण-व्यवस्था की रक्षा करना राज्य का प्रमुख कर्त्तव्य था। उस समय **वर्णाश्रम** पर विशेष बल दिया जाता था। उस सयम भी प्रत्येक व्यक्ति को ब्रह्मचर्य, गृहस्थ, वानप्रस्थ और संन्यास आश्रमों में व्यतीत करना पड़ता था। इस प्रकार, समाज का आकार वर्ण-व्यवस्था और वर्णाश्रम था। इन चार वर्णों के अतिरिक्त उस समय कुछ अन्य **व्यावसायिक वर्ग** अथवा समूह भी थे, किन्तु **मेगास्थनीज द्वारा वर्णित** सात जातियों का उल्लेख हम पहले ही कर चुके हैं ग्रीक लेखकों से हमें ज्ञात होता है कि कोई भी व्यक्ति अपनी जाति से बाहर विवाह नहीं कर सकता था अथवा अपनी जीविका छोड़कर किसी अन्य जीविका या शिल्प को नहीं अपना सकता था। बाह्य संपर्क से कुछ अंशों में जातीय नियम की कट्टरता को अवश्य ही धक्का लगा होगा और अंतरजातीय विवाह की प्रथा चली होगी। स्वयं मौर्यसम्राट् चंद्रगुप्त ने सेल्यूकस की लड़की से विवाह किया था। इस युग में **वैश्य** और **शूद्र** का भेद बहुत-कुछ मिटता जा रहा था। कौटिल्य ने शूद्र को आर्य कहा है और इसे म्लेच्छ से भिन्न माना है। आर्य शूद्र को दास नहीं बनाया जा सकता था। वर्णसंकर जातियों में अंबष्ठ, निषाद, पारशव, रथकार, ज्ञाता, वैदेहक, मागधूत, पुल्लकस, वेण, चांडाल, श्वपाक इत्यादि थे। चांडाल के अतिरिक्त सभी वर्णसंकर जातियों को कौटिल्य ने शूद्र माना है। तंतुवाय (जुलाहा), रजक (धोबी), दर्जी, सोनार, लोहार, बढ़ई आदि जाति का रूप धारण कर चुके थे। इन सब का समावेश शूद्र वर्ग में अंतर्गत किया गया है। अशोक के शिलालेख में जो दास और कर्मकार वर्णित है, उन्हें भी शूद्रवर्ण के अंतर्गत ही रखा जाता है।

मेगास्थनीज के विवरणों से स्पष्ट होता है कि भारतीय समाजिक जीवन सरल, सादा और सुव्यवस्थित था, किन्तु जीवनस्तर बहुत उन्नत था। जातियाँ एक-दूसरे से प्रेमभाव रखती थीं ओर उनका एक-दूसरे पर अटूट विश्वास था। वे सामाजिक

नियम का पालन करना अपना कर्तव्य मानती थीं। उनके आपसी झगड़े बहुत कम होते थे। किसान वर्ग में भी कोई बनावटीपन नहीं था वे सादा जीवन व्यतीत करते हैं।

विवाह—मौर्य काल के दौरान विवाह की प्रक्रिया लोगों के लिए काफी महत्व रखती है। विवाह शास्त्रों के अनुसार होते थे और **आठों प्रकार के विवाहों** का प्रचलन था। विवाह अपनी जाति में होता था। फिर भी, अंतरजातीय विवाह का उल्लेख उस समय के साहित्य में मिलता है। कुछ जातियों में **सगोत्रविवाह की प्रथा** भी प्रचलित थी। साधारणतः एक विवाह का नियम था, परन्तु बहुत विवाह वर्जित नहीं था। धनी वर्ग में 'नियोग' की प्रथा भी थी। राजा और सरदारों में बहुतविवाह की प्रथा प्रचलित थी। राजा के शरीर की रक्षा का भार स्त्रियों पर सौंपा गया था। ऐसी भी एक कहानी का उल्लेख मिलता हैं जिसके अनुसार एक स्त्री ने एक राजा को मार दिया और उसके उत्तराधिकारी ने उसे अपनी पत्नी बनाकर पारितोषिक दिया। स्त्रियों में प्रचलित परदा-प्रथा का संकेत भी मिलता है। कौटिल्य में 'गणिकाध्यक्ष' और अशोक के अभिलेख में 'स्त्री-अध्यक्ष-महामात्र' का उल्लेख मिलता है। स्त्रियाँ अपने पतियों की ओर से धार्मिक कार्यों में भाग लेती थीं। स्त्रियों को अपने पतियों की संपत्ति पर अधिकार था। उनका कार्यक्षेत्र पुरुषों के कार्यक्षेत्र से भिन्न था। वे गुप्तचर-विभाग में भी काम करती थीं। कौटिल्य ने 'विषकन्या' का उल्लेख किया है। **अर्थशास्त्र** में सतीप्रथा का कोई उल्लेख नहीं किया गया है परन्तु यूनानी लेखकों ने पश्चिमोत्तर सीमाप्रांत में इस प्रथा को देखा था। स्त्री-पुरुष प्रेक्षाओं में भी भाग लेते थे।

दास-प्रथा—स्मृतियों व अभिलेखों से पता चलता है कि मौर्य शासन काल में दास प्रथा थी। ग्रीक लेखकों का विश्वास था कि भारत में दास-प्रथा थी ही नहीं, परंतु हमें कौटिल्य के **अर्थशास्त्र** और अशोक के अभिलेखों में इसके स्पष्ट प्रमाण मिलते हैं। दासों की खरीद-बिक्री भी होती थी। दान-प्रथा के अंतर्गत स्त्रियों का भी क्रय-विक्रय होता था। राजा के शरीर की रक्षा के लिये स्त्रियाँ खरीदी जाती थीं। मौर्यकालीन अर्थव्यवस्था में दासों का महत्त्वपूर्ण योगदान था। त्रिपिटक की तुलना में कौटिल्य ने अधिक विस्तार से दासों का उल्लेख किया है। कौटिल्य ने दास-प्रथा की कानूनी वैधता को स्वीकार किया है। बौद्ध ग्रंथों एवं कौटिल्य से यह स्पष्ट है कि वे संपत्ति का एक रूप थे।

भोजन—भारतीय मितव्ययिता से रहते थे और अच्छे नियमों का पालन करते थे। उस समय चोरी का अभाव था और लोग झूठ नहीं बोलते थे। जीवन सीधा-सादा

था। यज्ञ को छोड़कर लोग कभी मद्यपान नहीं करते थे। उनका भोजन प्रधानतः चावल था। मदिरा की प्रथा थी या नहीं यह कहा नहीं जा सकता लेकिन यह प्रमाण मिला है कि मांस ओर मदिरा की दुकानों पर राज्य की और से नियंत्रण था। भोजन करने के तरीके के संबंध में मेगास्थनीज लिखता है, "जब भारतीय भोजन करने के लिये बैठते हैं तो उनके सामने एक तिपाई के आकार की मेज रख दी जाती हैं उसके ऊपर एक सोने का प्याला हरता है, जिसमें सबसे पहले चावल डाले जाते हैं। उसके बाद अन्य पदार्थ आते हैं, जिन्हें भारतीय विधि के अनुसार तैयार किया जाता है।" कहना न होगा कि धनी और गरीब के बीच भोजन में बहुत बड़ा अंतर था।

आमोद-प्रमोद—मौर्यकालीन भारत में मनोरंजन की भी व्यवस्था थी। लोग आमोद-प्रमोद हेतु विभिन्न प्रकार के कार्य करते थे। अशोक के अभिलेखों में **विहार-यात्रा** का उल्लेख मिलता है, जिसका प्रमुख अंग **मृगया (शिकार)** होता था। मेगास्थनीज ने भी शिकार का उल्लेख किया है। विहार-यात्रा के अतिरिक्त **समाज** का भी उल्लेख मिलता है। समाजों में अनेक प्रकार के आमोद-प्रमोद होते थे। इनमें मनुष्य और पशु के मल्लयुद्ध प्रसिद्ध थे। लेकिन अशोक के शासन काल में इस पर रोक लगा दी गयी क्योंकि वह इसे हिंसात्मक मानता था। कौटिल्य से ज्ञात होता है कि साधारणतः जनता में **प्रेक्षाएँ** (तमाशे) बड़ी लोकप्रिय हाती थीं और इनमें नट, नर्तक, गायक, वादक, मदारी, रस्सी पर नाचनेवाले, तरह-तरह की बोलियाँ बोलनेवाले आदि अपनी कला का प्रदर्शन कर दर्शकों का मनोरंजन करते थे। गांव में शालाएँ होती थीं, जहाँ अन्य प्रकार के खेलकूद संगठित होते थे। राज्य की ओर से इन्हें लाइसेंस लेना पड़ता था। ब्रह्मा, पशुपति, शिव और सरस्वती के सम्मान में भी समाज का आयोजन होता था। पतंजलि ने नाटकीय प्रदर्शनों का उल्लेख किया है। अशोक ने 'समाज' का बंद कर दिया।

एरियन नामक एक इतिहासकार ने बतलाया है कि "चंद्रगुप्त के राजप्रासाद के उपवनों में पालतू मोर और तोते कल्लोल करते रहते हैं। यहाँ सर्वत्र सघन कुंज तथा हरे-भरे मैदान हैं। वृक्षों की डालें एक-दूसरे से गुंथी हुई लगती हैं। कुछ वृक्ष मूलतः इस देश के हैं और कुछ बाहर से लाए गए हैं। इनके समन्वय से समूचे भूभाग का सौंदर्य बढ़ जाता है। तोतों को देखकर तो ऐसा लगता है, जैसे कि यह देश उन्हीं का है। कोई भी भारतीय इनका मांस खाता। ये मनुष्य की बोली का अनुकरण कर सकते हैं। राजमहल के अंदर बड़े-बड़े सरोवर हैं, जिनमें मछलियाँ पाई जाती हैं।'

नैतिक स्तर—ऐतिहासिक तथ्यों से पता चलता है कि मौर्यकालीन भारत में लोगों का नैतिक स्तर उच्च कोटि का था। मेगास्थनीज ने भारतीय चरित्र एवं

व्यक्तित्व की बड़ी प्रशंसा की है। भारतीय सत्य में गुण का आदर करते थे। आचरण में वे सरल और मितव्ययी थे। अपनी संपत्ति को वे बहुधा आरक्षित अवस्था में ही छोड़ जाते थे। वे न्यायालयों की शरण यदा-कदा लेते थे। भारतवासी पर मिथ्याभाषण का आरोप नहीं लगाया जा सकता। वे सन के सघन बुने हुए टुकड़ों पर पत्र लिखते थे। पेड़ों की छाल लिखने के काम आती थी। भारतीय सच्चाई को विशेष महत्व देते थे।

सौंदर्य-प्रेम—भारतीय बारीकी और सुंदरता के प्रेमी थे। इसका अन्दाजा इस बात से लगाया जा सकता है कि उनके वस्त्रों पर सोने का काम किया रहता था और वस्त्र मूल्यवान रत्नों से विभूषित रहते थे। वे लोग मलमल के बने फूलदार वस्त्र पहनते थे। सेवकगण उनके पीछे छाता लगाए चलते थे। धनी और दरिद्र के बीच वेशभूषा में भी फर्क था, तत्कालीन कलाओं में देखा जा सकता है।

आर्थिक स्थिति—राज्य की आर्थिक स्थिति काफी हद तक कृषि कार्य पर निर्भर थी। इसका एक प्रमुख कारण यह है कि प्राचीनकाल से ही भारत एक कृषि प्रधान देश रहा है और यहाँ कृषकों की संख्या हमेशा अधिक रही है। कृषक अपना सारा समय खेती में लगाते थे। कृषक-समाज पवित्र और अवैध माना जाता था। युद्ध के समय भी कृषक निर्विन्घ रूप से अपना काम करते थे। लोग जनता की भलाई करने वाले समझे जाते थे। किसान देहातों में रहते थे। कृषि के लिये सिंचाई की व्यवस्था थी। मेगास्थनीज के अनुसार "भारतवर्ष में अकाल कभी नहीं पड़ा है और खाद्य-वस्तुओं की महंगाई भी साधारणतया कभी नहीं हुई है।" खेती हल-बैल से होती थी। अर्थशास्त्र में सिंचाई के अनेक साधनों का उल्लेख है। इसे सेतुबंध कहा गया है। सौराष्ट्र की सुदर्शन झील इसी सेतुबंध का एक उदाहरण थी। राजकीय कृषि भूमिपरदास, कर्मकार और कैदियों द्वारा काम कराया जाता था। भूमि को उपजाऊ बनाने के लिये खाद का कभी प्रयोग होता था। ग्रामीण क्षेत्रों में बाढ़, अग्निकांड और टिड्डियों के आक्रमण का डर बना रहता था। इन आपदाओं से जनता को अवगत कराने का कार्य दार्शनिक करते थे। अतिवृष्टि ओर अनावृष्टि से उत्पन्न परिस्थितियों का सामना करने के लिये बड़े-बड़े अन्नागार बनाए जाते थे। संकटकाल में राज्य की ओर से नागरिकों को बीज तथा भोजन से सहायता की जाती थी। जंगली जानवरों से भी खेती की रक्षा की जाती थी। खेतिहरों के लिये औजारों का निर्माण शिल्पकार करते थे, जो केवल करों से ही मुक्त नहीं थे, प्रत्युत राजकोष से सहायता भी पाते थे। इन सुविधाओं के कारण बदले में उन्हें राज्य के निश्चित कार्य करने पड़ते थे। भूमि पर व्यक्तिगत अधिकार क भी प्रमाण मिलते हैं। कौटिल्य ने कास्तकार और

भूस्वामी के बीच स्पष्ट भेद दिखाया है। लावारिस भूमि पर राजा का अधिकार होता था।

उद्योग-धंधे—मौर्यकालीन भारत में उद्योगों का विकास हुआ था। कपड़े का व्यवसाय बड़ी उन्नत अवस्था में था। सूती कपड़े के व्यवसाय के लिये काशी, वत्स, अपरांत, बंग और मदुरा विशेष रूप से प्रख्यात थे। इन केन्द्रों में तैयार करने के कारखाने थे। सन का प्रयोग भी कपड़ा बनाने में किया जाता था। मगध, पुंड्र और सुवर्णकंड्य देशों में विविध वृक्षों के पत्तों तथा छाल के रेशों से भी कपड़े बनाए जाते थे। ऊनी कपड़ों का वर्णन भी अर्थशास्त्र में है। जिससे यह स्पष्ट होता है कि इस दौरान ऊनी कपड़ों का भी निर्माण होता था। मेगास्थनीज भी बहुमूल्य कपड़ों का उल्लेख करता है। कौटिल्य ने चीनपट्ट का भी उल्लेख किया है। पाटलिपुत्र नगरपालिका की एक विशेष समिति राजधानी में बनी वस्तुओं की देखभाल करती थी। अनाथ स्त्रियाँ बुनाई का काम करती थीं। यही उनकी जीविका का आधार था।

मौर्यकालीन भारत में शिल्प कला का काफी विकास किया गया। राजनीतिक एकता एवं शक्तिशाली केन्द्रीय शक्ति के नियंत्रण में शिल्पों को अत्यधिक प्रोत्साहन मिला। प्रशासनिक सुधार के साथ व्यापार की सुविधाएँ और व्यापारका पोषण करनेवाले शिल्पों ने छोटे-छोटे उद्योगों का रूप धारण कर लिया। सरकार शिल्पियों के अतिरिक्त अनेक स्वतंत्र शिल्पी भी थे। ये श्रेणियों में संगठित थे, जिससे उनके वेतन और अधिकार सुरक्षित रहते थे। शिल्पियों को मेगास्थनीज ने चौथी जाति में रखा है। इसके अतिरिक्त उसने जहाज बनानेवालों, कवच और आयुधों के निर्माण करनेवालों, तथा खेती के लिये अनेक प्रकार के औजार बनानेवालों का भी उल्लेख किया है। ऊन, रेशे, कपास, शण-क्षोम और रेशम का काफी प्रचार था लोग इसका प्रयोग करते थे। काशी, वंग, पुंड्र, कलिंग, मालवा आदि सूती वस्त्रों के लिये प्रसिद्ध थे। बंग का मलमल विश्वप्रसिद्ध था। सोना, चाँदी, ताँबा लोहा आदि के खान थे। मणि-मुक्ताओं का भी उपयोग होता था। पत्थर पर पालिश का काम अपने चरमोत्कर्ष पर था। इस कार्य के लिये राज्य की तरफ से काफी प्रोत्साहन मिलता था।

कृषि कार्य में प्रयोग किये जाने वाले औजारों व युद्ध सम्बन्धी हथियारों का निर्माण भी किया जाता था। नदी में नौकायात्रा के लिये बड़े-बड़े जहाज भी बनाए जाते थे। सुवर्णजणित और रत्नजणित सुसज्जित पोशाकों का वर्णन ग्रीक यात्रियों के लेखों में मिलता है। धातुओं में सोना, चाँदी, लोहा, ताँबा, जस्ता आदि का व्यवहार होता था। खानों पर राजा का एकाधिपत्य था और उस विभाग का अध्यक्ष **आकराध्यक्ष** कहलाता था। धनी लोग मूल्यवान आभूषणों का व्यवहार करते थे।

मौर्य-साम्राज्य में लकड़ी का प्रयोग भी प्रचुर मात्रा में होता था। चर्म-व्यवसाय भी उक्त अवस्था में था। सुरा का व्यवसाय भी होता था। राज्य की ओर से व्यवसायियों को पूर्ण संरक्षण प्राप्त था। बेईमान व्यवसायियों को कड़ी सजा दी जाती थी।

राज्य में व्यापार व यातायात का काफी विकास हुआ। यातायात में वृद्धि के साथ-साथ सुरक्षा की गारंटी हुई। सामानों का आदान-प्रदान संभव हो सका, कारण अब सभी व्यापार मार्गों पर मौर्यों का पूर्ण नियंत्रण हो चुका था। मेगास्थनीज के अनुसार मार्गनिर्माण के लिये एक अलग अधिकारी ही होता था, जो Agronomoi के नाम से प्रख्यात था। कौटिल्य ने स्थलमार्ग के व्यापार की अपेक्षा नदीमार्गीय व्यापार को अधिक सुरक्षित माना है। समुद्री मार्ग से भारत के व्यापारी अदन तक जाते थे और भारत और मिस्र से आनेवाली व्यापारिक वस्तुएँ अरबसागर के तटवर्ती बंदरगाहों पर उतरती थीं। विदेशी व्यापार था। आयात-निर्यात पर सरकारी नियंत्रण था। बिक्री कर की व्यवस्था थी जो इस कर को देने से मना करता था उसे मृत्युदंड तक की सजा दी जाती थी। सभी महत्त्वपूर्ण शहर या प्रशासन केन्द्र व्यापार मार्ग पर स्थित थे। भारतीय शहरीकरण के इस चरण में उनके पल्लवीकरण का मुख्य कारण मौर्य साम्राज्य की स्थापना था। इसमें विशेष योगदान व्यापारियों और शिल्पियों का था। सिक्कों के अखिल भारतीय विवरण से इसमें सहायता पहुँची और कौटिल्य ने भी इस ओर हमारा ध्यान आकृष्ट किया है। लौह का प्रचलन तो सर्वव्यापी हो ही चुका था। समस्त गंगाघाटी के उत्खनन से जो भौतिक उपकरण मिले हैं उनसे यह पता चलता है कि इन तत्त्वों का प्रस्फुटीकरण मौर्ययुगीन मगध के संपर्क के कारण ही संभव हुआ होगा—मौर्य संपर्क के कारण ही यह तत्त्व दक्षिणी पठार तक पहुँचा।

राज्य के अन्दर व्यापार को प्रोत्साहन दिया गया था। देश में सुरक्षित एवं सुव्यवस्थित स्थलमार्ग थे। पाटलिपुत्र से पश्चिमोत्तर प्रदेश को जाने वाली 1500 कोस की लंबी सड़क थी। दूसरा महत्त्वपूर्ण मार्ग **हैमवतपथ था**, जो हिमालय की ओर जाता था। दक्षिणभारत को जाने वाले कई मार्ग थे। इन बड़े-बड़े मार्गों से छोटे-छोटे उपमार्ग भी निकलते थे। प्रमुख मार्गों पर आधे-आधे कोस की दूरी पर दूरीसूचक चिन्ह बने रहते थे। स्ट्रेबो ने स्पष्ट किया है कि कुछ मैजिस्ट्रेट सार्वजनिक मार्गों की देखभाल करते थे। राज्य-कर का बड़ा भाग व्यापारियों से आता था। मौर्यकालीन भारत का सीधा सम्बन्ध **सीरिया, मिस्र** तथा पश्चिम के अन्यान्य देशों के साथ था। राजधानी में नगरपालिका की एक समिति बनायी गयी थी जो विदेशी यात्रियों की देख भाल करती थी। आंतरिक व्यापार देश के **नौमार्ग** से भी होता था। छोटी नदियों में छोटी नौकाएँ और बड़ी नदियों में बड़ी नौकाएँ चलती थीं। डोंगी का प्रयोग भी होता था।

कश्मीर, कोशल, विदर्भ और कलिंग हीरे के लिये प्रख्यात थे; हिमालयप्रदेश चमड़े के लिये; मगध और सुवर्णकुण्ड्य वृक्षों के रेशों से बने वस्त्रों के लिये, काशी सब प्रकार के वस्त्रों के लिये तथा ताम्रपर्णी, पाण्डेय और केरल अपनी मोतियों के लिये दूर-दूर तक प्रसिद्ध थे। व्यापारियों के सार्थवाह अपने माल के साथ दूर-दूर तक यात्रा करते थे। **विदेशी सार्थवाह** जल और स्थल के मार्गों पर व्यापार करते थे। भारत में आनेवाली विदेशी सामग्री में **चीनपट** और **कार्दमिक मुक्त** का विशेष मान था। मिस्र के शासक ने भारत के साथ व्यापार की प्रोत्साहन दिया और लालसागर के तट पर बरनिस नामक एक प्रमुख बंदरगाह का निर्माण किया। इस बंदरगाह से मिस्र के प्रमुख बंदरगाह सिकंदरिया तक तीन स्थलमार्ग जाते थे। मौर्य-सरकार भी जहाज का निर्माण कर व्यापार के लिये भाड़े पर देती थी। दक्षिण-भारत में यातायात अधिक कठिन था, जहाँ बड़े-बड़े भूभाग बिना सड़क के थे और सामान को गाड़ियों में कठिनाई के साथ पैठन और नगर से भरोच बंदरगाह तक पहुँचाया जाता था।

सिक्के एवं विनिमय के साधन—कौटिल्य के **अर्थशास्त्र** में सुवर्ण, कार्षापण, माषक और काकणी नामक सिक्कों का उल्लेख मिलता है। एक सरकारी टकसाल था जहाँ मुद्रा का निर्माण किया जाता था। इसके अलावा कहीं भी मुद्रा निर्माण पर प्रतिबंध था, किन्तु कोई व्यक्ति अपनी धातु देकर सरकारी टकसाल में भी रुपया बनवा सकता था। टकसाल, के अधिकारियों में कौटिल्य ने सौवर्णिक और लक्षणाध्यक्ष का वर्णन किया है। सिक्के के अतिरिक्त विनिमय के अन्य साधन भी थे। वस्तुओं का आदान-प्रदान भी होता था।

पुरातात्त्विक प्रमाणों से पता चलता है कि प्रशासनिक केन्द्रों को छोड़कर कुछ ऐसे नगर भी थे, जो प्रसिद्ध व्यापार मार्गों पर अवस्थित थे। कौटिल्य की मुद्रा-प्रणाली की पुष्टि आहत मुद्राओं के अखिल भारतीय विवरण में होती है। मंडलकूपों (ring wells) का प्रयोग भी सर्वप्रथम इसी चरण में हुआ।

धार्मिक अवस्था—मौर्य शासन काल में धर्म को विशेष महत्व दिया जाता था। उस समय का समाज मूल रूप से तीन धार्मिक संप्रदायों में विभक्त था—वैदिक, जैन और **बौद्ध**। राज्य की ओर किसी धर्म पर किसी प्रकार का प्रतिबंध नहीं था। प्रत्येक व्यक्ति को अपने धर्म के अनुसार आचरण की स्वतंत्रता थी। ब्राह्मणधर्म के अंतर्गत बहुदेववाद प्रचलित था, जिसका उल्लेख **अर्थशास्त्र** में मिलता है। **अर्थशास्त्र** में मूर्तियों और मंदिरों का भी उल्लेख मिलता है। पतंजलि के अनुसार मौर्यकाल में शिव, स्कंद और विशाख की मूर्तियाँ बेची जाती थीं। नदियाँ पवित्र मानी जाती थीं। समाज में तीर्थयात्रा का भी महत्त्व था और राज्य तीर्थ-कर भी लेता था। मेगास्थनीज

ने बलि-प्रदान और श्राद्धकर्म का भी उल्लेख किया है। ब्राह्मण अपना अधिकांश समय 'जन्म' और 'पुनर्जन्म' के सिद्धांतों के मनन और विवेचन में लगाते थे। बाह्मण किसी दबाव के कारण धर्म से विमुख नहीं होते थे। सिकंदर ने मेण्डनिस नामक एक अनिच्छुक ब्राह्मण को मृत्युदंड की धमकी देकर अपनी राजसभा में बुलाने का निष्फल प्रयास किया था और उत्तर में उस ब्राह्मण ने सिकंदर के पास कहला भेजा था कि सिकंदर मेरा शीश कटवा सकता है, परन्तु वह मेरी आत्मा का नाश नहीं कर सकता। निर्वाणप्राप्ति मनुष्य का चरमलक्ष्य था। चाणक्य ने प्रवज्या ग्रहण करने पर प्रतिबंध लगा दिया था और भिक्षुकों के विचरण को भी सीमित कर दिया था। निवृत्तिमार्गी पाखण्डियों को नगर से बाहर रखने की व्यवस्था की गई थी। कोई व्यक्ति अपने आश्रितों की जीविका का प्रबंध किये बिना संसार-त्याग नहीं कर सकता था और इससे उस समय की राजनीतिक सजगता का पता चलता है। ग्रीक लोगों में वैष्णवधर्म या भागवतधर्म का उल्लेख भी ग्रीक लेखों में है।

अशोक के शासन काल में बौद्ध धर्म का प्रभाव काफी बढ़ गया था। फिर भी देश में धार्मिक सहिष्णुता थी और अशोक स्वयं सभी धर्मों का आदर करता था। उसके समय में वैदिक यज्ञ एवं कर्मकांड का महत्त्व घट गया था। सातवें शिलालेख में मात्र संघ, ब्राह्मण, आजीवक और निर्ग्रंथ संप्रदायों का उल्लेख है। उसी शिलालेख में अशोक कहता है, "सभी संप्रदाय एक ही स्थान पर रहें, क्योंकि वे सब आत्मा की शुद्धि एवं संयम चाहते हैं।" बारहवें शिलालेख में अशोक एक-दूसरे के धर्म को सुनने का आदेश देता है। विभिन्न संप्रदायों के मूल सिद्धांतों को ही वह धर्म समझता था और शुद्ध आचरण पर विशेष जोर देता था। अशोक के अभिलेख में स्वर्ग का उल्लेख है, निर्वाण का नहीं। अशोक और दशरथ ने आजीवक-संप्रदाय को गुफादान किया था। धार्मिक सहिष्णुता अशोक की धार्मिक नीति की आधारशिला थी।

शिक्षा और साहित्य—भारत में साहित्य और शिक्षा का महत्त्व प्राचीन काल से रहा है। मौर्य वंश के शासन काल में भी शिक्षा का स्तर ऊँचा था। **तक्षशिला** शिक्षा का प्रधान केन्द्र था। चंद्रगुप्त मौर्य भी संभवतः तक्षशिला का ही छात्र था। वहाँ दो प्रकार के विद्यार्थी पढ़ते थे—धनीवर्ग के छात्र आचार्य को फीस देकर पढ़ते थे और निर्धनवर्ग के छात्र आचार्य की सेवा कर पढ़ते थे। पहले वर्ग के छात्र **आचारिया भागदायक** कहलाते थे और दूसरे वर्ग के **धम्मंतेवासिक**। शूद्रों का प्रवेश शिक्षालयों में निषिद्ध था। मठों और विहारों में भी शिक्षा दी जाती थी और ब्राह्मण आचार्यों को राज्य की ओर से भूमि (ब्रह्मदेय) मिलती थी। आर्थिक चिंता से मुक्त होने के कारण वे सदैव अध्ययन-अध्यापन में लगे रहते थे। इस युग में महत्त्वपूर्ण ग्रंथों की रचना

हुई। कौटिल्य ने **अर्थशास्त्र** की रचना की और कात्यायन ने पाणिनि पर अपना **वार्तिक** लिखा। सुबंधु **'वासवदत्ता'**—नाट्यधारा का लेखक कहा जाता है। कवि नामक एक लेखक का भी इसी युग में होना संभावित है। इसी काल में **तृतीय बौद्धसंगीति** पाटलिपुत्र में हुई और उसमें त्रिपिटकों का संगठन हुआ। तिस्स ने **अभिधम्मपिटक** की कथावस्तु की रचना की! इसी समय जैनधर्म का प्रसिद्ध आचार्य भद्रबाहु भी हुआ। चंद्रगुप्त मौर्य और संप्रति जैन थे। जंबुरनामी प्रभव और स्वयंभव नामक जैन विद्वान भी इसी युग में हुए। इस **जैनसूत्रों** की रचना की गयी।

कला—मौर्यकालीन भारत में कला का काफी विकास हुआ। मौर्य शासक कला के संरक्षक व प्रेमी थे। अशोक के पूर्व कलाकृतियाँ प्रायः ईंट और लकड़ी की बनती थीं, परन्तु अशोक के काल में **पाषाण** का प्रयोग बड़ी कुशलता और निपुणता से किया गया। अशोक स्थापत्य-संबंधी निर्माणों के लिये विश्वप्रसिद्ध है। परंपरा के अनुसार उसने कश्मीर में **श्रीनगर** नामक नगर बसाया और वहाँ 500 बौद्धभिक्षुओं को बसाकर उनके लिये विहार बनवाए। उसने धर्मपचार के लिये अपनी पुत्री वारुमती को नेपाल भेजा और वहाँ उसके लिये **देवपत्तन** नामक नगर बसाया। उसने पाटलिपुत्र को भी सुंदर बनाया, यहाँ उसने जो-जो कार्य करवाये वे बहुत ही सुदृढ़ थे। फाहियान ने पाटलिपुत्र को 600 वर्ष बाद देखा था। फाहियान कहता है, "देवताओं ने पत्थरों को उठाकर दीवारें और द्वार बनाए और उनमें सुंदर पच्चीकारी तथा खुदाई का ऐसा उत्कृष्ट काम किया कि संसार में किसी भी व्यक्ति का हाथ उसे संपन्न करने में असमर्थ है।"

अशोक द्वारा बनवाये गये 80 स्तूपों को ह्वेनसांग ने अपनी आँखों से देखा था। अशोक की महत्तम कृति **स्तंभ** है। ये सभी एकाश्मक अर्थात् पत्थर के एक ही टुकड़े से काटकर बनाए गए हैं। इनकी पालिश का रहस्य अभी भी कोई समझ नहीं पाया है। स्तंभ शीर्ष से सुसज्जित हैं, जिनकी चोटी सिंह, हाथी, साँड़ आदि पशुओं के आकार की होती है। सारनाथ के स्तंभ में यह शीर्ष और इसकी चोटी चक्र के आकार की है, जो चार सिंहों पर टिकी है और शक्ति के स्थान पर सत्य तथा बल की जगह विधि के राज्य का प्रतीक है। यह शीर्ष सारनाथ में बुद्ध द्वारा दिये गये 'धर्मचक्रप्रवर्तन सूत्र' नामक प्रवचन के सार की पत्थर में अभिव्यक्ति है। सिंहों से नीचे बर्गा (एबेकस) पर चार मूर्तियाँ हैं, जो बुद्ध के जीवन की महत्त्वपूर्ण घटनाओं की सूचक हैं। हाथी, बैल, घोड़ा और सिंह क्रमशः दिव्य बालक के गर्भाधान, जन्म, निष्क्रमण और सिद्धि के परिचायक हैं। उनके बीच दिखाया हुआ चक्र बुद्ध के आचार्यत्व का प्रतीक है।

इन समस्त स्तम्भों का निर्माण चुनार व पत्थर द्वारा पाटलिपुत्र के किसी कारखाने में हुआ था। इनका आकार एक ही जैसा है। इनकी ऊँचाई लगभग 50 फुट और भार करीब 50 टन है। ये स्तंभ भारत के विभिन्न भागों में स्थापित किये गये थे। अशोक और दशरथ ने नागार्जुनी पहाड़ियों में चट्टानें कटवाकर आजीवक संप्रदाय के लिये गुफाएं बनवाई थीं। इन गुफाओं की दीवारों और छतों पर मौर्यकालीन पालिश मिलती है।

लोककला—मौर्यकालीन भारत में लोककला का भी विकास हुआ था। इसका ज्ञान यक्ष-यक्षी मूर्तियों द्वारा होता है, जो मथुरा से पाटलिपुत्र, विदिशा, कलिंग और पश्चिम में सुर्पारक तक पाई जाती है। इन मूर्तियों की अपनी निजी शैली है।

बाँध और सुदर्शन झील—कुछ प्रमाणों से ज्ञात हुआ है कि मौर्य कालीन भारत में बाढ़ से सुरक्षा हेतु, बांधों का भी निर्माण किया गया है। सुवर्णसिकता, पलाशिनी आदि नदियों के जल को रोककर मौर्यकालीन अभियंताओं ने दुर्जयंत पर्वत पर एक बाँध बनाया था, जिससे एक बहुत बड़ी झील बन गई थी। उसमें सिंचाई के लिये जल इकट्ठा किया जाता था और नहरों द्वारा खेतों तक पहुंचाया जाता था। यह यवनराज तुषाष्प की देखरेख में बना था।

निर्माण कार्य में चले आ रहे लकड़ी के प्रयोग का प्रचलन अशोक ने समापत कर पत्थरों का प्रयोग शुरू किया। इस काल में मूर्तिकला की भी उन्नति हुई। स्तंभों पर विभिन्न प्रकार के चित्र भी बनवाये गये।

मौर्यकाल में भारत ने सर्वतोमुखी उन्नति की, जिसके कारण यह अवधि भारतीय इतिहास में विशेष महत्त्वपूर्ण रही।

8

ई. पू. 185 से 320 ई. मध्य भारत

शुङ्गवंश का इतिहास

मौर्य वंश का अंतिम शासक बृहद्रथ था। बृहद्रथ की हत्या करके पुश्यमित्र ने शुंगवंश की स्थापना की। इस घटना का वर्णन पुराणों से भी प्राप्त होता है इसका वर्णन हर्ष चरित में भी किया गया है। पुष्य मित्र, बृहद्रथ की सेना में सेनानी था। बृहद्रथ जब सेना का निरीक्षण कर रहा था। उसी समय पुष्यमित्र ने उसे मार दिया। साहित्यिक कृतियों से शुङ्गवंश पर विशेष प्रकाश पड़ता है। मौर्य-साम्राज्य के बाद केन्द्रीय सत्ता के अभाव में देश में विकेन्द्रीकरण की प्रवृत्ति प्रबल हो चुकी थी। पुष्यमित्र ने जिस क्रांति का नेतृत्व किया, उसे हम लोग ब्राह्मण पुनः स्थापन-काल नाम से जानते हैं। बृहद्रथ की हत्या के पीछे बौद्धधर्म के विरुद्ध ब्राह्मणधर्म का विद्रोह काम कर रहा था। उस समय देश के ऊपर विदेशियों से आक्रमण का खतरा था। और देश के अंदर विकेन्द्रीकरण की प्रवृत्ति तो थी ही। कालिदास के नाटक **मालविकाग्निमित्र** का नायक अग्निमित्र है। उसके साले वीरसेन ने विदर्भ से मौर्य-अधिकारी यज्ञसेन को निकाल बाहर किया।

शुङ्ग कौन थे?—शुङ्ग लोग ब्राह्मण थे। पुराणों में पुष्यमित्र को शुङ्ग कहा गया है। **हर्षचरित** से भी शुङ्गवंश का प्रमाण मिलता है। के0 पी0 जायसवाल के अनुसार

शुङ्ग लोग ब्राह्मण थे। कहा जाता है कि पतंजलि पुष्यमित्र के राजपुरोहित थे। पतंजलि ने ब्राह्मण-राज्य को सर्वोत्कृष्ट कहा है। अप्रत्यक्ष रूप से **मनुस्मृति** में भी इसका समर्थन मिलता है, क्योंकि मनु के अनुसार वेदज्ञ ही सेनापतित्व, राज्य, दंड-नेतृत्व और 'सर्वलोकाधिपत्य' के पर्याय होता है। संभवतः मनु का संकेत शुङ्गवंश की ओर ही है। पाणिनि और **आश्वलायनसूत्र** के अनुसार शुङ्ग भारद्वाजगोत्रीय ब्राह्मण थे। **दिव्यावदान** में पुष्यमित्र को मौर्य कहा गया है, परंतु यह मान्य नहीं है। विभिनन लोगों ने शुङ्ग के विषय में अलग-अलग मत दिया है, लेकिन अधिकांश विद्वानों द्वारा इसे ब्राह्मण मानते है। अन्ततः शुङ्ग को ब्राह्मण ही माना गया है। और विपथ क्षत्रियवर्ग के विरुद्ध व्यवस्थापक ब्राह्मणवर्ग की योजना का नेतृत्व कर रहे थे। **दिव्यावदान** में पुष्यमित्र को ब्राह्मण धर्म का कट्टर समर्थक कहा गया है। और साथ ही यह भी कि उसने बौद्धविहारों पर काफी प्रहार किया। तारनाथ भी पुष्यमित्र को ब्राह्मण और किसी राजा का पुरोहित मानता है। तारानाथ ने उसे ब्राह्मण राजा का है। पुष्यमित्र और शुङ्गवंश के जनप्रिय होने का कारण यह था कि द्वितीय शताब्दी ई. पू. के प्रथम चरण से बाह्यक्रमण से उत्पन्न परिस्थिति का सामना करने के लिये पुष्यमित्र ने तलवार उठाई। मनु और महाभारत तथा ग्रीक लेखकों द्वारा प्रमाण मिलता है कि ब्राह्मण भी शास्त्र का प्रयोग करते थे। **आश्वलायनश्रोतसूत्र** में शुङ्गों को 'आचार्य' कहा गया है।

तिथिक्रम—मौर्य वंश का पतन तथा पुष्यमित्र के राजगद्दी पर बैठने का समय ई. पू. वे 184-185 माना जाता है। **मेरुतुंग** के अनुसार पुष्यमित्र ने 30 वर्ष तक शासन किया और पुराणों के अनुसार 36 वर्ष तक। वायु और ब्रह्माण्ड पुराणों के अनुसार उसने 60 वर्ष तक शासन किया। पुराणों में कहा गया है कि शुङ्गों ने 112 वर्ष तक शासन किया, परंतु शासन की अवधियों का योग 120 वर्ष होता है।[1]

पुष्यमित्र का सर्वमान्य शासनकाल 36 वर्ष है, अतः यह अनुमान लगाया जा सकता है कि उसकी मृत्यु लगभग ई. पू. 148 में हुई होगी।

पुष्यमित्र की उपलब्धियाँ—यह सेनापति के नाम से प्रसिद्ध था। अयोध्या-अभिलेख, पुराणों, **मालविकाग्निमित्र** और **हर्षचरित्र** में उसके लिये 'सेनापति' शब्द का व्यवहार हुआ है। वह शुङ्गवंश का संस्थापक था, यद्यपि चतुर्दिक वह 'सेनापति' नाम से ही प्रख्यात था अपनी शक्ति दृढ़ कर उसने अपने प्रभुत्व की पुष्टि के लिये अश्वमेध यज्ञ किया, जिसका प्रमाण हमें अयोध्या-अभिलेख, महाभाष्य और **मालविकाग्निमित्र** से मिलता है। **मालविकाग्निमित्र** के अनुसार उसने अश्व की रक्षा के लिये अपने पौत्र वसुमित्र के साथ राजा भेजे थे।

पुष्यमित्र के शासन काल में सबसे पहली जो घटना घटी थी वह विदर्भ से युद्ध था। वहाँ का मौर्य अमात्य यज्ञसेन शुङ्गों का शत्रु हो गया था। बृहद्रथ की मृत्यु के पश्चात् विदर्भ में उसने अपना साम्राज्य स्थापित कर लिया, जो पुष्यमित्र के लिये असह्य थी। पुष्यमित्र क पुत्र और विदिशा के शासक अग्निमित्र ने बड़े कौशल से विदर्भ के साथ लड़ाई की। उसने यज्ञसेन के चचेरे भाई माधवसेन को अपनी ओर मिला लिया और संघर्ष के पश्चात् उसने अपने आधिपत्य में विदर्भ का राज्य दोनों भाइयों के बीच विभाजित कर दिया। **मालविकाग्निमित्र** का नायक युवराज अग्निमित्र ही है। पुष्यमित्र की सत्ता स्वीकृत हुई।

विदर्भ से युद्ध के पश्चात् उसके शासन काल अगली घटना यवनों का आक्रमण। पतंजलि ने लिखा है, **अरुणद्यवनः साकेतम् अर्थात्** यवनों ने अयोध्या पर आक्रमण किया और अरुणद्यवन माध्यमिकाम्, अर्थात् माध्यमिका पर यवनों ने आक्रमण किया (नागरी–चित्तौड़)। संभवतः यवनों का आक्रमण पतंजलि के जीवनकाल में हुआ था। पतंजलि पुष्यमित्र के राजपुरोहित थे, अतः यह सपष्ट है कि यह आक्रमण पुष्यमित्र के समय हुआ। **गार्गीसंहिता** के युगपुराण के आधार पर यह कहा जाता है कि यवनों ने साकेत, पांचाल और मथुरा पर आक्रमण किया और कुसुमध्वज (पाटलिपुत्र) पर भी। **मालविकाग्निमित्र** के अनुसार अश्वमेध यज्ञ का अश्व घूमते-घूमते सिंधु के दक्षिणी तट पर पहुँच गया। वहाँ अश्व को यवनों ने पकड़ लिया तद्पश्चात् यवनों तथा वसुमित्र के बीच युद्ध हुआ इस युद्ध में वसुमित्र की विजय हुई। विजय प्राप्त करने के पश्चात् यवनों से यवनों से घोड़े को छुड़ा लिया गया। वसुमित्र ने एक हजार सामंतों को साथ लेकर सिंधुतट पर यूनानियों से युद्ध किया। अभयनंदि की **मयावृत्ति** में, 'अरुणंमहेंद्रो मथुराम्' वाक्य मिलता है। पांचाल और मथुरा के राजाओं की मुद्रा से आक्रमण का पता चलता है। इन मुद्राओं को मित्र-मुद्राएँ कहते हैं। 21 मित्र-राजाओं की मुद्राएँ मिली हैं। स्ट्रैबो के विवरण से ज्ञात होता है कि यवन गंगा और पालिबोथरा (पटना) तक बढ़ आए थे। इस यवन का नेता कौन था इसका स्पष्ट पता नहीं चल पाया है, चूँकि आक्रमण के नेता का नाम नहीं मिलता, इसलिये यह प्रश्न और भी विवादग्रस्त हो गया है। कुछ लोग मिनांडर का इस आक्रमण का नेता मानते हैं और कुछ लोग डेमेट्रियस को। ये दोनों ही बहुत बड़े योद्धा और विजेता थे। मिनांडर ही भारत में मिलिंद नाम से प्रसिद्ध है। स्टेन कोनो और जायसवाल का मत है कि हाथीगुफा-अभिलेख में वर्णित दिमित ही डेमेट्रियस है। भंडारकर डेमेट्रियस को ही पुष्यमित्र शुङ्ग का समकालीन मानते हैं।

सिंधुनंद पुष्यमित्र के राज्य और इंडो-ग्रीक साम्राज्य के विभाजन रेखा थी। एक तीसरा मत है कि भारत में दो-दो यवन-आक्रमण हुए। प्रथम आक्रमण का नेता डेमेट्रियस था और दूसरे का मिनांडर। प्रथम आक्रमण पुष्यमित्र के शासन के आरंभ में और दूसरा उसके शासन के अंत में हुआ। दोनों नेता का नाम पता चने पर ीी यह एक विवाद का विषय है इसके विषय में अंतिम फैसला देना नामुंकिन है। इतना निश्चित है कि यवन लोग बहुत दिनों तक अपना अधिकार नहीं रख सके। **गार्गीसंहिता** के अनुसार पारस्परिक कलह के कारण यूनानी अधिक समय तक नहीं टिक सके।

अश्वमेध द्वारा विजय की घोषणा--पुष्यमित्र ने यूनानी आक्रमणकारियों को पीछे धकेल दिया और अपनी महान विजय के उपलक्ष्य में 'अश्वमेध यज्ञ' किया। पुष्यमित्र के दोनों बार विजय प्राप्त करने के आलक्ष्य में अश्वमेध यज्ञ का आयोजन किया। दूसरे अश्वमेध यज्ञ के समय स्वयं पतंजलि ने पुरोहित का काम किया था, जैसे कि महाभाष्य के वाक्य--'इह पुष्यमित्रं याजयामः'--से स्पष्ट होता है। **के0पी0 जायसवाल** का मत है कि पुष्यमित्र ने दूसरा अश्वमेध यज्ञ कलिंगराजा खरवेल से पराजित होने के बाद किया, परन्तु हाल के शोध से जायसवाल का यह मत खंडित हो जाता है। विजयी पुष्यमित्र ने दो अश्वमेध कर अपनी विजय घोषित की। उसके अश्वमेध का और भी महत्त्व था। एक ओर तो यह मौर्य साम्राज्य के पतन पर नए साम्राज्य के उत्थान को व्यक्त करता है; दसरे, इससे ब्राह्मणधर्म के नवीन आंदोलन का संकेत मिलता है। पुराणों के अनुसार राजा जनमेजय के बाद राजा पुष्यमित्र ने ही अश्वमेध यज्ञ किया था। हरिवंश के अनुसार, कलियुग में अश्वमेध का पुनः प्रसारण करनेवाला कश्यप द्विज ही था। गोसुंडी के शिलालेख में उसे सर्वतात का शंकर्षण तथा वासुदेव का पुरी और अश्वमेध यज्ञ करने वाला बताया गया है।

कलिंगराज खरवेल के **हाथीगुम्फा-अभिलेख** के आधार पर कुछ लोग यह अनुमान लगाते हैं कि पुष्यमित्र का संघर्ष खरवेल से भी हुआ होगा, परंतु अत्याधुनिक शोध के आधार पर यह कहा जा सकता है कि यह धारणा गलत है। 'वृहस्पतिमित्र' का रूपांतर किसी भी हालत में 'पुष्यमित्र' नहीं हो सकता।

हेमचंद्र रायचौधरी के अनुसार खरवेल किसी भी स्थिति में पुष्यमित्र का समकालीन नहीं कहा जा सकता।

कस्बे में करने के पश्चात् पुष्यमित्र ने पश्चिमी प्रदेशों पर शासन करना प्रारम्भ कर दिया। **दिव्यावदान और तिब्बती** इतिहासकार तारानाथ के आधार पर हम कह सकते हैं कि उसका अधिकार पंजाब में जालंधर और साकल (स्यालकोट)

पर भी था। **दिव्यावदान** के अनुसार पाटलिपुत्र उसकी राजधानी बनी रही। अयोध्या के एक मंदिर के शिलालेख में 'द्विरश्वमेधयाजी' पुष्यमित्र का उल्लेख है और कोशल प्रदेश के राजा धनदेव की चर्चा है, जो उसके वंश की छठी पीढ़ी में था। पुष्यमित्र का पुत्र अग्निमित्र विदिशा का गोप्ता अथवा राज्यपाल था वीरसेन को नर्मदा प्रदेश का प्रशासक बताया गया है। **पाटलिपुत्र, अयोध्या** और विदिशा नामक नगरों से उसके राज्य की सीमाओं पर प्रकाश पड़ता है। **वायुपुराण में** कहा गया है,"पुष्यमित्र के आठों पुत्र सम्मिलित रूप से राज्य करेंगे।" इस कथन से स्पष्ट होता है कि उसने साम्राज्य का विभाजन कर दिया था। पतंजल के अनुसार एक सभा शासनकार्य में पुष्यमित्र का हाथ बँटाती थी। उसने मगध के नजदीकी सभी प्रदेशों को अपने कब्जे में कर लिया और अपने शासन के पश्चिमी क्षेत्रों पर मजबूत शासन की नीव डाली। अभिप्राय से उसने प्रमुख नगरी **विदिशा** को अपनी दूसरी राजधानी घोषित किया। अग्निमित्र को उसने अपने प्रतिनिधि के रूप में अवंति का शासक नियुक्त किया। कालिदास के अनुसार नर्मदा तक के दक्षिणी राज्य उसके साम्राज्य में थे। **वायुपुराण** का उपर्युक्त कथन स्वीकार करने के बाद भी यह स्मरण रखना चाहिए कि वह स्वयं समस्त साम्राज्य पर नियंत्रण रखता था और उसके पुत्रगण प्रदेशों पर उसके प्रतिनिधि के रूप में शासन करते थे।

पुष्यमित्र बौद्ध तथा ब्राह्मण दोनों धर्मों को मानता था। **दिव्यावदान** के अनुसार वह बौद्धधर्म के प्रति असहिष्णु था। उसने साकल में प्रत्येक बौद्धभिक्षु के मस्तक के लिये सोने की सौ-सौ दीवारें देने की घोषणा की। तारानाथ भी उसकी बौद्धविरोधी होने की पुष्टि करता है और उसने उसे बौद्धविहारों को नष्ट करने वाला कहा है। **दिव्यावदान** और तारानाथ का कथन पक्षपात से मुक्त नहीं है। पुष्यमित्र एक कट्टर ब्राह्मण था; फिर भी साकल में उसकी नीति को हम यूनानविरोधी कह सकते हैं, बौद्धविरोधी नहीं। विदिशा के निकट **भरहुत** में उसने दान द्वारा अनेक बौद्धस्तूपों का निर्माण होने दिया। जो कार्य किया इसे पता चलता है कि उसका धर्म के प्रति अटूट विश्वास था। भरहुत एक एक **सुगनम् राज** शिलालेख में लिया है कि ये स्तूप शुंगों के राज्य में थे। भरहुत का यह लेख निस्संदेह **दिव्यावदान** की कहानी के विरुद्ध जान पता है, और पुष्यमित्र का तथाकथित असहिष्णुता को निर्मूल कर देता है। यह सही है कि वह ब्राह्मणधर्म का समर्थक और संरक्षक था, किन्तु पुष्यमित्र का बौद्धों के साथ अच्छे व्यवहार के प्रमाण मिलते हैं।

पुष्यमित्र का मूल्यांकन—भारत के महान शासकों में इसकी गणना होती है। उसने भारत की सेवा उस समय की, जब देश पर निरंतर यवनों का आक्रमण हो

रहा था। यवनों ने कुछ प्रदेशों पर अधिकार भी कर लिया था। उसने यवनों के प्रभाव से देश को मुक्त किया। ब्राह्मणधर्मावलबी होते हुए भी वह उदार धार्मिक नीति का समर्थक था। वह उच्चकोटि का सैनिक और सेनापति था। अपनी विद्धता के आधार पर उसने नए राजवंश की नीव रखी तथा साम्राज्य विस्तार के क्षेत्र में उसे सफलता प्रापत हुई। वह एक योग्य शासक था। उसने साम्राज्य का दृढ़ संगठन किया और मगध-साम्राज्य के वैभव का विस्तार भी। ब्राह्मणधर्म की पुनःस्थापना का श्रीगणेश उसी के समय हुअ, जिसका चरमोत्कर्ष हमें बाद में देखने को मिलता है। पतंजलि और कालिदास ने शुङ्गकाल में परिषद होने की चर्चा की है, परन्तु यह परिषद कैसी थी इसका स्पष्ट ज्ञान नहीं होता है। न्यायपरिषद या मंत्रिपरिषद का रूप क्या था यह कहना बहुत मुश्किल है। **मालविकाग्निमित्रम्** (अंक 1) के अनुसार राज-व्यवस्था के अंतर्गत मंत्रिपरिषद एक महत्त्वपूर्ण संस्था थी। यह संस्था युवराज की सहायता भी करती थी। विदेश-नीति से संबद्ध मुश्किल समस्याओं पर मंत्रिपरिषद या अमात्यपरिषद में विचार भी होता था (वही, अंक 5-14)।

पुष्यमित्र के उत्तराधिकारी—पुष्यमित्र की मृत्यु ई. पू. 148 में हुई। उसकी मृत्यु के पश्चात् वहां का शासक **अग्निमित्र** हुआ। उसके बाद **सुज्येष्ठ ज्येष्ठमित्र।** ज्येष्ठ का वर्णन सिक्कों में जेठमित्र के रूप में हुआ है। वसुमित्र भी अग्निमित्र का पुत्र था और उसने अपने पितामह के समय यवनों को सिंधुनद के तट पर हराया था। फिर, वसुमित्र के बाद क्या हुआ, यह निश्चित रूप से कहना मुश्किल है। नौवें शासक **भागवत** के दरबार में तक्षशिला के राजा एनटिअलकिडस का राजदूत आया था, जिसका नाम था हेलियोडोरस। उसके **वेशनगर-स्तंभलेख (हेलियोडोरस कॉलम)** से ज्ञात होता है कि संभवतः **'काशीपुत्र भागभद्र' शुंग भागवत** ही था। हेलियोडोरस ने अपने को उस अभिलेख में भागवत कहा है। इस वंश का अंतिम शासक देवभूति था। देव भूमि विलासी प्रवृत्ति का था इसकी शासन व्यवस्था ठीक नहीं थी उसे अयोग्य शासक कहा गया। उसके मंत्री **वसुदेव कण्व** ने उसका वध करवा दिया। शुंग-प्रभाव का अंत करनेवाले **आंध्रभृत्यया सातवाहन** थे। शुंगों के काल में साहित्य, कला और धर्म के क्षेत्र में पुनरुत्थान हुआ। विदिशा, गोनार्द(पतंजलि की गोभूमि) और भरहुत प्रसिद्ध नगर थे। विदिशा के शिल्पकारों ने साँची के फाटक पर कलात्मक खुदाई की। भरहुत शुंगकालीन राजसत्ता का अक्षुण्ण स्मारक है। हेलियोडोरस को महाभारत का ज्ञान था।

कण्व (काण्व)-वंश

विष्णुपुराण के अनुसार शुंग वंश का अंतिम शासक देवभूति अपने मंत्री **कण्व वसुदेव** द्वारा मारा गया। **विष्णुपुराण** और **हर्षचरित** के अनुसार **देवभूति** व्यसनी था। कण्व वसुदेव ही कण्व वंश का संस्थापक था। कण्व वंश के राजा धर्मानुकूल शासन करते थे। ब्राह्मण-पुनरुद्धार-नीति का कण्व वंश ने भी अक्षरशः अनुसरण किया। यह भी ब्राह्मण वंश था। इस वंश का शासन ई. पू. 72 से ई. पू. 27 तक रहा। पुराणों से स्पष्ट होता है कि कण्व वंश मात्र 45 वर्ष तक ही शासन किये।

मगध में कण्व वंश के पतन से गुप्त वंश के उत्थान तक के इतिहास का निर्माण अपने-आप में एक कठिन कार्य है। सातवाहनों का मगध पर शासन था कि नहीं यह भी विवादों के घेरे में है उसका सही उल्लेख नहीं मिलता है। गया में महाराज त्रिकमल का शासन था। लिच्छवियों और पाटलिपुत्र के बीच भी कुछ संबंधों का उल्लेख मिलता है। गया से प्राप्त एक मुहर पर मौर्यकालीन ब्राह्मी में मौखरी-सामंतों का उल्लेख मिलता है। ये लोग शायद मौर्य, शुंग या कण्व राजवंश के अधीनस्थ शाक रहे होंगे। कुछ क्षेत्रों में मित्र वंश के शासन का उल्लेख मिलता है। मित्रवंश की ऐतिहासिकता स्पष्ट नहीं है।

आंध्र-सातवाहन वंश

शुंग वंश और कण्व वंश को समाप्त करने का श्रेय **वायुपुराण** में किसी आंध्रजातीय व्यक्ति को दिया गया है। उसमें कहा गया है कि आंध्रजातीय शिशुक या **शिमुक** ही शुंग और कण्व की शक्तियों का नाश करेगा। इस आधार पर यह कह सकते है कि आंध्रो के द्वारा ही कश्व वंश को समाप्त किया गया। रामकृष्ण गोपाल भंडारकार का मत है कि कण्व के वंश के शासन-काल में भी शुंग लोगों का कुछ-न-कुछ अधिकार बचा हुआ था, परंतु आधुनिक शोधों के आधार पर यह निर्विवाद रूप से कहा जा सकता है कि कण्व शासक पूर्णरूपेण स्वतंत्र थे और उस समय शुंगों की शासन व्यवस्था नहीं थी।

आंध्र-सातवाहन वंश की उत्पत्ति—पुराणों में आंध्र-सातवाहन को 'आंध्रजातीय' अथवा 'आंध्रभृत्य' कहा गया है। स्मरण रहे कि इस वंश के अभिलेखों में कहीं ऐसा वर्णन नहीं प्राप्त होता है। इसके राजा अपने को **सातवाहन** कहते थे। साहित्य में यदा-कदा इस वंश के लिये **शालिवाहन** शब्द का प्रयोग हुआ है। ऐसा मालूम पड़ता

है कि 'आंध्र' देश में रहने के कारण ही उन्हें 'आंध्रदेशीय' नाम दिया गया। यों सातवाहन वंश ब्राह्मण वंश था। नासिक अभिलेख में गौतमीपुत्र शातकर्णि को क्षत्रियों के गर्व और मान का मर्दन करने वाला ब्राह्मण कहा गया है। सेनार्ट और बुहलर सातवाहन वंश को ब्राह्मण वंश मानते हैं। **बृहद्देशी** नामक संगीतग्रंथ में 'आंध्री' और 'सातवाहनी' नामक दो पृथक रागिनियों का वर्णन किया गया है, जिससे स्पष्ट होता है कि ये दोनों वंश अलग-अलग थे। डी. आर. भंडारकार सातवाहन वंश को ब्राह्मणेतर मानते हैं। वे अभिलेख के **एक ब्रह्मण्य** शब्द का अर्थ 'ब्राह्मणों का महत्त्वपूर्ण सहायक' लगाते हैं। सातवाहनों के विषम में भी स्पष्ट तथ्य नहीं प्राप्त होते हैं अलग-अलग लोगों ने इसे विभिन्न जाति का मानते हैं। जो भी हो, उपलब्ध सामग्री के आधार पर हम सातवाहनों को वैश्य अथवा शूद्र नहीं कह सकते हैं, बल्कि उन्हें ब्राह्मण कहना ही समीचीन पड़ता है। डॉ. हेमचंद्र रायचौधरी के अनुसार ब्राह्मण सातवाहनों में संभवतः नाग वंश के रक्त का भी सम्मिरण था, जैसा कि सातवाहन नामों से स्पष्ट होता है। **द्वात्रि-शत्पुत्तलिका** में **ब्राह्मणों** और **नागों** के सम्मिश्रण से सातवाहनों की उत्पत्ति मालूम होती है। सातवाहनों का मूल अब भी अंधकार में है। कुछ विद्वान उन्हें अशोक के अभिलेख के सतियपुत्र और प्लिनी के 'सेताइ' से मिलाते हैं। **कथासरित्सागर** में उनके नाम की अद्भुत काल्पनिक व्युत्पत्तियाँ दी गई हैं।

आंध्र या सातवाहन—गोदावरी और कृष्णा नदी के बीच रहने वाले लोगों को आंध्र कहा गया है। **ऐतरेयब्राह्मण** में उन्हें आर्येतर कहा गया है और मेगास्थनीज में उनकी समृद्धि का वर्णन प्राप्त होता है। आंध्र के लोग अशोक के राजनीतिक प्रभाव में थे। मौर्य साम्राज्य के पतन के बाद वे स्वतंत्र हो गये, ऐसा अनुमान लगाया जा सकता है। सातवाहन अपने अभिलेखों में सदा अपने को 'सातवाहन' या 'शातकर्णि' कहते हैं। डॉ0 सुकथंकर के अनुसार सातवाहन बेलारी जिले के निवासी थे। डॉ0 रायचौधरी के अनुसार वे लोग मध्यदेश के निकट दक्षिण की भूमि में बसते थे। वी0 वी0 मीराशी बरार को आंध्रों का मूल निवासप्रांत मानते हैं। सातवाहनों ने अपनी शक्ति को सुदृढ़ करने के लिए आन्ध्र को अपने अधिकार में किया गया और जब उनकी शक्ति कृष्णा तथा गोदावरी के बीच तक ही सीमित रही होगी, तभी वे आंध्र-सातवाहन नाम से प्रसिद्ध हुए होंगे। अधिकतर विद्वान महाराष्ट्र को सातवाहनों का मूलस्थान मानते हैं, क्योंकि उनके बहुसंख्यक अभिलेख यही से प्राप्त हुए हैं। वे लोग पहले महाराष्ट्र पर शासन करते थे और कालांतर में शकों ने इस राजवंश को पराजित कर महाराष्ट्र से खदेड़ दिया और तब वे आंध्र में आकर बसे। इसीलिये

इस वंश को आंध्र-सातवाहन के नाम से भी सम्बोधित किया जाता है। सातवाहनों का अभ्युदय प्रतिष्ठान (पश्चिमी दक्कन) के आसपास हुआ और वहाँ से उनका साम्राज्य सभी दिशाओं में फैल गया। उन्होंने उत्तरी-दक्षिणी महाराष्ट्र और पूर्वी-पश्चिमी मालवा पर कब्जा किया। रथिकों और वाणों ने उनकी मदद की।

सातवाहनों की उत्पत्ति की तिथि—कण्व वंश के शासन का अंत ई. पू. 27 में हुआ और उसके बाद ही सातवाहनों का प्रारंभ हुआ, यही मत आज सर्वमान्य है। **मत्स्यपुराण** में कहा गया है कि आंध्रों ने 450 वर्ष तक राज्य किया और इस आधार पर कुछ विद्वान सातवाहनों का प्रारंभ ई. पू. तीसरी शती से मानते हैं। **वायुपुराण** में सातवाहनों की शासन करने की समय सीमा 300 वर्ष माना गया है। भंडारकर के अनुसार सातवाहनों का प्रारंभ ई. पू. 72-73 में हुआ। **वायुपुराण** के अनुसार उस वंश में 19 राजा हुए और **मत्स्यपुराण** के अनुसार 30 राजा। कुछ विद्वानों का मत है कि सातवाहनों की दो शाखाएँ थीं—एक मूलशाखा और एक उपशाखा। मूल में 19 शासक हुए और उपशाखा में 11। **काव्यमीमांसा** और कुछ अभिलेखों में कुंतल के सातवाहनों का वर्णन मिलता है और हो सकता है कि वे लोग उपशाखा के ही रहे हों।

कण्व वंश के अवनीत के पश्चात सातवाहन वंश के इतिहास का प्रारम्भ होता है। ऐसा लोग मानते हैं। इसके अतिरिक्त निम्नलिखित बातों से इनकी तिथि पर प्रकाश पड़ता है विभिन्न विद्वानों ने अपना अलग-अलग मत प्रस्तुत किया है—

(i) नानाघाट-अभिलेख में सिमुक की पुत्रवधू का उल्लेख है और इसके आधार पर चंदा सिमुक को ई. पू. प्रथम शती का मानते हैं।

(ii) हाथागुंफा-अभिलेख में शातकर्णि के उल्लेख में भी ई. पू. प्रथम शताब्दी का प्रमाण मिलता है।

(iii) रायचौधरी के अनुसार सिमुक ने शुंग-रक्त के उन सामंतों का भी नाश किया, जो कण्व-क्रान्ति के बाद बच रहे थे।

(iv) राधाकुमुद मुखर्जी के अनुसार सातवाहनों ने ई. पू. 250 से 300 ई. तक शासन किया' डी. सी. सरकार भी इस मत को मानते हैं।

(v) स्मिथ और गोपालाचारी का मत है कि सातवाहनों ने ई. पू. 235 से 225 ई. तक शासन किया।

सिमुक—सातवाहन का संस्थापक कौन था इसके विषय में तीन नामों का उल्लेख मिलता है ये तीनों नाम है **सिंधुक, सिमुक** और शिप्रक है। 'भृत्य' शब्द के व्यवहार से यह अनुमान लगाया जाता है कि स्वतंत्र शासक होने के पूवर्च वह किसी

का सामंत रहा होगा। उसकी शासनावधि भी अनिश्चित है और कुछ लोग उसे ई. पू. 60 से 37 के बीच मानते हैं। इस वंश की स्थापना का रेय उसी को है। उसने कण्व वंश के अंतिम शासक सुशर्मा का वध किया और शुंगों विनिष्टकर उनके राज्य अपने अधिकार में ले लिये। उसकी राजधानी गोदावरी नदी के उत्तरी तट पर स्थित **प्रतिष्ठान** या **पैठन** नामक नगरी थी। नासिक के आसपास का क्षेत्र भी उसके राज्य में था। श्री गोपालाचारी का मत है कि प्रारंभ में वह मौर्यों की नौकरी में था और बाद में 'भोज' तथा 'रथिकों' के साथ संघ बनाकर उसने मौर्य-सत्ता को विघटित किया तथा स्वतंत्र सत्ता कायम की। डी. सी. सरकर के अनुसार उसने विदिशा और उसके दर्द-गिर्द के क्षेत्र जीतकर अपने अधीन किए। इसके शासनकाल के विषय में भी काफी मतभेद है, फिर भी इतना तो निर्विवाद कहा जा सकता है कि वह इस वंश का संस्थापक था। इन्हें जैन तथा बौद्ध धर्म के संरक्षक के रूप में जाना जाता है।

कान्ह या कृष्ण—सिमुक के बाद उसका भाई कान्ह या कृष्ण शासक हुआ। नासिक के अभिलेख से पता चलता है कि उसके शासनकाल में किसी व्यक्ति ने वहाँ एक दरी-गृह बनाया। नासिक पर कृष्ण की सत्ता बनी रही। कुछ लोग उसे सिमुक का पुत्र मानते हैं, परन्तु यह ठीक नहीं लगता। कृष्ण के शासनकाल में महाराष्ट्र पर आंध्रों का शासन स्थापित हो गया था और पश्चिमी तथा पूर्वी समुद्रों के मध्य के समस्त प्रदेशों पर सातवाहन-शासन की स्थापना के संकेत दिखाई देने लग गये थे। सिमुक ने 23 वर्ष तक और कृष्ण ने 18 वर्ष तक शासन किया।

शातकर्णि प्रथम—शातकर्णि प्रथम सातवाहन वंश को प्रतापी शासकों के रूप में जाना जाता था। पुराण में इसे कृष्ण का पुत्र कहा गया है, परंतु गोपालाचारी ने विभिन्न साक्ष्यों के आधार पर इसे सिमुक का पुत्र कहा है। नानाघाट-अभिलेख में इसे 'सिमुक-सातवाहनस वंसवधनस' (सिमुक-सातवाहन के वंश को बढ़ानेवाला) कहा गया है। इसने अपने प्रभाव की वृद्धि के लिये महाराष्ट्र के महाराथी की पुत्री नायनिका या नागनिका से विवाह किया। इस विवाह से उसने अपने शक्ति बढ़ाने में सुदृढ़ता प्राप्त हुई। **नागनिका** (नागरिका) के नानाघाट-अभिलेख में शातकर्णि को 'वीर', 'शूर' और '-अप्रतिहतदक्षिणापथपति' कहा गया है। स्पष्ट है कि दक्षिण भारत के कुछ प्रदेशों को जीतकर उसने उन्हें अपने साम्राज्य में मिला लिया था। इन्हीं विजयों के उपलक्ष में शातकर्णि ने दो अश्वमेघ यज्ञ किये होंगे, जिनका उल्लेख नानाघाट-अभिलेख में है। साँची-अभिलेख में भी राजा शातकर्णि का वर्णन है इससे यह पता चलता है कि पूर्वी मालवा पर शातकर्णि का अधिकार था। शातकर्णि प्रथम की रानी के एक अभिलेख में उसे **दक्षिणापथ** का अधिस्वामी एवं अप्रतिहत चक्र

का चालक कहा गया है। शातकर्णि के पूर्वजों ने भी इन क्षेत्रों पर अधिकार किया हो, ऐसा भी हो सकता है। शातकर्णि ने उन क्षेत्रों पर अपना अधिकार दृढ़ किया और वहाँ उसने मालवा शैली की गोल मुद्राएँ का प्रचलन किया। खरवेल का यह समसामयिक था अथवा नहीं, यह एक विवादास्पद प्रश्न है और नीलकंठ शास्त्री का मत है कि कलिंगराज खरवेल के हाथ शातकर्णि द्वितीय पराजित हुआ था। खरवेल ने आंध्र-सातवाहनों के अधीनस्थ रथिकों और भोजों को भी परास्त किया था। कलिंगनरेश खरवेल के हाथीगुफा-अभिलेख में भी शातकर्णि का उल्लेख है और कहा जाता है कि शातकर्णि खरवेल द्वारा पराजित हो गया था। खरवेल ने अपने शासन के द्वितीय वर्ष में यह युद्ध प्रारम्भ हुआ इसमें इन्होंने सात शातकर्णि की पत्नी नागनिका ने अपने कुमारों—**शक्तिरी और वेदश्री**—की कुमारावस्था में उनका अभिभावकत्व किया। शातकर्णि के देहान्त के पश्चात सातवाहनों को बहुत बड़ी चोट पहुंची।

पेरीपलस में एल्डर सैरागेनस का उल्लेख है, जिसका समीकरण विद्वान शातकर्णि से करते हैं। बौद्धग्रंथ **वीरचरित** में भी प्रतिष्ठान के शासक 'शातकर्णि' का वर्णन है और उसके पुत्रों का भी। कुछ सातवाहन-मुद्राओं पर 'सिरि सात' मिलता है, जिसे रैप्सन महोदय शातकर्णि से मिलाते हैं। शातकर्णि ने केवल 9 साल तक ही शासन किये थे। फिर भी उसके समय में ही सातवाहन-सत्ता का वास्तविक उत्कर्ष हुआ। मालवा, नर्मदा के दक्षिण के क्षेत्र, विदर्भ, मध्यभारत आदि प्रदेशों को जीतकर उसने अपने साम्राज्य के अधीन किया। कलिंग से उसके राज्य की सीमा मिलती थी। उत्तरी कोंकण, काठियावाड और ऊपरी दक्कन भी उसके राज्य के अंतर्गत थे।[1] शातकर्णि के देहान्त के पश्चात शासन की बागडोर स्वयं उसकी पत्नी ने अपने हाथ में ले ली और शासन करने लगी। उसने अपने पति के कार्यों को चिरस्थायी करने का प्रबंध किया, जो नानाघाट-अभिलेख से सपष्ट है। उसके दो पुत्रों में वेदश्री की मृत्यु हो गई और शक्तिश्री ने कुछ दिनों तक शासन किया। शालवाहन-परंपराओं में शक्तिकुमार का नाम यदा-कदा मिलता है और कुछ लोग उसे नानाघाट-अभिलेख के हकुश्री से मिलाते हैं। कुछ विद्वानों का विश्वास है कि खरवेल का संघर्ष शातकर्णि द्वितीय से हुआ था, प्रथम से नहीं। शातकर्णि द्वितीय की 55 वर्ष की शासनवधि मानी जाती है। इस विषय में काफी विवाद है।

सातवाहनों का इतिहास अंधकार में—शातकर्णी प्रथम के पश्चात् सातवाहनों का इतिहास अन्धकारमय हो गया। उसके बाद की विशेष घटनाओं का उल्लेख नहीं मिलता है। पुराण सत्रह अन्य राजाओं के नाम लेते हैं। उनका शासनकाल

सातवाहनों के लिये पतन का काल था। इसी समय सातवाहन-राज्य पर शक-क्षहरातों के आक्रमण हुए, जिसके परिणामस्वरूप महाराष्ट्र सातवाहन-राज्य से निकल गया और उसका विदेशी आक्रमणकारियों का आधिपत्य हो गया। पेरीप्लस के आधार पर हम जानते हैं कि उस समय कल्याण और सोपरा के प्रसिद्ध बंदरगाह व्यापार के लिये बन्द कर दिये गये थे। महाराष्ट्र के निकल जाने के बाद सातवाहनों को दक्षिण भारत की ओर प्रस्थान करना पड़ा और वे **आंध्र** में जाकर बस गए। तबसे बहुत दिनों तक शकों और सातवाहनों के बीच संघर्ष चलता रहा। इसमें संदेह नहीं कि पुराणों में इस काल में राजाओं की एक नामावली दी हुई है; परन्तु इसकी सत्यता का साक्ष्य देने के लिए कोई प्रमाण उपलब्ध नहीं है। प्रथम शती ईसवी सन् के प्रायः अंत में सातवाहनों की राजलक्ष्मी विचलित हो चली ओर शक-क्षत्रिय से उनका संघर्ष प्रारम्भ हो गया।

हाल—वर्णित राजाओं में से हाल नामक एक नृपति प्राकृत की अपनी **सतसई** (सप्तशती) के लिये विख्यात है। वह उच्चकोटि का कवि और साहित्यकार था और अपने राज्य में साहित्यकारों को आश्रय प्रदान करता था। कहा जाता है कि उसने लगभग 5 वर्ष तक (20-24 ई.) शासन किया। हाल के समय में साहित्य के क्षेत्र में काफी प्रगति हुई। प्राकृत भाषा का उत्तरोत्तर विकास हुआ। महाराष्ट्री प्राकृत में विद्वत्तापूर्ण ग्रंथ लिखे गये। हाल ने स्वयं **गाथासप्तशती** की रचना की। कहा जाता है कि उसी के शासनकाल में गुणाढ्य ने अपनी **बृहत्कथा** की रचना की। प्राकृतग्रंथ **लीलावै** से हाल की सैनिक उपलब्धियों पर प्रकाश पड़ता है। उसमें उसके सेनापति विजयानंद के लंका तक जाने का उल्लेख है। हाल के सैनिकों के उपलब्धि की प्रंशसा भी की गयी है।

शक-क्षत्रपों का आक्रमण और सातवाहनों का ह्रास—शक-पार्थियन के उत्थान से सातवाहनों के विस्तार को बहुत बड़ा धक्का लगा। शक-क्षत्रपों ने पश्चिमी भारत और दक्कन पर आक्रमण किया और पश्चिमी राजपूताना, गुजरात और काठियावाड़ को अपने अधीन कर लिया। धीरे-धीरे उन लोगों ने मालवा, उत्तरी कोंकण, उत्तरी और दक्षिणी महाराष्ट्र तथा बरार के कुछ हिस्सों पर अधिकार कर लिया और सातवाहनों से उन स्थानों को छीन लिया। महाक्षत्रप **नहपान** और उसके दामाद **ऋषभदत्त** ने सातवाहनों को पराजित किया और पश्चिमी दक्कन पर अपना आधिपत्य कायम किया। शक-क्षत्रपों का उत्थान दक्षिण-पश्चिम भारत के लिये एक महत्त्वपूर्ण घटना थी, क्योंकि इसके बाद करीब सौ वर्षों तक शक सातवाहनों के बीच

आधिपत्य के लिए संघर्ष चलता रहा भारतीय इतिहास पर भी इस आक्रमण का प्रभाव पड़ा है।

गौतमीपुत्र शातकर्णि और सातवाहनों का पुनरुद्धार—पुराणों के अनुसार **गौतमीपुत्र शातकर्णि** सातवाहन वंश का तेईसवां शासक था। इसकी गिनती एक परिश्रमी शासक के रूप में की जाती है। उसके शासनकाल में सातवाहन-सत्ता का पुनः स्थापन हुआ। दक्षिणभारत के इतिहास में उसके शासन का बड़ा ही महत्त्व है। उसके पुत्र वशिष्ठ-पुत्र पुलुमावी के नासिक-अभिलेख में उसकी उपलब्धियों का उल्लेख मिलता है। इस अभिलेख में गौतमीपुत्र शातकर्णि को—

—**सातवाहनकुलयसपतिथापनकरस** (सातवाहन कुल के यश को फिर से स्थापित करने वाला),

—**खतिय दपमान मदनस** (क्षत्रियों के दर्प और मान का मर्द करने वाला),

—**सक-यवन-पह्व-निसूदनस** (शक, पह्लव और यवन का नाश करने वाला),

—**खखरात-वय-निरवसेसकरस** (क्षहरात वंश को निर्मूल करने वाला)—कहा गया है।

इसी अभिलेख में उसे **सर्वराजलोकमंडलप्रति गृहीतशासनस्य त्रिसमुद्रतोवपीतवाहनस्य अपराजितविजय-पताकः अनेकसमरविजितशत्रुसंघस्य** कहा गया है, जिससे उसके पराक्रम का पता चलता है। उसने सातवाहन-साम्राज्य का अभूतपूर्व विस्तार किया। इसके प्रान्त निम्नलिखित भागों में विभक्त थे—

असिक—गोदावरी और कृष्णा के मध्य का प्रदेश।

अश्मक—गोदावरी का तटीय प्रदेश।

मूलक—पैठन के चतुर्दिक् का प्रदेश।

सुराष्ट्र—दक्षिणी काठियावाड़।

कुकुर—उत्तरी काठियावाड़।

अपरांत—**महाराष्ट्र** का उत्तरी प्रदेश।

अनूप—नर्मदा नदी के तट पर स्थित माहिष्मती प्रदेश।

विदर्भ—रार।

आकर—पूर्वी मालवा।

अवंती—पश्चिमी मालवा।

शातकर्णि गौतमी के पुत्र थे। इन्होंने क्षहरात वंश को परास्त कर अपने वंश का राज्य की स्थापना की। कुछ मुद्राओं पर अंकित लेखों से ऐसा अनुमान लगाया जाता है कि उसने नहपान को पराजित किया था। गौतमीपुत्र ने अपने वंश की शक्ति

और प्रतिष्ठा पुनः स्थापित की। नासिक-प्रशस्ति में उसे क्षहरात वंश का विनाशक तथा सातवाहन वंश की प्रतिष्ठा पुनः लानेवाला कहा गया है। नासिक जिले से प्राप्त मुद्राओं से सिद्ध हो जाता है कि नहपान को गौतमीपुत्र ने परास्त किया था। नहपान द्वारा चलाए गए सिक्कों पर गौतमीपुत्र ने अपना रुद पुनः अंकित करवाया। परंतु, नहपान और गौतमीपुत्र शातकर्णि समसामयिक थे अथवा नहीं, इस पर विद्वानों में मतभेद है। कुछ विद्वानों का मत है कि नहपान को पराजित करने के बाद ही गौतमीपुत्र शातकर्णि ने महाराष्ट्र पर अपने साम्राज्य की स्थापना की। उसने गुजरात, सौराष्ट्र, मालवा, बरार, पूना, नासिक आदि के क्षेत्रों पर अपना अधिकार कायम किया और अपने शासन के अठारहवें वर्ष नासिक के पास पांडुलेनि में एक गुफागृह बनवाकर उसका दान किया। गौतमी पुत्र शातकर्णि ने अपने 24 वर्ष के शासनकाल में साधुओं के लिए भूमि का दान किया। इसका उल्लेख एक अभिलेख से मिलता है। प्रमाणित होता है किया उसने कम-से-कम 24 वर्ष तक राज्य किया था। नासिक-गुहाभिलेख में लिखा है कि "उसके घोड़ों ने तीन समुद्रों का पानी पीया था।" गौतमीपुत्र की सैनिक-विजय का परिणाम यह हुआ कि नहपान की मुद्राओं को उसने फिर से अपने नाम से टंकित कराया। अपने साम्राज्य को सुदृढ़ करने के लिए उन्होंने एक विशाल सेना तैयार की।

शातकर्णि एक महान विजेता के साथ-साथ एक कुशल शासन प्रबंधन की क्षमता भी उसके अन्दर विद्यमान थी। वह धर्मानुकूल कर लगाता था और अपराधियों के साथ उदारता का व्यवहार करता था। उसकी न्याय तथा शासन की व्यवस्था कठोर नहीं थी। वह **वैदिक धर्म** का अनुयायी था। उसने वर्णाश्रम को बनाए रखने की यथेष्ट चेष्टा की। वह अत्यंत दयावान था। प्रजा के सुख-दुःख को वह अपना सुख-दुःख समझता था और अपनी प्रजा के आनंद के लिये वह उत्सव और 'समाज' का प्रबंध करता था। वह समस्त आगमों का ज्ञाता था। वह एक महान निर्माता भी था और नासिक जिले में उसने 'वेनकटक' नामक नगर का निर्माण कराया।

डॉ0 दिनेश चंद्र सरकार का मत है कि अपने जीवन के अंतिम समय गौतमीपुत्र शातकर्णि को कर्दमक शकों ने इसे पराजित कर दिया। शातकर्णि ने नहपान से जो-कुछ जीता था।, उसे शकों ने उससे छीन लिया। अपने इस संबंध को ठीक करने के लिये शातकर्णि ने महाक्षत्रप रुद्रदामन के साथ वैवाहिक सबंध स्थापित किया। उस समय पश्चिमी भारत में क्षत्रपों का बोलबाला था। गौतमीपुत्र ने लगभग 24 वर्ष तक शासन किया (106 ई. से 130 ई. तक)। प्रो0 ड्रबेल का मत

है कि उसकी मृत्यु पर उसकी माता गौतमी बलश्री ने नासिक-अभिलेख खुदवाया, इसलिये इस अभिलेख को 'फ्युनरल ओरेशन' कहा गया है।

वशिष्ठपुत्र पुलुमावी—शातकर्णि के मृत्यु के पश्चात पुलुमावी यहां के राजा हुए। पुराणों में उसे 'पुलोमा' कहा गया है और टालेमी ने उसे 'सिरो पोलेमाय' कहा है। रुद्रदामन के गिरनार-अभिलेख में जिस शातकर्णि का उल्लेख है, उसका समीकरण अभी तक संभव नहीं हो सका है। कहा जाता है कि अपनी स्थिति को सुरक्षित करने के लिये गौतमीपुत्र शातकर्णि ने अपने पुत्र वशिष्ठपुत्र पुलुमावी का विवाह रुद्रदामन की पुत्री से कर दिया। कान्हेरी-अभिलेख में पुलुमावची को महाक्षत्रप रुद्रदामन का दामाद कहा गया है। दामाद होने के कारण ही पुलुमावी का महाक्षत्रप रुद्रदामन ने विनाश नहीं किया था। अपने पिता की तरह पुलुमावी भी योग्य और कुशल शासक था। उसे दक्षिणाापथपति और दक्षिणापथेश्वर के नाम से सम्बोधित किया गया है और उसे 'आंध्रप्रदेश का राजा' भी कहा गया है। उसने भी करीब 24 वर्ष तक शासन किया (130 ई.. से 154 ई.)। कुछ लोग पुलुमावी का शासनकाल 29 वर्ष मानते हैं। सातवाहन-साम्राज्य का विस्तार करने में इसका महत्वपूर्ण योगदान है। उसके सिक्के मद्रास में भी मिले हैं। उसके समय सातवाहनों की नौशक्ति का काफी विकास हुआ। देशी और विदेशी व्यापार को बढ़ाने में इन्होंने काफी प्रयास किया। नवनगर नामक नगर की स्थापना उसके समय में हुई और अमरावती-स्तूप तथा तत्संबद्ध स्थापत्यकला का विस्तार भी उसी के समय में हुआ। उसका पूरा नाम वशिष्ठपुत्र स्वामी श्रीपुलुमावी था।

पुलुमावी के बाद उसका भाई **श्री शिव श्री शातकर्णि** शासक हुआ। इसने अधिक समय तक शासन नहीं किया। इसके शासन काल की अवधि मात्र 7 वर्ष थी परंतु, उसके शासनकाल का कोई ठोस प्रमाण नहीं मिलता है। **शिवश्री पुलुमावी** और **शिवस्कंद शातकर्णि** का भी उल्लेख मिलता है।

यज्ञश्री शातकर्णि—इसकी गिनती प्रमुख शासकों के रूप में की जाती है। यज्ञ श्री शातकर्णि सातवाहन वंश का अंतिम शासक था। पुराणों के अनुसार यह गौतमीपुत्र के 35 वर्ष बाद शासक हुआ, इसलिये इसका समय हम 165 ई. रख सकते हैं। इसने लगभग 27 वर्ष तक शासन किया। यह बड़ा ही पराक्रमी था। इसने उन सभी प्रदेशों को जीत लिया, जिन्हें शकों ने इसके पूर्वजों से छीन लिया था। गुजरात, काठियावाड़, पूर्वी और पश्चिमी मालवा, मध्य प्रदेश और आंध्र प्रदेश से इसकी मुद्राएँ मिली हैं। शकविजय का श्रेय भी इसे दिया जाता है। इसके समय में व्यापारिक उन्नति हुई थी। इसके सिक्कों पर मछली, जहाज और शंख के चित्र हैं। मुद्रा पर

जहाज की आकृति से स्पष्ट है कि इसका राज्य समुद्रतट तक फैला हुआ था ओर यह अपनी प्रजा को समुद्री व्यापार में सहायता देता था। इसके राज्य की सीमाएँ पूर्व में बंगाल की खाड़ी तथा पश्चिम में अरब-सागर तक थी। समुद्र पर भी इसका प्रभुत्व था। पार्जिटर के अनुसार इसके शासनकाल में पुराणों का पुनः संपादन हुआ। बौद्ध दार्शनिक नागार्जुन यज्ञ श्री शातकर्णि का मित्र था।

सातवाहनों के पतन के कारण—यज्ञश्री शातकर्णि के बाद सातवाहन-साम्राज्य का अन्त हो गया उसके उत्तराधिकारी दुर्बल थे और उनका राज्य पूर्वी दक्कन और कन्नड़प्रदेश तक सीमित था। उसके बाद कई राजा हुए। पुराणों में **विजय, नंदश्री** और **चतुर्थ पुलुमावी** का उल्लेख मिलता है। चतुर्थ पुलुमावी को इस वंश का सबसे अंतिम राजा गया है। तीसरी शताब्दी आते-आते सातवाहन-साम्राज्य छिन्न-भिन्न हो गया था।

सातवाहनों के पतन का कारण—सातवाहनों के पतन के मुख्य कारण निम्नलिखित थे—

(i) आंध्रों ओर शकों में बहुत लबी अवधि तक युद्ध चलता रहा और इससे आंध्रों की शक्ति दिन-प्रतिदिन दुर्बल होती गई।

(ii) आंध्रों के शासनकाल में ही भारत के पश्चिमी प्रदेशों में **आभीरों** की प्रबल शक्ति का उत्थान हो रहा था और जब महाराष्ट्र पर आभीरों ने अपना अधिकार स्थापित कर लिया तो इससे आंध्रों को बड़ी ठेस लगी।

(iii) दक्षिणी भारत में **इक्ष्वाकु** और **पल्लवों** ने अपनी शक्ति का विस्तार कर आंध्रों के विरुद्ध विद्रोह आरंभ किया और स्वतंत्र राज्यों की स्थापना की। इन लोगों ने सातवाहनों की सत्ता बिल्कुल नष्ट कर दी।

(iv) 235-240 ई. के बीच महाराष्ट्र पर आभीर राजा ईश्वरसेन का अधिकार था।

(v) इक्ष्वाकु-शासक वीरपुरुषदत्त ने नागार्जुनीकोंडा के प्रसिद्ध स्तूप का निर्माण कर अपनी शक्ति और सत्ता का परिचय दिया। पतन के बाद सातवाहन वंश का प्रतिनिधित्व इसकी निम्नलिखित शाखाओं ने किया—

(क) **कुंतल,** यहाँ का राजा **हाल** अपनी रचना 'गाथासप्तशती' के लिये प्रसिद्ध है (इसके संबंध में मतैक्य नहीं है)।

(ख) **चुटुकुल,** जिसका राज्य दक्षिण-पश्चिमी भारत में था। इस वंश को मुरानंद ने परास्त किया जिसे चुटुकुलानंद ने गद्दी से हटाया। इसके बाद दो और

राजा हुए, जिसके राज्यकाल में पल्लवों ने आंध्रपथ और सातवाहनीय पर आधिपत्य जमा लिया।

(ग) अकोला से प्राप्त 1500 मुद्राओं के एक संग्रह से एक अन्य सातवाहन-शाखा का पता चलता है जिसने ईसा की तीसरी शती तक राज्य किया। अंत में **वाकाटकों ने** उसे पराजित किया।

(घ) मुद्राओं से दक्षिणी मराठाप्रदेश में सातवाहनों की अन्य शाखा का भी पता चलता है और उसके राजाओं के नाम मिलते हैं।

सुदूर दक्षिण : तमिल राज्य

सातवाहनों के शासन काल की समाप्ति के पश्चात दक्षिण में **आभीर, वाकाटक, इक्ष्वाकु, शालंकायन, पल्लव** और **कदंब** वंशों के तत्त्वावधान में विभिन्न छोटे-छोटे राज्यों का उत्थान हुआ और उन लोगों ने इतिहास में अपना नाम किया। वेंकट-पहाड़ियों के बाद भारत का वह हिस्सा शुरू होता है जिसे तमिल या **सुदूर दक्षिण** नाम से हम जानते हैं। तमिलप्रदेश उस समय कई राज्यों में बंटा हुआ था। उनमें चोल, पांड्य और **केरल** प्रख्यात राज्य थे। वर्तमान तंजौर और त्रिचनापल्ली के कुछ जिलों के साथ-साथ अन्य समीपवर्ती भूभागों पर **चोलों का प्रभुत्व** ई. पू. दूसरी शताब्दी में जमा। एक चोल-शासक एडर का उल्लेख मिलता है, जिसने लंका पर विजय प्राप्त की थी। उसके संबंध में बहुत-सी कथाएँ दक्षिण भारत की परंपरा में सुरक्षित हैं और उन परंपराओं के आधार पर हम कह सकते हैं कि वह बड़ा ही न्यायप्रिय शासक था। बाह्य लोग विद्या और व्यापार में काफी बढ़े-चढ़े थे। मदुरई और तिरुन्नलवलि के अतिरिक्त उन लोगों ने दक्षिणी ट्रावनकोर के कुछ भागों में भी विजय प्राप्त की थी। ई.पू. पहली शती में एक पांड्य-शासक ने रोमन सम्राट् ऑगस्टस के पास अपना राजदूत भेजा था। पांड्यों के उत्तर और पश्चिम में केरल राज्य था। इस राज्य में मालाबार, कोचीन और उत्तरी ट्रावनकोर सम्मिलित थे। दक्षिण राज्यों का पश्चिमी जगत् से बहुत संपर्क था। हमारे देश में ईसाईधर्म का प्रचार प्रसार सबसे पहले केरल से हुआ था और वहाँ का सेंट टामस एपोस्ट्ल अब भी बहुत प्रसिद्ध और प्रतिष्ठित है। दक्षिण भारत में रोमन सिक्के भी प्रचुर मात्रा में मिले हैं। पश्चिम के साथ इन लोगों का व्यापार चलता था।

कलिंग—भौगोलिक एवं ऐतिहासिक पृष्ठभूमि—वैदिक ग्रन्थों में कलिंग का उल्लेख नहीं किया गया है। बौधायन धर्मसूत्र में इसे कहा गया है व्रात्यदेश और पणिनि ने भी इसका उल्लेख किया है। बौद्ध-साहित्य, रामायण-महाभारत, जैन

साहित्य, अशोक के अभिलेख तथा प्लिनी और टालेमी में इसका उल्लेख मिलता है। महाभारत के अनुसार वैतरणी नदी से इसका सिंचन होता था। पुराणों में इसकी पश्चिमी सीमा अमरकंटक की पहाड़ियों तक थी, इसी पहाड़ी इन तीनों नदियों सोन, नर्मदा तथा महानदी का उद्गम हुआ है। कालिदास इसकी सीमा महेंद्रपर्वत तक ले जाते हैं। खरवेल के समय कलिंग को मसुलीपटम जिले के पिथुड से अलग माना गया है। कलिंग का विस्तारपूर्व में गोदावरी जिले के उत्तर तक ही रहा होगा। अशोक के अभिलेख में इसके उत्तरी सीमा सोमली (पुरी जिला) से परे थी। कलिंग में पूर्वी घाट और समुद्र के बीच का मैदान शामिल था। कलिंग के का एक बड़ा भाग जंगल के रूप में था। कलिंग के लिये **त्रिकलिंगाटवी, वैंगीमंडलम्, त्रिकलिंगाटवियुक्तम्, गुप्तकलिंग** आदि शब्दों का भी व्यवहार हुआ है–हेतपुर, सिंहपुर, कलिंगपटम् आदि नाम भी उसके लिये मिलते हैं। माठर, वशिष्ठ, गङ्ग, पूर्वी चालुक्य आदिवंशों का राज्य कलिंग पर था और कलिंग एक अंतरराष्ट्रीय नगर के रूप में भी प्रसिद्ध था।

कलिंगराज खरवेल

ऐसा प्रतीत होता है कि अशोक के बाद कलिंग पुनः स्वतंत्र हो गया। उड़ीसा में भुवनेश्वर से तीन मील की दूरी पर उदयगिरि पर एक हाथीगुंफा-अभिलेख प्राप्त हुआ है, जिसमें **महामेघवाहन वंश के महाराज बावेल** का उल्लेख है। वह अपने समय कलिंग में सर्वशक्तिमान स्वतंत्र शासक के रूप में शासन कर रहा था। इस अभिलेख के अनुसार वह **चेति** (चेदि)-वंश का था। वह सूर्यवंशी राजर्षि वसु का वंशज था। इस वंश का सबसे ऐतिहासिक राजा महामेघवाहन था। डॉ. बरुआ इसका समीकरण पुराणों में वर्णित **मेघवंश** से करते हैं। उसका मत सर्वमान्य नहीं है। कलिंग के चेदिवंश के मात्र तीन नाम का अभी तक उल्लेख मिलता है–**महामेघवाहन, खरवेल** और **महाराज कदेप,** जिसका उल्लेख पातालपुर-गुहालेख में प्राप्त होता है।

हाथीगुंफा-अभिलेख ही एकमात्र साधन है, जिसके आधार पर हम खरवेल के विषय में कुछ ज्ञान प्राप्त होता हैं।राजा होने के पूर्व उसे अनेक प्रकार की शिक्षा दी गई थी। वह मुद्रा, गणना, व्यवहार और विधि में निपुण था। 15 वर्ष की अवस्था में वह युवराज नियुक्त हुआ और उस अवस्था में उसने 9 वर्ष तक शासन-संचालन में योगदान किया। 24 वर्ष की अवस्था में वह राजगद्दी पर बैठा। राजा होते ही उसने किले की मजबूती, फाटक की तैयारी, प्रजाहितकारी कार्यों आदि पर विशेष ध्यान दिया। कलिंग के तृतीय महाराज के यप में उसका राज्यतिलक हुआ। वह महामेघवाहन का वंशज था। उसने प्रारंभ में लिखने, गणना, व्यवहार आदि में

निपुणता प्राप्त की। हत्थकसिंह की पुत्री ललक से उसका विवाह हुआ। इस अभिलेख में खरवेल के शासन का निम्नलिखित ब्यौरा मिलता है–

पहला वर्ष–उसने अपनी राजधानी कलिंगनगर में अनेक निर्माणकार्य किये। राजधानी का प्राचीर और द्वार टूट चुके थे, जिनकी मरम्मत उसने करवाई दुर्गों का भी जीर्णोद्धार किया। उसने शीतल जल से युक्त और सीढ़ियों से अलंकृत तड़ागों का निर्माण कराया और 35 लाख मुद्रा से जनता के मनोविनोद का प्रबंध करवाया। इन सब कार्यों के पश्चात् इन्होंने युद्ध के लिए दुंदुभी बजायी।

दूसरा वर्ष–शातकर्णि को तुच्छसमझते हुए उसने एक विशाल सेना पश्चिम की ओर भेजी। यह सेना कण्णवेना नदी तक पहुँच गई और इसने मूसिकनगर (ऋषिकनगर) को आतंकित कर दिया। इस युद्ध में खरवेल का सातवाहन-नरेश **शातकर्णि।** के खिलाफ सफलता मिली और कलिंग वापस लौटकर उसने राजधानी में विजयोत्सव मनाया।

तीसरा वर्ष–तीसरे वर्ष उसने नगर को संगीत-नृत्य आदि से उल्लसित कर दिया।

चौथा वर्ष–खरवेल ने भोजिकों और राष्ट्रिकों पर आक्रमण किया। वे लोग परास्त हुए और उन्हें उसकी अधीनता स्वीकार करनी पड़ी। इस युद्ध के संबंध मे विद्याधरों का उल्लेख किया गया है। ('विद्यार्थी जैनियों की एक शाखा थी।)

पाँचवाँ वर्ष–उसने तनसुलि से अपनी राजधानी में एक नहर का विस्तार करवाया, जिसका निर्माण 300 वर्ष पूर्व मगधराज नंदराज ने किया था।

छठा वर्ष–अपनी समृद्धि का प्रदर्शन करते हुए खरवेल ने प्रजा के ऊपर लगे बहुत से कर की छूट दे दी। इस प्रकार दक्षिण और पश्चिम में अपना विस्तार कर लेने के बाद उसने उत्तर भारत की ओर ध्यान दिया।

सातवाँ वर्ष–इस वर्ष के संबंध में विद्वानों में मतभेद है। सप्तम वर्ष में उसने सैकड़ों घोड़ों का संगठन किया और नए-नए खचित घर बनवाए, जिनको उठाकर ले जाया जा सकता है। जायसवाल के अनुसार उसकी पत्नी वजिरघरवती ने शुभलग्न में माता बनने का गौरव उसे प्राप्त हुआ।

आठवाँ वर्ष–उसने उत्तरी भारत पर आक्रमण किया। उसकी सेनाएँ बराबर पहाड़ियों को (गया जिला) पार करती हुई आगे बढ़ीं। रास्ते में जो किले पड़ रहे थे उसे इन्होंने समाप्त कर दिया और राजगृह की घेराबन्दी कर दी। उसके आक्रमण से यवनराज (दमित) की सेना में आतंक छा गया और वह डरकर मथुरा भाग गया।

नौवाँ वर्ष—उसने प्राची नदी के दोनों ओर एक 'महाविजयप्रासाद' बनवाया।

दसवाँ वर्ष—उसने फिर उत्तर भारत पर आक्रमण किया। इसमें उसने साम, दाम, दंड, भेद आदि का भी प्रयोग किया।

ग्यारहवाँ वर्ष—ग्यारहवें वर्ष में इन्होंने भारत पर पुनः चढ़ाई कर दी और इस नगर को समाप्त कर दिया पिथुंड नगर को गदहों के हल से जुतवा दिया और 113 वर्ष पुराने तमिलदेश के कठोर शासन को भंग कर जनता को मुक्त किया। पिथुंड टॉलेमी का पिटुंड्र' है। पांड्यदेश के राजाओं ने उसे मणि-मुक्ताओं के उपहार भेजे।

बारहवाँ वर्ष—खरवेल ने फिर उत्तर भार पर आक्रमण किया और अपने हाथी घोड़ों को गंगा में स्नान करवाया। मगध-नरेश बृहस्पतिमित्र ने उसके समक्ष आत्मसमर्पण कर दिया। खरवेल प्रचुर धनराशि लेकर कलिंग लौटा। लूट की सामग्री के साथ वह कलिंग के जिन शीतलनाथ की मूर्ति भी वापस ले गया था, जिसे नंदराज कलिंग से उठा ले आया था। अंग और मगध से वह काफी धन-दौलत लेकर वापस आया। तेरहवें वर्ष में उसने भक्त लोगों के लिये गुफा आदि का निर्माण कराया।

खरवेल ने अपने राज्य में शिखरयुक्त गोपुर एवं एक मंदिर का निर्माण करवाया और एक हस्तिशिला का भी। पांड्य राजा से उसे हाथी, घोड़ा, रथ और मणि प्राप्त हुए। ब्रह्मांडपुराण की एक उड़िया प्रतिलिपि में इस बात का उल्लेख है कि उसने भुवनेश्वर में एक मंदिर का निर्माण करवाया था। उस पुराण में खरवेल के नेपाल पर आक्रमण की चर्चा है, परन्तु उसके अभिलेख में इसका कोई उल्लेख नहीं मिलता है। जैनधर्मावलंबी होने के कारण उसने उदयगिरि में जैन-संन्यासियों के लिये गुफागृह बनवाया उसने जैनियों के लिये एक विशाल महाभवन का भी निर्माण करवाया था। इस भवन में विशाल स्तंभ थे और स्थापत्य-कृतिसमूह से इसे अलंकृत किया गया था। वह अन्य धर्मों के प्रति भी सहिष्णु था, क्योंकि हाथीगुफा-अभिलेख में कहा गया है कि उसने समस्त देवालयों का जीर्णोद्धार करवाया था। वह एक पराक्रमी शासक था इसका उल्लेख उसकी रानी के अभिलेख से मिलता है जिसमें उसे 'चक्रवर्ती' कहा गया है। खरवेल को विद्वान ई. पू. प्रथम शताब्दी का मानते हैं। वह एक कुशल शासक था और प्रशासन विधि से पूर्णरूपेण अवगत था। हाथीगुफा-अभिलेख से वर्णित कलिंगनगरी को विद्वान आधुनिक शिशुपालगढ़ से मिलाते हैं। वह दरिद्रों को प्रभूत दान देता था। खरवेल एक प्रतापी शासक था, लेकिन उसका साम्राज्य उतनी ही शीघ्रता से नष्ट हो गया जितनी शीघ्रता से वह खड़ा हुआ था। विभिन्न गुणविभूषित पराक्रमी खरवेल ज्ञानवृद्ध, साधु, बलवान, राजर्षि,

वसुकुलोत्पन्न कल्याणकारी, महाविजयी और उदार शासक था। इसके अन्दर ये सभी गुण विद्यमान थे।

इंडो-ग्रीक

बैक्ट्रिया—सिकंदर महान् के वापस लौट जाने के पश्चात भी भारत के पश्चिमोत्तर सीमाप्रांत में यूनानियों का अवशेष बच गया था। उनलोगों ने एशिया के विभिन्न स्थानों में अपना सैनिक प्रभुत्व कायम किया। भारत की पश्चिमोत्तर सीमा पर भी उनके अड्डे थे; परंतु जब तक मौर्य-साम्राज्य की प्रधानता बनी रही, वे इधर बढ़ने में असमर्थ रहे। उनका प्रमुख केन्द्र था **बैक्ट्रिया,** जिसकी स्थापना स्वयं सिकंदर ने भारत अभियान के सिलसिले में की थी। सैनिक दृष्टिकोण से बैक्ट्रिया सुरक्षित था, क्योंकि पूर्व से हिंदूकुश और पामीर की श्रेण्यिाँ इसकी सीमा को विभाजित कर रही थी। दक्षिण में पैरोपेनिसेउत्रई और आरकोशिया प्रदेश, पश्चिम में पार्थिया का राज्य और कैस्पियन सागर तथा उत्तर में जैक्जाटौज, सर और आक्स नदियाँ बहती थीं। बैक्ट्रिया की समृद्धि इसकी उर्वरता पर आधृत थी। यूरोप और एशिया के यातायात क मार्गों के मध्य स्थित होने के कारण व्यापारिक दृष्टिकोण में भी इसका महत्त्व काफी बढ़ गया था। बहुमूल्य खानों के लिये यह स्थान प्रसिद्ध था। फिर भी, सोने और चाँदी का यहाँ सर्वथा अभाव था। यहां की भौगोलिक स्थिति से यहां के इतिहास पर प्रभाव पड़ा है।

डायोडोटस वंश—ई. पू. 250 में, जब **अंटिओकस द्वितीय** सीरिया का राजा था, उसी समय बैक्ट्रिया में उसका राज्यपाल **डायोडोटस प्रथम** था। डायोडोटस प्रथम ने कालक्रम में वहाँ अपनी स्वतंत्र सत्ता कायम कर ली। अंटिओकस की मृत्यु के बाद उसके पुत्र **सेल्यूकस द्वितीय** ने अपनी बहन का विवाह डायोडोटस प्रथम के साथ कर दिया और इन सबके परिणामस्वरूप उन्होंने अपनी राजनीति स्थिति मजबूत की। सेल्यूकस की इस नीति के पीछे उद्देश्य यह था कि वह बैक्ट्रिया को अपना मित्र बनाकर पार्थिया के विरुद्ध अपने को मजबूत करना चाहता था। ई. पू. 230 में डायोडोटस प्रथम का पुत्र **डायोडोटस** द्वितीय राजा हुआ। उसने सीरिया के खिलाफ पार्थिव से मित्रता कर ली और इसका परिणाम यह हुआ कि उसकी विमाता (अटिओस की पुत्री) ने यूथीडेमस नामक एक सरदार से पुनर्विवाह कर लिया। यूथीडेमस ने डायोडोटस द्वितीय की हत्या बैक्ट्रिया में अपने राजवंश को स्थापित किया। तब तक सीरिया में सेल्यूकस द्वितीय की मृत्यु हो गई थी। अंटिओकस तृतीय वहाँ का सम्राट् बन चुका था। वह महत्त्वाकांक्षी शासक था और सीरिया की

खोई हुई शक्ति फिर से वापस लेना चाहता था। ई. पू. 208 में उसने यूथीडेमस को बैक्ट्रिया नगर में घेर लिया फिर, दोनों में समझौता हो गया और अंटिओकस ने अपनी पुत्री का विवाह यूथिडेमस के पुत्र डेमेट्रियस के साथ कर दिया। पालिबिअस के अनुसार इस समझौते के बाद अंटिओकस ने हिंदूकुश पार कर भारत के राजा सोफाग़सेनस से समझौता कर लिया। यह संभवतः उत्तर-पश्चिमी भारत के किसी प्रदेश का स्वतंत्र शासक था।

यूथीडेमस यूथीडेमस को एक पराक्रमी एवं महत्वाकांक्षी शासक के रूप में जाना जाता है। उसने बैक्ट्रिया के राज्य का विस्तार किया। चूंकि बैक्ट्रिया में धातु की कमी थी, इसलिये उसने फर्गाना प्रदेश को जीतकर अपने राज्य में मिला लिया; उत्तर-पश्चिमी में उसकी मुद्राएँ बुखारा में मिली हैं। पश्चिम में उसने पार्थिया पर आक्रमण किया। दक्षिण और दक्षिण पूर्व में उसने पैरोपेनिसेडाइ, अराकोशिया और सीसतान के विस्तृत भूखंड पर भी अपना आधिपत्य स्थापित किया था। इस प्रकार बहुत बड़े क्षेत्र पर उसका प्रभाव हो कगया और बैक्ट्रिया एक संगठित राज्य का केन्द्र हो गया है। पू. 190 में यूथीडेमस की मृत्यु हो गई कनिंघम आदि विद्वानों का मत है कि भारत पर उसका शासन था और इसका प्रमाण वे लोग रावलपिंडी से प्राप्त यूथीडेमस की कुछ मुद्राओं से देते हैं। टालेमी का कथन है कि स्यालकोट का नाम 'यूथीडेमिज' था। परंतु, यहाँ स्मरण रखना चाहिए कि यूथीडेमस के शासन का कोई ठोस प्रमाण भारत में नहीं मिलता। मात्र मुद्राओं से उसके शासन का अर्थ नहीं निकाला जा सकता। उसके पुत्र डेमेट्रियस ने सर्वप्रथम भारत पर चढ़ाई की थी।

डेमेट्रियस—डेमेट्रियस की मुद्राओं से उसकी महत्त्वाकांक्षा, अध्यवसायशालिता और साम्राज्य-विस्तार की नीति का आभास मिलता है। डेमेट्रियस सिकंदर को वह अपना आदर्श मानता था। उसने 'अजेय' उपाधि धारण की थी। डेमेट्रियस ने भारत के कुछ खंडों को जीतकर अपने राज्य में मिला लिया था और यहाँ उसका राज्य-विस्तार सिकंदर के विस्तार से अधिक था। उसे 'रेक्स इंडोरम' (भारत का राजा) 'ग्रेटे डेमेट्रियस' (डेमेट्रियस महान) इत्यादि नामों से सम्बोधित किया गया है। यूनानी वृत्ताकार मुद्राओं को उसने भारतीय परंपरा के अनुसार वर्गाकार बनाया। उसकी मुद्राएँ द्विलिपिक हैं। ऐसा अनुमान किया जाता है कि पुष्यमित्र शुंग के समय हुए यवन-आक्रमण का नेता डेमेट्रियस ही था। **युगपुराण में धर्ममीत** नाम का उल्लेख है। स्ट्रैबो के अनुसार भारत-विजय का श्रेय आंशिक रूप से डेमेट्रियस और मिनांडर को ही है। वेसनगर से प्राप्त एक 'सील' पर त्रिमित्र लिखा हुआ है, जिसे कुछ लोग डेमेट्रियस मानते हैं।

इन साक्ष्यों के आधार पर कहा जा सकता है कि भारत पर डेमेट्रियस का अधिकार था। शुंग काल में भारत पर जो यवन-आक्रमण हुआ, उसका नेतृत्व डेमेट्रियस ने किया और उसने साम्राज्य को कैस्पियन सागर से मगध तक और फर्गाना से बेरीगाजा तक इसका विस्तार किया। **गार्गीसंहिता** में 'याप्स्यंति कुसुमध्वजम्' शब्दों का प्रयोग हुआ है। उपलब्ध सामग्री के आधार पर यह कहना कठिन है कि डेमेट्रियस कभी भी व्यास नदी के पूर्व गया था। यदि गया, तो उसकी मुद्राएँ उत्तर भारत में क्यों नहीं मिलतीं? सिंधुनद के पूर्व उसकी एक भी मुद्रा नहीं मिली है। उसका अधिकार सिंधुनद के पश्चिम तक ही सीमित रहा होगा। पुष्यमित्र की सेना ने वहीं उसे रोक दिया। टार्न (Tarn) का मत है कि डेमेट्रियस अपनेसाथ अपने भाई एपोलोडोटस और सेनापति मिनांडर को लेकर आया था। डेमेट्रियस स्वयं व्यास तक रहा और उसने अपने भाई को दक्षिण-पश्चिमी भारत की ओर सेनापति को पूर्वी भारत की ओर विजय के लिए भेजा। एपोलोडोटस के कथनानुसार डेमेट्रियस की अपेक्षा मिनांडर ने अधिक प्रदेश जीते थे। भागवतपुराण में त्रिसामा नामक नदी कौशिकी, मंदाकिनी और यमुना नदी से मिली हुई बताई गई है। मिनांडर इसामस (त्रिसामा) नदी तक पहुंचा था। डी. सी सरकार इसे इक्षुमति नाम से पुकारते हैं। स्ट्रैबो के अनुसार भारत में यूनानियों के राज्य के प्रसार का श्रेय कुछ तो मिनांडर को था और कुछ एंटिओकस महान के दामाद तथा यूथीडेमस के पुत्र डेमेट्रियस को। इन लोगों ने सिंधु के डेल्टा के भाग को ही नहीं, इन्होंने सौराष्ट्र तथा समुद्र के तटवर्ती प्रदेशों पर अपना आधिपत्य स्थापित किया। कुछ लोगों के अनुसार डेमेट्रियस महाभारत का दत्तामित्र ही था। महाभारत में सौवीर के प्रसंग में यवनाधिप तथा दत्तामित्र आया है। शास्त्रीय प्रमाणों के अनुसार यवनों का दत्तामित्र तथा सौवीर नामक स्थान से संबंध था। मिनांडर की विजययात्रा में स्ट्रैबो ने गंगानदी का भी वर्णन किया है। उसके सिक्के काबुल से मथुरा तक पाए गए हैं। मिनांडर ने काफी ख्याति प्राप्त की भी विभिन्न क्षेत्रों में उसकी लोकप्रियता देखने को मिलती है। प्लूटार्क के अनुसार मिनांडर अपनी नामप्रियता के लिये प्रसिद्ध था और उसकी लोकप्रियता इतनी थी कि उसके मरने पर राज्य के विभिन्न नगरों के लोग उसके अवशेष प्राप्त करने के दावेदार बने रहे। बाजौर से प्राप्त अवशेष के आधार पवर प्लूटार्क का कथन संपुष्ट होता है।स्ट्रैबो उसके (मिनांडर के) सोन नदी तक पहुंचने का संकेत देता है। पाटलिपुत्र पर यूनानी आक्रमण का उल्लेख स्ट्रैबो के विवरण में मिलता है। यूनानी साधनों में भी यदा-कदा यूनानियों के तक्षशिला से पाटलिपुत्र तक शासन करने का प्रमाण है। जिस समय डेमेट्रियस अपनी भारत-विजय में लगा था, उसी समय

बैक्ट्रिया में विद्रोह हुआ ओर डेमेट्रियस को वहाँ लौटना पड़ा। इस अवसर से लाभ उठाकर पुष्यमित्र ने पाटलिपुत्र से मथुरा तक पुनः अपना अधिकार जमा लिया। डेमेट्रियस ने अपने पिता की समृति में 'यूथिडेमिया' नामक नगर भी बसाया। पतंजलि की एक टिप्पणी के आधार पर टार्न ने लिखा है कि डेमेट्रियस ने सिंध (सौवीर) में अपनी स्त्री के नाम पर नगर बसाया था। जस्टिन के अनुसार जिस समय भारत पर डेमेट्रियस शासन कर रहा था, उस समय बैक्ट्रिया में **युक्रेटाइडिज** का शासन था।

युक्रेटाइडिज—भारत में जब डेमेट्रियस बढ़ रहा था, उसी समय बैक्ट्रिया में युक्रेटाइडिज का विद्रोह हुआ। वह सम्राट् अंटिओकस चतुर्थ का सेनापति था। बैक्ट्रिया में उसकी मुद्राएँ मिली हैं, जिन पर ई. पू. 165 अंकित है। युक्रेटाइडिज को एशिया के संरक्षण के रूप में जाना जाता है। वह निश्चित रूप से एक शक्तिशाली शासक था। उसका संभावित काल ई. पू. दूसरी शताब्दी ही है। बैक्ट्रिया से ई. पू. 165 की उसकी मुद्राएँ मिली हैं। वचह एक कुशल रणनीतिज्ञ था और उसने सागुयाना, बैक्ट्रिया, एरिआना, आरकोशिया, सीस्तान और ईरान के प्रदेश जीतकर, सीरिया-साम्राज्य में मिलाया। इन विजित प्रदेशों की सूची जस्टिन से प्राप्त होती है। उसके आक्रमण और सफलताओं का समाचार सुनते ही डेमेट्रियस बैक्ट्रिया वापस लौटा। दोनों में युद्ध हुआ और इस युद्ध में डेमेट्रियस पराजित हुआ। उसके बाद ही इंडो-ग्रीक्स का विघटन प्रारंभ हुआ। पुराणों में कहा है—"भविष्यंति यवनः धर्मतः, नैवमूधीभिषिक्तास्ते भविष्यंति नराधिपाः। युगदोषदुराचारा भविष्यंति नृपास्तु ते क्षीणां बालधनैवच हत्वचा चैव परस्परम्।" **गार्गीसंहिता** में कहा गया है—"मध्यदेशेन स्थास्यंति यवना युद्धधर्मदाः। तेषान्योन्यसम्भावना (?) भविष्यन्ति न संशयः।आत्मा चक्रोत्थितं घोर युद्धं परमदारुणम्।" जस्टिन ने इस युद्ध का भी उल्लेख किया है। इस युद्ध का समय अनुमानतः ई. पू. 167 था। इस युद्ध के पश्चात डेमेट्रियस का देहान्त हो गया। युक्रेटाइडिज की मुद्राएँ गांधार प्रदेश तक मिली हैं, जिससे हम यह अनुमान लगा सकते हैं कि उसने अपने अधिकार का काफी विस्तार किया था। डेमेट्रियस कीं मृत्यु के बाद यूक्रेटाइडिज सर्वसत्ताधारी शासक बन गया। पश्चिमी पंजाब में भी युक्रेटाइडिज की कुछ मुद्राएँ मिली हैं। उसके आधार पर अनुमान लगाया गया है, उसने पश्चिमी पंजाब को अपने साम्राज्य में मिला लिया होगा। चूँकि झेलम से मथुरा तक मिनांडर का राज्य था, इसलिये संभव है कि वह आगे न बढ़ सका हो। भारत से प्राप्त उसकी मुद्राएँ द्विलिपिक हैं। भारत की ओर बढ़ने के समय युक्रेटाइडिज ने **हेलिओक्लीज** को बैक्ट्रिया का शासक बना दिया था। हेलिओक्लीज

उसका पुत्र था। धीरे-धीरे उसके साम्राज्य का अन्त होना प्रारम्भ हो गया तथा पूर्वी प्रदेशों में मिनांडर उसकी बगावत करनी प्रारम्भ कर दी। अंत में उसे बैक्ट्रिया लेकर ही संतोष करना पड़ा। ई. पू. 159-8 में उसकी मृत्यु हो गई।

इस प्रकार हम देखते हैं कि पूर्व में यूथेडेमस और युक्रेटाइडिज के परस्पर प्रतिस्पर्धी राजकुलों द्वारा शासित दो ग्रीक उपनिवेश उठ खड़े हुए। इनमें से पहला राजकुल पूर्वी पंजाब, सिंध और आसपास के प्रदेशों का स्वामी था और उसकी राजधानी **यूथेडेमिया** अथवा **शाकल** (स्यालकोट) थी। युक्रेटाइडिज के राजकुल का अधिकार बैक्ट्रिया, काबुल की धाटी और पश्चिमी पंजाब पर स्थापित हुआ। इन बहुसंख्यक छोटे-बड़े राजाओं के संबंध में हमारा ज्ञान सर्वथा इनके सिक्कों पर ही आधृत है। यूथेडेमस के उत्तराधिकारियों में अगाथोक्लीज, पंटालियन और एंटीमेकस के नाम मिलते हैं। लोगों का ऐसा अनुमान है कि मिनांडर इसी कुल का था।

मिनांडर—मिनांडर इस कुल का सबसे प्रसिद्ध शासक था। डेमेट्रियस ने उसे भारत में **युद्धप्रयाण** पर भेजा था। उसने डेमेट्रियस की पुत्री एगाथोल्किया से विवाह कर लिया। मिनांडर डेमेट्रियस का कनिष्ठ समकालीन था, अतः उसे भी हम ई. पू. दूसरी शताब्दी में रख सकते हैं। वह एक विशाल राज्य का शासक था। कहा जाता है कि पाटलिपुत्र से जाने के बाद उसने मथुरा को अपने राज्य की पूर्वी सीमा बनाया था। मथुरा में उसकी तथा उसके पुत्र **स्ट्रेटो प्रथम** की मुद्राएँ मिली हैं। टालेमी के अनुसार मथुरा पर मिनांडर का अधिकार था। युक्रेटाइडिज की विपत्तियों से लाभ उठाकर मिनांडर ने भी उसे राज्य के पूर्वी भाग पर आक्रमण करके गांधार प्रदेश तक अपने कब्जे में कर लिया। स्वात और जाजौर के प्रदेशों में भी मिनांडर की मुद्राएँ मिली हैं। पश्चिमी में उसके साम्राज्य की सीमा गांधार तक थी। पेरीपलस के कथनानुसार बेरीगाजा में भी उसकी मुद्राओं का प्रचलन था। उसकी मुद्राओं पर ऊँट का चित्र भी मिला है, जिसके आधार पर कुछ लोग उसके राज्य की सीमा राजपूताना तक मानना चाहते हैं। सिंधुप्रदेश, सोनपत तथा बुंदेलखंड से भी उसकी मुद्राएँ मिली हैं। इन साक्ष्यों के आधार पर हम कह सकते हैं कि उसके राज्य का विस्तार उत्तर-पश्चिम में कपिशा तक, पश्चिम में सिंध तक, दक्षिण-पश्चिम में बेरीगाजा तक, दक्षिण में बुंदेलखंड तक और पूर्व में मथुरा तक विस्तृत था। **मिलिंदपन्हो** के अनुसार इस विशाल राज्य की राजधानी **शाकल** (स्यालकोट) थी। भारत पर आक्रमण का श्रेय डेमेट्रियस तथा मिनांडर दोनों को दिया जाता है।

एपालोडोरस के अनुसार डेमेट्रियस की तुलना मिनांडर ने अधिक पर विजय प्राप्त की थी। मिनांडर को सोन नदी तक पहुंचने का श्रेय दिया जाता है। इस मत

का समर्थन स्ट्रैबो भी करता है। ट्रोगस के अनुसार भारतीय विजय का श्रेय एपोलोडोटस और मिनांडर को प्राप्त है। डेमेट्रियस ने तक्षशिला को केन्द्र बनाकर एपोलोडोटस को दक्षिण-पश्चिमी की ओर और मिनांडर को पूर्व की ओर भेजा था। ऐसा मालूम पड़ता है कि सिंधुतट पर पराजित होने के पश्चात् कुछ दिनों तक मिनांडर ने पंजाब में अपना संगठन किया तद्पश्चात शुंग साम्राज्य पर चढ़ाई कर दी। ऐसा अनुमान लगाया जाता है कि यवन लोग पाटलिपुत्र तक आए अवश्य, परन्तु उस पर उनका अधिकार हो नहीं सका। नतीजा यह हुआ कि यूनानियों का साम्राज्य मथुरा तक ही सीमित रहा। **मिनांडर** इंडो-ग्रीक इतिहास का सबसे महत्त्वपूर्ण शासक माना जाता है। स्ट्रैबो के अनुसार उसने सिकंदर से भी अधिक जातियां जीतीं। भारतीय इतिहास में मिंनांडर का विशेष महत्त्व है, भारत में आकर उन्होंने बौद्ध धर्म को अपना लिया।

मिनांडर और बौद्धधर्म—मिनांडर बौद्ध धर्म का था इसका प्रमाण **मिलिंदपन्हो** नामक पुस्तक से ज्ञात होता है कि बौद्ध आचार्य नागसेन ने मिनांडर (मिलिंद) की शंकाएँ दूर की थीं। इस ग्रंथ के प्रथम तीन अध्यायों (जो सही अर्थ में मूलग्रंथ हैं और बाकी प्रक्षिप्तांश हैं) से उसका बौद्ध होना सिद्ध होता है। वह कभी भिक्षुक नहीं हुआ और सदा ही उपासक बौद्ध रहा। क्षेमेंद्र की **अवदानकल्पता** और तारानाथ के विवरणों से स्पष्ट होता है कि मिनांडर बौद्ध था। स्याम की अनुश्रुति है कि मिनांडर के गुरु नागसेन ने अपनी अद्भुत शक्ति के प्रताप से महात्मा की एक बहुमूल्य प्रतिमा निर्मित की थी। नागसेन के द्वारा ही मिनांडर बौद्धधर्म में दीक्षित हुआ था। मिनांडर की मुद्राओं से भी उसके बौद्ध होने का साक्ष्य प्राप्त होता है। उसकी कुछ कांस्यमुद्राओं पर 'धर्मचक्र' का चित्र मिलता है और अन्य मुद्राओं पर उसे 'धमिकस' (धार्मिकस्य) कहा गया है। 'धार्मिक' उपाधि का प्रयोग बौद्धों ने ही किया था। मिनांडर के बौद्ध होने के साक्ष्य इस सभी अभिलेखों से प्राप्त होता है। बौद्ध होने के कारण उसने बौद्ध सांकेतिक चित्र भी अपनाए थे। उसकी कुछ मुद्राओं पर हाथी के शीर्ष तथा खजूर की शाखा के चित्र मिलते हैं। ग्राउसेट का मत है कि हाथी का चित्र बौद्ध-परंपरा में विशेष महत्त्व रखता है और रीज डेविड्स के अनुसार खजूर की शाखा का भी बौद्धधर्म में विशेष महत्त्व है।

मिनांडर का मूल्यांकन—इंडो-ग्रीक इतिहास में महान शासकों के रूप में इसकी गिनती होती है। जस्टिन के अनुसार मिनांडर और एपोलोडोटस को भारतीय राजा कहा गया है। मिनांडर के सिक्कों के प्रचलन की सीमाओं से उसके राज्यविस्तार का पता लगता है। उसके सिक्के काबुल से मथुरा और बुंदेलखंड तक पाए गए हैं

और भड़ोंच के बाजारों में बहुत दिनों तक चलते रहे थे। **मिलिंदपन्हों** में उसी राजधानी शाकल (स्यालकोट) के उद्यान, सर, भवन, दुर्ग, राजमार्ग आदि का विस्तृत वर्णन प्राप्त होता है इसी ग्रंथ से यह भी ज्ञात होता है कि बनारसी मलमल, रत्न और बहुमूल्य वस्तुओं की बिक्री के लिये बड़ी-बड़ी दुकानें भी थीं। शिनकोट के एक शिलालेख में महाराज 'मिनांद्र' के शासनकाल के पाँचवें वर्ष का उल्लेख मिलता है। वह अपनपे न्याय के लिये प्रसिद्ध था। उसकी मृत्यु के पश्चात् उसके अवशेष के लिए प्रजा में विवाद हुए। उसके अवशेष पर प्रजा पृथक-पृथक स्तूप बनाना चाहती थी और इससे भी उसकी जनप्रियता का पता चलता है। बाजौर नामक सीमतावर्ती स्थान पर परस्टेलाइट की बुद्धधातुमंजूषा मिली है, जिस पर 'महाराज मिनांद्र के राज्य में यह लेख अंकित है। इस मंजूषा को वीर्यकमित्र और उसके पुत्र विजयमित्र ने, जो स्वातउपत्यका में मिनांडर का राज्यपाल था, प्रतिष्ठित कराया था। मिनांडर ने स्वातउपत्यका में आराकोशिया के शासक अंटीमेकस द्वितीय, पेशावर और उतसंजई में पोलिक्सेनस और उपकरली काबुल-उपत्यका में इपांडर नामक राज्यपालों या अपने अधीन शासकों को नियुक्त किया था। इन सब बातों से भी उसकी महत्ता का पता चलता है। मिनांडर का बौद्ध धर्म अपनाने से भारतीयता का भी प्रचार-प्रसार दूर-दूर तक बढ़ा।

मिनांडर के उत्तराधिकारी—मिनांडर के पश्चात् उसका उत्तराधिकारी कौन हुआ इसमें भी मतभेद है। उसे लोग ई. पू. 165 और ई. पू. 115 के बीच रखते हैं। उसकी मृत्यु के बाद से ही उसके वंश का पतन शुरू हो जाता है, क्योंकि उसका कोई भी उत्तराधिकारी योग्य नहीं निकला। उसके मरने के बाद उसकी **रानी एगाथोक्लिया** संरक्षिका के रूप में अपने पुत्र **स्ट्रेटो** के साथ शासन करती रही। बालिग होने पर स्ट्रैटो ने शासन का भार अपने ऊपर लिया। स्ट्रैटो ने 'सोटर' उपाधि धारण की। वह स्ट्रैटो प्रथम के नाम से भी प्रसिद्ध है। उसी समय यूथीडेमसवंश और यूक्रेटाइडिजवंश के बीच पुनः युद्ध शुरू हुआ। इन सभी घटनाओं से भारत में इंडो-ग्रीक के पतन की शुरुआत भी हो गई ई. पू. 159-58 में युक्रेटाइडिज के देहान्त के पश्चात वहां का राजा हेलिओक्लीज हुआ इसी समय शक-आक्रमण के परिणामस्वरूप बैक्ट्रिया उसके वश के हाथ से निकल चुका था। स्ट्रैटो प्रथम की कुछ मुद्राओं पर हेलिओक्लीज का नाम भी मिलता है। इस आधार पर ऐसा अनुमान लगाया जाता है कि स्ट्रैटो प्रथम हेलिओक्लीज से पराजित हुआ होगा। इसके बाद हेलिओक्लीज ने बहुत बड़े क्षेत्र पर अपना अधिकार कर लिया। पैरोपेनिसेडास से झेलम तक हेलिओक्लीज के सिक्के की प्राप्ति हुई है। इससे सिद्ध होता है कि हेलिओक्लीज

ने झेलम तक अपना अधिकार का विस्तार किया था इसका नतीजा यह हुआ कि यूथीडेमस-वंश का शासन केवल झेलम और यमुना के बीच रह गया था। कुछ मुद्राओं पर स्ट्रैटो प्रथम और स्ट्रैटो द्वितीय दोनों के नाम मिलते हैं। ई. पू. 90 के लगभग स्ट्रैटो द्वितीय शासक हुआ। उसके समय यमुना से लेकर रावी तक का प्रदेश भी उसके हाथ से निकल गया। इस प्रदेश का इंडो-ग्रीकों के हाथ से मुक्त कराने का श्रेय मथुरा के **मित्रवंशीय** राजा को है। **शेष** भाग से यूनानियों का निष्कासन **औदुंबर, कुणिंद** और **आर्जुनायन जातियों** ने किया था। मथुरा से लेकर रावी तक के विस्तृत प्रदेश में ई. पू. प्रथम शताब्दी की मित्र, औदुंबर, कुणिंद और आर्जुनायन जातियों की स्वतंत्र मुद्राएं मिली हैं। अब रावी और झेलम के बीच छोटे-से प्रदेश में ही इंडो-ग्रीक के बचे हुए कुछ अवशेष शेष है। बहुत-सारे यूनानियों की मुद्राएँ इन क्षेत्रों से मिली हैं—डायोनिसियस, जाइलस, एपालोफेनीज, निसियस, एपालोडोटस द्वितीय, हिपास्ट्रेटस इत्यादि। शकों के आने से यूथीडेमस वंश का अवनीत हुआ और इसका समय लगभग ई. पू. 30 है।

अंतियलकीडस—यूक्रेटाइडिजवंश में हेलिओक्लीज की मृत्यु के पश्चात् (ई. पू. 125) शासकों के काल ओर क्रम दोनों संदिग्ध हैं। विदिशा के गरुड़स्तंभ-लेख (बेसनगर स्तंभ लेख) में महाराज **अंतियलकीडस** नामक एक यूनानी राजा का वर्णन प्राप्त होता है, जिसने एक तक्षशिला-निवासी हेलिओडोरस को भारतीय नरेश काशीपुत्र भागभद्र की राजसभा में अपने राजदूत के रूप में भेजा था। इस लेख से तक्षशिला के यूनानी नरेश और भारतीय नरेश में मित्रता के संबंध होने का पता लगता है। इस लेख में भागवतधर्म का भी वर्णन मिलता है। अंतियलकीडस एक शक्तिशाली नरेश था और उसका शासन पश्चिमी और पूर्वी गांधार पर भी था। कपिशा, पुष्कलावती और तक्षशिला उसके प्रधान शासनकेन्द्र थे। उसने तीनों प्रादेशिक शैलियों की मुद्राएँ चलाई।

लीसीयस—प्राप्त मुद्राओं से **लीसीयस** नामक एक यूनानी राजा का भी पता चलता है। इन मुद्राओं पर हेराक्लीज का चित्र छपा हुआ है संभवतः लीसीयस डेमेट्रियस के वंश का था। रैपसन उसे यूक्रेटाइडिज वंश का मानते हैं। लीसीसीयस की सम्मिलित मुद्राओं पर उसके और अंतियलकीडस दोनों के चित्र तथानाम हैं। टार्न का कथन है कि शक-आक्रमण से अपनी सुरक्षा प्रदान करने के लिए दोनों ने आपस में मित्रता कर ली। ऐसा भी हो सकता है कि दोनों नरेश सहकारियों के यप में शासन करते हों। कुछ लोग लीसीयस को डेमेट्रियस का पौत्र मानते हैं। अंतियलकीडस के बाद प्रादेशिक इकाई भंग हो गई और यूनानियों का राजनीतिक

विलगाव प्रारम्भ हो गया। उसके बाद पाँच यूनानी राजाओं—**डियोमेडीज, एपैडर, फिलाग्जेंनस, प्युकोलाओज** और **आर्टेमिडोरस**—के नाम मिलते हैं, जिन्होंने पश्चिमी गांधार में राज्य किया था और जिनका प्रधान शासनकेन्द्र पुष्कलावती में था। पूर्वी गांधार में अंतियलकीउस के बाद आर्केवियस शासक हुआ। काबुल से उसकी तीस मुद्राआं का पता चला है।

पैरोनिसेडाई में **अमिंटाज** नामक एक यूनानी ने शक राज्य के विरुद्ध विद्रोह किया। उसने फिर अपनी सत्ता कायम की। उसका पुत्र था **हरमिअस** (ई. पू. 50), जिसने पुनः अपनी शक्ति का विस्तार किया। इसके बाद ही भारत में इंडो-ग्रीक्स का पतन हो गया।

आपसी विवाद के कारण यूनानी राजसत्ता समाप्त हो गयी। जस्टिन के अनुसर बैक्ट्रियन राजाओं के राज्य पर बार-बार हमले से उनकी स्वतंत्रता क्षीण हो गई थी। वे लोग सोगडिअन, ड्रेञ्जियन तथा इंडियन से से संत्रस्त रहने लगे। कालिदास के अनुसार, पुष्यमित्र के वंश के लोगों ने यूनानियों को पराजित किया। गौतमीपुत्र शातकर्णि की नासिक-प्रशस्ति में भद्रयशस् नामक व्यक्ति को यूनानियों को पराजित करने का श्रेय दिया जाता है। जस्टिन के अनुसर, भारत से यूनानी राज्य को अंतिम रूप से पार्थियनों ने समाप्त किया। चीनी इतिहासकार फान ई ने भी इस बात का समर्थन किया है। भारत, कपिशा और पार्थिया राज्यों में जो जब शक्तिशाली होता, वह काबुल को अपने में मिला लेता था। **इसिडोर** (Isidor) के बाद काबुल पर पार्थियनों का पूर्ण अधिकार हो गया। 43-44 ई. में फिलोसस्ट्रेटस के अनुसार पार्थियनों का राज्य काबुल तक आ गया और यवनों का अन्त हो गया।

शक-पह्लव

जानकारी के साधन—भारत में इंडो ग्रीक्स के पश्चात शक पह्नवों का राजनीतिक क्षेत्र में विस्तार हुआ तथा इसके महत्व में भी वृद्धि हुई। प्रभाव बढ़ा। इसका प्रमाण हमें कई साधनों से मिलता है। **रामायण** और **महाभारत** में यवनों और शकों का उल्लेख मिलता है। कात्यायन, पतंजलि और मनु भी शकों से परिचित थे। हमारे प्राचीन ग्रन्थ पुराणों में भी शक मुरुंडो का वर्णन मिलता है। **गार्गीसंहिता** में भी शकों के मथुरा आक्रमण का उल्लेख है। बाद के **देवीचंद्रगुप्तम्, हर्षचरित् और काव्यमीमांसा** नामक ग्रंथों में भी शकों का वर्णन मिलता है। जैनग्रंथ **कालकाचार्य-कथानक** में शकनरेश को 'शाहि' कहा गया है। जिनसेन ने **हरिवंश** में इस बात का उल्लख किया है कि वे लोग अपने आधे शीश को मुड़वाते थे। जिसने

नहपान का उल्लेख भी करता है। **मिलिंदपन्हो** में शकजाति का उल्लेख मिलता है और **सामंत-पासादिका** में रुद्रदामन का भी। यूनानी लेखक टालेमी और चीनी लेखक भी शकों का वर्णन करते हैं। शकों के अध्ययन के लिये अभिलेख और मुद्राएँ भी महत्त्वपूर्ण साधन हैं। ग्रीक ग्रंथकारों ने उन्हें 'सकाई' कहा है। चीनी साधनों से भी शकों के प्रारंभिक इतिहास पर प्रकाश पड़ता है।

शकों की उत्पत्ति और प्रसार—पहले ये लोग खानाबदोश जीवनयापन करते थे तथा इनके वास करने का कोई निश्चित स्थान नहीं है। इसी भ्रमण के क्रम में इनका अन्य जातियों से यदा-कदा संघर्ष भी होता था। ये लोग मध्य एशिया के रहनेवाले थे और चीन के पड़ोसी भी। चीनी ग्रंथों से स्पष्ट है कि मंगोलिया के समीप **यू-ची** और हियुंगनु नामक जातियाँ बसती थीं। हियुंगनु से पराजित होने पर यू-ची जाति पश्चिम की ओर बढ़ी और इसी क्रम में इसका **शकजाति** से संपर्क भी हुआ। चीनी लेखों में शकजाति के लिये 'सई' नाम का प्रयोग किया गया। शक 'यू-ची' से परास्त होने के बाद भारत की ओर बढ़े। चीनी साधनों से पता चलता है कि ये लोग **किपिन** (कपिशा या बैक्ट्रिया?) आए। किपिन का सही समीकरण अभी तक संभव नहीं हो सका है। कुछ लोग उसे बैक्ट्रिया, काबुल, कपिशा, कश्मीर और पंजाब क निकटस्थ स्थानों से मिलाते हैं। शक लोग किस मार्ग से भारत आए, यह भी स्पष्ट नहीं होता। मथुरा के सिंहस्तंभ-अभिलेख के आधार पर ये लोग सर्वप्रथम **शकस्थान** में ही आए थे।। भारत में इनका आदिनिवासस्थान शकसीन ही रहा होगा। चूँकि बहुत सारे क्षत्रपों के नाम के पीछे **दामन्** (ईरानी-दमन, स्थान, उत्पत्ति) शब्द है, इसलिये स्टैनकोनों का मत है कि ये लोग ईरान के मार्ग से भारत आए होंगे। कान्हेरी-अभिलेख के आधार पर भी रैपसन शुकों का संबंध ईरान के साथ मानता है। इनका भारत में आने के दो मार्गों का उल्लेख मिलता है—(क) सिंधु नदी की घाटी से और (ख) ईरान से। चीनी साधनों के अनुसार शकों ने किपिन पर अपना अधिकार कर लिया था, अतः इससे अनुमान लगा सकते है कि ये लोग भारत आने में दोनों रास्तों का प्रयोग किया करते थे। मध्यप्रदेश में शकों के होने का प्रमाण मार्कण्डेयपुराण से मिलता है। मथुरा और नासिक में मिले शिलालेखों से ऐसा लगता है कि शक लोग यमुना से गोदावरी तक फैले हुए थे और इन लोगों ने मथुरा के मित्रों तथा पैठन के सातवाहनों परास्त कर विजय हासिल की थी। नागार्जुनीकोंडा-शिलालेख में एक शक मोद तथा उसकी बहन बुधि का वर्णन मिलता है।जैनग्रंथों में शकों को 'शाहि' कहा गया है। **हरिवंश** से ज्ञात होता है कि ये लोग अपने आधे सिर का ही बाल बनवाते थे।

मुरुंड—भारत में शकों की दो शाखाएँ थीं—प्रथम शाखा **सई-बैंग** (शकों का राजा) की थी। 'बैंग' का कुछ लोगा 'मुरुंड' (स्वामी) अर्थ निकालते हैं। स्टैनकोनो इसे **शक-मुरुंड** जाति नाम से पुकारता है। यही शाखा उत्तरी मार्ग से होते हुए किपिन में आई थी। दूसरी शाखा दक्षिणमार्ग से आई थी, जो **ईरानी शाखा** नाम से प्रसिद्ध है। शक-मुरुंड-शाखा ने किपिन पर अधिकार कर लिया और इसका प्रथम राजा **बूताओ लाओ** था। वह बहुत ही निर्दयी था। उसके बाद उसका पुत्र शासक हुआ और उसी के समय किपिन पर चीनी आक्रमण हुए और वह मारा गया। तब **यिनमोफू** किपिन का शासन बना और किपिन में शक-मुरुंड-शासन की समाप्ति हो गयी (ई. पू. 73-ई. पू. 48)। विभिन्न साधनों के आधार पर भारत में मुरुंडों के शासन का प्रमाण मिलता है। शक-मुरुंड ईसा की तीसरी शताब्दी तक भारत में राज्य करते रहे। **जैन-सिंहासनद्वात्रिंशिका** के अनुसार मुरुंडराज कान्यकुब्ज में राज्य करता था। हेमचंद्र ने अपने ग्रंथ **अभिधानचिंतामणि** में बताया है कि मुरुंड लोग लंपाक में रहते थे। **अरावश्यकबृहद्वृत्ति** के अनुसार पाटलिपुत्र के एक मुरुंड राजा ने पुरुषपुर में अपना एक राजदूत भेजा था। **पादलिप्तप्रबंध** से ज्ञात होता है कि पादलिप्त ने पाटलिपुत्र के मुरुंड राजा की दवा की थी। सिल्वाँ लेवी ने चीनी साधनों के आधार पर भारत में मुरुंडों के शासन का उल्लेख किया है। गंगा नदी के पूर्वी तट पर और सरयू-तट पर 'मरुंडाई' के होने का प्रमाण टालेमी से भी मिलता है। **प्रयागप्रशस्ति** में शक-मुरुंडो का वर्णन मिलता है। इन सभी अभिलेखों के आधार पर निष्कर्षतः कह सकते हैं कि भारत पर शक मुरुंडो ने कुछ ही भागों पर शासन किया था। इसका प्रामाणिक इतिहास तो नहीं मिलता, परन्तु जो साधन उपलब्ध हैं उन्हें हम अस्वीकार नहीं कर सकते।

तक्षशिला के शक-शासक

उत्खनन से प्राप्त सामग्री के आधार पर मार्शल ने यह निष्कर्ष निकाला है कि तक्षशिला के शक-शासकों में सर्वप्रथम शासक **मावेज** था। चूँकि उसकी मुद्राओं पर पार्थिया की मुद्राओं का प्रभाव है, इससे सिद्ध होता है कि वे लोग उत्तरी मार्ग से आने वाले शक-मुरुंडों के वंशज नहीं थे, वरन् दक्षिणी मार्ग से आनेवाले ईरानी शक-शाखा के वंशज थे। ईरानी शक लोग ही पार्थिया के संपर्क में आए थे। मावेज के संबंध में लोगों की अलग-अलग भ्रान्ति हैं परन्तु इसमें संदेह नहीं कि वह एक 'शक' शासक था। उसकी तिथि के विषय में विद्वानों में काफी मतभेद पाया गया है। ह्वाइटहेड उसे अंतियलकीडस का समकालीन मानता है। मावेज की मुद्राएँ यूनानी

मुद्राओं से भी मिलती-जुलती हैं, परन्तु यहाँ स्मरण रखना चाहिए कि मात्र मुद्राओं के साम्य के आधार पर हम कोई निश्चित विचार वही प्रस्तुत कर सकते तक्षशिला-ताम्रपत्र के आधार पर हम जानते हैं कि वहाँ **महाराज भोग** नामक एक शक्तिशाली शासक था। महाराज मोग के अधीन क्षत्रप **लियाक कुसुलक** और उसके अधीन उसका पुत्र **महादानपति पतिक** था। वह 78 में राज्य कर रहा था। इसी ताम्रपत्र के आधार पर मावेज की तिथि का निर्धारण किया गया है। फ्लीट को छोड़कर सभी विद्वानों ने मोग का समीकरण मावेज से किया है। मानसेरा-अभिलेख में भी लियाक का नाम मिलता है और इससे यह स्पष्ट है कि तक्षशिला-ताम्रपात्र और मानसेरा-अभिलेख का लियाक एक ही व्यक्ति है। मानसेरा-अभिलेख से यह ज्ञात होता है किपिन पर भी मावेज का अधिकार था। विभिन्न साधनों के द्वारा यह स्पष्ट होता है कि मावेज का उत्थान ई. पू. 32 से लगभग हुआ होगा। कहा जाता है कि मावेज ने अपना एक संवत् चलाया। तक्षशिला-ताम्रपत्र पर मावेज-संवत् ही है। लोहुइजेन-द लिऊ ने अपनी पुस्तक **द सिथियन पीरियड** में इस मत का प्रतिपादन किया है कि तक्षशिला-ताम्रपत्र की 78 तिथि सीथियन-यूची-शक-संवत् की है, जिसकी स्थापना ई0 पू. 139 में हुई थी। विभिन्न विद्वानों ने इसकी अलग-अलग तिथियां बतायी है। रैपसन इसे पार्थियन संवत् की तिथि और मार्शल तथा टार्न इसे शक-संवत् की तिथि मानते हैं। इस विवादास्पद स्थिति को देखते हुए कहा जा सकता है कि मावेज के तक्षशिला-ताम्रपत्र में जो तिथि अंकित है, वह संभवतः विक्रम-संवत् है (ई. पू. 58); क्योंकि पुराने खरोष्ठ-अभिलेखों की तिथियाँ विक्रम-संवत् में ही हैं। इससे अनुमान निकलता है कि वह (78—58=) 20 ई. में तक्षशिला का शासक था। अतः हम कह सकते हैं कि मावेज ई. पू. 32 में और ई. सन् 20 के बीच राज्य कर रहा था। टार्न का कथन है कि 19 ई. में **गांडोफरनीस** पश्चिमोत्तर भारत में शासन कर रहा था, इसलिये तक्षशिला में 20 ई. में मावेज का शासन संभव नहीं है। परन्तु, इसके उत्तर में यह कहा जा सकता है कि गांडोफरनीस ई. 19 में तक्षशिला में भी शासन करता हो, इसका कोई प्रमाण नहीं मिलता। मावेज की तिथि के संबंध में और भीप्रमाण दिये जा सकते हैं। मथुरा के 'लायन कैपिटन-अभिलेख' में महाक्षत्रप पतिक, महाक्षत्रप **राजुल** और उसके पुत्र क्षत्रप **सोडास** का वर्णन मिलता है। यह निर्विवाद रूप से कहा जा सकता है कि इस अभिलेख का पतिक और तक्षशिला-ताम्रपत्र का 'पातक' दोनों एक ही व्यक्ति हैं। आमोहिनी नोटिव टेबलेट में उल्लिखित 'सोडास' का समीकरण भी उपर्युक्त 'सोडास' से हुआ है। उस टेबलेट की तिथि 72 है (72—58=14)। इससे स्पष्ट है कि सोडास, पतिक, लियाक, कुसुलक और मावेज समकालीन थे।

गैर-अभिलेख में कनिंघम ने **मोउ** नाम पढ़ा है; जो **'मोअ, मोग** और **मावेज'** हो सकता है। इस अभिलेख की तिथि 58 है और यदि इसे विक्रम-संवत् की तिथि मानें जो 'मावेज' की सर्वप्रथम तिथि ई. पू. 1 हुई। परन्तु, इस तिथि में अभी संदेह की गुंजाइश है।

राज्य-विस्तार—तक्षशिला प्रदेश **मावेज** पर मावेज का अधिकार था। उसके अधीन उसके क्षत्रप भी तटवर्ती प्रांतों पर शासन करते थे। तक्षशिला उस समय पश्चिमी पंजाब और गांधार का केन्द्र था। मावेज कश्मीर का कुछ हिस्सा मावेज के राज्य में शामिल था। कपिशा पर भी उसके अधिकार का कुछ प्रमाण मिलता है। पुष्कलावती, स्यालकोट, मथुरा आदि स्थानों को भी उसके अधीन बताया जाता है, परन्तु असंदिग्ध साधनों के न होने के कारण इसे मानना असंभव है। उसका राज्य कशमीर, गांधार और पश्चिमी पंजाब के कुछ हिस्सों तक विस्तृत था। उसे एक शक्तिशाली शासक कहा गया और अभिलेखों में उसे 'महाराज' कहा गया है। शासन की सुविधा के लिये उसने क्षत्रप नियुक्त कर रखे थे। उसकी मुद्राएँ भी कई शैलियों में मिलती हैं। वह भारत कार प्रथम शक-विजेता था।

एजेज प्रथम—मावेज के बाद **एजेज** तक्षशिला का शासक हुआ। इसके विषय में इतिहासकार एकमत नहीं है। कुछ लोगों का विचार है कि एजेज एक नहीं, दो हुए। मावेज के बाद कोई विशेष शक्तिशाली राजा नहीं रहा, अतः सीस्तान के **वोनोनीज** ने उसका स्थान लिया और महाराज के रूप में अपनी सत्ता स्थापित की। उसने तक्षशिला पर अपना प्रभुत्व स्थापित कर लिया और वहाँ **स्पेलेहोरीज** और **स्पेलेगैडमीज** को गवर्नर बना। इस मत का प्रतिपादन मार्शल ने किया है, परन्तु इसमें कोई तथ्य नहीं मालूम पड़ता है। वोनोनीज एक स्वतंत्र शासक था। तक्षशिला पर उसका कोई अधिकार नहीं था और न मावेज के परिवार से ही उसका कोई संबंध था। सिक्कों के आधार पर यह आंकलन किया जा सकता है कि मावेज के बाद **एजेज प्रथम** ही शासक हुआ। उसने यूनानी शासक **हिपौस्ट्रेटस** की मुद्राओं को पुनः अपने नाम से अंकित करवाया। उसने पूर्वी पंजाब को अपने अधीन कर लिया और यमुना की घाटी तक अपना अधिकार बढ़ाया। काबुल-घाटी में भी उसकी मुद्राएँ मिलती हैं। तिथि के विषय में निश्चित नहीं है।

एजिलिसेज—एजेज की मुद्राओं पर **एजिलिसेज** का नाम भी मिलता है। ऐसा अनुमान लगाया जाता है कि जब एजेज स्वामी था, तब एजिलिसेज उसके अधीन उसका सहयोगी था। स्मिथ और भंडारकर के अनुसार एजेज दो हुए—प्रथम

और द्वितीय। पहला एजेज प्रथम शासक था और एजिलिसेज उसके अधीन सहयोगी था। एजेज प्रथम की मृत्यु के पश्चात् एजिलिसेज स्वतंत्र शासक बन गया और उसने एजेज द्वितीयको अपने अधीन सहयोगी बनाया। सिक्कों द्वारा जो प्रमाण मिलते हैं इससे निष्कर्षतः कहा जा सकता है कि एजिलिसेज स्वतंत्र शासक था। उत्खनन से प्राप्त सामग्री के आधार पर यह निश्चित रूप से कहा जा सकता है कि एजेज प्रथम पहले हुआ; फिर एलिलिसेज और तब एजेज द्वितीय। इन्होंने अधिक समय तक शासन नहीं किया।

एजेज द्वितीय—एजिलिसेज के पश्चात् एजेज द्वितीय शासक हुआ। उसी का एक गवर्नर **अस्पवर्मन** था, जो बाद में फिर, गांडोफरनिस का गवर्नर हुआ। **मुनिगुल** और **जिहोणिक** भी उसके क्षत्रप कहे गये हैं। कुछ विद्वान दोनों एजेज को एक ही मानते हैं, परन्तु उन्हें पृथक मानना ही समीचीन मालूम पड़ता है। बाद में तक्षशिला के शक फ्रायोटीज (पार्थियन) को हार का मुंह देखना पड़ा।

क्षत्रपवंश

क्षत्रप वंश की शुरुआत शक शासकों द्वारा की गयी। यह प्रणाली 'पारसीक' थी। फारस के बेहिस्तुन-अभिलेख में 'क्षत्रपावन' शब्द का उल्लेख मिलता है, जिससे बाद में 'क्षत्रप' शब्द निकला। इसका प्रयोग भारत में शकों ने किया। इन लोगों को एक शक्तिशाली शासक के रूप में जाना जाता था। उन्होंने अपने शासन को सुचारू रूप से चलाने के लिये क्षत्रप नियुक्त किये थे। क्षत्रप को गवर्नर कह सकते हैं। लिआक, पतिक, दमिजद, अश्पवर्मन्, मुनिगुल, जिहोणिक आदि क्षत्रपों के नाम हमें विभिन्न साधनों से मिलते हैं। उत्तर भारत में निम्नलिखित क्षत्रप वंशों का उल्लेख मिलता है—

1. **कापिश वंश**—इसमें क्षत्रप **ग्रणव्हयक** का नाम प्रमुख है।
2. **पुष्पपुर वंश**—इसें क्षत्रप **तिरव्हर्ण** का नाम प्रमुख है।
3. **अभिसारप्रस्थ वंश**—इसमें क्षत्रप **शिवसेन** का नाम मिलता है।

पंजाब के क्षत्रपों में—

4. **कुसुलक वंश**—इसें **लियाक** (यह संभवतः राजा भोग का **क्षत्रप** था), **कुसुलक** और **पतिक** का वर्णन मिलता है।
5. **एजेज द्वितीय** की अधीनता में **मुनिगुल** और **जिहोणिक** का उल्लेख है।
6. **इंदरवर्मन वंश में अस्पवर्मन** का उल्लेख मिलता है।

मथुरा के क्षत्रपों में—

प्रारंभ में मथुरा के क्षत्रप तक्षशिला की अधीनता में राज्य करते थे, परन्तु बाद में वे स्वतंत्र हो गये।

7. **हगाम और हगामश**—ये मथुरा के सर्वप्रथम क्षत्रप थे, जिन्होंने सम्मिलित रूप से राज्य किया था।

8. **राजुवुल**—राजुवुल को मथुरा का शासक कहते हैं। इसने पूर्वी पंजाब पर अपना आधिपत्य कायम किया। मथुरा के 'लायन कैपिटल-अभिलेख' में इसी शासक के साथ 'महाक्षत्रप' का प्रयोग किया गया है।

9. **खरोष्ठ**—यह संभवतः **राजुवुल** का पुत्र था। कुछ दिनों तक क्षत्रप रहने के बाद इसकी मृत्यु हो गई और तब **सोडास** क्रमशः क्षत्रप और महाक्षत्रप बना।

10. **सोडास**—यह पहले क्षत्रप था, बाद में महाक्षत्रप हुआ। इसकी मुद्राएँ पूर्वी पंजाब में मिली हैं।

कुषाणों के उत्थान के परिणामस्वरूप मथुरा के क्षत्रपों का अन्त हो गया। राजुवुल के वंशज क्षत्रप खरपल्लान और एनष्फर कनिष्क के अधीन थे।

पश्चिमी भारत के क्षहरात

पश्चिमी भारत में जिस क्षत्रप वंश का विकास हुआ, वह **क्षहरात वंश** के नाम से विख्यात है। कुछ लोग इन्हें पह्लव मानते हैं और कुछ लोग शक। इस प्रश्न पर अभी तक विद्वानों में एकमत नहीं है। इसी वंश के राजा **नहपान** के दामाद **उषवदात** ने अपने को शक कहा है। **पेरिप्लस** में भी **नहपान** को शक कहा गया है और उसमें पह्लव नरेशों के युद्धों का भी उल्लेख है। अतः, उन्हें शक मानना ही युक्तिसंगत मालूम पड़ता है। पह्लवों के आक्रमण ओर विजयों के परिणामस्वरूप ही शक-क्षत्रपों को दक्षिण की ओर आना पड़ा था। क्षहरातों के मुख्य शासकों के नाम इस प्रकार हैं—

1. **भूमक**—मात्र मुद्राओं के आधार पर ही हम इसके इतिहास का निर्माण कर सकते हैं। गुजरात, काठियावाड़ और मालवा प्रदेश पर इसका अधिकार था। पश्चिमी राजपूताना और सिंध पर भी इसका अधिकार रहा होगा, ऐसा मत **दिनेशचंद्र सरकार** का है।

2. **नहरान**—क्षहरात वंश का सबसे शक्तिशाली शासक नहरान था। **पेरिप्लस** में तो इसका वर्णन है ही, साथ-ही-साथ आठ गुफालेखां में भी इसका नाम मिलता है। प्रचुर मात्रा में इसकी मुद्राएँ भी मिलती हैं। इसके दामाद **उषवदात** के अभिलेखों से पता चलता है कि इसका राज्य पूना और उत्तरी कोंकण से लेकर काठियावाड़,

मंदसौर, उज्जैन और अजमेर तक इसका विस्तार हुआ था। नहपान के लिये मुद्राओं पर 'राजन', '**क्षत्रप**' और 'महाक्षत्रप' पदवियों का व्यवहार हुआ है। इसके एक मंत्री का नाम **अयम था**। नहपान का समय अनुमानतः 124 ई. था। नहरान को गौतमीपुत्र **शातकर्णि** यह अपने वंश का अंतिम शासक था।

चष्टन वंश—दक्षिण भारत में एक अन्य शक वंश का उदय हुआ, जिसे हम 'चष्टनवंश' नाम से जानते हैं। इस वंश का राज्य उज्जैन और काठियावाड़ में था। इस वंश का संस्थापक सिथियन शकवंशी **यशोमतिक** था। इस वंश का संबंध ईरानी शकों से भी था। चष्टन के पिता का नाम यशोमतिक था।

चष्टन ही इस वंश का सबसे शक्तिशाली राजा था। कुछ विद्वानों का ऐसा भी मत है कि उसने ही 78 ई. में शक-संवत् चलाया था, परंतु इसमें मतैक्य का अभाव है। वह अपनी राजधानी उज्जैन बनाया था। उसने **सातवाहनों** से भी कुछ प्रदेश जीत थे। जूनागढ़ और गुजरात में भी उसकी मुद्राएँ मिली हैं। उसके पुत्र **जयदामन की** मुद्रा अजमेर (पुष्कर) से भी मिली है। जयदामन कभी भी महाक्षत्रप नही हुआ था, क्योंकि उसकी मृत्यु पिता (चष्टन) के समय हो गई थी। नहपान की तरह चष्टन भी एक प्रसिद्ध राजा था। उसके साथ 'राजा' शब्द का प्रयोग भी हुआ है। उसके पश्चात् **रुद्रदामन** शासक हुआ। कहा जाता है कि कुछ दिनों तक चष्टन और रुद्रदामन का सम्मिलित शासन था। चष्टन की संभावित तिथि 130 ई. है। इस वंश का सर्वश्रेष्ठ शासक महाक्षत्रप रुद्रदामन हुआ।

महाक्षत्रप रुद्रदामन—भारतीय इतिहास और साहित्य में वह महाक्षत्रप रुद्रदामन नाम से प्रसिद्ध है। अपने शासक होने के पूर्व उसने चष्टन के साथ मिलकर शासन किया था। द्विराज्य-प्रणाली का ज्वलंत उदाहरण हमें चष्टन और रुद्रदामन के सम्मिलित शासन में मिलता है। महाक्षत्रप रुद्रदामन को क्षत्रप का चौथा पुत्र मानते है। उसका समय 150 ई. है। उसने अपनी मुद्राओं में 'महाक्षत्रप' शब्द का प्रयोग किया है। उसके जूनागढ़-अभिलेख से ज्ञात होता है कि उसने निम्नलिखित स्थानों को जीतकर अपने राज्य में मिला लिया था—पूर्वी-पश्चिमी मालवा मांधाता प्रदेश, द्वारका का चतुर्दिक प्रदेश जूनागढ़ का चतुर्दिक प्रदेश, साबरमती नदी का तटवर्ती प्रदेश, मारवाड़, कच्छ, सिंधु, सौबीर, सिंधु नदी और पारियात्र पर्वत के बीच के प्रदेश, उत्तरी कोंकण, सरस्वती और पश्चिमी विंध्य का प्रदेश तथा कुछ अन्य प्रदेश को अपने राज्य में शामिल किया गया है।

इनमें जूनागढ़ के चतुर्दिक प्रदेश, सिंधुघाटी और पारियात्र पर्वत के बीच का प्रदेश, उत्तरी कोंकण, मांधाता प्रदेश और मालवा पहले गौतमीपुत्र शातकर्णि के अधीन

थे। निश्चित है कि रुद्रदामन ने उपर्युक्त प्रदेशों को गौतमीपुत्र के उत्तराधिकारियों से जीता था। जूनागढ़-अभिलेख से ज्ञात होता है कि उसने गौतमीपुत्र शातकर्णि को दो बार पराजित किया था। शक-सातवाहनों में दक्षिण में आधिपत्य के लिये काफी दिनों तक संघर्ष चला था। रुद्रदामन द्वारा पराजित सातवाहन-नरेश संभवतः वशिष्ठपुत्र पुलुमावी था। उसने अपने अभिलेख में अपेन को 'दक्षिणापथेश्वर' कहा है। यों चष्टन वंश और सातवाहन वंश में वैवाहिक संबंध था और वशिष्ठपुत्र श्रीशातकर्णि रुद्रदामन का दामाद था। वैवाहिक संबंध होने के बावजूद दोनों के बीच आधिपत्य के लिये संघर्ष होते रहे और इस संघर्ष में कब कोन विजयी हुआ, इसका ठीक-ठीक पता नहीं लगता। रुद्रदामन ने कनिष्क के उत्तराधिकारियों से सिंधु-सौवीर का प्रांत जीता ओर यौधयों के साथ भी संघर्ष किया। रुद्रदामन ने सतलज के पास योहियावार के यौधेयों को भी हराया था। ऐसा भी अनुमान लगाया जाता है कि उसने कनिष्क प्रथम के उत्तराधिकारियों से सिंधु-सौवीर का क्षेत्र भी छीन लिया। उसने सिद्धांत बना रखा था कि सिवा युद्धक्षेत्र के कभी नरहत्या नहीं करेगा। शासन-व्यवस्था में सहायता के लिये विद्वान, गुणसंपन्न मंत्रिजन हुआ करते थे—प्रथम, **मतिसचिव** जो केवल मंत्रणा दीते थे; द्वितीय, **कर्मसचिव** जो राज्य की नीतियों को लागू करते थे।

मूल्यांकन—रुद्रदामन की गिनती एक वीर एवं कुशल शासक के रूप में की जाती है। रुद्रदामन एक वीर और कुशल शासक था। सुशासन के लिये उसने अपने विशाल साम्राज्य को अनेक प्रांतों में विभक्त किया और प्रत्येक प्रदेश में अपने अमात्य नियुक्त किये। उसकाएक अमात्य **सुविशाख** था। शासन में सहायता के लिये वह पार्षद भी रखता था। उसकी राजधानी उज्जैन में थी। उसके समय सुदर्शन झील का **बाँध** टूट गया था, जिसे उसने अपने अमात्य सुविशाख के निरीक्षण में नाया था। इस पर जो खर्च आया था उसने कोश से निकालकर दिया था। वह व्याकरण, राजनीति, संगीत, न्याय आदि का अच्छा ज्ञाता था। वह गद्य-पद्य और काव्य में भी प्रवीण था। वह राजकोष की संपन्नता का महत्त्व समझता था, किन्तु कोष भरने के लिये उसने कभी प्रजा पर अन्यायपूर्ण कर, विष्टि (बेगार), स्वेच्छादान (प्रणय) आदि नहीं लादे थे। उसने अपनी लोककल्याणपरता का भी परिचय दिया था। उसका जूनागढ़-अभिलेख संस्कृत-काव्य का अपूर्व उदाहरण है।

रुद्रदामन के उत्तराधिकारी और क्षत्रपों का पतन—रुद्रदामन के बाद **दामधसद प्रथम** उसका उत्तराधिकारी हुआ। उसी की पुत्री का विवाह सातवाहन वंश के वशिष्ठपुत्र श्रीशातकर्णि के साथ हुआ। वह **दामजद** नाम से भी प्रसिद्ध है। उसका

शासन अल्पकालीन था। उसके बाद उसके पुत्र **जीवदामन्** और भाई रुद्रसिंह प्रथम में गद्दी के लिये संघर्ष हुआ। 178 ई. में जीवदामन् महाक्षत्रप हुआ। 181ई. में रुद्रसिंह प्रथम महाक्षत्रप था। 178 और 181 ई. के बीच आभीर सेनापति **रुद्रभूति** का उदय हुआ। 188 और 190 ई. के बीच आभीर **ईश्वरदत्त** का उल्लेख है। 191 ई. में फिर रुद्रसिंह प्रथम महाक्षत्रप बना और 196 ई. तक स्वतंत्र शासक के रूप में शासन करता रहा। जीवदामन् की मृत्यु के बाद रुद्रसिंह प्रथम के पुत्र **रुद्रसेन** सत्ता संभाली। 200 ई. के एक अभिलेख में उसे 'राजा महाक्षत्रस्वामी' कहा गया है। उसने 200 से 222 ई. तक राज्य किया। उसके बाद उसका भाई **सिंहदामन** शासक हुआ। 226 ई. के आसपास मालव लोग शकराज्य से स्वतंत्र हो गये थे। अल्तेतकर के अनुसार सिंहदामन मालवों के साथ लड़ाई में ही मारा गया था। इसके बाद रुद्रसिंह का पुत्र **तृतीय दामनसेन** गद्दी पर बैठा और उसने 236 ई. तक राज्य किया। उसके बाद क्रमशः **यशोदामन्, विजयसेन, दामजद, श्रीविश्वसिंह** और **भार्तृदामन्** ने 295 ई. तक राज्य किया।

सैसेनियन वंश का शासन

प्रसिद्ध इतिहासकार अल्तेकर का मानना है कि 225 ई. के आसपास **वाकाटक विंध्य शक्ति** का उदय हुआ और उसने शकों से मालवा राज्य छीन लिया। 224 कई 0 से 340 ई. तक का समय शक वंश के पतन का काल है। इस समय भारत में सैसेनियनों ने शकस्थान और पश्चिमी भारत के कुछ हिस्सों पर आक्रमण कर उन्हें अपने अधिकार में कर लिया। 293 ई. के सैसेनियन-नरेश **बहराम द्वितीय** और 309-379 ई. के बीच सैसेनियन शासक **शापुर** द्वितीय के शासनकाल तक उन लोगों का प्रभाव बना रहा। गुप्तों का प्रभाव ज्यादा बढ़ जाने के बाद सैसेनियन का प्रभाव घटने लगा। 'प्रयाग-प्रशस्ति' से इसका प्रमाण मिलता है। शकों का अंतिम शासक रुद्रसिंह तृतीय हुआ, जो चंद्रगुप्त द्वितीय विक्रमादित्य द्वारा पराजित हुआ। इसके बाद शकराज्य का अस्तित्व समाप्त हो गया।

पह्लव (पार्थियंस)—इनके बारे में कोई प्रामाणिक जानकारी उपलब्ध नहीं हुई है। पह्लव राज्य का सर्वप्रथम राजा **वोनोनीज** था। उसने सोस्तान और अराकोशिया तक अपने राज्य का विस्तार किया। उसकी 'महाराजाधिराज' पदवी थी। वह मावेज का समकालीन था। स्पेलिरिसिस और स्पेलेहोरिज (उसका भाई) तथा स्पेलेगदमिज **(भतीजा)** उसके राज्य के विभिन्न प्रदेश के गनर्वर थे।

वोनोनीज के बाद **स्पेलिरिसिस** सिंहासनारूढ़ हुआ। वह एजेज प्रथम का समकालीन था। पह्लव वंश का सबसे प्रतापी शासक **गांडोफरनिस** था। वह पश्चिमोत्तर प्रदेश में राज्य कर रहा था। वह लगभग 19 ई. में सिंहासन पर बैठा। उसने पूर्वी ईरान पर भी अपना अधिकार बढ़ाया। **अस्पवर्मन** उसका गवर्नर था। उसने शक-राज्यों पर भी अपना अधिकार बढ़ाया। कुछ लोग फ्रायोटिज ओर गांडोफरनिस को एक ही व्यक्ति मानते हैं। टामस नामक एक ईसाई धर्म का प्रचारक भी उसके शासन काल में भारत आया था। उसकी मृत्यु के बाद पह्लव राज्य की स्थिति बिगड़ गई। पश्चिमी पंजाब में पकोरिस और सीस्तान में सेनेबेरीज ने शासन किया। **कुषाणों** के उत्थान के साथ ही पह्लवों का अस्तित्व समाप्त हो गया।

शक-सीथियन शासन-प्रणाली का सर्वेक्षण

शक-सीथियन का शासन काल काफी सुदृढ़ था। इनकी शासन-प्रणाली का स्वरूप संगठित एवं विकसित था। राजकुमारों को शिक्षा दी जाती थी। युवराज को भी हर प्रकार प्रशिक्षित किया जाता था और अमात्यगुण रखने वाले व्यक्ति ही मंत्रिपद के लिए चुने जाते थे। मंत्रियों, उच्चाधिकारियों तथा सचिवों का वर्गीकरण किया जाता था। प्रजा से किसी प्रकार का बेगार (विष्टि) न लें, इसकी शिक्षा भी युवराज को दी जाती थी। कुछ प्रमाणों से पता चलता है कि इस शासन काल में महामात्र, रज्जुक, संचरंतक, संचारिन गुप्तचर आदि भी होते थे। क्षत्रप-प्रदेशों में मेरीदार्क (Meridarch=जिलाधिकारी) तथा (Strategos=राज्यपाल अथवा सैनिक अफसर) प्राचीन यूनानी प्रशासन के अवशेष के रूप में अब भी विद्यमान थे। वे भी अमात्यों तथा महासेनापतियों के साथ शासन में हाथ बँटाते थे। इस क्षेत्र में अब भी प्रजातांत्रिक शासन-प्रणाली वाले गणराज्य मौजूद थे। ऐसे अनेक राज्यों का पता हमें तत्कालीन साधनों से लगता है और उनका संक्षिप्त वर्णन हम उपस्थित कर चुके हैं। शक-सीथियन को भी इन गणराज्यों को समाप्त करने में सफलता नहीं मिली। सीथियन-क्षेत्रों में राजतंत्र व्यवस्था थी और वहां राजतंत्र को बड़ा महत्त्व दिया जाता था। सीथियन दैवी उपाधियाँ धारण करते थे और मृत सम्राटों को देवता के रूप में स्वीकार करते थे। वे लोग अपने को 'चक्रवर्तिन', 'अधिराज', 'राजाधिराज', 'देवपुत्र' आदि कहा करते थे। 'क्षेमराज', 'धर्ममहाराजाधिराज', 'धर्मयुवमहाराज' आदि उपाधियों से भी दक्षिण भारत के राज्य अपने को विभूषित करते थे। पार्थियनों के शासनकाल में 'महाराजाधिराज' की पदवी फिर सहायकों ने ले ली क्योंकि नरेशों में 'परमभट्टारक', 'परमेश्वर महाराजाधिराज' जैसी उपाधियाँ विशेष प्रचलित हो चुकी थीं। कभी-कभी

शक-नरेश भी अपने को 'धर्मविजयी' कहते थे। सीथियन-काल में रानियों के लिये 'अग्रमाहिणी तथा 'महादेवी' उपाधियाँ प्रचलित थीं। सीथियन-काल में राजा की मृत्यु के बाद उसकी मूर्ति बनाने और उसे स्थापित करने की प्रथा प्रचलित थी। इसे **देवकुल** नाम से जाना जाता था। मथुरा-अभिलेख में हुविष्क के पितामह के देवकुल का वर्णन है। इन्हीं सब कारणों से मथुरा को 'देवताओं की नगरी भी कहा जाता है। कुछ भारतीय ग्रीक राजाओं ने 'थिओस' तथा 'थिओद्रोपोस' उपाधि का भी प्रयोग किया है। **गांडोफरनेस** ने अपने को 'देवव्रत' कहा है। शक-सीथियनों ने राजा को मनुष्य के रूप से 'महती देवता' उपाधि प्रदान की; क्योंकि उन्होंने अपने राजा का आदर्श फारस; चीन तथा रोम के राजाओं के आदर्शों के आधार पर रखा था। कुषाण-उपाधि देवपुत्र एक चीनी उपाधि है। अधिराज, चक्रवर्तिन आदि शब्द प्राचीन भारत में भी प्रचलित थे। लूडर्स के अनुसार, भारतीय शकनरेशों में से कम-से-कम एक ने रोमन-उपाधि 'कैसर' धारण की थी।

शक-सीथियन के शासन काल में उत्तर पश्चिमी भारत में **द्वैरज्य** अथवा सहशासन-प्रणाली और सुदूर दक्षिण में **यौवराज्य-प्रणाली** प्रचलित थी। ऐसा इंडो-ग्रीक-काल में भी था राजा अथवा युवराज जिस नगर में रहते थे, उसे **अधिष्ठान** कहा जाता था। अभिलेखों में **निगमसभा, नगराक्षदर्श** (अक्षपटलक का पर्यायवाची) का उल्लेख है—ये संभवतः नगर-न्यायाधीश की तरह होंगे। महामात्र तथा रज्जुकों का महत्त्वपूर्ण स्थान था। राजाओं के अत्यंत निकट रहने वाले अधिकारी को **मतिसचिव** तथा पल्लवदानपत्र के अनुसार **रहस्याधिकृत** कहा जाता था **राजवैद्य** और **राजलिपिक** की गणना भी प्रमुख अधिकारियों में होती थी। सैनिक-अधिकारियों में **महासेनापति, दंडनायक** और **महादंडनायक** का भी उल्लेख मिलता है। उनके नीचे अधिकारी थे—**सेनागोप, गौल्मिक, आरक्षाधिकृत, अश्ववारक, भटमनुष्य** आदि। **दंडनायक** कभी-कभी अपने लिये भी राज्य प्राप्त करते थे।

असैनिक अधिकारियों में **मतिसचिव** के अतिरिक्त अमात्यों का एक वर्ग और भी था, जिन्हें कर्मसचिव के नाम से जाना जाता था। इन्हीं में से राज्यपाल, कोषाध्यक्ष, अधीक्षक, सचिव आदि अधिकारी चुने जाते थे। कोष-संबंधी अधिकारियों में **गंजबर, कोष्ठागारिक और भांडागारिक** थे। कर के रूप में प्राप्त धन को पीने के पानी के प्रबंध पर विशेष रूप से खर्च किया जाता था। तालाब, कुआँ, झील आदि बनवाने का बहुधा उल्लेख मिलता है। लूडर्स के अनुसार हाईड्रौलिक इंजर (औद्यांत्रिक) का भी उल्लेख मिलता है (No 1137)। एक स्थान पर **पानीयधरिक** (जल-अधीक्षक) (No. 1279) का भी उल्लेख है। एक अमात्य **स्कंदस्वाति** का उल्लेख है, जो **कर्मांतिक**

के पद पर काम करता था। विदेश विभाग में **दूत** का उल्लेख मिलता है। इनके अतिरिक्त **महासामिय** (रेकार्ड रखनेवाला) ,**अभ्यंतरोपस्थापक** (रनिवास की देखभाल करनेवाला), **माडविक, तूथिक तथा नेयिक** जैसे अन्य कर्मचारियों का भी उल्लेख मिलता है।

क्षत्रपतियों और प्रांतों के अतिरिक्त शक-सीथियन-क्षेत्र जिला (राष्ट्र), आहार, जनपद, देश अथवा विषय में विभाजित थे। राष्ट्र अथवा आहार का मुख्य अधिकारी राष्ट्रपति, राष्ट्रिक (रठिक) अथवा अगात्य हुआ करता था। उदाहरणार्थ, हम कह सकते हैं–

(i) अमात्य सुविशाख सुराष्ट्र का शासक था (रुद्रदामन के समय)।

(ii) अमात्य विष्णुपालित, श्यामक तथा शिवस्कंददत्त गोबर्धन आहार में गौतमीपुत्र शातकर्णि और पुलुमावि के समय शासक थे।

(iii) मामाल एक अन्य **अमात्य के अधीन था जिसके नामांत** में 'गुप्त' लगा हुआ था।

(iv) सुदूर दक्षिण में **आहार** के मुख्य अधिकारी को **व्यापृत** (Luders 1327/1328) कहते थे।

(v) सीमा पर जनपदों को सैनिक-अधिकारियों के अधीन रखा जाता है।

–सातवाहनिहार का जनपद महासेनापति स्कंदनाग के प्रशासन में था।

–प्राकूगुप्तकाल में मालव एक शकमहादंडनायक के अधीन था।

–एजेज तथा गोंडोफरनेस के समय सीमांतप्रदेश स्त्रातेगोई अंस्पवर्मन सस के प्रशासन में था।

(vi) **देश** के शासक को **देशाधिकृत** कहते थे। **विषय** का शासक **विषयपति** कहलाता था।

(vii) शासक की छोटी इकाइयों में **ग्राम** तथा **निगम** थे। **ग्रामेयिक आयुत, ग्रामणी, ग्रामिक, ग्रामभोजक, महतरक** इसके अध्यक्ष आदि होते थे। मथुरा-लेख में **जयदेव** तथा **जयनाग** नामक **ग्रामिकों** का उल्लेख है। दक्षिण भारत में ग्रामों के मुख्य अधिकारी को **मुलुद** (Luders No. 1194 = मुरुंड = स्वामी = शक) और निगम के मुख्य अधिकारी को **गहपति** कहते थे। शक-सीथियन ग्राम-निगम- शासन को नष्ट नहीं कर पाए। इनके अतिरिक्त **गोष्ठी, निकाय परिषद, संघ** आदि का भी उल्लेख मिला है। राजा और ग्रामवासियों के बीच संबंध स्थापित करनेवाली संस्था को **गोष्ठी** कहते थे। एक **गोष्ठी** में एक राजन और एक मुखिया के पुत्र का उल्लेख है (Luders—1332-1338)।

(viii) गुप्तचरों को **संचरतक** कहा गया है और कूटनीति में इनका विशेष महत्त्व था।

कुषाण वंश का इतिहास

कुषाणों की उत्पत्ति—ई. पू. 165 के लगभग **हूँग नू** नामक जाति ने पश्चिमी चीन में बसनेवाली यू-ची जाति पर आक्रमण कर उन्हें वहाँ से मार भगाया। पराजित यू-ची जाति के लोग नए प्रदेश की खोज में आगे बढ़े और **जैक्जार्टीज** (सरदारिया) प्रदेश में पहुँचे। इस प्रदेश में **शक** जाति रहती थी। यू-ची ने शकों ये युद्ध कर उन्हें पराजित कर दिया और उनके राज्य पर अधिकार कर लिया, लेकिन बहुत दिनों तक वे लोग उस पर अपना अधिकार नहीं रख सके। उनके पुराने शत्रु **वू-सून** ने हूँग-नू जाति की मदद से ई. पू. 140 के आसपास उनलोगों पर आक्रमण कर दिया और उस प्रांत पर अधिकार कर लिया। बाध्य होकर यू-ची स्ट्रैगो को पुनः नए प्रदेशों की खोज में निकलना पड़ा। नये प्रदेश की तलाश करते करके वे आक्सस नदी पार कर **ताहियाप्रदेश** पहुँचे। यहाँ के लोगों ने यू-ची की अधीनता स्वीकार कर ली। धीरे-धीरे यूचियों ने समस्त बैक्ट्रिया और माक्डियाना पर भी अपना आधिपत्य कायम किया। इसी दौरान एक प्रमुख घटनाक्रम में यू-ची की पांच शाखायें हो गयीं। इनमें से एक शाखा का नाम **कुई-शांग** अथवा **कुषाण** था। यू-ची जाति ही भारतीय साहित्य में ऋषिक = यूह-ची = युइषि = ऋषिक नाम से प्रसिद्ध है। जब हिंगनू (हूण) जाति ने उन्हें **कानसू** से नकाल दिया, तब वे भिन्न-भिन्न स्थानों पर भटकते रहे। **ताहिया** (तुषार) के लोग सुखप्रिय व्यापारी थे। यहाँ ऋषिकों की सत्ता जम गई। ऋषिकों ने धीरे-धीरे बाख्त्री, कंबोज और आसपास के प्रदेशों पर अपना अधिकार जमाया। बैक्ट्रिया (बाख्त्री) पहुँचने पर ऋषिकों का संपर्क यवन, पह्लव और रोमन संस्कृतियों से हुआ और इससे वे लोग प्रभावित हुए। ईसवी शताब्दी के प्रारंभ में **कुएई-शुआंग** का राज्य **कुषण** नामक सरकार को मिला। वह बड़ा ही शक्तिशाली था और उसने शेष चार ऋषिक-राज्यों को अपने अधीन कर लिया। इसके फलस्वरूप एक बहुत बड़े संयुक्त राज्य की स्थापना हुई। राधाकुमुद मुखर्जी इसका श्रेय यवौग नामक एक नेता को देते हैं।

कुजुलकदफिस—कुषाण वंश की नींव इसी ने डाली थी। हिंदूकुश के पार उसने अपने राज्य का विस्तार करना आरंभ किया। उसने दक्षिणी अफगानिस्तान, काबुल, कंधार, किपिन और पार्थिया के एक भाग को अपने राज्य में मिला लिया

और अंत में यवन, शक और पह्लव राज्यों को आत्मसात कर अपने साम्राज्य का निर्माण किया। उसके इतिहास के प्रधान साधन मुद्राएँ हैं। उसकी प्रारंभिक मुद्राओं पर एक ओर यूनानी राजा हर्मियस का नाम अंकित है और दूसरी तरफ उसका अपना नाम और उपाधि कुशनस-यडस-कुजुलकफस-धुम-ठितस' (कुछ मुद्राओं पर सचधमठितस) उत्कीर्ण है। इससे ज्ञात होता है कि वह अपनी जाति का नेता (युवग) था और धर्म में उसकी निष्ठा थी। उसकी बाद की मुद्राओं पर उसका नाम और उपाधि इस प्रकार मिलती है—'महरजस-महतस-कुषाण-कुयुल-कफस' अथवा महारजग रजतिरजस कुयुल कफस'। इससे यही अनुमान लगाया गया है कि वह सम्राट था। उसका संभावित समय 15 से 95 ई. है। 80 वर्ष की अवथा में उसकी मृत्यु हो गई। मुद्राओं पर उसके सिर की जो आकृति है, वह रोमन सम्राट् ऑगस्टस, टायबेरियस और क्लोडियस की मुद्राओं पर अंकित आकृतियों से मिलती है। कुछ लोगों का ऐसा अनुमान है कि उसने हर्मियस से मित्रता स्थापित कर अपनी शक्ति बढ़ाई थी। उसने पार्थियनवंश को भी कुंठित कर दिया था। उसे हम कुषाण-साम्राज्य का संस्थापक भी मान सकते हैं। उसने बैक्ट्रिया से तक्षशिला तक अपने साम्राज्य का विस्तार किया।

विम कैडफिसिज—यह कुजुलकदाफिस का पुत्र था। वही इतिहास में **कैडफिसिज द्वितीय** नाम से प्रसिद्ध है। उसने अपने साम्राज्य की सीमा को और भी बढ़ाया और अपने पिता से भी अधिक गौरवशाली उपाधियाँ धारण कीं। चीनी सूत्रों में उसे भारत का विजेता कहा गया है। उसके सिक्कों के व्यापक प्रचार और उसकी राजनीतिक पदवी से ज्ञात होता है कि उसने सिंधु के पूर्व प्रायः सारे पंजाब, कश्मीर, सिंधु और वर्तमान उत्तरप्रदेश के पश्चिमी भाग पर अपना अधिकार जमा लिया। चीनी इतिहासकार मानते हैं कि इसमें यू-ची जाति की शक्ति बहुत बड़ी थी। उन्होंने भारत (ति एन-चू) के राजाओं को मार डाला और उनके स्थान पर शासक नियुक्त किये। अपने जीते हुए प्रांतों में विम कैडफिसिज ने क्षत्रपों द्वारा शासन किया। उसके समय कुषाण-साम्राज्य एक तरफ मध्यएशिया में चीन-साम्राज्य, पश्चिम में रोम साम्राज्य और दक्षिण-पूर्व में सातवाहन-साम्राज्य की सीमा से मिला हुआ था। उसकी नजर पूर्वोत्तर एशिया की तरफ भी गयी। उसने पूर्वोत्तर एशिया में अपना साम्राज्य बढ़ाने के लिये चीन पर आक्रमण किया, किन्तु उसे हार माननी पड़ी और विवश होकर कर देना पड़ा। लेकिन, इस घटना का संबंध विम के साथ बहुत लोग नहीं मानते हैं।

विम कैडफिसिज के सन्दर्भ में मुद्राओं पर अंकित लेखों से भी जानकारी मिलती है। उसमें उसे महाराज, राजाधिराज, सर्वलोकेश्वर और माहेश्वर कहा गया है। उसकी कुछ मुद्राओं पर द्विभुज, त्रिशूलधारी, व्याघ्रचर्मग्राही, नंदी-अभिमुख भगवान शिव की आकृति अंकित है। इससे अनुमान लगाया जाता है कि वह **शैवमत** का माननेवाला था। ताँबे की मुद्राओं में उसे 'महारयम रथरयस देवपुत्रस कुयुल करकफ्सस (कपस)' कहा गया है। इससे उसके सम्राट्-पद और देवपुत्र उपाधि का पता चलता है। मथुरा में एक बड़े आकार की उसकी प्रतिमा मिली है जो उसके बारे में काफी बोध कराती है। जिस पर निम्नलिखित वाक्य अंकित है—महाराज राजातिराजो देवपुत्रों कुषाणपुत्रों शाहि विमा तक्षमस्य' (अर्थात्, सम्राट् विम की प्रतिमा, जिसके पास तक्षम=तेज घोड़े हैं, जो कुषाणवंशीय है, जो देवता का पुत्र है, जो राजाओं का राजा है)। प्रतिमा में वह सिंहासन पर बैठा, लंबी आस्तीन का चोगा तथा फीतों से बँधे ऊँचे भारी जूते पहने और पादपीठ पर पैर रखे दिखाया गया है। उपर्युक्त लेख में उसके द्वारा मंदिर और जनकल्याण के लिये आराम (सराय), कुएँ और तालाब बनाए जाने का उल्लेख है। भारत में प्रवेश करने के बाद कुषाणों पर भारतीय धर्म और संस्कृति का व्यापक प्रभाव पड़ा बौद्धधर्म के प्रति भी वह सहिष्णु था। उसी के समय कपिशा से काश्यप मातंग और धर्मरत्न नामक दो बौद्धभिक्षुओं ने चीन जाकर बौद्धधर्म का प्रचार किया। प्रथम दोनों कुषाण-शासकों के समय भारतवर्ष का चीन और रोमन साम्राज्यों के साथ संपर्क स्थापित हुआ और पश्चिमोत्तर, व्यापारिक मार्ग भी खुले। भारत से अन्न, मसाले, आभूषण और वस्त्र बाहर जाने लगे और इसके बदले प्रचुर सुवर्ण भारतवर्ष आने लगा। विम कैडफिसिज ने अपने नाम से सोने के सिक्के चलाए।

कनिष्क प्रथम

भारतीय इतिहास में कनिष्क प्रथम जैसा शासक नाम मात्र के हैं। शासन सम्बन्धी उसमें सभी गुण थे। कनिष्क के संबंध में जानकारी के साधन कम हैं, फिर भी विभिन्न साधनों के वैज्ञानिक विश्लेषण और अनुसंधान से उसके शासनकाल का शृंखलाबद्ध इतिहास निर्मित किया गया है। विम कैडफिसिज और कनिष्क में क्या संबंध था, यह निश्चित रूप से नहीं कहा जा सकता। दोनों के बीच एक अल्पकालीन अंतर की संभावना वर्जित नहीं है। कहीं दोनों के सिक्के साथ भी मिले हैं वे अनुकोणिक समान लक्षण प्रस्तुत करते हैं और उनमें सामने के मुद्रित लक्षणों में भी अद्‌भुत समता है।

(क) कनिष्क की तिथि

कनिष्क की तिथि के सन्दर्भ में कोई प्रामाणिक तथ्य आज भी नहीं मिल सका है। इस वजह से यह प्रश्न विवादास्पद ही बना हुआ है इस सन्दर्भ में विभिन्न विचार इस प्रकार हैं–

(क) केनेडी के अनुसार ई. पू. 58 में **चौथी बौद्धसंगीति** हुई और उसी के उपलक्ष्य में एक संवत् चलाया गया।

(ख) ई. पू. प्रथम शताब्दी में उत्तर-पश्चिम के स्थलमार्गों से चीन और भारत के बीच रेशम का व्यापार होता था और इस व्यापार से जो प्रचुर सोना मिला था, उसी से कनिष्क ने सुवर्णमुद्राएँ निर्मित करायीं।

(ग) ह्वेनसांग के अनुसार बुद्ध ने भविष्यवाणी की थी कि उनके निर्वाण के 400 वर्ष बाद कनिष्क नाम का सम्राट् होगा, अतः कनिष्क का समय ई. पू. 481-400=ई.पू. 81 होना चाहिए।

केनेडी समस्त तर्कों का ठोस प्रमाण नहीं मिला है अतः ये वास्तविकता से दूर लगते हैं। नवीन संवत् की स्थापना का उल्लेख किसी भी बौद्ध-साहित्य में सीधी संगीति के संदर्भ में नहीं मिलता। अश्वघोष (जो चतुर्थ संगीति में उपस्थित था) भी इसका उल्लेख नहीं करता। ह्वेनसांग का मत भी सच्चाई से कोसों दूर हैं।

फ्लीट के अनुसार कनिष्क प्रथम ई. पू. 58 में शासक हुआ। दोनों कैडफिलिप उसके बाद शासक हुए। यह मत भी मान्य नहीं है, क्योंकि हम देख चुके हैं कि कनिष्क के पूर्व ताँबे की मुद्राओं का प्रचलन था। कुषाणकाल में समृद्धि के विकास के साथ-साथ स्वर्णमुद्रा का प्रचलन हुआ।

रैपसन का मानना है कि कनिष्क किसी भी प्रकार कैडफिसिज का पूर्वगामी नहीं हो सकता।

मार्शल के अनुसार तक्षशिला में प्राप्त कनिष्ककाल की मुद्राएँ कैडफिसिज के काल के बाद की है अतः कनिष्क को उसके बाद ही समझना चाहिए।

एलन के अनुसार कनिष्क की स्वर्ण-मुद्राएँ रोमन सम्राट् टाइटस की मुद्राओं से (79-81 ई.) मिलती-जुलती हैं, अतः कनिष्क को ईसवी सन् की दूसरी शताब्दी में ही होना चाहिए।

मार्शल, सटेन, कोनो और स्मिथ ने कनिष्क को 125 ई. में रखा है, परन्तु यह भी इसलिये मान्य नहीं है, क्योंकि ईसा की दूसरी शताब्दी में किसी भी संवत् की स्थापना नहीं हुई थी।

एक भारतीय इतिहासकार रमेशचन्द्र मजूमदार ने 248 ई. को कनिष्क की

तिथि माना था और इस मत का भी प्रतिपादन किया था कि इसी वर्ष उसने एक नवीन संवत् की स्थापना की थी, जो इतिहास में त्रैकुटक-कलचुरि-चेदि-संवत् के नाम से प्रख्यात है। कई कारणों से मजूमदार का यह सिद्धांत मान्य नहीं है। कनिष्क खोतान के विजयकीर्ति का समकालीन था और विजयकीर्ति 248 ई. के बहुत पूर्व हुआ था। संघरक्ष ने मार्गसूत्र-टीका का चीनी भाषा में अनुवाद किया था और वह कनिष्क का समकालीन था। चीनी साधनों से पता चलता है कि वह 170 ई. से पहले ही हुआ था। सबसे बड़ी बात तो यह है कि कनिष्क के 100 वर्ष बाद वासुदेव मथुरा पर राज्य कर रहा था और यदि कनिष्क की तिथि को हम 248 ई. मान लें तो वासुदेव का समय 348 ई. मानना होगा, जो किसी भी हालत में संभव नहीं है; क्योंकि वास्तविकता यह है कि 348 ई. में मथुरा पर कुषाणों का राज्य नहीं था।

रामकृष्ण गोपाल भंडारकर उसकी तिथि 278 ई. मानते हैं। परन्तु उपर्युक्त विवेचनों के आधार पर हम कह सकते हैं कि यह मत भी अमान्य है। इसको न स्वीकार करने के पीछे भी वही कारण सामने आते हैं जो मजूमदार के लिये थे।

टामस, राखालदास बनर्जी और रैपसन 78 ई. को ही कनिष्क की तिथि मानते हैं। तक्षशिला के चिरस्तूप पर 136 तिथि दी हुई है ओर संभवतः यह तिथि विक्रम-संवत् की है, अतः अभिलेख का निर्माण 78 ई.. में हुआ होगा। इस अभिलेख में कुषाण-राजाओं के लिये 'देवपुत्र' शब्द का उल्लेख है, जिसका प्रयोग कनिष्क और उसके उत्तराधिकारियों ने किया था। इस आधार पर यह निष्कर्ष निकलता है कि वह 78 ई. में ही सिंहासनारूढ़ हुआ था। इस अनंत वाद-विवाद के बावजूद है कनिष्क द्वारा 78 ई. से 'शक-संवत्' का संचालन सही जान पड़ता है। यह संवत् पश्चिमी भारत के शक-राजाओं द्वारा दीर्घकाल तक प्रयुक्त होने के कारण 'शक-संवत्' कहलाने लगा। आज हमारा राष्ट्रीय संवत् भी यही है। वैडेल, टामस, कैपसन तथा लिए 78 ई. को ही मानते हैं। 1957 ई. में अफगानिस्तान से कनिष्क के राज्य के 31 वें वर्ष का एक अभिलेख फ्रेंच आरक्योलौजिक मिसन को मिला। सम्राट् के आदेशानुसार नोकोन जोनको (Nokon Zonko) नामक अधिकारी ने किसी पवित्र स्थान की मरम्मत करवाई थी खोरज्म से भी कुछ लेख मिले हैं। बहुत-सारे नए पुरातात्त्विक सामग्री के अध्ययन तथा साहित्यिक साधनों के आलोचनात्मक अध्यन से यही प्रतीत होता है कि कनिष्क 78 से 144 के बीच ही रहा होगा। वासम महोदय भी 78 ई. ही मानते हैं। वी0. जी0. लकोनिन भंडारकर के मत का समर्थन करते हैं। वे लोग कुषाण-सासानियन सिक्के को ही अपने तर्क का आधार बनाते हैं। ई.वी0

जेवमल भी इसी मत के समर्थक हैं।

उपर्युक्त विवरणों से पता चलता है कि कनिष्क की वास्तविक तिथि का ज्ञान अभी भी अधर में है। कनिष्क का तिथि- निर्धारण अब तक के इतिहासकारों के लिये एक समस्या बनी हुई है। विभिन्न गोष्ठियों और विचार के बावजूद इस पर कोई ठोस निर्णय नहीं हो सका है। केनेडी के मत का समर्थन डॉबसन और फ्रॉके ने किया है। ई. पू. प्रथम शताब्दी में उत्तर पश्चिम के थल मार्गों से चीन तथा भारत में रेशम का व्यापार होता था तथा इस व्यापार से जो प्रचुर सोना मिलता था, उसी से कनिष्क ने सोने का सिक्का चलाया था। कहा जाता है कि बुद्ध ने भविष्यवाणी की थी ठिक उनके निर्वाण के 400 वर्ष बाद कनिष्क के नाम का एक सम्राट् होगा (481-400=81 ई.)। किन्तु, इसमें भी सच्चाई नहीं दिखाई देती है। यह कहना कि चतुर्थ बौद्धसंगीति के अवसर पर इस तिथि का निर्धारण हुआ भी सही नहीं मालूम पड़ता है; क्योंकि अश्वघोष जो स्वयं उसमें उपस्थित था, इसके संबंध में कुछ नहीं कहता है। मार्शल ने तक्षशिला में कनिष्क काल के सिक्कों को कैडफिसेज के बाद माना है, परन्तु रैप्सन कनिष्क को कैडफिसेज के पहले का नहीं मानते हैं। एलन का मत है कि कनिष्क की सोने की मुद्राएँ रोमन सम्राट् टाइटस (79-81) के समान मालूम पड़ती है, अतः कनिष्क को ईस्वी सन् की प्रथम शताब्दी का ही होना चाहिए। इस वंश में एक वासुदेव नामक शासक हुआ था जो सम्भवतः कनिष्क के 100 वर्ष बाद था। ऐसे में यदि कनिष्क की तिथि को 248 ई. मान लें तो मथुरा में वासुदेव का समय 348 ई.. मानना होगा, जो किसी भी हालत में मान्य नहीं होगा; क्योंकि 348 में मथुरा में कुषाणों का शासन नहीं था। विशेषतर लोग फरग्यूसन, ओल्डेनवर्ग, टामस, बनर्जी, रैप्सेन तथ और कई लोग कनिष्क की तिथि को 78 ई. ही मानते हैं; क्योंकि इस ईस्वी में उसने संवत् की स्थापना की, जो शक-संवत, के नाम से प्रसिद्ध है। डी. सी. सरकार के अनुसार यदि कनिष्क-संवत् का समीकरण शक काल से कर लिया जाए तो कनिष्क ने 78 ई. से 101/2 ई. तक शासन किया। कनिष्क का शासन यदि इसके बाद माना जाए तो रुद्रदामन (130-35) की स्वतंत्र राज्यसत्ता का सामंजस्य नहीं स्थापित हो सकता है। उसकी मृत्यु के बाद ही पश्चिमी क्षत्रपों का प्रभाव बढ़ा होगा। इन सब कारणों से ही हमें कनिष्क द्वारा 78 ई. के शक-संवत का संचालन सही जान पड़ता है और इसे ही कनिष्क की सही तिथि माननी चाहिए–तब तक, जब तक कि इससे संघ और कोई नया साधन हमें उपलब्ध नहीं हो जाता है।

(ख) कनिष्क की विजय और साम्राज्य-विस्तार

कनिष्क की तुलना कुछ मायने में चन्द्रगुप्त मौर्य और सम्राट अशोक से की जा सकती है, क्योंकि उसमें चंद्रगुप्त मौर्य की सैनिक-योग्यता और अशोक का धार्मिक उत्साह दोनों समान मात्रा में उपलब्ध थे। वह एक महान् योद्धा था, साथ-ही-साथ एक अत्यंत महत्त्वाकांक्षी शासक और विजेता भी। वह अपने पूर्वजों की परंपरा का एक योग्य उत्तराधिकारी और कुषाणकुल का सर्वश्रेष्ठ गौरवपूर्ण सम्राट् था। कुजुल तथा विम द्वारा जीते हुए प्रदेश तो उसके अधीन थे ही और अब विजयों द्वारा साम्राज्य की सीमाओं को और अधिक विस्तृत करना उसका मुख्य कार्य था। कुजुल ने कुषाणराज्य को संगठित किया था, विम ने उसका विस्तार किया था और कनिष्क ने कुषाण साम्राज्य को विस्तृत और संगठित दोनों किया। वह पूर्णरूपेण भारतीय सम्राट् था। उसने कपिशा से बनारस तक के क्षेत्रों को अपने अधीन किया। परंपराओं और पुरातात्त्विक साधनों के आधार पर साकेत, पाटलिपुत्र और वैशाली से उसका संबंध स्थापित किया जाता है। कनिष्क की मुद्रायें बंगाल में भी पायी गयी हैं।

बौद्ध-परंपराओं से पता चलता है कि कनिष्क ने पाटलिपुत्र पर आक्रमण किया और वहाँ के बौद्ध दार्शनिक अश्वघोष को पेशावर ले गया। अश्वघोष कनिष्क का समकालीन था, यह तो ठीक है और उसने चतुर्थ बौद्धसंगीति में भी भाग लिया था, यह भी ठीक है; परन्तु पाटलिपुत्र पर कनिष्क का आक्रमण हुआ अथवा नहीं, इसका कोई ठोस प्रमाण नहीं मिलता। तिब्बती परंपरा में यह बात सुरक्षित है कि कनिष्क ने अश्वघोष को आने का निमंत्रण दिया, परन्तु बहुत बूढ़ा और अस्वस्थ होने के कारण अश्वघोष उस निमंत्रण को स्वीकार नहीं कर सका। अश्वघोष ने अपने शिष्य यज्ञसेन को अपने बदले भेज दिया। तार नाथ के अनुसार कनिष्क को अश्वघोष युद्ध के हरजाने के रूप में मिला था। कनिष्क के बिखरे सिक्के गाजीपुर, बलिया, गोरखपुर, राँची, पटना, वैशाली, राजगीर, सुलतानगंज, बंगाल आदि स्थानों से प्राप्त हुये हैं और इससे इन स्थानों में उसके शासन के अप्रत्यक्ष प्रमाण मिलते हैं। कौशांबी की खुदाई से प्राप्त अवशेष के आधार पर वहाँ तक, सारनाथ-अभिलेख के आधार पर बनारस तक और किस्सों के आधार पर मगध से बंगाल तक कनिष्क का साम्राज्य होने का प्रमाण मिलता है। कल्हण की राजतरंगिणी के आधार पर हम पता चलता है कि कनिष्क ने कश्मीर को जीतकर अपने राज्य में मिला लिया था और वहाँ अपने नाम पर कनिष्कपुर नामक नगर बसाया, जो आज भी कनिष्कपुर नाम से प्रसिद्ध है। वहाँ उसने बहुत-से मठ और स्तूप भी बनवाए। उसने पश्चिमी

प्रदेशों के शक-क्षत्रपों पर आक्रमण किया और उन्हें पराजित कर उज्जैन पर कब्जा कर लिया।

कनिष्क सिर्फ भारत ही नहीं अन्य क्षेत्रों पर भी अधिकार करना चाहता था। उस समय पार्थिया का राजा भी साम्राज्य-विस्तार की इच्छा से आगे बढ़ रहा था, अतः द्वोनों एक-दूसरे से टकरा गए। पार्थियन शासक कड़े स्वभाव का था। पार्थिया के शासक का पूरा पता तो नहीं लगता, परन्तु वह संभवतः **कोसरोइजय खुशरा** था और उसे ही कनिष्क ने अपने साम्राज्य-विस्तार के क्रम से पराजित किया था। युद्ध की प्रमाणिकता पर संदेह है; परन्तु दोनों के बीच संघर्ष हुआ होगा और इसमें कनिष्क को सफलता मिली होगी, इसका अप्रत्यक्ष प्रमाण इधर-उधर से मिलता है।

कनिष्क ने तीन प्रमुख क्षेत्रों पर विजय स्थापित की **काशगर, यारकंद** और **खोतान।** इसे उसके शासन काल की सबसे महत्त्वपूर्ण घटना मानी जाती है। ये सभी राज्य चीन के अधीन थे और चीन उस समय शक्तिशाली देश था। चीन के महाराज होतीं के प्रसिद्ध सेनापति **पान-चाऊ** ने अपनी अनेका-नेक विजयों के परिणामस्वरूप चीनी साम्राज्य की सीमाएँ दूर-दूर तक बढ़ा दी थीं। कनिष्क भी कम महत्त्वाकांक्षी और विजेता नहीं था। उसने चीन-सम्राट् के समक्ष अपनी समता घोषित करते हुए अपना एक दूत चीनी सेनापति पान-चाऊ के पास भेजा और चीनी राजकुमारी के साथ विवाह की माँग की। चीनी सेनापति ने इसे अपना और अपने सम्राट का अपमान समझा और कनिष्क के राजदूत को बंदी बनाकर चीन भेज दिया। यह खबर मिलते ही कनिष्क आग बबूला हो गया। उसने हजार अश्वारोहियों के साथ अपने सेनापति को भेजकर चीन के विरुद्ध युद्ध की घोषणा कर दी। प्रारंभ में कनिष्क को तो पराजित होना पड़ा, परन्तु बाद में पान-चाऊ की मृत्यु के बाद उसने एक महती सेना लेकर उसके पुत्र **पान-यांग** पर आक्रमण कर दिया। इस युद्ध में भाग्य ने कनिष्क का साथ दिया और उसकी विजय हुई और उसने काशगर, खोतान और यारकंद के प्रदेश अपने राज्य में मिला लिये। इसके परिणामस्वरूप बहुत-सा सीमा-प्रदेश कनिष्क के हाथ लग गया। यह युद्ध कनिष्क की महत्त्वाकांक्षा का द्योतक है। कनिष्क ने चीन की सीमा के एक को इस घटना का जामिन बनाया और दो चीनी राजकुमारों को अपने दरबार में जामिन के रूप में रहने के लिये बाध्य किया। दोनों राजकुमारों को हर प्रकार की सुविधा दी गई और विभिन्न ऋतुओं के अनुसार विभिन्न स्थानों पर उनके लिये आवास बनवाए गए। भारत में नाशपाती व आडू जैसी फसलों की खेती इन्हीं की देन है। इन लोगों ने बौद्ध-विहारों और चैत्यों

के लिये दान भी किया। इनकी स्मृति ह्वेनसांग के समय तक कपिशा के विहार में बनी रही।

इस प्रकार यह पता चलता है कि कनिष्क एक महान विजेता था और साथ ही उदार भी। ह्वेनसांग के अनुसार गांधार कनिष्क के अधीन था और तक्षशिला बौद्धधर्म का केन्द्र था। कश्मीर भी उसके राज्य के अधीन था। सुई-विहार अभिलेख से ज्ञात होता है कि सिंध पर भी कनिष्क का अधिकार था। पंजाब से उसके दो अभिलेख मिले हैं—जेदा-अभिलेख और मनिक्याल-अभिलेख। उत्तर प्रदेश में भी सेत-माहेन, कौशाम्बी और बनारस में उसके लेख मिले हैं। अनेक अभिलेखों से ज्ञात होता है कि मथुरा पर भी उसका अधिकार था। भारत क बाहर काशगर, यारकंद, खोतान, बैक्ट्रिया और अफगानिस्तान भी उसके राज्य के अंतर्गत थे। इस विशाल साम्राज्य की राजधानी पुरुषपुर (पेशावर जो इस समय पाकिस्तान में है) थी। कौशांबी से प्राप्त उसके शासन के द्वितीय वर्ष का अभिलेख प्रयाग-संग्रहालय में सुरक्षित है। राधाकुमुद मुखर्जी के अनुसार उसका साम्राज्य भारत में कपिशा, गांधार, कश्मीर, सिंध और मालवा से होकर पाटलिपुत्र तक था। के0 जी0 गोस्वामी ने कनिष्क-युग के एक ब्राह्मी-लेख की ओर हमारा ध्यान आकृष्ट किया है, जो उन्होंने इलाहाबाद म्यूजियम से प्राप्त किया था। इसका समय '2' वर्ष है। महास्थान (बोगरा) में पाई गई सोने की एक मुद्रा में कनिष्क की एक खड़ी मूर्ति है। इसमें उसके दाढ़ी भी है। हो सकता है कि यह कुषाण-सम्राट् की नकल हो। कौशांबी, पाटलिपुत्र, वैशाली, राजगीर, सुलतानगंज आदि स्थानों से भी कुषाणकालीन अवशेष मिले हैं, जिनके आधार पर कहा जा सकता है कि पूर्वी भारत के बहुत बड़े क्षेत्र पर उसका साम्राज्य था। उसने पश्चिम में पार्थियन नरेशों को पराजित किया। उसके उत्तरी अभियान की चर्चा ह्वेनसांग ने भी की है। इस प्रकार, उसका साम्राज्य बैक्ट्रिया से मगध तक और हिमालय से उज्जैन तक फैला था।

(ग) क्षत्रप-प्रणाली

कनिष्क ने अपने राज्य का विस्तार इतना ज्यादा कर लिया था कि सम्पूर्ण राज्य को एक ही जगह से नियंत्रित करना असम्भव था। पुरुषपुर (पेशावर) कनिष्क के साम्राज्य के केन्द्र में था, अतः उसे ही उसने अपनी राजधानी के रूप में चुना। उत्खनन से और बौद्ध-साहित्य से भी इसका प्रमाण मिलता है। मध्य एशिया में अभी हाल में जो सोवियत पुरातत्त्ववेत्ताओं द्वारा शोध हुआ है, उससे भी कनिष्क के दूसरे वर्ष का अभिलेख प्रयाग से और तीसरे वर्ष का अभिलेख बनारस से मिला है। चीनी

साहित्य से ज्ञात होता है कि उसने अपने जीते हुए प्रदेशों पर शासक नियुक्त किये। शासन व्यवस्था सुचारू रूप से चल सके, इस लिये उसने क्षत्रप-प्रणाली चालू की। सारनाथ-अभिलेख से कनिष्क के महाक्षत्रप **खरपल्लान** और क्षत्रप **बनष्फर** का पता चलता है। शकों की भाँति उसने अपने विशाल साम्राज्य को विभिन्न प्रांतों में बाँटा और उनके शासन के लिये महाक्षत्रप और क्षत्रप नियुक्त किए। **महपान** और **चष्टन** का उससे कोई संबंध था अथवा नहीं, यह कहना कठिन है। उत्तर-पशिम में 'लल्ल', 'लिआक', और 'वेस्पसी' उसके राज्यपाल थे। उसकी राजधानी पेशावर (पुरुषपुर) अफगानिस्तान से सिंधु की घाटी को जानेवाले प्रमुख राजपथ पर अवस्थित थी। उसने कश्मीर में कनिष्कपुर नामक नगर की स्थापना की। **आरा-लेख** इसका प्रमाण है। साम्राज्य के अन्य दूरस्थ प्रांत भी क्षत्रप-प्रणाली द्वारा त्रासित होते थे। साम्राज्य कई भागों में बँटा था और उनपर क्षत्रपों की नियुक्ति होती थी। क्षत्रपों के ऊपर महाक्षत्रप होते थे। शासन का स्वरूप सैनिक था और उसमें सामंतवादी प्रणाली का सूत्रपात कुषाणकाल से ही माना जा सकता है। राजाओं के दैवीकरण के सिद्धांत का पृष्ठपोषण भी यहीं से शुरू हुआ और गुप्तकाल में उसकी वृद्धि हुई।

(घ) कनिष्क और बौद्धधर्म

कनिष्क एक कुशल शासक, योद्धा व विजेता होने के साथ-साथ धर्मात्मा भी था। वह बौद्ध धर्म का अनुयायी था। उसने इस धर्म का काफी प्रचार किया था। बौद्ध-परंपरा में कहा गया है कि प्रारंभ में वह एक रक्तपिपासु नरपिशाच था, परंतु बौद्ध होने के बाद उसमें आमूल परिवर्तन हो गया। कहा जाता है कि अश्वघोष और मातृचेट जैसे पंडितों के प्रभाव में आकर ही वह बौद्ध हो गया। उसकी मुद्राओं पर सूर्य, चंद्रमा, अग्नि (हेलिअजो, मयो और अतशो) के अतिरिक्त बुद्ध (वुडो) के भी चित्र मिलते हैं। उसमें धार्मिक सहिष्णुता भी थी। वह सभी धर्मों के प्रति उदार था। चूँकि उसके साम्राज्य में यूनानी, ईरानी और भारतीय सभी थे, इसलिए उसकी मुद्राओं पर सभी प्रकार के देवी-देवताओं का चित्रण मिलता है और इससे उसके साम्राज्य के भिन्न-भिन्न धर्मों की सूचना भी मिलती है। **सूत्रालंकार** के अनुसार उसकी अनुरक्ति एकमात्र बौद्धधर्म में ही थी और इस बात का समर्थन **धर्मपिटकनिदानसूत्र** में भी मिलता है। कल्हण के अनुसार उसने कश्मीर में बौद्धधर्म का प्रचार किया था और वहाँ अनेक बौद्ध-विहार बनवाए थे। ह्वेनसांग और तार नाथ कनिष्क को बौद्धधर्म का प्रचारक मानते हैं। पेशावर कास्केट-अभिलेख से भी यह प्रमाण मिलता है कि वह एक कट्टर बौद्ध था। पुरुषपुर में उसने 400 फुट ऊँचा और तेरह मंजिला

एक टावर बनाया था और उसी के निकट एक संघाराम भी। इस तावर को फाहियान और ह्वेनसांग ने देखा भी था। देवपाल के समय के थेसरावा-अभिलेख से पता चलता है कि कनिष्क द्वारा निर्मित महाविहार की प्रसिद्धि पाल-नरेशों के समय तक थी। अलबरूनी ने कनिष्क-चैत्य नाम से इसका उल्लेख किया है। बौद्धधर्म की सबसे प्रसिद्ध घटना, जो उसके शासनकाल में हुई, चतुर्थ बौद्धसंगीति थी।

चतुर्थ बौद्धसंगीति—जिन शासकों ने बौद्ध धर्म स्वीकार कर उसके प्रचार-प्रसार में अपना तन मन लगा दिया उनमें कनिष्क को अशोक के बाद दूसरा स्थान दिया जाता है। बौद्ध-ग्रंथों से ज्ञात होता है कि पाटलिपुत्र के राजा (लिच्छवी या कोटकुल) को हराकर उसने उससे बहुत बड़ा हरजाना माँगा, परन्तु उसके बदले बौद्ध विद्वान अश्वघोष और बुद्ध का जलपात्र पाकर वह प्रसन्न हो गया। कश्मीर में कनिष्क ने 'चतुर्थ बौद्धसंगीति' का आयोजन किया। उसके समय तक बौद्धधर्म में कई मत उठ खड़े हुए थे। उन्हें समन्वित करने के लिये तथा बौद्धधर्म का प्रामाणिक साहित्य तैयार करानेके लिये उसने कुंडलवन (कश्मीर) नामक स्थान में यह सभा बुलाई। कुछ अन्य बौद्ध-परंपराओं के अनुसार यह संगीति गांधार अथवा जालंधर में हुई थी, परन्तु बहुमान्य स्थान कश्मीर ही है। इसमें पाँच सौ भिक्षुओं ने भाग लिया था। इसके अध्यक्ष अश्वघोष के गुरु वसुमित्र थे। पार्श्व आदि महापंडितों ने भी इसमें भाग लिया था। ये लोग **स्थविरवादी** अथवा **हीनयानी** थे। इस संगीति में **त्रिपिटकों** के प्रामाणिक पाठ तैयार किये गये और उनपर **महाविभाषा** नाम का भाश्य लिखा गया। ये सभी कृतियाँ संस्कृत भाषा में ताम्रपत्र पर लिखी गई और पत्थर की मंजूषा में रखकर एक स्तूप में स्थापित की गईं। बौद्धधर्म के इतिहास में कनिष्क का शासनकाल बड़ा महत्त्वपूर्ण है। बहुत-सारी गुत्थियाँ सुलझाने के लिये उसने अपने गुरु पार्श्व की अनुमति से **सर्वास्तिवादिन् शाखा** के पाँच सौ भिक्षुओं को इसमें आमंत्रित किया था। इस संगीति का प्रमुख कार्य **बौद्धधर्म** की **महायान-शाखा** को मान्यता देना था। 'महायान' शब्द सर्वप्रथम कनिष्क के समय में व्यवहृत हुआ था। इस संगीति के अध्यक्षों में क्रमशः वसुमित्र, अश्वघोष और नागार्जुन के नाम आते हैं। तारनाथ के अनुसार इस संगीति में अठारह संप्रदायों के झगड़ों का निबटारा हुआ, उनमें सामान्य मान्यता स्थापित हुई और सभी की धर्मपरायणता स्वीकार करक ली गई। बौद्धधर्म इसके बाद मूल रूप से हीनयान-शाखा और महायान-शाखा में बँट गया।

अशोक की तरह कनिष्क भी बौद्धधर्म का अनुयायी और प्रचारक था। उसने इस धर्म का प्रचार अपने विस्तृत साम्राज्य और आसपास के प्रदेशों में कराया। उत्तरी

एशिया में महायान का प्रचार उसी के समय हुआ। उसने बहुत-से स्तूप, चैत्य और विहार बनवाए और बौद्धधर्म को प्रश्रय दिया। बुद्धप्रतिमाएँ और बोधिसत्त्व की मूर्त्तियाँ भी इसी समय बननी प्रारंभ हुईं। बौद्धधर्म के प्रसार के लिये विदेश में प्रचारक भी भेजे गये और भारत के बाहर भी बौद्धधर्म एक व्यापक धर्म हो गया। इस समय बौद्धधर्म चीन और मध्यएशिया तक फैल गया। कनिष्क का धार्मिक दृष्टिकोण संकीर्ण नहीं था, बल्कि उसकी धार्मिक उदारता सराहनीय थी। उसके सिक्कों पर अंकित देवता उसके विस्तृत साम्राज्य में प्रचलित विभिन्न धर्मों का निर्देश करते हैं। उसके सिक्कों पर यूनानी, जरथुस्त्री, वैदिक और बौद्ध सभी प्रकार के देवताओं की मूर्तियाँ अंकित हैं; जैसे--**ओइशो** (शिव), **सकेमो बोद्धो** (शाक्यमुनि बुद्ध), **ओआडो** (ईरानी **वाडो**=वैदिक **वात**), **अथो** (ईरानी अतश = अग्नि), **माओ** (मास=चंद्रमा), **मिइरो** (ईरानी **मिथ्र**=मिइर--वैदिक मिहिर), **नान** (=सुमेरियन मातृदेवी), **आरलैग्नो** (ईरानी बहराम), फैलो (ईरानी फार--सूर्य), **हेलिओस (=यूनानी सूर्य), सेलेनी** (=यूनानी चंद्रमा) इत्यादि। इससे कनिष्क के धार्मिक मामलों में उदार होने का पता चलता है। विभिन्न स्थानीय देवी-देवताओं का वह समादर करता था। सुमेरियन, इलमाइट, मिथ्रेइक, फारसी तथा हिंदूधर्म के देवताओं की उपासना उसके दूर-दूर के प्रदेशों में होती थी। वह स्वयं उनका आदर करता था। इलमाइट देवी नाना के नाम पर ही उसने प्रसिद्ध नाणक मुद्राएँ प्रचलित की थीं। धार्मिक सहिष्णुता उसकी नीति का मूलाधार कही जा सकती है। इस प्रकार यह कहा जा सकता है कि कनिष्क भी बौद्ध धर्म का कट्टर अनुयायी था।

(ङ) सांस्कृतिक प्रगति

साहित्यिक प्रगति--कनिष्क के शासन काल में साहित्य का काफी विकास हुआ। वह स्वयं साहित्य व कला का प्रेमी था। उसकी राजसभा में अनेकानेक विद्वान थे, जिन्होंने महत्त्वपूर्ण ग्रंथों की रचना की। अश्वघोष ने **बुद्धचरित** और **सौंदरनंद** काव्यों की रचना की। **शून्यवाद** के प्रवर्तक और प्रकांड दार्शनिक **नागार्जुन, पार्श्व** और **वसुमित्र** जैसे विद्वान उसके दरबार में रहते थे। कनिष्क अपने यहां आयुर्वेद के प्रसिद्ध लेखक **चरक** को आश्रय दिया था। **अर्ध्यशतकम्** का रचयिता **मातृचेट** भी कनिष्क के समय ही हुआ। नागार्जुन गणितज्ञ और वैज्ञानिक भी था और ह्वेनसांग ने उसे 'संसार के चार मार्गदर्शक व्यक्तियों' में से एक माना है। उसी के समय संस्कृत बौद्धग्रंथों का अनुवाद विदेशी भाषाओं में हुआ। बौद्धों के ग्रंथ भी अब संस्कृत में लिखे जाने लगे। अश्वघोष ने **सारिपुत्रप्रकरण** नामक एक नाटक भी लिखा।

नागार्जुन ने **प्रज्ञपारमितासूत्र** से **सापेक्षवाद** (रिलेटीविटी) के सिद्धांत का प्रतिपादन किया है। कुछ विद्वानों के अनुसार उसके 'शून्यवाद' का शंकराचार्य के मायावाद पर गहन प्रभाव पड़ा **संघरक्ष** नामक एक और विद्वान कनिष्क के दरबार में रहता था। इसके अतिरिक्त, माठर और ग्रीक विद्वान एजिसिलाओस तथा और कई प्रसिद्ध व्यक्ति भी थे, जिनकी देखरेख में अनेक साहित्यिक, वैज्ञानिक तथा दार्शनिक एवं कलात्मक कार्य निरंतर होते रहते थे। एच0 डब्लू0 बेली ने एक खोतान-पांडुलिपि के एक भाग का अनुवाद तैयार किया है, जिसमें राजा के नाम का उच्चारण चंद्रकनिष्क कि गया है। कुछ लोग नागार्जुन को कनिष्क द्वितीय अथवा हुविष्क का समकालीन मानते हैं। कनिष्क एक महान विद्याप्रेमी सम्राट था।

महान् निर्माता—निर्माण कार्य में कनिष्क की विशेष रुचि थी। धर्म, साहित्य, और शास्त्र के समान कनिष्क ने भवननिर्माण कला को भी प्रोत्साहन दिया। उसने पुरुषपुर में एक 'टावर' बनवाया था, जिसका उल्लेख हम ऊपर कर चुके हैं। इस टावर के ऊपर लोहे का एक छत्र स्थापित किया गया था, जिसे छठी शताब्दी में चीनी यात्री सांगयुन ने देखा था। उसके आने के समय तक वह तीन बार नष्ट हो चुका था और धर्मात्मा राजाओं ने उसे फिर ठीक करवा दिया था। इसी के पास एक बौद्ध विहार बनवाया गया जो काफी आकर्षक था। 9वीं-10वीं शताब्दी तक यह बौद्धशिक्षा का एक प्रधान केन्द्र था। मगध का राजकुमार वीरसेन इसी बौद्धविहार में शिक्षा प्राप्त करने के लिये भेजा गया था। फाहियान, ह्वेनसांग और अलबरूनी ने इसका 'कनिष्क-चैत्य' नाम से उल्लेख किया है। उसने तक्षशिला में सिरकप नामक स्थान पर एक नगर की ओर पुरुषपुर तथा कनिष्कपुर नामक नगरों की स्थापना की। साम्राज्य के प्रसिद्ध केन्द्र पेशावर, तक्षशिला, मथुरा आदि बहुसंख्यक नगरों को उसने सुसज्जित कराया। उसके समय में महायानधर्म की प्रगति से बुद्ध की मूर्तियों का बनाना प्रारंभ हो गया था। इनमें स्वदेशी तथा विदेशी प्रभावों का सम्मिश्रण था। मथुरा के आसपास कनिष्क की पूर्ववर्ती कुछ बुद्धप्रतिमाएँ मिली हैं, जिनके आधार पर कुछ विद्वान मथुरा को बुद्ध-प्रतिमा का उद्‌गमस्थल मानते हैं। **गांधारकलाशैली** का विकास इसी समय हुआ। गांधारशैली के अतिरिक्त मथुरा कलाशैली का विकास भी इसके समय हुआ। पेशावर गांधारकला का केन्द्र था। कनिष्ककाल की गांधारकला की निम्नांकित वस्तुएँ मिलती हैं—

(क) बुद्ध की आकृतियाँ

(ख) बोधिसत्त्व की आकृतियाँ,

(ग) प्रतीकात्मक कला, और

(घ) कुबेर तथा हारीति की मूर्तियाँ।

ये मूर्तियाँ काल कसौटी-रंग के पत्थरों की बनी हैं मथुराकलाशैली में लाल पत्थरों का प्रयोग हुआ है। मथुरा में कनिष्क की एक मूर्ति पायी गयी है। इसमें उसे खड़ा दिखाया गया है। उसकी दाहिनी भुजा गदा अथवा राजदंड पर टिकी हुई है और बाएँ हाथ में उसने तलवार की मूठ पकड़ रखी है। राजा को घुटने तक का चोगा और फीतों से बँधे भारी जूते पहने दिखाया गया है। ब्राह्मी-लिपि में इसमें 'महाराजा राजाधिराज देवपुत्तों कनिष्को' लिखा है।

मुद्राएँ—कनिष्क के समय में प्रचलित मुद्राओं पर समस्त तत्कालीन समय के पूज्य देवी-देवताओं की मूर्तियां अंकित हैं। इनमें ब्राह्मणधर्म के देवता महासेन, स्कंदकुमार, विशाख (बीजागो), उमा (ओम्मो), वरुण (होरोन) और भवेश (ओएशो), बौद्धदेवता (बोद्दो), सक-मन-बोउद (शाक्यमुनि बुद्ध) और ओद्योबोयछकम् (अद्वैत बुद्ध, शक्यमुनि), ईरानी देवता मिथ्रो (मिइरो) और यूनानी देवता हेलिओस, सेलेन, हिरैक्लीज आदि भी शामिल हैं।

व्यापारिक प्रगति—बहुत बड़े क्षेत्र में साम्राज्य विस्तृत होने के कारण उसके समय भारतवर्ष और विदेशों का सांस्कृतिक आदान-प्रदान तो हुआ ही, साथ ही भारतीय व्यापार की भी काफी प्रगति हुई। भारत और रोम के बीच भारी व्यापार शुरू हुआ और प्रचुर मात्रा में रोमन **सोना** यहाँ पहुँचने लगा। प्लिनी ने रोम-निवासियों की कटु आलोचना यह कहकर की है कि वे विलास-सामग्री खरीदने में भारतवर्ष को इतना सोना दे रहे हैं कि उनके देश को भारी आर्थिक क्षति सहनी पड़ रही है।

कनिष्क का अंत—कनिष्क ने कितने वर्ष शासन किये इसका कोई प्रमाणिक तथ्य नहीं मिल सका है। इस सन्दर्भ में दो मत सामने आये हैं एक 45 वर्ष बतलाता है तो दूसरा 23 वर्ष जो भी हो उसके शासन काल की अन्तिम अवसथा काफी दुःख में व्यतीत हुई। बौद्ध परंपरा के अनुसार वह अनवरत युद्ध ही करता रहा, जिससे उसक मंत्री और परिजन तंग आ गए। बौद्ध होने के बाद भी उसने दिग्विजय की नीति नहीं छोड़ी। युद्धसंचालन करते समय जब वह बीमार पड़ा, तब उनके मंत्रियों ने उसे लिहाफ ओढ़ाकर मार डाला। सेनापतियों द्वारा उसकी हत्या का उल्लेख बौद्ध-साहित्य में मिलता है।

कनिष्क का मूल्यांकन

कनिष्क जैसा शासक भारत के इतिहास में गिने-चुने ही हुये होंगे। कनिष्क एक महान विजेता था। यारकंद, खोतान और **काशगर** प्रदेश उसने जीतकर अपने

साम्राज्य में मिलाए। हिमालय से उज्जैन तक के प्रांत उसके अधीन थे। चीन से प्रतिशोध लेकर ही उसने साँस ली। वह बड़ा ही वीर, साहसी और प्रतिभाशाली शासक था। साथ ही, एक कुशल तथा योग्य सेनापति भी। उसने अपने विभिन्न गुणों के आधार पर ही उस विशाल साम्राज्य की स्थापना की, जो भारत और एशिया के दूसरे भागों पर विस्तृत था। उसने अपना अधिकांश समय युद्ध में ही व्यतीत किया। पार्थियन राजा भी उसके सामने नहीं टिक सके और पराजित हुये।

उसकी शासन व्यवस्था देखकर यह अनुमान लगाया जा सकता है कि उसमें प्रबंधन के सभी गुण विद्यमान थे। उसके शासनकाल में देश में शांति रही। उसने उचित व्यवस्था की स्थापना की। उसने व्यापार तथा वाणिज्य की उन्नति के लिये भरसक चेष्टा की। भवननिर्माण की ओर भी उसने विशेष ध्यान दिया। बौद्धधर्म के प्रचारार्थ उसने कुछ उठा न रखा। बौद्धधर्म के दृष्टिकोणसे वह महान् सम्राट् माना जाता है। उसके प्रयास से बौद्धधर्म में पुनः नया जीवन आया और मध्यएशिया में इसका विशेष रूप से प्रचार हुआ। चतुर्थ बौद्धसंगीति में **त्रिपिटक** का प्रामाणिक भाष्य तैयार हुआ।

यद्यपि वह बौद्ध धर्म का कट्टर अनुयायी था, फिर भी वह अन्य धर्म को सम्मान देता था। उसकी धार्मिक नीति उदार थी। वह अन्य धर्मों को भी आदर एवं श्रद्धा की दृष्टि से देखता था। उसके साम्राज्य में विभिन्न धर्मों के अनुयायी रहते थे। वह साहित्य एवं कला का भी प्रेमी था। वह एक आदर्श व्यक्ति था। चीनी बंदी राजकुमारों के प्रति उसने उदारता दिखलाई थी। उसकी ने **शक-संवत्** चालू किया। वह एक ही साथ अजेय योद्धा, सम्मानित व्यक्ति, आदर्श शासक एवं धर्मप्रचारक, कलाप्रेमी और साहित्यप्रेमी था। उसकी गणना भारत के महान शासकों में की जाती है। वह भारतीय गगन का एक चमकता हुआ तारा था, जिसकी देन भारत की प्रत्येक दिशा में मौलिक एवं महत्त्वपूर्ण है।

कनिष्क के उत्तराधिकारी

कनिष्क अपना साम्राज्य काफी विस्तृत का लिया। उसके बाद कुषाण वंश में कोई ऐसा उत्तराधिकारी नहीं हुआ, जो इस साम्राज्य की सीमा को अक्षुण्ण रख सकता। कुषाण-साम्राज्य का पतन कनिष्क के बाद ही शुरू हो गया। उसके बाद वासिष्क शासक हुआ। मथुरा और साँची से प्राप्त दो अभिलेखों से विदित होता है कि वासिष्क 24वें वर्ष और 28वें वर्ष में उन प्रदेशों पर शासन कर रहा था। उसका कोई सिक्का अब तक नहीं मिला है। कल्हण ने एक **जुष्क** का उल्लेख किया है,

जो संभवतः कनिष्क ही था और उसने 'जुष्कपुर' नामक एक नगर बसाया था। कुछ विद्वानों का मत है कि कनिष्क के दो पुत्र थे, **वासिष्क** और **हुविष्क** और वे दोनों ही उसके शासनकाल में उसके प्रतिनिधि तथा प्रांतीय का काम करते थे। वासिष्क कनिष्क के जीवनकाल ही में मर गया। वासिष्क के संबंध में इतिहासकारों का मत अलग-अलग है।

हुविष्क—कुछ अभिलेखों व सिक्कों से पता चलता है कि हुविष्क एक शक्तिशाली शासक था। **अभिलेख** से ज्ञात होता है कि उसका राज्य बिहार तक विस्तृत था। मथुरा में उसकी मुद्राएँ मिली हैं। कल्हण के अनुसार, उसने कश्मीर में हुविष्कपुर नामक नगर की स्थापना की थी। वारदक-अभिलेख से सिद्ध होता है कि काबुल-प्रदेश पर उसका अधिकार था। संभवतः उसके समय रुद्रदामन ने सिंधप्रदेश पर आधिपत्य कर लिया था और वहाँ से कुषाणों को भगा दिया था। उसकी तिथियाँ 26 से 60 तक मिली हैं। वह बौद्धधर्म का अनुयायी था और उसने मथुरा में एक बौद्ध-विहार का निर्माण भी करवाया था। उसकी मुद्राओं पर ईरानी, यूनानी और भारतीय देवी-देवताओं के चित्र मिलते हैं। इस आधार पर यह कहा जा सकता है कि वह अन्य धर्मों को भी सम्मान देता था। भारतीय देवताओं में स्कंद, शिव, विशाख, गणेश और विष्णु विशेषतः उल्लेखनीय हैं। हुविष्क बलशाली और योग्य शासक था और उसने कनिष्क के साम्राज्य के बहुत बड़े अंश को सुरक्षित रखा। भारतीय और हिंदूकुश के दक्षिण का साम्राज्य निश्चित रूप से उसके अधिकार में था। काबुल, कश्मीर, पंजाब, मथुरा और संभवतः उत्तरप्रदेश के पूर्वी भागों पर उसका अधिकार बना रहा। उसके सिक्कों पर निम्नांकित देवी-देवताओं की प्रतिकृतियाँ अंकित है—रोमा, **हिरेक्लिज, सरायो, मेपाओबैगो** (चंद्रमा), **आरदोचो, एनिओ** (सूर्य), **ओआनाओ** (देवियाँ), **शाआरिओरो** (युद्धदेवता), ऊश्र (विष्णु,, **मआसेनो** (कार्तिकेय), **स्कंद, कुमार, विशाख** और गणेश। **कनिष्क द्वितीय**—आरा (पेशावर)-अभिलेख में एक और कनिष्क राजा का नाम मिलता है और इसमें 41 तिथि अंकित है। इसे लोग कनिष्क द्वितीय के नाम से पुकारते हैं। कुछ लोग इसे हुविष्क का क्षत्रप मानते हैं। निश्चय ही यह कनिष्क प्रथम से भिन्न था।

वासुदेव—वासुदेव ने हुविष्क के बाद कुषाण वंश की बागडोर संभाली। यह इस वंश का अन्तिम प्रभावशाली शासक था। उसकी तिथियाँ 67 से 98 तक मिलती हैं। पंजाब और उत्तरप्रदेश में उसके सिक्के और लेख मिले हैं। इससे यह अनुमान लगाया जाता है कि अफगानिस्तान, कश्मीर, सिंध और मालवा कुषाण-साम्राज्य से निकल चुके थे। सिक्कों में वासुदेव को ही बाजोदेओ कहा गया है। सिक्कों के

आधार पर उसे शैव माना गया है। उसके समय कुषाण पूर्णरूपेण ब्राह्मण प्रभाव में आ गए थे और उनका पूर्णरूपेण भारतीयकरण भी हो गया था।

कुषाण साम्राज्य का ह्रास

कुषाण साम्राज्य वासुदेव के शासन तक तो ठीक चला लेकिन उसके बाद बिखरने लगा। सम्पूर्ण साम्राज्य कई छोटे-छोटे राज्यों में बँट गया। इसके शासकों के नाम उनकी मुद्राओं पर मिलते हैं। इनसे कनिष्क द्वितीय, वसु और **ग्रुंबाटीश** के नामों का पता चलता है। ग्रुंबाटीश खियोन था। सिंधु-उपत्यका और अफगानिस्तान पर **सासानी** राजाओं का अधिकार हो गया और कुषाण-राजा उनके करद हो गये। 340 ई. तक **शाक, शीलद, बड़हर** आदि छोटे-छोटे शक-राजा पश्चिमी पंजाब में राज्य करते रहे। 340 ई. में **किदार कुषाणों** ने उनका अंत कर दिया और अपना राज्य स्थापित किया। कश्मीर, गांधार और पंजाब के कुछ हिस्सों पर किदार कुषाणों का शासन था। इसके बाद **पीरो** गद्दी पर बैठा। **गुप्त-सम्राटों** और सासानी-सम्राट् **शापुर तृतीय** के आघातों और आक्रमणों से उसके राज्य का अंत हो गया।

पतन के कारण—कनिष्क ने अपना साम्राज्य इतना विस्तृत कर लिया था कि उसे संभालना उसके उत्तराधिकारियों के लिये एक चुनौती बन गयी। अतः कनिष्क के बाद से ही कुषाण-साम्राज्य का पतन प्रारंभ हो गया था। पतन के कारणों में मुख्य कारण आंतरिक था। महाकाय कुषाण-साम्राज्य का संगठन ठोस और स्थायी नहीं था। कनिष्क के उत्तराधिकारी ढीले-ढीले साम्राज्य को सँभालने में असमर्थ रहे। पश्चिमी से सासानी-आक्रमण ने कुषाणों को दुर्बल कर दिया। भारत की स्थानीय शक्तियों ने इस **परिस्थिति** से लाभ उठाया। **यौधेय, कुणिंद** आद गणराज्यों ने पूर्वी पंजाब और पश्चिमी संयुक्तप्रांत तथा मथुरा और मध्यभारत के **नागवंशी भारशिवों** ने संयुक्तप्रांत में कुषाण-साम्राज्य का अंत किया। भारत के पश्चिमी और पश्चिमोत्तेरप्रदेशों में **शकों** ने अपने स्वतंत्र राज्य स्थापित किये। वासुदेव की मृत्यु के बाद कुषाणवंश की अवनति की गति तीव्रतर हो गई। राज्य के विभिन्न भाग स्वतंत्र हो गये। सासानी-शासक **अर्दशिर बावचगान** ने **भारत** पर आक्रमण कर कुषाणों को कमजोर बना दिया। कुषाणों का केन्द्रीय अधिकार संगठित नहीं रह सका। सैनिक संगठन पर आधृत साम्राज्य बहुत दिनों तक नहीं टिक सका। कनिष्क के उत्तराधिकारी इस योग्य नहीं थे जो सम्पूर्ण जाति को एक सूत्र में बांध सकें। यह भी कुषाण-साम्राज्य के पतन का एक मुख्य कारण था। 176 ई. के लगभग भारत में कुषाण-साम्राज्य का अंत हो गया।

ऐसा अनुमान लगाया जाता है कि कुषाणवंश का अंतिम राजा लगतुर्मान था, जिसे उसके ब्राह्मण मंत्री कल्लार ने पदच्युत कर दिया (अलबेरूनी)। शापुर द्वितीय के समय तक शकस्थान ससानियन-राज्यवंश का अंग बन गया था। तृतीय शताब्दी के प्रथम चरण में उत्तर-पश्चिमी भारत का शकनरेश बरहान तृतीय शकस्थान के राज्यपाल के दरबारियों में से था। पश्चिमी भारत के आभीरों ने भी ससानियों का आधिपत्य स्वीकार कर लिया। 500 ई. के लगभग सिंधु नदी के दक्षिण में स्थित डेल्टा पर फारस का कब्जा था। रघुवंश में तथा चालुक्य-अभिलेखों में भी फारस का उल्लेख मिलता है। मथुरा तथा निकटवर्ती प्रदशों में कुषाणों के उत्तराधिकारी नागलोग थे। लाहौर से माहेश्वर नाग का एक लेख मिला है। प्रयाग-स्तंभलेख में गणतंत्र नाग का उल्लेख है। भारशिव-शासक भवनाग के पौत्र का पौत्र रुद्रसेन द्वितीय चंद्रगुप्त द्वितीय का समकालीन था। नागलोगों ने दस बार अश्वमेध यज्ञ किया था। पुराणों से ज्ञात होता है कि नागों ने मथुरा पर अधिकार कर लिया था। पुराणों में नागों के महान शासक 'चंद्रांश नखबंत द्वितीय' का उल्लेख मिलता है—"राजा नृपा नागकुलोद्भवः सदा चंद्रस् तु चंद्रांशो द्वितीय ने नाग राजकुमारी से विवाह किया था। स्कंदगुप्त के समय भी नाग-राजाओं के शासन का उल्लेख प्राप्त हुआ है।

उत्तर-पश्चिमी भाग पर कुषाण भी शासन कर रहे थे। गुप्त सम्राटों ने ससानियनों और कुषाणों को पराजित किया। देवपुत्र शाहिशाहानुशाही (कुषाण) ने सम्राट् समुद्रगुप्त के पास उपहार भेजे थे। पाँचवीं शताब्दी में किदार कुषाण ने कश्मीर-गांधार पर अपना राज्य स्थापित किया। छठी शताब्दी में कुषाणों और हूणों के बीच जमकर युद्ध हुआ। फिर बाद में कुषाणों का संघर्ष अन्य शासकों से हुआ। अल्तेकर के अनुसार कुषाण-साम्राज्य के पूर्वी भागों से उनकी शक्ति और सत्ता को नष्ट करने का श्रेय यौधेयों का ध्वंस चंद्रगुप्त विक्रमादित्य ने किया। परन्तु, राहुलजी का मत सर्वमान्य नहीं है; क्योंकि सोमदेव के **यशस्तिलक** में यौधेयों का उल्लेख मिलता है।

बंघेलखण्ड के मूल निवासी भारशिवों ने गंगातट पर दस अश्वमेध यज्ञ किये थे और उनका राज्याभिषेक गंगा के पवित्र जल से हुआ था। वे शिव को अपना मुख्य या प्रधान देवता मानते थे। भारशिवों का आरंभ लगभग 150 ई. में हुआ। विभिन्न अभिलेखों से इनके बारे में काफी जानकारी मिलती है। एक ताम्रलेख में भारशिवों के संबंध में कहा गया है, "उन भारशिवों के वंश का, जिनके राजवंश का आरंभ इस प्रकार हुआ था उन्होंने शिवलिंग को अपने कंधों पर वहन कर शिव को भली-भाँति परितुष्ट किया था।" (देखिए **फ्लीटगुप्त इंसक्रिप्संस**, पृष्ठ 245 और 236)।

वाकाटक-अभिलेख में एक राजा **भवनाग** का उल्लेख भी आया है। भारशिव-राजाओं में **नवनाग,** मथुरा के राजा **वीरसेन, भवनाग** आदि के नाम मिलते हैं। नागों ने संघात्मक शासन प्रणाली अपनायी थी। उन्होंने गंगातट पर पहुँचकर अपने देश को विदेशियों के चंगुल से मुक्त करने का व्रत लिया। उन्होंने अनेक बार वीरतापूर्वक युद्ध किये और देश को कुषाण-शासन से मुक्त किया। नागों ने अपने राज्य का विस्तार मध्यप्रदेश तक कर लिया था। सम्राट् **प्रवरसेन** ने अपने लड़के गौतमीपुत्र का विवाह भारशिववंश के महाराज भवनाग की कन्या के साथ किया था। वाकाटक इतिहास में यह विवाह-संबंध एक महत्त्वपूर्ण घटना थी। इससे भारशिव-नागवंश के महत्त्व को भी दर्शाता है। भारशिवों ने एक नई परंपरा की नींव डाली थी ओर वह थीं राजनीतिक तथा सर्वराष्ट्रीय अधिकार की रक्षा और स्थापना। भारशिवों ने जो परंपरा चलाई थी, वाकाटकों ने उसकी रक्षा की थी और पीछे गुप्तों ने भी उसे ग्रहण किया था और यदि भारशिव न होते तो न गुप्त साम्राज्य ही अस्तित्व में आता और न गुप्त विक्रमादित्य आदि ही होते। पुराणों के अनुसार नागवंश के प्रधान केन्द्र थे—विदिशा, पद्मावती, मथुरा और कांतिपुर। गणराज्यों की तरह नागों की नजर भी कुषाण साम्राज्य पर थी। वे भी इनके छोटे-छोटे हिस्सों पर अधिकार करने लगे। वीरसेन ने **मथुरा पर अपना आधिपत्य** कायम कर लिया था। बघेलखंड के भारशिव-नागों ने कांतिपुर से आगे बढ़कर कुषाण साम्राज्य के पूर्वी भाग पर अपना अधिकार कर लिया था। भारशिवों ने पुनरुत्थानमूलक राजनीति से प्रभावित होकर अपनी विजयों के उपलक्ष में दस अश्वमेध यज्ञ किये और वही स्थान आज काशी में दशाश्वमेधघाट के नाम से प्रसिद्ध है। भारशिवों ने उत्तर भारत में अपने खड्ग से अपनी कीर्ति लिखी। नाग-शासन का पश्चात्कालीन चिन्ह प्रयाग-स्तंभलेख में भी सुरक्षित है, जिसमें समुद्रगुप्त के हाथों नाग-नरेशों का पराभव लिखा है।

गणराज्यों का पुर्नरुत्थान

गणराज्य जो काफी हद तक प्रभावहीन हो चुके थे, अवसर पाते ही पुनः उभरने लगे। ऐसा माना जाता है कि इन्होंने पहले कुषाण-साम्राज्य पर प्रहार किया होगा। इनमें सबसे प्रबल शक्ति **यौधेगण** की थी। ई. पू. 200 में यौधेय लोगों ने अपनी स्वतंत्रता घोषित की। यौधेय ने गण के नाम से अपने सिक्के चलाए। तीसरी शताब्दी के यौधेयगण के सिक्के उनकी मूलभूमि सतलज-यमुना के बीच के प्रदेश काँगड़ा, देहरादून, दिल्ली, सहारनपुर आदि स्थानों में पाए जाते हैं। 'यौधेयगणस्य जयः' इन सिक्कों पर अंकित है। इससे पता चलता है कि इस भूभाग पर कुषाणों

की सत्ता का विनाशकर यौधेयों ने अपनी सत्ता स्थापित की। सतलज-घाटी का सारा प्रदेश भावलपुर राज्य तक इन्हीं यौधेयों के नाम पर योहियावार कहलाता है। यौधेय-गणराज्य बहुत ही पुराना था; इसमें सच्चाई इस बात से भी लगती है, क्योंकि पाणिनि को भी इसका पता था। यौधेयों ने अपनी मुद्राएँ ई. पू. प्रथम शताब्दी में ही चालू की थीं और उन मुद्राओं पर 'बहुधाञका योधेनम्' अंकित है। उनकी मुद्राओं के साँचे रोहतक जिले में मिले हैं। चौथी शताब्दी में उनकी ताँबे की मुद्राएँ कुषाण-मुद्राओं के नमूने की हैं।

यौधेय—पाणिनी ने इन्हें आयुधजीवी गण बतलाया है। जूनागढ़-अभिलेख से उनकी वीरता का परिचय मिलता है। उसी अभिलेख में उन्हें राष्ट्रवीर माना गया है। महाभारत में भी यौधेयों की वीरता का उल्लेख है। सोमदेव और पुष्पदंत ने भी उनकी वीरता का वर्णन किया है। उनका अपना एक संघ था **योगवशिष्ठ** में मद्रकों, यौधेयों, मालवों, आर्जुनायनों का एक ही साथ उल्लेख है। वराहमिहिर ने भी यौधेय और आर्जुनायनों का एक ही साथ उल्लेख किया है। पाणिनि के समय से सोमदेव के काल तक यौधेयों का अस्तित्व इतिहास में बना रहा।

मालव—जिस समय सिकंदर पंजाब पर आक्रमण किया उस समय मालवगण वहां मौजूद थे। पंजाब में यवन-राज्य के फैल जाने के बाद इसके लोग राजपूताना में बस गए। उन्होंने विक्रम-संवत् का प्रयोग किया। गुप्त-शिलालेखों में उन्हें 'मालवगण' कहा गया है। ईसा की तीसरी शताब्दी में वे अपनी सत्ता की चरमसीमा पर पहुँचे। मौखरी महाराज बल भी उनके अधीन था। अंत में वे गुप्त-साम्राज्य में अंतर्भुक्त हो गये। अजमेर-टोंक-मेवाड़ में मालवगण कुछ दिनों के लिये महाक्षत्रपों और कुषाण-साम्राज्य के बीच दबकर शिथिल पड़ गये थे, परंतु ाद में वे लोग जागरित ओर शक्तिमान हुए। मालवों ने जयपुर के पास के ककोंटनागर नामक स्थान में अपनी राजधानी बनाई थी।

आर्जुनायन—इनका निवास भरतपुर व अलवर प्रदेश था। उनकी मुद्राओं पर 'आर्जुनायनान जयः' लेख मिलता है। ये मुद्राएँ ई. पू. प्रथम शताब्दी की हैं। वे लोग प्रबल और संपन्न थे। उनका राज्य यौधेयों के दक्षिण-पश्चिम में था। यौधेय और आर्जुनायन अपने को पांडवों (युधिष्ठिर और अर्जुन) की संतान समझते थे। इन दोनों के मध्य घनिष्ठ सम्बन्ध था। एक दूसरे की सहायता के लिये हमेशा तत्पर रहते थे। ऐसा मालूम होता है कि **यौधेय, आर्जुनायन** और कुणिंद गणों का एक संघ था। आर्जुनायनों को भी गुप्तों ने अपने साम्राज्य में मिला लिया था। कुषाण साम्राज्य के पतन में इन्होंने भी महत्वपूर्ण भूमिका निभाई थी।

कुणिंद— इनका विस्तार सतलज और व्यास की ऊपरी घाटियों में माना जाता है। कुणिंद यौधेयों के पड़ोसी, समकालीन और सहायक थे। कुषाण-साम्राज्य के पतन में इनका भी हाथ था। इनके प्रसिद्ध राजा **अमोघभूति** का नाम मुद्राओं से ज्ञात होता है। कुणिंद-मुद्राएँ कुषाण नमूने की हैं। उनपर शिव की आकृति अंकित है। ई. पू. प्रथम शताब्दी में इस राज्य का सूत्रपात हुआ।

औदुंबर—इनका विस्तार पंजाब के काँगड़ा, गुरुदासपुर और होशियारपुर जिलों में भी इनकी मुद्राओं पर 'भगवती महादेवस्य राजराजस्य' लेख मिलता है। इनमें कुछ मुद्राओं पर **धाराघोष, शिवदास** और **रुद्रदास** नामक राजाओं के नाम अंकित हैं। ये मुद्राएँ ई. पू. प्रथम शताब्दी से प्रथम शताब्दी तक की हैं। इनपर **महीमित्र, भूमिमित्र** आदि कुछ ऐसे राजाओं के नाम भी मिलते हैं, जिनके अंत में 'मित्र' आता है।

शिवि—ये सिकन्दर के समकालीन में जो पंजाब में निवास करते थे और 'सिबोई' (शिवि) नाम से प्रसिद्ध थे। बाद में ये चित्तौड़ के निकट राजस्थान में जाकर बस गये। इनकी राजधानी माध्यमिका थी। इनकी कुछ मुद्राओं पर 'मज्झिमाकाय सिबिजन-पदस्य' लेख मिलता है।

कुलूत—इन्होंने कुणिंदों को पराजित किया। इनकी मुद्राओं से **वीरयशस्** और **भद्रयशस्** नामक दो राजाओं का पता चलता है। गुप्तों ने इनलोगों को भी पराजित किया।

मद्र—रावी-चिनाब-दोआब में मद्रगण ने भी अपनी स्वतंत्रता घोषित कर ली थी।

नृपतंत्र—नृपतंत्र में नागवंशी राजाओं का विशेष रूप से उल्लेख किया जा सकता है। पद्मावती के भारशिव नाग अधिक शक्तिशाली थे। मुद्राओं से उनके राजा भवनाग के बारे में जानकारी मिलती है। पुराणों में पद्मावती के नौ नाग-राजाओं का उल्लेख किया गया है। चंद्रगुप्त द्वितीय ने एक नागराजकुमारी से विवाह किया था। अहिक्षत्र का एक अलग राज्य था, जिसके राजाओं के नाम उनकी मुद्राओं से ज्ञात होते हैं। इनके इतिहास का पूरा ज्ञान नहीं है।

अयोध्या के धनदेव, विशाखदेव आदि राजाओं का पता केवल मुद्राओं से चलता है। इसके अलावा कोई और प्रामाणिक तथ्य उपलब्ध नहीं है।

कौशाम्बी में मित्र-पदवीधारी राजाओं के नाम मिलते हैं।

मगध में सुंदरवर्मा के नेतृत्व में एक **नौखरी राज्य** का वर्णन मिलता है।

नृपतंत्रों में **वाकाटक** राज्य सबसे प्रसिद्ध था। 250 ई. के लगभग विंध्य के

उत्तर (बुंदेलखंड) में विंध्यशक्ति ने एक राज्य की स्थापना की, जो थोड़े ही दिनों में विन्ध्य के दोनों तरफ फैल गया और विशाल वाकाटक राज्य के रूप में विकसित हुआ। यह राज्य आंध्र-सातवाहन राज्य का उत्तराधिकारी था। उसका पुत्र **प्रवरसेन प्रथम** था। उसने चार अश्वमेध यज्ञ करने के साथ ही स्वयं को भारत का सम्राट घोषित किया। इसके बाद उसका पोता रुद्रसेन गद्दी पर बैठा। उसका पुत्र **पृथ्वीसेन प्रथम** था। उसने कुंतल के राजा को अपने अधीन कर लिया था। कुंतल कर्नाटक्क देश और कदंब राज्य का ही एक अंग था। उसका पुत्र **रुद्रसेन द्वितीय** हुआ, जिसने चंद्रगुप्त द्वितीय की कन्या (प्रभावती) से विवाह किया था। वाकाटक-राजाओं ने चित्रकूट, कुंतल, आंध्र आदि देशों के राजाओं को अपने अधीन कर उन्हें करद राज्य बना लिया था।

वाकाटक लोगों की एक विशेषता यह थी कि वे अपने राज्य के विभिन्न प्रान्तों की बागड़ोर अपने पुत्रों व सम्बन्धियों के हाथों में ही सौंपते थे। वाकाटक राज्य के अन्र्त चार प्रमुख केन्द थे—**माहिष्मती, मेकला, कोसला** और **विदूर**। माहिष्मती पश्चिमी मालवा प्रांत की राजधानी थी। मेकला में शासन करने वाले राजवंश को वायुपुराण में विशेष रूप से विंध्यकों का वंशज कहा गया है। कोसला में भी नौ शासकों के होने का प्रमाण पुराणों से मिलता है। वे लोग **मेघ** कहलाते थे। विदूर (बरार) **नलवंश** के अधिकार में था। **पुरिका** के अधीन **नागपुर,** अमरावती और खान देश की सरकारें थीं।

दक्षिण भारत का इतिहास

के. पी. जायसवाल ने दक्षिण के राज्यों में **चुटु, कौंडिन्य, आभीर** आदि **राजाओं** का वर्णन प्रस्तुत किया है। पुराणों में भी आभीर-राज्य का उल्लेख मिलता है। सातवाहनों के समय इन आभीरों ने उस **ईश्वरसेन** की अधीनता में एक राज्य स्थापित किया था, जिसका उल्लेख हमें नासिक में मिलता है। दक्षिण में एक इक्ष्वाकु राजवंश का भी पता चलता है। इस वंश के लोग बौद्ध और हिंदू थे। इक्ष्वाकुओं के समय अवंती ने कोई क्षत्रप नहीं था, बल्कि एक हिंदू शासक राज्य करता था। वाकाटक-राज्य आंध्र-सातवाहन-साम्राज्य का उत्तराधिकारी था। महाकोशल और मेकला में भी नए राज्य की स्थापना हुई थी। गोदावरी और महानदी के बीच प्रदेश में कई छोटे-छोटे राज्य उठ खड़े हुए थे। गोदावरी और कृष्णा के मध्य आंध्रप्रदेश में इक्ष्वाकुवंश का राज्य पड़ता था। कृष्णा के दक्षिण में **पल्लव, पांड्य, चोल आदि** सुदूर-दक्षिण के राज्य थे, जिनकी विवेचना हम बाद में करेंगे।

उत्तर भारत का इतिहास

उत्तर भारत में **कौशांबी में माघवंश** का शासन था। इस राज्य का निर्माता **महाराज भीमसेन** था। उसके बाद उसका पुत्र **पोठसिरी** शासक हुआ। इस वंश का सबसे प्रसिद्ध राजा **भद्रमाघ** था, जो संभवतः पोठसिरी का पुत्र था। उसने अपने राज्य का काफी विस्तार किया। उसके बाद वहाँ शिवमाघ और रुद्र के नाम मिलते हैं। अयोध्या में **मित्रवंश** का शासन था। **सत्यमित्र, अयमित्र, संघमित्र, विजयमित्र, देवमित्र** आदि राजाओं के नाम इस वंश में मिलते हैं। कुषाणों के पतन में माघवंश और मित्रवंश के शासकों ने भाग लिया था। **मगध** पर शक मुरुंडों के राज्य का प्रमाण भी मिलता है। गुप्त साम्राज्य के प्रारंभ के पूर्व मगध पर **विश्वफाणि** का राज्य था और वह संभवतः मुरुंड था। **वैशाली** में महाक्षत्रप **रुद्रसेन** की बहन प्रभुदामा की एक मुहर मिली है। इस आधार पर भी यह अनुमान लगाया जाता है कि इस क्षेत्र पर शक-मुरुंडों का शासन रहा होगा। ससुनिया-चट्टान-अभिलेख से ज्ञात होता है कि **बंगाल में चंद्रवर्मन्** नामक एक व्यक्ति का शासन था। पुष्करणाधिपति चंद्रवर्मन् महाराज सिंहवर्मन का पुत्र था। इस चंद्रवर्मन् के संबंध में भी काफी मतभेद है। पुराणों में 'पौंद्र' पर 'देवरक्षितों' के शासन का प्रमाण मिलता है। पाटलिपुत्र में एक **कोटकुल** का भी उल्लेख मिलता है। अवंती और सुराष्ट्र में जो शक-क्षत्रप अभी बचे थे, वे बिल्कुल निष्प्रभ और शक्तिहीन थे।

9

गुप्त साम्राज्य

तत्कालीन राजनीतिक स्थिति

मौर्य युग के पतन के पश्चात् हमारे देश में एक लम्बे समय तक बीच में किसी का शासन नहीं था। इस अन्तराल के बाद गुप्त काल का उदय हुआ। मौर्योत्तरकालीन विदेशी आक्रमणकारियों से संबंधित महत्त्वपूर्ण कृपाण है। उत्तरी भारत का एक विशाल अंध उनकी अधीनता में जा चुका था। इन कूटनीतिक विघटन का सामना करने के लिए शती ई. में भारत के तीन कोनों के तीन नए राजवंशों का उद्‌य होता है। मध्य देश के पश्चिमी भागों में नाग शक्ति ने कुषाणों का नाम मर्दन करने की चेष्टा की। दक्कन में वाकोटकों का उदय हुआ और पूर्वी भारत के गुप्त वंश के शासक उदित हुए। इसके अतिरिक्त आधुनिक राजस्थान, हिमाचल, पंजाब के क्षेत्रों में मालव, यौधेय, आर्जुनायन आदि अनेक गणराज्यों ने भी शक-कुषाण जैसी विदेश शक्तियों की नींव हिलाने से पर्याप्त ने करके इन्होंने भारत को गुप्तों की अधीनता में एक शक्तिशाली शासन प्रदान किया। इस प्रणाली का नाम गुप्तकाल रखा गया।

गुप्त काल

गुप्त काल को इतिहासकारों ने स्वर्ण युग के नाम से सम्बोधित किया। गुप्त

काल (लगभग 320-540 ई.) के दौरान भारतीय साहित्य, कला, वास्तुकला और दर्शन के नियमों की स्थापना हुई। इसे भौतिक समृद्धि, विशेषकर शहरी अभिजात्य वर्ग में और हिंदू धर्म की पुनर्स्थापना का काल भी माना जाता है। मौर्य काल और गुप्त काल से पहले के समय के व्यापक अध्ययन से इनमें से कुछ अवधारणाओं पर प्रश्न चिह्न लगाया गया है।

अल्पज्ञात गुप्त वंश मगध (दक्षिण बिहार या पूर्वी उत्तर प्रदेश) का था। इस वंश के तीसरे शासक चंद्रगुप्त I ने महाराजाधिराज की उपाधि ग्रहण की। उन्होंने लिच्छवि (उत्तरी बिहार का एक जनजातीय गणतंत्र या कुलतंत्र) राजकुमारी से विवाह किया—यह समारोह सोने के कई सिक्कों में दर्ज है। यह भी कहा जाता है कि अगर गुप्त वंश का शासन प्रयाग (पूर्वी उत्तर प्रदेश का आधुनिक इलाहाबाद) पर था, तो इस वैवाहिक संबंध से उनके क्षेत्र में मगध भी शामिल हो गया होगा।

गुप्त काल 320 से शुरू होता है, लेकिन यह स्पष्ट नहीं है कि यह तिथि चंद्रगुप्त द्वारा गद्दी पर बैठने की है या स्वयं को स्वतंत्र मान लेने की। इलाहाबाद में एक स्तंभ पर लिखी गई समुद्रगुप्त की लंबी प्रशस्ति के अनुसार, चंद्रगुप्त ने अपने बेटे समुद्रगुप्त को अपना उत्तराधिकारी (लगभग 330 ई.) नियुक्त किया। राजकुमार कच के सिक्खों से संकेत मिलता है कि संभवतः गद्दी के अन्य दावेदार भी थे। समुद्रगुप्त ने विभिन्न दिशाओं में आक्रमण किए और परिणामस्वरूप उन्होंने कई विजय हासिल कीं। सभी जीते हुए क्षेत्रों का विलय नहीं किया गया, लेकिन इस कार्यवाही की व्यापकता ने गुप्त वंश के सैनिक कौशल को स्थापित कर दिया।

समुद्रगुप्त ने पाटलिपुत्र (आधुनिक पटना, बिहार) पर भी क़ब्ज़ा कर लिया, जो गुप्त राज्य की राजधानी बना। पूर्वी तट पर नीचे की ओर बढ़ने हुए उन्होंने दक्कन और दक्षिण भारत के राज्यों पर भी विजय प्राप्त की, लेकिन उन्होंने सत्ताच्युत शासकों को फिर से गद्दी सौंप दी। समुद्रगुप्त ने जिन लोगों को अपने अधीन किया था, उनमें आर्यावर्त (उत्तर भारत) के शासक कई जंगली सरदार, उत्तरी क्षेत्र के जनजातीय छोटे-छोटे राज्य या गणतंत्र, पूर्व के सीमावर्ती राज्यों के साथ-साथ नेपाल भी शामिल था। जो क्षेत्र समुद्रगुप्त के अन्तर्गत आ रहे थे उन सुदूर क्षेत्रों को अधीनस्थ के नाम से सम्बोधित किया जाता था। इसमें पश्चिमोत्तर के 'राजाओं के राजा', शक, मुरुंड और सिंहल (श्रीलंका) समेत सभी द्वीपों के राज्य शामिल थे, जिनके नाम इलाहाबाद के अभिलेख में सूचीबद्ध हैं। इन अभिलेखों से पता चलता है कि गुप्त राज्य का प्रचार-प्रसार उत्तर और पूर्वी भारत में अधिक था। मध्य भारत तथा गंगा घाटी के छोटे राजाओं व अल्पतंत्रीय राज्यों को वस्तुतः समाप्त कर दिया गया। द्वीपों की पहचान

कर पाना कठिन है और ये या तो भारत के आसपास या दक्षिण-पूर्व एशिया के हो सकते हैं, जिनके साथ संचार बढ़ चुका था। गंगा घाटी और मध्य भारत सीधे प्रशासनिक नियंत्रण वाले क्षेत्र थे। पूर्वी तटीय क्षेत्रों के अभियान संभवतः इन द्वीपों में मौजूद व्यापर से अर्जित धन को प्राप्त करने की इच्छा से प्रेरित थे।

समुद्रगुप्त के सैनिक विजेता की छवि को कविता-प्रेम के उनके उल्लेखों और सिक्कों पर उनके वीणा बजाते चित्रांकन के संदर्भों से पूर्णता मिलती है। गुप्त राज्य विभिन्न प्रांतों में विभाजित था, जिन्हें देश या *भुक्ति* कहते थे और ये भी छोटी इकाइयों में विभक्त थे, जिन्हें *प्रदेश* या *विषय* कहा जाता था। प्रांतों पर *कुमारामात्यों* के माध्यम से शासन किया जाता था, जो साम्राज्य के बड़े अधिकारी या राजपरिवार के सदस्य होते थे। नगरपालिका समिति (अधिष्ठान- अधिकरण) के गठन से सत्ता के विकेंद्रीकरण का प्रमाण मिलता है।

इस समिति में व्यापारिक जगत के अध्यक्ष (नगर-श्रेष्ठि), प्रमुख व्यापारी (सार्थवाह) और कलाकारों व लेखकों के प्रतिनिधि शामिल होते थे। इस काल में सामंत शब्द, जिसका मूल अर्थ पड़ोसी है, को जीते गए सामंती शासकों या मध्यम स्तर के अधिकारियों के लिए प्रयुक्त किया जाने लगा, जिन्हें जायदाद दी जाती थी। कुछ उच्च प्रशासनिक पदों को वंशगत बनाए जाने की भी प्रवृत्ति थी। विजित क्षेत्रों पर मज़बूत नियंत्रण के अभाव में वे फिर से स्वतंत्र होने लगे। इससे बार-बार सैनिक कार्यवाहियां अनिवार्य हो गईं, जिनका राज्य के संसाधनों पर बुरा प्रभाव पड़ा।

समुद्रगुप्त के पश्चात् उनकी कुर्सी संभालने वाले उनके पुत्र चन्द्रगुप्त II थे। इनके कार्य काल का समय लगभग 380 ई. था, हालांकि इनके बीच में भी किसी शासक के अस्तित्व के कुछ प्रमाण हैं। चंद्रगुप्त II का प्रमुख अभियान उज्जैन (मध्य भारत) के शक शासकों के ख़िलाफ़ था और इसमें प्राप्त विजय को चांदी के कई प्रकार के सिक्कों में दर्ज किया गया। गुप्तों की रुचि न सिर्फ़ क्षेत्रीय नियंत्रण में थी, बल्कि पश्चिम व दक्षिण-पूर्वी एशिया से व्यापार द्वारा प्राप्त होने वाले धन में भी थी। गुप्त राज्य की उत्तरी दक्कन से लगने वाली सीमा को वाकाटक वंश, जो उस क्षेत्र में सातवाहन वंश के परवर्ती शासक थे, के साथ एक वैवाहिक संबंध के माध्यम से सुरक्षित किया गया। हालांकि चंद्रगुप्त II ने विक्रमादित्य (पराक्रम का सूर्य) की उपाधि ग्रहण की, लेकिन उनका शासनकाल सैनिक अभियानों के मुक़ाबले सांस्कृतिक और बौद्धिक उपलब्धियों से ज़्यादा जुड़ा रहा। चन्द्रगुप्त के शासनकाल में चीनी बौद्ध यात्री फाह्यान आये जिन्होंने भारत के विभिन्न क्षेत्रों का दौरा किया तथा अपने विचारों का उल्लेख किया।

पश्चिमोत्तर दिशा से नए आक्रमण का संकेत चंद्रगुप्त के पुत्र और उत्तराधिकारी कुमारगुप्त (लगभग 415—455 ई.) के शासनकाल में मिलता है। यह खतरा हूणों से था, जो श्वेत हूणों (हेफ्थलाइटों) की एक शाखा थे। कुमारगुप्त के बाद गद्दी पर बैठे स्कंदगुप्त (लगभग 455—467) और उनके उत्तराधिकारियों को हूणों के व्यापक आक्रमणों का सामना करना पड़ा। स्कंदगुप्त कुछ समय तक गुप्त शक्ति के प्रदर्शन में सफल रहे, लेकिन उनकी मृत्यु के बाद स्थिति और बिगड़ गई। आज परिवार के मतभेदों ने समस्या को और विकराल बना दिया।

इस काल की गुप्त वंशावली में उत्तराधिकारियों की सूची में व्यापक भिन्नता नज़र आती है। छठी शताब्दी के मध्य तक, जब यह वंश लगभग समाप्ति पर था, उनका राज्य काफ़ी छोटा हो चुका था। उत्तर भारत तथा मध्य भारत के कुछ हिस्से हूणों के नियंत्रण में थे। प्रारंभिक कुषाण काल के पुरातात्विक प्रमाणों से अपेक्षाकृत इतनी भौतिक समृद्धि का संकेत मिलता है कि कुछ इतिहासकार गुप्त काल के दौरान शहरी जीवन में गिरावट का तर्क प्रस्तुत करते हैं। गुप्त साहित्य और कला का अधिकांश पूर्ववर्ती काल से लिया गया है और हिंदू धर्म की पुनःस्थापना का सही समय संभवतः गुप्त काल के बाद का युग है। गुप्त राज्य हालांकि मौर्य राज्य से कहीं कम व्यापक था, लेकिन यह उपमहाद्वीप के उत्तरी अर्द्धांश और मध्यवर्ती क्षेत्र में फैला हुआ था।

गुप्तकाल को एक अन्य दूसरे नाम साम्राज्य युग से सम्बोधित किया जाता है, लेकिन साम्राज्य प्रणाली की विशेषता, प्रशासनिक केंद्रीकरण, मौर्य काल के मुक़ाबले इस काल में कम दिखाई देती है। गुप्त काल में महत्त्वपूर्ण सांस्कृतिक विकास हुए। संस्कृत के सर्वश्रेष्ठ कवि कालिदास संभवतः चंद्रगुप्त II के समकालीन थे। इस काल से ही कुछ सबसे पुराने एकल मंदिरों, उदाहरणार्थ देवगढ़ (उत्तर प्रदेश) में स्थित मंदिर, के प्रमाण मिलते हैं। गुप्त काल मूर्ति शिल्प, मानव आकृतियों के संवेदनशील चित्रण के लिए उल्लेखनीय है इसी काल में निर्मित महरौली (दिल्ली) स्थित लौह स्तंभ, जो 1500 वर्षों से अधिक समय से बिना ज़ंग लगे मौजूद है, तत्कालीन कारीगरों की तकनीकी निपुणता का प्रमाण है गुप्त काल में ही महरौली कुतुबमीनार के पास लौह स्तम्भ का निर्माण किया गया था।

गुप्त वंश

ये पूर्वोत्तर भारत, बाद में बिहार के मगध राज्य के शासक थे। इन्होंने चौथी

शताब्दी के आरंभ से छठी शताब्दी के उत्तरार्द्ध तक उत्तरी भारत और मध्य एवं पश्चिमी भारत के कुछ हिस्सों पर शासन किया। समुद्रगुप्त I गुप्त वंश के संस्थापक थे। गुप्तकाल के दौरान सभी क्षेत्रों में विकास हुआ । इसी काल में अंकों की दशमलव प्रणाली शुरू हुई। महान संस्कृत महाकाव्य हिंदू कला, खगोल विज्ञान, गणित तथा धातु विज्ञान इन महत्त्वपूर्ण विषयों का ज्ञान गुप्त काल में प्राप्त हुआ।

गुप्तों की उत्पत्ति

काशीप्रसाद जायसवाल का विचार है कि गुप्त सम्राट जाट और मूलतः पंजाब के निवासी थे। उनका यह विचार कौमुदी महोत्सव नाटक के पात्र चण्डसेन, जिनकी पहचान जायसवाल के चंद्रगुप्त प्रथम से करते हैं के 'कारस्कार' कहलाए जाने पर आधारित है। जायसवाल के विचार में कारस्कार लोग पंजाबवासी माने जा सकते हैं। वहीं कुछ अन्य विद्वान गुप्तों को वैश्य मानते हैं। स्मृतियों के अनुसार नाम के उत्तरांश के गुप्त जोड़ा जाना वैश्यों की विशेषता थी। इसके अतिरिक्त वे गुप्तों के धारणद गोत्र पर बल देते हैं। धारण अग्रवाल वैष्यों का एक विशिष्ट गोत्र माना जाता है। गौरीशंकर ओझा के विचार में गुप्तों दाविड़ हैं और इसके समर्थन में वे परवर्तीकालीन गुप्तों के अभिलेख प्रस्तुत करते हैं जिनमें गुप्त शासकों को चंद्रवंशी क्षत्रिय कहा गया है। राय चौधरी के विचार में गुप्त ब्राह्मण थे और गुप्तों के धारण गोत्र को ब्राह्मण शासक पुष्पमित्र युग की पट्टमहिषी धारणियों से संबंध बताया है। इस तरह यह एक ऐसा सबाल है जो निश्चित प्रमाण के अभाव में अभी तक विवादास्पद बना हुआ है।

विभिन्न अभिलेखों के अध्यम से गुप्त वंशावली का पता लगाया जा सकता है। समुद्र गुप्त का 'प्रयाग प्रशस्ति अभिलेख' कुमार गुप्त का 'विलसड स्तंभ लेख' और स्कंदगुप्त का 'भितरी स्तंभ लेख'। इनके आधार पर गुप्तों आदि पुरुष का नाम श्री गुप्त माना जाता है इनको 'महाराज' की उपाधि से सम्मानित किया जाता है। इनके पुत्र व उत्तराधिकारी के रूप में घटोत्कच का उल्लेख किया गया है। इनकी जो उपाधि 'महाराज' थी। गुप्त वंशावली में पहला शासक चंद्रगुप्त प्रथम था जिसने 'महाराजाधिराज' की उपाधि धारण की थी। 'महाराज' उपाधि गुप्त काल में छोटे शासकों अथवा सामंतों के लिए प्रयुक्त होने लगी थी, पर गुप्तों के उदय के समय श्रीगुप्त और घटोत्कच के सयम इस उपाधि से क्या आशय निकलता था यह निश्चित रूप से नहीं कहा जा सकता। हो सकता है तब तक बड़ी-बडी उपाधियों के प्रति

शासकों को आकर्षण उतना न हो रहा थ जितना चंद्रगुप्त प्रथम के बाद दिखाई पड़ता था। जो भी हो अगर राज्य प्रसार की दृष्टि से देखा जाए तो श्रीगुप्त और घटोत्कच गुप्त छोटे राजा का शासन ही प्रतीत होते हैं। इन दोनों लोगों की शासन प्रणाली बड़े शासकों की श्रेणी में नहीं आती है।

चन्द्रगुप्त—गुप्तवंश को साम्राज्य की प्रतिष्ठा प्रदान करने में चन्द्रगुप्त प्रथम का नाम सर्वोपरि है। अपनी शक्ति को पूर्वी भारत में सम्मान दिलाने के लिए चंद्रगुप्त प्रथम ने लिच्छवी राजकुमारी कुमारदेवी से विवाह किया, जैसा की मुद्रा साक्ष्यों से स्पष्ट है वैशाली का लिच्छवी वंश इस युग में किसी विस्तृत साम्राज्य का उत्तराधिकारी नहीं था फिर भी प्राचीन क्षत्रिय वंश होने के कारण इसे जो सामाजिक-राजनैतिक सम्मान प्राप्त था उसने नवोदित गुप्त वंश को कूटनीतिक महत्त्व मिला। गुप्त और लिच्छवियों को यह वैवाहिक संधि गुप्तों के लिए कितनी महत्त्वपूर्ण थी, वह समुद्र राजा के सिक्कों से भी ज्ञान होता है। जहाँ समुद्र गुप्त अपने को 'लिच्छवी दोहिन' कहकर गर्व का अनुभव करता है। कतिपय पौराणिक उल्लेखों के आधार पर चंद्रगुप्त के साम्राज्य का प्रसार आधुनिक बिहार एव उत्तर प्रदेश के अधिकांश-भागों तक माना जा सकता है।

समुद्र गुप्त—गुप्तवंश के शासकों में चन्द्रगुप्त के पश्चात् समुद्रगुप्त I का नाम आता है। चंद्रगुप्त के बाद समुद्रगुप्त I हरीषेण द्वारा रचित प्रयाग स्तम्भ प्रशस्ति में चंद्रगुप्त प्रथम द्वारा समुद्रगुप्त की भरी सभा में राज्य प्रदान करने का वर्णन हैं समुद्रगुप्त को सिंहासन सौंपकर चंद्रगुप्त प्रथम ने संन्सास ले लिया। इन घटना के प्रतिक्रियास्वरूप एक ओर दरबार के 'सभ्यजनों' ने इसे उजागर किया जो दूसरी ओर 'तुल्य कुलजो' (भाइयों) ने ईर्ष्या का अनुभव किया। ऐसी क्या परिस्थितियाँ पैदा हो गई कि चंद्रगुप्त प्रथम की मृत्यु के पूर्व की समुद्रगुप्त का राज्याभिषेक किया गया, यह विषय विचारणीय है। समुद्रगुप्त के सिक्कों को साम्य रखते हुए कुछ सोने के सिक्के इतिहासकारों को प्राप्त हुए हैं जिन पर 'काच' नाम उत्कीर्ण है। इन पर 'सर्वराजोच्छेता' विरुद भी मिला है। यह विरुद समुद्रगुप्त के लिए अभिलेखों में प्रयुक्त हुआ। कुछ विद्वान जैसे स्मिथ, फ्लीट व एलन 'काच' को समुद्रगुप्त का ही दूसरा नाम मानते हैं, क्योंकि एक शासक के दो नाम रखने की प्रथा गुप्त वंश में प्रचलित थी। समुद्रगुप्त के उत्तराधिकारी चंद्र द्वितीय का दूसरा नाम देवगुप्त था इसमें कोई संदेह नही। परन्तु कुछ विद्वान जैसे हेरास 'काच' को समुद्र गुप्त का भाई बताते हैं यह कल्पना की जा सकती है कि संभवतः चंद्रगुप्त के कई पुत्रों में समुद्रगुप्त ज्येष्ठ पुत्र नही था। काच ज्येष्ठ पुत्र होने के नाते राज्याधिकारी था। पिता के समुद्रगुप्त

के प्रति झुकाव को देखकर उन्होंने पिता की मृत्यु के पूर्व की गद्दी प्राप्त करने के उद्देश्य से अपने कुछ सिक्के मुद्रित करवा लिए। चंदगुप्त प्रथम योग्य पुत्र समुद्रगुप्त का अपना उत्तराधिकारी नियुक्त करना चाहते थे और इसलिए काच व समुद्रगुप्त के उत्तराधिकारी के संघर्ष की संभावना को महसूस कर उन्होंने भरी सभा में समुद्रगुप्त को गद्दी प्रदान कर दी। जिसमें सामंत व अन्य पदाधिकारी हर्षित हुए यद्यपि 'तुल्य कुलजो' ने पर्याप्त काच इत्यादि अन्य भाइयों ने ईर्ष्या अनुभव की। समुद्रगुप्त गुप्तवंश के शासकों में समुद्रगुप्त का नमा शक्तिशाली शासकों की पेक्टि में लिखा जाता है। इन्हीं के कारण गुप्त वंश के सम्मान पर कोई विसंगति प्रभाव नहीं पड़ सका।

सिंहासन पर निर्विवाद अधिकार स्थापित करने के बाद समुद्र गुप्त ने अपने पड़ौसी शासकों पर अपना आधिपत्य स्थापित किया। प्रयाग स्तंभ लेख के सातवें श्लोक से उनकी सामरिक विजयों का विवरण आरंभ होता है। प्रथम प्रशस्ति में समुद्र गुप्त के विजय अभियानों का जो उल्लेख है उसके बाद ही दूरस्थ शक्तियों से मुठभेड़ की होगी। आर्यावत अथवा उत्तरी भारत के जिन नौ शासकों को समुद्रगुप्त ने हरा दिया उनमें से अच्युत, नागसेन, गणपतिनाग प्रमुख है। अच्युत को अहिच्छव (जिला, बरेली उ. प्र.) नागसेन को चंपावती अथवा पद्मावमी (आधुनिक ग्वालियर का पदमपवैया) और गणपतिनाग को विदिशा (या अन्य विद्वानों के विचार में मथुरा) का शासक माना जाता है। इन विजयों के द्वारा मध्य प्रदेश सा गंगा-यमुना दोआब पर समुद्रगुप्त ने अपनी सत्ता स्थापित कर ली है। उसने इस शासकों का पूर्णतः उन्मूलन किया क्योंकि अपने केंद्रीय शासन की दशा को मजबूत किए बना उसके लिए आगे अभियान चलाना संभव नहीं था।

समुद्रगुप्त ने अब दक्षिणपथ की ओर विजय यात्रा आंरभ की जिसके दौरान 12 नरेशों से उसका सामना हुआ। ऐसा प्रतीत होता है कि अपने दक्षिण के अभियान के समुद्र गुप्त काँची तक पहुँच गया। जिन शक्तियों से उसकी मुठभेड़ हुई उनके नाम और क्षेत्रों का उल्लेख तो इस्तेमाल प्रशस्ति से मिलता है परन्तु उसकी निश्चित पहचान करना संभव नही है। हाँ इतना अवश्य कहा जा सकता है कि गुप्त नरेश ने इन क्षेत्र में आर्यवत के शासकों के पूर्ण उन्मूलन से भिन्न नीति का अनुसरण किया। उनकी दक्षिण विजय की नीति की तीन प्रमूख आधार शिलाएँ थी—(1) ग्रहण (शुत्रु पर अधिकार), (2) मोक्ष (शुत्र को मुक्त करना। (3) अनुग्रह (राज्य को लौटाकर शत्रु पर दया करना)। समुद्र गुप्त के सूदरवर्ती दक्षिंण के शासकों को अपने प्रत्यक्ष शासन के अंतर्गत लाने का सफल प्रयत्न किया।

विक्रमादित्य—विशाखादत्त देवीचंद्रगुप्त नामक नाटक में चंद्रगुप्त विक्रमादित्य से पूर्व रामगुप्त का गुप्त शासक के रूप में वर्णन किया गया है जिनके शासनकाल में शक आक्रमणकारियों ने ऐसी संकटपूर्ण स्थिति पैदा कर दी थी कि रामगुप्त ने अपनी पत्नी ध्रुव देवी (जिसके पति शकाधिपति आसक्त थे) को देकर शांति खरीदने का विचार किया। रामगुप्त जी उस कायरता से क्षुब्ध होकर उसके छोटे भाई चंद्रगुप्त ने हालात को संभालने के उद्देश्य से स्वयं ध्रुव देवी का वेश बनाकर शक शिविर में जाने की योजना बनाई। और जब इस तरह वह एवं उसके साथी शकाधिपति के पास स्त्री वेष में पहुँचे और शक शासन चंद्रगुप्त को ध्रुव देवी समझ उसकी ओर बड़ा तब छदम वेषधारी चंद्रगुप्त ने शकंराज की हत्या कर दी। इसके बाद चंद्रगुप्त ने अपने कायर बड़े भाइ की भी हत्या कर दी। गद्दी पर अधिकार कर लिया और ध्रुवदेवी से विवाह कर लिया। इस घटना के तथ्य भारतीय नैतिक आदर्शों के इतने प्रतिकूल है कि अनेक विद्वानों ने इस कथा को सर्वथा काल्पनिक माना है। इस घटना का उल्लेख स्वाभावकि रूप से गुप्त लेखों में कहीं पर नहीं हुआ है, क्योंकि यह गुप्त वंश के लिए कोई गौरव का स्वमरण करने लाय घटना नहीं थी। अन्य स्त्रोतों से इसका वर्णन मिलता है।

बाण के हर्षचरित, राजशेखर के काव्य मीमांसा, राष्ट्रकूट अमोधवर्ष के शक संवत 795 के सजान ताम्रपत्र और गोविन्द चतुर के सागली व खंभात ताम्रपत्रों में इस घटना का उल्लेख मिलता है। इस घटना को सत्यता के आग इतिहासकारों को अनिवार्यत झुकना ही पड़ता है रामगुप्त के कुछ ताँबे के सिक्के विदिशा व उदयगिरी से प्राप्त हुए हैं। उसके कुछ सिक्कों पर गरुड़ भी अंकित है, जिससे ताँबे के सिक्कों वाला रामगुप्त गुप्तवंशीय शासक प्रतीत होता है। परन्तु रामगुप्त से पूर्व समद्र गप्त के अथवा उसके बाद आने वाले चंद्रगुप्त द्वितीय के ताँबे के सिक्के प्राप्त न होने से, इन सिक्कों के विषय में निर्णयात्मक रूप से कुछ नहीं कहा जा सकता है। रामगुप्त की समस्या का अभी पूर्ण समाधान नहीं हो पाया है हालाँकि संभावना ऐसी ही प्रतीत होती है कि समुद्रगुप्त के बाद कुछ ही समय के लिए रामगुप्त को सिंहासन पर बैठने का अवसर प्राप्त हो गया।

रामगुप्त का पदच्युत कर समुद्रगुप्त के योग्य पुत्र द्वितीय शासक बने। उनका दूसरा नाम देवराज था। देव गुप्त था, जैसा कि वाकाटाक अभिलेखों व गुप्त द्वितीय के कुछ सिक्कों में, जिन पर देव श्री लिखा है, स्पष्ट है गुप्त संवत 6 का एक लेख प्राप्त है, जो चंद्रगुप्त के शासनकाल के पंचम वर्ष में लिखवाया गया था। इससे उनके

राज्यारोहण की तिथि निश्चित रूप से गुप्त संवंत 56 (374-76 ई.) कही जा सकती है।

महरौली कुतुबमीनार के पास स्थित लौह स्तम्भ में चन्द्रगुप्त के विजय का वर्णन मिलता है। यह चंद्र कौन था, इस विषय का प्रामाणित रूप से अभी सिद्ध नहीं किया जा सका, परन्तु लेखन-शैली की विशेषता के आधार पर इसे चंद्रगुप्त द्वितीय के समय का माना जाता है। इस लेख में राजा चंद्र के द्वारा सप्तबिन्दु पारकर बाह्लीकों के विरुद्ध और पूर्व में बंग शासकों के विरुद्ध विजय का वर्णन किया गया है। यदि महरौली का 'चंद्र' चंद्रगुप्त द्वितीय माना जाए तो गुप्त साम्राज्य को पूर्व में बंगाल तक और पश्चिम में बल्ख तक बढ़ाने का श्रेय उसे दिया जा सकता है। परन्तु बाह् लोक शब्द से कवि का आशय बल्ख में था अथवा सिंधु प्रदेश में इस विषय में विद्वानों में मतभेद है। पश्चिम में बसे जिन गणराज्यों ने समुद्र गुप्त के सामने आधीनता स्वीकार की थी, उसके विरुद्ध चंद्रगुप्त ने पुनः अभियान चलाया।

विष्णु पुराण और वायु पुराण में चंद्रगुप्त के राज्य के प्रसार का कोसल आंड, पुन्ड ताम्रलिप्ति और पुरी तक बताया गया है। चंद्रगुप्त द्वितीय द्वारा दक्षिण में साम्राज्य के परिणामस्वरूप उसके चाँदी के सिक्के (मालवा से प्राप्त) और उसके अधीनस्थ सामंतों के अभिलेख प्रस्तुत किये जा सकते हैं। चंद्रगुप्त द्वितीय के संधिविग्रहिक वीरसेन ने उदयगिरी (मालवा) में शिव मंदिर का निर्माण करते हुए लिखा है कि वहाँ वह अपने स्वामी के साथ दिग्विजय करता हुआ आया था। उसी क्षेत्र से गुप्त संकट 82 (401 ई.) का सामंत समकालीक महाराज का दानपत्र और गुप्त सवंत 93 (412 ई.) का आम्रकर्दव नामक सैनिक अधिकारी का जो दानपत्र मिला है। इन दोनों गुप्त अधिकारियों को मालवा में उपस्थिति इस बात का प्रमाण है कि यह क्षेत्र गुप्त द्वितीय के समय गुप्त साम्राज्य की अधीनता में आ चुका था। मालवा एवं गुजरात में चंद्रगुप्त ने जिस शक्ति का दमन किया वह शकों की थी। वासव में यह सफलता अभूर्तपूर्व थी क्योंकि इस क्षेत्र में शक लगभग 400 वर्षों से जमे हुए थे। चंद्रगुप्त द्वितीय ने वाकाटक नरेशों के साथ मित्रतापूर्ण संपर्क स्थापित किया उसने अपनी पुत्री प्रभावती का विवाह वाकाटक नरेश रुद्रसेन के साथ किया।

गोविन्द गुप्त एवं कुमार गुप्त प्रथम—गुप्त वंश के शासकों में चंद्रगुप्त II के बाद किस हाथ में शासन था। स्पष्ट नहीं है। कुछ इतिहासकार बसाड़ (वैशाली) मुहर और मंदसौर अभिलेख के आधार पर ध्रुवदेवी के पुत्र गोविन्दगुप्त को चंद्रगुप्त द्वितीय के उपरांत आने वाला शासक बताते हैं। परन्तु कुछ इतिहासकार प्रमुख

वंशवलियों के आधार पर, जहाँ चंद्रगुप्त के पश्चात कुमार गुप्त का नाम दिया गया है, कि गोविंद गुप्त संभवतः वैशाली के स्थानीय शासक रहे होंगे और गुप्त सिंहासन के उत्तराधिकारी कुमार गुप्त प्रथम बने। विलसड़ अभिलेख के अनुरूप गुप्त संवत् 96-415 ई. में हम कुमार गुप्त प्रथम को शासन करता हुआ पाते हैं।

यदि गोविंद गुप्त शासक बने भी तो संभवतः दो तीन वर्षों के लिए। कुमार गुप्त प्रथम को अंतिम उनके चाँदी के सिक्कों से मिलता हैं, जिनकी तिथि गुप्त संवत् 130 (449-50 ई.) तक मानी जा सकती है। उनके पंद्रह अभिलेख प्राप्त है। जिनमें उन्हें पिता से प्राप्त समुद्र तक व्याप्त साम्राज्य के शासन के रूप में अधिष्ठित बताया गया है। उन्होंने संभवतः कोई नई विजय नहीं की परन्तु पैतृक साम्राज्य का अक्षुण्ण बनाए रखा। कुमार गुप्त प्रथम के अंतिम दिनों में गुप्त साम्राज्य पर विपत्ति के बादल मँडराने लगे थे। इसका प्रमाण हमें उसे पुत्र स्कंद के रूप में भितरी अभिलेख से मिलती है। इस अभिलेख में पुष्यमित्रों के हमला का वर्णन है जिन्होंने गुप्त वंश का लक्ष्मी को विचलित कर दिया। पुष्यमित्र का सामना करने के लिए कुमार गुप्त ने अपने योग्य पुत्र स्कंद को भेजा। युद्ध करते हुए स्कंदगुप्त को काफी कठिनाइयों का सामना करना पड़ा, परन्तु इसके बावजूद भी कुमार गुप्त ने पुष्यमित्रों को पराजित कर विजय का डंका बजा दिया।

स्कंदगुप्त—चंद्रगुप्त द्वितीय के समय इन प्रांतों के छोटे-छोटे गणतंत्रों को उखाड़ फेंका गया। परन्तु इस भाग के सैनिक महत्त्व को उन्होंने नहीं समझा। कुमार गुप्त प्रथम को शांतिमय शासनकाल में इस क्षेत्र की निगरानी के लिए उचित प्रबंध करने चाहिए थे। पर उन्होंने इस दिशा में कोई कदम नहीं उठाया और न स्कंदगुप्त के भितरी लेख से मालूम होता है कि कि कुमार स्कंदगुप्त पुष्यमित्रों को पराजित कर राजधानी लौटे ही थे कि उन्होंने अपनी माता को विधवा के रूप में पाया। वे अपने पिता की मृत्यु पर शोक करने का समय भी न पा सके थे कि हूणों का हमला प्रारम्भ हो गया। स्कंदगुप्तों को हूणों का सामना करने के लिए जाना पड़ा। हूणों ने स्कन्द गुप्त पर हमला किया इसमें उसको विजय नहीं मिल सकी। स्कन्दगुप्त ने हूणों द्वारा किये गये हमलों को तितर-बितर कर दिया। मलेच्छों पर स्कंदगुप्त की सफलता का गुणगान जूनागढ़ अभिलेख में प्राप्त है। चन्द्रगर्भ परिपथ नामक ग्रंथ के भी महेन्द्रसन (संभवतः कुमारगुप्त प्रथम महेन्द्रादित्य) के पुत्र द्वारा विदेशियों पर विजय प्राप्त करने का साहित्यिक प्रमाण उपलब्ध है। इस युग में उत्तर पश्चिम की तरफ से जिन विदेशियों के हमला की संभावना दिखाई पड़ती हैं उनमें हूण ही सर्वाधिक शक्तिशाली थे।

स्कंदगुप्त योग संचालक के साथ अच्छे प्रशासक की श्रेणी में उनका नाम लिया जाता है। गिरनार पर्वत स्थित सुदर्शन झील पर (जिसका सर्वप्रथम निर्माण चंद्रगुप्त मौर्य ने किया था) का पुनरुद्धार स्कंदगुप्त के समय कराया गया था ताकि पड़ोसी कृषकों को सिंचाई की सुविधा प्रदान की जा सके। स्कंदगुप्त की उपाधि 'शकादित्य' थी, जैंसा की कहीम अभिलेख से विदित है। ह्वेनत्साग ने नालंदा संघाराम को बनवाने वाले शासकों में शकादित्य के नाम का दल्लेख किया जिससे स्कंदगुप्त द्वारा नालंदा संघाराम को मदद प्रमाण देने का प्रमाण मिलता है। उन्होंने सुदूर चीन के साथ मित्रतापूर्ण संबंध बनाए रखे। 466 ई. में भारतीय राजपूत का हम चीनी सांग सम्राट के दरबार में देखते हैं।

गुप्त वंश का अन्त—स्कंदगुप्त के बाद गुप्त वंशावली बहुत जटिल हो जाती है क्योंकि हमें अब अनेक शासकों के नाम प्राप्त होते हैं, पर किसके बाद कौन शासक बना, यह एक उलझा हुआ प्रश्न है इसके अलावा अनेक प्रांतीय शासक भी स्कंद गुप्त के उपरांत स्वतंत्र होने लगे थे। बल्लजी (गुजरात) में मैत्रकों ने भर्टाक (जो गुप्तों का सेनापति था) के नेतृत्व में अपनी स्वतंत्र सत्ता स्थापित कर ली। मालदा का क्षेत्र, जो बंधु वर्मन के मंदसौर लेख के अनुरूप मालव संवत् 493 (436 ई.) तक स्कंदगुप्त के अधीन बना रहा था, स्वतंत्र होने लगा और शासक संवत् 529 (172 ई.) तक यहाँ के वर्मन शासकों ने गुप्त सम्राठों का उल्लेख करना भी छोड़ दिया।

स्कंदगुप्त के पश्चात् जिन गुप्त शासकों का आगमन हुआ उनका पता मुद्रा साक्ष्यों से मिलता है। पर इन शासकों के क्रिया-कलापों का विस्तृत विवरण प्राप्त नहीं है। भितरी (गाजीपुर जिलें) में प्राप्त एक धातु मुद्रा से हमें स्कंदगुप्त का फायदा नहीं मिलता है। बल्कि उनके स्थान पर पुरु गुप्त (रानी अनंतदेवी से पैदा गुप्त के पुत्र), नरसिंह गुप्त (रानी चंद्रदेवी से पैदा पुरु गुप्त के पुत्र) एवं कुमार गुप्त द्वितीय(रानी मित्रदेवी से पैदा नरसिंह गुप्त के पुत्र) का उल्लेख मिलता है। इस लेख के आधार पर ऐसी कल्पना की जा सकती है कि स्कदंगुप्त के बाद राज्य सिंहासन उनके भाई गुप्त और उसके उत्तराधिकारियों के समीप चला गया । पर समस्या का समाधान इतना आसान नहीं है। कुछ नए गुप्त शासकों के नाम व तिथियाँ भी प्राप्त हुई हैं 154 वें वर्ष के सारनाथ बुद्ध मूर्ति अभिलेख में कुमार गुप्त का वर्णन है। 157वें वर्ष के सारनाथ बुद्ध मूति लेख में बुद्ध गुप्त का उल्लेख हो और 163वें दामोदर ताम्रपात्र में पुन' बुद्ध का उल्लेख हैं भितरी ताम्रमुद्रा के उपर्युक्त कुमार गुप्त द्वितीय और 157वें वर्ष के सारनाथ मूर्तिलेख के कुमार गुप्त एक व्यक्ति थे अथवा नहीं, यह एक

विवादास्पद विषय है। इसी प्रकार बुद्ध गुप्त का गुप्त वंशावली में किस स्थान पर रखा जाए यह निश्चत रूप से स्थापित नहीं किया जा सका है।

हूणों का आक्रमण

परिचय—हूणों ने 370 ई. में दक्षिण-पूर्वी यूरोप पर आक्रमण किया और अगले सात दशकों के दौरान इन्होंने वहां तथा मध्य यूरोप में विशाल साम्राज्य स्थापित कर लिया। हेफ़्थलाइट, जिन्होंने पांचवीं और छठी शताब्दी में ईरान तथा भारत पर आक्रमण किया तथा चीनियों के परिचित स्युंग-नु लोगों को भी कभी-कभार हूण कहा जाता है, लेकिन यूरोप पर आक्रमण करने वालों से इनका संबंध अनिश्चित है। पांचवीं शताब्दी के पूर्वार्द्ध में गुप्त राज़ा कुमारगुप्त (लगभग 415-54) के शासनकाल के दौरान बैक्ट्रिया से हूणों के आक्रमण का ख़तरा था। यह ख़तरा लगभग सौ वर्षों तक मंडराता रहा और परवर्ती गुप्त राजा हूणों को हिंदूकुश पर्वत पार करके अपने राज्य में घुसने से रोकने के लिए सक्रिय रहे। इतिहासकारों की राय में चीनी और भारतीय प्रतिरोध के कारण इस काल में हूण न सिर्फ़ कमज़ोर हुए, बल्कि अंशतः इस वजह से वे यूरोप पर उग्रता से हमले करने लगे।

पांचवीं शताब्दी के अंतिम वर्षों में हूण उत्तरी भारत में घुसने में सफल रहे। भारतीय हूण स्वतंत्र नहीं थे; वे हूण अधिराज के प्रतिनिधि थे। हूणों का इलाक़ा फ़ारस से खोतान के पार तक फैला हुआ था और उनकी प्रमुख राजधानी अफ़ग़ानिस्तान में बामियान में स्थित थी। तोरमाण पहले उल्लेखनीय राजा थे, जिन्होंने मध्य भारत के ऐरण तक समूचे उत्तरी भारत में शासन किया। उनके पुत्र मिहिरकुल (शासन 520) भयंकर हूणों की लोकछवि के सर्वाधिक निकट प्रतीत होते हैं : एक तत्कालीन चीनी तीर्थयात्री ने मिहिरकुल का वर्णन विशेष रूप से बौद्ध धर्म से घृणा करने वाले और अशिष्ट चाल-ढाल वाले मूर्तिपूजक के रूप में किया है। अंततः मिहिरकुल को मैदानों से खदेड़ दिया गया और वह कश्मीर चले गए, जहां लगभग 542 ई. में उनकी मृत्यु हो गई। मिहिर कुल की मृत्यु के पश्चात् हूणों का राजनीतिक प्रभाव कम दिखायी देने लगा। फिर भी लगभग 50 वर्षों के काल में हूणों ने न सिर्फ़ गुप्तों की शक्ति के पतन की प्रक्रिया को तेज़ किया, बल्कि एक साम्राज्य का रूप ग्रहण करने की संभावना भी कम कर दी; गुप्त राजाओं की सारी शक्ति हूणों के आक्रमण को विफल करने में लगी रहती थी। जब छठी शताब्दी में बैक्ट्रिया में हूणों पर तुर्कों तथा ईरानियों ने हमला कर दिया, तब हूणों के हमलों में कमी आ गई।

भारत पर हूणों का आक्रमण—पाँचवी शती के अंतिम चरण से हूण शक्ति, जो अब तक काबुल तुखारिस्तान और जाबूलिस्तान तक फैल चुकी थी। भारत के उत्तर-पश्चिमी सीमाप्रांत में भारत के मध्यवर्ती भागों में फैलने लगी थी। चीनी यात्री सुगयून (जिन्होंने 515-520 ई. में भारत की यात्रा की) समसामयिक हूण शासक के विषय में लिखा है कि उनका वंश दो पीढ़ियों से गांधार पर शासन कर रहा था। सूगय्रून के विचार में उनके सर्वप्रथम शासक तिगिन थे जिन्होंने गांधार पर अपनी सत्ता स्थापित की। इस प्रारम्भिक हूण शासकों के सिक्के हमें भारत के उत्तर-पश्चिमी भागों से प्राप्त हुए हैं।

कुवलयमाला नामक जैन प्रथा में तोरमाण नामक शासक द्वारा चंद्रभागा नदी के तटा पर पव्वैया नामक स्थान पर शासन करने का उल्लेख है। तोरमाण का शासनकाल मालवा में 508-599 ई. के आसपास माना जाता है। ऐसा प्रतीत होता है कि हूण शासक तोरमाण के मालवा तक अभियान के परिणामस्वरूप गुप्तों के पतन की प्रक्रिया की और बल मिला होगा। तोरमाण के बाद गुप्त शक्ति की दुर्बलता का लाभ उठाते हुए उसके पुत्र मिहिरकुल ने भी भारत के आंतरकि भागों पर हमला किए जिनके प्रमाण हमें ग्वालियर प्रशस्ति **ह्वूनत्सांग** के वर्णन में प्राप्त होते हैं। ग्वालियर तक हूणों के बढ़ जाने से चिंतत हो मध्य भारत के नवोदित यशोधर्मन विष्णुवर्धन ने भारत की रक्षा का भार सँभाला। मंदसौर में प्राप्त अभिलेख के अनुरूप 532 ई. के आसपास यशोधर्मन ने मिहिरकुल को पराजित किया। ह्वूनत्सांग के विचार में मगध के शासक नरसिंह गुप्त बालादित्य ने भी मिहिरकुल को पराजित करने में सफलता प्राप्त की। यह संभवतः गुप्त वंश के शासक थे उत्तर-पश्चिमी भारत पर हूणों के अधिपत्य, पश्चिमी भारत में मैत्रकों और मध्य भारत पर वर्मन् वंश के शासकों का अधिकार हो जाने के उपरांत गुप्त सिर्फ पूर्वी भारत में शासक रह गए थे।

गुप्त काल के पश्चात् नये-नये वंशों का उदय होने लगा। वल्लभी के मैत्रकों ने स्वतंत्र वंश की स्थापना की। थानेश्वर में पुष्यभूमि वंश के वर्धन शासकों का राज्य उठ खढ़ा था, कन्नौज में मोखरी, बंगाल में चंद्र शासक और मगध में परवर्ती गुप्तों की एक शाखा शासन करने लगी। पाँचवी शती के अंतिम चरण से लेकर छठी शती के अंत तक उत्तरी भारत इस तरह कई राज्यवंशों के आपसी द्वन्द्व का इतिहास बन गया।

फ़ाह्यान

फाह्यान एक चीनी यात्रा था। इन्हें चीन के बौद्ध मिक्षु के नाम से भी जाना

जाता है। 402 में इनकी भारत की तीर्थयात्रा से भारत-चीन संबंधों की शुरुआत हुई। इनके लेखों से प्रारंभिक बौद्ध धर्म के बारे में महत्त्वपूर्ण जानकारी मिलती है। फ़ाह्यान का दुहरा ऐतिहासिक महत्त्व है। एक तरफ़ उनकी यात्रा के प्रसिद्ध विवरण फ़ो-कुओची (बौद्ध साम्राज्यों का रिकार्ड) में प्रारंभिक शताब्दियों के दौरान भारतीय बौद्ध धर्म के बारे में ऐसी बहुमूल्य जानकारियां हैं, जो अन्य कहीं नहीं मिलतीं। फ़ाह्यान के विस्तृत विवरण से उस काल के बौद्ध भारत का पता चलता है, जब हिंदुओं के सुधारों का प्रभाव नहीं पड़ा था और मुसलमानों के आक्रमण नहीं हुए थे। दूसरी तरफ़, उन्होंने बौद्ध धर्मग्रंथों का उत्तम ज्ञान उपलब्ध कराके चीन में बौद्ध धर्म को सशक्त बनाया।

भारत में दस वर्ष तक अध्ययन के बाद वह बौद्ध ग्रंथों की काफ़ी प्रतियां चीन लाए और उनका संस्कृत से चीनी भाषा में अनुवाद किया। इनमें से दो सर्वाधिक महत्त्वपूर्ण थे—महापरिनिर्वाण-सूत्र, निर्वाण के शाश्वत, निजी और शुद्ध प्रकार के महिमामंडन का ग्रंथ, जिस पर चीन में निर्वाण मत ने अपना सिद्धांत तैयार किया और महासंघिका मत के *विनय* (भिक्षुओं के अनुशासन नियम), जो चीन में असंख्य मठ समुदायों के विनियमन के लिए उपलब्ध हुए।

फ़ाह्यान 402 पश्चिमोत्तर भारत में पहुंचे, वहां उन्होंने बौद्ध धर्म के महत्त्वपूर्ण केंद्रों, उदयन, गांधार, पेशावर और तक्षशिला के दर्शन किए। वह सबसे अधिक पूर्वी भारत की ओर आकर्षित हुए, जहां भगवान बुद्ध ने जीवन व्यतीत किया था और शिक्षा व प्रवचन दिए थे। उनकी तीर्थयात्रा उन सभी स्थलों पर जाकर पूर्ण हुई : कपिलवस्तु, जहां बुद्ध का जन्म हुआ; बोध गया, जहां बुद्ध को ज्ञान प्राप्त हुआ; बनारस (वाराणसी), जहां बुद्ध ने पहला प्रवचन दिया और कुशीनगर, जहां बुद्ध को निर्वाण मिला।

बौद्ध धर्म के बढ़ते बर्चस्व को देखकर फाह्यान आश्चर्य चकित हो गया। बाद में वह लंबे समय तक पाटलिपुत्र में रहे, बौद्ध भिक्षुओं से विचारों का आदान-प्रदान किया, बौद्ध विद्वानों के साथ मिलकर संस्कृत ग्रंथों का अध्ययन किया और महासंघिका मत के *विनय* का लेखन किया। उन्होंने सर्वास्तिवाद मत द्वारा तैयार *विनय* के दूसरे संस्करण को प्राप्त किया; यह मत एक प्रारंभिक बौद्ध वर्ग था, जिसने सभी मानसिक स्थितियों (भूत, वर्तमान और भविष्य) की समान वास्तविकता सिखाई और प्रसिद्ध *महापरिनिर्वाण सूत्र* दिए। जब उन्होंने बौद्ध धर्म के अपने ज्ञान को पुष्ट कर लिया और उन पुस्तकों को प्राप्त कर लिया, जिनका चीनी भाषा में अनुवाद नहीं हुआ था, तो उन्होंने चीन लौटने का निर्णय लिया। एक बार फिर लंबे सड़क मार्ग से जाने के स्थान पर फ़ाह्यान ने समुद्र मार्ग चुना, पहले वह जहाज़ से सीलोन

(वर्तमान श्रीलंका) पहुंचे, जो उस समय बौद्ध अध्ययन का सबसे अधिक फलता-फूलता केंद्र था। जहां उन्होंने *हीनयान विनय* के पाठ *महिशासक विनय* को प्राप्त किया और सर्वास्तिवाद का संकलन किया और इस प्रकार अपने धार्मिक ग्रंथों की संख्या में वृद्धि की।

सीलोन में दो वर्ष के प्रवास के बाद फ़ाह्यान जहाज़ से चीन के लिए रवाना हुएँ, लेकिन समुद्री मार्ग के ख़तरे और कठिनाइयां भारत आगमन के समय के रेगिस्तानों और पर्वतों के ख़तरों से कहीं अधिक थीं। भयंकर समुद्री तूफ़ान के कारण उन्हें संभवतः जावा द्वीप पर उतरना पड़ा। वह एक अन्य नौका से कैंटन के लिए रवाना हुए, परंतु दक्षिण चीनी बंदरगाह पर उतरने के बजाय फ़ाह्यान के जहाज़ को एक और तूफ़ान से जूझना पड़ा और अंततः यह शांतुंग प्रायद्वीप के एक बंदरगाह पर जा पहुंचा। फ़ाह्यान ने कुल मिलाकर 200 से अधिक दिन समुद्र पर गुजारे। अपने पैतृक वापस आने के पश्चात् इन्होंने शोध कार्य प्रारम्भ किया और इन्होंने जो बौद्धधर्म ले गये थे उसका अनुवाद आरम्भ कर दिया।

सेही ने बाद में आध्यात्मिक नाम फ़ाह्यान (धार्मिक क़ानूनी की शान) अपनाया। इनका जन्म चौथी शताब्दी में शांसी में हुआ। पूर्वी चिन वंश के दौरान चीन के इतिहास में बौद्ध धर्म को सबसे अधिक शाही संरक्षण मिला, ऐसे समय में फ़ाह्यान में बौद्ध धर्म की पवित्र भूमि भारत जाने की प्रबल इच्छा जागृत हुई, ताकि भगवान बुद्ध के जीवन से संबद्ध महत्त्वपूर्ण स्थानों के दर्शन किए जा सकें और चीन में अब तक अज्ञात बौद्ध धर्मग्रंथों को वहां लाया जा सके।

शासन प्रबन्ध

प्राचीन काल में हमारे देश में बहुत से शासक हुए जिन्होंने शासन किया। 300-650 ई. के बीच भारत में कई महान शासक हुए जिन्होंने अपने सैन्य बल से उत्तरी भारत को एक ही केंद्रीय शासन के अधीन रखा। इस कूटनीतिक एकाता का प्रभाव तत्कालीन कूटनीतिक एवं आर्थिक व्यवस्था पर पड़ना स्वाभाविक था। अब हम इस युग की शासन प्रणाली और धार्मिक विशेषताओं पर प्रकाश डालेंगे। भारतीय राजतंत्र में गणतंत्र और राजतंत्र प्रणालियाँ बहुत प्राचीन काल से चली आ रही थी। मौर्यों के साम्राज्यवाद की लपेट में आकर गणतंत्रों की क्षति और हार का सामना करना पड़ा था, परन्तु अब अशोक के बाद जब केन्द्रीय शक्ति का ह्रास शुरू हुआ तब ये गणतंत्र पुनः स्वतंत्र होने लगे। गुप्तों के उदय से पर्वू भी कई गणंतत्रीय राज्यों के अस्तित्व का पता चलता है। समुद्रगुप्त के प्रयाग स्तंभलेख में हमे अनेक ऐसे

गणतंत्रों की सूची मिलती है। जिन्होंने समुद्र गुप्त की अधीनता स्वीकार कर ली थी। उनके प्रमुख थे मालव, आर्जुनायन, यौधेय, भद्र, आभीर, समकालीक, कार्क, खापेरिक इत्यादि। मालव, यौधेय और आर्जुनायनों के सिक्के भी प्राप्त हुए हैं।

समुद्रगुप्त, चंद्रगुप्त द्वितीय कुमारगुप्त और स्कंदगुप्त इत्यादि ने महाराजाधिराज, परमभट्टारक जैसी भारी भकरम उपाधियां धारण की। और अश्वमेध यज्ञ के द्वारा अन्य छोटे शासकों पर अपनी श्रेष्ठता स्थापित की। प्रशस्तिकारों ने गुप्त सम्राटों की महानता का प्रदर्शित करने के लिए उनकी तुलना यम, कुबेर इत्यादि देवताओं के साथ की है। यद्यपि इसका आशय यह नहीं लगाना चाहिए कि गुप्तकालीन शासकों को जनात (राजा की दैवी उत्पत्ति के सिद्धांत के आधार पर) ईश्वर का प्रतिनिधि माने लगी थी। उनके साथ देवी देवताओं की तुलना सिर्फ उनके प्रशस्तिकारों ने की है।

राजा को धर्म के अुनसार वर्णाश्रम धर्म का रक्षक बताया गया है। यहाँ विचारधारा पुराणों और महाभारत में स्पष्ट होती हैं और वास्तव में पुराणों तथा महाभारत को अंतिम स्वरूप गुप्त युग में ही प्राप्त हुआ था। अभिलेखों के प्रमाणस्वरूप यशोवर्मन का 532 ई. का अभिलेख प्रस्तुत किया जा सकता है, जहाँ शासक को चारों वर्णों के हितों का रक्षक बताते हुए एक स्थानीय शासक अभसदत्त का नामोल्लेख किया गया है।

हर्ष के राज्यकाल में हर्ष शासक को जनता के अधिक निकट संपर्क में आता हुआ पाते हैं हर्ष ने अपनी विजयों के दौरान राजकीय दौरे को भी अपना कर्तव्य समझा तत्कालीन चीनी यात्री ह्वेनत्सांग ने उसके राजकीय दौरों का विवरण देते हुए कहते हैं राजा अपने साम्राज्य के हर क्षेत्र को दौरा करता है। यहाँ पर भी वह अधिक दिनों तक नहीं टिकता था। जहाँ वह जाता था वहाँ वह और उसके और उनके साथियों के निवास के लिए अल्पकालीन आवास-स्थान बना दिए जाते थे। जहाँ वह जाता वहाँ उसके बहुमूल्य पादस्थान की बहस करने वाले, जल और थूकदान उठाकर ले चलने वाले उसके पीछे-पीछे जाते थे। पूरा शाही रसोईघर जाता था। गाँव वाले दूध, दही, मीठा और फल-फूल का उपहार लेकर राजा को बढ़ावा देने आते थे। पड़ोस के अधीनस्थ शासक और सामंत उसकी सेवा में उपस्थित रहते थे। विदेशी शासकों के राजदूत, विद्वान और अन्य व्यक्ति, जो राजा के दर्शनार्थ आना चाहते थे, इन अस्थायी निवास स्थानों में आकर राजा से मिलते थे।

राजकार्य ने सम्राट की मदद करने वाले मंत्री और आमात्य होते थे। कामंदक नीतिसार में मंत्रियों और आमात्यों के बीच के अंतर को स्पष्ट किया गया है। मंत्री

का मुख्य कार्य राजा को मंत्रणा देना और किसी गूढ़ विषय के दौरान विभिन्न पहलुओं पर विचार करते हुए किसी निर्णय पर पहुँचना था। कामदेव और कालिदास दोनों ने मंत्रिमंडल अथवा मंत्रिपरिषद् का उल्लेख भी किया है जिससे ऐसा प्रतीत होता हैं कि गुप्त युग में मंत्रिपरिषद् नामक संस्था मौजूद थी।

बाण ने अपनी कृति हर्षचरित में मंत्रिपरिषद् के बारे में विस्तार से उल्लेख किया है। मंत्रिपरिषद् जरूरत पड़ने पर बड़ा प्रभावशाली उत्तरदायित्व निभाती थी। राज्य वर्धन की मुत्यु के उपरांत हर्ष को सिंहासन पर आरूढ करते समय मंत्रिपरिषद् ने बड़ी महत्त्वपूर्ण भूमिका अदा की थी।

पी. एल. गुप्ता ने 'आमात्य' शब्द का आर्थ आधुनिक काल की 'ब्यूरोक्रेसी' (शासनतंत्र) से लगाया है। कामंदक नीतिसार में भी आमात्य सामान्य रूप से राजा की सिफारिशों का पर्यायवाची माना गया है। कात्यायन स्मृति में इस बात पर और जोर दिया गया है कि आमात्यों की नियुक्ति ब्राह्मण वर्ग से होनी चाहिए। गुप्तकालीन शासकों ने काफी हद तक इस नीति का पालन भी किया। करमदंडा अभिलेखों से विदित होता है कि चंद्रगुप्त क्षितीय और कुमारगुप्त प्रथम के आमात्य ब्राह्मण थे, लेकिन यह धारणा भ्रामक है कि गुप्त शासकों ने ब्राह्मण अमात्यों की ही नियुक्ति की हो, क्योंकि इन आमात्यों और पदाधिकारियों की नियुक्ति सम्राट स्वयं करता था। कभी-कभी सम्राट एक ही व्यक्ति को कई प्रमुख पदों पर नियुक्त कर देता था, जैसा कि प्रयाग स्तंभ लेख से पाता चलता हैं। हरीषेण कुराममात्य, संन्धिविग्रहिक और महादंडनायक नामक तीन पदों को धारण करने थे। गुप्तकाल में ये उच्च पद वंशानुगत भी किए जाने लगे।

मध्य भारत से प्राप्त कुछ अभिलेखीय प्रमाणों के आधार पर हम देखते हैं कि एक ही परिवार की पाँच पीढ़ियों तक उच्च पदस्थ राज्याधिकारी नियुक्त किए गए। करमदंडा अभिलेख के अनुरूप पिता-पुत्र दोनों ने गुप्त साम्राज्य के अंतर्गत मंत्री व कुमारामात्य का पद धारण किया। इसी प्रकार पर्णदत्त और चक्रपालित पिता और पुत्र दानों ही स्कंदगुप्त के अधीन अध्किारी थे। गुपत काल के राज्याधिकारियों को वेतन दिया जाता था परन्तु कुछ विद्वानों का विचार है कि वेतन के बदले में भूमिदान की प्रथा भी चल पड़ी थी। इस भूमि से जो उत्पादन होता था वही कर्मचारी का वेतन माना जाता था। ह्वनत्सांग के विचार में राज्य के प्रमुख कर्मचारियों की कभी तो वेतन मिलता था और कभी भूमिगत दिया जाता था।

प्राचीन काल के महाकाव्यों और पुराणों में भूदान के प्रथा के बारे में उल्लेख मिलता है। महाभारत के भूमिदान के महत्त्व को बताते हुए भूमिदान प्रशंसा नामक

अध्याय की रचना की गई। महाभारत और पुराणों को अंतिम रूप गुप्त युग के आस-पास दिया गया, जिससे स्पष्ट है कि भूमिदान गुप्त युग में राजा का कर्तव्य समझा जाने गला। भूमिदान का सबसे प्राचीन अभिलेखीय प्रमाण पहली शती के एक सातवाहन अभिलेख में मिलता हैं, जिसमें अश्वमेध यज्ञ में एक गाँव दान करने की चर्चा है। भू-दान की प्रथा पांचवी शती के आते-आते बहुत ज्यादा लोकप्रिय हो गई। भूमिदान के फायदा की दो चीजें जुड़ी थीं एक तो राजस्व के सम्पूर्ण साधनों का ग्रहीता के नाम पर हस्तांरित कर दिया जाता था और दूसरे ग्रहीता को उस भूमिखंड की आंतरिक सुरक्षा और प्रशासनिक उत्तरदायित्वों को निभाना पड़ता था। इस तरह राजा ने अपने निमंत्रण को उन स्थानों पर से हटा दिया, जो स्थान भूमिदान के रूप में दे दिए जाते थे।

अब तक राजा का उत्तरदायित्व सुरक्षा, शांति, व्यवस्था आदि का प्रबंध करना माना जाता था और इसके बदले में कई कर प्राप्त करने वाला होता था। अब वे दोनों अधिकार जिस धर्म के हाथ में आ गए उन्हें 'सामंत वर्ग' कहा जा सकता है। पाँचवी शती तक के अभलेखों से ज्ञात होता है कि राजा चोरों को दंडित करने का अधिकार नहीं त्यागता था। परन्तु आगे चलकर चोरों को दंडित करना अथवा परिवार की संपत्ति इत्यादि के झगड़ों पर नयाय देने का अधिकार भी भूमिदान के साथ ब्राह्मणों को हस्तांतरित किया जाने लगा।

गुप्त काल के प्रारंभिक दिनों में गुप्त साम्राज्य के केन्द्रीय प्रांतों का कोई भी सामंत सम्राट की स्वीकृति लिए बिना स्वयं भूदान नहीं कर सकता था, परन्तु छठी शती तक हमें ऐसे प्रमाण मिलने आरंभ हो गए जहाँ कुमारामात्य महाराज अपने जैसे सामंत भी बिना सम्राट के आदेश के भूमिदान करने लगे। इससे प्रतीत होता है कि छठ शती तक विकेन्द्रीयकरण की प्रवृत्ति पूर्णतया प्राप्त कर चुकी थी और अब सामंत अपनी-अपनी भूमि के वास्तविक शासक बन बैठे थे। उनके साथ केन्द्रीय सम्राट का सिर्फ इतना ही संपर्क था कि वे समय-समय पर सम्राट को उपहार, भेंट इत्यादि देकर उनके प्रति अपनी निष्ठा व्यक्त करते रहे और उनकी सभा में प्रस्तुत होकर उनके प्रति अपनी अधीनता का प्रदर्शन करें। सामंतों के बारे में हर्ष चरित में यह उल्लेख किया गया है कि महासामंत और सामंत लोग हर्ष के दरबार में उपस्थित होकर कभी पंखा झलते थे, कभी अपनी गर्दनों में तलवार बाँधकर अपने प्राणों की भीख माँगते थे, तो कभी अपने सिर की माला उतार हर्ष के पाँवों पर रख देते थे। परन्तु इस भक्ति के प्रदर्शन कें अलावा, जहाँ तक प्रशासन का सवाल था वे स्वतंत्र थे।

यह विकेन्द्रीयकरण की प्रवृत्ति न सिर्फ ब्रह्मदेव भूमि पर ब्राह्मणों के भूमिपति बन जाने में पैदा हुई, अपितु जब गुप्त शासकों ने उपरिक, कुमारामात्य इत्यादि भी जैसे अपने प्रमुख कर्मचारियों को वेतन के बदले में भूमिदान देना आरंभ किया और उनका पद क्रमशः परंपरागत बनने लगा, तब वे उपरिक, कुमारामात्य इत्यादि सामंतों की तरह स्वतंत्र होने लगे। प्रोफ़ेसर राम शरण शर्मा का विचार है कि इस तरह आमात्य और कुमारामात्य सामंत विरुद्ध बनते गए। हर्षचरित ने कम-से-कम दो स्थानों पर ऐसे आमात्यों का उललेख आया है, जहाँ कई 'मूर्धाभिषिक्ताश्चामात्या राजन' के रूप में अभिषिक्त किया गया है। सातवीं शती में सामंतवादी बड़े-बड़े पदाधिकारियों को भी प्रदान की गई। उदाहरण के लिए, भास्कर वर्मन के कोषाध्यक्ष (भंछारागाराधिकृति) दिवाकर प्रभु को महासामंत की उपाधि से विभूषित किया गया था।

प्रायः यह देखा जाने लगा था कि सामंत जब भी कठिन परिस्थितियों में पड़ जाता था तब ये उन्हें सैनिक सहायता देते थे। ऐहोल अभिलेख के अंतर्गत हर्ष के विषय में बताया गया हैं कि उसी सेवा में सामंतों द्वारा जुटाई सेवा ही अधिक थी। इस प्रवृत्ति का कुप्रभाव भी पड़ा। सम्राट सामंतों पर अधिक-से अधिक निर्भर हो गया क्योंकि वे सामंत सिर्फ जनता से कर ही नहीं वसूल करते थे वरन वे ही स्थायी सेवा भी रखते थे। सम्राट जरूरत पड़ने पर इनसे नैतिक मदद लिया करता था जिससे केन्द्रीय शक्ति और भी क्षीण हो गई थी और सामंतों पर निर्भर हो गए।

प्रादेशिक शासन के विषय में भी गुप्त अभिलेखों में थोड़ा-बहुत ज्ञान प्राप्त होता है। सम्राट द्वारा जो क्षेत्र सम्मिलित होता था उसकी सबसे बड़ी प्रादेशिक इकाई संभवतः देश थी। 'जूनागढ़' अभिलेख में सौराष्ट्र को एक 'देश' कहा गया है। इसी प्रकार चंद्रगुप्त द्वितीय के एक अभिलेख में मध्यभारत में सकुली नामक देश का उल्लेख मिलता है। देश के प्रशासन को 'गोप्ना' कहा जाता था। जूनागढ़ अभिलेख से ज्ञात होता है कि सूराष्ट्र व गोप्ना पर्णदल की नियुक्ति स्वयं गुप्त सम्राट ने की थी।

एक दूसरी प्रादेशिक इकाई 'भूक्ति' थी। भारत के लेखों में 'भूक्ति' का उल्लेख मिलता है, जैसे 'पुण्ड्रवर्धन भुक्ति'। नालंदा और बसाढ़ में प्राप्त झीलों में तिर, नगर मगध भूक्तियों का उल्लेख आया है। भूक्त का शासक 'उपरिक' कहलाता था।

'भूक्ति' के नीचे 'विषय' नामक प्रशासनिक इकाई होती थी। कुमारगुप्त प्रथम के सयम में मंदसौर अभिलेख में लाट विषय का नामोल्लेख हुआ है। हूण शासक

तोरमाण के समय के एरण वराह अभिलेख में एरिकिण विषय का उल्लेख मिलता है। विषय का प्रशासनिक प्रमुख अधिकारी 'विषयपति' कहलाता था। दीक्षित महोदय का विचार है कि 'विषयपति' की नियुक्ति राजा स्वयं करता था। अंतर्वेद्वी विषय के विषयपति शर्वनाग की नियुक्ति स्वयं स्कंदगुप्त नें की थी। विषयपति को मदद व सलाह देने के लिए विषय परिषद् होती थी, जो प्रमुख नगर राज के समान रही होगी। इसके सदस्य नगर-श्रेष्ठि, सार्थवाह, प्रथम कुलिक व प्रथम कायस्थ होते थे।

गुप्त काल में साम्राज्य ग्राम समूह की छोटी-छोटी इकाइयों में बंटा हुआ था, जिन्हें पेठ कहा जाता था। इसका उल्लेख संक्षेप के खोह अभिलेख में मिलता है, जहाँ ओपनी नामक ग्राम को मणिनाग पेठ के अंतर्गत बताया गया है।

प्रशासन की सबसे छोटी इकाई ग्राम होती थी। स्कंदगुप्त के होम स्तंभ लेख में कुकुम ग्राम का नाम आया है। ग्राम का शासन वह ग्रामिक, ग्रामजनपद और ग्राम परिषद् की मदद से करता था।

प्राचीन परंपरा के अनुसार, जैसा कि अर्थशास्त्र से विदित होता है राजा भूमि का मालिक माना जाता था और वह भूमि से पैदा उत्पादन के एक भाग (साधरणतया छठे भाग) का अधिकारी था। इस कर को 'भाग' के नाम से पुकारा जाता था। इसी प्रकार दूसरे भूमिकर 'भोग' का उल्लेख मनुस्मृति में हुआ है, जो सालेतोर और सरकार के अनुरूप संभवतः राजा को प्रतिदिन दी जाने वाली फल-फूल, तरकारी इत्यादि की भेंट के रूप में थीं।

भेंट के सम्बन्ध में हर्षचरित में विस्तार से उल्लेख किया गया है। जिससे यहाँ अनुमान लगाया है, कि राजा अपने दल-बदल के साथ किसी गाँव के आसपास से गुजरता था, तो गाँव की जनता राजा और राजकर्मचारियों को भेंट स्वरूप अपनी उपज का एक हिस्सा देने आती थी। राजा के उपभोग में लगान की वजह से ही यह हिस्सा 'भोग' कहलाता था। गुप्तकालीन कुछ सामंतों के अभिलेखों में 'भाग' और 'भोग' का संयुक्त रूप से उल्लेख हुआ है। फ्लीट महोदय इन्हें साधारण रूप से इन्हें भूमिकर का पर्यायवाची मानते हैं।

'भाग' व 'भोग' के अतिरिक्त गुप्त अभिलेखों में 'उद्रंग' और 'उपरिकर' करों का उल्लेख मिलता है। व्यूहलर का मत है कि 'उद्रंग' राजा को दिया जाने वाला भूमिकर था। पी. एल. गुप्ता ने भी 'उद्रंग' को 'भोग' का पर्यायवाची माना है। भूकिर कृषक 'हिरण्य' (अर्थात नकद) अथवा 'मेय' (अर्थात् अन्न के तोल) दोनों रूपों में दे सकते थे। फाह्यान ने भी इस बात का उल्लेख किया है कि राजा की भूमि जोतने वाले अपनी उपज का एक अंश राजा को कर के रूप में देते थे। छठी शती तक मुद्राओं

का प्रचलन काफी कम हो चला था। वल्लभी के मैत्रकों के अतिरिक्त अन्य शासकों के अपने विशेष सिक्के न होना इस बात का द्योतक है कि छठी शती के उपरांत के क्रमशः कृषक 'हिरण्य' के रूप में न देकर अनाज के अंश के रूप में देने लगे थे।

सामंतवादियों का शासन में हस्तक्षेप गुप्त युग से ही प्रारम्भ हो गया था। गुप्त लेखों में जिन भूमिदानों का उल्लेख किया गया है, उससे यह स्पष्ट हैं कि भूमिदान के साथ-साथ गाँव की भूमि से पैदा होने वाली आय भी ग्रहीता को सौंप दी जाती थी। दानपत्रों में कृषकों को यही उल्लेख किया गया हैं कि वे कर अपने भूपति को दें। भूपति कृषकों और कृषकों की स्त्रियों से बेगार भी ले सकता था।

1557 ई. में बल्लभी के मौत्रक शासक धरसेन के एक दानपत्र द्वारा ग्रहीता को बेगार लेने का अधिकार दिया गया है। इसी प्रकार का प्रमाण शिलादित्य प्रथम के 605 ई. के दानपत्र में मिलता है, जिसमें यह कहा गया है कि दान से प्राप्त भूमि के साथ-साथ ग्रहीता बेगार भी ले सकता था। भूमिदान की प्रवृत्ति ब्राह्मणों को भूमिदान से आरंभ हुई थी पर हर्ष के समय तक राज्याधिकारियों को भी भूमिदान दिया जाने लगा था। ह्यूनत्सांग के विवरण से ज्ञात होता है कि राज्याधिकारियों को नकद वेतन नहीं मिलता था, अपितु राजस्व का 1/4 भाग बड़े-बड़े अधिकारियों की वृत्ति के रूप में सुरक्षित रखा जाता था।

दान में दिए गए क्षेत्रों से जब भूमिकर राजा को प्रत्यक्ष रूप से न मिलकर सामंतो, ब्राह्मणों, भूपतियों और राज्य के उच्च पदाधिकारियों के माध्यम से मिलने लगा तो उसका केंद्रीय कोष पर बुरा प्रभाव पड़ा। संभवतः इसी का यह परिणाम हुआ कि अब राजा स्थायी विशाल सेना नहीं रख सकता था जिसकी वजह से वह सामंतीय सेना पर अधिक-से-अधिक निर्भर रहने लगा।

गुप्तों के शासन काल में वणिकों और शिल्पियों की स्थिति ठीक नहीं थी। उन पर राजकर लगाया जाता था। शक्कर और नील तैयार करने वाले पर राजकर लगा हुआ था। पूर्वकालीन स्मृतियों में कहा गया है कि राजा शिल्पियों के कर के बदले में एक दिन बेगार लेने का हकदार था। 1592 ई. के पश्चिमी भारत के एक शिलालेख में इसी प्रकार वणिकों और शिल्पियों के राजा द्वारा बेगार लेने की बात कही गई है।

राजस्व का एक अन्य स्रोत भूमिरत्न, गढ़ा हुआ गुप्त धन, खानें, नमक इत्यादि थे। साधारणतया, जैसा कि नारद स्मृति में कहा गया है, इस तरह की सारी संपत्ति पर राजा का एकाधिकार माना जाता था, परन्तु कभी दान में दी जाने वाली भूमि पर

से राजा अपने इस विशेषाधिकार भी परित्याग कर देता था। दूसरे शब्दों में यदि गुप्त धन या खान किसी ऐसी भूमि से निकल आए जो जमीन दान में दी गई हो तो इस धन पर ग्रहीता का अधिकार माना जाता था।

आर्थिक स्थिति

गुप्त युग के अभिलेखों से जनसाधारण की आर्थिक स्थिति के बारे में पर्याप्त जानकारी मिलती है। इस युग में लोगों की आर्थिक स्थिति बहुत खराब थी। उस पर अब अनेक करों का बोझ पड़ गया था। इसी युग में अनेक नवीन वित्तीय इकाइयां भी दृष्टिगोचर होती हैं जो संभवतः विकेन्द्रीयकृत प्रणाली की तर्कसंगत परिणति थी। ऐसा मालूम पड़ता है कि गुप्त युग में आमतौर पर छोटे-छोटे कृषक होते थे जो पूरे परिवार समेत खेती करते थे, परन्तु कहीं-कहीं गुनैघर लेख में ग्यारह पाठक जमीन का उल्लेख मिलता है। इसी तरह की जो बड़ी जमीन दानस्वरूप दी जाती उनमें ग्रहीता स्वयं जमीन नहीं जोतता था अपतु भूमिहर मजदूरों के द्वारा जमीन जुतवाता था। नारद और वृहस्पति स्मृति में इन भूमि जोतने वाले नौकरों को नकद वेतन उपज का 1/5 हिस्सा मिलता था और जो नौकर खाना-कपड़ा नहीं लेते थे उन्हें उपज का 1/3 भाग उनके पारिश्रमिक के रूप में दिया जाता था।

परन्तु गुप्त युग व उसके उपरांत जैसे-जैसे मठो और मंदिरों को दान में भूमि दी जाने लगी वैसे-वैसे कृषि मजदूरों की दशा में कुछ बदलाव आया। इस मठाधिपतियों और मंदिर के मंहतों को भूमि दान में दी जाने लगी और इस जमीन पर सरकार को कर नहीं देना पड़ता था। फाह्यान और ई-चिंग के विवरण से यह स्पष्ट होता है कि ये जमीन स्वयं नहीं जोतते थे बल्कि बिहारों और मठों की जमीन अस्थायी पट्टेदार जोतते थे। वे भूस्वामियों को मालगुजारी दिया करते थे। इस तरह भूमिदान का यह दुष्परिणाम निकलने लगा कि भूमिविहीन किसान, अब तक समानपूर्वक मजदूरी कर सकते थे, अब भूमिपतियों के अधीन अर्घदास से बनते चले गए क्योंकि दानपत्रों में यह स्पष्ट उल्लेख है कि सिर्फ भूमि ही दान में नही दी जाती थी, वरन् उसमें रहने वाली स्त्रियाँ भी ग्रहीता के सुपुर्द कर दी जाती थी। इन दानपत्रों को जब तक चंद्र-सूर्य विद्यमान है तब तक के लिए स्वामित्व दने की बात कही जाती थी। अतः आगे आने वाली पीढ़ियों की कोई विशेष कारण आए वगैरा दान में दी गई जमीन को नहीं छोड़ती थी।

इस युग में कृषि पूरी तरह से वर्ष पर निर्भर थी। वराहमिहिर की बृहतसंहिता में वर्षा की संभावना और वर्षा के अभाव के प्रश्न पर काफी विचार-विमर्श हुआ है।

बृहतसंहिता में तीन फसलों का जिक्र आया है। एक फसल श्रावण के महीन में तैयार होती थी, दूसरी बंसत में और तीसरी चैत्र अथवा बैसाख में। साधारणतया सभी तरह की उपज जो आजकल होती है उस युग में भी हुआ करती थी, जैसे—दाल, अनाज, सरसो, तिल, कपास, नील, मसाले, सब्जियाँ, फल और जानवरों के खाने की घास इत्यादि। सिंचाई का भी थोड़ा-बहुत प्रबंध राजा की तरफ से किया जाता था जिसका प्रमाण स्कंद गुप्त के जूनागढ़ लेख में मिलता है।

कृषि के अलावा तत्कालीन समाज वनस्पतियों पर निर्भर करता था। पशुचर्म, कस्तूरी एवं हाथीदाँत आादि चीजें वन्य पशुओं से प्राप्त होती थी। इनके अतिरिक्त तरह-तरह की जड़ी-बूटियाँ, जो दवाई के काम आती थी, महुआ (जिसकी शराब बनती हो), भोजपत्र (जिस पर लिखा जाता था) और चंदन जिसकी कलाकृतियाँ बनती थी, अन्य वनसंपदा थी।

विभिन्न प्रकार के खनिज पदार्थ, जैसे सोना, चाँदी, ताँबा और लोहे का ज्ञान लोगों को हो चुका था। तत्कालीन साहित्य और मूर्तियों में प्रचुर आभूषणों का अंकन हुआ। ताँबा, ताम्रपात्र, बर्तन और सिक्कों के काम आता था। मेहरौली का लौहस्तम्भ तत्कालीन लोहे का उत्कृष्ट नमूना प्रस्तुत करता है। वराहमिहिर की बृहत्सहिता में हीरा, मोती माणिक एवं शंख इत्यादि की बनी चीजों का अनेक बार उल्लेख आया है।

गुप्त काल में पशुपालन जीविकोपार्जन का प्रमुख साधन था। कामदंक के विचार में गोपालन वैश्य का पेशा है अमरकोष में पालतू पशु के रूप में घोड़े, भैंस, बकरी, भेड़, गधा, कुत्ता, बिल्ली आदि को गिनाया गया है। बैल सामान ढोने और हल चलाने के काम आता था।

गुप्त काल में कपड़े बनाने का शिल्प काफी उन्नति कर चुका था। 'अमरकोष' में कताई, बुनाई, हाथकरघा, धागे इत्यादि का संदर्भ आया है। महीन कपड़ों का कालिदास के काव्यों में उल्लेख मिलता है। कुषाण काल में भारत में सिले हुए कपड़ों का प्रचलन हो चुका था। अतः कपड़ों को काटकर उनका सिलने की कला भी लोगों ने सीख ली थी। शिल्पियों और गतिविधियों के संबंध में नारद तथा वृहस्पति की स्मृतियों में उल्लिखित श्रेणी व्यवस्था की चर्चा अनुपयुक्त न होगी। ये आर्थिक जीवन के एक संगठित पक्ष को प्रस्तुत करती है।

मौर्योतर युग में विशेषकर कुषाण-सातवाहन शताब्दियों में व्यापारियों की द्रुत प्रगति के परिणाम स्वरूप सार्थवाह तथा श्रेणीबल, श्रेणिक तथा विभिन्न व्यावसायिक श्रैणियों के उल्लेख मिलते हैं। गुप्त काल में नालंदा, वैशाली आदि स्थानों के श्रेष्ठियों,

सार्थवाही, प्रथम कुलिकों, कुलिकों आदि की मुहरे संघटनात्मक गतिविधियों को प्रदर्शित करती है। वृहस्पति के अनुसार नवीन श्रेणी के जन्म के समय सदस्यों को कुछ पूँजी जमा करके एक-दूसरे में विश्वास प्रकट करना पड़ता था। प्रत्येक व्यावसायिक श्रेणी के सदस्यों को अपने-अपने व्यवसाय के अलावा अन्य सामाजिक कार्य भी करने पड़ते थे, जैसे—सभागृहों का निर्माण, यात्रियों के लिए पीने योग्य पानी की सुविधाओं से युक्त आश्रमगृहों, जलाशयों, उद्यानों, मंदिरों आदि का निर्माण। कुमार गुप्त प्रथम एवं वधु वर्मन के 'मंदसौर अभिलेख से पता चलता है कि रेशम बुनकरों की श्रेणी में किस प्रकार 437-8 ई. में उसकी मरम्मत भी करवाई। ये श्रेणियाँ बैंक का काम भी करती थीं। स्कंद गुप्त के ताम्रपत्र से पता चलता है कि इंद्रपुर (आधुनिक इंदौर) के देवविष्णु नामक ब्राह्मण ने इंद्रपुर के तेलियों की श्रेणियों के पास पूँजी जमा कराई, ताकि सूर्य मंदिर के दीपक की स्थायी रूप से देखभाल की जा सके। स्वयं चंद्रगुप्त द्वितीय ने भी इसी प्रकार पूँजी जाम करवाई थी (गढ़वा अभिलेख)। नारद तथा वृहस्पति ने स्पष्ट रूप से भी इन श्रेणियों की प्रशासनिक व्यवस्था का भी वर्णन किया है। यद्यपि इन स्मृतियों में श्रेणियों की गतिविधियों में राज्य की भूमि के अनेक उल्लेख है कि अभिलेख साक्ष्यों से उनकी पुष्टि के कोई प्रमाण नहीं मिलते।

पूरे वर्ष भर की दशाओं की जानकारी के लिए मुद्राशास्त्रीय साक्ष्य विशेष रूप से मदद पहुँचाते हैं। दुर्भाग्यवश सप्तकालीन सिक्कों का अध्ययन अधिकांशतः कूटनीतिक एवं सांस्कृतिक पक्षों के लिए ही किया जाता रहा है। गुप्त साम्राज्य के विभिन्न भागों में से 16 ढेर प्राप्त हो चुके हैं, जिनमें से सबसे महत्त्वपूर्ण बयाना (भारतपुर क्षेत्र में) का पुंज है। यद्यपि गुप्त काल की सहस्रों स्वर्ण मुद्राएँ प्राप्त हैं, परंतु उनका एक महत्त्वपूर्ण पक्ष यह है कि यद्यपि परवर्तीकालीन गुप्त मुद्राओं का वजन बढ़ता गया। किन्तु उनके सोने का अंश गिरता गया। इस तथ्य से तथाकथित सुवर्ण मुद्राओं के आधार पर गुप्तकालीन आर्थिक दशा की तथाकथित समृद्धता से आगे एक प्रश्नचिह्न तो लग ही जाता है।

जहाँ तक गुप्तकालीन चाँदी के सिक्कों का सवाल है तो ये सबसे पहले चंद्रगुप्त द्वितीय की शकों के विरुद्ध विजय के पश्चात शुरू हो गऐ थे परंतु उनकी संख्या बहुत कम है। और प्रथम क्षेत्र भी काफी दृष्टिगोचर होता है। इसी संदर्भ में चाँदी का पानी चढ़े हुए ताँबे के सिक्कों का भी उल्लेख कर देना चाहिए। गुप्त काल में तांबे के सिक्के का प्रचलन बहुत कम हो गया था। रामगुप्त को छोड़कर चंद्रगुप्त द्वितीय से पूर्व के ताँबे के सिक्के तो नहीं के बराबर है ही, उसके उपरांत भी इनकी

उपलब्धि विरल है। चूँकि स्वर्ण तथा चाँदी की मुद्राएँ दैनिक विनिमय में प्रयुक्त नहीं हो सकती थी, चूँकि ताँबे के सिक्कों की संख्या बहुत कम थी। अतएव ऐसा प्रतीत होता है कि मुद्रा-प्रणाली उस प्रकार जनजीवन का अभिन्न अंग न थी, जैसा कि कुषाणकालीन तथा मौर्योतर ताँबे की मुद्राओं की बहुलता से लक्षित होती है।

इस युग में वाणिज्य एवं व्यापार को विशेष रूप से बढ़ावा मिला। कुछ अभिलेखों में श्रेणियों के उपरोक्त उल्लेख और गुप्तकानीन सुवर्ण मुद्राओं के आधिक्य के आधार पर विकसित आंतरिक तथा विदेश व्यापार की चर्चा की जाती है। नगरों के निगमीय प्रशासन में श्रेणियों और व्यापारियों की भूमिका जो प्रायः इस संदर्भ के तर्क के रूप में प्रस्तुत किया जाता है। किन्तु अगर कुषाण युग की तुलना में देखा जाए तो गुप्त युग में व्यापार के ह्रास के पर्याप्त चिह्न मिलते हैं। जहाँ तक आंतरिक व्यापार का प्रश्न है, आधुनिक शोध से स्पष्ट है कि ग्राम लगभग आत्मनिर्भर उत्पादक इकाई के रूप में उभरकर सामने आ रहे थे।

जैसा कि ऊपर कहा गया है, सोने, चाँदी, ताँबे आदि विभिन्न धातुओं के सिक्कों को जो बहुलता प्राक्-गुप्त काल में दृष्टिगोचर होती है, यह गुप्त युग में नहीं थी। संकेत इस ओर है कि मुद्रा प्रणाली का पतन हो रहा था, क्या यह संक्षोभ मात्र है कि जिन नकद वेतनों का उल्लेख कौटिल्य करता है, वे अब सुनने को भी नहीं मिलते? सिर्फ स्वर्ण मुद्राओं के दैनिक जीवन की आवश्यकताओं को खरीदना असंभव लगता है। स्वयं फाह्यान ने लिखा है कि साधारण जनता रोज के विनिमय में वस्तुओं की अदला-बदली या कौड़ियों से काम चलाती थी। अतः आंतरिक दृष्टि से वस्तुओं का उत्पादन व्यापार के लिए कम ही हो पाता है होगा। जहाँ तक विदेशी व्यापार का प्रश्न है, उसमें भी पाश्चात्य देशों से संपर्क की स्थिति अब वह नही थी, जो कुषाण-सातवाहन युग में भी।

पश्चिम में रोमन साम्राज्य के पतन के पश्चात् भारत के पश्चिमी देशों से वाणिज्य एवं व्यापार में गिरावट आ रही थी। 364 ई. में रोमन साम्राज्य का विभाजन दो भागों में हो गया था। और उसके आगामी सौ वर्ष अत्यंत कठिनाईपूर्ण थे। पाँचवी शताब्दी के शुरू से ही अनेक आक्रमणकारियों ने उस साम्राज्य का अपना लक्ष्य बना लिया था। गोत्र, अलारिक तथा अत्तिल हूण के विध्वंसकारी हमला इसके उदाहरण है। स्पष्ट है कि रोमन साम्राज्य की स्थिति इतनी डाँवाडोल थी कि रोम के नागरिक प्राच्य जगत् से व्यापार को प्रोत्साहन नहीं दे सकते थे। प्रकोपियस के वर्णन (छठी शताब्दी) से पता चलता है कि फारनवासियों ने रेशम के व्यापार पर एकाधिकार-सा

प्राप्त कर लिया था और रोमन साम्राज्य में उनकी शत्रुता के कारण भारतीय व्यापार को ठेस लगनी स्वाभाविक थी।

भारत के रेशम व्यापार की क्या नियति थी, इसकी स्थिति एक समसामयिक अभिलेख द्वारा उजागर होती है। कुमार गुप्त प्रथम बंधुवर्धन के मंदसौर अभिलेख में कहा गया है कि नर्मदा क्षेत्र के निकट लाट विषय से रेशम बुनकरों की एक श्रेणी अपना काम छोड़कर पश्चिमी मालवा में आ गई। रेशम बुनकरों को अन्य व्यवसाय अपनाने के लिए बाध्य होना पड़ा।

प्राचीन काल से भारत का चीन से व्यापारिक सम्बन्ध रहा है। बोधिरुचि, बुद्धभद्र, बुद्धजीव, बुद्धशांत आदि ऐसे बौद्ध धर्म प्रचारक थे, जो पाँचवी शताब्दियों में चीन गए थे। क्रॉसमॉस के वृत्तांत से पता चलता है कि भारत-चीन व्यापार के सिंहलद्वीप (श्रीलंका) एक महत्त्वपूर्ण बिचौलिए का काम करता था। स्वयं फाह्यान एक व्यपारी जहाज पर चीन गया था। बहूमूल्य रत्न, विभिन्न प्रकार के केसर, तथा सुगन्धित पदार्थ, सुंदर वस्त्र आदि भारत से निर्यात किये जाते थे। फाह्यान ने इस बात का उल्लेख किया है कि चीन से भारत को जाने वाला मध्य एशियाई मार्ग अत्यंत संकटपूर्ण था। भारत और चीन के तथाकथित बढ़ते हुए पारस्परिक व्यापार का एक अन्य विचारणी पहलू यह है कि यह वस्तुओं की अदल-बदली पर आधारित प्रतीत होता है। भारतीय वस्तुओं के बदले चीन से रेशम प्राप्त किया जाता था।

भारत का दक्षिण पूर्वी एशियाई देशों से भी व्यापार होता था। कंबोडिया, चंपा, बर्मा, मलय महाद्वीप, सुमात्रा, जावा, बोर्नियो तथा बालि आदि के आरंभिक आभिलेखों के इस व्यापार की कोई चर्चा नहीं मिलती। सामान्यतया समृद्ध व्यापार का प्रभाव शहरी जीवन से विषेष रूप से दृष्टिगोचर होता है। शायद यह भी एक संयोग मात्र है कि संपूर्ण गंगा घाटी में जो शहर पहले (विशेषकर कुशाण युग में) अत्यंत समुद्र अवस्था में थे, उनमें से अधिकांश को गुप्त युग में या तो त्याग दिया गया या वहाँ के अवसान से पर्याप्त विघटन हुआ। पाटलिपुत्र जैसा महत्त्वपूर्ण राजधानी नगर भी ह्यूनत्सांग के काल तक गावँड़ा बन गया था। मथुरा जैसा महत्त्वपूर्ण केन्द्र भी विघटन के चिह्न ही प्रस्तुत करता है। कुम्रहार, सोनपुर, सोहगौरा और उत्तर प्रदेश में गंगा घाटी के अनेक महत्त्वपूर्ण केन्द्र ह्रास के ही प्रमाण पस्तुत करते हैं। इस बात की संभावना व्यक्त की जाती है कि कुछ शिल्पियों नें गंगा घाटी को छोड़कर मध्य भारत को अपना निवास स्थान बनाया। न तथ्य को नकारा जा सकता है कि शिल्पियों की गतिशीलता पर पर्याप्त अंकुश लग गए थे। भूमिदानपत्रों को जो ऊपर विशेष उल्लेख है, उनमें

स्पष्ट है कि शिल्पी, व्यापारी, आदि विभिन्न व्यवसायों के लाग ग्रहीता की भूमि को छोड़कर नहीं जा सकते थे। क्या यह स्थिति समृद्ध व्यापार के लिए अनुकूल हो सकती है ? इन तथ्यों के आधार पर गुप्त काल के तथाकथित समृद्ध व्यापार के आगे प्रश्नचिह्न ही लगाया जा सकता है।

निष्कर्ष—इस तरह गुप्तकालीन राजनीतिक-आर्थिक दशा तथा व्यापार-वाणिज्य और वृद्धा-व्यवस्था के संक्षिप्त विवरण के बाद हम निष्कर्ष रूप से यही कह सकते हैं कि यद्यपि यह युग धनिकों, सामंतों, बड़े-बड़े मठाधिपतियों और छोटे-बड़े महाराजाओं के लिए स्वर्णयुग के समान था, परन्तु जहाँ तक साधारण जनता का प्रश्न है, वे इस युग में नए-नए शोषण-चक्रों के अंदर दबते गए। विशेष रूप से सामंती युग में गरीब मजदूर वर्ग को अत्यधिक कठिनाइयों का सामना करना पड़ा। इस युग में सामंत अथवा मालिक विशाल भू-भागों का स्वामी होता था तथा उसके अधीन अर्धदास और भूदास होते थे।

10

गुप्तकाल के पश्चात् उत्तर भारत

गुप्त काल की शासन व्यवस्था काफी अच्छी थी। इसलिये इतिहासकार इसे स्वर्ण युग के नाम से सम्बोधित करते हैं। बाद में धीरे-धीरे इस शब्द का पता हो गया और गुप्त साम्राज्य कई राज्यों में बंट गया। गुप्त साम्राज्य के उत्तराधिकारियों में सबसे प्रमुख परवर्ती गुप्त, मौखरि और मैत्रक थे। ये तीनों ही राजवंश पहले गुंप्त राजाओं के सामंत थे परन्तु 550 ई0 के लगभग इन्होंने अपने स्वतंत्र राज्य स्थापित कर लिये। इन तीनों राज्यों ने उत्तर भारत में अपना आधिपत्य स्थापित करने का प्रयत्न किया। इसी कारण परवर्ती गुप्तों और मौखरि राजाओं में कई युद्ध हुए। अन्ततः ऐसा लगता कि इस संघर्ष में मौखरि राजा सफल हुए और परवर्ती गुप्त राजाओं को मगध छोड़कर मालवा जाना पड़ा। थानेश्वर के पुष्यभूति वंश के वर्धन राजाओं ने कन्नौज के मौखरिवंश से वैवाहिक सम्बन्ध करके अपनी शक्ति बढ़ा ली। अंत में मौखरि राजा की मृत्यु के बाद कन्नौज का राज्य थानेश्वर के राजा हर्ष के राज्य का भाग हो गया इस प्रकार हर्ष साम्राज्य उत्तर भारत में काफी फैल गया। मैत्रक वंश के राजा सौराष्ट्र में राज्य करते थे। उनकी राजधानी वलभी थी। इन चारों राजवंशों में मैत्रक वंश के राजा लगभग सातवीं शती ईसवी के मध्य तक सौराष्ट्र में शासन करते रहे। अन्य राज्यों का प्रभुत्व सातवीं शती में ही समाप्त हो गया।

परवर्ती गुप्त

कुछ अभिलेखों से पता चला है कि गुप्त राजाओं का एक नया राजकुल था। उनका पहले गुप्त राजाओं से कोई पारिवारिक सम्बन्ध न था। वे मगध में राज्य करते थे। उन्हें इतिहासकार परवर्ती गुप्त कहते हैं।

(1) **कृष्णगुप्त** (490—505)—परवर्ती गुप्त वंश की स्थापना कृष्णगुप्त ने ही की थी। अफसाद (गया जिला) अभिलेख से ज्ञात होता है कि उससे संभवतः हूणों के आक्रमण को रोका।

(2) **हर्षगुप्त** (505—525)—कृष्णगुप्त का उत्तराधिकारी हर्षगुप्त हुआ जिसकी बहन हर्षगुप्ता का विवाह मौखरि राजा आदित्यवर्मा से हुआ।

(3) **जीवितगुप्त प्रथम** (535—545)—ऐसा माना जाता है कि जीवित गुप्त ने अपने अधिपति गुप्त सम्राट कुमारगुप्त तृतीय की ओर से हिमालय प्रदेश और दक्षिण-पश्चिमी बंगाल पर आक्रमण किये। परवर्ती गुप्तवंश के राजा जीवितगुप्त प्रथम और मौखरि वंश के ईश्वरवर्मा ने गुप्त साम्राज्य की स्थिति ठीक करने में सम्भवतः गुप्त सम्राट् विष्णुगुप्त को भी सहायता दी।

(4) **कुमारगुप्त** (540—560)—जीवित गुप्त के बाद कुमारगुप्त ने सत्ता संभाली उसके समय में परवर्ती गुप्त राजाओं का कन्नौज के मौखरि राजाओं से युद्ध छिड़ गया क्योंकि दोनों ही गुप्त साम्राज्य के उत्तराधिकारी होना चाहते थे। अनेक राज्यों पर विजय प्राप्त करने के बाद मौखरि वंश के राजा ईशानवर्मा ने महाराजाधिराज का विरुद्ध धारण किया किन्तु कुमारगुप्त के विरुद्ध युद्ध में ईशानवर्मा की पराजय हुई और कुमारगुप्त का राज्य प्रयाग तक फैल गया।

(5) **दामोदरगुप्त** —ऐसा माना जाता है कि दामोदरगुप्त मौखरि राजा शर्ववर्मा के विरुद्ध लड़ा। परवर्ती गुप्तों की इस युद्ध में विजय हुई किन्तु दामोदर गुप्त उसी युद्ध में मारा गया। इस कारण इस विजय से परवर्ती गुप्त विशेष लाभ न उठा सके।

(6) **महासेनगुप्त**—परवर्ती गुप्त शासकों को मौखहि राजाओं से बार-बार युद्ध करना पड़ता था जिसके कारण महासेनगुप्त ने मौखरि राजाओं के विरुद्ध अपनी स्थिति दृढ़ करने के लिये थानेश्वर के राजा आदित्यवर्धन से सन्धि की और उसके साथ अपनी बहन महासेनगुप्ता का विवाह कर दिया। महासेनगुप्त ने कामरूप के राजा सुस्थितवर्मा को परास्त किया। इस प्रकार उसका राज्य ब्रह्मपुत्र तक फैले गया। किन्तु कुछ समय के बाद स्थिति बदली। देववर्णार्क (आरा जिला) के अभिलेख से अनुमान हाता है कि मौखरि शर्ववर्मा ने महासेनगुप्त को हराकर मगध के कुछ भाग

पर अधिकार कर लिया। गौड़ राजाओं का भी उसी समय अभ्युत्थान हुआ और महासेन गुप्त को दक्षिण से भी युद्ध का सामना करना पड़ा।

इस प्रकार, अपने शत्रुओं से चारों ओर से घिरकर सम्भवतः महासेनगुप्त को मगध छोड़कर मालवा जाना पड़ा। किन्तु यहाँ भी वह आराम से न रह सका।

कलचुरि राजा शंकरगण के अभोन अभिलेख से ज्ञात होता है कि उसने 595 ई. के करीब महासेनगुप्त को हराया। कुछ दिन पश्चात् चालुक्य राजाओं ने कलचुरि राजा बुद्धराजा को परास्त किया किन्तु महासेनगुप्त इस अवसर का लाभ नहीं उठा सका। उसी के एक सम्बन्धी देवगुप्त ने अपने को मालवा का स्वतंत्र शासक घोषित किया और महासेनगुप्त के पुत्र कुमारगुप्त और माधवगुप्त को मालवचा छोड़ना पड़ा और उन्हें थानेश्वर के राजा प्रभाकरवर्धन के दरबार में शरण लेनी पड़ी। उसने इन दोनों राजकुमारों को अपने पुत्र राज्यवर्धन का साथी बनाया। शशांक की मृत्यु के बाद हर्षवर्धन ने माधवगुप्त को मगध का शासक नियुक्त किया।

मौखरि राजा

(1) **हरिवर्मा**—यह मौखरि वंश का प्रथम शासक था। उसके पुत्र **आदित्यवर्मा** का विवाह परवर्ती गुप्त राजा हर्षगुप्त की बहन हर्षगुप्ता से हुआ।

(2) **मौखरि राजा**—ईशानवर्मा का भी परवर्ती गुप्ता से सम्बंध ठीक रहा किन्तु जैसा हम ऊपर लिख चुके हैं, साम्राज्य की शक्ति कम होने पर दोनों वंशों में वैमनस्य उत्पन्न हो गया।

(3) **ईशानवर्मा**—जौनपुर अभिलेख से राज्य को विस्तृत किया था। विशेष रूप से हमें सन् 554 ई0 के हरहा अभिलेख से ज्ञात होता है कि ईशानवर्मा ने 3,000 हाथियों वाले आन्धप्रति को, हजारों अश्वारोहियों वाले शूलिकों को और समुद्र के निकट रहने वाले गौड़ों को हराया।

(4) **शर्ववर्मा**—यह ईशान वर्मा का उत्तराधिकारी व पुत्र था। इसे मौखरि वंश का सबसे प्रभावशाली व प्रतापी शासक माना जाता है। अपने राज्य के आरम्भ में शायद वह परवर्ती गुप्त राजा दामोदर गुप्त से हारा हो किन्तु कुछ समय के बाद उसने दामोदर गुप्त से उत्तराधिकारी महासेनगुप्त को हराहर मगध पर अधिकार कर लिया। शर्ववर्मा का उल्लेख सन् 826 के वराह अभिलेख में है, जिससे ज्ञात होता है कि बुन्देलखंड का कालिंजर मण्डल भी मौखरि राज्य में सम्मिलित था। उसकी एक मुद्रा असीरगढ़ में मिली है किन्तु उसी के आधार पर असीरगढ़ को उके राज्य के अन्तर्गत मानना ठीक नहीं। कुछ विद्वानों का यह अनुमान है कि शर्ववर्मा का राज्य दक्षिण-पूर्वी

पंजाब तक फैला हुआ था और थानेश्वर के पुष्यभूति वंश के राजा उसके अधीन थे। शर्ववर्मा ने अपने नाम से मुद्राएं भी चलाईं। उसकी उपाधि 'महाराजाधिराज परमेश्वर' थी।

(5) **अवन्तिवर्मा**—शर्ववर्मा के बाद उसका पुत्र अवन्तिवर्मा ने सत्ता संभाली वह कन्नौज के सिंहासन पर 586 ई0 के लगभग बैठा। देववर्णार्क अभिलेख में उसे 'परमेश्वर' कहा गया है। अवन्तिवर्मा का कम-से-कम उसके राज्यकाल के प्रारम्भ में मगध पर अधिकार था। अवन्तिवर्मा के बहुत से सिक्के मिले हैं।

(6) **ग्रहवर्मा**—ऐसा माना जाता है कि अवन्तिवर्मा के पश्चात् मौखरि साम्राज्य दो भागों में बंट गयी एक के शासक ग्रहवार्म थे और दूसरे के शासक सुचवर्मा ग्रहवर्मा का अधिकार उस समय कन्नौज पर था तो अवन्तिवर्मा के दूसरे पुत्र सुव या सुचवर्मा का मगध पर ग्रहवर्मा और सुव या सुचवर्मा की घरेलू लड़ाई मौखरि साम्राज्य के लिये घातक सिद्ध हुई । गौड़ों ने इस परिस्थिति से लाभ उठाया। वहां के राजा जयनाग ने पहले ही मध्य बंगाल पर अधिकार कर लिया था। शशांक ने सोन नदी तक अपना अधिकार विस्तृत कर लिया। इस प्रकार मौखरि राजाओं का राज्य सोन नदी के पश्चिम में उत्तर प्रदेश तक ही सीमित रह गया। ग्रहवर्मा ने प्रभाकरवर्धन की पुत्री राज्यश्री से विवाह कर अपनी शक्ति बढ़ाने की कोशिश की किन्तु शशांक ने इसका उत्तर मालवा के राजा देवगुप्त से सन्धि करके दिया। मालवा-नरेश देवगुप्त ने ग्रहवर्मा को मार दिया और राज्यश्री को कन्नौज के बन्दीगृह में डाल दिया। राज्यवर्धन ग्रहवर्मा की हत्या के लिए देवगुप्त को दण्ड देने के लिये कन्नौज गया। उसने देवगुप्त की सेना को हरा दिया। किन्तु शशांक ने उसे धोखा देकर मार दिया। इस प्रकार 606 ई0 तक उत्तरकालीन गुप्त और मौखरि राज्यों का संघर्ष चला रहा। इसके बाद इन दोनों राजवंशों का महत्व कम होने लगा।

वलभी का राजवंश

वलभी राजवंश की नींव भटार्क नामक एक सेनापति ने डाली थी। यह मैत्रक वंश का था। उसके पुत्र धरसेन प्रथम ने भी सेनापति की उपाधि धारण की किन्तु 502 ई0 के लगभग धरसेन प्रथम के भाई द्रोणसिंह ने 'महाराज' की उपाधि ग्रहण की। मलिय ताम्रपत्र से ज्ञात होता है कि 'द्रोणसिंह स्वयं अधिपतिस्वामी द्वारा अभिषिक्त हुआ था।' इन राजाओं की राजधानी वलभी थी। कुछ समय के बाद वलभी के राजा हूणों की शक्ति के आगे झुक गये और उन्हें हूणों का आधिपत्य स्वीकार करना पड़ा, परन्तु हूणों के पतन के बाद वे बिल्कुल स्वतंत्र हो गये। इस कुल के राजा **ध्रुवसेन**

द्वितीय के राज्यकाल में युवान-च्वांग वलभी आया। कन्नौज के राजा हर्षवर्धन ने ध्रुवसेन पर आक्रमण किया और उसने हारकर भड़ौंच के राजा दद्द द्वितीय के यहां शरण ली। ध्रव का विवाह हर्ष की पुत्री से हुआ। विवाह के पश्चात् ही यह विवाद समाप्त हो गया तथा वह प्रयाग सम्मेलन में सम्मिलित हुआ। ध्रुवसेन द्वितीय के पश्चात् धरसेन चतुर्थ राजा हुआ। उसने परमभट्टारक, महाराजाधिराज, परमेश्वर, चक्रवर्ती आदि विरुद धारण किये। इससे अनुमान होता है कि वह शक्तिशाली राजा था। 648 ई0 के भड़ोंच के एक अभिलेख से ज्ञात होता है कि उसने गुर्जरों के प्रदेश पर विजय हासिल करके अपने राज्य के वितृत किया।

वलभी इस समय संस्कृति और व्यापार का मुख्य केन्द्र हो गया। इत्सिंग ने भी लिखा है कि जब वह वलभी हो गया, उसने इस नगर की विद्या का प्रमुख केन्द्र पाया। सम्भवतः धरसेन चतुर्थ के समय में भट्टि नामक संस्कृत के कवि ने अपना महाकाव्य लिखा।

ये राजा लगभग 300 वर्ष तक राज्य करते रहे। सम्भवतः अन्त में सिन्ध के अरब आक्रमणकारियों ने उन्हें पराजित कर अपना आधिपत्य स्थापित किया।

11

थानेश्वर के वर्धन राजा

छठी शताब्दी के अन्त में हूणों ने सिन्धु नदी की घाटी के उत्तरी प्रदेश में अपना साम्राज्य स्थापित किये। वाण द्वारा लिखित पुस्तक हर्षचरित में इस बात का उल्लेख मिलता है कि पुण्यभूति थानेश्वर राज्य का संस्थापक था। वाण ने पुण्यभूति को शैव और तंत्रशास्त्र में विश्वास रखने वाला व्यक्ति माना था। मधुबन ताम्रपत्र अभिलेख से प्रतीत होता है कि वर्धनों के हाथ में शक्ति सम्भवतः गुप्त साम्राज्य की अवनति होने पर ही आई। मधुबन अभिलेख में प्रभाकरवर्धन के केवल तीन पूर्ववर्ती राजाओं के नाम हैं जिनका समय 525 से 600 ई0 के बीच में रखा जा सकता है। इसमें तीसरे राजा आदित्यवर्धन का विवाह परवर्ती गुप्त राजा महासेनगुप्त की बहन से हुआ। आदित्यवर्धन का लड़का प्रभाकर वर्धन था।

प्रभाकरवर्धन—प्रभाकरवर्धन के विषय में वाण ने उल्लेख किया है कि प्रभाकरवर्धन को हूणों, सिन्धु देश के राजा, गान्धार के राजा, गुर्जरों, लाटों और मालवों के राजा से लड़ना पड़ा। हम मौखरि राजाओं के वर्णन में कह आये हैं कि ग्रहवर्मा ने स्वयं प्रभकरवर्धन की पुत्री राज्यश्री से शादी किया। इससे स्पष्ट है कि थानेश्वर के राजकुल की प्रतिष्ठा अब बहुत बढ़ गयी थी और मौखरि राजकुल अब पतनोन्मुख था। हर्षचरित से हमें यह भी ज्ञात होता है कि परवर्ती गुप्त राजा महासेनगुप्त के

पुत्र माधवगुप्त और कुमारगुप्त को मालवा छोड़कर थानेश्वर में शरण लेनी पड़ी थी। मालवा के नये राजा को प्रभाकरवर्धन अपना दुश्मन मानता था क्योंकि महासेनगुप्त की बहन प्रभाकरवर्धन की माँ थी। माधवगुप्त और कुमारगुप्त मालवा के सिंहासन के अधिकारी थे और प्रभाकरवर्धन के ममेरे भाई थे। प्रभाकरवर्धन ने मालवा के इस नये राजा देवगुप्त को परेशान किया प्रभाकर वर्धन का देहान्त (606 ई.) में होते ही देवगुप्त ने प्रभाकर वर्धन की हत्या कर उससे अपना बदला ले लिया। उसने प्रभाकरवर्धन की पुत्री राज्यश्री को भी कन्नौज की जेल में बन्दी बना लिया।

प्रभाकरवर्धन के दो पुत्र राज्यवर्धन और हर्षवर्धन और एक पुत्री राज्यश्री थी, जिसका विवाह कन्नौज के मौखरि राजा ग्रहवर्मा से हुआ। प्रभाकरवर्धन के राज्यकाल के अन्त में हूणों ने उत्तर-पश्चिमी भारत पर आक्रमण किया। प्रभाकरवर्धन ने उनसे लड़ने के लिये अपने दोनों पुत्रों को भेजा। इसी समय प्रभाकरवर्धन बीमार पड़ा और उसका देहान्त हो गया। तद्पश्चात् प्रभारकर वर्धन का बड़ा लड़का राज्यवर्धन थानेश्वर के गद्दी पर विराजमान हुआ।

राज्यवर्धन—हम ऊपर कह आये हैं कि जब परवर्ती गुप्त राजाओं की शक्ति क्षीण हो गयी तो पश्चिमी और उत्तरी बंगाल अर्थात् गौड़ में एक स्वतंत्र राज्य स्थापित हो गया। छठी शताब्दी ई0 के अंत में यहाँ का राजा **शशांक** था। सम्भवतः उसने धीरे-धीरे सारे बंगाल पर सम्पूर्ण बंगाल पर अपना अधिपत्य स्थापित करने के बाद उड़ीसा को भी अपने राज्य में सम्मिलित कर लिया। कोंगोडा और गंजम तक अपना आधिपत्य स्थापित करके उसने कन्नौज पर अधिकार करना चाहा, जहाँ मौखरि राजा ग्रहवर्मा राज्य कर रहा था। **ग्रहवर्मा** ने प्रभाकरवर्धन की पुत्री राज्यश्री से विवाह कर अपनी शक्ति बढ़ाई। शशांक ने इसके विपरीत मालवा के राजा देवगुप्त से सन्धि कर ली। जब **देवगुप्त** ने कन्नौज पर चढ़ाई करते समय शशांक ने भी उसका साथ दिया। जब देवगुप्त द्वारा ग्रहवर्मा की हत्या का समाचार थानेश्वर पहुंचा तो **राज्यवर्धन** 10,000 घुड़सवार लेकर कन्नौज पहुंचा। वहां उसने मालवा के राजा देवगुप्त की सेना को आसानी से हरा दिया परन्तु वह स्वयं शशांक के हाथों मारा गया। हर्षचरित के टीकाकार शंकर ने लिखा है कि शशांक ने राज्यवर्धन को (अपनी मित्रता का) विश्वास दिलाने के लिये अपनी कन्या का विवाह उसके साथ करने का आश्वासन दिया। राज्यवर्धन भोजन करने उसके घर गया और शशांक ने राज्यवर्धन के साथ विश्वास घात किया नौकर सहित उसकी हत्या कर दी।

हर्षवर्धन—राज्यवर्धन की मृत्यु के पश्चात् 606 ई0 में हर्षवर्धन, राज्यवर्धन का छोटा भाई था। **हर्षवर्धन** थानेश्वर के सिंहासन पर बैठा। उसके सामने इस समय

दो समस्यायें थीं। अपनी बहन को छुड़ाना और अपने सब शत्रुओं को दंड देना। **बाणभट्ट** लिखित **हर्षचरित** से हमें ज्ञात होता है कि हर्ष अपनी सेना लेकर शशांक के विरुद्ध चला। मार्ग में उसे कामरूप के राजा **भास्करवर्मा** का एक दूत मिला जिसने हर्षवर्धन से सन्धि करने का प्रस्ताव भेजा था। हर्ष ने भास्करवर्मा से सन्धि कर ली किन्तु उसने शशांक का पीछा न किया। वह पहले अपनी बहन राज्यश्री को बचाने में लगा, जो कान्यकुब्ज के बन्दीगृह से निकल कर विन्ध्याचल के वनों में चली गयी थी। हर्ष ने राज्यश्री को उस समय पाया जब वह चिता में जलने के लिए तैयार थी। हर्षचरित में उसके पीछे की हर्ष के जीवन की किसी घटना का उल्लेख नहीं मिलता है।

इसके बाद की घटनाओं के लिये हमें युवान-च्वांग के वर्णन का आश्रय लेना पड़ता है। इन दोनों साधनों के अतिरिक्त हर्ष राज्यकाल के कुछ अभिलेख और मुहरे भी मिली हैं जिनसे उस समय के उत्तरी भारत के राजनीतिक इतिहास पर पर्याप्त प्रभाव पड़ा है।

सम्भवतः भास्करवर्मा और हर्ष की सन्धि के कारण शशांक की कन्नौज से गौड़ वापस जाना पड़ा किन्तु उसकी सर्वथा पराजय नहीं हुई। सन् 619 ई0 तक उड़ीसा के कुछ भाग उसके बड़े राज्य के अन्तर्गत शशांक की मृत्यु 637 ई0 में हुई। तद्पश्चात् हर्ष ने गौड़ के कुछ भाग पर साम्राज्य स्थापित कर लिया। 641 ई0 में वह राजमहल में उपस्थित था। कामरूप (आसाम) के राजा भास्करवर्मा के भी कुछ अभिलेख मिले हैं, जिनसे यह अनुमान किया गया है कि भास्करवर्मा ने पूर्वी बंगाल पर और हर्ष ने पश्चिमी बंगाल पर अधिकार कर लिया था। यह भी सम्भव है कि गंगा नदी इन दोनों के राज्य को अलग करती हो।

'हर्षचरित' में लिखा है कि हर्ष ने सिन्ध के राजा को कुचल कर उसके धन को अपना बना लिया। परन्तु हमारे पास इस बात का कोई प्रमाण नहीं है कि हर्ष ने कभी सिन्ध के राजा को हराया। बाण ने यह भी लिखा है कि हर्ष ने हिमाच्छादित पहाड़ी प्रदेश से वसूल किया। इसका अर्थ कुछ विद्वानों ने यह लगाया है कि हर्ष ने नेपाल के राजा से कर वसूल किया। किन्तु इस बात की पुष्टि में भी कोई अन्य प्रमाण नहीं प्राप्त होते है।

महाराष्ट्र में चालुक्य राजा पुलकेशी के राजकवि रविकीर्ति ने अपने संरक्षक की प्रशंसा में ऐहोले प्रशस्ति लिखी। ऐहोले अभिलेख के अनुसार लाट, मालवा और गुर्जर नरेशों ने चालुक्यों द्वारा विजित सामंतों की तरह व्यवहार किया था। इससे

रमेशचन्द्र मजूमदार ने अनुमान लगाया है कि लाट, मालव और गुर्जर नरेशों ने पुलकेशी द्वितीय के नेतृत्व में हर्ष के विरुद्ध संघ बनाया था। गुर्जर अभिलेखों से यह भी निश्चित है कि वलभी के एक नरेश ने, जिसका नाम निर्दिष्ट नहीं है, हर्ष से पराजित होकर दद्द द्वितीय के यहाँ शरण ली थी। वह भी शायद हर्ष-विरोधी संघ में रहा हो किन्तु हर्ष ने वलभी नरेश ध्रुवसेन द्वितीय से अपनी कन्या का विवाह करके इस दुश्मनी को खत्म कर दिया।

पुलकेशी द्वारा हर्ष की पराजय का उल्लेख भी ऐहोले अभिलेख में है। पुलकेशी ने अपनी वीरता प्रदर्शित करने के लिये इस अभिलेख में हर्ष को 'सकलोत्तरपथनाथ' अर्थात् समस्त उत्तर भारत का स्वामी कहा है। कुछ विद्वानों ने इसका उल्लेख किया है। हर्ष और पुलकेशी का यह युद्ध नर्मदा नदी के तट पर 630-634 ई0 के बीच हुआ। 643 ई0 में हर्ष ने गंजम जिले में कोंगोडा पर आक्रमण किया। यह प्रदेश चालुक्य साम्राज्य का भाग था। हर्ष ने 643 ई0 में इस प्रदेश पर विजय प्राप्त कर लिया। यह विजय शायद सन् 641 ई0 में पुलकेशी द्वितीय की देहान्त के कारण ऐसा हुआ हो।

लोगों का अनुमान है कि इसके अलावा हर्ष ने और भी लड़ाई की हो। इसका केवलमात्र निर्देश युवान-च्वांग के इन शब्दों में है कि राजा होने के बाद हर्ष ने अपनी सेना सुसज्जित की और छः वर्ष के अन्दर भारत के पांच खण्डों (Five Indies) को जीत लिया। सुधाकर चट्टोपाध्याय ने हर्ष की विजयों का समय 618 ई0 से 624 ई0 तक रखा है परन्तु वास्तव में हर्ष को समय-समय पर लड़ना ही पड़ा था और कोंगोडा की सन् 643 ई0 की विजय भी सम्भवतः उसकी अन्तिम विजय न रही हो।

साम्राज्य विस्तार—हर्ष के पैतृक राज्य में थानेश्वर और उसके आसपास का प्रदेश सम्मिलित था। ग्रहवर्मा के देहानत के बाद हर्ष ने कन्नौज पर अपना शासन कर लिया। हर्ष ने अहिच्छत्र (बरेले के पास) और श्रावस्ती भुक्ति में भूमि दान में दी। प्रयाग भी हर्ष के राज्य में था। इस प्रकार, उत्तर प्रदेश और पंजाब का पूर्वी भाग निश्चय ही हर्ष के राज्य में मिले हुए थे। उसने अपने राज्यकाल के अन्तिम भाग में मगध, पश्चिमी बंगाल और उड़ीसा पर भी अधिकार कर लिया था। हर्ष संवत् के प्रचलन से भी यही निष्कर्ष है कि पूर्वी पंजाब, उत्तर-प्रदेश, बिहार, मध्यप्रदेश और उड़ीसा के कुछ भाग हर्ष के राज्य में सम्मिलित थे। किन्तु नेपाल को उसके राज्य का भाग मानने के लिये कोई सबल प्रमाण नहीं है। कामरूप का राजा भास्करवर्मा हर्ष का मित्र था, अधीनस्थ राजा नहीं। वलभी नरेश ने भी संभवतः कभी हर्ष का आधिपत्य स्वीकार नहीं किया। हर्ष ने ध्रुवसेन को अपनी पुत्री देकर वलभी राज्य से

केवल मैत्री स्थापित की थी। युवान-च्वांग के वर्णन के आधार पर भी हम इसी परिणाम पर पहुंचते हैं। उसके वर्णन में प्रायः उन्हीं राजाओं के नाम आए हैं, जो स्वतंत्र थे। इससे सिद्ध है कि कापिश, कश्मीर, सिन्ध, गुजरात, नेपाल, कामरूप, वैराट, मथुरा, मतिपुर, कपिलवस्तु, महाराष्ट्र, भड़ौंच, वलभी, उज्जैन, बुन्देलखण्ड और महेश्वरपुर उसके राज्य में शामिल न थे, किन्तु जालंधर का राजा शायद हर्ष के अधीन रहा हो।

हर्ष के लिये 'सकलोशरपथना', 'चक्रवर्ती' शब्द से सम्बोधित किया गया है। युवान-च्वांग ने लिखा है कि उसने भारत के पांचों खण्डों को अधीन कर लिया था। किन्तु ऐसे शब्दों के आधार पर किसी राजा को समस्त उत्तरी भारत का भी अधीश्वर मानना ठीक न होगा। इसके लिये कुछ सबल प्रमाण चाहिए। रहा युवान-च्वांग का वर्णन, इससे तो अधिक-से-अधिक यही सिद्ध किया जा सकता है कि सरस्वती से बंगाल तक का प्रदेश और उड़ीसा उसके अधिकार में थे। इस तरह के प्रमाण को स्वीकार करना इसके खिलाफ नहीं है।

शासन-प्रबन्ध—हर्ष सम्राट की उच्चता कों प्रकट करने के लिये 'परमभट्टारक' और 'महाराजाधिराज' जैसे विरुद धारण किये। सम्राट को शासन की व्यवस्था गुप्तकाल की शासन व्यवस्था से मिल रहा था। उसका व्यक्तित्व राजा के व्यक्तित्व से मेल खाती थी। हर्ष प्रजा के हित को पूरा ध्यान रखता है। वह दिन भर अथक परिश्रम करता है। युवान-च्वांग के शब्दों में दिन का सारा समय भी उसके कार्य के लिये सर्वथा स्वल्प था। प्रजा की क्या स्थिति है इसका पता लगाने के लिए वह क्षेत्र का भ्रमण करता रहता था। दण्डनीयों को दण्ड देता और भले व्यक्तियों को पुरस्कार देता था। हर्ष ने अपने राज्य में दौरा करके केन्द्रीय शासन को मजबूत करने का प्रयत्न किया। जब कभी वह दौरे पर होता, उसके लिये पेड़ों की शाखाअें और फूल आदि से महल बनाये जाते। सम्राज प्रजा के कार्यों के प्रति इतना व्यस्त रहता है कि खाने-पीने का भी ध्यान नहीं रहता था।

हर्ष के राज्यकाल में मन्त्रिमण्डल का राज्य-प्रबन्ध पर पर्याप्त प्रभाव था। राज्यवर्धन की मृत्यु के पश्चात् कान्यकुब्ज के मुख्यमंत्री ने राजा का चुनाव करने के लिये मन्त्रिमण्डल की बैठक बुलाई थी। राज्यवर्धन ने भी शशांक का निमंत्रण अपने मन्त्रिमण्डल की अनुमति से स्वीकार किया। इससे यह स्पष्ट है कि विदेश-नीति का निर्णय भी मन्त्रिमण्डल की सलाह से किया जाता था।

हर्ष शासन को सही ढंग से चलाने के लिए कई वर्गों में विभाजित कया जैसमें जिले एवं गांव थे। विषयों अन्तर्गत 'पाठक' होते थे, जो सम्भवतः आजकल की

तहसील या तालुके के बराबर थे। गांव के मुखिया को 'ग्रामाक्षपटलिक' कहते थे। उसके अधीन बहुत से लिपिक होते थे, जो 'करणिक' कहलाते थे। मधुबन अभिलेख में हर्ष के निम्नलिखित अधिकारियों के नामों का उल्लेख है:

महासामन्त या महाराज—सम्भवतः स्थानीय सरदार जिन्होंने उसका आधिपत्य मान लिया था।

उपरिक —**राज्यपाल**
विषयपति —जिले का मुख्य अधिकारी
सर्वाध्यक्ष —सब विभागों का निरीक्षक
पुस्तपाल —सब कागजों को सुरक्षित रखने वाला
करणिक —लेखक
ग्रामिक —गांव मुखिया

हर्ष के अभिलेख में कुछ ऐसे अधिकारियों के नाम का उल्लेख मिलता है जिनके पदों से पूर्व सामंत पद जुड़ा हुआ है। इसका यह अर्थ है कि हर्ष अपने साम्राज्य के शसन में कुछ सामन्तों की सेवाओं का भी प्रयोग करता था। जहां सामंत शब्द के आगे उपरिक आदि पद पर निर्दिष्ट नहीं हैं, वहां उन सामंतों से अभिप्राय है जो अपने प्रदेश में स्वयं शासन करते थे। किन्तु उन्होंने हर्ष को अपना अधिपति स्वीकार कर लिया था। सम्भवतः इनमें से कुछ सामंत हर्ष को सेना की टुकड़ियाँ भी मुहैया कराते थे।

देखा जाय तो अन्य शासन काल की अपेक्षा हर्ष के शासन काल में सामंत प्रथा का ज्यादा विकास हुआ। ऐहोले अभिलेख से हमें ज्ञात होता है कि हर्ष की सेना में सामंतों द्वारा जुटाई गई सेना अधिक थी। इसका यह दुष्प्रभाव पड़ा कि सम्राट सामंतों पर अधिक निर्भर हो गया। वही जनता से कर वसूल करते थे और वही स्थायी सेना रखते थे। आवश्यकता पड़ने पर सामंतों से सैनिक सहायता लेता था इसलिये केन्द्रीय शक्ति पहले की अपेक्षा कमजोर हो गई।

प्रत्येक विभाग के कागजों को सुरक्षित रखना हर्ष के शासन-प्रबंध की एक विशेषता थी। जो घटनाएं होती थी उसे अधिकारी लिखित तौर पर रखते थे। बांसखेड़ा अभिलेख में उसका पद 'महाक्षपटलाधिकृत' दिया है। सम्भवतः बड़े असैनिक अधिकारी 'कुमारामात्य' कहलाते थे। हर्षचरित में सन्देहवाहकों को 'दीर्घाध्वग' कहा गया है। ऐसा प्रतीत होता है कि हर्ष के समय में अधिकतर राज्य-कर्मचारियों को वेतन के बदले में भूमि दे दी जाती थी। इस प्रकार, हर्ष के राज्यकाल में सामंत प्रथा

का विकास हो गया। विदेश, विभाग का अध्यक्ष 'महासान्धिविग्रहाधिकृत' कहलाता था। हर्ष के शासन-प्रबंध में निरंकुश शासन और लोकतंत्रीय सिद्धांतों का सुंदर समन्वय था। निरंकुश शासन पर ग्राम और नगर सभाओं के नियमों का पर्याप्त नियंत्रण रहता था। केन्द्रीय अधिकारियों और गांव की लोकप्रिय संस्थाओं में के बीच सामंजस्य स्थापित बनाकर रखा जाता था।

सेना—हर्ष जब सिंहासन पर बैठा उस समय उसे अनेक दुश्मनों का सामना करना पड़ा। इसलिये उसने अपनी गज सेना की संख्या बढ़ाकर 5,000 से 60,000 और अश्व सेना की 20,000 से 1,00,000 कर दी। अश्व सेना का अध्यक्ष 'बृहदश्ववार' और पैदल सेना के अधिकारी 'बलाधिकृत' या महाबलाधिकृत' कहलाते थे। हर्ष के शासन काल में सेना के सबसे बड़े अधिकारी को महासेनापति कहते थे। इस बड़ी सेना से उसने अपने राज्य की शत्रुओं से रक्षा की और देश में शांति और सुव्यवस्था रखी। सेना के लिये घोड़े ईरान और अफगानिस्तान से मंगाये जाते थे। सीमा की सुरक्षा का भी पूरा प्रबंध था।

मैत्री—हर्ष ने कामरूप के राजा **भास्करवर्मा** से सन्धि करके और वलभी नरेश ध्रुवसेन द्वितीय से अपनी पुत्री का विवाह करके भी अपनी शक्ति बढ़ाई। उसने चीन के राजाओं के पास 641 ई. में अपने राजदूत भेजकर उनसे भी मित्रता रखी। चीन के सम्राट ने भी एक शिष्टमंडल 643 ई. में और दूसरा हर्ष की मृत्यु के बाद 646 ई. में भारत भेजा। अपने को शक्तिशाली बनाने के लिए हर्ष ने राजाओं से मित्रता की।

फौजदारी कानून—हर्ष के समय में फौजदारी कानून गुप्तकाल की अपेक्षा अधिक सख्त था। किन्तु सड़कें अब इतनी सुरक्षित न थीं जितनी गुप्तकाल में थी। गुप्तकाल में अधिकतर दण्ड देने के लिये हाथ-पैर नहीं काटे जाते थे किन्तु अब दण्ड कितने कठोर थे इसी से फौजदारी कानून का पता लगा सकते हैं।

राजस्व व्यवस्था—हर्ष के समय में आय का प्रमुख साधन भूमि-कर था जो उपज का छठा भाग था। इसे सम्भवतः, 'भाग' कहते थे और यह अधिकतर अन्न के रूप में ही लिया जाता था। जो धन करों के रूप में नकद दिया जाता था, उसे 'हिरण्य' कहते थे। 'बलि' से सम्भवतः उन उपहारों से तात्पर्य है, जो प्रज स्वेच्छा से राजा को देती थी। इन तीन प्रकार के करों का उल्लेख हर्ष के ताम्रलेखों से मिलता है। इसके अतिरिक्त चुंगी, बिक्री-कर, पुलों आदि से भी सरकार को आय होती थी। हर्ष से जो प्रजा मिलने आती थी उससे धन लिया जाता था। हर्ष के शासन व्यवस्था में प्रजा पर अधिक भार था।

व्यय की मदें—साधारणतया अधिकारियों को वेतन के स्थान में जमीन दी जाती थी। यात्रियों की सुविधा के लिये शहरों और गांवों में धर्मशालाएँ बनाईं जाती थीं। इन धर्म शालाओं में यात्रियों के भोजन और दवा की व्यवस्था की गयी थी। बहुत-सा धन हिन्दू और बौद्ध धार्मिक संस्थाओं को दिया जाता। हर पांच वर्ष पश्चात् हर्ष अपने राजकोष का सारा धन प्रयाग में दान देता। इस प्रकार, हर्ष ने अपने राज्यकाल में छः बार अपना सारा धन प्रयाग में दान दे दिया।

शिक्षा का साहित्य—शिक्षा के ऊपर हर्ष अधिक धन दान के रूप में देता था। नालंदा विश्वविद्यालय के प्रसार के लिए उन्होंने बहुत से गांव दिये थे। वह जयसेन नामक विद्वान् को उड़ीसा के 80नगरों की आय देने को उद्यत हो गया। वह अपनी आय का चौथाई भाग विद्वानों को दान के रूप में देता था। उसकी राजसभा में बाणभट्ट जैसे विद्वान् उपस्थित थे, जिसने 'कादम्बरी' और 'हर्षचरित' जैसे संस्कृत साहित्य के ग्रंथ लिखे। मयूर भी उसकी राज्यसभा का एक रत्न था। वह स्वयं एक अच्छा लेखक था। उसने रत्नावली, प्रियदर्शिका और नागानन्द नाम के तीन नाटक लिखे।

पणिक्कर ने इस बात का उल्लेख किया है कि उस समय भारत में शिक्षा का सतर ऊंचा था। नालंदा विश्वविद्यालय को चलाने के लिए 270 गांवों से धन एकत्रित किया जाता था। इस विश्वविद्यालय में 57000 छात्रों को बिना शुल्क लिए शिक्षा दी जाती थी। उनके भोजन ओर वस्त्र के लिये भी कुछ नहीं लिया जाता था। वह विश्वविद्यालय होने के साथ-साथ एक बौद्ध भी था। नालंदा की स्थापना सम्भवतः गुप्त राजाओं ने की थी। हर्ष के समय नालंदा विश्वविद्यालय अन्तरराष्ट्रीय शिक्षा-केन्द्र बन चुका था। यहां उन सब द्वीप-द्वीपान्तरों से छात्र पढ़ने आते, जहां भारतीय संस्कृति फैल चुकी थी। इस विश्वविद्यालय में आठ महाविद्यालय थे। विश्वविद्यालय के चारों ओर ईंट की पक्की दीवार थी। इसमें तीन बड़े-बड़े पुस्तकालय थे। पहले इस विश्वविद्यालय का आचार्य धर्मपाल नामक विद्वान् था, फिर शीलभद्र ने इस पद को सुशोभित किया। धर्मपाल कांची का निवासी था और शीलभद्र सम्भवतः आसाम का। इस विश्व विद्यालय में भिक्षुओं को प्रशिक्षित भी किया जाता था। यहाँ से अनेक बौद्ध भिक्षु तिब्बत गये, जहाँ, उन्होंने बौद्ध धर्म का प्रचार किया। नालंदा के अनेक विद्वान् चीन और पूर्वी-द्वीप समूह भी गये यह विश्वविद्यालय उच्च्व शिक्षा और उचच आचरण के लिये प्रसिद्ध था। इसमें लगभग 1,000 अध्यापक और 4,000 विद्यार्थी रहते। प्रवेश पाना इतना कठिन था कि प्रत्येक दस विद्यार्थियों में से दो या तीन सफल होते थे।

यह मुख्य रूप से बौद्ध दर्शन और साहित्य का केन्द्र था किन्तु तीनों वेद, वेदांत सांख्यदर्शन और हिन्दू धर्मशास्त्र की शिक्षा का भी यहां प्रबंध था। नालंदा विश्वविद्यालय में शिक्षा प्राप्त करने के लिए बहुत से बाह्मण अपने लड़कों को भेजते थे। वलभी भी शिक्षा का बड़ा केन्द्र था। इत्सिंग ने लिखा है कि दूर-दूर से विद्वान् अपनी शंकाओं का निवारण करने, उच्च शिक्षा प्राप्त करने के लिये वलभी जाते थे।

बाण ने दिवाकर मित्र के आश्रम का भी वर्णन किया है। यह विन्ध्यवन में स्थित था जहां अनेक विद्वान् शस्त्रार्थ द्वारा अपनी शंकाओं का समाधान करते थे। उस आश्रम में जैन, हिंदू और बौद्ध सभी लोग शिक्षा ग्रहण करते थे।

धर्म—बाण के वर्णन से ज्ञात होता है कि हर्ष शिव का भक्त था किन्तु युवान च्वांग के वर्णन से ऐसा लगता है कि हर्ष महायान बौद्ध सम्प्रदाय का अनुयायी था और दूसरे धर्मों की परवाह न करके बौद्ध धर्म का ही प्रचार करना चाहता था। उसके अनुसार, वह दूसरे धर्मों का आदर नहीं करता था परन्तु युवान-च्वांग का यह मत ठीक नहीं प्रतीत होता। प्रयाग की सभा में हर्ष ने बुद्ध के साथ-साथ सूर्य और शिव की मूर्तियों की भी प्रतिष्ठा की थी। वह बौद्धों के हर्ष एक धार्मिक प्रवृत्ति का शासक था वह बौद्ध और ब्राह्मण दोनों को धन देता था। हर्ष ने अपने राज्यकाल में कई धार्मिक सभाएं कीं। महायान बौद्ध धर्म का प्रचार करने के लिए उसने कन्नौज में एक सभा की। इस सभा में उसने दूसरे धर्मों के अनुयायियों को आमंत्रित किया। इसमें आसाम के राजा भास्करवर्मा के अतिरिक्त 18 अन्य राजा उपस्थित थे। इसें 1,000 बौद्ध भिक्षुओं और 500 ब्राह्मणों ने भाग लिया। नालंदा के 1,000 विद्वान् भी इसमें सम्मिलित हुए। इसमें युवान-च्वांग ने अध्यक्षता की और महायान बौद्ध सम्प्रदाय के सिद्धांतों का प्रतिपादन किया। इसमें महत्त्वपूर्ण विषयों पर भी चर्चा की गयी थी। हय सभा 21 दिन तक चलती रही। पहले पांच दिन किसी ने युवान-च्वांग का विरोध न किया। पीछे हीनयान और ब्राह्मण धर्म के अनुयायी उससे अप्रसन्न हो गये। उन्होंने षड्यंत्र करके अन्तिम दिन उस नगर और पण्डाल में आग लगा दी। इस सभा में हर्ष की मृत्यु करने का भी प्रयास किया गया था।

हर पांच वर्ष के बाद हर्ष दान देने के लिये प्रयाग में एक सभा करता था। उसने छठी सभा 635 ई0 में की, जब युवान-च्वांग भारत में था। इसें ठहरने और खाने की उचित व्यवस्था थी। इस सभा में बुद्ध, सूर्य और शिव की मूर्तियों की प्रतिष्ठा की गई। हर्ष ने 10,000 दिनों में से प्रत्येक को 100 सुवर्ण मुद्रा, वस्त्र और भोजन दिया और ब्राह्मणों और भिखारियों को भी बहुत-सा धन दिया। इस प्रकार राजकोष में पांच वर्ष में एकत्रित सब धन व्यय हो गया। हर्ष बहुत बड़ा दानी तथा धर्म को मानने

वाला था। उन्होंने सभी वस्त्र तथा धनदान कर दिये थे स्वयं हर्ष के पास पहनने के लिए कपड़े नहीं थे, उन्होंने अपनी बहन से कपड़े लिये।

युवान-च्वांग—युवान-च्वांग नामक चीनी यात्री बिना आज्ञापत्र लिये 629 ई. में चीन से चला क्योंकि उस समय चीन सरकार और मध्य एशिया के राज्यों के सम्बन्ध मधुर नहीं थे। उस समय उसी अवस्था 26 वर्ष की थी। उसने लिखा है कि तुर्फान, कारा शहर और कूची के निवासी बौद्ध धर्म के अनुयायी थे। समरकन्द अच्छा व्यापारिक केन्द्र था। वामियान में 10 बौद्ध और बुद्ध की 2 बड़ी मूर्तियां थी। कापिश नगरहार (जलालाबाद), पेशावर, उड्डियान और तक्षशिला में भी बौद्ध धर्म के अनेक अनुयायी थे।

युवान-च्वांग 630 ई0 में भारत पहुंचा और 14 वर्ष यहां रहा। वह कश्मीर गया और स्यालकोट, जालंधर और मथुरा होता हुआ कन्नौज पहुंचा। नेपाल और बौद्ध तीर्थों की यात्रा करके वह नाव में गंगा नदी में यात्रा करता हुआ प्रयाग पहुंचा और वहां से बनारस गया। बनारस से वह बोधगया गया। महाबिहार (नालंदा) में वह 5 महीनें तक रूकक योगाचार और संस्कृत की शिक्षा ग्रहण की।

नालंदा से युवान-च्वांग चम्पा होता हुआ ताम्रलिप्ति पहुंचा। वहां से वह उड़ीसा, महाकौशल, आन्ध्र और तेलुगू में होते हुए कांची पुरम् गया। इन स्थानों के भ्रमण के पूर्व युवान च्वांग की यात्रा श्रीलंका की थी लेकिन शान्ति न होने के कारण वह जाने का फैसला बदल दिया। इसके बाद वह भड़ोंच और वलभी गया। सिन्ध और मुलतान की यात्रा के बाद वह फिर नालंदा पहुचा। कामरूप के राजा भास्करवर्मा के निमंत्रण पर वह उसकी राजसभा में भी गया। इसके बाद उसकी हर्ष से उसकी मुलाकात हुई। उसने हर्ष के द्वारा बुलाई गई कन्नौज और प्रयाग की सभाओं में भाग लिया। कन्नौज से जालंधर और तक्षशिला होते हुए युवान-च्वांग नगरहार पहुंचा। वहां से 644 ई0 में वह चीन पुनः चीन वापस चला गया।

हर्ष केवल महायान बौद्ध धर्म को ही मानता थ अन्य दूसरे धर्मों का अपमान करता था। इसमें सन्देह नहीं कि हर्ष ने इस चीनी यात्री की विद्वत्ता और सदाचार से प्रभावित होकर उसका बहुत आदर किया। कामरूप के राजा भास्करवर्मा से भी उसकी घनिष्ठ मैत्री हो गई थी। साधारणतः उसका वर्णन फाह्यान के वर्णन की अपेक्षा अधिक विश्वसनीय विस्तृत एवं लाभप्रद है। उसके वर्णन से हमें सातवीं शताब्दी ई. की भारत की सांस्कृतिक अवस्था का बहुत ज्ञान प्राप्त होता है क्योंकि हर्ष ने सम्पूर्ण भारत की यात्रा कर उसका सही ढंग से वर्णन किया है, किन्तु युवान-च्वांग के वर्णन

को पाठकों को अक्षरशः ठीक नहीं समझना चाहिए क्योंकि वह प्रत्येक घटना को ठीक प्रकार से जानने का प्रयत्न नहीं करता था और न उसका वर्णन सही शब्दों में लिखता था। इसीलिये उसने अपने वर्णन में बहुत-सी ऐसी घटनाओं का उल्लेख नहीं किया, जो बहुत महत्त्वपूर्ण थीं और जिनका उसे उल्लेख करना चाहिए था। उसके वर्णन का उपयोग इतिहासकार को नीर-क्षीर-विवेक से ही करना श्रेयस्कर होगा।

हर्षकालीन संस्कृति

सामाजिक दशा—जाति प्रथा का बोलबाला हर्ष से पहले ही पनप चुका था। जाति-प्रथा इससे पूर्व ही पूर्ण रूप से स्थापित हो चुकी थी। कुछ नई संकर जातियां भी संभवतः इस समय बनीं। अन्तरजातीय विवाह होते रहे किन्तु सम्भवतः कुछ कम। बाण का एक पारशव भाई भी था। ब्राह्मणों का समाज में आदर था। स्त्रियाँ साधारणतया राजनीति में हस्तक्षेप नहीं करती थीं। सती प्रथा प्रचलित थी। राज्यश्री स्वयं सती होना चाहती थी। भारतीय सादा भोजन खाते। मांस, लहसुन और प्याज का प्रयोग कम लोग करते थे। नालंदा में सब लोग अधिकतर चावल, दूध और घी आदि का प्रयोग करते थे। गाय को माता कहकर पुकारा जाता था, इसलिए गायों का बध नहीं किया जाता था, इनका बध करना अपराध माना जाता था।

कृषि—छठी शती के दानपत्रों में किसानों को यह आदेश दिया गया है कि वे अपना कर अपने जमींदार को दें। जमींदार किसानों और उनकी स्त्रियों से बेगार भी ले सकता था। वलभी के मैत्रक शासक धरसेन ने 575 ई0 के एक दानपत्र में दान पाने वाले बेगार लेने का अधिकार दिया है। हर्ष के राज्यकाल में राजस्व का चौथाई भाग राज कर्मचारियों को वेतन के बदले में दिया जाता था। दान में भूमि पाने वाले व्यक्ति बहुधा स्वयं खेती नहीं करते थे। कृषि कार्य श्रमिक करते थे उसके बदले में उन्हें फसलों के उत्पादन का 1/5 भाग श्रम के रूप में दिया जाता था। मंदिरों और मठों को जो भूमि दान में मिलती थी उस पर वे सरकार को वे स्वयं जमीन नहीं जोतते थे। अस्थायी पट्टेदार जमीन जोतते थे। वे जमींदारों को मालगुजारी देते थे। दान पाने वाले मजदूरों और किसानों से बेगार भी कराते थे। इस प्रकार इन मजदूरों और किसानों की आर्थिक दशा बहुत खराब हो गई। उनकी स्त्रियों को भी बेगार करनी पड़ती थी।

आर्थिक दशा—युवान-च्वांग ने लिखा है कि मिहिरकुल के अत्याचारों के कारण पेशावर और तक्षशिला खण्डहर हो गये थे। श्रीनगर एक शक्तिशाली शहर था।

जालंधर और मथुरा की स्थिति अच्छी न थी। कन्नौज में विदेशों से आई हुई वस्तुएँ भी प्रचुर मात्र में मिलती थीं। प्रयाग और बनारस हिन्दू संस्कृति के केन्द्र थे। बनारस एक धनी नगर था। वैशाली के खण्डहर विद्यमान थे। हर्ष के समय में पाटलिपुत्र की स्थिति सही न थी।

शिल्प और उद्योग

वस्त्र उद्योग—बाण ने हर्षचरित में लिखा है कि राज्यश्री के विवाह के समय क्षुमा, रुई, दुकूल (छाल का रेशम), लाला तन्तु, मलमल और नेत्ररेशम के वस्त्र नाए गए थे। हर्षचरित में पुलक बन्ध (बांध कर रंगे गये) वस्त्र और पुष्प वह (फूलदार रेशम) का उल्लेख है। वाराणसी अच्छे कपड़ों के लिए विख्यात था। पुण्ड्र देश में क्षुमा का बढ़िया कपड़ा बनाया जाता था। मथुरा में बढ़िया किस्म का धारीदार सूती कपड़ा बनाया जाता था। कामरूप के रेशम, क्षुमा, और छींटदार कपड़े प्रसिद्ध थे। कश्मीर में सफेद लिनन बनाई जाती थी।

धातु उद्योग—ह्वेनसांग ने पूर्णवर्मन की बनाई हुई बुद्ध की विशालकाय तांबे की मूर्ति की बहुत प्रशंसा लिखी है। हर्ष ने नालंदा में पीतल के एक मंदिर का निर्माण करवाया; इस मन्दिर में जो भगवान बुद्ध की मूर्ति लगायी गयी थी उसकी ऊचांई 80 फीट तथा मन्दिर की 100 फीट थी।

हाथीदांत—हर्षचरित में हाथीदांत की शाल भंजिकाओं का वर्णन किया गया है।

व्यापार

उस समय आन्तरिक तथा बाह्य दोनों व्यापार होते थे। यह अधिकतर वैश्यों के हाथ में था। कपड़ों का व्यवसाय बहुत उन्नति कर रहा था। लोग सम्पन्न थे, इसलिये वे नालंदा विश्वविद्यालय जैसी संस्थाओं को खूब दान देते थे।

धार्मिक अवस्था—उस समय धर्म का प्रचार-प्रसार अधिक था। इस समय ब्राह्मण धर्म की उन्नति हो रही थी। प्रयाग में यात्रियों की भीड़ और साधुओं के तप को देखकर युवान-च्वांग आश्चर्य में पड़ गया था। बनारस के मन्दिरों की चीनी यात्री ने मुक्तकण्ठ से प्रशंसा की है। बनारस में शिव की पूजा बहुत लोकप्रिय थी। यहाँ साधु बहुत-सी योग-क्रियाएँ करते थे। उसने बनारस की मूर्तिकला की भी प्रशंसा की है। शिव की महान् सुंदर मूर्ति देखकर युवान-च्वांग ने लिखा है कि मनुष्य उसे देखकर इतना भय और आदर से भर जाता था मानो वह स्वयं ईश्वर के सामने खड़ा हो।

हर्ष के समय में अच्छे तथा सभ्य समाज में संस्कृत भाषा का प्रयाग करते थे। बौद्ध विद्वान् भी संस्कृत में ही अपने ग्रंथ लिखते थे। इस समय हिन्दू धर्म में बहुत-से धार्मिक और दार्शनिक सम्प्रदाय थे, जैसे कृष्ण या कणाद के अनुयायी और न्याय, उपनिषद् लोकायतिक आदि सिद्धांतों के मानने वाले, पाराशर संन्यासी, जैन, श्रमण्, शैव तथा शक्ति के उपासक आदि। ये सन्यासी संसार को त्यागकर ब्रह्मचर्य से रहते थे। वे यश और निन्दा की परवाह नहीं करते थे। हर्ष का वहां की जनता आदर करती थी।

बौद्ध धर्म—बौद्ध धर्म में दो प्रसिद्ध सम्पदाय थे हीनयान तथा महायान। हीनयान की तुलना में महायान अधिक प्रसिद्ध था। उसे समय बौद्ध धर्म को 18 सम्प्रदायों में विभक्त किया गया था। हर सम्प्रदाय के अलग-अलग धर्म-ग्रन्थ और मठ थे। युवान-च्वांग ने लगभग 5,000 मठों को देखा इन मठों में भिक्षुओं की संख्या लगभग दो लाख थी। कश्मीर बौद्ध धर्म का प्रमुख केन्द्र था। जालंधर, मतिपुर, कान्यकुब्ज, श्वेतपुर, नालंदा, गया, पुण्ड्रवर्धन, मुंगेर और कर्णसुवर्ण में अनेक प्रसिद्ध बौद्ध विद्वान् रहते थे। नालंदा विश्वविद्यालय ने बौद्ध धर्म के महायान सम्प्रदाय को योगाचार शाखा के विकास में ऐसा योग दिया कि वेदान्त दर्शन और योगाचार के सिद्धांतों में कोई विशेष भेद नहीं रहा।

भारतीय संस्कृति का विदेशों में प्रसार—हर्ष के समय में भारतीय संस्कृति का दक्षिण-पूर्वी एशिया के देशों में और अन्य पड़ोसी देशों में खूब प्रचार हुआ। नालंदा के बहुत-से विद्वान् चीन व तिब्बत गये, जो विद्वान चीन गये वहां पर उन्होंने चीनी और तिब्बती भाषा में भारतीय ग्रन्थों का अनुवाद किया। तिब्बत में कार्य करने वाले भारतीय विद्वानों में सबसे प्रसिद्ध शान्तरक्षित, पद्मसम्भव, कमलशील, स्थिरमति और बुद्धकीर्ति थे। चीन जाने वाले भारतीय विद्वानों में कुमारजीव, परमार्थ, शुभाकर सिंह और धर्मदेव का उल्लेख करना आवश्यक है।

हर्ष का मूल्यांकन—गुप्त साम्राज्य के पतन के पश्चात् हर्ष के समय में अनेक छोटे-छोटे राज्यों की स्थापना हुई। हर्ष ने बड़ी योग्यता से 41 वर्ष शासन किया। 647 ई0 में उसका देहान्त हुआ। कामरूप के राजा भास्करवर्मा से मित्रता करके उसने अपने शत्रुओं का दमन किया और पड़ोसी राज्यों पर अधिकार कर उत्तर भारत में राजनीतिक एकता स्थापित की। शान्ति और सुव्यवस्था स्थापित होने पर देश में समृद्धि और सांस्कृतिक उन्नति हुई। सब धर्मों का विकास हुआ। यद्यपि बौद्ध धर्म अवनति पर था, तो भी हर्ष के प्रयास से ही महायान सम्प्रदाय का गौरव बढ़ा। वास्तव में हर्ष में बहुत-से गुणों का सुन्दर समन्वय था। वह युद्ध भूमि में कुशल योद्धा,

राजसभा में योग्य राजनीतिक, अपने राजप्रासाद में कुशल कवि, देव-मन्दिर में अनन्य भक्त और योग्य शासक था। वह मौर्य और गुप्त राजाओं के वैभव का योग्य उत्तराधिकारी था।

हर्ष का उत्तराधिकारी—हर्ष की मृत्यु के पश्चात् इस राजगद्दी को संभालने वाला कोई उत्तराधिकारी नहीं था। उसकी मृत्यु के पश्चात् उसके मंत्री अरुणाश्व अथवा अर्जुन ने कन्नौज के सिंहासन पर अधिकार कर लिया। हर्ष की मृत्यु के पश्चात् एक चीनी दूत वांग ह्वान्त्से के नेतृत्व में भारत आया। अरुणाश्व ने उसे तंग किया और उसके सैनिक रक्षकों को मार डाला। यह चीनी नेता बचकर तिब्बत पहुंचा और वहां के राजा स्त्रैंगत्सन गाम्पो, नेपाल के राजा और कामरूप के राजा भास्करवर्मा की सहायता लेकर कन्नौज आया। वह अरुणाश्व को पराजित कर उसे बन्दी बनाकर चीन ले गया।

12

हर्षोत्तर भारत

हर्षवर्धन की मृत्यु के पश्चात् उत्तरी भारत के राज्यों में अस्थिरता एवं अराजकता का बोलबाला हो गया। उसके साम्राज्य अवशेष पर अनेक छोटे-छोटे राज्यों का विकास हुआ। उत्तर भारत में अनेक राजपूत वंशों जैसे—पाल, प्रतिहार, चाह्मान, राष्ट्रकूट आदि ने अपना राज्य स्थापित किया। इन राजवंशों ने उत्तर भारत को एक सूत्र में बांधकर फिर से भारतीय संस्कृति के सर्वोच्च गौरव प्रदान करने का प्रयत्न किया, लेकिन विक्रेन्द्रीकरण की शक्ति ने ऐसा नहीं करने दिया तथा भारत विदेशी आक्रमणकारियों से अरबों के हमला का शिकार हो गया।

उत्तरी भारत के राजपूत

भारत में आठवीं से बारहवीं शताब्दी के मध्य कई जातियों का उद्भव हुआ। इनमें राजपूत जाति सबसे अधिक शक्तिशाली सिद्ध हुई। आज भी उनकी वीरता, साहस तथा स्वामिभक्ति के गीत गाये जाते हैं। लेकिन खेद का विषय है कि उनकी उत्पत्ति को लेकर कई विचारधारायें प्रचलित है। 'राजपूत कौन थे' और प्राचीनकाल के क्षेत्रियों से उनका क्या सम्बन्ध था। इस सम्बन्ध में निश्चित रूप से कुछ नहीं कहा जा सकता। राजपूतों की उत्पत्ति के सम्बन्ध में निम्नलिखित सिद्धान्त प्रस्तुत किये जाते हैं—

(1) विदेशियों से उत्पत्ति—कर्नल टाड, कुक्स, घोष और भण्डारकर आदि विद्वानों का मत है कि राजपूत विदेशी हैं। कर्नल टाड ने राजपूतों को शक, कुषाण एवं हूण आदि से पैदा माना है। श्री टाड के विचार में अश्वमेध यज्ञ, शक्ति पूजा आदि राजपूतों के रिवाज विदेशियों से मिलते-जुलते हैं। इसलिए वे उनसे सम्बन्धित रहे होंगे। कुक्स और स्मिथ राजपूतों को हूणों की संतान मानते हैं। उनका विचार है कि जिस समय भारत में हूणों का आतंक था, उसी समय कुछ गुर्जर भारत आये। वे भारत में क्षत्रिय जाति के रूप में आये। आगे चलकर उन्होंने सूर्यवंशीय और चन्द्रवंशीय क्षत्रियों से सम्बन्ध स्थापित कर लिया। परन्तु यह विचार उचित नहीं प्रतीत होता। अगर गुर्जर हूणों के साथ होते तो इनका उल्लेख अवश्य मिलता परन्तु ऐसा नहीं है इसके अलावा हूणों के हमला के साथ भी इनका उल्लेख अवश्य मिलना चाहिए। लेकिन बाण के हर्षचरित में दोनों का अलग वर्णन मिलता है। कुछ इतिहासकारों का कहना है कि प्राचीन भारतीय इतिहास में 'राजपूत' शब्द का उल्लेख नहीं है। इसलिए ये लोग विदेशियों के वंशज रहे होंगे। यह मत भी न्याय संगत नहीं है। महाभारत में 'राजपुत्र' शब्द का उल्लेख मिलता है।

(2) क्षत्रियों से उत्पत्ति—सी.वी. वैद्य, वेद व्यास और डॉ. गौरीशंकर ओझा आदि का मानना है कि राजपूत प्राचीन सूर्यवंशीय तथा चन्द्रवंशीय क्षत्रियों के संतान हैं। उन्होंने टाड के तर्कों का खण्डन किया है। उनके अनुसार ये रीति-रिवाज क्षत्रियों ने विदेशियों से ग्रहण किये हैं। पं. ओझा का कहना है कि राजपूतों की अनेक विशेषताएं क्षत्रियों से मिलती-जुलती हैं। क्षत्रियों के समान राजपूत भी पक्के देश भक्त थे और देश की रक्षा करना अपना परम कर्तव्य समझते थे। चालुक्य, चाहमान, प्रतिहार और परमारों को क्षत्रिय वंश से सम्बद्ध करने के निम्नलिखित तर्क दिये गये हैं—

(i) हरमोल अभिलेख में परमारों को राष्ट्रकूलोत्पन्न (राष्ट्रकूट) बताया गया है। राष्ट्रकूट प्राचीन क्षत्रिय थे। अतः परमार भी क्षत्रिय थे।

(ii) एक प्रचलित अनुश्रुति के अनुसार चालुक्यों का उदय हारिती के कमण्डल से हुआ था। ओझा का कहना है कि मेवाड़ के चालुक्य अपने को राम के वंश से सम्बद्ध करते हैं। चीनी यात्री ह्वेनसांग ने पुलकेशिन द्वितीय को क्षत्रिय बताया है।

(iii) महाभारत के अनुरूप राजपूत सूर्यवंशीय क्षत्रिय थे।

(iv) कई अभिलेखों से प्रमाणित होता है कि प्रतिहार सूर्यवंशीय क्षत्रिय थे। ग्वालियर एवं जोधपुर अभिलेखों में प्रतिहारों ने अपने को लक्ष्मण की संतान बताया है।

(3) मूल निवासियों से उत्पत्ति—अनेक इतिहासकारों का मानना है कि राजपूतों की उत्पत्ति उत्तर भारत में हुई थी। उनका कहना है कि बुन्देलखंड के चंदेल राजपूत और रानी दुर्गावती गौड़ जाति से सम्बन्ध रखती थी जिससे अनुमान लगाया जाता है कि राजपूत यहाँ के मूल निवासियों से सम्बन्ध रखते थे। अधिकांश विद्वान् इस मत को स्वीकार नहीं करते।

(4) गुर्जरों से उत्पत्ति—डॉ. भण्डारकर ने प्रतिहार, चालुक्य, चौहान एवं परमार चारों जातियों को गुर्जर सिद्ध करने का प्रयास किया है। अपने विचार की पुष्टि के लिए उन्होंने निम्नलिखित तर्क प्रस्तुत किये हैं—

(i) उनके अनुसार गुजरात को पहले लाट कहा जाता था। गुर्जरों द्वारा जीते जाने के उपरांत इसका नाम गुजरात गुर्जरों के नाम पर पड़ा।

(ii) कन्नौज के प्रतिहारों को राष्ट्रकूटों ने अपने अभिलेख में एवं अरबों ने अपने यात्रा विवरण में गुर्जर बताया है।

(iii) राजोर में पाये गये एक अभिलेख में आधुनिक जयपुर के दक्षिण-पूर्व में शासन करने वाले प्रतिहारों की एक गौण शाखा ने अपने को गुर्जर कहा है।

श्री वैद्य ने भण्डारकर के इन तर्कों का खंडन किया इतिहासकार श्री वैध भण्डारकर के इन तर्कों से सहमत नहीं है। उनके अनुसार प्रतिहारों ने स्वयं को कभी भी गुर्जर नहीं कहा। इसके अलावा किसी भी जाति को गुर्जर कह देने से यह प्रमाणित नहीं होता कि वह जाति गुर्जर उत्पत्ति की है। लाट का नाम इसलिए गुजरात नहीं पड़ा कि वहाँ पर चालुक्य शासन स्थापित हो गया। संभव है कि यह शब्द गुजराती भाषा के आधार पर हो। इस तरह उनके अनुसार वे गुर्जर नहीं थे।

(5) अग्निकुल से उत्पत्ति—राजपूतों को विदेशी करने के लिए पृथ्वीराजरासो की अग्निकुल कथा का भी सहारा लिया गया है। इस ग्रंथ के अनुरूप जब पृथ्वी पर मलेच्छों के अत्याचार बहुत बढ़ गये तो उनका दमन करने के लिए वशिष्ठ ने आबू पर्वत पर एक यज्ञ किया। उनके अग्निकुण्ड से चार योद्धा निकले—प्रतिहार, चाहमान, चालुक्य और परमार। राजपूत इन्हीं चारों की संतान हैं। इन्हें अग्निवंशीय कहा गया है। पाश्चात्य विद्वानों ने इसका यह अर्थ लगाया है कि ये चारों वंश विदेशी थे, जिन्हें अग्नि संस्कार के द्वारा शुद्ध किया गया था।

परन्तु यह मत भी उचित प्रतीत नहीं होता है। इसका खंडन निम्न प्रकार से किया गया है—

(i) इन चारों वंशों को अग्निवंशीय नहीं कहा जा सकता। पृथ्वीराजरासो भी राजपूतों को सिर्फ सूर्यवंशीय, चन्द्रवंशीय और यदुवंशीय कहता है।

(ii) पृथ्वीराजरासो अनेक प्रकार की काल्पनिक बातों से भरा है। अतः उसके किसी कथन पर अचानक कोई निष्कर्ष निकालने के पूर्व किसी अन्य प्रमाण की खोज करनी चाहिए।

(iii) यह सम्भव है कि ये चारों वंश पहले से विद्यमान हों और वशिष्ठ ने सिर्फ उन चारों योद्धाओं को बुलाया हो।

(iv) शुद्धीकरण की बात कहीं नहीं कही गयी है।

(6) ब्राह्मणों से उत्पत्ति—डॉ. विशम्भर शरण पाठक और डॉ. दशरथ शर्मा जैसे इतिहासकार मानते हैं कि राजपूतों की उत्पत्ति ब्राह्मण जाति से हुई थी। इन विद्वानों ने अभिलेखों के आधार पर भंडोर के प्रतिहार ब्राह्मणों को क्षत्रिय वंश की पत्नी भद्रा से सम्बद्ध किया है। उनके अनुसार परमार वशिष्ठ गोत्रीय ब्राह्मण एवं चौहान अथवा चाहमान वत्स गोत्र के ब्राह्मण प्रतीत होते हैं।

(7) मिश्रित उत्पत्ति का सिद्धान्त—डॉ. बी.ए. स्मिथ जैसे कुछ विद्वान राजपूतों को एक मिश्रित जाति का मानते हैं। उनके अनुसार इनमें से कुछ शक, कुषाण, हूण आदि विदेशियों की सन्तान है और कुछ प्राचीन भारतीय क्षत्रियों की सन्तान है। उनका कथन है कि ऐसा भी हो सकता है कि विदेशी राजपूतों को शुद्ध करने के लिए आबू पवर्त पर यज्ञ किया गया हो जिसका उल्लेख चन्दबरदाई ने किया है। स्मिथ के विचार में राजपूत एक विशाल समूह है जिसमें अनेकों व्यक्ति हैं और जिनके पूर्वज अलग-अलग हैं। इनमें अनेकों पांचवीं एवं छठीं शताब्दी में आने वाले विदेशियों की सन्तान हैं एवं अनेक भारतीय जातियों की सन्तान हैं।

(8) सर्वाधिक विश्वसनीय सिद्धान्त—राजपूतों के उत्पत्ति के सम्बन्ध में इतिहासकारों में बहुत ज्यादा मतभेद है। लेकिन साहित्यिक प्रमाणों, अभिलेखों, जनश्रुतियों तथा विदेशी विवरण आदि की समीक्षा की जाए तो राजपूत भारतीय आर्य क्षत्रियों की ही सन्तान माने जा सकते हैं। अत्यन्त प्राचीन काल से 'राजपूत' शब्द का इस्तेमाल क्षत्रिय के लिए हुआ है। महाभारत में द्रौपदी को राजपुत्री बताया गया है। पाणिनी में राजपुत्र शब्द का इस्तेमाल अच्छे अर्थ में किया गया है। भवभूति ने कौशल्या को राजपुत्री कहा है। इसके अलावा अपनी शारीरिक रचना में भी राजपूत आर्य प्रतीत होते हैं। मातृभूमि की प्रतिष्ठा तथा रक्षा के लिए सब कुछ बलिदान करने की उनकी भावना से संकेत मिलता है कि वे इस देश की प्राचीन आर्यों की सन्तान थे।

गुर्जर प्रतिहार वंश

उत्तर भारत के अनेक राजवंशों में गुर्जर प्रतिहार वंशों का खास महत्त्व है। उन्होंने चन्देलों, पालों और राष्ट्रकूटों के साथ सफलतापूर्वक युद्ध किया। वे कला और साहित्य के प्रेमी थे। मुसलिम शासन के आवागमन से पूर्व गुर्जर-प्रतिहारों ने ही उत्तर भारत में धाक जमाई थी। गुर्जर प्रतिहारों का मूल स्थान वैसे सामान्य रूप से गुर्जर प्रतिहार क्षत्रिय माने जाते हैं, परन्तु इनके मूल निवास को लेकर विद्वानों में मतभेद है–

(i) अधिकांश विद्वान इस वंश का उदय अवन्ती से मानते हैं। इस वंश के शासक नागभट्ट प्रथम ने सबसे पहले कन्नौज की विजय की और उसको अपनी राजधानी बनाया। तभी से गुर्जर प्रतिहार शाखा कान्यकुब्ज की शाखा कहलाने लगी।

(ii) डॉ. स्मिथ, स्टेनकोनो आदि के विचार में इनका उदय दक्षिण राजपूताना में श्री मालवा से हुआ था।

प्रमुख शासक–गुर्जर प्रतिहार वंश के शासकों में निम्नलिखित प्रमुख थे–

(1) वत्सराज–देवराज की मृत्यु के पश्चात् वत्सराज शासक बना। वह नागभट्ट प्रथम के पश्चात् प्रतिहार वंश का शक्तिशाली राजा था। उसने कन्नौज के शासक इन्द्रायुद्ध को हराकर अपनी अधीनता स्वीकार करने के लिए विवश किया। उसके पश्चात उसने बंगाल के शासक धर्मपाल को भी पराजित किया। लेकिन इसी समय राष्ट्रकुल राजा ध्रुव ने नर्वदा नदी को पार करके आधुनिक झांसी के निकट वत्सराज को पराजित कर दिया। वत्सराज ने भागकर राजस्थान की मरुभूमि में शरण ली।

(2) नागभट्ट प्रथम–इन वंश का संस्थापक नागभट्ट प्रथम था। उसने कान्यकुब्ज को अपनी राजधानी बनायी। इस समय अरब हमलावर सिंध से मालवा की ओर बढ़ रहे थे। उसका राज्य गुजरात से ग्वालियर तक फैला हुआ था। नागभट्ट का उत्तराधिकारी देवराज था। कहा जाता है कि उसे राष्ट्रकूट राजा दन्तिदुर्ग ने हराकर अवन्ती पर अधिकार कर लिया।

(3) नागभट्ट द्वितीय–816 ई. में वत्सराज के मृत्योपरान्त उसका पुत्र और उत्तराधिकारी नागभट्ट द्वितीय गद्दी पर बैठा। वह वीर एवं महत्त्वाकांक्षी व्यक्ति था। उसने प्रतिहार साम्राज्य का बहुत अधिक प्रसार किया। ग्वालियर अभिलेख के अनुरूप उसने आंध्र, सैन्धव, बिदर्भ एवं कलिंग के राजाओं को हराया। उसने कन्नौज

के राजा चक्रायुध को पराजित कर दिया। इस पाल शासक ने धर्मपाल के यहाँ शरण ली थी। राष्ट्रकूट शासक गोविन्द तृतीय के साथ भी उसका युद्ध हुआ जिसमें वह हार गया।

(4) मिहिरभोज—मिहिरभोज प्रतिहार वंश के सर्वाधिक शक्तिशाली नरेशों में गिना जाता है। उसके समय में प्रतिहारों की शक्ति उन्नति के शिखर पर पहुँच गयी थी। उसने कालिंजर के चंदेल राजपूतों को हराकर कालिंजर पर अधिकार कर लिया था। उसने बंगाल के राजा नारायण पाल को भी हराया। उसने नर्वदा नदी के किनारे राष्ट्रकूट राजा कृष्ण द्वितीय को हरा दिया और उसके कई भागों पर अधिकार कर लिया। उसकी राजधानी कन्नौज थी। मिहिरभोज का विद्या के प्रति विशेष लगाव था। उसके राजदरबार में अनेकों विद्वान थे। वह एक योग्य प्रशासक भी था। मिहिरभोज के शासन में आने वाले अरब यात्री सुलेमान ने उसके शासन प्रबन्ध की खूब प्रशंसा की है। उसने लिखा है कि राजा के पास एक बड़ी सेना है। किसी भी भारतीय राजा के पास इतनी अच्छी अश्व सेना नहीं है। वह अरब लोगों से अच्छा सम्बन्ध नहीं रखता था, परन्तु वह यह स्वीकार करता है कि अरब का राजा सबसे महान राजा है। उसके पास बहुत अधिक धन और असंख्य घोड़े और हाथी है। वस्तुओं का विनियम सोने-चाँदी के द्वारा होता है। इन धातुओं की इस देश में अनेक खाने हैं। इस प्रदेश में अधिक डाकुओं से सुरक्षित और कोई प्रदेश भारत में नहीं है।

(5) महेन्द्रपाल—मिहिरभोज के मृत्यु के बाद उसका पुत्र महेन्द्रपाल उसका उत्तराधिकारी बना। वह भी बहुत महत्त्वाकांक्षी शासक था। उसने मगध, उत्तरी बिहार एवं उत्तरी बंगाल को अपने साम्राज्य में सम्मिलित किया। वह विद्वान् और सहिष्णु शासक था। प्रसिद्ध कवि राजशेखर उसके ही दरबार में रहता था।

(7) महीपाल—महीपाल के शासन काल में राष्ट्रकूटों और पालों ने प्रतिहार राज्य पर हमला करके उसके बहुत से भाग पर अधिकार कर लिया था। इसके पश्चात प्रतिहार वंश का पतन आरम्भ हो गया। इस वंश का अन्तिम राजा यशपाल था जिसको राठौर वंश के राजा चन्द्रदेव ने हराकर कन्नौज को अपने साम्राज्य में मिला लिया।

पाल वंश

हर्ष वर्धन के मृत्यु के पश्चात् पाल वंश का शक्तिशाली राज्य कायम हुआ। हर्ष वर्धन के शासन काल में जब शंशाक की मृत्यु हुई तब उसके बाद बंगाल में

अराजकता फैल गयी। अतः बंगाल की जनता ने विचार किया कि शान्ति स्थापित करने के लिए एक व्यक्ति के नेतृत्व का होना जरूरी है। इसलिए उन्होंने गोपाल नामक व्यक्ति को अपना नेता चुना। यह क्षत्रियवंश से सम्बन्धित था। इतिहासकारों ने इसको पाल वंश का संस्थापक माना है। पाल वंश की स्थापना के सम्बन्ध में डॉ. रमेशचन्द्र मजूमदार ने लिखा है—"प्रत्येक युग में प्रत्येक राष्ट्र ऐसा उदाहरण नहीं रख सकता जिसमें वह अपने व्यक्तित्व की परवाह न करते हुए सामान्य लोगों की ओर अधिक ध्यान दे। ऐसा उदाहरण सिर्फ जापान के इतिहास में ही मिलता है, जहाँ 1870 ई. में एक ऐसा ही राजनैतिक बदलाव आया था।"

प्रमुख शासक—इस वंश के प्रमुख शासकों के विषय में संक्षेप में जानकारी निम्नलिखित है—

(1) गोपाल—इस नरेशा को पाल वंश का संस्थापक माना जाता है। वह निश्चित रूप से एक कुशल प्रशासक और अनुभवशील सेनापति था। उसके पिता का नाम वापियत था जिसके विषय में खास विवरण नहीं मिलता। इसके पूर्वजों ने अपने को सूर्यवंशीय कहा है। स्पष्ट है कि वह क्षत्रिय वंश से सम्बन्धित था। गोपाल एवं उसके उत्तराधिकारी बौद्ध धर्म के अनुयायी थे। तिब्बती लेखक तारनाथ के विचार में गोपाल ने एक मठ का निर्माण करवाया था।

(2) धर्मपाल—गोपाल की मृत्यु के पश्चात् उसका पुत्र धर्मपाल गद्दी पर बैठा। यह पराक्रमी और महत्त्वाकांक्षी राजा था। इसे पैतृक सम्पत्ति के रूप में एक संगठित राज्य प्राप्त हुआ था। धर्मपाल ने इस साम्राज्य में बहुत अधिक वृद्धि की उसने त्रिराज्य संघर्ष में भी भाग लिया।

(i) **ध्रुव से युद्ध**—इसी समय राष्ट्रकूट नरेश ध्रुव ने उत्तरी भारत पर हमला किया। डिण्डोरी और रघनपुर के अभिलेखों के अनुरूप ध्रुव ने गुर्जर प्रतिहार नरेश वत्सराज को पराजित किया। इसके पश्चात धर्मपाल और ध्रुव में युद्ध हुआ। अभिलेखों के अनुरूप इस युद्ध में भी धर्मपाल ध्रुव से हार गया। बड़ौदा अभिलेख के अनुरूप ध्रुव ने गंगा यमुना के दोआब पर अधिकार कर लिया। परन्तु ध्रुव की यह अस्थायी विजय थी। उसके लौटने के पश्चात् धर्मपाल ने फिर इन क्षेत्रों पर अधिकार कर लिया।

(ii) **वत्सराज से युद्ध**—लगभग 783 ई. में गुर्जर प्रतिहार नरेश वत्सराज ने कन्नौज पर हमला किया। वनी-डिण्डोरी अभिलेख से ज्ञात होता है कि धर्मपाल इस युद्ध में पराजित हुआ।

(iii) **प्रतिहारों का आक्रमण**—प्रतिहार शासक नागभट्ट द्वितीय ने कन्नौज पर हमला करके चक्रायुद्ध को हरा दिया और कन्नौज को जीत लिया। यह सूचना जैसे ही धर्मपाल को मिली उसने नागभट्ट द्वितीय को चुनौती दी परन्तु नागभट्ट द्वितीय ने उसे पराजित कर दिया। ग्वालियर अभिलेख में नागभट्ट द्वितीय की विजय और चक्रायुद्ध तथा उसके संरक्षक धर्मपाल दोनों की हार का उल्लेख है।

(iv) **राष्ट्रकूटों का आक्रमण**—एक अभिलेख से ज्ञात होता है कि नागभट्ट द्वितीय की हार के पश्चात कन्नौज नरेश चक्रायुद्ध और बंगाल नरेश धर्मपाल ने स्वयं ही राष्ट्रकूट नरेश गोविन्द तृतीय की अधीनता स्वीकार कर ली। इस तरह राष्ट्रकूट शासन को त्रिराज्य संघर्ष में सफलता प्राप्त हुई।

(v) **धर्म**—पाल वंश का शासक धर्मपाल बौद्ध धर्म का अनुयायी था। तिब्बती साक्ष्यों के अनुरूप उसने विक्रमशील विहार की स्थापना की। आगे चलकर यह विहार एक विश्वविद्यालय के रूप में विकसित हुआ। इस विहार के अलावा तोयपुरी और ओदन्तपुरी में भी दो बौद्ध विहारों की स्थापना की।

विद्याप्रेम—धर्मपाल का विद्या के प्रति विशेष लगाव था। इसके अलावा विद्वानों का आश्रयदाता था। उसकी राजसभा में हरिशचन्द्र नामक प्रसिद्ध बौद्ध विद्वान रहता था। 810 ई. में धर्मपाल की मृत्यु हो गयी।

(3) देवपाल—अपने पिता की मृत्यु के पश्चात् देवपाल पाल वंश का सबसे शक्तिशाली नरेश साबित हुआ। उसने 40 वर्ष तक शासन किया। वह एक महान् विजेता था। उसने उड़ीसा और असम को जीता और हूणों को पराजित किया। उसने प्रतिहार शासक मिहिरभोज को हराया और द्रविड़ों पर भी धावा बोला। इस तरह देवपाल के शासन काल में पाल शक्ति अपने चरमोत्कर्ष पर पहुँच गयी थी। देवपाल भी अपने पूर्वजों के समान बौद्ध धर्म का अनुयायी था। उसके शासनकाल में सवर्ण द्वीप के शैलेन्द्र राजा बालपुत्र देव ने नालन्दा में अपने देश के छात्रों के लिए एक छात्रावास बनवाया था। देवपाल ने इसके खर्च के लिए नालन्दा विश्वविद्यालय को पाँच गाँव दान में दिए। वह विद्वानों का महान् संरक्षक था। वह नगरद्वार के प्रसिद्ध विद्वान् वीरदेव को अपने साथ ले आया और उसे नालन्दा विश्वविद्यालय में नियुक्त किया। उसके काल में बौद्ध कवि वज्रदत्त ने 'लोकेश्वर शतक' नामक काव्य ग्रन्थ की रचना की।

(4) नारायणपाल—नारायणपाल पाल वंश का शक्तिशाली नरेश था। देवपाल के पश्चात उसका भतीजा विग्रहपाल गद्दी पर बैठा परन्तु शासन कार्य में उसकी रुचि

नहीं थी। अतः थोड़े समय के पश्चात् ही उसने शासन कार्य छोड़कर संन्यास ग्रहण कर लिया। उसके पश्चात उसका पुत्र राजगद्दी पर बैठा। डॉ. मजूमदार के अनुसार—"उसने आधी शताब्दी से भी अधिक दिन शासन किया"। उसके शासनकाल में प्रतिहारों ने मगध और उत्तरी बंगाल पर अधिकार कर लिया। कुछ समय पश्चात पूर्वी बंगाल भी उसके हाथ से निकल गया। अपने शासनकाल के अन्तिम वर्षों में उत्तरी बंगाल और मगध को प्रतिहारों ने वापस ले लिया। प्रतिहारों एवं राष्ट्रकूटों के आक्रमणों से पाल शक्ति को भारी धक्का लगा।

अन्य पाल शासक—नारायणपाल के मृत्योपरान्त राज्यपाल गोपाल द्वितीय एवं विग्रहपाल द्वितीय क्रमशः राजगद्दी पर बैठे। लेकिन ये सब नाममात्र के शासक थे। उनके शासनकाल में पाल शासन अवनति की ओर अग्रसर होने लगा। इनके पश्चात महीपाल शासक बना। महीपाल पाल वंश का शक्तिशाली सम्राट् था। उसने अपने पूर्वजों के राज्य का कुछ भाग अपने विरोधियों से वापस ले लिया। उसने चोलों, चालुक्यों एवं कल्चुरि राजाओं के हमला का भी सामना किया और अपने राज्य की रक्षा की। उसके उत्तराधिकारी नयपाल को कल्चुरि राजा गांगेयदेव को हराकर उससे बनारस छीन लिया। नयपाल के उत्तराधिकारी विग्रहपाल तृतीय ने गांगेयदेव के उत्तराधिकारी कर्ण को हरा दिया। कर्ण ने अपनी पुत्री का विवाह पाल नरेश से करके पाल-कल्चुरि संघर्ष का अन्त किया। विग्रहपाल तृतीय का उत्तराधिकारी महीपाल द्वितीय था। इसके शासन काल में कुछ सामन्तों ने विद्रोह कर दिया था, जिसको दबाने में महीपाल द्वितीय मारा गया। विद्रोहियों का नेता दिव्य कैवर्त बंगाल का शासक बन गया परन्तु पाल वंश के राजा रामपाल ने कैवर्त राजा भीम को हराकर मार दिया और उत्तरी बंगाल को अपने अधिकार में ले लिया। लगभग 1120 ई. में उसकी मृत्यु हो गयी। रामपाल के पश्चात उसके दो पुत्रों कुमारपाल और मदनपाल ने बारी-बारी से शासन किया। मदनपाल को सेन वंश के राजा विजयसेन ने पराजित किया और बंगाल पर अधिकार कर लिया लेकिन मदनपाल 1160 ई. तक बिहार के एक भाग पर शासन करता रहा। सेन राजाओं के हमला से पाल वंश का अन्त हो गया।

इस प्रकार पाल वंश का शासन काल 400 सालों तक रहा। वे अन्तिम महान् हिन्दू राजा थे। वे महान् विजेता ही नहीं, कला प्रेमी भी थे। उन्होंने शिक्षा और साहित्य को भी बहुत अधिक बढ़ावा दिया।

त्रि-राज्य संघर्ष

हर्ष के पश्चात भारत की महान् राजनैतिक घटनाओं में एक त्रिभुजाकार युद्ध

भी है। यह युद्ध गुर्जर-प्रतिहार, राष्ट्रकूट एवं पाल शासकों के मध्य हुआ। तीनों राजवंशों के शासकों ने उत्तरी भारत में अपना आधिपत्य स्थापित करने के लिए प्रयास किया। यह युद्ध लगभग 100 वर्ष तक चलता रहा। तीनों राजवंशों में से किसी को भी सफलता प्राप्त हो जाती थी। त्रिराज्य संघर्ष के कारण—इन तीन राज्यों का आपसी संघर्ष कुछ विशि‍ष्ट कारणों से हुआ था जो निम्नलिखित हैं—

(i) हर्ष के पश्चात् कन्नौज की राजनैतिक दशा कमजोर हो गयी थी। तीन राजवंश इसका फायदा उठाकर उसपर अधिकार करना चाहते थे।

(ii) कन्नौज की भौगोलिक दशा व्यापार की दृष्टि से महत्त्वपूर्ण थी। नदी रास्ते व्यापार आसानी से हो सकता था। इसके साथ ही कन्नौज उपजाऊ प्रदेश था।

(iii) तीनों ही शक्तियाँ महत्त्वाकांक्षी थी। पाल और प्रतिहार अपने को एक दूसरे से शक्तिशाली सिद्ध करना चाहते थे। राष्ट्रकूट भी उत्तर भारत की राजनीति में हस्तक्षेप करके अपनी महत्त्वाकांक्षा को पूरा करना चाहते थे।

(iv) कन्नौज इस काल में एक प्रमुख राजनैतिक केन्द्र बन गया था। अतः तीन शक्तियाँ इस पर राज करना चाहती थी।

1. प्रथम अवस्था—इस अवस्था में गुर्जर प्रतिहार वंश का शासक वत्सराज सबसे शक्तिशाली एवं महत्त्वाकांक्षी शासक था। अपनी महत्त्वाकांक्षा को क्रियात्मक रूप देने के लिए वत्सराज ने बंगाल के शासक धर्मपाल पर हमला कर दिया और उसे पराजित कर दिया। इस सैनिक अभियान में वत्सराज के सरदारों ने बहुत अधिक मदद की। फिर धर्मपाल अभी अपना प्रयास जारी रखे था। इसी बीच राष्ट्रकूट शासक ध्रुव ने वत्सराज पर हमला कर दिया और वत्सराज को बुरी तरह पराजित कर दिया। ध्रुव उसके पश्चात् धर्मपाल की ओर बढ़ा एवं उसे गंगा यमुना के दोआब में पराजित किया। इस तरह उत्तरी भारत में अधिकार जमाने के लिए प्रतिहारों, राष्ट्रकूटों और पालों में संघर्ष आरंभ हुआ। राष्ट्रकूट शासक से पराजित होने के पश्चात् वत्सराज की दशा बिगड़ गयी लेकिन धर्मपाल ने कन्नौज पर अपना अधिकार बनाये रखा। धर्मपाल ने कन्नौज के राजदरबार में उत्तरी भारत के अनेक शासकों को अधीनता स्वीकार करने के लिए बाध्य किया। धर्मपाल ने इन्द्रायुद्ध को गद्दी से उतार कर चक्रायुद्ध को आसीन किया।

2. द्वितीय अवस्था—वत्सराज को ध्रुव से मिले पराजय के बारे में कहीं भी उल्लेख नहीं मिलता है। वत्सराज के पश्चात् उसका पुत्र एवं उत्तराधिकारी नागभट्ट द्वितीय गद्दी पर बैठा। नागभट्ट भी महत्त्वाकांक्षी व्यक्ति था एवं साम्राज्यवादी भी था।

उसने अपने खोये हुए राज्य के सम्मान को फिर से प्राप्त करने का प्रयास किया जिसमें वह बहुत सीमा तक सफल रहा। नागभट्ट ने कन्नौज पर अधिकार कर लिया एवं चक्रायुद्ध को जो धर्मपाल के आधिपत्य में था, हरा दिया। नागभट्ट ने कन्नौज को पूर्णः अपने अधिकार में कर लिया और उसे प्रतिहार राज्य की राजधानी बना दिया। धर्मपाल ने नागभट्ट को चुनौती थी। ग्वालियर अभिलेख से ज्ञात होता है कि नागभट्ट ने बंगाल के शासक धर्मपाल पर विजय प्राप्त की एवं मुंगेर तक बढ़ गया। नागभट्ट की यह विजय स्थायी नहीं रही। इस बार दक्षिण के राष्ट्रकूटों ने हस्तक्षेप किया। राष्ट्रकूट शासक गोविन्द तृतीय रक्षात्मक नीति से संतुष्ट नहीं था। वह भी हमला नीति में विश्वास करता था। जैसे ही उसे आन्तरिक झगड़ों से मुक्ति मिली उसने नागभट्ट पर हमला कर दिया और उसे बुरी तरह पराजित कर दिया। राष्ट्रकूट प्रमाणों से ज्ञात होता है कि धर्मपाल एवं चक्रायुद्ध ने स्वेच्छा से गोविन्द तृतीय की अधीनता स्वीकार कर ली। यह भी सम्भव है कि इन दोनों ने गोविन्द को नागभट्ट पर हमला करने का निमंत्रण दिया हो। गोविन्द तृतीय को शीघ्र ही लौटना पड़ा, क्योंकि दक्षिण में कुछ राजनैतिक अशान्ति फैल गयी। गोविन्द के दक्षिण जाने के पश्चात धर्मपाल एवं उसके उत्तराधिकारी देवपाल एक बार फिर स्वतंत्र हो गये और उत्तरी भारत में अपनी शक्ति को बढ़ाना प्रारम्भ किया। इस प्रकार प्रतिहारों को कुचलने के पश्चात् उत्तर भारत में पाल फिर से शक्तिशाली हो गये।

3. तृतीय अवस्था—नागभट्ट के पश्चात् उसका उत्तराधिकारी रामभद्र गद्दी पर बैठा परन्तु वह अयोग्य व कमजोर शासक था। उसकी मृत्यु के पश्चात् उसका पुत्र एवं उत्तराधिकारी भोज गद्दी पर बैठा। भोज सम्भवतः प्रतिहार वंश का सर्वाधिक शक्तिशाली और योग्य शासक था। राजा भोज ने अपने वंश के सम्मान को फिर से स्थापित किया। राज्य के गौरव को बढ़ाने के लिए उसने पालों से फिर युद्ध किया। पाल शासक देवपाल ने भोज को पराजित किया और इस तरह थोड़े समय के लिए उत्तरी भारत में राजा भोज की महत्त्वाकांक्षाओं पर पानी फिर गया।

मिहिर भोज को देवपाल से मिले पराजय के बाद अपना ध्यान दक्षिण की ओर आकृष्ट किया। इस समय राष्ट्रकूटों की दशा अच्छी नहीं थी। भोज ने इसका फायदा उठाने का निश्चय किया। फिर भी भोज पराजित हुआ। वह निराश नहीं था और उसने अपनी आक्रामक नीति जारी रखी। राष्ट्रकूट शासक अमोघवर्ष का पाल शासकों के साथ युद्ध हुआ। पालों की कमजोरी का फायदा उठाकर उन्हें पराजित कर दिया। पाल शासकों की कमजोरी को देखते हुए भोज ने भी सम्भवतः हमला किया एवं

नारायण पाल को बुरी तरह से पराजित कर दिया और उसके राज्य के पश्चिमी भागों पर अधिकार जमा लिया। भोज ने राष्ट्रकूट से भी युद्ध किया। उसने कृष्ण द्वितीय पर हमला कर दिया। भोज को राष्ट्रकूट शासक के विरुद्ध सफलता प्राप्त हुई। उसका मालवा पर अधिकार हो गया और उसने गुजरात की ओर कूच किया। अभिलेखों से ज्ञात होता है कि गुजरात तो उसके अधिकार में नहीं रहा, परन्तु मालवा पर राजा भोज ने अपना अधिकार बनाये रखा। इस तरह भोज ने एक बार फिर प्रतिहारों की शक्ति को चमका दिया। उसने कन्नौज को राजधानी बनायी।

4. चतुर्थ अवस्था—मिहिर भोज की मृत्यु के पश्चात् उसका उत्तराधिकारी महेन्द्रपाल का शासन काल प्रारम्भ हुआ। उसने उत्तरी बंगाल पर अपना अधिकार स्थापित कर लिया। महेन्द्रपाल के पश्चात महीपाल प्रतिहार राज्य का स्वामी बना। उसे भी राष्ट्रकूटों से युद्ध करना पड़ा। राष्ट्रकूट अभिलेखों से ज्ञात होता है कि कृष्ण द्वितीय के उत्तराधिकारी इन्द्र तृतीय ने प्रतिहार शासकों के विरुद्ध युद्ध किया। उसने मालवा से होते हुये यमुना नदी को पार किया एवं कन्नौज पर हमला करके उसे विनष्ट कर दिया। इन्द्र तृतीय की यह विजय स्थाई थी। महीपाल जान छुड़ाकर भाग गया।

महीपाल के शासन काल में राष्ट्रकूट शासकों ने हमला तेज कर दिया था। वास्तव में इस संघर्ष का त्रिभुज रूप बदल गया। देवपाल के पश्चात् पालों की शक्ति खत्म हो गयी। प्रतिहारों की शक्ति राष्ट्रकूट शासकों के निरन्तर हमलों से विनष्ट हो गयी। इस तरह दक्षिण भारत के शासकों ने पहली बार उत्तरी भारत के इतिहास में महत्त्वपूर्ण हस्तक्षेप किया और कई बार उत्तरी भारत पर अपना आधिपत्य जमाया।

ब्रह्मगुप्त

हर्ष के मृत्यु के पश्चात् उत्तर भारत में आए अराजक स्थिति के दौरान भी विज्ञान एवं साहित्य के क्षेत्र में कार्य जारी रहा। इस दौरान प्राचीन भारत के सुप्रसिद्ध गणितज्ञ ब्रह्मपुत्र (ज. 598 ई.–मृ. 665 ई.) का जन्म हुआ। ब्रह्मगुप्त पश्चिम भारत में उत्तर गुजरात के भीलमाला नगर में रहते और काम करते थे। उनकी रचनाओं में *ब्रह्मस्फुट सिद्धांत* और *खंड खाड़्यक* शामिल हैं। पहली पुस्तक उन्होंने 30 वर्ष की आयु में लिखी थी, इसमें 24 अध्यायों में 100 पद्य हैं। पहले 10 अध्यायों में नक्षत्र विज्ञान, ग्रहों की स्थिति, सूर्य और चंद्र ग्रहण तथा चंद्रमा की गति जैसे विषयों को लिया गया है। 22वां अध्याय नक्षत्र विज्ञान में काम आने वाले उपकरणों पर है। 12वां अध्याय अंकगणित पर और 18वां अध्याय बीजगणित और रेखागणित के बारे में है।

खंड खांड्यक की रचना उन्होंने 665 ई. में की। यह आर्यभट्ट की *अर्द्धरात्रिका* प्रणाली पर आधारित है। इसमें आठ अध्याय और *उत्तर खंड खांड्यक* शीर्षक से एक संक्षिप्त परिशिष्ट है। इसके मूल पाठ में नक्षत्र विज्ञान की विस्तृत जानकारी है, जो नक्षत्र गणना और परिकलन में विशेष उपयोगी है। कई शताब्दियों तक इसका उपयोग किया गया। दोनों पुस्तकों का 770 ई. में मुहम्मद इब्न इब्राहिम अल फ़जरी और याकूब इब्न तारिक़ ने संस्कृत विद्वानों की सहायता से अरबी भाषा में अनुवाद किया। ये अनूदित कृतियां क्रमशः *सिंधिंद* और *अल अरकंद* कहलाईं। इन्होंने अरब देशों में भी गणित पर आधारित नए नक्षत्र विज्ञान की शुरुआत का रास्ता खोला।

चोल वंश

चोल वंश के इतिहास के बारे में जानकारी का अभाव है। ये दक्षिण भारत को शक्तिशाली वंशों में से एक है, लेकिन यह प्राचीन संगम कविताओं के समय (लगभग 200 ई.) विद्यमान था। मौर्य सम्राट अशोक के अभिलेखों में चोलों का उल्लेख उनके साम्राज्य के दक्षिण में स्वतंत्र निवासियों के रूप में हुआ है। इस राजवंश का उत्कर्ष कावेरी की समृद्ध घाटी में हुआ था। उरैयूर (वर्तमान तिरुचिराप्पल्ली (त्रिचिनापल्ली) इस वंश की प्राचीनतम राजधानी थी और पुहार इसका प्रमुख बंदरगाह था।

चोल वंश के बारे में नौवीं शताब्दी के बाद विस्तृत जानकारी मिलती है। उस समय वे अपने अन्य समकालीनों, जैसे पल्लवों व पांड्यों के साथ होने वाले संघर्षों में विजयी होकर उभरे। उनका कालानुक्रम तय करना कुछ कठिन है। विजयालय (शासनकाल, 850—870) ने पल्लवों, जो संभवतः पहले उनके अधिपति थे, को हराकर उनके क्षेत्रों पर क़ब्ज़ा करना शुरू किया और आदित्य I (शासनकाल, 870-907) ने इसका और विस्तार किया। आदत्यि I के उत्तराधिकारी परांतक (शासनकाल, 907-953) ने मदुरै (पांड्य वंश की राजधानी) पर क़ब्ज़ा किया व श्रीलंका (सीलोन) पर चढ़ाई की। पश्चिमी दक्कन के राष्ट्रकूटों के ख़िलाफ़ उनके अभियानों को मिश्रित सफलता ही प्राप्त हुई।

चोल वंश के सर्वाधिक शक्तिशाली राजाओं में राजराज प्रथम का नाम उल्लेखनीय है। यह एक कुशल प्रशासक था। उन्होंने वेंगी (आंध्र प्रदेश) की रक्षा की और पश्चिमी गंगों का दमन करके गंगवाडी क्षेत्र (कर्नाटक राज्य) पर क़ब्ज़ा कर लिया। 996 तक उन्होंने केरल (चेर देश) को जीत लिया और उत्तरी श्रीलंका पर भी क़ब्ज़ा कर लिया। अपनी विजय के उपलक्ष्य में उन्होंने तंजावुर (तंजौर) में महान्

बृहदीश्वर मंदिर का निर्माण करवाया। 1014 तक राजराज ने लक्कदीव (वर्तमान लक्षद्वीप) और मालदीव के द्वीपों पर भी क़ब्ज़ा कर लिया।

उनके पुत्र व उत्तराधिकारी राजेंद्र चोल देव I (शासनकाल 1014–44) ने मदुरै की गद्दी पर अपने एक पुत्र को बैठा दिया, सीलोन का अभियान पूरा किया, दक्कन पर क़ब्ज़ा किया (1021), उत्तर भारत की ओर एक अभियान दल भेजा और पूर्वी भारत के शासक महिपाल को पराजित किया तथा गंगा जल लेकर आए। अपनी उपलब्धि के उपलक्ष्य में उन्होंने एक नया शहर गंगैकोंडचोलपुरम बनवाया। उन्होंने मलय प्रायद्वीप और द्वीपसमूह के कुछ हिस्सों पर भी विजय प्राप्त की। इसने अपने शासन काल में राज्य का विस्तार दक्षिण पूर्वी एशियाई देशों तक किया था।

उनके पुत्र राजाधिराज (शासनकाल, 1044–54) ने पांड्यों, चेरों और चालुक्यों से लोहा लिया, लेकिन चालुक्यों के ख़िलाफ़ कोप्पम की लड़ाई में वह मारे गए। चोल शासक वीरराजेंद्र (शासनकाल, 1063–69) ने स्थिति संभालने की कोशिश की, किंतु उनकी मृत्यु ने चोल शक्ति को क्षीण कर दिया।

इसके पश्चात् गद्दी पर कुलोत्तुंग I (शासनकाल, 1070–1122) बैठे, जिन्हें चोल और पूर्वी चालुक्य, दोनों के राज्य उत्तराधिकार में मिले थे। उन्होंने अपना ध्यान पूर्वी तट को संगठित करने में लगाया। कुलोत्तुंग ने राज्य की आर्थिक खुशहाली सुनिश्चित की और सीमा शुल्क को समाप्त करने के कारण वह शंङ्गम तविर्त् (करों को हटाने वाला) के नाम से जाने गए। लेकिन पांड्यों के मामलों में हस्तक्षेप के प्रयासों के कारण चोल कमज़ोर पड़े। 1216 से होयसलों ने चोल शक्ति को उत्तरोत्तर क्षीण करना शुरू कर दिया, जिनकी शुरुआत चोलों के सामंतों के रूप में हुई थी, लेकिन उन्होंने धीरे-धीरे स्वतंत्रता प्राप्त कर ली थी। पांड्यों का 1257 ई. तक चोल वंश के अधिकांश भू-भागों पर कब्जा हो गया। इस प्रकार 1279 ई. तक चोलवंश का नामोनिशान मिट गया अथवा उसके इतिहास पर धूल जम गया।

पौराणिक राजा कारैकाल एक ऐसे पूर्वज थे, जिनके माध्यम से चोलों ने उरैयूर परिवार से संबंधित होने का दावा किया। चोल देश (कोरोमंडल) दक्षिण में वैगई नदी से उत्तर में तोंडईमंडलम तक फैला हुआ था, जिसकी राजधानी कांची (कांचीपुरम) में अवस्थित थी।

चोल शासकों ने कृषि क्षेत्र पर विशेष ध्यान दिया। इनके साम्राज्य में कृषि क्षेत्र का अत्यधिक विस्तार हुआ। यह विस्तार अक्सर शासकों व उनके सामंतों द्वारा संरक्षित मंदिरों के आसपास केंद्रित था। वहां स्थानीय प्रशासनिक निकायों के होने

का भी प्रमाण मिलता है। राज्य विभिन्न ज़िलों (नाडु) में बंटा हुआ था और उन्हें छः प्रांतों या मंडलों में वर्गीकृत किया गया था। चोल मंदिर अपने आकार व विस्तृत वास्तुकला अलंकरण के लिए विख्यात हैं। यह धर्म के भक्ति मार्ग, विशेषकर शैव और वैष्णव मतों के विकास का काल था, जिसका प्रमाण धार्मिक साहित्य के पदों में मिलता है।

राष्ट्रकूट वंश

भारत में शासन करने वाले विभिन्न राजवंशों में राष्ट्रकूट वंश का नाम भी उल्लेखनीय हैं इस वंश काफी प्रसिद्धि हासिल की थी। राष्ट्रनाम की व्युत्पत्ति प्रशासनिक है। इससे राष्ट्र अथवा सत्ता का बोध होता है। बहुत-से चालुक्य और राष्ट्रकूट शिलालेखों में यह शब्द प्रशासनिक अर्थ में प्रयुक्त हुआ। राष्ट्रकूट उस भौगोलिक इकाई के शासक थे, जो 'राष्ट्र' के नाम से जाना जाता था और इसके लिये संस्कृत में 'राष्ट्रीय' और प्राकृत में 'रठिक' मिलते हैं। दक्कन के दानलेखों में 'राष्ट्रकूटों' को हिदायत दी गई है कि वे दानग्रहीता के भोग में किसी प्रकार का हस्तक्षेप न करें। इस वंश की शाखाएँ दक्षिणी भारत के विभिन्न भागों में राज्य करती थीं। बादामी के चालुक्यों के पतन तक ये राज्य छोटे-छोटे टुकड़ों में विभक्त थे । सतारा-रत्नागिरि-प्रदेश के राष्ट्रकूट चालुक्य विक्रमादित्य द्वितीय के अधीन थे। सातवीं-आठवीं शताब्दी में मध्यप्रदेश में बेतुल और इलिचपुर जिलों में भी एक राष्ट्रकूटवंश राज्य करता था। एक शक्तिशाली राष्ट्रकूट वंश ने अपने स्वामी बादमी के चालुक्यों को निकाल दिया था। दो राष्ट्रकूट वंश बहुत प्रसिद्ध हुए—(1) **मानपुर के राष्ट्रकूट,** और (2) **बरार के राष्ट्रकूट**। महामहोपाध्याय वी0 वी0 मिराशी का मानना है कि मानपुर के राष्ट्रकूट मराठा देश के दक्षिणी भाग में राज्य करते थे। एक शिलालेख में इस वंश के प्रतिष्ठापरक **मानांक** को विदर्भ और अश्मक का विजेता कहा गया है और कुंतल, कन्नड़ तथा कदंब प्रदेश का प्रशासक बताया गया है। बाद में मौर्य या नलों ने इन्हें परास्त किया, जो स्वयं चालुक्यों द्वारा पराजित हुए। बरार में **दुर्गराज** ने एक अन्य राष्ट्रकूट वंश की स्थापना की। दुर्गराज को पुलकेसिन ने प्रांत का राज्यपाल नियुक्त किया था। उसने पुलकेसिन की मृत्यु के बाद उचित अवसर देखकर स्वयं को स्वतंत्र घोषित कर दिया। उसके उत्तराधिकारियों की राजधानी इलिचपुर (अचलपुर) थी। एक शिलालेख में उसके बाद राजा नन्न का उल्लेख (670. 735 ई0)। लगभग इसी समय **दंतिवर्मा प्रथम** ने अचलपुर के राष्ट्रकूट वंश को हटाकर एक नये राजवंश की स्थापना की। वही राष्ट्रकूटों की सम्राट्-परंपरा का

संस्थापक हुआ। राष्ट्रकूटों की उत्पत्ति के संबंध में इतिहासकारों के विचार असमान है। कुछ लोग राष्ट्रकूटों का उल्लेख राष्ट्रिकों से मानते हैं, जो कर्णाटक प्रदेश के रहने वाले थे। राष्ट्रिकों का उल्लेख अशोक के अभिलेखों में भी हुआ है, परन्तु अभी विर्निवाद रूप से यह मान्य नहीं हो सका है।

दक्षिण भारत पर राष्ट्रकूटों ने काफी दिनों तक प्रभाव जमाये रखा। **दंतिदुर्ग** और उसके चाचा **कृष्ण प्रथम** ने कीर्तिवर्मा **द्वितीय** के राज्यपाल में चालुक्यों को परास्त कर अपने अधिकार का विस्तार किया था। इन साम्राज्यवादी राष्ट्रकूटों की उत्पत्ति के संबंध में विभिन्न इतिहासकारों के मत अलग-अलग हैं। बाद के अभिलेखों से पता चलता है कि ये लोग अपने को यदु का वंशज मानते हैं और रट्ट को अपना पूर्वज। फ्लीट के अनुसार ये लोग उत्तर के राठौरों के वंशज थे। मान्यखेट के राष्ट्रकूटों का संबंध राष्ट्रिकों अथवा रठों से भी जोड़ा जाता है, जिसका उल्लेख भोजकों और अपरांतकों के साथ अशोक के अभिलेखों में हुआ है। अल्तेकर के अनुसार रठिक और महारठी-कुल महाराष्ट्र तथा कर्णाटक के भागों पर सामंतों के रूप में शासन करते थे। अल्तेकर इनको कर्नाटक का निवासी मानते हैं। कुछ लोग उन्हें प्राचीन यादवों का वंशज भी मानते हैं। उनके अभिलेखों में उन्हें 'लट्टलूरपुरवराधीश' कहा गया है, जो इस बात का बोध कराता है कि वे लोग लाटुर (कन्नड़भाषी) के रहने वाले थे। चन्नराज पहला व्यक्ति था, जिसने सामंत पद पाया था और हमे उसे ही राष्ट्रकूट वंश का संस्थापक मानते हैं। उसने बाज पक्षी को अपने वंश का राजचिन्ह बनाया था। उसका शासन 630 से 650 ई. के बीच है।

दंतिदुर्ग (735.55 ई.)—राष्ट्रकूटों का प्रभाव इसी के शासन काल में ज्यादा बढ़ा। आठवीं शताब्दी में दंतिदुर्ग ने एक स्वतंत्र राज्य की स्थापना की। वह एक कुशल सेनापति, चतुर कूटनीतिज्ञ और महान प्रशासक था। उसने चालुक्य वंश का पूर्णतः पतन कर दिया। वही राष्ट्रकूट साम्राज्य का वास्तविक संस्थापक था। उसने चालुक्य सेना को पराजित कर कीर्तिवर्मन द्वितीय से वातापी छीन लिया। उसने दक्षिण के और राजाओं को जीतकर दक्षिणापथ पर अपना आधिपत्य स्थापित किया और मालवा के गुर्जर-प्रतिहार राज्य पर चढ़ाई की। उसने जिन समसामयिक नरेशों को परास्त किया, उनके नाम इस प्रकार हैं— **कांची का पल्लवराज,** कलिंग का नृपति, कोशल का नृपति, मालवा का राजा, तंक का स्वमी और श्री शैल (कर्नूल जिला) का अधिपति। उसने अपनी पुत्री रेखा को पल्लवमल्ल से ब्याह दिया। कोई उत्तराधिकारी न होने के कारण उसके बाद उसका चाचा **कृष्ण प्रथम** शासक हुआ।

कृष्ण प्रथम (756.772 ई.)--कृष्ण प्रथम में शासन सम्बंधी कुशलता विद्यमान थी। वह एक महत्त्वाकांक्षी शासक था और विजिगिषु भी। विन्ध्य के दक्षिण की कोई भी शक्ति अब उसका मुकाबला नहीं कर सती थी। कृष्ण ने कोंकण को जीतकर वहाँ शिलाहारा सामंतों को नियुक्त किया और 768 ई. में गंगराज श्रीपुरुष को जीतकर अपनी शक्ति को और बढ़ाया। उसने चालुक्यों को बची हुई शक्ति को नष्ट किया और राष्ट्रकूटों के भीषण शत्रु राहप्प को हराया। उसने 'राजाधिराजपरमेश्वर' का विरुद धारण किया। उसने वेंगी के पूर्वी चालुक्य राजा विष्णुवर्धन चतुर्थ को भी परास्त किया। निर्माण कार्य में कृष्ण प्रथम की विशेष रूचि उसने **एलोरा** का प्रसिद्ध कैलाशमंदिर बनाया, जो भारतीय स्थापत्यकला का एक अद्भुत उदाहरण है। उसके बाद कसे ही राष्ट्रकूट-साम्राज्य-विस्तार का इतिहास शुरू होता है। कृष्ण की सफलता के विस्तार का आधार है। वह एक महान निर्माता भी था।

गोविन्द द्वितीय (772.80 ई.)—यह कृष्ण प्रथम का पुत्र व उत्तराधिकारी था। यह युवराज के रूप में ही काफी संराहनीय कार्य कर चुका था। उसने वेंगी विजय में पिता का काफी सहयोग किया था। उसने नंदिवर्मा, पल्लवमल और उसके मित्र गंगराजा शिवमार द्वितीय की, उसके भाई को गंगवंश की राजगद्दी से उतारने में सहायता की और इस प्रकार दक्षिण की राजनीति में हाथ डाला। वह एक दुर्बल शासक था और साथ ही बड़ा विलासी और असावधान भी था। इसलिये उसका भाई ध्रुवधारावर्ष उसे गद्दी से हटाकर स्वयं राजा बन बैठा।

ध्रुवधारावर्ष (780.793 ई.)—ध्रुवधारावर्ष अपने भाई गोविन्द द्वितीय की अपेक्षा ज्यादा कुशल था। यह बड़ा ही शक्तिशाली शासक था सत्ता संभालते ही वह अपने दुश्मनों से बदला लेना व साम्राज्य का विस्तार करना शुरू कर दिया। उसने गंग राज्य (मैसूर में) को अपने राज्य में मिला लिया और पल्लवों को अपने अधीन किया। उसने पल्लव, गंग, पूर्वी, चालुक्य और मालवा के राजाओं के एक संघ को परास्त किया। उसने अपने सब प्रतिपक्षियों से बदला लिया—गंग राजाओं को बंदी किया, पल्लवराज से हाथियों का कर लिया, मालवा के राजा वत्सराज को मरुभूमि में धकेल दिया, बंगाल के राजा धर्मपाल को हराकर अपना कार्य पूरा किया और पूर्वी चालुक्य राजा विष्णुवर्द्धन चतुर्थ को उसे अपने राज्य का कुछ भाग देने तथा उसके साथ अपनी पुत्री शीलमहादेवी का विवाह करने के लिये विवश किया। उसने उत्तर भारत की राजनीति में सक्रिय रूप से भाग लिया और इंद्रायुध के समय गंग के दोआब पर भी आक्रमण किया। उसने अपने झंडे पर गंगराज यमुना का चिन्ह ग्रहण किया।

उत्तर भारत तक वह अपना साम्राज्य बढ़ा तो नहीं सका परन्तु पूरा भारत उसके आतंक के साचे में था। वह कलि, श्रीवल्लभ और निरुपम नाम से प्रसिद्ध है। अल्तेकर के अनुसार ध्रुव सुयोयतम राष्ट्रकूट नरेशों में एक था, जिसने न केवल दक्षिण में राष्ट्रकूट-प्रभुता की स्थापना की, बल्कि राष्ट्रकूट को अखिल भारतीय शक्ति के रूप में प्रतिष्ठित किया। अल्पसमय में ही उसने अपूर्व प्रतिष्ठा और यश अर्जित किया और उत्तर भारत के अपने दोनों प्रतिद्वंद्वियों (प्रतिहार ओरपाल) को पराजित कर एक नया कीर्तिमान स्थापित किया। 793 ई. में राष्ट्रकूट वंश इतना शक्तिशाली हो गया था। कि पूरे भारत का कोई भी शासक उनसे टक्कर लेने की बात सोच भी नहीं सकता था।

गोविन्द तृतीय (783.814)—ध्रुवधारा वर्ष की तरह गोविन्द तृतीय भी सत्ता संभालने के बाद साम्राज्य विस्तार को प्राथमिकता दी। गोविन्द तृतीय जगतुंग शासक हुआ। उसने दक्षिण में कांची से लेकर उत्तर में मालवा तक अपने राज्य का प्रसार किया। उसने लाट में अपने भाई इंद्रराज को राजा बनाकर वहाँ एक राष्ट्रकूटवंश की स्थापना की। उसने कान्यकुब्ज के राजा चक्रायुध और बंगाल के राजा धर्मपाल को भी पराजित किया। ये दोनों शासक इसके आगे आत्मसमर्पण करने हेतु विवश हो गये। प्रतिहार नागभट्ट द्वितीय भी उसके सामने हार गया और रेगिस्तान में भाग गया। इससे धर्मपाल खुश हुआ और कृतज्ञ भी। संभव है कि वह इस क्रम में हिमालय की उपत्यका तक गया हो। यह उसका एक प्रकार का यश विस्तार का दिग्विजय था। उसने वेंगी के पूर्वी चालुक्य विजयादित्य पर आक्रमण कर उसे पराभूत किया। उसने नागभट्ट द्वितीय को परास्त किया। चूँकि गोविन्द तृतीय पिता द्वारा राजा मनोनीत हुआ था, इसलिए उसके बड़े भाई स्तंभ (खंभ) ने उसके विरोध में 12 राजाओं का एक संघ बनाया। परन्तु गोविन्द तृतीय की शक्ति के आगे उसकी एक न चली और उसे हार का सामना करना पड़ा। अपने प्रभुत्व के रूप में उसने लंका से एक दूतमंडल बुलवाया। वेंगी के प्रतिपक्षी भीम सलूकी की सहायता कर उसने वहाँ अपना सिक्का जमाया। दक्षिण की राजशक्तियों के विरुद्ध उसको इतनी अधिक सफलता मिली कि दक्षिण के लोग उससे आतंकित हो गये। अभिलेखों के अनुसार वह एक महान् सम्राट् था और उस समय राष्ट्रकूट-शक्ति अपने चरमोत्कर्ष पर थी। उसने अपने आंतरिक शासन को भी सुव्यवस्थित किया। वह अपने वंश का सर्वश्रेष्ठ शासक माना जा सकता है। उसकी तुलना पार्थ से की गई है। उसके बाद राष्ट्रकूटों को इतनी प्रतिष्ठा कभी नहीं मिली।

अमोघवर्ष प्रथम (814.880ई0)—गोविन्द तृतीय के बाद उसका पुत्र अमोघवर्ष प्रथम ई. में शासक हुआ। वह 'नृपतुंग' भी कहलाता था, उसके युवा होने के कारण दक्षिण के कर्मचारियों ने चालुक्य विजयादित्य और गंगराजमल्ल की सहायता से विद्रोह कर दिया। 821 ई. में कर्क की सहायता से अमोघवर्ष ने उन सबको परास्त किया। उसने 66 वर्षों तक राज्य किया, परन्तु उसके शासनकाल में शांति का अभाव था। पूर्वी चाुक्य विजयदित्य तृतीय ने विद्रोह किया, किन्तु वह पराजित हो गया। गंग राजमल्ल के पुत्र ने भी विद्रोही राजाओं का साथ दिया। गृहयुद्ध भी शुरू हो गया और अराजकता इतनी बढ़ गई कि उसे सिंहासन से हटा दिया गया। परंतु, उसने फिर सिंहासन पर अपना अधिकार किया और अंग, बंग तथा मगध के राजाओं पर अपना प्रभाव स्थापित किया। फिर भी, किसी प्रकार की विजय का श्रेय उसे नहीं दिया जाता है। मिहिरभोज ने उसके समय अपना प्रभावक्षेत्र बढ़ा लिया और उसके आक्रमण को रोकने का श्रेय उसे नहीं, वरन् उसके गुजराती बंधु ध्रुव द्वितीय को है। अमोघवर्ष की प्रवृत्ति जैनधर्म की ओर थी। उसके परमगुरु आदिपुराण के रचयिता जिनसेन थे और वह जैनसिद्धांत 'स्याद्वाद' का पूर्ण भक्त था। जैन गणितज्ञ महावीराचार्य ने **गणित**-सारसंग्रह में लिखा है कि अमोघवर्ष जैन था। **कर्णाट शब्दानुशासन** में भट्टकलंक ने उसकी तुलना शिव और दधीचि से की है। प्रजा को विपत्ति से बचाने के लिये उसने देवी को अपने बायें हाथ की अंगुली चढ़ा दी थी। वह लक्ष्मी का पुजारी था। वह स्वयं एक कवि भी था और **कविराजमार्ग** तथा **प्रश्नोत्तरमालिका** का रचयिता था। शासन के अंतिम दिनों में उसने अपना कार्यभार युवराज और मंत्रिपरिषद पर छोड़ दिया। उसने अपनी राजधानी मान्यखेट में बनाई। अरब सुलेमान (551 ई0) उसकी गणना संसार के बड़े राजाओं में करता है—(1) बगदाद का खलीफा, (2) चीन का राजा, और (3) राष्ट्रकूट। वह बड़ा दानी और उदार था।

कृष्ण द्वितीय (880.914 ई.)—यह अमोघवर्ष का पुत्र था। जिस समय इसने सत्ता संभाली उस समय राष्ट्रकूट-शक्ति दुर्बल हो गई थी। प्रतिहार भोज ने मालवा और गुजरात की ओर राष्ट्रकूटों को दबा दिया था। गुजरात से राष्ट्रकूट-शक्ति जाती रही। कृष्ण द्वितीय ने अपनी शक्ति बढ़ाने के उद्देश्य से त्रिपुरी के कल्चुरी कोक्कल प्रथम की कन्या से विवाह किया। इस संबंध के फलस्वरूप उसे काफी सहायता मिली। उसके समय पूर्वी चालुक्य के विजयादित्य तृतीय और भीम प्रथम के द्वारा राष्ट्रकूट पराभूत हुए। लेकिन राष्ट्रकूटों का दुर्भाग्य ही था कि 914 ई. में उसकी मृत्यु हो गई। उसके बाद उसका पौत्र **इंद्र तृतीय** गद्दी पर बैठा वह बहुत बड़ा योद्धा था। उसने 916 ई. में कन्नौज का विध्वंस किया। वह अपने सामंत चालुक्य नरसिंह के

साथ उज्जैन को लाँघता हुआ यमुना की घाटी के पार तक गया और प्रतिहार महिपाल को परास्त किया। लेकिन इसके उत्तराधिकारी उतने योग्य नहीं हुये, जो सम्पूर्ण साम्राज्य की सुरक्षा कर सकें। फलतः राष्ट्रकूट वंश पतन की ओर अग्रसर हो गया।

कृष्ण द्वितीय के बाद उसका पुत्र **अमोघवर्ष द्वितीय** गद्दी पर बैठा (917 ई0)। उसे उसके भाई **गोविन्द चतुर्थ** ने गद्दी से हटा दियां लेकिन, **अमोघवर्ष तृतीय** ने **गोविन्द** को गद्दी से हटाया। 939 ई. में उसके पुत्र **कृष्ण तृतीय** का राज्याभिषेक हुआ। उसने अपने बहनोई बुटुंग को गंग राज्य की प्राप्ति में सहायता दी और उसके साथ मिलकर चोल राजा परांतक को हराया, परांतक मारा गया और उसे राज्य के बहुत बड़े भाग को उसने अपने राज्य में मिलाकर अपने को 'वेंगी और काँची का विजेता' कहा। वह बड़ा विजयी ओर प्रतापी था। उसने प्रतिहार राजा महिपाल पर आक्रमण कर सुराष्ट्र को अपने कब्जे में कर लिया। उसके समय राष्ट्रकूटों का आतंक उत्तर में गंगा से लेकर दक्षिण में कन्याकुमारी तक फैला हुआ था। उसने 'परममाहेश्वर' की उपाधि धारण की, जिससे ज्ञात होता है कि वह शैव था। काँची ओर तंजौर की विजय पर उसने 'तंजैयस्कोंड' का विरुद धारण किया। अपने बहनोई बुटुंग की सहायता से उसने 949 ई. में चोल राजादित्य को परास्त किया और वह तोडमंडलम् का स्वामी हो गया। पांड्य और केरलों पर भी विजय हुई और कहा जाता है कि सिंहल के राजा को भी उसने परास्त कर दिया। उसने वेंगी की गद्दी से अम्म द्वितीय को हटाकर युद्धमंत्र के पुत्र और अपने मित्र बाडप को उस पर प्रतिष्ठित किया। 968 ई. में उसकी मृत्यु हुई उसने अपने सामंतों का संगठन नए तरीके से किया और सामंतों ने उसके सम्मुख आत्मसमर्पण किए। उसने विरोधी सरदारों से भूमि छीनकर अपने समर्थक सामंतों को दी। सामंतों की शक्ति संकुचित कर उसने अपनी शक्ति दृढ़ की। विजित स्थानों पर उसने अपने विश्वासी सामंतों को बैठाकर अपनी कूटनीतिज्ञता का परिचय दिया। उसका अपने शासन पर पूरा नियंत्रण था।

उसकी मृत्यु के बाद राष्ट्रकूटवंश का पतन शुरू हो गया। 963 ई. में उसने तारवाड़ी का महत्त्वपूर्ण प्रांत अपने होनेवाले प्रतिपक्षी चालुक्य तैलप द्वितीय को पुरस्कार के रूप में दिया था और उसके परिणाम पर विचार नहीं किया। कृष्ण के बाद उसका भाई खोटिण्ण (खोहिग्ग) गद्दी पर बैठा। परमार शासक सियक की सेनाओं का विरोध करने में वह असमर्थ रहा। परमार शासक ने राजधानी मान्यखेट को ध्वस्त किया। उसके बाद कर्क गद्दी पर आया, जिसे चालुक्य तैलप द्वितीय ने शीघ्र ही गद्दी से उतार दिया और उसने कल्याणी के नए चालुक्य साम्राज्य की नींव रखी। 973.

74 ई. में राष्ट्रकूट-सत्ता नष्ट हो गई। कृष्ण द्वितीय के बाद राजाओं का कालक्रम इस प्रकार भी रखा जा सकता है—इंद्र तृतीय (914.928 ई.) अमोघवर्ष द्वितीय (928. 29 ई.) गोविन्द चतुर्थ (930.36 ई.) अमोघवर्ष तृतीय (936.39 ई.) कृष्ण तृतीय (939. 67 ई.) खोग्हि (967.97 ई.) कर्क द्वितीय (972.93 ई0)।

राष्ट्रकूट-शासन का महत्त्व

दक्षिण भारत के इतिहास में इस वंश के शासन का व्यापक महत्व है। मराठों के पूर्व वैसा महत्त्वपूर्ण स्थान किसी का नहीं था। कृष्ण ने रामेश्वरम तक विजय प्राप्त की। अरब लेखक राष्ट्रकूटों को भारत का सर्वोच्च शासक मानते हैं। समस्त राज्यों में उनका स्वामित्व था और हस्तिसेनाएँ असंख्य थीं, लेकिन उनमें पदातिसेना की ही अधिकता थी। अमोघवर्ष को संसार के चार प्रमुख बादशाहों में गिना गया है। राष्ट्रकूटों ने अरबों के साथ सद्भाव बनाए रखा और उन्हें व्यापार-संबंधी अनेक सुविधाएँ दीं। अरबों से मित्रता का एक लाभ यह मिला कि गुर्जर व प्रतिहारों पर वे अपना दबाव बनाये रखे। राष्ट्रकूट राज्य में अरबों को न केवल व्यापारिक सुविधा थी, वरन् उन्हें अपनी मस्जिद बनाने और कानून बरतने की भी सुविधा थी। इससे उनकी अदूरदर्शिता का प्रमाण मिलता है। कहा जाता है कि वे लोग मुसलमान नगर-प्रशासक भी नियुक्त करते थे। धार्मिक दृष्टिकोण से दक्षिण में शिव और विष्णु की प्रधानता थी। ब्राह्मणधर्मपरक यज्ञ और तुलादान होते थे। दंतिदुर्ग ने उज्जैन में हिरण्यगर्भ नामक यज्ञ किया था। कृष्ण प्रथम ने एलोरा-मंदिर का निर्माण करवाया था। हिंदूधर्म के अतिरिक्त जैनधर्म की प्रधानता थी और अमोघवर्ष प्रथम, इंद्र चतुर्थ, कृष्ण द्वितीय तथा इंद्र तृतीय जैनधर्म के समर्थक थे। राष्ट्रकूटों के समय भारत में इस्लाम धर्म का आगमन हो चुका थ। इससे पता चलता है कि उनमें धार्मिक सहिष्णुता थी।

राष्ट्रकूट शासन-प्रणाली

राष्ट्रकूट वंश के शासन काल में शासन व्यवस्था काफी उच्चकोटि की थी। सीधे प्रबंधवाले क्षेत्र 'राष्ट्र' अथवा 'विषयों' में विभाजित थे। एक विषय में एक हजार से चार हजार तक गाँव होते थे (करहाटक = करोड़)। विषय में अनेक 'भुक्तियाँ' होती थीं। एक भुकक्त में पचास से सत्तर गाँव होते थे। गाँव शासन की सबसे छोटी इकाई थी। साम्राज्य के कुछ इलाकों का प्रबंध सामंत करते थे। प्रमुख सामंतों (जैसे गुजरात में) को पूर्ण स्वायत्तता प्राप्त थी। वे राजा की आज्ञा के बिना भी गाँवों का हस्तांरण कर सकते थे। सामंतों के अधीन उपसामंत होते थे और यद्यपि इनके अधिकार बहुत

सीमित होते थे, फिर भी ये लोग 'राजा' कहलाते थे। सामंतों पर राजा पूर्ण नियंत्रण रहता था उनको सम्राट् की आज्ञा का पालन करना होता था और राजभक्ति दर्शाने के लिये दरबार में उपस्थित होना पड़ता था। समय-समय पर निश्चित संख्या में सैनिक भी भेजने पड़ते थे और उनके यहाँ सम्राट् के प्रतिनिधि भी रहा करते थे।

'राष्ट्र' के अधिकारी को 'राष्ट्रपति' (राजस्व-प्रबंध के प्रधान) जिला के अधिकारी को 'विषयपति' और तहसील के अधिकारी को 'भोगपति' कहते थे। **विषयपति** और **भोगपति** राजस्व संबंधी काम ग्रामकूटों की सहायता से करते थे। गांवों में गुखिया व पटवारी की नियुक्ति होती थी जो ग्रामीण प्रशासन का दायित्व संभालते थे।

अभिलेखों से पता चलता है कि 'विषय-महत्तर' और 'राष्ट्र-महत्तर' भी थे। उनका सैनिक ढंग शक्तिशाली और कुशल था। सैनिक जातियों को गांवों में सैनिक प्रशिक्षण मिलता था। सेना के लिये भर्ती हेतु जाति-पांति का भेदभाव नहीं था। उसमें सभी जातियों के लोग होते थे—ब्राह्मण और जैन भी। प्रसिद्ध सेनापति बंकेय, श्रीविजय, नरसिंह आदि जैन थे। सामंतों के सैनिक भी समय पर बुलाए जाते थे। अनेक शूद्र भी सेना के 'नायक' होते थे।

सरकारी आय का मुख्य साधन कृषि, खनिज और व्यापार था। वस्त्र उद्योग प्रसिद्ध था। अधिकांश लेन-देन विनिमय के जरिए होता था।

राष्ट्रकूटों की देन

राष्ट्रकूट वंश चूंकि भारतीय इतिहास में प्रमुख स्थान रखते हैं अतः इनकी देन को भुलाया नहीं जा सकता है। उन लोगों ने दक्षिण भारत के बहुत बड़े क्षेत्र पर अपना साम्राज्य स्थापित किया और लगभग 250 वर्षों तक उस क्षेत्र में अपनी संगठन शक्ति का परिचय दिया। ये लोग हिंदूधर्म (मूलतः शिव और विष्णु) के माननेवाले थे, परंतु अन्य धर्मों के प्रति भी वे काफी सहिष्णु थे। हिंदू धर्म के विभिन्न संप्रदायों के प्रति भी उनका दृष्टिकोण बड़ा उदार था।

गुजरात शाखा का कर्कसुवर्ण सवयं शैव था, परन्तु उसने जैनों को भी दिल खोलकर दान किया। अमोघवर्ष ने जैनधर्म ग्रहण कर लिया था, परन्तु उसके बाद भी हिन्दू धर्म के प्रति उसकी आस्था बनी रही। विदेशियों के साथ भी उनका अच्छा संबंध था, खासकर अरबों के साथ। राष्ट्रकूट राजाओं ने अरब व्यापारियों की तरह-तरह की सुविधाएँ प्रदान कीं।

ऐलोरा का कैलाश मन्दिर राष्ट्रकूट शासक कृष्ण प्रथम के समय ही बना था। इसकी भित्तियों पर अन्य देवी-देवताओं की आकृतियाँ अंकित हैं। इस पर चालुक्यों की मंदिर-निर्माण-शैली का प्रभाव स्पष्ट है। इस मन्दिर की एक विशेषता यह है कि इसे एक ठोस चट्टान काटकर बनाया गया था। यह मंदिर भारतीय वास्तुकला की एक आश्चर्यजनक वस्तु है। राष्ट्रकूट अभिलेखों से यह पता चलता है कि ये लोग शिक्षा और साहित्य के बड़े प्रेमी थे। विद्यालय, महाविद्यालय और पुस्तकालयों को राज्य की ओर से उदारतापूर्वक दान दिया जाता था। कन्हेरी में एक बौद्धविहार का उल्लेख मिलता है। अमोघवर्ष स्वयं एक लेखक था और उसने कन्नड़ भाषा में काव्यशास्त्र पर **कविराजमार्ग** नामक पुस्तक की रचना की। अमोघवर्ष प्रथम के गुरु जिनसेन ने **हरिवंश** (783 ई.) की रचना की। इसके अतिरिक्त और भी कई प्रसिद्ध कवि तथा लेखक हुए, जिन्होंने संस्कृत और कन्नड़ भाषाओं में रचना करता था और उसकी प्रसिद्ध कृति है—**शांतिपुराण।**

सुलेमान के लेख इस बात के प्रमाण हैं कि राष्ट्रकूटों में अपार शक्ति थी। राष्ट्रकूट लोगों ने दक्षिण में स्थायित्व प्रदान किया, व्यापार को प्रोत्साहित किया और उत्तर भारत के शक्तिशाली पाल तथा प्रतिहार नरेशों को रोककर रखा। दक्षिणापथ को उन्होंने चरमोत्कर्ष पर पहुँचा दिया। उनके विरुद्ध दक्षिण भारत का कोई भी राजवंश सिर नहीं उठा सका। डॉ0 अल्तेकर के अनुसार इस बात का कोई प्रमाण नहीं मिलता है कि राष्ट्रकूट राजाओं ने गुर्जर-प्रतिहारों से युद्ध करने के लिये सिंध के अरब शासकों के साथ मैत्री-संबंध स्थापित कर लिया था। अरबों के साथ उनकी मित्रता थी, परन्तु वह मित्रता व्यापार के लिये थी और बहुत-सारे अरब व्यापारी राष्ट्रकूट राज्य में आया-जाया करते थे। धार्मिक उदारता के चलते राष्ट्रकूट राजाओं ने उन्हें मस्जिद बनवाने की भी अनुमति दी थी। राष्ट्रकूट शासकों ने सामंतों के अधिकार को सीमित कर दिया था और सारी शक्तियों को अपने हाथ केन्द्रित कर लिया था। दक्षिण भारत के इतिहास का यह सबसे ओजस्वी युग था। इसके पूर्व किसी वंश ने भारत के इतिहास में इतना महत्त्वपूर्ण स्थान नहीं प्राप्त किया था। उन्होंने भारत की सभी शक्तियों से सफलतापूर्वक टक्कर ली। वे लोग विद्या और कला के आश्रयदाता थे। अरब यात्रियों ने उनकी बड़ी प्रशंसा की है। सुलेमान ने अमोघवर्ष को संसार के चार सम्राटों में से एक माना है। वे जाति-पांति की भावना से दूर थे। मुसलमानों के साथ उनका व्यवहार आदरणीय था।

चालुक्य वंश

वादामी (वातापी) के चालुक्य (पश्चिमी चालुक्य वंश)—आंध्र साम्राज्य के

पतन के बाद दक्षिण भारत की राजनीतिक एकता भंग हो गई थी और छोटे-छोटे राज्यों का उदय हो गया था। वाकाटकों ने मध्यभारत और दक्षिणी भारत के अधिकांश क्षेत्रों पर अपना आधिपत्य जमाकर दक्षिण में एक प्रकार की एकता स्थापित की। गुप्त साम्राज्य और वाकाटकों के बाद दक्षिण भारत फिर कई भागों में विभक्त हो गया। ऐसा कोई ठोस प्रमाण नहीं मिला है जो दक्षिण भारत के इतिहास की वास्तविकता को उजागर कर सके। दक्षिण भारत के संबंध में हमारा ज्ञान अब भी अपूर्ण है। छठी शताब्दी से लगभग 300 वर्षों तक दक्षिण भारत का इतिहास मुख्यतः तीन प्रमुख शक्तियों के संघर्ष का इतिहास है। ये थे–

(i) वातापी के चालुक्य,

(ii) कांची के पल्लव, और

(iii) मदुरा के पांड्य।

आठवीं शताब्दी में चालुक्यों का स्थान राष्ट्रकूटों ने ले लिया। वातापी के राजवंश के अतिरिक्त चालुक्यों की और शाखाएँ थीं–लाटक चालुक्य तथा बंगाल के पूर्वी चालुक्य। ये लोग मुख्य शाखा से स्वतंत्र थे। मैसूर के गंग राजाओं के साथ पूर्वी चालुक्यों ने भी तीन राजाओं के संघर्ष में भाग लिया था। इसके परिणाम कभी-कभी बहुत निर्णायक सिद्ध हुए।

उत्पत्ति–इतिहासकारों के विचारों में इस बात को लेकर मतभेद है कि वादामी के चालुक्यों की उत्पत्ति कब हुई है? अनुश्रुतियों के अनुसार उनके पूर्वपुरुष का जन्म हरीति द्वारा अर्ध्यदान के समय उनके जलपात्र से हुआ। विल्हण के अनुसार यह जन्म उस तेजस्वी शूर द्वारा हुआ, जिसे पृथ्वी का अधर्म नष्ट करने के लिये ब्रह्मा ने अपनी हथेली से उत्पन्न किया था। कुछ लोग इसे अयोध्या का वंश मानते हैं, जो किसी कारणवंश दक्षिण चला गया था। **ह्वेनसांग** के अनुसार पुलकेसिन क्षत्रिय था। स्मिथ के अनुसार, चालुक्य और सालंकी विदेशी गुर्जरजाति के थे और ये राजपूताना से दक्षिण गए थे। यह मत सर्वमान्य नहीं है। ऐसी संभावना व्यक्त की जाती है कि इनके पूर्वज उत्तर भारत के किसी क्षत्रियवंश के थे, जो पहले राजस्थान गए और फिर गुप्त साम्राज्य के पतन के बाद वे राजस्थान से कर्णाटक पहुँचे और पाँचवीं शताब्दी में उन्होंने एक राजवंश की स्थापना की। गुप्त साम्राज्य के बाद जिन क्षत्रिय राज्यों का गठन हुआ, उनमें चालुक्य भी शामिल हैं। एक अभिलेख में रेम्मनकर को महासेनापति और महातलवर कहा गया है। ये लोग कर्णाटकवासी थे और इनकी भाषा भी कन्नड़ थी।

पश्चिमी चालुक्य वंश का संस्थापक राजा जयसिंह को माना जाता है जिसने राष्ट्रकूटों और कदंबों से युद्ध कर एक छोटा-सा राज्य अपने लिये बनाया था। उसने कई राजाओं को युद्ध में हराकर दक्षिण में अपने प्रभाव को बढ़ाया। उनके बाद **रणराग** गद्दी पर बैठा। उसके समय चालुक्यों की विशेष वृद्धि नहीं हुई। पश्चिमी चालुक्य वंश का इतिहास **पुलकेसिन प्रथम सत्याश्रय रणविक्रम** (535.566 ई.) से प्रारंभ होता है। उसने अश्वमेध और अन्य यज्ञ किये तथा वादामी में दुर्ग बनवया। वादामी को जीतकर उसने उसे अपनी राजधानी बनाया। वादामी से प्राप्त एक अभिलेख में उसका काल 543 ई. मिलता है। उसने सम्राट्-पद की भी अभ्यर्थना की। उसके बाद उसका पुत्र **कीर्तिवर्मा** (566.597 ई.) राजा हुआ। वह बड़ा ही महत्त्वाकांक्षी था। उसने कोंकण के मौर्यों, वनवासी के कदंबों और दक्षिण मैसूर के नलों को युद्ध में परास्त किया। इस बात में कोई सन्देह नहीं कि व्रह एक विजयी और पराक्रमी राजा था। नल मैसूर नहीं, वरन् दक्षिण कोशल तथा बस्तर राज्य के निवासी थे। अभिलेखों से पता चला है कि उसने उत्तर के मगध और मंग तथा दक्षिण में चोल एवं पांड्य राज्यों तक धावे मारे। उसके बाद उसके भाई ने उसके नाबालिग बच्चे को हराकर राज्य स्वयं हड़प लिया। उसका नाम **मंगलेश** (597.608 ई.) था। उसने पूर्वपयोधि और पश्चिमी समुद्र के बीच के प्रदेशों को अपनी विशाल सेना से आक्रांत किया। उसने रत्नागिरि जिले के रेवतीद्वीप की जीता और चेदि राज्य के कलचुरियों को अपने अधीन किया। उस समय कलचुरी शासक बुद्धराज था और उसका प्रभाव भी काफी विस्तृत था। मंगलेश के कलचुरी-आक्रमण का उल्लेख महाकूट-स्तंभाभिलेख में मिलता है। अभिलेखों में मंगलेश को 'रणविक्रांत' और 'उरुरणविक्रांत' कहा गया है। वह एक महान् निर्माता था। उसने वादामी में महाविष्णुगृह का निर्माण किया था। वह परम भागवत था। वह अपने पुत्र को राजगद्दी नहीं दे सका और अपने भतीजे के विरुद्ध संघर्ष करता हुआ मारा गया।

पुलकेसिन द्वितीय (608.42 ई.)—मंगलेश को मारकर पुलकेसिन द्वितीय 608 ई. में गद्दी पर बैठा और उसने **श्री पृथ्वीवल्लभ सत्याश्रय** की उपाधि धारण की। वह इस वंश का सर्वशक्तिमान, प्रतापी और विजयी राजा था। उसके राज्यारोहण के समय जो गृहयुद्ध हुआ था, उससे लाभ उठाकर उसके शत्रुओं ने गुट बनाकर चालुक्य वंश कपर आक्रमण कर दिया था। धैर्य, साहस, दृढ़ता और सफलता के साथ उसने इस परिस्थिति का सामना किया। सबको पराजित कर उसने अपनी योग्यता का परिचय दिया। इसके चलते तत्कालीन शासकों में उसकी प्रतिष्ठा काफी बढ़ गई। सर्वप्रथम उसने आपयायिक और गोविन्द के आक्रमणों को असफल किया और उन्हें

भीमरथी (भामा) के पार भगा दिया। उसने कदंबों की राजधानी वनवासी पर अधिकार किया और इस प्रकार उत्तर कन्नड़ पर आधिपत्य कायम कर उसने गंगवालों से गंगों और मालाबार के अलुपों को संत्रस्त किया। गंग राजा दुर्विनीत ने अपनी एक पुत्री का विवाह द्वितीय के साथ कर दिया और वही आगे चलकर विक्रमादित्य प्रथम की माता बनी। वह 'पश्चिमी सागर का गौरव' कहलाता था। उत्तरी कोंकण के मौर्यों को उसने परास्त किया और दक्षिण गुजरात के सीटों, मालवों तथा गुर्जरों ने उसके समक्ष आत्मसमर्पण किया। कोंकण की राजधानी 'एलिफैण्टा' द्वीप (पुरी) पर उसने अपना अधिकार कायम कर लिया था। इसके बाद उत्तरापथ और दक्षिणापथ के दो शक्तिशाली नरेशों (हर्ष और पुलकेसिन) में विन्ध्य और रेवा के बीच युद्ध हुआ, जिसमें हर्ष हार गया। हर्ष के शत्रु गुर-नरपति दद्द के साथ संधि था, जिसने वल्लभी-राजा ध्रुवसेन द्वितीय पर आक्रमण के विरुद्ध अपनी सुरक्षा का उपाय सोचा। चूंकि दर का काल 629 ई. है, इसलिए इस संघर्ष की तिथि उसके बाद की होनी चाहिए। 634 ई. की ऐहोल-प्रशस्ति में इस युद्ध का जिक्र है, परंतु 630 ई. के लोहनेर के दानपत्र में उसका उल्लेख नहीं है। इसलिए इसे 630 और 634 ई. के बीच रखना उचित होगा। हर्षवर्द्धन को उसने पराजित किया, इसका बह्माण हैदराबाद-दानपत्र से मिलता है। इसके बाद उसने अपने अनुज विष्णुवर्द्धन को युवराज बनाया तथा उसके अधीन राजधानी छोड़कर पूर्व-दक्कन की ओर विजय के हेतु चल पड़ा। ऐहोल-प्रशस्ति के अनुसार वह 99 ग्रामवाले तीन महाराष्ट्रों का स्वामी हो गया। ह्वेनसांग के अनुसार, पुलकेसिन के नेतृत्व में महाराष्ट्र के लोगों ने हर्ष के आक्रमण का निराकरण किया। उसने हर्ष को नर्मदा नहीं पार करने दिया। हर्ष की पराजय के बाद उसने 'परमेश्वर' की उपाधियाँ धारण कीं। इसके बाद समस्त भारत में उसकी प्रतिष्ठा बढ़ गई और महाकोशल तथा कलिंग के शासकों ने उसके सामने आत्मसमर्पण कर दिया। चालुक्य-साम्राज्य की उत्तरी सीमा एक स्थान पर महानदी को स्पर्श करती थी।

पुलकेसिन के बाद उसने पूर्व-दक्षिण भारत की ओर ध्यान दिया और कोशल (पांडुवंशी), कलिंग (गंग) तथा पिष्टपुर के नरपति और दक्षिण में विष्णुकुंडी विक्रमेन्द्रवर्मा तृतीय और पल्लव राजा महेन्द्रवर्मा को परास्त किया तथा उसके विरुद्ध चोल, पांड्य और केरलों से मित्रता की। लोहनेर के दानपत्र में उसे पूर्वी और पश्चिमी समुद्रों का स्वामी कहा गया है। उसने अपने भाई विष्णुवर्धन को पूर्वी दक्कन का राज्यपाल नियुक्त किया और उसके उत्तराधिकारियों ने ही बाद में वेंगी के पूर्वी चालुक्यवंश की स्थापना की। ऐहोल-अभिलेख में पुलकेसिन की उपलब्धियों का वर्णन है। यह उसका इतिहास जानने का प्रमुख साधन है। इसे कवि रविकीर्ति ने पद्यबद्ध

किया था। उसने गंग-शासक की कन्या से विवाह किया था, जिससे उसका पुत्र विक्रमादित्य प्रथम उत्पन्न हुआ था। सारे दक्षिणापथ पर पुलकेसिन का आधिपत्य था। उसका संबंध फारस के राजा के साथ भी था। इस दौत्य संबंध के द्वारा उसने अपने अधिकार का प्रसार किया। हाबरी के अनुसार उसने ईरान अथवा फारस के राजा खुसरू द्वितीय के साथ मित्रता स्थापित की और 625 ई. में पत्र और कुछ भेंट देकर अपने दूत भेजे। इसके उत्तर में ईरानी सम्राट् ने भी चालुक्य-नरेश के पास अपने दूत भेजे। ह्वेनसांग भी उसके दरबार में गया था। वह भी उसकी शक्ति का वर्णन करता है। इस चीनी यात्री के अनुसार उसके उदार शासन का विस्तार बड़ा था और उसके सामंत सर्वथा आज्ञाकारी थे। इसमें संदेह नहीं कि पुलकेसिन एक बहुत बड़े साम्राज्य का अधिपति था और उसके साम्राज्य में महाराष्ट्र, कोंकण और कर्णाटक के प्रदेश निश्चित रूप से शामिल थे। पुलकेसिन द्वितीय वादामीवंश का सर्वशक्तिमान शासक था। उसके साम्राज्य की सीमा उत्तर में विंध्यपर्वत और महानदी तक और दक्षिण में मैसूर तक फैली हुई थी। इतने बड़े साम्राज्य का शासन करना कठिन था, अतः उसने सामंती व्यवस्था का प्रश्रय लिया। केन्द्रीय भाग पर वह स्वयं शासन करता था और उत्तरी-दक्षिणी सीमावर्ती प्रदेशों का शासन सामंतों के हाथ था। भड़ौच, मालवा, गंग, कदंब, पूर्वी गंग, वन इत्यादि प्रांतों में अधीनस्थ सामंत शासन करते थे। समस्त साम्राज्य कई प्रांतों में बाँटा हुआ था।

पुलकेसिन की विजय-प्रगति आपत्ति में परिणत हुई। उसके अंतिम दिनों में ही चालुक्य-साम्राज्य का ह्रास शुरू हो गया था। 642 ई. में पल्लव नरसिंहवर्मन ने वातापी पर आक्रमण कर पुलकेसिन को पराजित किया। इसी युद्ध में पुलकेसिन मारा गया और उसके बाद ही पल्लव-सम्राट् ने 'वातापीकोंड' की उपाधि धारण की। पुलकेसिन की ख्याति भारत के बाहर भी पहुँची। हाबरी ने उसे प्रमेश-परमेश्वर (परमेश्वर अवरमानधेय) कहा है। पुलकेसिन जैनधर्म का अनुयायी हो गया, यद्यपि उसके पूर्वज वैदिक धर्म के माननेवाले थे। वह विद्या और कला का आश्रयदाता था और उसके दरबार में प्रसिद्ध लेखक तथा कवि रविकीर्ति रहता था। उसके समय के गुहा-स्थापत्य और चित्रकला के नमूने अजंता में पाए जाते हैं। उसके बाद उसके अधीन सामंतों ने विद्रोह कर दिया, जिसमें उसके दो पुत्र भी सम्मिलित थे। उसका दूसरा पुत्र विक्रमादित्य एक योग्य व्यक्ति था। उसने अपने नाना की सहायता से पल्लवों का सामना किया और अपने पिता के साम्राज्य की पुनः स्थापना की। उसने अपने को राजा घोषित किया और अपने भाई जयसिंहवर्मन को लाट (गुजरात) का

शासक नियुक्त किया। उसने ईरान के दरबार में भी अपने दूत भेजे। इसकी पुष्टि ईरानी इतिहासकार हाबरी ने की है। इनके जरिए से उसने एक पत्र और भेंट भेजी थी।

विक्रमादित्य प्रथम (655-80)–655 ई. में विक्रमादित्य प्रथम ने गृहयुद्ध को शांत किया। पल्लवों के तीन राजाओं से सुदीर्घ संघर्ष के बारद उसने उन्हें परास्त किया और उनकी राजधानी काँची को लूटकर तथा चोल, पांड्य और केरल में अपनी शक्ति का सिक्का जमाकर उसने अरबसागर, हिंदमहासागर और बंगाल की खाड़ी के तीन समुद्रों से अन्वेष्टित प्रदेशों पर आधिपत्य कायम किया। उसे सत्याश्रय, रणरसिक, अनिवारित, राजमल्ल आदि भी कहा गया है। उसने अपने-आपको 'महाराजाधिराज परमेश्वर' आदि भी कहा है। अपनी विजय-यात्राओं में उसे अपने वीर पुत्र और पौत्र विनयादित्य तथा विजयादित्य से बड़ी सहायता मिली। पल्लवों के अभिलेख से ज्ञात होता है कि परमेश्ववर्मन ने विक्रमादित्य को पेरुवलनल्लुर की लड़ाई में पराजित किया और उसकी नगरी का विध्वंस किया। 671 और 674 ई. के दानपत्रों से ज्ञात किया है कि विक्रमादित्य उन वर्षों में क्रमशः काँची के पश्चिम मलियपुरग्राम और चोल-राजधानी उग्रपुर में था। इस आधार पर ऐसा अनुमान लगाया जाता है कि इस बीच पल्लवों की शक्ति क्षीण हो गई थी। उसके भाई धराश्रय जयसिंहवर्मा (गुजरात का राज्यपाल) ने माही और नर्मदा के बींच के प्रदेश पर राज्य करने वाले राजा 'वज्जड' को हरा दिया।

विनयादित्य (680-96 ई.)–विक्रमादित्य के बाद उसका पुत्र विनयादित्य शासक हुआ। उसे भी अपनी विजयों में अपने पुत्र विजयादित्य से काफी सहायता मिली। उसके शिलालेख में दक्षिण में पल्लव, चोल, पांड्य, केरल और सिंहल तक के राज्यों पर विजय प्राप्त करने का उल्लेख है। अपने पुत्र के साथ उसने उत्तरापथ पर अभियान किया और संभवतः वहीं मारा गया। उसके एक अभिलेख में कहा गया है, "विनयादित्य सत्याश्रय ने सारे उत्तरापथ के राजाओं को कुचलकर साम्राज्य के लक्षण धारण किए।" संभवतः उसने आदित्यसेन के किसी कर्मचारी को परास्त किया होगा।

विजयादित्य (696-733 ई.)–विनयादित्य के बाद उसका पुत्र विजायादित्य शासक हुआ। 730 ई. के उच्छल के शिलालेख से ज्ञात होता है कि उसने काँची पर आक्रमण कर वहाँ के राजा परमेश्वरवर्मा द्वितीय से कर प्राप्त किया। उसने पत्तदक्कल में शिवमंदिर का निर्माण किया, जिसके देवता को विजयेश्वर नाम से पुकारा गया है

और जो अब संगमेश्वर नाम से प्रसिद्ध है। एक अभिलेख से पता चलता है कि उसकी एक प्रेमिका ने 'हिरण्यगर्भ' दान किया था।

विक्रमादित्य द्वितीय (733-47 ई.)—विनयादित्य के बाद उसका पुत्र विक्रमादित्य गद्दी पर बैठा। उसने पल्लवों के विरुद्ध अपना वंशानुगत संघर्ष जारी रखा और उनकी राजधानी काँची पर आक्रमण किया। वहाँ से नंदिवर्मा द्वितीय भाग गया। शवरराज उदयन, निषादराज, पृथ्वीव्याघ्र और गंगराज श्रीपुरुष उसके सहायक थे। उसने चोल, पांड्य, केरल, कलभ्र आदि दक्षिण भारतीय राज्यों पर भी आक्रमण किया। उसके उत्तरी राज्यपाल अवनिजनाश्रय पुलकेसिन ने अरबों के आक्रमण को विफल किया और अनिवर्तकनिवर्तयितृ की उपाधि की। लाट पर राष्ट्रकूट दंतिदुर्ग ने अधिकार कर चालुक्य राज्य को वहाँ से समाप्त कर दिया। विक्रमादित्य द्वितीय ब्राह्मणों को दान देने के लिए भी प्रसिद्ध था। उसकी दोनों हैहयकुलीन पत्नियों ने शिव के दो विशाल मंदिर बनवाए।

कीर्तिवर्मा द्वितीय (746-57 ई.)—विक्रमादित्य द्वितीय के बाद उसका पुत्र कीर्तिवर्मा द्वितीय राजा हुआ। उसे दंतिदुर्ग राष्ट्रकूट ने हरा दिया। कीर्तिवर्मा ने पल्लवों से लोहा लिया। यह वातापी के चालुक्य वंश का अंतिम सम्राट् था। 754 ई. के लगभग चालुक्य-साम्राज्य का उत्तरी भाग राष्ट्रकूटों के अधीन हो उत्थान के साथ ही चालुक्यों का पतन हो गया। फिर राष्ट्रकूट साम्राज्य के खंडहरों पर पुनः उनका उदय होता है; किंतु इनमें से केवल दो अपवादों को छोड़कर शेष के बारे में ऐसा कोई प्रमाण नहीं है, जो उनका वादामी के चालुक्य से कोई संबंध सिद्ध करे।

चालुक्यकालीन संस्कृति

वातापी के चालुक्य कट्टर ब्राह्मण थे, परंतु साथ-ही-साथ अन्य धर्मों के प्रति सहिष्णु भी। उनके उत्कर्ष के समय दक्षिण में जैनधर्म का बोलबाला था। ऐहोल-अभिलेख से ज्ञात होता है कि रविकीर्ति ने जितेन्द्र का मंदिर बनवाया। विजयादित्य और विक्रमादित्य द्वितीय ने भी जैन पंडितों को ग्रामदान किए। चीनी यात्री के अनुसार इस क्षेत्र में बौद्धधर्म का ह्रास हो रहा था। इस राज्य में 100 से ऊपर बौद्धविहार थे और दोनों यानों के भिक्षुओं की संख्या 500 के करीब थी। राजधानी के भीतर-बाहर पाँच अशोकस्तूप थे। ब्राह्मणधर्म उत्कर्ष पर था। वातापी और पत्तदक्कल (पहडकाल 1) में त्रिमूर्ति के विशाल मंदिर बने थे। ब्रह्मा, विष्णु और विश्व के अनेक नाम प्रचलित थे। ठोस चट्टानों को काटकर भी मंदिरों का निर्माण किया जाता था। मंगलेश ने

इसी प्रकार के एक मंदिर का निर्माण करवाया था। अजंता के कुछ चित्र भी इसी समय बने थे। यज्ञों का अनुष्ठान भी होता था और स्वयं पुलकेसिन प्रथम ने अश्वमेध, वाजपेय, पौंडरिक आदि अनेक यज्ञों का अनुष्ठान किया था। चालुक्य मंदिर अलंकृत आधार पर स्थित होता था। इसके अनेक कोण होते थे और इसका नक्शा सितारानुमा हुआ करता था। इसका शिखर 'कलशमंडित कोणात्मक स्तंभ' से अलंकृत था। राजनीतिक संघर्ष सांस्कृतिक विकास के कार्य में बाधक नहीं बना। भक्ति-साहित्य और दार्शनिक विचारधारा का पर्याप्त विकास इस युग में हुआ। धार्मिक जागरण से प्रेरित होकर वास्तुकला, शिल्पकला, चित्रकला तथा संगीतकला के क्षेत्र में काफी प्रगति हुई थी। यह प्रभाव समुद्रपार-स्थित विभिन्न देशों में भी पहुँचा। ह्वेनसांग इस राज्य के संबंध में इस प्रकार लिखता है—"मिट्टी अच्छी उपजाऊ हैं, यह बराबर होती जाती है इससे उपज भी बहुत अधिक होती है। यहाँ के लोग गर्वीले और युद्धप्रिय हैं, उपकार के प्रांत कृतज्ञ और अपकार के प्रति प्रतिशोध-वृत्तिवाले हैं; शरण में आए हुए के प्रति आत्मबलिदान करने को तैयार रहते हैं और अपमान से रक्तपिपासु हो जाते हैं; युद्ध में उनके नेता मद्य से मदमस्त होकर लड़ते हैं।"

चालुक्य शासन-पद्धति

राज्य के सभी ब्योरे को राजा स्वयं देखता था। वह अपना अधिकांश समय सभामंडप में बिताता था और युद्ध का नेतृत्व भी करता था, वह राज्य के विभिन्न हिस्सों का दौरा भी करता था। राजपद आनुवंशिक था। उनकी उपाधि 'सत्याश्रय श्री पृथ्वीवल्लभ महाराज' थी। पुलकेसिन द्वितीय ने परमेश्वर की उपाधि धारण की। विक्रमादित्य के समय में 'महाराजाधिराज' एवं 'भट्टारक' का भी प्रयोग हुआ। चालुक्य राजाओं की पूरी उपाधि 'सत्याश्रय श्री पृथ्वीकल्लभ महाराजाधिराज परमेश्वर भट्टारक' हुई। ये लोग परमभागवत थे, अतः 'परममाहेश्वर' भी जोड़ा करते थे। राजा सभी शास्त्रों और दंडनीति का अध्ययन करता था, समस्त प्रशासन राजपरिवार के सभी सदस्यों में निहित था। चालुक्यों का राज केंद्रित था। एकात्मक नहीं था। विभिन्न वंशों के विजित राजाओं को भी सामंतों के रूप में अपने राज्य में शासन का अधिकार दे दिया जाता था। रानियाँ विदुषी हुआ करती थीं। विजय भट्टारिका कवयित्री थीं।

राजा की विज्ञप्ति को **राजश्रावितम्** कहा गया है। मौखिक ओदश राजा के सचिव लिखते थे और संबद्ध अधिकारियों के पास भेज देते थे। दो ऐसे लेखकों के नाम थे—वैद्यान्वय के बज्रवर्मन और महासंधिविग्रहिक जयसेन। चार महासंधिविग्रहिक के नाम भी मिलते हैं—श्री राम, निरवद्य, अनिवारित और धनंजय।

अभिलेखों में राष्ट्र विषय और नाडुशिव मिलते हैं। राजा सामंतों के कार्य में हस्तक्षेप नहीं करता था।

युद्ध के समय सामंतों को अपनी-अपनी सेना के साथ उपस्थित रहना पड़ता था। विषयतियों, सामंतों, ग्रामभेगिकों, महतरों आदि का उल्लेख हमें तत्कालीन दानपत्रों में मिलता हैं, क्योंकि उन लोगों को दान के बारे में सूचित किया जाता था। विषयपति को 'देशधिगरिगल' भी कन्नड़ भाषा में कहा जाता था। वे राजा के प्रतिनिधि होते थे और उसके हित की रक्षा करते थे। साम्राज्य प्रशासन में केंद्राभिमुखता का अभाव था। यह विष्णुवर्धन के सतारा दान लेख से स्पष्ट है।

ग्राम शासन का अधिकारी 'गामुंड' कहलाता था और वह राजा और गाँव की जनता के बीच कड़ी का काम करता था। कई अभिलेखों में 'करणों' (गाँव के लेखापाल) का भी उल्लेख है। गाँव प्रशासन में महाजन (महाजन प्रजा सामंत अथवा महतर) का भी महत्त्व था। स्थानीय कार्यों का नियमन भी राजाओं से ही होता था। इसमें 'राजपुरुषों' का भी उल्लेख है। महाजन के अतिरिक्त 'नगर' का भी उल्लेख मिलता है। उद्योग और व्यापार के हितों के प्रतिनिधि होते थे। **लक्ष्मेश्वर अभिलेख** से सरकार और ग्राम संस्थाओं के बीच में संबंध का पता चलता है। अभिलेखों में प्रचलित करों का भी उल्लेख है।

चालुक्यकालीन संस्कृति

ह्वेनसांग के विवरण से इस राज्य की सांस्कृतिक अवस्था पर काफी प्रकाश पड़ता है। लोगों को विद्या का व्यसन था। वादामी चार महाविद्याओं की अकादमी थी, जिसमें दो हजार छात्रों का उल्लेख मिलता है। चौदह विद्याओं में चार वेद, 6 अंग पुराण, मीमांसा, न्याय और धर्मशास्त्र की गणना थी। चार विद्याओं में आन्वींक्षकी (दर्शन), त्रयी (वेद), वार्ता (अर्थशास्त्र) और दंडनीति (राजनीति) शामिल थी। उसे समय महाराष्ट्र में सौ से अधिक बौद्ध विहार थे। राजपरिवार के लोग आमतौर पर शैव या वैष्णव थे। सूर्यग्रहणों और चंद्रग्रहणों के अवसर पर वे दान देते थे। जैनधर्म का भी प्रचार था। रविकीर्ति ने ऐहोल में जिनका मंदिर बनवाया था।

संस्कृत साहित्य का भी इस युग में काफी विकास हुआ। **ऐहोल प्रशस्ति** साहित्यिक दृष्टिकोण से काफी महत्त्वपूर्ण है और रविकीर्ति का दावा है कि उसने कालिदास और भारवि के समान यश प्राप्त किया। पुलकेसिन द्वितीय के श्वसुर और सामंत गंगराज दुर्विनीत ने शब्दावतार नामक व्याकरण ग्रंथ की रचना की तथा किरातार्जुनीय के सबसे क्लिष्ट पंद्रहवें सर्ग पर टीका भी लिखी। कहा जाता है कि

उसने गुणाढ्य की वृहत्कथा का संस्कृत में अनुवाद भी किया था। राजशेखर के अनुसार कालिदास के बाद वैदर्भी शैली का आश्रय कर्णाट कवयित्री विजया ही है। 729 ई. में विजयादित्य में समय में जैनेन्द्र व्याकरण की रचना भी हुई। सोमदेव सूरि को चालुक्यों का आश्रय प्राप्त था। वे **यशस्तिलक चंपू** तथा नीतिवाक्यामृत के रचयित थे। उसी समय कन्नड़ भाषा की भी प्रगति हुई और कन्नड़ का प्राचीनतम ग्रंथ है—कविराजमार्ग, जिसके लेखक थे राष्ट्रकूट राजा नृत्य तुंग। पंत ने अपने प्रसिद्ध ग्रंथ आदिपुराण में प्रथम जैन तीर्थंकर की जीवनगाथा लिखी और उसके दूसरे ग्रंथ का नाम है। **विक्रमार्जुन विजय।** उसने अपने ढंग से महाभारत की कथा भी लिखी है, जो **पंचभारती** के नाम से प्रसिद्ध है।

वेंगी के पूर्वी चालुक्य

पुलकेसिन द्वितीय ने 615 ई. के लगभग पूर्वी प्रांतों का शासन अपने अनुज कुब्ज **विष्णुवर्धन विषमसिद्धि** के सुपुर्द कर दिया था। 610 ई. में वह सतारा और नासिक के बीच के प्रदेश में अपने भाई पुलकेसिन द्वितीय का राज्यपाल था, जैसा कि सतारा के दानपत्र और **अवंतिसुंदरीकथासार** नामक कृति से प्रकट होता है। 631 ई. में पुलकेसिन ने उसे विजगापट्टम और नेलोर के बीच के नवविजित तटवर्ती प्रदेश का राज्यपाल नियुक्त किया। इसके बाद वह स्वतंत्र हो गया और उसने पृथक राजवंश की स्थापना की। उसके दानपत्रों से प्रतीत होता है कि पिष्टपुर और विजगापट्टम के बीच उसका राज्य था। उसके उत्तराधिकारियों के शिलालेखों से ज्ञात होता है कि उसने 18 वर्षों तक राज्य किया (615-633)। उसके पुत्र और उत्तराधिकारी **जयसिंह प्रथम** ने पूर्णरूपेण स्वतंत्र होकर शासन करना शुरू किया। चालुक्यों की इसी शाखा को 'वेंगी के पूर्वी चालुक्य' कहते हैं। अनेक अपकर्षों और उत्कर्षों के साथ इन्होंने पाँचा सौ वर्षों तक आंध्रप्रदेश तथा कलिंग के एक भाग पर शासन किया। इस उर्वर और महत्त्वपूर्ण प्रदेश पर अधिकारमात्र इस कुल को दक्षिण की राजनीति में गरिमा प्रदान करने के लिए पर्याप्त था।

विष्णुवर्धन के बाद **जयसिंह प्रथम** (633 से 663 ई.) शासक हुआ। उसने तीस वर्षों तक शासन किया। उसके बाद बहुत-से-राजा हुए। **विष्णुवर्धन द्वितीय** के राज्यकाल में पृथ्वीव्याघ्र नामक एक निषाद राजा ने नेलोर के निकटवर्ती दक्षिणी प्रदेश पर अधिकार कर लिया। काँची के नंदिवर्मा द्वितीय पल्लव ने उसे वहाँ से निकाल दिया। इस वंश का अलग राजा **विजयादित्य प्रथम** (746-64) था। इस वंश पर राष्ट्रकूल-आक्रमण हुआ। उसका उत्तराधिकारी **विजयादित्य द्वितीय** (799-843 ई.)

नरेन्द्र मृगराज था। उसने अपने पड़ोसी शत्रुओं को परास्त कर राष्ट्रकूट गोविंद तृतीय की सहायता की यांचना की। उसके उत्तराधिकारी **विजयादित्य तृतीय** (844-88 ई.) ने राष्ट्रकूट कृष्ण द्वितीय को हराकर उसकी राजधानी मान्यखेट को लूट लिया। वह एक राजा से लड़ता हुआ मारा गया, तो चोलवंशीय माना जाता है। विजयादित्य तृतीय ने राष्ट्रकूट, गंग और अन्य समसामयिक शक्तियों पर विजय प्राप्त की थी। राष्ट्रकूट अमोघवर्ष (814-77) ने उसे आत्मसमर्पण करने पर विवश किया, किंतु **भीम प्रथम** ने फिर इस वंश की प्रतिष्ठा समुन्नत की।

भीम प्रथम का उत्तराधिकारी **अम्भ विष्णुवर्धम षष्ठ** था, जिसके संबंधियों औश्र सामंतों ने राष्ट्रकूट कृष्ण तृतीय से मिलकर उसके विरुद्ध षड्यंत्र किए और सिंहासन के लिए बनावटी दावेदार खड़े किए। एक ऐसे ही दावेदार युद्धमल्ल ने गद्दी पर दावा किया। **भीम तृतीय** (934-45) ने स्थिति सँभाली, गद्दी पर अधिकार करनेवाले का वध किया, विद्रोही पड़ोसियों को परास्त किया और राष्ट्रकूट गोविन्द पंचम को भी परास्त किया। 973 से 1003 ई. तक अशांति का काल रहा, क्योंकि चोलों के आक्रमण से गड़बड़ी फैल गई थी। **शक्तिवर्मा** (1003-1015 ई.) ने इस राज्य की प्रतिष्ठा पुनः स्थापित की और उसने अपनी मुद्राएँ भी जारी कीं। उसके समय स्थिति अच्छी रही। उसका उत्तराधिकारी **विमलादित्य** और अन्य चोलों के राजनीतिक प्रभाव में रहे। यह प्रभाव दोनों राजकुलों में वैवाहिक संबंध हो जाने के कारण हुआ। विमलादित्य ने चोल राजकुमारी से विवाह किया और उसके पुत्र **राजराज विष्णवर्धन** ने राजेन्द्र प्रथम की कन्या ब्याही। **विष्णुवर्धन सप्तम** चोल राजा का पौत्र था। उसके बाद उसका पुत्र गद्दी पर आया, जो चालुक्य की अपेक्षा चोल अधिक था। तीन पीढ़ियों तक दोनों राज्यों के वैवाहिक संबंध बहुत घनिष्ठ रहे। इस संबंध का परिणाम **राजेन्द्र चोल द्वितीय** हुआ, जो बाद में कुलोत्तुंग नाम से विख्यात हुआ (1063-1118 ई.)। इसीलिए **विक्रमांकदेवचरित** में पूर्वी चालुक्य राजाओं को चोल कहा गया है। 1070 ई. में उसे दोनों राज्य प्राप्त हुए और अपने चाचा विजयादित्य सप्तम को वेंगी से भगाकर उसके पुत्रों—राजराज गुम्मांडचोड़ और वीरचोड़—को उसने इस प्रदेश का शासक बनाया। इस प्रकार पूर्वी चालुक्य और चोलों के राज्य मिलकर एक हो गए और इस वंश ने प्रायः दो सदियों तक समृद्ध शासन किया।

पश्चिमी चालुक्य और चोलों के बीच युद्ध की स्थिति बनी रहीं। पश्चिमी चालुक्यराज्य विक्रमादित्य षष्ठ ने चोल राजधानी पर आक्रमण किया, जिसका अंत परंपरागत पद्धति क़े अनुसार विक्रमादित्य और वीरराजेन्द्र चोल की पुत्री के विवाह

द्वारा हुआ। विक्रमादित्य ने अपने साले परकेसरी अधिराजेन्द्र को चोल राजसिंहासन पर बैठकर अपनी स्थिति दृढ़ करनी चाही। इससे चोल-चालुक्य-संबंध के इतिहास में एक घटना घटी। पूर्वी चालुक्य राजेन्द्र चोल कुलोत्तुंग ने विक्रमादित्य के भाई सोमेश्वर द्वितीय के साथ षड्यंत्र कर परकेसरी को चोल-सिंहासन से उतार दिया। विक्रमादित्य षष्ठ को फिर हस्तक्षेप करना पड़ा और फिर पूर्वी पश्चिमी चालुक्यों से संघर्ष हुआ। चोल-चालुक्यों का मिला-जुला शासन लगभग दो सौ वर्षों तक चला। अंत में वारंगल के काकजिय, होयसलों और अन्य शक्तिशाली पड़ोसियों के उत्कर्ष के कारण यह राजकुल नष्ट हो गया।

उत्तरकालीन पश्चिमी चालुक्य अथवा कल्याण के पश्चिमी चालुक्य

कृष्ण तृतीय राष्ट्रकूट ने चालुक्य तैलप द्वितीय को तारवाड़ी का महत्त्वपूर्ण प्रांत पुरस्कार में दिया था। एक सिद्धांत यह है कि **तैलप कीर्तिवर्मन द्वितीय** उस व्यक्ति का वंशज था, जिसे राष्ट्रकूटों ने दक्षिण से निकाल दिया था। इसमें संदेह नहीं कि तैलप के रक्त में वातापी के चालुक्यों का रक्त था। कारवंदी से प्राप्त एक अभिलेख (993 ई.) में लिखा है कि तैलप ने मान्यखेट से शासन किया था। कल्याण की राजधानी के रूप में इसका (मान्यखेट का) उल्लेख 1033-34 में होता है। डॉ. अल्तेकर के अनुसार तैलप हैदराबाद रिसायत के उत्तरी भा में कहीं सामंत की हैसियत से रहता था। एक अभिलेख से यह पता चलता है कि तैलप कृष्ण तृतीय का एक कर्मचारी था। 957 ई. वह तारवाड़ी का शासक था। इन सब साधनों के आधार पर यहां कहा जा सकता है कि वह प्राचीन चालुक्यवंश का था और अवसर पाकर उसने चालुक्यशक्ति का पुनरुद्धार किया। उसके वंशजों ने आगे चलकर कल्याणी को अपनी राजधानी बनाया, इसलिए वे लोग 'कल्याणी के चालुक्य' कहलाए।

अपने उत्कर्ष के पूर्व तैलप संभवतः राष्ट्रकूटों का सामंत था। वह उत्तर में गुजरात को छोड़कर प्रायः संपूर्ण चालुक्य राज्य का मालिक था। मालवा के परमार मुंज से उसका कई बार युद्ध हुआ। पहले तो मुंज विजयी होता रहा, परंतु अपने आक्रमण में वह तैलप द्वारा बंदी हुआ और भागने के षड्यंत्र में मारा गया। तैलप ने 24 वर्षों तक शासन किया। कल्याणी के चालुक्यों और चोलों में बराबर संघर्ष चलता रहा था। कल्याणी के चालुक्य और तंजोर के चोलों की राज्यसीमा तुंगभद्रा नदी के इस पार और उस पार सटती जा रही थी। तैलप ने 980 ई. में चोल राजा उत्तम चोल को हराया। उसने कुंतल और कन्नड़ प्रदेश पर अपना अधिकार जमाया। 997 ई. में उसकी मृत्यु हो गई।

सत्याश्रय (997-1008 ई.)—तैलप के बाद उसका पुत्र **सत्याश्रय** गद्दी पर बैठा। उसके समय रामराज प्रथम ने चालुक्यराज पर आक्रमण किया, परंतु इसके बावजूद उसने अपने को मजबूत किया और चोलों से दक्षिण में कुछ प्रदेश भी जीते। उसने अपने पिता की प्रसारवादी नीति को अक्षुण्ण रखा। उसके बाद (1008 से 1015 ई. तक) **विक्रमादित्य** का शासन रहा। उसके बाद **जयसिंह** राजा हुआ। मुंज की हत्या का बदला लेने के लिए परमार भोज ने चालुक्यों पर आक्रमण कर दिया। जयसिंह ने अपने विश्वासी सामंतों की सहायता से अपने प्रदेशों को पुनः जीत लिया। चोल सम्राट् राजेन्द्र प्रथम उसका प्रमुख शत्रु था। वेंगी के गुहयुद्ध में चोलों और चालुक्यों ने विरोधी पक्ष का समर्थन किया। जयसिंह परास्त हुआ और तुंगभद्रा दोनों राज्यों की सीमा निश्चित हुई, परंतु, राजेन्द्र चोल के अंतिम दिनों में फिर चोल-चालुक्य-संघर्ष शुरू हुआ। उसने परमार भोज को परास्त कर मालवसंघ को नष्ट कर किया। उसके बाद उसका पुत्र **सोमेश्वर प्रथम आहवमल्ल राजा हुआ।**

सोमेश्वर प्रथम (1042-68 ई.)—सोमेश्वर प्रथम के विरुद्ध 'आहवमल्ल' और 'त्रैलोक्यमल्ल' थे। उसने मालवा पर आक्रमण किया और मांडु तथा धार को लूटा। चालुक्य-सेना ने उज्जैन को भी लूटा। कलचुरी और अन्हिलवाड़ परमार ने अपने कुलशत्रु सोमेश्वर प्रथम को अपनी सहायता के लिए आमंत्रित किया। सोमेश्वर ने कलचुरी और गुजराती सेनाओं को परास्त किया और जयसिंह को परमार-गद्दी पर बैठा दिया। इस प्रकार चालुक्यों पर परमारों की मित्रता स्थापित हुई और सोमेश्वर को उत्तरी आक्रमण में काफी सहायता मिली। दक्षिण में चोलों के संघर्ष से चालुक्यों को काफी नुकासान हुआ, परंतु **विक्रमांकदेवचरित** से ज्ञात होता है कि सोमेश्वर प्रथम ने चोलों के महत्त्वपूर्ण केंद्र पर आक्रमण कर दिया था। इसमें उसे अपने पुत्र विक्रमादित्य षष्ठ से काफी सहायता मिली थी। दक्षिण से मुक्त होकर वह उत्तर में गंगा के दोआब की ओर बढ़ा। उसने चंदेल, कच्छपघाट और कन्नौज के शासकों को संत्रस्त किया और कलुचरी शासक भी उसके समक्ष कमजोर सिद्ध हुआ। उसके आक्रमण का अवरोध पालवंश भी नहीं कर सका। उसके पुत्र विक्रमादित्य षष्ठ ने मिथिला, मगध, अंग, बंग और गौड़ को रौंद डाला। सोमेश्वर प्रथम के नेतृत्व में चालुक्यों की गति प्रबल हो उठी। उसने कौशल-कलिंग में प्रवेश किया और चित्रकूट के राजा धारवर्ष को अपने अधीन किया। इन आक्रमणों से उसे काकतिय राजा से बड़ी सहायता मिली थी। उसने वेंगी के शासक को अपनी अधीनता मानने पर विवश किया। उसने गंगवाड़ी पर भी आक्रमण के लिए सेना भेजी। 1068 ई. में तुंगभद्रा में डूबने से उसकी मृत्यु

हुई। वह एक कुशल सैनिक और विजयी ही नहीं, वरन् एक सफल निर्माता भी था। उसने कल्याण का निर्माण किया।

सोमेश्वर द्वितीय (1068-1076 ई.)—सोमेश्वर प्रथम के बाद उसका पुत्र सोमेश्वर द्वितीय गद्दी पर बैठा। उसका छोटा भाई **विक्रमादित्य** अत्यंत महत्त्वाकांक्षी था। सोमेश्वर द्वितीय और विक्रमादित्य में लड़ाई छिड़ गई। उसने चालुक्य शत्रु वीर राजेन्द्र से मित्रता कर ली और वीर राजेन्द्र की एक पुत्री का विवाह विक्रमादित्य से हुआ। वस्तुतः चालुक्य राज्य दो भागों में बँट गया। उत्तर का स्वामी सोमेश्वर द्वितीय और दक्षिण का विक्रमादित्य था। परिस्थिति से बाध्य होकर सोमेश्वर द्वितीय को गद्दी छोड़नी पड़ी। उसने आठ वर्षों तक राज्य किया। 1070 ई. में वीर राजेन्द्र की मृत्यु के बाद विक्रमादित्य षष्ठ ने शीघ्र काँची आकर अपने साले अधिराजेन्द्र को राजा बना दिया। पूर्वी चालुक्य राजा कुलोत्तुंग प्रथम ने सोमेश्वर द्वितीय की सहायता से शीघ्र ही अधिराजेन्द्र की गद्दी से हटा दिया। इससे सोमेश्वर द्वितीय और विक्रमादित्य षष्ठ में एक भ्रातृघातक गृहयुद्ध छिड़ गया। विक्रमादित्य षष्ठ की ओर से यादव, कदंब और होयसल थे। विक्रमादित्य ने सोमेश्वर द्वितीय को पराजित कर बंदी बनाया और 1076 ई. में अपने-आपको शासक घोषित किया।

विक्रमादित्य षष्ठ (1076-1126 ई.)—**विक्रमांकदेवचरित** के अनुसार विक्रमादित्य षष्ठ त्रिभुवनमल्ल एक शक्तिशाली शासक था। उसने अपनी युद्धकुशलता का परिचय दिया और जयकेसिन नामक कोंकण-राजा तथा अन्य दक्षिणी राजाओं पर विजय प्राप्त की। 1076 ई. में अपने राज्यारोहण के उपलक्ष में उसने 'चालुक्य विक्रम संवत' चलाया। उसे कई दिक्कतों का भी सामना करना पड़ा। 1111 ई. मे बिजिह विष्णुवर्धन के नेतृत्व में होयसलों ने विद्रोह किया, परंतु उन्हें हार मानकर विक्रमादित्य की अधीनता स्वीकार करनी पड़ी। उसने वेंगी और गंगवाड़ी को जीतकर आक्रामक नीति का श्रीगणेश किया। वह इस वंश का सबसे महान शासक था। वह कला और संस्कृति का संरक्षक था। दूर-दूर के विद्वान उसके दरबार में रहते थे। वह कश्मीरी पंडित विल्हण का संरक्षक था। कुछ लोग विज्ञानेश्वर ('मिताक्षरा' का लेखक) को भी उसका सभासद मानते हैं। उसे अन्हिलवाड़ के चालुक्यों का सामना करना पड़ा। उसके छोटे भाई जयसिंह ने भी विद्रोह किया। उसने जयसिंह को वनवासी प्रांत का शासक नियुक्त किया। चोल-होयसल-आक्रमण को विफल कर उसने अपनी युद्धकुशलता का परिचय दिया। 1126 ई. में उसकी मृत्यु हो गई।

विक्रमादित्य षष्ठ का उत्तराधिकारी **सोमेश्वर तृतीय भूलोकमल्ल** (1126-38 ई.) था। वह **मानसोल्लास** जैसे प्रसिद्ध ग्रंथ का प्रणेता था। उसका पुत्र **जगदेवमल्ल**

द्वितीय (1138-51 ई.) समर्थ व्यक्ति था। उसने होयसलों के प्रसार को रोका और जयवर्मन परमार पर आक्रमण कर मालवा का एक भाग छीन लिया। अन्हिलवाड़ का शासक कुमारपाल मालवा में चालुक्य-हस्तक्षेप को सहन न कर सका, जिसके चलते दोनों में मतभेद हुआ। सोमेश्वर तृतीय की मृत्यु के बाद विक्रम चोल ने वेंगी पर फिर से अधिकार कर लिया। **तैलप तृतीय** तक (1149-63 ई.) दुर्बल राजाओं की परम्परा के राज्यकाल में चालुक्य राज्य का क्रमिक विघटन आरम्भ हुआ। चालुक्यों के सामंतों, जैसे विष्णुवर्धन के नेतृत्व में होयसलों, वारंगल के काकतियों, तारवाड़ी के कलचुरियों और देवगिरि के यादवों के विद्रोह भड़क उठे। 1157 ई. में कलचुरी राजा विज्जल ने होयसलों को पीछे धकेलकर और अपने-आपको राजा घोषित कर कल्याणी पर अधिकार कर लिया। 1183 ई. में तैलप तृतीय के पुत्र **सोमेश्वर चतुर्थ** ने कलचुरियों को पीछे हटा दिया, किंतु **भिल्लन** (1187-91 ई.) के राज्यकाल में चालुक्यों ने राज्य के उत्तरी भाग और कल्याणी को यादवों के हवाले करके वहाँ से दक्षिण में वनवासी की ओर प्रस्थान किया। उसी समय वल्लाल द्वितीय के नेतृत्व में होयसलों ने अनेक युद्धों में चालुक्यों को परास्त किया और भिल्लन को मार डाला। काकतियों ने भी कुछ प्रदेश जीतकर चालुक्यों के विघटन की प्रक्रिया में योगदान किया। भिल्लन के पुत्र **जयतुंगी** ने 1196 ई. में काकतिय राजा रुद्र का वध किया और उसके पुत्र सिंहण ने होयसल राजा बल्लात द्वितीय से वे सब प्रदेश फिर से जीत लिए, जो उसने सोमेश्वर चतुर्थ और भिल्लन को हराकर प्राप्त किए थे।

शासन-व्यवस्था

सम्राट् का पूरा विरुद इस प्रकार–"समस्त भुवनाश्रय, श्री पृथ्वीवल्लभ महाराजाधिराज परमेश्वर परमभट्टारक–सत्याश्रय कुलतिलक चालुक्याभरण श्रीमत"। वह प्रशासन का प्रधान भी होता था और उच्चतम न्यायालय भी, साथ ही प्रधान सेनापति और सभी सम्मानों का उत्स भी। चालुक्यों का राज्याभिषेक-समारोह साधारणतः **पतदकल** (राज्याभिषेक-शिला) नामक स्थान में होता था। चालुक्यों का शासन ज्यादा कड़ा, कठोर और केंद्रित नहीं था। चालुक्य सम्राट् साम्राज्य के विभिन्न भागों में सम्राट् तथा सामंतों के बीच संपर्क-अधिकारी के रूप में कार्य करने के लिए अत्यधिक प्रशिक्षित कूटनीतिज्ञों के एक कर्मचारीवर्ग से काम लेते थे, जो 'सांधिविग्रहिक' कहलाते थे। राजकुमार साम्राज्य के महत्त्वपूर्ण भागों में राज्य-प्रतिनिधि नियुक्त होते थे। चालुक्य-राजमहल के अंदर निम्नलिखित अधिकारियों का उल्लेख है–

(i) मनेवेर्गड (राजमहल-अधिकारी),

(ii) मानसेवेर्गड (परिचारिक),

(iii) पन्नायदीघयाष्टक,

(iv) अच्चुपन्नादयीघयाष्टक,

(v) सेनापति,

(vi) महाप्रचंडदंडनायक,

(vii) करितरंग,

(viii) साहिनी।

1060 ई. में दंडनायक नागदेव को "चालुक्य-चक्रेश्वर-कटक-वाहतर-नियोगि निवहाराध्यनुम्"—भी कहा गया है।

72 नियोगों का यहाँ सबसे पुराना उल्लेख है। सम्राट् के विशिष्ट सलाहकार बलदेव को (1071 ई0) एक अभिलेख में "श्रीमान् महाप्रधानम् हेरिसंधिविग्रहि सेनाधिपति काद्रितवेगई दंडनायक बलदेवय्य" कहा गया है और "कुंतकाधीश हितोपदेश धुरंधर" भी।

चालुक्य राजा विभागीय अधिकारियों को सलाहकार के रूप में रखते थे और वे स्वयं न्याय के सर्वाधिकारी भी होते थे।

सांस्कृतिक अवस्था

विज्जल ने चालुक्य-शक्ति का अंत कर एक नए राजवंश की स्थापना की। विज्जल (विज्जन) कलचुरी जाति का था और नरमुंडी तैलप का महादंडनायक तथा महामंडलेश्वर रह चुका था। उसने अपनी शक्ति बढ़ाई और सम्राट्-पद प्राप्त कर लिया। वासव उसका प्रधानमंत्री था। उसने वीर-शैवों अथवा लिङ्गयतों के संप्रदाय की प्रतिष्ठा की। वे लोग वेदों की अपौरुषेयता तथा सर्वमान्यता नहीं मानते थे। वे लोग लिंग तथा नदी के उपासक थे। उनका **वासवपुराण** प्रख्यात है। वे वर्ण-व्यवस्था को नहीं मानते थे। वासव-संप्रदाय के प्रसार से जैनों को क्षति पहुँची। विज्जन जैन था, अतः वासव से उसका मतभेद हो गया। वासव ने अद्भुत रूप में विज्जल का अंत कर दिया।

याज्ञवल्वय के टीकाकार अपरार्क कोंकण का शिलाहार राजा था (1115-1160 ई.)। इसका क्षेत्र मिताक्षरा से विस्तृत है। वह प्रसिद्ध नैयायिक भी था और उसने भासर्वज्ञ के 'न्यायसार' तथा 'न्यायमुक्तावली' पर टीका भी लिखी थी। 'विज्ञानेश्वर'

(मिताक्षरा) के लेखक भी इसी युग में हुए थे। यह एक प्रामाणिक टीका है। **सोमेश्वर** तृतीय का 'मानसोल्लास' **(अभिलबिनाथ चिंतामणि)** एक अद्वितीय ग्रंथ है।

आंध्र के राजवंशों का इतिहास

आनंदवंश

शिलालेखों से आनंद ऋषि से उत्पन्न तीन आनंदवंशी राजाओं का पता चलता है। (375-500 ई. के बीच)। वे हैं—**कंदर, अतिवर्मा** और **दामोदरवर्मा**। उन्होंने पल्लव राज्य से गुंटूरप्रदेश को स्वतंत्र किया। अभिलेखों में कंदर को 'पृथ्वीयुवराट्' कहा गया है और धान्यकटक (अमरावती) का विजेता भी। अति (हस्ति)-वर्मा ने हिरण्यगर्भ नामक महायानयज्ञ किया। दामोदरवर्मा ने संस्कृत और प्राकृत में दानपात्र लिखवाया। पल्लवों से संघर्ष के फलस्वरूप उनका पतन हो गया।

विष्णुकुंडिन राज्य और पल्लव राज्य के बीच एक छोटा-सा राज्य था, जिसके शासक आनंदगोत्र के थे। इस राजवंश का प्रथम राजा कंदरा था। उसकी लड़की का विवाह पल्लवराजवंश के राजकुमार के साथ हुआ। विष्णुकुंडिन के साथ भी इस वंश का संघर्ष हुआ था। इनका राज्य बहुत ही छौटा था। प्रमुख राजाओं में **दामोदरवर्मन, अतिवर्मन और कंदरा** का पौत्र चेर्जला के नाम मिलते हैं। इसकी राजधानी कंदरपुर में थी। ये लोग शैव थे। दामों दरवर्मन बौद्धधर्म का समर्थक था।

सालंकायन

सालंकायन का उल्लेख टालेमी में मिलता है, जिसने उन्हें **सलकेनोई** कहा है और वेंगीपुर को उनकी राजधानी बताया है। यह स्थान कृष्णा और गोदावरी के मध्य स्थित था। उन लोगों ने वेंगी से शासनपत्र निकाले। प्रयाग-प्रशस्ति के अनुसार समुद्रगुप्त ने वेंगी के राजा **हस्तिवर्मन** को परास्त किया था। एक शिलालेख में **देववर्मा** नामक राजा का उल्लेख मिलता है, जिसने समुद्रगुप्त से पूर्व अश्वमेध यज्ञ किया था। उसने पल्लवों से संघर्ष कर अपनी शक्ति बढ़ाई। अंत में पल्लवों ने ही उसे कमजोर कर दिया। इस वंश में **हस्तिवर्मन प्रथम, नंदिवर्मन प्रथम, हस्तिवर्मन द्वितीय** और **स्कंदवर्मन** हुए।

समुद्रगुप्त के आक्रमण के समय पूर्वी दक्कन छोटे-छोटे राज्यों में बँटा था—कोसल में बिलासपुर, रायपुर, संबलपुर और गंजाम का हिस्सा था, कुराल में

कोलेयर झील का क्षेत्र था। गंजाम जिले में दो छोटे राज्य थे—कोत्तुर और एरंडपाल। गोदावरी जिले में पिष्टपुर और अवमुक्त दो राज्यों की राजधानियाँ थीं। विशाखापत्तनम जिले में भी छोटे-छोटे राज्य थे। हस्तिवर्मन के बाद नंदिवर्मन राजा हुआ। पल्लवों ने दक्षिणी भूभाग जीत लिए और वेंगीराष्ट्र उसका नया नामकरण हुआ। स्कंदवर्मा के बाद इस राज्य का पता नहीं चलता है। सालंकायन राजाओं के मुकुट में साँड़ का चिन्ह था। इनके यहाँ गाँव का मुखिया 'मुतुद' कहलाता था। यह उपाधि अन्यत्र नहीं मिलती है। ये लोग सूर्य, शिव और विष्णु के उपासक थे। विदेशों में सांस्कृतिक उपनिवेश-स्थापना में भी इन लोगों का योगदान रहा है। कलिंग में समुद्रगुप्त के बाद **माथर** कुल का शासन प्रारंभ हुआ। इनकी वंशावली अनिश्चित है। इनके शासक अपने को 'कलिंगाधिपति' तथा 'परममाहेश्वर' कहा करते थे। इनके लेखों की भाषा संस्कृत है। इनका शासनकाल 375-500 ई. है। इसके बाद उत्तर-कलिंग में गंग राजाओं का उदय हुआ। दक्षिण कलिंग वेंगी राजा का अंग बन गया।

विष्णुकुंडीन वंश

विक्रमेन्द्रवर्मा प्रथम विष्णुकुंडीन वंश का संस्थापक था। इस वंश की महानता का निर्माता **माधववर्मा प्रथम जनाश्रय** (535-85 ई.) था। उसने 11 अश्वमेध, 1000 अग्निष्टोम और हिरण्यगर्भमहादान नामक यज्ञ किए। वह एक विद्वान राजा था और उसने **छंदोविचिति** नामक छंदग्रंथ की रचना की। उसके और मौखरी राजा ईशानवर्मा के बीच एक संघर्ष हुआ, जिसमें 553 ई. में आंध्र राजा पराजित हुआ। उसने वाकाटक राजकुमारी से विवाह किया। उसका उत्तराधिकारी **इंद्रवर्मा** (590-620 ई.) था। उसने विजगापट्टम तक के प्रदेश जीत लिए और वहाँ एक गाँव दान में दिया। दान, विद्या-विरतार और विद्यालयों की स्थापना के लिए वह प्रसिद्ध था। इंद्राधिराज के नेतृत्व में बने पूर्वी राजाओं के एक संघ ने उसे परास्त किया और उसकी विजय की प्रगति रोक दी। उसके उत्तराधिकारी **विक्रमेन्द्रवर्मा तृतीय** ने उसकी आक्रामक विदेशनीति जारी रखी। पुलकेसिन द्वितीय ने उस पर आक्रमण किया औश्र कुनाल झील के पास के उसके दुर्ग को जीत लिया। इस बात का उल्लेख एहोल-अभिलेख में मिलता है। इसके विष्णुकुण्डीन वंश का इतिहास सताप्त होता है। कलिंग, मेकल और कोसल का विवरण पहले दिया जा चुका है। सातवाहन और चालुक्य वंश के बीच विष्णुकुण्डीन वंश एक कड़ी का काम करता है।

कोंकण का शिलाहार वंश

शिलाहार लोग अपने को विद्याधरों के राजा जीमूतवाहन का वंशज मानते है। वे संभवतः क्षत्रिय थे। इस वंश की तीन शाखाएँ थीं। वे राष्ट्रकूट, चालुक्य और यादवों के सामंत बने रहे और कभी अपना स्वतंत्र राज्य नहीं स्थापित कर सके। आठवी से बारहवीं शताब्दी तक उनका प्रभुत्व कोंकण में रहा। पहले उनकी राजधानी गोआ में थी और बाद में खरेपत्तन में। वे लोग दक्षिणी कोंकण के शासक थे। दूसरी शाखा उत्तरी कोंकण में थी। वे लोग नवीं शताब्दी से तेरहवीं शताब्दी तक राज्य करते रहे। थाना और रत्नागिरि जिलों में उनका अधिकार था। उनका मुख्य नगर थाना था। तीसरी शाखा का शासन ग्यारहवीं शताब्दी में शुरू हुआ। वे लोग कोल्हापुर, सतारा और बेलगाँव के जिलों में राज्य करते थे। तीसरी शाखा अधिक स्वतंत्र थी और उसके एक शासक **विजयार्क** ने चालुक्य-शाखा का नाश करने में विज्जन की सहायता की थी। राजा भोज (1175-1210 ई.) के समय यादवनरेश सिंहण ने इसे जीत लिया।

वनवासी का कदंबकुल

ये लोग मानव्य गोत्र के ब्राह्मण थे और इनकी उत्पत्ति कदंब वृक्ष से मानी जाती है। किसी कारणवश क्षुब्ध होकर ब्राह्मण **मयूरशर्मन** ने कदंबकुल की पल्लव-राजधानी की काँची में स्थापना की। उसने वनवासी (कर्णाटक) में राजधानी बनाकर चतुर्थ शताब्दी में अपना राज्य स्थापित किया। समुद्रगुप्त के आक्रमण के समय, जब पल्लव-शक्ति क्षीण हो रही थी, यह घटना घटी। इस वंश में **ककुस्थवर्मन** नामक शक्तिशाली राजा हुआ। उसने इस राज्य का काफी विस्तार किया। दूसरा प्रमुख शासन **रविवर्मन** था (छठी शताब्दी)। उसने हलसी (बेलगाँव जिला) को अपनी राजधानी बनाया। गंगो तथा पल्लवों से उसने सफलतापूर्वक युद्ध किया। वातापी के चालुक्यों के उत्कर्ष से कदंबों को बहुत धक्का लगा। पुलकेसिन प्रथम ने उनके उत्तरी प्रदेश छीन लिए और पुलकेसिन द्वितीय के समय उनकी शक्ति नगण्य हो गई। कदंबों के दक्षिणी प्रदेशों पर गंगों ने अपना आधिपत्य कायम कर लिया। कदंब राज्य संकुचित रूप से काफी दिनों तक बचा रहा और दसवीं शताब्दी के अंतिम चरण में राष्ट्रकूटों के पतन के बाद फिर शक्तिशाली हुआ। कदंबों ने दक्कन और कोंकण के विविध भागों पर 13वीं शताब्दी तक शासन किया। ये लोग ब्राह्मण थे, परंतु जैनधर्म का भी बोलबाला इनके शासनकाल में शैवधर्म की तरह ही रहा। इन्हें वनवासी का कदंब वंश भी कहा जाता है।

देवगिरि का यादव वंश

यादव लोग अपने को कृष्ण का वंशज कहते हैं। ये द्वारका के दक्कन आए हुए प्रवासी थे। ये लोग महाभारतकालीन यदु के वंशज हैं, परंतु इनका प्रारंभिक इतिहास संदिग्ध है। राष्ट्रकूट और कल्याणी के चालुक्यों के समय ये लोग उनके सामंत थे। चालुक्यों के पतन के बाद यादवों का उत्कर्ष हुआ। नवीं शताब्दी के धारवाड़ जिले के अभिलेखों में यादव सामंतों का उल्लेख मिलता है। इस वंश का संस्थापक दृढ़पहार था (860 ई.) और उसके पुत्र **सेउणचंद्र** ने पहली बार सामंतीय स्थान प्राप्त किया। उसने (880.900 ई.) सेउणपुर नामक शहर की स्थापना की। उसे राजधानी का स्तर दिया। यही नासिक जिले का आधुनिक सिन्नर है। 900 से 950 ई. तक कई शासक हुए। 950 से 1050 ई. तक और भी कई शासक हुए। इनका प्रथम शासक, जो ऐतिहासिक रूप से महत्त्वपूर्ण हुआ, पंचम भिल्लम था, जिसने चालुक्यों की दयनीय स्थिति से लाभ उठाकर और सोमेश्वर चतुर्थ को परास्त कर कृष्णा के उत्तर संपूर्ण चालुक्य राज्य पर अधिकार कर लिया तथा देवगिरि में अपनी राजधानी बनाई। ये लोग वीर ओर युद्धप्रिय थे। भिल्लम ने सम्राट् का विरुद्ध धारण किया। उसके पुत्र **सेउणचंद्र द्वितीय** (1069 ई.) के समय यादव प्रशासनिक व्यवस्था में सुधार हुआ। उसके बाद उसका बड़ा पुत्र 1105 ई. तक शासन करता रहा। उसके बाद उसका भाई **सिंहराज** गद्दी पर बैठा। उसकी मृत्यु के बाद 50 वर्षों तक (1142 ई. तक) यादव इतिहास अंधकाराच्छन्न रहा। 1145 ई. में मल्लगी राजा बना और उसका शासन 1160 ई. में समाप्त हुआ। 1175 ई. में भिल्लम अपने परिवार के लिए यादव साम्राज्य प्राप्त करने में सफल हुआ। **भिल्लम पंचम** ने मालवा और लाट को पददलित किया था। वह एक स्वनिर्मित व्यक्ति था। उसने न केवल महाराष्ट्र में, अपितु मालवा और गुजरात में भी सफल अभियान किया तथा चालुक्यों एवं होयसलों को खदेड़ने में सफल रहा। उसने यादव साम्राज्य की स्थापना की। वह एक कुशल सैनिक, सफल राजनीतिज्ञ तथा चतुर एवं दूरदर्शी व्यक्ति था। 1181 ई. में द्वारसमुद्र के होयसलों के साथ उसका संघर्ष हुआ, जिसमें संभवतः वह वीर बल्लाल के द्वार पराजित हुआ और मारा गया।

भिल्लम का उत्तराधिकारी जैतुंगी अथवा जैत्रपाल (1191-1210 ई०) था। उसने तैलंगों के राजा रुद्रदेव को मारकर काकतिय सिंहासन पर उसके भतीजे गणपति को बैठाया और इस प्रकार अपने प्रभाव का विस्तार किया। उसके बाद सिंहण (1210-47 ई०) राजा हुआ। वह इस वंश का सबसे प्रसिद्ध राजा था। उसने

कोल्हापुर के शिलाहारों को हराया, होयसल राज्य के उत्तरी भाग पर अधिकार किया, परमारों और चेदियों को युद्ध में परास्त किया तथा गुजरात के बघेलों पर कई बार चढ़ाई की। बल्लाल द्वितीय से उसने अपने पितामह के अपमान का बदला लिया और मालवा के अर्जुनवर्मन तथा छत्तीसगढ़ के चेदिराज जाजल्ल को भी परास्त किया। उसकी विजयनीति से यादव राज्य की सीमा काफी बढ़ गई। वह विद्या, कला और संस्कृति का संरक्षक था। उसी के दरबार में ज्योतिषी चांगदेव भी रहता था। उसने ज्योतिष के अध्ययन के लिए खानदेश में पाटन नामक स्थान पर एक ज्योतिष-महाविद्यालय की स्थापना की। उसने काकतिय राजा गणपति और मालवराज अर्जुनवर्मन को पराजित किया, परंतु इसके बावजूद वह अपनी राज्य सीमा का विस्तार न कर सका। उसने अपने राज्य में 84 दुर्ग बनवाए और संगीतरत्नाकर पर एक टीका लिखी। वह एक कुशल शासक था। सिंहण का पुत्र कृष्ण (1247-60 ई०) भी अपने धर्म और विद्याप्रेम के लिए प्रसिद्ध था। उसी के समय कश्मीरी पंडित जल्हण ने सूक्तिमुक्ताबाली नामक ग्रंथ की रचना की। अमलानंद ने वास्पति मिश्र की भामती पर वेदांतकल्पतरु नामक टीका लिखी। कृष्ण का भाई महादेव (1260-70) विजय शासक था। उसने शिलाहारों से कोंकण छीन लिया, कर्णाटक और लाट की शक्ति क्षीण कर दी और काकतिय रानी रुद्राम्बा को भयभीत किया। वह चतुर्वर्गचिंतामणि के लेखक हेमाद्रि का संरक्षक था। गीता की प्रसिद्ध टीका ज्ञानेश्वरी के रचयिता मराठी संत ज्ञानेश्वर और मुग्धबोध नामक व्याकरणग्रंथ के प्रणेता बोपदेव उसी के दरबार में रहते थे। वह मंदिर-निर्माण की एक नई शैली का प्रवर्तक था। और मोडी-लिपि का सुधारक भी। उसके बाद अम्मन राजा हुआ। वह बहुत कम दिनों तक शासक रहा और उसके बाद रामचन्द्र शासक हुआ।

रामचन्द्र (1271-1311 ई०)—1294 ई० में यादव रामचन्द्र के समय में सर्वप्रथम दक्षिण भारत पर मुसलमानी आक्रमण हुआ। अलाउद्दीन खिलजी ने निश्चिंत और असावधान रामचन्द्र पर दुर्ग के भीतर ही आक्रमण कर दिया। उस समय यादव सेवना उसके पुत्र शंकरदेव के नेतृत्व में दक्षिण की ओर गई हुई थी, इसलिए विवश होकर रामचन्द्र को संधि की प्रार्थना करनी पड़ी। इसी बीच शंकरदेव सेना लेकर देवगिरि लौटा, परंतु अलाउद्दीन के झूठी अफवाह फैला देने के कारण रामचन्द्र को संधि करनी पड़ी। इसके अनुसार अलाउद्दीन को काफी धन और बहुमूल्य पदार्थ मिले। रामचन्द्र ने वार्षिक कर देने का वचन दिया और इलिचपुर का प्रदेश भी उसे दे दिया। अलाउद्दीन के सेनापति मलिक काफूर ने 1312 ई० में शंकरदेव

को जान से मार डाला। रामचन्द्र के दामाद हरपाल ने फिर से स्वतंत्र होने का प्रयास किया, किंतु उसे भी मार दिया गया। इस प्रकार यादव राज्य का दुःखद अंत हुआ।

वारंगल के काकतिय

ये लोग सूर्यवंशीय क्षत्रिय थे, किंतु नेलोर जिले के अभिलेख में इन्हें शूद्र कहा गया है। इन्हें आंध्रप्रदेश के इक्ष्वाकुओं का वंशज भी माना जाता है। पहले ये चालुक्यों के सामंत थे। उनके वतन पर तेलंगाना में इन लोगों ने अपना स्वतंत्र राज्य स्थापित किया और वारंगल को राजधानी बनाया। इनके राजाओं में **प्रोलराज, रुद्र** और **महादेव** के नाम उल्लेखनीय हैं। महादेव का पुत्र **गणपति** 1199 ई. में राजा हुआ और उसने लगभग 62 वर्षों तक शासन किया। उसने चोल, कलिंग, यादव, कर्णाट, लाट और बलनाडु पर सफलापूर्वक आक्रमण किया। उसके बाद उसकी पुत्री **रुद्रांबा** गद्दी पर **बैठी** (1261 ई.)। उसने बड़ी बुद्धिमानी और योग्यता से शासन किया। उसके बाद उसका पोता **प्रतापरुद्र** शासक हुआ। उसके राजकवि वैद्यनाथ ने रीतिशास्त्र पर **प्रतापरुद्रीय** नामक ग्रंथ लिखा। मलिक काफूर के समय उसे मुसलमानों की अधीनता स्वीकार करनी पड़ी। बहमनी सुलतान अहमदशाह ने 1424 ई. में तेलंगाना को अपने राज्य में मिला लिया।

प्रोल द्वितीय वीर योद्धा था और उसने अपनी सैनिक शक्ति द्वारा अपनी पैतृक सामंतीय जागीर को प्रभुत्वशाली राज्य में परिणत कर दिया। उसने स्वतंत्र राज्य की, स्थापना की जो संपूर्ण आंध्रप्रदेश में फैल गया और एक शक्तिशाली साम्राज्य बन गया। वेन प्रथम – पोल प्रथम – वेन द्वितीय – पोल प्रथम – काकतिय रुद्रदेव – रुद्रदेव (1150-96 ई.) बहुत बड़ा योद्धा था। उसने अपने शत्रुओं को पराजित कर अपने प्रदेश को विस्तृत साम्राज्य में परिणत कर दिया। वह एक शक्तिशाली शासक था। उसका साम्राज्य गोदावरी से कृष्ण तक फैला हुआ था। युद्धों में उसे अनेक सामंतों से सहायता मिली थी। उसने गंगाधर को राज्य का मंत्री बनाया। राजा का दूसरा मंत्री मल्लनायक था। उसके बाद महादेव राजा हुआ।

महादेव (1196-99 ई.)—वह रुद्रदेव का छोटा भाई था।

गणपतिदेव (1199-1261 ई.)—उसका शासनकाल बड़ा ही महत्त्वपूर्ण माना गया है। वह सर्वाधिक शक्तिशाली सम्राट् था। राज्य में एकता स्थापित कर उसने काकतीय साम्राज्य को दृढ़ किया। वह एक कुसल प्रशासक था। उसके समय में ही वारंगल राजधानी बनी। उस अपने मंत्रियों सामंतों और अधिकारियों से बराबर

सहायता मिलती रही। ढोचीवंश के सामंत भोज ने 1249 ई. में गणपति के दक्षिणी अभियान के दौरान सेना का नेतृत्व किया, दक्षिणी शासकों को पराजित किया, काँची नगर को जीता। भास्कर गजसेना का सेनापति था। पोलुतंत्रपाल युद्धमंत्री के पद पर आसीन था। मंत्रियों में सोमय सर्वाधिक प्रसिद्ध था। ब्राह्मण होते हुए भी उसने सैनिक जीवन अपनाया और स्वयं अग्रणी सेनापतियों के स्थान पर पहुँच गया। उसे कलिंग में काकतिय सेना का निर्देशन किया। गणपति ने उसे 'कोलनि सोका' की उपाधि से विभूषित किया। गंगय साहिणि बड़ा तुरंज साधनिक था। उसे हम 'वाहतर नियोगाधिपति' के रूप में पाते हैं। उससे बहुत क्षेत्र जागीर के रूप में मिला।

रुद्रदेवी (1259-95 ई.)—कायस्थ प्रदेश पर विजय-प्राप्ति का उल्लेख है। कायस्थ काकातीयों के सामंत थे। कायस्थ प्रमुख अंबदेव से संघर्ष अनिवार्य था। अंबदेव ने उन काकाय सामंतों से संघर्ष किया था, जिनकी रानी के प्रति राज्यास्था थी। अपने विजय के उपलक्ष में अंबदेव ने भी बहुत बड़े क्षेत्र पर अधिकार कर लिया। उसका रानी से भी संघर्ष हुआ। उसने 75 नायकों से युद्ध किया। पांड्यों से उसका युद्ध चलता रहा। अंबदेवा सफल रहा और उसने आंध्र के सभी राजाओं को जीतकर यश प्राप्त किया। अपने जीवन के अंतिम समय मे उसे विरोध का सामना करना पड़ा और कुमार रुद्रदेव जैसे शत्रु का मुकाबला भी। 1272 ई. में वह अपने बड़े भाई त्रिपुरारी प्रथम का उत्तराधिकारी बना था। रुद्रदेवी के सामंतों में कायस्थ सर्वाधिक शक्तिशाली थे। अंबदेव के राज्यारोहरण तक (1272 ई.) वे रानी के प्रति सच्चे बने रहे। उसके समय में सामंत भिन्न-भिन्न वर्गों के थे—सामंत, महासामंत, महाप्रधान, अंगरक्षक, महासेनाधिपति, सेनापति, नायक इत्यादि। इन्हें जागीरें दी जाती थीं।

प्रतापरुद्र (1295-1323 ई.)—इसने भी अपने कर्तव्य को निष्ठापूर्वक निभाया, परंतु दिल्ली को कर भेजता रहा। अलाउद्दीन प्रतापरुद्र का सम्मान करता था। परंतु, मुस्लिम आक्रमण को रोकने में उसकी असफलता से साम्राज्य में विघटन की शक्तियों को प्रोत्साहन मिला। उसके सामंतों में भी कायस्थों का सर्वाधिक महत्त्व था। मलिक काफूर के आक्रमण के समय (1310 ई.) कायस्थ कुमार ने अपने पौत्र के राज्य को प्राप्त करने का असफल प्रयास किया, परंतु शीघ्र ही कायस्थों के वंश का अंत हो गया। कायस्थों के बाद वेलग चोल महत्त्वपूर्ण सामंत थे। रेड्डी सामंत भी प्रसिद्ध थे। ये लोग महासामंत की उपाधि धारण करते थे। मंत्री महाप्रधान एवं प्रधान कहलाते थे। सैनिक अधिकारियों से साहीणि और सेनाधिपति महत्त्वपूर्ण थे।

सांस्कृतिक विशेषता

काकतिय शासन राजतंत्रात्मक था। राजा का कर्तव्य वर्णाश्रम का पालन करना और कराना था। अवेदन अपने को 'चतुर्वर्णसमुद्धरण' कहता है। शासन में मंत्री राजा की सहायता करते थे। काकतिय मूलतः शूद्रवर्ण के शासक थे। वे सभी वर्णों में से अपने मंत्रियों का चुनाव करते थे। केवल गुण को ही महत्त्व दिया जाता था, वर्ण को नहीं। 1251 ई. में गणपति ने कायस्थ प्रमुख गंगेय को 'नियोगाधिकृत' के पद पर नियुक्त किया। बहुत बड़ा क्षेत्र उसे प्रदान किया गया। ग्राम अधिकारियों के समूह को आयंगार कहते थे—सामान्यतया उनकी संख्या 12 थी।

1. करण
2. रेड्डि
3. तलारि
4. पुरोहित
5. लुहार
6. स्वर्णकार ये सभी ग्रामों के सेवक थे, न कि राज्य के।
7. बढ़ई कारण रेड्डि और तलारि को छोड़कर अन्य किसी।
8. कुम्हार का भी राज्य से कोई प्रत्यक्ष संबंध नहीं था।
9. धोबी
10. नाई
11. वेद्दि
12. मोची

काकतिय शासकों ने सिंचाई की ओर विशेष ध्यान दिया। परंतु, राज्य ने इसके लिए कोई प्रत्यक्ष दायित्व नहीं लिया, क्योंकि इसको क्रियान्वित करनेवाले किसी अधिकारी का उल्लेख अभिलेखों में नहीं मिलता है। बड़े-बड़े जंगलों को काटकर भूमि को कृषि-योग्य बनाया गया। संभवतः नमक पर राज्य का ही एकाधिकार था।

इस काल में साहित्य और कला की अभिवृद्धि हुई। काव्य, नाटक, व्याकरण, अलंकार शास्त्र आदि के क्षेत्र में संस्कृत में काफी ग्रंथों की रचना हुई। तेलुगु साहित्य का भी विकास हुआ। शैव और वीरशैव आंदोलनों से तेलुगु साहित्य को नवीन प्रेरणा मिली। रामायण-महाभारत पर अनेक ग्रंथों की रचना हुई। **भास्कर रामायण** तेलुगु भाषा में रामकथा का स्वतंत्र प्रस्तुतीकरण है। एक **रंगनाथ रामायण** का उल्लेख भी

इस युग में मिलता है। रंगनाथ एक वैष्णव कवि 'तिक्कन राचेज' नाम से विख्यात था।

महाभारत तेलुगु भाषा की श्रेष्ठतम रचना है। तेलुगु साहित्य में शैवों का योगदान विशेष महत्त्व रखता है। **वसवपुराण** वस्व द्वारा प्रतिपादित वीरशैव सिद्धांतों का वर्णन करता है और आंध्र की सामाजिक और धार्मिक दशा पर भी महत्त्वपूर्ण प्रकाश डालता है।

काकतिय शासन के आरंभ में कालमुख सिद्धांत का प्रभुत्व था, परंतु पाशुपत का महत्त्व भी कम नहीं था। गोलकीमठ के पाशुपतमपी शैव आचार्यों के आंध्र में आने से कालमुख मत का भाग्य बदला। कालमुख और पाशुपत में अत्यंत समानता है, फिर भी उनके मार्ग भिन्न हैं। आंध्र प्रदेश में गोलकीमठ की अनेक शाखाएँ थीं। गोलकीमठ का पाशुपत धर्म प्रतापरुद्र के शासनकाल के अनंतर पल्लवित रहा। इसके अतिरिक्त 'अर्हतमत' एवं वैष्णव मत का भी प्रचलन था। भगवान विष्णु के अनेक रूपों के मंदिरों का निर्माण हुआ। धार्मिक जीवन में मंदिर का महत्त्वपूर्ण स्थान था। मंदिरों के व्यवस्थापन पर विशेष ध्यान दिया जाता था।

तलकाड का गंगवंश

यह वंश भी इक्ष्वाकुवंश से उत्पन्न हुआ था। चौथी शताब्दी में **डिदिग कोंगनिवर्मन** ने आधुनिक मैसूर के दक्षिणी भाग में गंग राज्य की स्थापना की। **हरिवर्मा** ने कोलार को छोड़कर तलकाड को राजधानी बनाया। इस वंश का विख्यात राजा **दुर्विनीत** था, जिसने पल्लवों से युद्ध कर प्रसिद्धि प्राप्त की। वह संस्कृत का विद्वान था और गुणाढ्य-रचित **प्राकृत बृहत्कथा** का संस्कृत में भषांतर किया। दूसरा प्रसिद्ध राजा **श्रीपुरुष** था। उसने राष्ट्रकूटों और पल्लवों का सफल विरोध किया। इसके बाद चालुक्यों और राष्ट्रकूट के आक्रमणों से गंगवश की स्वाधीनता नष्ट हुई। राजमहल गंग ने इस वंश की प्रतिष्ठा का पुनःस्थापन किया। 1004 ई. में चोलों ने तलकाड को जीत लिया और उसके बाद गंगों के वंशज चोल होयसलों के सामंत बन गए। राजमहल के मंत्री चामुंडराय ने श्रवण वेलगोला में 983 ई. में गोमतेश्वर की विशाल मूर्ति की स्थापना की थी।

द्वारसमुद्र के होयसल

होयसलवंश यादवों की एक शाखा थी। उत्कीर्ण लेखों में इस वंश के राजा

को 'यादवकुलतिलक' कहा गया है। ये काँची के चोल राज्य और चालुक्य राज्य के सामंत थे। इनकी राजधानी वेलापुर (वेलूर) भी थी। ग्यारहवीं शताब्दी के मध्य इस वंश के **विनयादित्य** और उसके पुत्र **एरभंग** ने चोल-चालुक्या-संघर्ष से लाभ उठाकर अपना राज्य कुछ और बढ़ाया। फिर भी, चालुक्यों के सामंत ही रहे। **विष्णुवर्धन** इस वंश का प्रथम शासक था। उसने अपने राज्य की सीमा का विस्तार किया और अपना गौरव बढ़ाया। बेलापुर से हटकर उसने द्वारसमुद्र (हालेविड) को अपनी राजधानी बनाया। उसने चालुक्य विक्रमादित्य षृष्ठ पर आक्रमण कर अपने को प्रायः पूर्ण स्वतंत्र कर लिया। उसने चोल, पांड्य, केरल, तुलुब (दक्षिण कर्णाटक), कदंब और गंग राजाओं को हराया और सारे मैसूर पर अपना आधिपत्य कायम कर लिया। वह जैनधर्म का अनुयायी था और बाद में रामानुज के प्रभाव से वैष्णव हो गया। उसने कई सुंदर प्रासादों और मंदिरों का निर्माण करवाया।

इस वंश का सबसे प्रसिद्ध राजा **वीर बल्लाल** (1172-1225 ई.) था। उसने अपनी स्वतंत्रता घोषित की और 'महाराजाधिराज' की उपाधि धारण की। इस समय यादवों की शक्ति क्षीण हो रही थी। उसने चालुक्य राजा सोमेश्वर चतुर्थ को हराया और अपने प्रतिद्वंद्वी यादव राजा पंचम भिल्लम से भी संघर्ष किया। उसके शासनकाल में होयसल वंश की गणना दक्षिण भारत के प्रबल राजाओं में होती थी। उसके पुत्र नरसिंह के समय यादव सिंहण ने होयसल-शक्ति को धक्का दिया। नरसिंह के उत्तराधिकारी दुर्बल थे। इस वंश का अंतिम राजा **वीर बल्लाल तृतीय था।** मलिक काफूर ने 1320 ई. में द्वारसमुद्र पर आक्रमण किया और इसके बाद होयसल राज्य की स्वतंत्र सत्ता नष्ट हो गई।

पश्चिमी गंगों का राजवंश

कदंब और पल्लव राज्यों के बीच मैसूर दक्षिणी भागों में पश्चिम गंगों का राज्य था। इसका संस्थापक **काणवायनगोत्र** का **कांगनिवर्मन** (दिदिग) था। प्रारंभ में शायद वह किसी शासक का सामंत था और 400 ई. के आसपास उसने अपने को स्वतंत्र घोषित कर लिया। उसके बाद 450 ई. में **आर्यवर्मन** शासक हुआ। उसके समय में दोनों भाइयों में **गंग** राज्य दो भागों में बँट गया। आर्यवर्मन (हरिवर्धन या हरिवर्मन) के समय गंग राज्य की राजधानी तलकाड में थी। गंगवंश के पूर्वकालिक राजाओं में सातवाँ नरेश **दुर्विनीत** एक शक्तिशाली शासक हुआ। उसने **पैशाची बृहत्कथा** का संस्कृत में रूपांतर किया। गंगवंश के बारहवें नरेश **श्रीपुरुष** (728-88

ई.) ने चालुक्यों के विरुद्ध अपनी स्वतंत्रता घोषित की और उन्हें कर देना बंद कर दिया। उसने राष्ट्रकूटों से भी लोहा लिया और अपनी राजधानी बंगलोर के निकट लाया। उसके उत्तराधिकारी उतने सफल शासक नहीं हो सके। उसका पुत्र **शिवमार** बहुत विषयों का पंडित था। अमोघवर्ष के समय में गंगों के साथ समझौता हुआ। गंगों का संघर्ष राष्ट्रकूट, चोल और पल्लवों से हुआ। गंगों के मुख्य शासकों में **राजल्ल प्रथम, नीतिमार्ग प्रथम, पृथ्वीपति प्रथम, भारसिंह तृतीय, राजमहल चतुर्थ आदि** थे। उसका मंत्री चामुंडराय बड़ा ही पराक्रमी था और उसकी वीरता के लिए उसे 'वीरमार्तंड' की उपाधि मिली थी। उसने कन्नड़ भाषा में **चामुंडरायपुराण** लिखा। श्रवणबेलगोला में उसने एक जैन मंदिर का भी निर्माण करवाया। रक्कस गंग की शक्ति 1004 के लगभग क्षीण हो गई।

तलकाड के पश्चिमी गंगों का दक्षिण भारत के इतिहास में बड़ा ही महत्त्व है। गंगवाड़ी भी कई बार रणभूमि में परिणत हुआ। गंगों की राजनीतिक शक्ति न तो दृढ़ हो सकी और न पूर्ण रूप से विकसित ही। गंग-राज्य के तत्त्वावधान में कन्नड़ भाषा की नींव पड़ी और उसका विकास हुआ। कहा जाता है कि दुर्विनीत ने अपनी राजसभा में भारवि को स्थान दिया था। गंग-राज्यकाल में साहित्य और कला की समान रूप से उन्नति हुई। शिवमार स्वयं बहुत बड़ा विद्वान था। ऐरेधा का एक प्रसिद्ध व्याकरण और संगीत की पुरुष भी है। अंतिम नरेश ने भी बहुत-सारी पुस्तकें लिखीं। उनमें से अधिकांश लोग जैनमत के माननेवाले थे। चामुंडराय ने गोमतेश्वर की एक प्रतिमा बनवाई, जिसका भारतीय कला में बहुत उच्चस्थान है।[1]

कलिंग के पूर्वी गंग

छठीं से नवीं शताब्दी तक कलिंग पर पूर्वी गंगों का शासन रहा। मैसूर के गंगोशिया के साथ इनका प्रत्यक्षतः कोई संबंध नहीं था। इनके अभिलेखों पर इनका अपना संवत है, जो संभवतः 498 ई. से शुरू होता है। इससे यह स्पष्ट है कि इन लोगों ने अपना संवत चलाया। बाहरी राज्यों से बहुत कम संपर्क होने पर भी विष्णुकुंडिन पूर्वी चालुक्य तथा तेलुगु राज्यों से किसी-न-किसी प्रकार उन्हें झंझट होता ही था। उन्होंने पुलकेसिन द्वितीय की अधीनता स्वीकार कर ली थी। राष्ट्रकूट दंतिदुर्ग की अधीनता को उन्होंने मान ली थी। उनके अभिलेखों और दानपत्रों से स्पष्ट होता है कि वे लोग शांतिप्रिय थे और अपने क्षेत्र में ही सीमित रहकर लोग शासन करना चाहते थे।

13

बृहत्तर भारत

व्यापारिक दृष्टिकोण से पश्चिमी एशिया के देशों से भारत का काफी लगाव था, परन्तु वे मध्य एशिया के साथ प्रमुख रूप से सांस्कृतिक थे। प्राचीन युग में संस्कृति एवं सभ्यता के मायने में सिन्धु नदी से हिन्दूकुश तक का प्रदेश भारत का एक प्रमुख अंग बना हुआ था। ऋग्वेद में स्वात, कुर्रम और गोमल नदियों का उल्लेख है। मौर्य राजा सारे अफ़ग़ानिस्तान और बिलोचिस्तान पर राज्य करते थे। पीछे जिन राजाओं ने इस प्रदेश पर राज्य किया, उन पर भी भारतीय संस्कृति की पूरी छाप थी। यह बात उनके सिक्कों, अभिलेखों और कलाकृतियों से स्पष्ट है। मुसलमानों के इन प्रदेशों पर अधिक़ार करने से पूर्व यहां बौद्ध धर्म और हिंदू धर्म का पूर्ण रूप से प्रचार था। हिंदूकुश से परे भी जो यूनानी, शक, सूची और पह्लव राजा राज्य करते थे, वे भी भारतीय धर्मों समर्थक वन गये। उन्होंने भारतीय भाषाओं और लिपियों का प्रयोग किया। बल्ख में अनेक ब्राह्मण और भ्रमण रहते थे।

उस दौरान व्यापारिक, राजनीतिक एवं सांस्कृतिक दृष्टिकोण से चीनी तुर्किस्तान का काफी बोल बाला था। एक ओर तो इस स्थान के द्वारा भारत का चीन के साथ व्यापारिक संबंध था और दूसरी ओर पश्चिमी एशिया से। बल्ख से चीन जाने वाले मार्ग पर सबसे प्रसिद्ध नगर काशगर था। कुछ नष्ट-भ्रष्ट नगर, सैंकड़ों मंदिर, मूर्तियां और भित्तिचित्र उन दोनों मार्गों पर मिले हैं, जो काशगर से चीन को जाते थे। इन

अवशेषों से यह पता चलता है कि इस क्षेत्र के अन्तर्गत भारतीयों का निवास था जो अपनी कला, भाषा, लिपि एवं शासन पद्धति स्थापित की। खोतान, कूची और काराशहर भारतीय संस्कृति के मुख्य केंद्र थे। यहां के शासकों के नाम पूर्णतया भारतीय थे। खोतान के एक राजा का नाम महाराज राजातिराज देव विजितसिंह, कूची के राजाओं के नाम सुवर्णपुष्प, हरिपुष्प, हरदेव आदि और काराशहर के राजाओं के नाम इन्द्रार्जुन और चन्द्रार्जुन आदि थे। खोतन की सबसे प्रसिद्ध संस्था गोमती विहार के अतिरिक्त खोतन में 14 अन्य बड़े विहार थे। प्रतिवर्ष वहां मूर्तियों का जुलूस निकाला गया था। गोमती विहार के भिक्षु इस जुलूस का नेतृत्व करते थे। खोतन में बुद्ध की अनेक विशालकाय मूर्तियां मिली हैं, जो 18 से 21 मीटर ऊंची हैं। अनेक स्तूप, विहार और मंदिर तथा संस्कृत एवं प्राकृत में लिखे बौद्ध ग्रंथ यहां मिले हैं। इन ग्रंथों की लिपि भी ब्राह्मी या खरोष्ठी है। इन ग्रंथों से स्पष्ट होता है कि यहाँ बौद्ध धर्म का बोल बाला काफी था। कूची में संस्कृत की शिक्षा देने के लिए 'कातन्त्र व्याकरण' का उपयोग किया जाता था।

धार्मिक ग्रंथों के अतिरिक्त यहां ज्योतिष और आयुर्वेद के भी ग्रंथ मिले हैं। चौथी शती ईसवी में यहां भी अनेक स्तूप और मंदिर विद्यमान थे। राजकीय महलों में भी बुद्ध की मूर्तियों की पूजा होती थी। भिक्षु-भिक्षुणियों के कई संघ थे, जो अपना प्रबंध स्वयं करते थे। भारतीय संगीत का भी कूची में प्रचार था। किस प्रकार भारतीय संस्कृति मध्य एशिया में फैली, इस बात पर कुमारजीव की जीवनकथा से पर्याप्त प्रकाश पड़ता है। कुमारजीव का पिता कुमारायन भारत से कूची गया। उसके पांडित्य से प्रभावित होकर कूची के राजा ने उसे अपना राजगुरु नियुक्त किया। वहां कुछ दिन बाद कुमारायन का विवाह राजा की बहन जीवा से हुआ। उनका पुत्र कुमारजीव था। वह अपनी माता के साथ भारत आया और वहां उसने बन्धुदत्त से आगमों का अध्ययन किया। भारत से लौटने पर कुमारजीव काशगर में ठहरा और वहां उसने चारों वेदों, ब्राह्मण-ग्रंथों, दर्शनशास्त्र और ज्योतिष का अध्ययन किया। जब वह कूची पहुंचा तो उसने वहां के लोगों को 383 ई. तक बौद्ध ग्रंथ पढ़ाए। उसी वर्ष चीनियों ने कूची पर आक्रमण किया और वे कुमारजीव को बंदी बनाकर चीन ले गए। कुमारजीव कान्सु में कुत्संग के शासक के पास 15 वर्ष रहा। 401 ई. में वह चीन के सम्राट् से मिला। 401 से 412 ई. तक कुमारजीव चीन की राजधानी में रहा और वहां उसने पूरा समय बौद्ध धर्म और दर्शन संबंधी ग्रंथों का संस्कृत से चीनी भाषा में अनुवाद करने में लगाया। उसी वर्ष अर्थात् 412 में कुमार जीव का चीन में देहान्त हो गया।

बुद्ध की सहस गुफाएं चीन के समीप तुनहुआग में उपलब्ध हुई। इन गुफाओं में कई भित्तिचित्र भी मिले हैं जो विभिन्न भारतीय कथाओं के दृश्य दिखलाए गए हैं। एक चित्र में राजा शिवि को एक चिड़िया को छुड़ाने के लिए अपने शरीर का मांस गिद्ध को देते हुए दिखाया गया है। निया और एंडेयर में कुछ मोहरें मिली हैं जिन पर कुबेर और त्रिमुख की आकृतियां बनी हैं। गणेश की एक चित्रित मूर्ति भी यहां मिली है। कुछ अन्य स्थानों पर विष्णु तथा शिव की मूर्तियां मिली हैं। जिनसे स्पष्ट है कि यहां ब्राह्मण धर्म का भी पर्याप्त प्रचार था।

ईसा से पूर्व दूसरी शती में ही भारत का चीन के साथ व्यापारिक सम्बन्ध स्थापित हो गये थे। 2 ई. पू. में यूची शासकों ने कुछ बौद्ध ग्रंथ चीन के सम्राट् को उपहार के रूप में दिए थे। 65 ई. में चीन के सम्राट् ने कुछ राजदूत भेजे, जो दो बौद्ध भिक्षुओं को भारत से अपने साथ चीन ले गए। धर्मरक्ष और काश्यप मातंग नाम के इन दोनों भिक्षुओं ने अनेक बौद्ध ग्रंथों का अनुवाद चीनी भाषा में किया। दूसरी शती ईसवी से बौद्ध धर्म का व्यापक प्रभाव चीन के विद्वानों और अभिजात-वर्ग पर पड़ा। तीसरी व चौथी शती ईसवी में चीन में अनेक बौद्ध विहारों का निर्माण हुआ और अनेक बौद्ध धर्म प्रचारक मध्य एशिया से चीन पहुंचे। इनमें सबसे प्रसिद्ध कुमारजीव था। हम ऊपर बता चुके हैं कि उसके पिता कुमारायन भारतीय राजकुमार थे और माता 'जीवा' कूची की राजकुमारी थीं। उन्होंने बौद्ध धर्म की शिक्षा कश्मीर में प्राप्त की थी। जब 401 ई. में चीनियों ने कूची पर आक्रमण किया तो वे कुमारजीव को बन्दी बनाकर चीन ले गए। यहां कुमारजीव ने सौ से अधिक संस्कृत भाषा में लिखे बौद्ध ग्रंथों का चीनी भाषा में अनुवाद किया। उसके बाद कश्मीर के अन्य कई विद्वानों ने भी भारतीय साहित्य का चीन में प्रचार करने में योग दिया।

चौथी शताब्दी के अंत संघभूति ने 'विनय-पिटक' का अनुवाद चीनी भाषा में किया। गौतमसंघ ने 'अभिधम्मपिटक' का अनुवाद किया। पांचवीं शताब्दी में पुण्यज्ञात, धर्मयशसु, विमालाक्ष, बुद्धजीव ने भी भारतीय साहित्य का प्रचार चीन में किया। ये सभी विद्वान् कश्मीर के निवासी थे। धर्मक्षेम मध्यदेश से चीन गया। गुणवर्मा 435 ई. के लगभग लंका से कैंटन गया और बोधिधर्म 526 ई. के लगभग दक्षिण भारत से चीन गया। बंगाल और कामरूप से ज्ञानभद्र, जिनयशस् और यशोगुप्त छठी शताब्दी में चीन गए। उज्जयिनी से उपशून्य और परमार्थ समुद्र के रास्ते 546 ई. में चीन पहुंचे। परमार्थ वहां 23 वर्ष रहा और उसने 70 ग्रंथों का अनुवाद किया। उत्तर-पश्चिमी भारत से बुद्धभद्र, विमोक्षसेन और जीवगुप्त चीन गए। लाट देश से धर्मगुप्त चीन गया। उसकी 619 ई. में चीन में ही मृत्यु हुई।

नालंदा विश्वविद्यालय से भी कई विद्वान् चीन गए। 637 ई. में प्रसिद्ध विद्वान प्रभाकर मिश्र चीन की राजधानी बीजिंग पहुँचा। दक्षिण भारत निवासी बोधिरुचि 693 ई. में चीन पहुंचा। उसने कुछ अन्य विद्वानों की सहायता से 53 भारतीय पुस्तकों का अनुवाद चीनी भाषा में किया। सुधाकर सिंह ने रहस्यमय बौद्ध धर्म का चीन में प्रचार किया। 720 ई. में बज्रबोधि चीन पहुंचा। आठवीं शताब्दी में अमोघवज्र ने भी रहस्यमय बौद्ध का प्रचार किया। वह अपने साथ 500 पुस्तकें ले गया जिनमें से 77 का उसने अनुवाद किया। उन भारतीय विद्वानों में, जिन्होंने चीन जाकर भारतीय साहित्य का प्रचार किया, संभवतः अंतिम विद्वान् धर्मदेव था जिसने अनेक भारतीय पुस्तकों का चीनी भाषा में अनुवाद किया। उसकी 1001 ई. में चीन में ही मृत्यु हो गई।

चीन के कई विद्वानों ने भी भारत की यात्रा की। फाहियान चंद्रगुप्त द्वितीय के समय में 'विनय-पिटक' की प्रतियां लेने भारत आया था। हर्ष के राज्यकाल में युवान-च्वांग भारत आया था। उसने चीन में बौद्ध धर्म के प्रचार में सक्रिय भाग लिया। युवान-च्वांग के बाद सातवीं शती ईसवी में ही इत्सिंग ने भारत की यात्रा किया।

चीन बौद्ध धर्म के प्रचार के अलावा भारतीय कला का भी प्रचार हुआ। तुनहुआंग में बुद्ध की 18.3 मीटर से 21.3 मीटर तक ऊंची विशालकाय मूर्तियां मिली हैं। वहां के भित्तिचित्रों पर भी भारतीय कला का प्रभाव स्पष्ट दिखाई देता है। तीन भारतीय कलाकार-शाक्यबुद्ध, बुद्धकीर्ति और कुमारबोधि—भी चीन गए। चीनी कला में गंधार, मथुरा और गुप्त शैली आदि सभी के उदाहरण मिलते हैं। तुनहुआंग में ही गुफ़ाओं में बुद्ध की कुछ सहस मूर्तियां भी मिली हैं।

भारतीय संगीत चीनी संगीत को काफी प्रभावित किया। 518 ई. में एक संगीत मंडली भारत से चीन गई थी। भारतीय ज्योतिष, गणित और आयुर्वेद पद्धति भी चीन में बहुत लोकप्रिय थी।

सातवीं शती ईसवी में *तिब्बत* का शासक स्रोन्सनगम्पो बौद्ध धर्म स्वीकार कर लिया। उसने अनेक बौद्ध विहारों और मंदिरों का निर्माण कराया और बौद्ध ग्रंथों का अनुवाद अपने देश की भाषा में कराया। जब पालवंश के राजा बंगाल में राज्य करते थे, उस समय भारत और तिब्बत के संबंध बहुत घनिष्ठ हो गए। तिब्बत की लिपि कश्मीरी लिपि से मिलती-जुलती है। भारत से सांस्कृतिक संबंध स्थापित होने पर अनेक भारतीय विद्वान् तिब्बत गए। उन्होंने उद्यान के विद्वान् पद्मसंभव को तिब्बत

बुलाया। उनके बाद मगध के कमलशील और नालन्दा विश्वविद्यालय के प्राध्यापक ज्ञान अतीस दीपंकर तिब्बत गए। 1053 में उनकी मृत्यु हो गई।

इन विद्वानों ने कई संस्कृत पुस्तकों अथवा ग्रन्थों को तिब्बती भाषा में परिवर्तित कर दिया। तिब्बत के विद्वानों ने भारतीय विद्वानों के काम को आगे बढ़ाया। उन्होंने पाणिनिकृत व्याकरण, अमरकोश, मेघदूत, काव्यादर्श, अष्टांगहृदय आदि भारतीय ग्रंथों को पढ़कर उनका अनुवाद तिब्बत की भाषा में किया। संस्कृत के बहुत-से भारतीय ग्रंथ, जो अब भारत में प्राप्त नहीं हैं, हमें तिब्बत से प्राप्त हुए हैं। बौद्ध धर्म का प्रचार *मध्य एशिया* से ही मंगोलिया, कोरिया और जापान में हुआ। सातवीं शती में कोरिया से पांच भिक्षु भारत आए और 736 ई. में बोधिसेन नाम का भिक्षु भारत से जापान गया। वह 760 ई. तक वहीं रहा। इसी वर्ष जापान में ही उसकी मृत्यु हो गई।

दक्षिण-पूर्वी एशिया : प्राचीन युग के दौरान में *हिंदचीन के प्रायद्वीप* व *पूर्वी द्वीपसमूह* को सुवर्ण भूमि के नाम से जाना जाता रहा। कौटिल्य के अर्थशास्त्र, मिलिन्दिपंह, जातक-कथाओं, बृहत्कथा और कथाकोश में सुवर्ण भूमि का उल्लेख है। 'ऐरिर्थियन सागर के पैरिप्लस' नामक पुस्तक में भी लिखा है कि पहली शती ईसवी में अनेक भारतीय व्यापारी दूर देशों को जाते थे। पुराणों में पूर्वी द्वीपसमूह और उनके पास के द्वीपों को द्वीपांतर कहा गया है। 'वामन-पुराण' में द्वीपांतर में इन्द्रद्वीप, कशेरु, ताम्रपर्ण, गभिस्तमानु, नागद्वीप, कटाह, सिंहल, गन्धर्व, वरुण, और कुमार नामक नौ द्वीपों की गिनती की गई है। विद्वानों का मत है कि नागद्वीप से निकोबार द्वीप, वरुण से बोर्नियो और कटाह से मलय प्रायद्वीप के केद्दाह प्रांत के उत्तरी भारत का अभिप्राय है। ये नौ प्रायद्वीप भारतवर्ष का ही एक भाग समझे जाते थे। वे यज्ञादि पुण्य कर्म करने से पवित्र किए हुए देश माने जाते थे। 'कौमुदी-महोत्सव' नामक नाटक में, जो सातवीं शताब्दी में लिखा गया, एक ऐसे राजकुमार का वर्णन है, जो सुख की खोज में कटाह नगर आया। 'कथासरित्सागर' में उल्लेख किया गया है कि अधिकांश व्यापारी मणियां आदि लेने के लिए ताम्रलिप्ति से कटाह जाते थे। इन व्यापारिक संबंधों के फलस्वरूप भारत के इन देशों के साथ सांस्कृतिक और राजनीतिक संबंध स्थापित हो गए। यह कई राजपूत राजकुमारों ने भारतीय उपनिवेशों को स्थापित किया तथा धर्म-प्रचारकों ने भारतीय धर्मों का प्रचार किया।

कतिपय इतिहासकारों का कहना है कि कम्बोडिया राज्य की स्थापना कौण्डिन्य ने ही यहाँ के रहने वालों को वस्त्र पहनना बताया। उसके उत्तराधिकारी

के नाम पूर्णतया भारतीय थे और वे चौदहवीं शती ईसवी तक यहां राज्य करते रहे। इसी प्रकार, दूसरी शती ईसवी में अन्नम् में 'चम्पा' नाम के राज्य का शासक श्रीमार था। उसके उत्तराधिकारी यहां छठी शती ईसवी तक राज्य करते रहे। इसी प्रकार बर्मा में 'श्रीक्षेत्र' नाम का, थाइलैंड में 'द्वारावती' और मलव प्रायद्वीप, अराकान,सुमात्रा, जावा, बोर्निया और बाली में अनेक भारतीय उपनिवेशों की स्थापना की गई। ब्रह्मा के वे निवासी, जिन्होंने भारतीय संस्कृति को अपना लिया था, मॉन कहलाते थे। सातवीं शताब्दी में मॉन लोगों का सबसे प्रसिद्ध राज्य 'श्रीक्षेत्र' था। इसका प्रभाव उत्तर में स्याम और दक्षिण में मेनम नदी के तट तक फैला हुआ था। मॉन लोग हीनयान बौद्ध धर्म के मानने वाले थे।

प्रसिद्ध राज्य श्रीक्षेत्र के उत्तर में इरावती की पर्वतमाला में बर्मा प्यू लोगों का राज्य था जो 9वीं शती तक इस राज्य पर शासन किया था। चीन के इतिहास अध्ययन से यह स्पष्ट होता है कि 7वीं एवं 8वीं शताब्दियों में प्यू लोगों का राज्य एक शक्तिशाली राज्य था। इसकी सीमाएं पूर्वी यूनान, कम्बुज और द्वारावती तक फैली हुई थीं। नवीं शताब्दी में इस राज्य में उत्तरी और मध्य बर्मा का अधिकतर भाग सम्मिलित था। उत्तर में मॉन लोगों और दक्षिण से म्रम्म लोगों के आक्रमणों के कारण नवीं शताब्दी के उत्तरार्ध में इस राज्य का पतन हो गया। म्रम्म लोग संभवतः तिब्बत के रहने वाले थे। वे नवीं और दसवीं शताब्दियों में बड़ी संख्या में बर्मा पहुंचे। वे भी भारतीय संस्कृति में रंग गए। उन्होंने पगन को राजधानी बनाकर 'ताम्ब्रदीप' नाम के स्वतंत्र राज्य की स्थापना की। 1044 ई. में अनिरुद्ध नामक व्यक्ति इस राज्य का राजा बना। उसने अपने राज्य में थेरवाद (बौद्ध धर्म का प्राचीन रूप) का प्रचार किया। उसने मॉन लोगों को हराकर उनसे बौद्ध ग्रंथ और पवित्र अवशेष प्राप्त किए। प्यू लोगों की राजधानी प्रोम नगर के निकट श्रीक्षेत्र को नष्ट-भ्रष्ट कर डाला। अनिरुद्ध ने अनेक पगोडा (बौद्ध मंदिर) और मठ बनवाए। उत्तर अराकान और शान रियासत के सरदारों को हराकर अपना राज्य-विस्तार किया। उसके राज्य में तनासरिम को छोड़कर प्रायः समस्त बर्मा शामिल था।

श्रीलंका के राजा ने चोल राजाओं के विरुद्ध अनिरुद्ध से सहायता मांगी थी। 1077 ई. में अनिरुद्ध की मृत्यु के बाद उसका बड़ा पुत्र और उसके बाद छोटा पुत्र क्यनजित्थ 1084 ई. में राजा बने। क्यनजित्थ के राज्यकाल में बर्मा का भारत से घनिष्ठ संपर्क रहा। उसने बहुत-से बौद्ध और वैष्णव विद्वानों को भारत से बुलाया ओर उनसे प्रेरणा पाकर उसने पगन का प्रसिद्ध 'आनंद मंदिर' बनवाया। यह मंदिर बर्मा

में भारतीय वास्तुकला का उत्कृष्ट उदाहरण है। क्यनजित्थ ने अनेक पगोडों और बोध-गया के प्रसिद्ध मंदिर की मरम्मत कराई। 1112 ई. में क्यनजित्थ की मृत्यु के बाद उसका नाती अलांगसिथु राजा बना। उसके 55 वर्ष के राज्यकाल में अनेक विद्रोह हुए जिन्हें उसने बड़ी कुशलता से दबाया। इस वंश के राजा 1287 ई. तक बर्मा में राज्य करते रहे और उनके राज्यकाल में भारतीय संस्कृति का वहां खूब प्रसार हुआ। तेरहवीं शताब्दी के अंत में मंगोलों के आक्रमण के कारण इस राज्य का अंत हो गया।

म्रम्म वंश के शासनावाही में थेरवाद बौद्ध धर्म का बर्मा में काफी प्रसिद्ध हुआ था। भारतीय नगरों और प्रदेशों के नाम पर बर्मा में भी नाम रखे गए, जैसे श्रीक्षेत्र, हंसवती, असितांजन, अपरांत, अवंत, वाराणसी, गंधार, कम्बोज, मिथिला, पुष्कर, राजगृह, संकाश्य, उत्कल, वैशाली आदि।

बर्मा में पालि भाषा का एक नया रूप हो गया। बौद्ध धर्म के सिद्धांतों, विनय और दर्शन का भी, बर्मा में भारतीय बौद्ध धर्म के इन अंगों से एक भिन्न रूप हो गया। यह कार्य बारहवीं शताब्दी से अब तक बराबर चलता आ रहा है। 1442 ई. के एक अभिलेख में लिखा है कि वहां 295 पालि ग्रंथों और संस्कृत ग्रंथों का संग्रह किया गया। बर्मा का धर्मशास्त्र मनु, नारद और याज्ञवल्क्य के धर्मशास्त्रों पर आधारित है।

आनन्द मंदिर बर्मा में भारत की कला का एक महत्त्वपूर्ण उदाहरण है। इस मंदिर के देखने से ही यह स्पष्ट मालूम होता है कि इसके बनाने वाले भारतीय कारीगर थे। शिखर से धरातल तक सारी तक्षण-कला पर भारतीय कला की अमिट छाप है। पगन के आसपास लगभग एक हजार मंदिरों के खंडहर हैं। वे सब 'आनंद मंदिर' की शैली में ही बने प्रतीत होते हैं।

थाईलैण्ड का सबसे प्रसिद्ध हिंदू राज्य द्वारावती का था। वह राज्य कम्बोडिया से बंगाल की खाड़ी तक फैला हुआ था। यहां बहुत-से बौद्ध अवशेष मिले हैं, जो भारतीय तक्षण-कला के सुंदर उदाहरण हैं। तेरहवीं शताब्दी में थाई लोगों ने इस प्रदेश पर अधिकार कर लिया। उससे पूर्व इस प्रदेश में भारतीय संस्कृति का खूब बोलबाला रहा।

प्राचीन काल में गंधार को हिन्दचीन में यूनान प्रदेश के नाम से प्रसिद्ध था। यहां थाई लोगों ने सातवीं शताब्दी में अपना राज्य स्थापित किया और वे लगभग 600 वर्ष तक वहां राज्य करते रहे। यहां के राज्यों और नगरों में से बहुत के नाम भारतीय थे जैसे विदेह, मिथिला, कौशांबी आदि। गंधार के हिंदू राज्य को 1253 ई. में मंगोलों ने जीत लिया।

13वीं शदी में भाई निवासियों ने स्याम में सुखोदय नाम का छोटा राज्य स्थापित किया। यहां का राजा राजकाम्हेंग को बनाया गया उन्होंने अपनी राजधानी स्याम में कई मठ और बुद्ध की मूर्तियां बनवाईं। ये राजा चौदहवीं शताब्दी के मध्य तक स्याम में राज्य करते रहे। 1350 ई. के लगभग सुखोदय के स्थान पर अयोध्या का राज्य स्थापित हुआ। स्याम में सुखोदय और अयोध्या दोनों ही बौद्ध धर्म के केंद्र रहे। यहां पालि भाषा का प्रचार था और यहां की वास्तुकला और तक्षण-कला पर भारतीय कला का प्रभाव स्पष्ट दिखाई देता है।

कम्बुज राज्य पर कुछ अवधि तक के लिए शैलेन्द्र राजाओं का अधिकार रहा परन्तु 802 ई. में यहां का राजा जयवर्मा द्वितीय स्वतंत्र हो गया। उसने भारत से हिरण्यदाम नामक एक तांत्रिक ब्राह्मण को बुलाया। जयवर्मा ने अंगकोर थाम को अपनी राजधानी बनाया। 889 ई. में यशोवर्धन यहां का राजा बना। उसके संस्कृत अभिलेखों से ज्ञात होता है कि संस्कृत यहां की राजभाषा थी। उसने मंदिरों, आश्रमों और मठों के लिए हिंदू संस्थाओं के अनुरूप ही नियम बनाए। इस वंश के अन्य राजा संस्कृत साहित्य के विद्वान् थे। उन्होंने भारतीय दर्शन, धर्मशास्त्र, ज्योतिष, गणित और व्याकरण का अध्ययन किया। सूर्यवर्मा द्वितीय के समय में दक्षिणी बर्मा और मलय प्रायद्वीप का उत्तरी भाग की कम्बुज राज्य में सम्मिलित थे। उसकी बड़ी सेना थी। उसने कोटिहोम, लक्षहोम आदि अनेक यज्ञ कराए। उसने अंगकोरवाट नामक प्रसिद्ध विष्णु-मंदिर बनवाया। 1181 ई. में जयवर्मा सप्तम राजा बना। उसने अंगकोर थाम की नई राजधानी बनवाई। उसने बेयन के मंदिर का भी निर्माण कराया। इस मंदिर का दैनिक खर्च 3,400 गांवों की आय से चलता था। इसमें 439 अध्यापक थे और 970 विद्यार्थी शिक्षा पाते थे। जयवर्मा सप्तम के राज्य में 798 मंदिर और 102 अस्पताल थे। उसके राज्य के बाद कम्बुज राज्य का पतन हो गया।

कम्बुज राज्य में जो शहरों के नाम रखे गये थे वे विशेष रूप से भारतीय ही थे जिनमें ताम्रपुर, आढ्यपुर, ध्रुवपुर, ज्येष्ठपुर, विक्रमपुर आदि प्रमुख नाम थे। उनमें विद्वानों के रहने के लिए विप्रशालाएं, भोजन के लिए सत्र और चिकित्सा के लिए 'आरोग्यशालाए' थीं। यात्रियों के ठहरने के लिए वह्निगृह थे।

कम्बुज राज्य में हिन्दूधर्म के समर्थक सर्वाधिक थे ब्राह्मणों को वेद-वेदांग, सामवेद और बौद्ध ग्रंथों का पूर्ण ज्ञान था। राजा भी धर्मशास्त्रों का अध्ययन करते। व्याकरण, वैशेषिक, न्याय और अर्थशास्त्र भी पाठ्य विषय थे। अभिलेखों से ज्ञात होता है कि यहां के निवासियों को संस्कृत की काव्य-शैली का पूर्ण ज्ञान था।

कम्बुज और भारत का सम्बन्ध काफी मधुर था। इन दोनों राज्यों में वैवाहिक सम्बन्ध भी स्थापित किये जाते थे। कम्बुज में अधिकांश भारतीय अपना निवास स्थान भी बनाएं कम्बुज के ब्राह्मण भी भारतीय विद्वानों से विद्या प्राप्त करने के लिए भारत आते थे। बहुत-से विद्वानों ने नगरों से दूर आश्रम बनाए। इनका व्यय राजाओं और धनी नागरिकों की सहायता से चलता था। यशोवर्मा ने ही 100 आश्रम स्थापित किए थे।

अंगकोरवाट कम्बुज की कला का सबसे बड़ा उदाहरण है जिसे सूर्यवर्मा द्वितीय ने 1113-1145 ई. में बनाया। इस भवन के चारों ओर 3.2 किलोमीटर लंबी और 1981 मीटर चौड़ी एक नहर है। इसमें अनेक वीथियां, मीनारें और पिरामिड हैं। कम्बुज की कला की शैली गुप्त शैली के अनुरूप है। यहां की तक्षण-कला में बहुत-से दृश्य भारतीय महाकाव्यों से लिए गए हैं।

हिंदचीन के पूर्वी छोर पर चम्पा वर्तमान अन्नम् का हिन्दू राज्य था। यहां 757 ई. से 860 ई. तक पांडुरंग वंश ने और उसके बाद 985 ई. तक भृगु वंश ने राज्य किया। जब यहां के राजाओं ने उत्तर की ओर अपना साम्राज्य बढ़ाना चाहा तो उन्हें चीन के सम्राटों से लड़ना पड़ा। जब इस राज्य के उत्तर में रहने वाले अन्नम् लोग चीन से स्वतंत्र हो गए तो चम्पा के लोगों का उनसे संघर्ष चलता रहा। पश्चिम से कम्बुज के निवासी भी चम्पा पर आक्रमण करते रहते। कम्बुज के राजा जयवर्मा सप्तम ने चम्पा के राजा को 1190 ई. में हराकर चम्पा पर अधिकार कर लिया। 30 वर्ष बाद चम्पा का राज्य स्वतंत्र हो गया। 1282-85 ई. में मंगोल सरदार कुबला ख़ां के आक्रमणों से चम्पा की बहुत हानि हुई। पंद्रहवीं शताब्दी के अंत में अन्नम् लोगों ने चम्पा पर अधिकार कर लिया।

चम्पा के समाज में भारतीय समाज की भांति ही चार जातियां थीं किंतु ब्राह्मणों और क्षत्रियों की संख्या अधिक थी। चम्पा की राजभाषा संस्कृत थी। यहां के राजा संस्कृत के विद्वान् थे। उनके अभिलेखों में संस्कृत का ही प्रयोग किया गया। भारतीय धर्म, दर्शन, साहित्य, व्याकरण के अध्ययन का ही प्रचलन था। यहां शैव मत का सबसे अधिक प्रचार था। भद्रवर्मा ने माइसन में भद्रवर्मास्वामी अर्थात् शिव का प्रसिद्ध मंदिर बनवाया, जो राष्ट्रीय महत्त्व का मंदिर बन गया। अनेक राजाओं ने इस मंदिर को दान दिया। शक्ति, गणेश और कार्तिकेय के भी अनेक मंदिर थे। शिव और पार्वती के वाहन नंदी, विष्णु, राम और कृष्ण की भी पूजा होती। अन्य हिंदू देवता, जिनकी पूजा प्रचलित थी, ब्रह्मा, इंद्र, यम चंद्र, सूर्य, कुबेर और सरस्वती थे। बौद्ध

धर्म का मुख्य केंद्र डॉनडुओंग था, जहां एक बड़े बौद्ध मंदिर के खंडहर मिले हैं। डॉनडु आगे के मंदिर बादामी के चालुक्य राजाओं के मंदिरों की भांति थे।

भारतीय व्यापारियों का पहला पड़ाव तक्कोल में ही पड़ता था जो मलय प्रायद्वीप में पश्चिम तट पर स्थिति है। तक्कोल को आज तकुआ के नाम से पुकारा जा रहा है। तकुआ से ही भारतीय व्यापारी स्याम, कम्बोडिया और अन्नम् जाते। पूर्वी तट पर नखोन श्री धम्मराट और चैया प्रसिद्ध उपनिवेश थे, जहां के भग्नावशेषों से स्प्ष्ट ज्ञात होता है कि ये भारतीय संस्कृति के मुख्य केंद्र थे। नखोन श्री धर्मराट में एक बड़ा स्तूप और पचास मंदिर मिले हैं। यह बौद्ध संस्कृति का केंद्र था। चैया पहले ब्राह्मण संस्कृति और पीछे बौद्ध संस्कृति का केंद्र बन गया।

पश्चिमी जावा में पांचवीं शताब्दी के एक राजा पूर्णवर्मा के संस्कृत के चार अभिलेख मिले हैं। इसके दो या तीन शताब्दी बाद संजय ने मध्य जावा में एक शक्तिशाली राज्य की नींव डाली।

सर्वाधिक प्रसिद्ध भारतीय उपनिवेश "श्री विजय" सुमात्रा में ही था। यहां के एक राजा जयश्रीनाश ने 686 ई. लगभग जावा के विरुद्ध एक सेना भेजी। इत्सिंग ने लिखा है कि सातवीं शताब्दी में श्रीविजय बौद्ध संस्कृति का मुख्य केंद्र था। 775 ई. के एक अभिलेख से ज्ञात होता है कि श्रीविजय ने मलय प्रायद्वीप और बंका के टापू पर अधिकार कर लिया। आठवीं शताब्दी में कांची का निवासी और नालंदा विश्वविद्यालय का प्राध्यापक धर्मपाल और दक्षिण भारत के विद्वान् वज्रबोधि श्रीविजय गए। इन विद्वानों ने वहां भारतीय संस्कृति का प्रचार किया।

शैलेंद्र राजाओं ने अपने साम्राज्य की नीम 8वीं शदी में रखी थी। उन्होंने 775 ई. में श्रीविजय पर और 782 ई. में जावा पर अधिकार कर लिया। इन राजाओं ने इस प्रकार मलय प्रायद्वीप, सुमात्रा, जावा, बाली और बोर्नियो आदि सब द्वीपों पर अधिकार करके अपनी शक्ति बढ़ा ली। एक अरब व्यापारी इब्न खोर्दादबेह (844-48 ई.) ने लिखा है कि इस राज्य की दैनिक आय 200 मन सोना थी।

शैलेन्द्र राजा महायान बौद्ध धर्म के अनुयायी थे, इसलिए इन्होंने चंडी-कलसन और बोरोबुदूर के सुंदर मंदिर बनवाए। 779 ई. में तारा का सुंदर मंदिर बनाया गया। शैलेंद्र राजा बालपुत्र देव ने जावा के विद्यार्थियों के ठहरने के लिए नालंदा में एक मठ बनवाया।

नवीं शताब्दी में शैलेंद्र राजाओं को कम्बुज के राजा जयवर्मा द्वितीय (802-869 ई.) और जावा के राजा के विरुद्ध युद्ध करने पड़े। ये दोनों राज्य स्वतंत्र

हो गए और शैलेंद्र राजाओं का राज्य श्रीविजय तक ही सीमित रह गया।

पहले चोल और शैलेंद्र राजाओं के मध्य की मित्रता कायम थे। शैलेंद्र राजाओं ने चोल राज्य में नेगापट्टम में एक बौद्ध विहार बनाया। परंतु 1025 ई. में राजेंद्र चोल ने शैलेंद्र राज्य के कई भागों, कटाह, श्रीविजय आदि, पर आक्रमण करके अधिकार कर लिया। इसका मुख्य कारण यह था कि चोल राजा पूर्वी देशों के व्यापार पर अपना एकाधिपत्य स्थापित करना चाहते थे। राजेंद्र चोल की मृत्यु के बाद शैलेंद्र राजाओं ने फिर अपनी शक्ति बढ़ा ली किंतु चोल राजा वीरराजेंद्र (1063 ई.) ने उन्हें अपना आधिपत्य स्वीकार करने के लिए विवश किया। 1090 ई. में चोल और शैलेंद्र राजाओं में फिर मित्रता हो गई। इसके बाद चोल राजाओं ने सुमात्रा और मलय प्रायद्वीप पर अपना आधिपत्य रखने का विचार छोड़ दिया। शैलेंद्र साम्राज्य भी प्रायः इसी समय समाप्त हो गया।

चीनियों की मदद से विजय नामक सम्राट ने अपने प्रतिद्वन्द्वी कडिरि के राजा जयकत्वंग को हराकर अपने को जावा का प्रमुख शासक बना लिया। उसने मजपहित को अपनी राजधानी बनाया। 1320 ई. तक इस राज्य के राजा जयनगर ने जावा के अतिरिक्त मदुरा और बोर्नियो पर भी अधिकार कर लिया। 1389 ई. तक इस राज्य की बहुत उन्नति हुई। अनेक विदेशी व्यापारी और विद्वान् यहां आते। परंतु 1389 ई. में मजपहित के राजा राजसगर की मृत्यु के बाद घरेलू युद्ध के कारण इस राज्य का पतन हो गया और अंत में मुसलमानों ने इस पर अधिकार कर लिया।

स्वर्ण द्वीप में भारतीय संस्कृति को हम चार भागों में बांट सकते हैं—समाज, धर्म, कला और साहित्य। जावा, सुमात्रा और चम्पा के *साहित्य व अभिलेखों* से यह स्पष्ट है कि इन देशों में भारत की भांति ही चार वर्ण ब्राह्मण, क्षत्रिय, वैश्य और शूद्र थे। अनुलोम विवाह, जिसमें वर का वर्ण वधू के वर्ण से एक वर्ण ऊंचा होता है, बाली में कुछ दिन पूर्व तक प्रचलित था। इस प्रकार के विवाह होने पर संतान का वर्ण पिता का वर्ण होता था। बाली में शूद्रों को अस्पृश्य नहीं समझा जाता था। वे खेती व शिल्पकारी का व्यवसाय करते थे। अपराधियों को दण्ड भी उनके वर्ण के अनुसार ही कम या ज़्यादा दिया जाता था। ऐसी ही प्रथा प्राचीन भारत में थी। उसी अपराध के लिए ब्राह्मणों को सबसे कम, क्षत्रियों को उससे अधिक, वैश्यों और शूद्रों को क्रम से कुछ अधिक दंड दिया जाता था।

चम्पा राज्य के अन्तर्गत ब्राह्मणों की काफी मान-सम्मान था, लेकिन उनका राजा या सरकार पर कोई विशेष प्रभाव न था। बाली में क्षत्रियों को ब्राह्मणों से श्रेष्ठ गिना जाता है। कुछ दिन पहले तक कम्बोडिया और स्याम के निवासी शिक्षा और

यज्ञोपवीत धारण करते थे। उपर्युक्त विवेचन से स्पष्ट है कि इन देशों में वर्ण-व्यवस्था भारतीय वर्ण-व्यवस्था के ही समान विद्यमान थी।

भारत की तुलना में इन देशों में महिलाओं की स्थिति अच्छी थी। जावां में एक गुणपिया नामक महिला ने राज्य भार संभाला। कुछ प्रदेशों में भाइयों के होते हुए भी बहिन सिंहासन पर बैठती थी। लड़कियों को स्वयंवर द्वारा अपना पति चुनने का अधिकार था। बाली में पर्दे की प्रथा न थी। स्त्रियां निःसंकोच पुरुषों से मिल सकती थीं। राजकीय घरानों में सती प्रथा का प्रचलन था यहां के लोगों का प्रमुख भोजन चावल और गेहूँ था। फूलों, ताड़ के पेड़, शहद, आदि से शराब बनाई जाती थी। पान खाने का बहुत रिवाज़ था। वेश-भूषा भी इन लोगों की पूर्णतया भारतीय थी। यहां के निवासियों के मनोविनोद, जुआ खेलना, मुर्गे लड़ाना, संगीत और नाटकों का अभिनव थे। इन अभिनयों के कथानक प्रायः रामायण और महाभारत से लिए जाते थे।

इन देशों में भी भारत की भांति समाज की भांति समाज दो प्रमुख वर्गों में विभाजित था। अभिजात वर्ग में ब्राह्मणों और क्षत्रियों की गणना की जाती थी और उन्हें कुछ विशेषाधिकार प्राप्त थे—जैसे कि वे बढ़िया प्रकार के कपड़े और आभूषण पहनते थे और पालकियों और हाथियों पर सवारी कर सकते थे। साधारण व्यक्तियों को ये विशेषाधिकार न थे।

चम्पा, जावा, सुमात्रा, आदि सभी राज्यों में हिन्दू धर्म के समर्थक सर्वाधिक थे। ब्रह्मा, विष्णु और शिव सभी हिंदू देवताओं की पूजा होती थी। बाली में शिव, गणेश, नंदी, अगस्त्य, ब्रह्मा, स्कंद और महाकाल की मूर्तियां मिली हैं। शिव के अनुयायियों की संख्या सबसे अधिक थी, वैष्णवों की उससे कुछ कम। शिव, विष्णु और त्रिमूर्ति की जावा और कम्बुज में अनेक मूर्तियां मिली हैं। जावा में शिव को त्रिशूल और विष्णु को शंख, चक्र, गदा और पद्म धारण किए दिखाया गया है। फाहियान जब चौथी शती ईसवी में जावा गया था तो उसने देखा था कि वहां ब्राह्मण धर्म का बहुत प्रचार था। बौद्ध धर्म अधिक लोकप्रिय न था; किंतु छठी शती ईसवी में वहां बौद्ध धर्म के अनुयायियों की संख्या बहुत अधिक हो गई। उपनिषदों के दार्शनिक तत्व और तांत्रिक क्रियाओं से भी इन देशों के निवासी पूर्णतया परिचित थे। कंबकोडिया के अभिलेखों में वेद, वेदांग, सामवेद, और बौद्ध धर्मग्रंथों में पारंगत ब्राह्मणों का उल्लेख है। यहां के राजाओं और उनके मंत्रियों को भी धर्मशास्त्रों का पूर्ण ज्ञान था। यहां रामायण, महाभारत और पुराणों के पाठ की प्रथा विद्यमान थी।

जावा और सुमात्रा में सातवीं शती ईसवी तक बौद्ध धर्म का हीनयान संप्रदाय

अत्यधिक प्रसिद्ध था परन्तु 8वीं सदी के दौरान से शैलेंद्र राजाओं के राज्यकाल में महायान संप्रदाय का बहुत प्रचार हुआ।

बाली राज्य में शिव तथा सूर्य की अराधना काफी मशहूर थी। वहां गृह्य-सूत्रों के अनुसार बहुत-से संस्कार क़िए जाते थे। कृषि की देवी 'श्री' और विद्या की देवी 'सरस्वती' के उपलक्ष्य में उत्सव मनाये जाते थे। पितृ-पूजा भी प्रचलित थी। काली और दुर्गा को प्रसन्न करने के लिए पशु-बलि दी जाती थी। पूजा में घृत, कुशा, तिल और मधु का प्रयोग भारत की भांति ही बाली में किया जाता था। नदियों के नाम बाली में भी गंगा, सिंधु यमुना, कावेरी, सरयू और नर्मदा आदि थे। पुरोहित अधिकतर ब्राह्मण ही होते थे।

कम्बोडिया के अभिलेखों से ज्ञात होता है कि वहां के निवासियों को मोक्ष प्राप्ति की तीव्र इच्छा थी। यहां के राजाओं ने भारत के साथ घनिष्ठ संबंध रखे और अनेक आश्रमों की स्थापना की, जो भारतीय संस्कृति के केंद्र थे। इन आश्रमों में अनेक विद्वान् स्वाध्याय और मनन कर अपना जीवन बिताते थे। सभी देशों में पूर्ण धार्मिक सहिष्णुता थी। ब्राह्मण और बौद्ध संप्रदायों की साथ-साथ पूर्ण उन्नति हो रही थी। राजा और प्रजा सभी धर्मों का समान आदर करते थे। इन सभी उपनिवेशों में *भारतीय कला* का पूर्ण विकास हुआ। कम्बोडिया की प्रारंभिक कला पूर्णतया भारतीय है। वहीं से गुप्त कला का प्रसार हिंद चीन में हुआ। बहुत से स्थानों पर अमरावती शैली की बुद्ध की मूर्तियां हैं। मलय प्रायद्वीप में महाकाल की मूर्ति मिली है और वहां एक ऐसा आभूषण मिला है जिसमें विष्णु को अपने वाहन गरुड़ पर दिखाया गया है। तकुआ पा के निकट कई भारतीय शैली के अनुरूप मंदिरों के खंडहर मिले हैं। बोर्नियों में विष्णु, ब्रह्मा, शिव, नन्दी और स्कंद की मूर्तियां मिली हैं।

भारत की कला का जावा भी कला पर पड़े हुए प्रभाव स्पष्ट रूप से प्रदर्शित होता है। संभवतः डियंग के पठार के हिंदू मंदिरों का निर्माण आठवीं शती ईसवीं में हुआ था। इन मंदिरों के नाम महाभारत के पात्रों के नाम पर हैं। इनकी कला गुप्तकालीन मंदिरों की कला के अनुरूप है। इनमें तीन मुख्य मंदिर ब्रह्मा, विष्णु और शिव के हैं। इनमें भी शिव मंदिर बहुत भव्य है। इसमें 42 फलक ऐसे हैं जिनमें रामायण की कथा के दृश्य दिखाए गए हैं। प्रम्बनन की घाटी में अनेक बौद्ध मंदिर है जैसे कि चंडी कलसन, चंडी सेधु और चंडी सेवु। चंडी कलसन का निर्माण शैलेंद्र राजाओं ने आठवीं शती ईसवी में तारादेवी के उपलक्ष्य में कराया था। चण्डी मेंदुत में बैठे हुए बुद्ध की तीन और बोधिसत्वों की दो मूर्तियां कला के उत्कृष्ट उदाहरण हैं। किंतु जावा का सर्वश्रेष्ठ स्मारक बोरोबुदूर है। इसका निर्माण एक शैलेंद्र राजा ने नवीं

शती ईसवी में कराया था। इसमें नीचे की छः मंजिलें वर्गाकार हैं जिनके ऊपर की तीन मंजिलें वृत्ताकार हैं। सबसे ऊपर की मंजिल के ऊपर घंटाकार स्तूप है। नीचे की मंजिल की दीवारों पर नरक के वीभत्स दृश्य दिखलाए गए हैं। इससे ऊपर की दीवारों पर बुद्ध-जीवन और उनके पूर्व-जन्म के दृश्य 1,400 मूर्तियों में दिखाए गए हैं। इनमें कुछ महायान संप्रदाय के देवी-देवता हैं। सबसे नीचे की छत की लंबाई लगभग 91.4 मीटर है और सबसे ऊपर की मंजिल का व्यास 27.4 मीटर है।

उपर्युक्त विवरण से इस भवन की विशालता का अनुमान लगाया जा सकता है किंतु यह अपनी मूर्तिकला और अलंकरण के लिए भी बहुत प्रसिद्ध है। बोरोबुदूर के समीप एक शिव का मंदिर स्थापित है जो काफी सुन्दर व रमणीय है। इस मंदिर को चंड़ी बनोन के नाम से भी पुकारा जाता है। इस मंदिर के भीतर विष्णु, शिव, ब्रह्मा, गणेश और अगस्त्य की सुंदर मूर्तियां मिली हैं। शैलेंद्र राजाओं के पतन के बाद शिव की पूजा बहुत लोकप्रिय हो गई। इसका श्रेष्ठ उदाहरण चंडी लोरो जंगरंग है। यह एक चबूतरे पर बना है और इसके पास 156 छोटे मंदिर हैं। इस मंदिर के अंदर शिव की मूर्ति के अतिरिक्त ब्रह्मा और विष्णु की मूर्तियां मिली हैं। इसमें राम और कृष्ण के जीवन के अनेक दृश्य चित्रित किए गए हैं। शिव, ब्रह्मा, दुर्गा, महर्षिमर्दिनी, शेषनाग पर सोए हुए आठ हाथ वाले विष्णु, अप्सराओं, सीताहरण, बालि-वध और हनुमान-सीता मिलन के चित्र भी बहुत सुंदर बने हैं।

जावा में ध्यानी बोधिसत्व, शिव, दुर्गा और महिषमर्दिनी की कांसे की भी सुंदर मूर्तियां मिली हैं।

अंगकोरवाट कम्बुज का सबसे उत्तम स्मारक कहा जाता है। इस स्मारक का निर्माण सूर्य देव वर्मा द्वितीय ने 12वीं सदी ई. में करवाया था। इसके चारों ओर 4 किलोमीटर लंबी तथा 198.1 मीटर चौड़ी खाई है। इसमें पूर्व से पश्चिम जाने वाली वीथी की लंबाई लगभग 243.8 मीटर और उत्तर से दक्षिण की बीथी की लंबाई 198.1 मीटर है। बीच के शिखर की ऊंचाई धरातल से 76.2 मीटर से अधिक है। इनसे इस भव की विशालता का अनुमान लगाया जा सकता है। इसमें अलंकृत मूर्तियां बहुत भव्य बनी हैं और इस भवन में प्रतिसाम्य का बहुत ध्यान रखा गया है।

चम्पा राज्य के अन्तर्गत भी कई मंदिरों का निर्माण करवाया गया है। डोंगडुओंग के मंदिर बौद्ध और माइसन और पोनगर के मंदिर शैव हैं। इन मंदिरों की रचना मद्रास के निकट मामल्लपुरम् के गुफ़ा मंदिरों की रचना के अनुरूप है।

आनंद मंदिर का निर्माण 11वीं शदी के अन्त में हुआ था जो वर्मा का सर्व

श्रेष्ठ मन्दिर कहलाता है। यह लगभग 171.8 मीटर चौड़े और इतने ही लंबे चौकोर आंगन में बना है। मुख्य मंदिर वर्गाकार है जिसकी प्रत्येक भुजा 53.7 मीटर है। इस मंदिर के चारों ओर बीचोंबीच में 17.4 फुट लंबे चार वलभियुक्त द्वारमंडल हैं। मंदिर में 2.4 मीटर ऊंचे सिंहासन पर बुद्ध की 9.4 मीटर ऊंची विशालकाय मूर्ति है। बाहर से इस मंदिर की दीवार लगभग 12 मीटर ऊंची है। उनके ऊपर प्राचीरयुक्त मुंडेर है जिनके प्रत्येक कोने में एक स्तूप है। इन छज्जों के ऊपर दो छतदार वीथियां हैं जो वृत्ताकार हैं। इन दो छतों के ऊपर तंग चार छज्जे हैं जिनके ऊपर स्तूप हैं। इस मंदिर के प्रत्येक भाग का अनुपात बहुत ठीक रखा गया है और प्रतिसाम्य का पूरा ध्यान रखा गया है। इसकी मूर्तिकला से इसका सौंदर्य बहुत बढ़ गया है। इन उत्कीर्ण चित्रों में बुद्ध के जीवन और जातक कथाओं के दृश्य दिखलाए गए हैं। विद्वानों का मत है कि जिन कलाकारों ने इसका निर्माण किया, वे सब भारतीय थे। यह बर्मा की वास्तुकला का श्रेष्ठ उदाहरण है। उपर्युक्त विवेचन से यह स्पष्ट है कि इन प्रदेशों की कला पर भारतीय कला का बहुत प्रभाव पड़ा है।

कम्बुज, चम्पा, मलय प्रायद्वीप और जावा में पाये गये अभिलेखों से यह ज्ञात होता है कि इन सभी राज्यों में संस्कृत ग्रंथों के पढ़ने की प्रथा काफी मशहूर थी। इन अभिलेखों में भारतीय धार्मिक साहित्य, व्याकरण, भाषा-विज्ञान, दर्शन, राजनीतिक विज्ञान और काव्यों का उल्लेख है। कम्बुज के अभिलेखों में ऐसे ब्राह्मणों का उल्लेख है जो वेद, वेदांग, सामवेद और धर्मशास्त्रों में पारंगत थे। प्रतिदिन रामायण, महाभारत और पुराणों की कथा कहने की व्यवस्था की जाती थी। अनेक लोग इन पुस्तकों की प्रतियां मंदिरों को दान में देते थे। यह एक पुण्य कार्य समझा जाता था। कम्बुज के कुछ नरेश जैसे इंद्रवर्मा और यशोवर्मा संस्कृत के विद्वान् थे। यशोवर्मा का मंत्री ज्योतिष का विद्वान् था। नवीं शती ईसवी के अभिलेखों से यह स्पष्ट है कि इनके रचयिता संस्कृत के सभी छंदों को जानते थे। उनमें वेद, पुराण, धर्मशास्त्र, बौद्ध तथा जैन साहित्य, छहों दर्शन, वात्स्यायन के कामसूत्र और मनुस्मृति का उल्लेख है। इनकी काव्य-शैली बड़ी मनोहारी और परिमार्जित है। इन अभिलेखों से यह भी ज्ञात होता है कि इनके लेखकों को रामायण, महाभारत, पुराण और कालिदास के ग्रंथों का भी पूर्ण ज्ञान था। एक अभिलेख में चार श्लोक ऐसे हैं जिनमें रघुवंश के चार श्लोकों की झलक स्पष्ट तौर पर झलकती है।

जावा पल्लव तथा वेंगी के अभिलेखों की लिपि आपस में काफी समानता है। जावा का साहित्य भारतीय साहित्य से प्रेरणा प्राप्त करके ही विकसित हुआ है। कडिरि, सिंहसारि और मजपहित के राजाओं के संरक्षण में 1000 ई. से 1500 ई.

तक साहित्य का बहुत विकास हुआ। इस साहित्य की भाषा जावा की भाषा है जिसमें संस्कृत के शब्दों का प्राचुर्य है। विषय भारतीय है और छंद भी संस्कृत भाषा के हैं। सबसे प्रसिद्ध ग्रंथ रामायण और महाभारत के अनुवाद हैं। महाभारत से प्रेरणा प्राप्त कर अनेक काव्य, जैसे अर्जुन-विवाह, भारत-युद्ध, स्मरदहन, सुमन-सांतक लिखे गए। स्मृति, पुराण, इतिहास, भाषा-विज्ञान और आयुर्वेद पर भी भारतीय ग्रंथों के अनुरूप ही अनेक पुस्तकें लिखी गईं।

करीबन चार सौ ईसवी के चार अभिलेख बोर्नियो में पाये गये हैं। इन चारों अभिलेखों से यह स्पष्ट होता है कि वहां के राजा मूलवर्मा ने अनेक यज्ञ कराए और ब्राह्मणों को बहुत दान दिया। ये अभिलेख यूपों पर उत्कीर्ण हैं।

भारतीय बौद्ध ग्रन्थों का वर्मा और लंका में अच्छी प्रकार से पढ़ा जाता था। वहीं का पालि भाषा में लिखा गया ग्रंथ भारतीय बौद्ध ग्रंथ पर ही निर्भर है। वहां का पालि साहित्य इसी भारतीय साहित्य पर आधारित है।

इन उपनिवेशों की राजनीतिक व्यवस्था पर भी *भारतीय धर्मशास्त्रों और अर्थशास्त्रों* का प्रभाव स्पष्ट दिखलाई देता है। वहां भी सूर्य और चंद्र की कलाओं पर आधारित वर्ष और शक संवत् का प्रयोग होता है।

उपर्युक्त वर्णित तथ्यों के आधार पर यह कहा जा सकता है कि हमारे देश का पड़ोसी पूर्वी राज्यों पर अति प्राचीन युग से विस्तृत व विशद रूप से संस्कृत को प्रभावित किया था। बर्मा, थाईलैंड, मलाया, कम्बोडिया, जावा और लंका की संस्कृति पर व्यापार और धर्म-प्रचार के कारण भारतीय संस्कृति का बहुत प्रभाव पड़ा किंतु भारतीयों ने इन देशों का आर्थिक शोषण नहीं किया। रमेशचंद्र मजूमदार ने ठीक ही कहा है : "भारत के औपनिवेशिक और सांस्कृतिक विस्तार की कहानी भारतीय इतिहास का एक जाज्वल्यमान किंतु विस्मृत परिच्छेद है। भारत में निवास करने वाले हर नागरिक को इसका गर्व होना चाहिए जो गलत नहीं होगा"।

❏❏❏